《文艺常识真题分类题库》
编辑委员会

编委　孙　超　李庆超　聂延玉　徐　进　鲍登林
　　　杜　彤　陈　思　冯　磊　张同喜　楚　淇
　　　钟吉成　黄余良　张林盼　王沛寒　丁匡一

影视艺术类专业
考前专项突破教材

文艺常识
真题分类题库

传媒艺考教学研究院 主编

中国传媒大学出版社
·北京·

前　言

目前,全国共有二百多所院校进行影视编导类专业的招生考试,以文艺常识作为重要考查科目的院校就有一百多所,并呈现逐年递增的趋势。由于文艺常识具有知识点繁多、考查范围宽广、考查点过细等特点,已经成为广大考生的备考难题。

文艺常识的考查形式主要包括以下五大题型:选择题、填空题、名词解释题、简答题、论述题,广大考生只要对这五大题型进行强化演练,就能取得事半功倍的效果。有鉴于此,编者诚心推出这本《文艺常识真题分类题库》,希望能够帮助考生走向成功之路。本书具有以下四大特点:

一、题型专练,专项突破

大部分院校通常会选择几种题型进行考查,广大考生也存在难以驾驭某一类或是某几类题型的情况,本书汇总了文艺常识的经典题型,并对不同题型的考查频率、题型特征、应对技巧等进行讲解,有利于广大考生有针对性地进行题型专练,突破难点。

二、难易考点,清晰划分

在每一类题型中,按照考点的难易程度和考查频率对题目进行划分:高频考点、中频考点、低频考点。考生熟练掌握高频考点,一般可拿到总分的70%左右;考生掌握中频考点和低频考点,可拿到总分的85%-90%。

三、题组分类,有学有练

目前市场上文艺常识方面的图书,往往存在学习和练习不能有效结合的问题,导致考生虽然"勤学苦练"却收效甚微。本书按照同一考点或根据考点的相似性,对所有题目进行了题组分类,汇总了某个考点所有的考查项。同时,每组题后附有补充考点。

四、历年真题,一网打尽

由于各大院校历年文艺常识真题题量过于庞大,而考生的备考时间又十分有限,导致真题不能真正发挥作用。本书编者将十余年来百余所院校文艺常识的十余万道考试真题重新整理、去粗存精、科学编排,最终形成了本书。

目前,越来越多的艺考生发出了"成也文艺常识,败也文艺常识"的感叹。希望本书能够真正帮助广大考生攻克文艺常识,高分圆梦!

编　者

2016 年 6 月

目 录 Contents

经典题型一　选择题 / 1

　　题型解析 / 1

　　题型练习 / 1

　　　　高频考点 / 1

　　　　中频考点 / 67

　　　　低频考点 / 88

经典题型二　填空题 / 114

　　题型解析 / 114

　　题型练习 / 114

　　　　高频考点 / 114

　　　　中频考点 / 194

　　　　低频考点 / 209

经典题型三　名词解释题 / 222

　　题型解析 / 222

　　题型练习 / 223

　　　　高频考点 / 223

　　　　中频考点 / 246

　　　　低频考点 / 261

经典题型四　简答题　/ 276

　　题型解析　/ 276

　　题型练习　/ 276

　　　　高频考点　/ 276

　　　　中频考点　/ 313

　　　　低频考点　/ 329

经典题型五　论述题　/ 340

　　题型解析　/ 340

　　题型练习　/ 341

　　　　高频考点　/ 341

　　　　中频考点　/ 361

　　　　低频考点　/ 369

经典题型一 选择题

题型解析

一、题型特征

总体来说,在文艺常识的几种题型中,选择题是难度较低的一种,因为选择题的答案是现成的。即使你没有掌握一道题目所涉及的知识点,也可以通过一些技巧找出正确答案。

文艺常识的选择题一般都是单选题,也会出现多选题,所以考生在答题前一定要认真阅读题目要求,不要疏忽大意。

二、出现频率　★★★★☆

三、应试技巧

(1)排除法。这是做选择题时最常用、最有效的答题方法,考生虽然不知道正确答案,但是可以通过一一排除其他选项,找到正确答案。

(2)推算法。这种方法也是"排除法"的一种,但是这种排除需要其他信息的辅助,尤其适用于时间性问题。

虽然有方法和技巧,但答题都是以知识点作为基础。考生要想答好选择题,关键还是掌握知识点。

题型练习

高频考点

| 出题频率:高 | 难度系数:低 | 训练强度:★★★★★ |

☞ **题组一**

1.先秦时代,教育内容以"六艺"为主,下列不属于"六艺"的是(　　)。

A.射　　　　　B.御　　　　　C.礼　　　　　D.武

2."黄帝战蚩尤""精卫填海""夸父逐日"等著名神话故事出自我国古代地理名著（　　）。

A.《战国策》　　B.《国语》　　C.《山海经》　　D.《玉台新咏》

3."关关雎鸠,在河之洲。窈窕淑女,君子好逑"出自（　　）。

A.《楚辞》　　B.《离骚》　　C.《史记》　　D.《诗经》

4.下列典籍不包括在儒家经典"四书"中的是（　　）。

A.《大学》　　B.《论语》　　C.《诗经》　　D.《孟子》

5.古典著作《淮南子》是西汉时期的刘安及其门客编撰的,该书属于哪个学派的著作？（　　）

A.儒家　　　　B.阴阳家　　　C.法家　　　　D.杂家

6."女娲补天"、"后羿射日"、"嫦娥奔月"等故事出自（　　）。

A.《论语》　　B.《淮南子》　　C.《搜神记》　　D.《山海经》

7.李耳是（　　）的创始人。

A.佛教　　　　B.道教　　　　C.儒教　　　　D.墨家

8.《秋水》是战国时期（　　）的作品。

A.孟子　　　　B.荀子　　　　C.庄子　　　　D.韩非子

9."吾生也有涯,而知也无涯"出自（　　）。

A.《孔子》　　B.《孟子》　　C.《老子》　　D.《庄子》

10.下列历史人物中谁是先秦时期法家学派代表人物？（　　）

A.孔子　　　　B.荀子　　　　C.老子　　　　D.韩非子

参考答案

1.D　2.C　3.D　4.C　5.D　6.B　7.B　8.C　9.D　10.D

补充考点

六艺即礼、乐、射、御、书、数。"礼"是指礼仪,"乐"是指音乐,"射"是指射箭技术,"御"是指驾驶马车的技术,"书"是指文学,"数"是指算术与数论知识。

《淮南子》中保留了中国著名的四大神话:女娲补天、共工触山、后羿射日、嫦娥奔月。

题组二

1."益者三友,损者三友","益者三乐,损者三乐",出自（　　）。

A.《老子》　　B.《孟子》　　C.《墨子》　　D.《论语》

2.《论语》中贯穿全文的思想是（　　）。

A.仁　　　　　　B.义　　　　　　C.礼　　　　　　D.信
3."吾十有五而志于学,三十而立,四十而不惑,五十而知天命,六十而耳顺,七十而随心所欲,不逾矩"概括的是(　　)一生的经历及他做人、处事、做学问的经验。
　　A.颜回　　　　　B.子路　　　　　C.孔丘　　　　　D.孟轲
4.下列名句不是出于《论语》的是(　　)。
　　A.巧言令色,鲜矣仁　　　　　B.千里之行,始于足下
　　C.温故而知新,可以为师矣　　D.朝闻道,夕死可矣
5.孔子的哪一位弟子最擅长经商?(　　)
　　A.子路　　　　　B.子张　　　　　C.子贡　　　　　D.颜回
6.孟子是先秦时期儒家思想的代表人物,他出生在鲁国附近的一个小国,这个小国是(　　)。
　　A.卫国　　　　　B.宋国　　　　　C.邹国　　　　　D.齐国
7.孟子提出的"民贵君轻"的思想主张(　　)。
　　A.否定了君主专制　　　　　B.具有民主政治的性质
　　C.代表了奴隶主阶级的利益　D.反映了重民的思想
8.孟子的"无以规矩,不成方圆"中的"方圆"是指(　　)。
　　A.法律条文　　　B.美德善行　　　C.圆规曲尺　　　D.伦理道德
9."人之初,性本善"的提出者是(　　)。
　　A.孔子　　　　　B.孟子　　　　　C.墨子　　　　　D.荀子
10.先秦时期提出了"兼爱""非攻"等思想主张的是下列哪一个学派?(　　)
　　A.法家　　　　　B.墨家　　　　　C.道家　　　　　D.阴阳家

参考答案

1.D　　2.A　　3.C　　4.B　　5.C　　6.C　　7.D　　8.C　　9.B　　10.B

补充考点

老子姓李,名耳,字聃,春秋时期楚国人;孔子名丘,字仲尼,春秋时期鲁国人;孟子名轲,战国时期邹国人;庄子名周,战国时期宋国人;荀子名况,战国时期赵国人;墨子名翟,战国时期宋国人;韩非子,战国时期韩国人。

题组三

1.我国第一部国别体史书是(　　)。
　　A.《国语》　　　B.《春秋》　　　C.《史记》　　　D.《离骚》
2.中国第一部编年体史书是(　　)。

A.《战国策》　　B.《春秋》　　C.《左传》　　D.《国语》

3.春秋笔法是(　　)首创的一种文章写法。
A.老子　　B.司马迁　　C.孔子　　D.孟子

4.《吕氏春秋》属于下列哪个学派的代表著作？(　　)
A.法家　　B.道家　　C.杂家　　D.儒家

5.《国语》和(　　)都是国别史。
A.《左传》　　B.《战国策》　　C.《史记》　　D.《汉书》

6.(　　)记叙了春秋时期250多年间各诸侯国的政治、军事、经济、外交等方面的历史事实。
A.《春秋》　　B.《左传》　　C.《战国策》　　D.《史记》

7.成书于春秋时期的《左传》是一部(　　)的史书。
A.纪传体　　B.国别体　　C.断代体　　D.编年体

8.配合《春秋》而作的编年体史书是(　　)。
A.《诗书》　　B.《国语》　　C.《战国策》　　D.《左传》

9.(　　)标志着我国叙事散文的成熟。
A.《左传》　　B.《春秋》　　C.《国语》　　D.《史记》

10.我国诗歌从民间集体歌唱到诗人独立创作阶段的标志性作品是(　　)。
A.《楚辞》　　B.《诗经》　　C.《离骚》　　D.《敕勒歌》

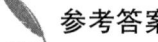 参考答案

1.A　2.B　3.C　4.C　5.B　6.B　7.D　8.D　9.A　10.A

补充考点

《左传》由左丘明所著,全称《春秋左氏传》,又名《左氏春秋》,是一部为《春秋》做注解的史书。

《国语》以记言为主,通过人物的言论,反映了从西周到春秋列国的政治、经济、军事、外交等各方面的状况,同时,也表现了各种思想观念,如爱国意识和民主观念。

 题组四

1.(　　)是屈原的代表作。
A.《山海经》　　B.《离骚》　　C.《诗经》　　D.《尚书》

2.战国中后期,屈原根据民间祭祀歌所加工而成的作品是(　　)。
A.《九章》　　B.《九歌》　　C.《天问》　　D.《招魂》

3.屈原是战国时期的浪漫主义诗人,屈原"投江自尽"的故事发生在下列哪个地区？

( )

　　A.四川　　　　　B.贵州　　　　　C.湖南　　　　　D.江西

4.开创"楚辞"新诗体的伟大诗人是( )。

　　A.庄子　　　　　B.宋玉　　　　　C.屈原　　　　　D.孔子

5.下列不属于屈原作品的是( )。

　　A.《离骚》　　　B.《九章》　　　C.《九辩》　　　D.《九歌》

6.一个闺中少女,又是一个金戈铁马的巾帼英雄,在民族需要的时候,她挺身而出,女扮男装,代父从军,这一不朽的艺术形象出自北朝民歌长篇叙事诗( )。

　　A.《陌上桑》　　B.《古诗十九首》　C.《木兰辞》　　D.《孔雀东南飞》

7.( )是我国文学史上第一部长篇叙事诗,是我国古代最杰出的长篇叙事诗,同时也是我国古代民间文学中的光辉诗篇之一。

　　A.《昭君出塞》　B.《孔雀东南飞》　C.《木兰辞》　　D.《悲愤诗》

8.成语"子虚乌有"出自下列哪位文学家的作品?( )

　　A.孟子　　　　　B.贾谊　　　　　C.司马相如　　　D.曹植

9."凤求凰"的故事与下列哪位历史人物有关?( )

　　A.孟子　　　　　B.曹植　　　　　C.司马相如　　　D.贾宝玉

10.代表汉代五言诗最高成就的是( )。

　　A.《咏史》　　　B.《同声歌》　　 C.《赠妇诗》　　D.《古诗十九首》

参考答案

1.B　　2.B　　3.C　　4.C　　5.C　　6.C　　7.B　　8.C　　9.C　　10.D

补充考点

《孔雀东南飞》通过叙述焦仲卿和刘兰芝夫妇在封建礼教摧残下的婚姻悲剧,揭露了封建礼教、封建家长制的深重罪孽。

题组五

1.史书《史记》所反映的最早历史是( )。

　　A.盘古开天辟地　B.黄帝时代　　　C.商朝建立　　　D.西周灭亡

2.史书《史记》记载的最后一位皇帝是( )。

　　A.秦始皇　　　　B.汉高祖　　　　C.汉武帝　　　　D.汉献帝

3.《史记》为西汉司马迁所作,是我国第一部纪传体通史,全书共( )篇,被鲁迅誉为"史家之绝唱,无韵之离骚"。

　　A..70　　　　　　B.100　　　　　　C.130　　　　　　D.160

4.《史记》中的"世家"是给什么人作的传？（　　）
　　A.皇帝　　　　B.诸侯王　　　　C.贵族　　　　D.重臣

5.以人物为中心的纪传体史学著作,是(　　)首创的。
　　A.扬雄　　　　B.张衡　　　　C.司马迁　　　　D.班固

6.司马迁编订史书《史记》的主要时间是在下列哪位皇帝执政时期？（　　）
　　A.汉武帝　　　　B.汉文帝　　　　C.汉景帝　　　　D.汉献帝

7.成语"完璧归赵"出自(　　)。
　　A.《战国策》　　B.《过秦论》　　C.《谏逐客书》　　D.《廉颇蔺相如列传》

8.在文化创作理论中提出"发愤著书"的是(　　)。
　　A.钟嵘　　　　B.司马迁　　　　C.孟子　　　　D.陆机

9.(　　)是我国第一部纪传体的断代史。
　　A.《国语》　　B.《战国策》　　C.《汉书》　　D.《史记》

10.《过秦论》的作者是(　　)。
　　A.贾谊　　　　B.刘安　　　　C.班固　　　　D.司马迁

参考答案

1.B　2.C　3.C　4.B　5.C　6.A　7.D　8.B　9.C　10.A

补充考点

《史记》分为本纪、世家、列传、八书、十表五个部分,本纪是记历代帝王事迹,世家是记侯国兴亡,列传是记王侯以外著名人物的言行事迹,八书是记各种典章制度,十表是记大事年月。

题组六

1.魏晋时期,建安七子是当时文学的代表人物,下列属于建安七子的是(　　)。
　　A.嵇康　　　　B.曹植　　　　C.山涛　　　　D.阮瑀

2."三曹"所处的文学时代被称之为(　　)。
　　A.正始　　　　B.两晋　　　　C.太康　　　　D.建安

3.(　　)创作的名句有:"山不厌高,海不厌深。周公吐哺,天下归心。"
　　A.曹操　　　　B.曹丕　　　　C.周文王　　　　D.周武王

4.成语"绝妙好辞"的典故与下列哪一位历史人物有关？（　　）
　　A.孔子　　　　B.屈原　　　　C.李白　　　　D.曹操

5.(　　)的诗歌完成了乐府民歌向文人诗的转变。
　　A.曹植　　　　B.司马相如　　　　C.蔡琰　　　　D.陈子昂

6."曹子建"指的是( )。
　　A.曹雪芹　　　　B.曹操　　　　　C.曹丕　　　　　D.曹植
7."出师未捷身先死,长使英雄泪满襟"是悼念( )的诗句。
　　A.关羽　　　　　B.文天祥　　　　C.诸葛亮　　　　D.岳飞
8."出师一表真名世"形容的是哪个历史人物?( )
　　A.苏秦　　　　　B.孔明　　　　　C.项羽　　　　　D.刘邦
9."初出茅庐"本意中的"茅庐"是指谁的住处?( )
　　A.刘备　　　　　B.诸葛亮　　　　C.司马光　　　　D.司马迁
10."鞠躬尽瘁,死而后已"出自诸葛亮的( )。
　　A.《三国演义》　B.《三国志》　　C.《后出师表》　D.《前出师表》

参考答案

1.D　2.D　3.A　4.D　5.A　6.D　7.C　8.B　9.B　10.C

补充考点

建安七子是建安年间七位文学家的合称,分别是<u>孔融、陈琳、王粲、徐干、阮瑀、应玚、刘桢</u>。

题组七

1.下列人物中,不属于竹林七贤的是( )。
　　A.嵇康　　　　　B.阮籍　　　　　C.山涛　　　　　D.朱耷
2.《后汉书》的作者是( )。
　　A.范晔　　　　　B.谢灵运　　　　C.鲍照　　　　　D.刘勰
3.北朝散文有质朴刚健的风格特色,代表作有郦道元的( ),它记叙多条河流的景色,是游记散文的开创之作。
　　A.《洛神赋》　　B.《山海经》　　C.《老残游记》　D.《水经注》
4.第一个大力写作山水诗的诗人是( )。
　　A.陶渊明　　　　B.曹操　　　　　C.谢灵运　　　　D.谢朓
5.( ),东晋时代诗人,是我国古代著名的田园派诗人。
　　A.陶渊明　　　　B.杜牧　　　　　C.白居易　　　　D.王维
6."久在樊笼里,复得返自然"出自陶渊明的( )。
　　A.《饮酒》　　　B.《桃花源记》　C.《归去来兮辞》D.《归园田居》
7."羁鸟恋旧林,池鱼思故渊"出自于陶渊明的( )。
　　A.《归去来兮辞》B.《归园田居》　C.《桃花源记》　D.《饮酒》

8.《搜神记》是一部记录民间传说中神奇怪异的故事集,搜集了古代的神异故事共四百五十四篇,它的作者是东晋史学家(　　)。
A.纪昀　　　　B.干宝　　　　C.刘禹锡　　　　D.李白

9.(　　)是我国第一部古代文言志人小说集,其内容主要记录魏晋时名士的逸闻逸事。
A.《拾遗记》　　B.《搜神记》　　C.《世说新语》　　D.《山海经》

10.据(　　)所载,潘岳每次外出,都会有不少女子手牵手地围着他的车子,又向他的车子投掷鲜花,成语"满载而归"即来自此典故。后来人们就以"潘安之貌"形容男子俊美。
A.《典论·论文》　B.《世说新语》　C.《文心雕龙》　D.《诗品》

参考答案

1.D　2.A　3.D　4.C　5.A　6.D　7.B　8.B　9.C　10.B

补充考点

出自《世说新语》的成语典故:难兄难弟、割席绝交、小时了了、覆巢之下,安有完卵、拾人牙慧、标新立异、楚楚可怜、鹤立鸡群、望梅止渴。

题组八

1."春花秋月何时了,往事知多少""剪不断,理还乱,是离愁"出自(　　)的词作。
A.苏轼　　　　B.李清照　　　　C.李煜　　　　D.柳永

2.以下哪一位属于"初唐四杰"中的一员?(　　)
A.王维　　　　B.孔尚任　　　　C.白居易　　　　D.杨炯

3."落霞与孤鹜齐飞,秋水共长天一色"出自下列名篇(　　)。
A.《滕王阁序》　B.《前赤壁赋》　C.《后赤壁赋》　D.《春江花月夜》

4."海内存知己,天涯若比邻"两句出自(　　)的《送杜少府之任蜀州》。
A.王勃　　　　B.杨炯　　　　C.卢照邻　　　　D.骆宾王

5."露重飞难进,风多响易沉"是骆宾王描写什么的诗句?(　　)
A.燕子　　　　B.蝉　　　　C.蜻蜓　　　　D.杜鹃

6.著名诗人陈子昂是(　　)时期的诗人。
A.初唐　　　　B.盛唐　　　　C.中唐　　　　D.晚唐

7."念天地之悠悠,独怆然而涕下"一句的作者是(　　)。
A.陈子昂　　　B.辛弃疾　　　C.苏轼　　　　D.杜甫

8.《登幽州台歌》应该用(　　)来配。

A.《高山流水》　　B.《胡笳十八拍》　　C.《阳春白雪》　　D.《十面埋伏》

9.被称为"孤篇压全唐"的是(　　　)。

　A.李白的《将进酒》　　　　　　B.白居易的《长恨歌》

　C.张若虚的《春江花月夜》　　　D.王维的《山居秋暝》

10.刘禹锡是(　　　)的代表诗人,以民歌体、咏古诗成就最高,《竹枝词》《西塞山怀古》等是他的代表作。

　A.初唐　　　　B.中唐　　　　C.盛唐　　　　D.晚唐

参考答案

1.C　2.D　3.A　4.A　5.B　6.A　7.A　8.B　9.C　10.B

补充考点

"初唐四杰"是唐初文学家王勃、杨炯、卢照邻、骆宾王的合称。王勃的代表作有<u>《滕王阁序》《送杜少府之任蜀州》</u>等,杨炯以作边塞征战诗著名,代表作有《从军行》《出塞》等,卢照邻擅长诗歌骈文,代表作有《长安古意》《行路难》等,骆宾王七岁时因<u>《咏鹅》</u>一诗而闻名,后期作品以<u>《在狱咏蝉》</u>为代表。

题组九

1."太白"是李白的(　　　)。

　A.号　　　　　B.字　　　　　C.别称　　　　D.真名

2."行路难,行路难,多歧路,今安在?长风破浪会有时,直挂云帆济沧海"出自(　　　)的《行路难》。

　A.孟郊　　　　B.杜牧　　　　C.杜甫　　　　D.李白

3."两岸猿声啼不住,轻舟已过万重山"是出自以下哪个诗人?(　　　)

　A.李白　　　　B.杜甫　　　　C.柳宗元　　　　D.苏轼

4.古代诗歌中"十步杀一人,千里不留行"是(　　　)的诗。

　A.李白　　　　B.杜甫　　　　C.白居易　　　　D.李清照

5.以下哪部作品不是李白创作的?(　　　)

　A.《将进酒》　　B.《梦游天姥吟留别》　　C.《送孟浩然之广陵》　　D.《春夜喜雨》

6.下列诗句不是李白所作的是(　　　)。

　A.欲穷千里目,更上一层楼

　B.君不见高堂明镜悲白发,朝如青丝暮成雪

　C.弃我去者,昨日之日不可留;乱我心者,今日之日多烦忧

　D.吾爱孟夫子,风流天下闻

7.李白的诗句"飞流直下三千尺,疑是银河落九天"所描绘的是( )的风景。
   A.四川峨眉山   B.重庆金佛山   C.江西庐山   D.湖北武当山
8."床前明月光"中的"床"指的是( )。
   A.窗   B.卧具   C.凉床   D.井上围栏
9.诗句"朝辞白帝彩云间,千里江陵一日还"描述的是( )的景色。
   A.长江   B.黄河   C.东海   D.南海
10.成语"青梅竹马"的来历与下列哪位古代文学家有关?( )
   A.王维   B.陈子昂   C.李白   D.阮籍

参考答案

1.B 2.D 3.A 4.A 5.D 6.A 7.C 8.D 9.A 10.C

补充考点

李白号青莲居士,其诗风豪放飘逸,其名篇有《蜀道难》《行路难》《将进酒》《月下独酌》《梦游天姥吟留别》《静夜思》《秋浦歌》《早发白帝城》《赠汪伦》等。

题组十

1."风急天高猿啸哀,渚清沙白鸟飞回"出自( )的诗句。
   A.杜甫   B.李白   C.陆游   D.王维
2."出师未捷身先死,长使英雄泪满襟"出自( )。
   A.《蜀相》   B.《春望》   C.《行路难》   D.《一剪梅》
3."射人先射马,擒贼先擒王"出自( )的诗。
   A.王昌龄   B.杜甫   C.李白   D.白居易
4."无边落木萧萧下,不尽长江滚滚来"出自( )的《登高》。
   A.李白   B.白居易   C.杜甫   D.杜牧
5."文章千古事,得失寸心知"出自( )的诗。
   A.李白   B.杜甫   C.白居易   D.贾岛
6.诗句"新鬼烦冤旧鬼哭,天阴雨湿声啾啾"的作者是( )。
   A.陆游   B.辛弃疾   C.杜甫   D.李贺
7.杜甫诗歌的风格是( )。
   A.雄浑豪放   B.通俗易懂   C.沉郁顿挫   D.平易自然
8."韩孟诗派"是中唐的一个诗歌创作流派,以韩愈为领袖,其中的"孟"是指( )。
   A.孟郊   B.孟浩然   C.孟光   D.孟云卿
9.古诗名句"谁言寸草心,报得三春晖"出自( )的作品。

A.李白　　　　　B.王维　　　　　C.孟浩然　　　　　D.孟郊

10."推敲"一词出自(　　)。

　　A.李白《梦游天姥吟留别》　　　　　B.杜甫《春望》

　　C.贾岛《题李凝幽居》　　　　　　　D.韩愈《师说》

参考答案

1.A　2.A　3.B　4.C　5.B　6.C　7.C　8.A　9.D　10.C

补充考点

孟郊是唐代著名诗人,其诗以五言古诗为主,《游子吟》为其传世名篇,因其作诗刻意苦吟,好奇险,与贾岛齐名,有"<u>郊寒岛瘦</u>"之称,又因他是韩愈文学主张的积极支持者,遂有"<u>孟诗韩笔</u>"之誉。

题组十一

1.王维是(　　)时期山水田园派诗人代表。

　　A.初唐　　　　　B.中唐　　　　　C.盛唐　　　　　D.晚唐

2.诗句"明月松间照,清泉石上流"的作者是(　　)。

　　A.王勃　　　　　B.骆宾王　　　　C.王粲　　　　　D.王维

3."遥知兄弟登高处,遍插茱萸少一人"所指的节日是(　　)。

　　A.清明节　　　　B.端午节　　　　C.重阳节　　　　D.中秋节

4."待到重阳日,还来就菊花"是(　　)的诗句。

　　A.王维　　　　　B.孟浩然　　　　C.孟郊　　　　　D.贾岛

5.孟浩然《过故人庄》是一首著名的(　　)。

　　A.山水诗　　　　B.边塞诗　　　　C.田园诗　　　　D.哲理诗

6.高适是(　　)的代表。

　　A.边塞诗　　　　B.田园诗　　　　C.山水诗　　　　D.咏物诗

7."秦时明月汉时关,万里长征人未还","黄沙百战穿金甲,不破楼兰终不还",是被誉为"七绝圣手"、"诗家天子"的唐代诗人(　　)的名句。

　　A.高适　　　　　B.王昌龄　　　　C.岑参　　　　　D.李白

8.唐代诗人王昌龄最擅长(　　)这一诗体。

　　A.五言绝句　　　B.七言绝句　　　C.五言律诗　　　D.七言律诗

9.王昌龄的绝句(　　)被誉为"唐代绝句压轴之作"。

　　A.《登鹳雀楼》　B.《出塞》　　　C.《凉州词》　　　D.《咏柳》

10.王昌龄写了著名的《出塞》,它的前两句是:"秦时明月汉时关,万里长征人未还。"

后两句是(　　)。

A.黄沙百战穿金甲,不破楼兰终不还　　B.青海长云暗雪山,孤城遥望玉门关

C.但使龙城飞将在,不教胡马度阴山　　D.醉卧沙场君莫笑,古来征战几人回

参考答案

1.C　2.D　3.C　4.B　5.C　6.A　7.B　8.B　9.B　10.C

补充考点

唐朝的山水田园诗派和边塞诗派是两大重要的诗歌流派,前者源于东晋的谢灵运和陶渊明,以唐代王维、孟浩然为代表,后者以高适、岑参、王昌龄等为代表。

☞ 题组十二

1.文集《昌黎先生集》的作者是(　　)。

A.韩愈　　B.欧阳修　　C.白居易　　D.柳宗元

2.(　　)与韩愈一起倡导古文运动,其代表作是《三戒》《永州八记》。

A.李白　　B.杜甫　　C.白居易　　D.柳宗元

3.下列的唐宋八大家人物中,唐代的是(　　)。

A.柳宗元　　B.苏轼　　C.苏辙　　D.曾巩

4.《捕蛇者说》的作者是(　　)。

A.白居易　　B.柳宗元　　C.周敦颐　　D.刘禹锡

5.下列文学家中,曾经在广西柳州做官的是(　　)。

A.文天祥　　B.柳永　　C.柳宗元　　D.贺知章

6.号"香山居士"的是下列哪一位唐朝诗人?(　　)

A.陈子昂　　B.白居易　　C.柳宗元　　D.刘禹锡

7.现实主义诗人白居易是(　　)时期的诗人。

A.初唐　　B.中唐　　C.晚唐　　D.盛唐

8.白居易诗作《长恨歌》开篇"汉皇重色思倾国"中的"汉皇"指的是(　　)。

A.刘邦　　B.李隆基　　C.刘彻　　D.李世民

9.《琵琶记》最为重要的艺术成就是塑造了(　　)这一人物形象。

A.柳梦梅　　B.杜丽娘　　C.李香君　　D.赵五娘

10."大珠小珠落玉盘"是指哪个乐器的弹奏声音?(　　)

A.琵琶　　B.古筝　　C.扬琴　　D.柳琴

参考答案

1.A　2.D　3.A　4.B　5.C　6.B　7.B　8.B　9.D　10.A

补充考点

苏轼称赞韩愈的文章为"文起八代之衰,道济天下之溺"。

白居易创作的作品有《长恨歌》《卖炭翁》《琵琶行》《观刈麦》等。

题组十三

1.唐朝是一个诗人辈出、群星璀璨的时代,下列诗人中,生活在晚唐的是(　　)。
   A.王维　　　　　B.陈子昂　　　　C.李白　　　　　D.李商隐

2."此情可待成追忆,只是当时已惘然"出自(　　)的作品。
   A.李清照　　　　B.柳永　　　　　C.李商隐　　　　D.苏轼

3."夕阳无限好,只是近黄昏"是(　　)的诗句。
   A.李商隐　　　　B.张九龄　　　　C.杜牧　　　　　D.陆游

4.李商隐的诗歌风格是什么?(　　)
   A.俊爽峭健　　　B.深情绵邈　　　C.清奇僻苦　　　D.正大高华

5."南朝四百八十寺,多少楼台烟雨中","停车坐爱枫林晚,霜叶红于二月花","一骑红尘妃子笑,无人知是荔枝来",是唐代诗人(　　)的诗句。
   A.杜牧　　　　　B.杜甫　　　　　C.李白　　　　　D.李贺

6.《阿房宫赋》是(　　)的代表作。
   A.白居易　　　　B.元稹　　　　　C.杜牧　　　　　D.李商隐

7.诗句"一骑红尘妃子笑,无人知是荔枝来"中的"妃子"是指哪个历史人物?(　　)
   A.杨玉环　　　　B.武则天　　　　C.貂蝉　　　　　D.西施

8."商女不知亡国恨,隔江犹唱后庭花"出自(　　)的作品。
   A.李商隐　　　　B.韩愈　　　　　C.杜甫　　　　　D.杜牧

9.杜牧写道:"时花美女,不足为其色也;荒国陊殿,梗莽丘垄,不足为其恨怨悲愁也;牛鬼蛇神,不足为其虚荒诞幻也。"这句话准确揭示了(　　)诗歌的特点。
   A.孟郊　　　　　B.李白　　　　　C.李贺　　　　　D.李商隐

10.我国最早的一部文人词总集是(　　)。
   A.《花间集》　　B.《教坊记》　　C.《云谣集杂曲子》　D.《二主集》

参考答案

1.D　2.C　3.A　4.B　5.A　6.C　7.A　8.D　9.C　10.A

补充考点

杜牧是唐代著名文学家,晚年居住于长安南樊川别墅,故称"杜樊川",其主要作品有

《江南春》《泊秦淮》《阿房宫赋》等,著有《樊川文集》。

题组十四

1. 下列属于豪放派词人的是(　　)。
   A.温庭筠　　B.苏轼　　C.柳永　　D.吴文英

2. 宋代文学家苏轼在众多领域都有极高的成就,下列不属于他代表性成就的是(　　)。
   A.诗词　　B.散文　　C.小说　　D.书法

3. "十年生死两茫茫,不思量,自难忘"出自(　　)的作品。
   A.李煜　　B.柳永　　C.陆游　　D.苏轼

4. "明月几时有,把酒问青天"出自下面哪位诗人的作品?(　　)
   A.李白　　B.杜甫　　C.苏东坡　　D.柳永

5. "于是饮酒乐甚,扣舷而歌之,歌曰:'桂棹兮兰桨,击空明兮溯流光。渺渺兮予怀,望美人兮天一方。'客有吹洞箫者,倚歌而和之。其声呜呜然,如怨如慕,如泣如诉;余音袅袅,不绝如缕。"出自苏轼的(　　)。
   A.《赤壁赋》　　B.《后赤壁赋》　　C.《秋阳赋》　　D.《飓风赋》

6. "横看成岭侧成峰,远近高低各不同。不识庐山真面目,只缘身在此山中。"出自(　　)的《题西林壁》。
   A.王安石　　B.黄庭坚　　C.苏轼　　D.秦观

7. 《念奴娇·赤壁怀古》《江城子·密州出猎》《江城子·悼亡妻》等词的作者是(　　)。
   A.苏辙　　B.苏轼　　C.杜甫　　D.辛弃疾

8. "一门三父子,都是大文豪。诗赋传千古,峨眉共比高。"这首诗中的"三父子"指的是(　　)。
   A.曹操曹丕曹植　　B.班彪班固班超　　C.苏洵苏轼苏辙　　D.杜甫杜牧杜荀鹤

9. 苏轼《念奴娇·赤壁怀古》中"羽扇纶巾,谈笑间,樯橹灰飞烟灭"说的是(　　)。
   A.刘备　　B.周瑜　　C.曹操　　D.诸葛亮

10. 南宋(　　)的词风以豪放为主,但亦不拘一格,沉郁、明快、妩媚,兼而有之。
    A.柳永　　B.辛弃疾　　C.苏轼　　D.欧阳修

参考答案

1.B　2.C　3.D　4.C　5.A　6.C　7.B　8.C　9.B　10.B

补充考点

辛弃疾字幼安,号稼轩,南宋爱国词人。他独创"稼轩体",是宋词豪放派的代表,把苏轼开创的豪放词风推向了新的高峰。

题组十五

1. 下列文学作品中哪一部是编年体史书？（　　）
　　A.《战国策》　　B.《汉书》　　C.《史记》　　D.《资治通鉴》
2. 被称为"帝王的镜子"的历史著作是（　　）。
　　A.《史记》　　B.《资治通鉴》　　C.《汉书》　　D.《后汉书》
3. 下列不是前四史的是（　　）。
　　A.《史记》　　B.《汉书》　　C.《后汉书》　　D.《资治通鉴》
4. 宋代诗文革新运动的领袖是（　　）。
　　A.范仲淹　　B.欧阳修　　C.韩愈　　D.苏轼
5. "六一居士"是下列哪个文学家的别号？（　　）
　　A.欧阳修　　B.李商隐　　C.王安石　　D.杜牧
6. 北宋著名的政治家、文学家，被列宁称为"中国十一世纪最伟大的改革家"的是（　　）。
　　A.欧阳修　　B.王安石　　C.辛弃疾　　D.黄巢
7. 宋代文学家范仲淹创作的《岳阳楼记》描绘了下列哪里的优美风光？（　　）
　　A.太湖　　B.西湖　　C.洞庭湖　　D.鄱阳湖
8. "无可奈何花落去，似曾相识燕归来"出自（　　）的词。
　　A.晏殊　　B.晏几道　　C.李清照　　D.柳永
9. "两情若是久长时，又岂在朝朝暮暮"出自（　　）的诗。
　　A.秦观　　B.黄庭坚　　C.柳永　　D.李商隐
10. 《水经注》的作者是（　　）。
　　A.柳宗元　　B.张衡　　C.干宝　　D.郦道元

参考答案

1.D　2.B　3.D　4.B　5.A　6.B　7.C　8.A　9.A　10.D

补充考点

范仲淹是北宋著名政治家、文学家，谥文正，著有《范文正公集》。
秦观是北宋著名词人，被称为"婉约之宗"。

题组十六

1. 宋代词人（　　）号"易安居士"，前期多写闺情相思，后期词融入家国之恨，是"婉约派"代表人物。

A.秦观　　　　B.李煜　　　　C.温庭筠　　　　D.李清照

2.号"放翁"的宋代文学家是(　　)。

A.陆游　　　　B.辛弃疾　　　C.李清照　　　　D.苏洵

3."红酥手,黄縢酒,满城春色宫墙柳"出自宋代著名词人陆游的词作(　　)。

A.《钗头凤》　B.《诉衷情》　C.《卜算子》　　D.《相见欢》

4.下列不属于元曲四大家的是(　　)。

A.关汉卿　　　B.郑光祖　　　C.汤显祖　　　　D.白朴

5.关汉卿公案剧的代表作是(　　)。

A.《鲁斋郎》　B.《窦娥冤》　C.《蝴蝶梦》　　D.《汉宫秋》

6.下列作品不属于关汉卿作品的是(　　)。

A.《窦娥冤》　B.《救风尘》　C.《琵琶记》　　D.《单刀会》

7.赵盼儿仗义拯救宋引章的故事选自(　　)的杂剧《救风尘》。

A.王实甫　　　B.白朴　　　　C.关汉卿　　　　D.郑光祖

8."地也,你不分好歹何为地! 天也,你错勘贤愚枉做天!"出自于元代四大悲剧中的哪一部作品? (　　)

A.关汉卿《窦娥冤》　　　B.白朴《梧桐雨》

C.郑光祖《赵氏孤儿》　　D.马致远《汉宫秋》

9."我是个蒸不烂、煮不熟、捶不扁、炒不爆、响珰珰一粒铜豌豆"是(　　)的自喻。

A.关汉卿　　　B.龚自珍　　　C.鲁迅　　　　　D.文天祥

10.元杂剧的四大爱情剧不包括以下哪一部? (　　)

A.关汉卿《拜月亭》　　　B.王实甫《西厢记》

C.孔尚任《桃花扇》　　　D.郑光祖《倩女离魂》

参考答案

1.D　2.A　3.A　4.C　5.B　6.C　7.C　8.A　9.A　10.C

补充考点

关汉卿是元代著名杂剧作家,其著名作品除了《窦娥冤》《拜月亭》之外,还有《救风尘》、《单刀会》、《西蜀梦》。

题组十七

1.唱词"碧云天,黄花地,西风紧,北雁南飞,晓来谁染霜林醉,总是离人泪"出自(　　)。

A.《西厢记》　B.《救风尘》　C.《牡丹亭》　　D.《汉宫秋》

2.内心热烈外表冷静的崔莺莺是出自(　　)中的人物。

A.《牡丹亭》　　　B.《西厢记》　　　C.《长恨歌》　　　D.《桃花扇》

3.《西厢记》的故事最早来源于唐代元稹的小说(　　)，王实甫将其改造成一部爱情喜剧。

A.《牡丹亭》　　　B.《莺莺传》　　　C.《紫钗记》　　　D.《南柯记》

4.《墙头马上》属于什么类型的杂剧？(　　)

A.武侠类　　　B.言情类　　　C.战争类　　　D.伦理类

5.从戏剧类型上看中国古代戏曲《赵氏孤儿》是(　　)。

A.英雄悲剧　　　B.家庭悲剧　　　C.性格悲剧　　　D.命运悲剧

6.汤显祖的传奇名剧是(　　)。

A.《牡丹亭》　　　B.《救风尘》　　　C.《窦娥冤》　　　D.《长生殿》

7.请问杜丽娘是哪部作品中的人物？(　　)

A.《西厢记》　　　B.《牡丹亭》　　　C.《桃花扇》　　　D.《梧桐雨》

8.创作于明代，以武王伐纣、商周易代的历史为框架，叙写天上的神仙分成两派卷入这场战争的神魔小说是(　　)。

A.《封神演义》　　　B.《西游记》　　　C.《牡丹亭》　　　D.《桃花扇》

9.《三国演义》当中"吕布戏貂蝉"的计谋是(　　)出的。

A.董卓　　　B.诸葛亮　　　C.司徒王允　　　D.貂蝉

10.《三国演义》中，望梅止渴、割须弃袍、横槊赋诗、败走华容道的是(　　)。

A.刘备　　　B.曹操　　　C.孙权　　　D.周瑜

参考答案

1.A　2.B　3.B　4.B　5.A　6.A　7.B　8.A　9.C　10.B

补充考点

在王实甫的《西厢记》中为张生和崔莺莺穿针引线的关键性人物是红娘。

题组十八

1.四大名著中不正确的情节是(　　)。

A.诸葛亮拒过江东　　　B.唐僧取经

C.鲁智深倒拔垂杨柳　　　D.刘姥姥进大观园

2.在古典四大名著中，有一部是以描绘农民革命斗争为主的作品，该小说作品的作者是(　　)。

A.吴承恩　　　B.罗贯中　　　C.吴敬梓　　　D.施耐庵

3.屡遭迫害而委曲求全，逆来顺受，直到被人火烧草料场，欲置其于死地，最后忍无可忍,积愤喷发,手刃仇人,奔上梁山的英雄是(   )。
   A.林冲   B.宋江   C.公孙胜   D.鲁达
4."呼保义"是指(   )。
   A.宋江   B.卢俊义   C.呼延灼   D.柴进
5.《西游记》中"就是见了玉皇大帝,太上老君,我也只是唱个诺罢了"是(   )的话语。
   A.猪八戒   B.孙悟空   C.沙和尚   D.杨戬
6.下列哪个地方是《红楼梦》中薛宝钗的居住地?(   )
   A.怡红院   B.潇湘馆   C.蘅芜苑   D.宝钗阁
7.《红楼梦》中王夫人是(   )的妻子。
   A.贾敬   B.贾政   C.贾赦   D.贾敷
8.小说《红楼梦》中"可叹停机德,堪怜咏絮才"中"咏絮才"指的是(   )。
   A.林黛玉   B.薛宝钗   C.王熙凤   D.史湘云
9."机关算尽太聪明,反误了卿卿性命"、"精细处不让凤姐"、"装愚守拙,随分从时"、"身为下贱,心比天高"分别对应(   )。
   A.王熙凤 探春 薛宝钗 晴雯   B.薛宝钗 探春 王熙凤 晴雯
   C.探春 王熙凤 晴雯 薛宝钗   D.王熙凤 晴雯 探春 薛宝钗
10."年貌虽小,其举止言谈不俗,身体面庞虽怯弱不胜,却有一段自然的风流态度,便知他有不足之症。"这段描写的人物是(   )。
    A.林黛玉   B.迎春   C.李香君   D.莺莺

参考答案

1.A 2.D 3.A 4.A 5.B 6.C 7.B 8.A 9.A 10.A

补充考点

《红楼梦》以贾宝玉、林黛玉的爱情悲剧为主线,描写了以贾家为代表的"贾、史、王、薛"四大家族的衰落过程,批判并揭示了封建社会制度濒于崩溃和必然灭亡的历史趋势。

题组十九

1.洪昇的戏曲《长生殿》主要讲述的是下列哪些历史人物的爱情故事?(   )
   A.许仙与白娘子 B.李隆基与杨玉环 C.梁山伯与祝英台 D.勾践夫差
2.《桃花扇》是明代末期哪位作家的作品?(   )
   A.汤显祖   B.孔尚任   C.王实甫   D.白朴
3.下列选项中不属于明代小说的是(   )。

A.《金瓶梅》　　　B.《三国演义》　　　C.《西游记》　　　D.《儒林外史》

4.下列小说被誉为"我国古代讽刺小说典范"的是(　　)。

A.《金锁记》　　　B.《儒林外史》　　　C.《老残游记》　　　D.《海上花》

5.《聊斋志异》既是一部文学作品,同时也反映了(　　)的社会生活面貌。

A.宋朝　　　B.元朝　　　C.明朝　　　D.清朝

6.(　　)是中国成就最高的短篇小说集。全书共四百九十一篇,大都为妖狐神鬼故事。

A.《儒林外史》　　　B.《聊斋志异》　　　C.《西游记》　　　D.《搜神记》

7.晚清小说《官场现形记》的作者是(　　)。

A.李伯元　　　B.吴敬梓　　　C.冯梦龙　　　D.蒲松龄

8.晚清小说《老残游记》的作者是(　　)。

A.冯梦龙　　　B.吴敬梓　　　C.刘鹗　　　D.蒲松龄

9.确定冯梦龙作为文学史上大家的地位,是因为他编纂整理了拟话本小说(　　)。

A.《石点头》　　　B."三言"　　　C."二拍"　　　D.《西湖二集》

10.下列属于王国维作品的是(　　)。

A.《饮冰室合集》　　　B.《病梅馆记》　　　C.《人间词话》　　　D.《与妻书》

参考答案

1.B　2.B　3.D　4.B　5.D　6.B　7.A　8.C　9.B　10.C

补充考点

文学史上讲述唐玄宗和杨贵妃之间爱情故事的著名文学作品有唐代白居易的<u>《长恨歌》</u>、元代白朴的<u>《梧桐雨》</u>、清代洪昇的<u>《长生殿》</u>。

题组二十

1.下列作品中,(　　)不是鲁迅所作。

A.《药》　　　B.《祝福》　　　C.《故乡》　　　D.《屈原》

2.下列作品中,(　　)不是鲁迅创作的小说。

A.《伤逝》　　　B.《孔乙己》　　　C.《药》　　　D.《月牙儿》

3.散文诗集《野草》的作者是(　　)。

A.鲁迅　　　B.拜伦　　　C.卢梭　　　D.蒙田

4.鲁迅在小说中塑造了一个代表中国国民劣根性的典型人物,这个人物的名字是(　　)。

A.祥林嫂　　　B.阿Q　　　C.狂人　　　D.魏连殳

5.鲁迅先生的小说《祝福》,收录在下列哪部文集中？(　　)

A.《野草》　　　　B.《彷徨》　　　　C.《呐喊》　　　　D.《故事新编》

6.《花边文学》《准风月谈》《伪自由书》的作者是(　　)。

　A.夏衍　　　　　B.茅盾　　　　　C.老舍　　　　　D.鲁迅

7.下列不是出自鲁迅的《呐喊》小说集的是(　　)。

　A.《孔乙己》　　B.《狂人日记》　C.《阿Q正传》　D.《祝福》

8.鲁迅的《纪念刘和珍君》中,刘和珍的身份是(　　)。

　A.日本留学生　　B.作者的同事　　C.作者的学生　　D.作者的亲戚

9."涓生"是鲁迅先生笔下的一个人物形象,这个人物出自下列哪一部小说作品?(　　)

　A.《离婚》　　　B.《故乡》　　　C.《祝福》　　　D.《伤逝》

10.鲁迅先生的《故事新编》从文学体裁上划分,属于(　　)。

　A.散文集　　　　B.小说集　　　　C.戏剧集　　　　D.诗歌集

参考答案

1.D　2.D　3.A　4.B　5.B　6.D　7.D　8.C　9.D　10.B

补充考点

鲁迅先生的主要作品有短篇小说集《呐喊》《彷徨》《故事新编》,散文诗集《野草》,回忆性散文集《朝花夕拾》,杂文集《坟》《且介亭杂文》《华盖集》《三闲集》《二心集》《南腔北调集》等。

题组二十一

1.1915年由陈独秀创办、成为"新文化运动"主阵地的刊物是(　　)。

　A.《新青年》　　B.《红旗杂志》　C.《创造月刊》　D.《共产党人》

2.我国文学史上第一部白话诗集是(　　)。

　A.《猛虎集》　　B.《东窗集》　　C.《尝试集》　　D.《云间集》

3.提出"白话文学之为中国文学之正宗"的是(　　)。

　A.李大钊　　　　B.鲁迅　　　　　C.陈独秀　　　　D.胡适

4.《故乡的野菜》《乌篷船》《吃茶》《谈酒》等是(　　)的散文名篇。

　A.林语堂　　　　B.梁实秋　　　　C.周作人　　　　D.俞平伯

5.小说《沉沦》是现代文学史上经典的作品,该小说主要取材于作者留学哪一个国家的经历?(　　)

　A.日本　　　　　B.英国　　　　　C.法国　　　　　D.美国

6."自叙体"抒情小说作为一种创作潮流是从(　　)在1921年出版的小说《沉沦》开

始的,这也是中国现代文学史上第一部白话小说集。

　　A.冰心　　　　B.郁达夫　　　　C.徐志摩　　　　D.沈从文

7.不负民族气节、在苏门答腊被害的现代著名作家是(　　)。

　　A.许地山　　　　B.徐志摩　　　　C.钱玄同　　　　D.郁达夫

8.被毛泽东誉为"有骨气"、"表现了我们民族的英雄气概"的散文家是(　　)。

　　A.闻一多　　　　B.郭沫若　　　　C.朱自清　　　　D.鲁迅

9.《荷塘月色》的作者是(　　)。

　　A.郁达夫　　　　B.冰心　　　　　C.叶圣陶　　　　D.朱自清

10.小说《二月》《为奴隶的母亲》的作者是(　　)。

　　A.张恨水　　　　B.朱自清　　　　C.茅盾　　　　　D.柔石

参考答案

1.A　　2.C　　3.D　　4.C　　5.A　　6.B　　7.D　　8.C　　9.D　　10.D

补充考点

柔石原名赵平复,中国现代小说家,"左联五烈士"之一。

题组二十二

1.老舍的小说以(　　)市民社会为描写中心,用地道的语言展示了这座城市的风土人情,写活了生活中的老派市民、新派市民等几种人物形象系列。

　　A.北京　　　　　B.上海　　　　　C.广州　　　　　D.成都

2.老舍的话剧《茶馆》和贝克特的《等待戈多》的共同之处是(　　)。

　　A.充满追求自由和解放的浪漫主义精神　　　B.具有强烈的社会批判精神

　　C.描写了社会历史的转变　　　　　　　　　D.反映了当代人的精神创伤

3.下列文学作品不属于老舍先生创作的是(　　)。

　　A.《茶馆》　　　B.《龙须沟》　　　C.《四世同堂》　　D.《原野》

4.首次将老舍的《茶馆》搬上舞台的导演是(　　)。

　　A.焦菊隐　　　B.欧阳山尊　　　C.吴祖光　　　D.黄佐临

5.下列属于茅盾作品的是(　　)。

　　A.《京华烟云》　B.《白杨礼赞》　　C.《祝福》　　　D.《稻草人》

6.《林家铺子》的作者是(　　)。

　　A.张恨水　　　B.朱自清　　　　C.茅盾　　　　D.老舍

7.小说《子夜》的作者是(　　)。

　　A.茅盾　　　　B.老舍　　　　　C.郁达夫　　　D.鲁迅

8.( )属于文学研究会成员。
　　A.徐志摩　　　　B.鲁迅　　　　　C.沈雁冰　　　　D.成仿吾
9.下列不属于钱钟书作品的是( )。
　　A.《围城》　　　B.《管锥编》　　 C.《人间词话》　 D.《谈艺录》
10.钱钟书小说《围城》中女性角色不包括( )。
　　A.孙柔嘉　　　　B.唐晓芙　　　　C.苏文纨　　　　D.白流苏

参考答案

1.A　　2.B　　3.D　　4.A　　5.B　　6.C　　7.A　　8.C　　9.C　　10.D

补充考点

茅盾原名沈德鸿,字雁冰,中国现代著名作家、文学评论家,他提倡"为人生"的文学主张,被誉为"20世纪中国的巴尔扎克"。

题组二十三

1.周朴园是下列哪一部话剧中的人物?( )
　　A.《北京人》　　B.《日出》　　　 C.《雷雨》　　　 D.《原野》
2.四凤是下列哪部文学作品中的人物?( )
　　A.《雷雨》　　　B.《祝福》　　　 C.《茶馆》　　　 D.《日出》
3.鲁大海是曹禺创作的四幕话剧( )中的人物。
　　A.《雷雨》　　　B.《日出》　　　 C.《原野》　　　 D.《北京人》
4.金子、仇虎是曹禺笔下哪一部作品中的人物?( )
　　A.《原野》　　　B.《北京人》　　 C.《日出》　　　 D.《雷雨》
5.描写封建家庭的腐朽没落、表达埋葬旧社会走向新社会主题的文学作品是( )。
　　A.《雷雨》　　　B.《北京人》　　 C."激流三部曲"　D.《这不是春天》
6.曹禺以暴露"损不足以奉有余"的"社会形态"为创作思想的剧作是( )。
　　A.《日出》　　　B.《原野》　　　 C.《北京人》　　 D.《家》
7.陈白露是曹禺先生创作的戏剧作品中的一位悲剧性的女性形象,这部作品的名称是( )。
　　A.《原野》　　　B.《日出》　　　 C.《北京人》　　 D.《雷雨》
8.下列作品中不是巴金先生代表作品的是( )。
　　A.《围城》　　　B.《家》　　　　 C.《春》　　　　 D.《秋》
9.巴金先生的小说《寒夜》主要以下列哪一个地区的生活状况为环境背景?( )
　　A.济南　　　　　B.重庆　　　　　C.上海　　　　　D.北京

10.汪文宣是巴金笔下哪部小说中的主要人物？（   ）
   A.《寒夜》   B.《家》   C.《雾》   D.《灭亡》

参考答案

1.C   2.A   3.A   4.A   5.A   6.A   7.B   8.A   9.B   10.A

补充考点

创作过两个"三部曲"的重要作家有巴金和茅盾，前者是"激流三部曲"（《家》《春》《秋》）和"爱情三部曲"（《雾》《雨》《电》），后者是"农村三部曲"（《春蚕》《秋收》《残冬》）和"蚀三部曲"（《幻灭》《动摇》《追求》）。

题组二十四

1.她以罕有的才情和写传奇的本领,在与桑弧合作的《不了情》《太太万岁》及《哀乐中年》三个电影创作中表现突出,这位作者是(   )。
   A.琼瑶   B.张爱玲   C.萧红   D.丁玲

2.《倾城之恋》的作者是(   )。
   A.曹禺   B.钱钟书   C.张爱玲   D.茅盾

3.2007年根据张爱玲同名小说(   )改编的电影获得威尼斯大奖。
   A.《金锁记》   B.《半生缘》   C.《色·戒》   D.《倾城之恋》

4.张恨水是安徽籍作家,原名张心远,鸳鸯蝴蝶梦的代表,是现代章回小说的大家,以下选项中不属于他的代表作品的是(   )。
   A.《金粉世家》   B.《春明外史》   C.《啼笑因缘》   D.《旷野的呼唤》

5.鸳鸯蝴蝶派是清末民初出现的一个(   )。
   A.美术流派   B.文学流派   C.音乐流派   D.戏剧流派

6.张恨水在20世纪30年代创作的一部最畅销的小说是(   )。
   A.《金粉世家》   B.《啼笑因缘》   C.《青春之花》   D.《天上人间》

7.下列属于闻一多作品的是(   )。
   A.《死水》   B.《翡冷翠的一夜》   C.《春风沉醉的晚上》   D.《沉沦》

8.被茅盾称之为既是中国的布尔乔亚的"开山诗人"又是"末代诗人"的是(   )。
   A.闻一多   B.李金发   C.徐志摩   D.戴望舒

9.(   )的散文、小说及诗歌,赞美母爱、儿童、大自然,体现了"爱的哲学"的创作主题。
   A.郁达夫   B.林徽因   C.冰心   D.朱自清

10.对冰心"繁星体"小说的创作影响较大的外国诗人是( )。
   A.泰戈尔　　　B.惠特曼　　　C.拜伦　　　D.雪莱

参考答案

1.B　2.C　3.C　4.D　5.B　6.B　7.A　8.C　9.C　10.A

补充考点

冰心是"问题小说"的最早写作者之一,也是"繁星体"小说的开创者,还创造了清丽柔美的"冰心体"散文。

题组二十五

1.《古代英雄的石像》是现代文学史上颇具历史意义的文学作品,这部著作的作者是( )。
   A.沈雁冰　　　B.许地山　　　C.叶圣陶　　　D.王统照

2.小说《倪焕之》的作者是( )。
   A.沈从文　　　B.老舍　　　C.叶圣陶　　　D.巴金

3.下列作品中,属于叶圣陶创作的是( )。
   A.《京城风云》　B.《子夜》　　C.《祝福》　　D.《稻草人》

4.( )是沈从文浓郁怀乡情怀的艺术结晶,也是支撑他所构筑的湘西世界的坚实基石。
   A.《丈夫》　　B.《边城》　　C.《柏子》　　D.《会明》

5.下列人物不属于《边城》中的是( )。
   A.傩送　　　B.翠翠　　　C.天保　　　D.梅

6."京派作家第一人"是( )。
   A.张恨水　　　B.沈从文　　　C.茅盾　　　D.老舍

7.下列属于中国当代著名女作家丁玲的代表作的是( )。
   A.《致橡树》　B.《生死场》　C.《半生缘》　D.《莎菲女士的日记》

8.丁玲小说《太阳照在桑干河上》的时代背景是( )。
   A.解放战争时期　B.抗日战争时期　C.大革命时期　D.新中国成立初期

9.( )的散文结构巧妙、曲径通幽,语言含蓄,充满诗情画意,《香山红叶》是他的代表作。
   A.秦牧　　　B.刘白羽　　　C.杨朔　　　D.茅盾

10.杨朔是我国当代著名散文家,他的优秀散文是( )。
   A.《白杨礼赞》　B.《荔枝蜜》　C.《珍珠鸟》　D.《第二次考试》

参考答案

1.C 2.C 3.D 4.B 5.D 6.B 7.D 8.A 9.C 10.B

补充考点

沈从文是湖南凤凰县人,主要作品除了《边城》外,还有散文集《湘西散记》等。

题组二十六

1.田汉创作的剧本有《第五号病室》《月光曲》(　　)等。
　　A.《雷雨》　　　B.《车站》　　　C.《文成公主》　　D.《茶馆》
2.《关汉卿》是我国哪位著名剧作家的作品?(　　)
　　A.郭沫若　　　B.曹禺　　　　　C.田汉　　　　　　D.夏衍
3.中国左翼作家联盟成立于(　　)。
　　A.1921年　　　B.1930年　　　　C.1931年　　　　　D.1937年
4.郭沫若在新中国成立后创作的话剧代表作之一是(　　)。
　　A.《王昭君》　　B.《高渐离》　　C.《蔡文姬》　　　D.《卓文君》
5.我国著名的文学家郭沫若先生出生于下列哪一个城市?(　　)
　　A.浙江绍兴　　B.四川乐山　　　C.江西南昌　　　　D.广东中山
6.以下不属于郭沫若诗歌的是(　　)。
　　A.《凤凰涅槃》　B.《雨巷》　　　C.《天上的街市》　D.《天狗》
7.下列哪一部作品不是赵树理的创作?(　　)
　　A.《李家庄的变迁》B.《三里湾》　　C.《山乡巨变》　　D.《传家宝》
8.小说《创业史》的作者是(　　)。
　　A.罗广斌　　　B.柳青　　　　　C.杨沫　　　　　　D.梁斌
9.梁生宝是柳青的长篇小说(　　)中的主人公。
　　A.《红旗谱》　　B.《创业史》　　C.《白鹿原》　　　D.《玉卿嫂》
10.魏巍的《谁是最可爱的人》是写(　　)采访到的事例。
　　A.抗日战争　　B.抗美援朝　　　C.中越战争　　　　D.十年内战

参考答案

1.C 2.C 3.B 4.C 5.B 6.B 7.C 8.B 9.B 10.B

补充考点

中国左翼作家联盟简称"左联",是中国共产党于1930年在上海创建的一个文学组织,领导成员有鲁迅、夏衍、冯雪峰、冯乃超、丁玲、周扬等,左联以马克思主义文艺理论指导自己的实践,重视理论批评,创办了《萌芽月刊》《北斗》《文学月报》等刊物,推动了左翼文化运动的迅猛发展。

题组二十七

1. 作家艾青是以哪种文学体裁的创作而闻名?(　　)
   A.诗歌　　　B.散文　　　C.小说　　　D.戏剧

2. (　　)的主要作品有《反法西斯》《黎明的通知》等。
   A.巴金　　　B.艾青　　　C.茅盾　　　D.沈从文

3. 爱国主义是艾青作品中永远唱不尽的主题。在"土地"的意象中,凝聚着诗人对祖国——大地母亲最深沉的爱,把这种感情表现得最为动人的,是他的(　　)。
   A.《大堰河——我的保姆》　　B.《我爱这土地》
   C.《雪落在中国的土地上》　　D.《北方》

4. 以"土地—农民"为关注中心的作家是(　　)。
   A.艾青　　　B.臧克家　　　C.北岛　　　D.贺敬之

5. 臧克家以哪种体裁创作而闻名?(　　)
   A.小说　　　B.散文　　　C.诗歌　　　D.戏剧

6. 《致橡树》是(　　)的著名诗作。
   A.舒婷　　　B.翟永明　　　C.于坚　　　D.海子

7. (　　)是我国当代著名女诗人舒婷的诗集。
   A.《心烟》　　B.《我的记忆》　　C.《会唱歌的鸢尾花》　　D.《野草集》

8. 被称为"以一颗童心看世界"的诗人是(　　)。
   A.海子　　　B.顾城　　　C.舒婷　　　D.北岛

9. 中篇小说《棋王》是20世纪80年代难以忽略的佳作,它的作者还写过下列哪部作品?(　　)
   A.《米》　　B.《黑铁时代》　　C.《孩子王》　　D.《天狗》

10. 阿城的作品(　　)是寻根文学的代表作。
    A.《商州初录》　　B.《小鲍庄》　　C.《北方的河》　　D.《棋王》

参考答案

1.A　2.B　3.B　4.B　5.C　6.A　7.C　8.B　9.C　10.D

补充考点

朦胧诗派兴起于20世纪70年代末80年代初,他们反叛现实主义传统,肯定人的自我价值和尊严,在艺术上大量运用象征、隐喻、通感等现代诗歌的艺术创作手法,意蕴朦胧,主要代表人物有顾城、舒婷、北岛、江河、杨炼等。

题组二十八

1. 小说《丰乳肥臀》的作者是(　　)。
   A.莫言　　　　B.张炜　　　　C.铁凝　　　　D.张抗抗
2. 下列不属于莫言作品的是(　　)。
   A.《生死疲劳》　B.《白狗秋千架》　C.《平凡的世界》　D.《红高粱家族》
3. 荣获第七届茅盾文学奖的长篇小说《秦腔》是(　　)的作品。
   A.余华　　　　B.苏童　　　　C.贾平凹　　　D.莫言
4. 陈忠实的什么作品被改编成电影?(　　)
   A.《1942》　　B.《红高粱》　　C.《白鹿原》　　D.《活着》
5. 下列属于张洁的作品的是(　　)。
   A.《京华烟云》　B.《子夜》　　C.《无字》　　　D.《沉沦》
6. 在(　　)创作的《一地鸡毛》《手机》等小说中,无法满足的欲望、人性的弱点、严密的社会机制,处处制约着普通人的生活世界。
   A.苏童　　　　B.刘震云　　　C.莫言　　　　D.贾平凹
7. 金庸先生的第一部长篇武侠小说是(　　)。
   A.《射雕英雄传》　B.《书剑恩仇录》　C.《笑傲江湖》　D.《神雕侠侣》
8. 广义上的"新派武侠小说"的开山祖师是(　　)。
   A.金庸　　　　B.古龙　　　　C.温瑞生　　　D.梁羽生
9. 张承志的作品是(　　)。
   A.《边城》　　　B.《围城》　　　C.《家》　　　　D.《黑骏马》
10. 小说《大浴女》的作者是(　　)。
    A.毕淑敏　　　B.马原　　　　C.铁凝　　　　D.茅盾

参考答案

1.A　2.C　3.C　4.C　5.C　6.B　7.B　8.D　9.D　10.C

补充考点

金庸原名查良镛,当代著名武侠小说家,与古龙、梁羽生并称为中国武侠小说三大宗师,其主要作品有《书剑恩仇录》《射雕英雄传》《神雕侠侣》《倚天屠龙记》《天龙八部》《笑傲江湖》《碧血剑》《鹿鼎记》等。除短篇小说《越女剑》外,金庸曾将其中长篇作品名称首字组成一副对联为"飞雪连天射白鹿,笑书神侠倚碧鸳"。

题组二十九

1. 古代的( )是欧洲文化的发源地。
   A.英国　　　　　B.法国　　　　　C.意大利　　　　D.古希腊
2. 古希腊神话中,( )是众神之王。
   A.普罗米修斯　　B.俄狄浦斯王　　C.宙斯　　　　　D.奥德赛
3. 古希腊神话中的海神是( )。
   A.宙斯　　　　　B.雅典娜　　　　C.波塞冬　　　　D.阿波罗
4. 古希腊神话中的文艺女神是( )。
   A.缪斯　　　　　B.雅典娜　　　　C.维纳斯　　　　D.阿波罗
5. 维纳斯是古希腊神话中的( )。
   A.智慧女神　　　B.爱神与美神　　C.自由女神　　　D.正义女神
6. 丘比特是古希腊神话中的( )。
   A.小爱神　　　　B.爱神　　　　　C.太阳神　　　　D.雷电神
7. 古希腊神话中波塞冬手中常拿的武器是( )。
   A.狼牙棒　　　　B.长矛　　　　　C.三叉戟　　　　D.剑
8. 古希腊神话中,特洛伊王子帕里斯把"不和的金苹果"判给( )而引起了战争。
   A.赫拉　　　　　B.雅典娜　　　　C.阿芙洛狄忒　　D.阿尔忒弥斯
9. 亚里士多德的( )是戏剧史上第一部戏剧理论经典。
   A.《政治学》　　B.《诗学》　　　C.《形而上学》　D.《伦理学》
10. 埃斯库罗斯最著名的作品是( )。
    A.《特洛伊妇女》　B.《美狄亚》　C.《俄狄浦斯王》　D.《被缚的普罗米修斯》

参考答案

1.D　2.C　3.C　4.A　5.B　6.A　7.C　8.C　9.B　10.D

补充考点

亚里士多德是古希腊伟大的哲学家、科学家和教育家,他继承了<u>柏拉图</u>的某些观点,柏拉图倡导"理念论"和"灵感说",认为现实世界是对理念的模仿,而文艺又是对现实世界的模仿,即"模仿的模仿",所以文艺是不真实的,<u>灵感是文艺创作的源泉</u>。

题组三十

1. 电影《王子复仇记》改编自( )的《哈姆雷特》。
   A.薄伽丘　　　　B.安徒生　　　　C.莎士比亚　　　D.塞万提斯

2.夏洛克是下列哪部作品中的主人公？（　　）
　A.易卜生《群鬼》　　　　B.莎士比亚《威尼斯商人》
　C.歌德《浮士德》　　　　D.奥尼尔《天边外》
3.莎士比亚的作品不包括(　　)。
　A.《十日谈》　　B.《罗密欧与朱丽叶》　C.《威尼斯商人》　　D.《李尔王》
4.查尔斯·狄更斯的作品不包括(　　)。
　A.《老古玩店》　B.《远大前程》　C.《大卫·科波菲尔》　D.《老人与海》
5.作品《大卫·科波菲尔》的作者是(　　)。
　A.司汤达　　　　B.狄更斯　　　　C.拜伦　　　　D.卢梭
6.西方侦探小说的鼻祖是(　　)。
　A.柯南·道尔　B.雷蒙德·钱德勒　C.阿加莎·克里斯蒂　D.爱伦·坡
7.大侦探波罗是(　　)的小说中塑造的人物形象。
　A.福尔摩斯　　B.柯南·道尔　　C.阿加莎·克里斯蒂　　D.井原西鹤
8.诗剧《解放了的普罗米修斯》的作者是(　　)。
　A.雨果　　　　B.高尔基　　　　C.歌德　　　　D.雪莱
9.(　　)是拜伦的长篇小说。
　A.《格列佛游记》　B.《唐璜》　C.《解放了的普罗米修斯》　D.《羊泉村》
10.《傲慢与偏见》的作者是(　　)。
　A.奥斯汀　　　　B.斯威夫特　　　　C.莎士比亚　　　　D.伏尼契

参考答案

1.C　　2.B　　3.A　　4.D　　5.B　　6.A　　7.C　　8.D　　9.B　　10.A

补充考点

雪莱是19世纪初英国伟大的浪漫主义诗人，其主要作品有《解放了的普罗米修斯》《西风颂》《致云雀》等。

题组三十一

1.《人间喜剧》是19世纪法国批判现实主义作家(　　)的著名小说。
　A.莎士比亚　　B.司汤达　　C.巴尔扎克　　D.塞万提斯
2.巴尔扎克的作品(　　)被称为当时"法国社会的一面镜子"。
　A.《人间喜剧》　B.《人间悲剧》　C.《悲惨世界》　D.《忏悔录》
3.下列哪部文学作品出自法国文豪巴尔扎克的笔下？（　　）
　A.《巨人传》　B.《悲惨世界》　C.《高老头》　D.《三个火枪手》

4.下列不属于法国作家雨果作品的是( )。
   A.《巴黎圣母院》　B.《李尔王》　　C.《九三年》　　D.《悲惨世界》
5.( )被中国文学界和学术界誉为"文学史上一个普罗米修斯式的巨人"。
   A.罗曼·罗兰　　B.巴尔扎克　　C.维克多·雨果　D.乔治·桑
6.下列不是吝啬鬼形象的是( )。
   A.严监生　　　　B.泼留希金　　C.阿巴贡　　　D.卡西莫多
7.雨果作为19世纪浪漫主义文学家,其代表作是( )。
   A.《悲惨世界》　B.《三个火枪手》C.《基督山伯爵》D.《双城记》
8.《项链》是法国短篇小说巨匠( )的作品。
   A.福楼拜　　　　B.司汤达　　　C.莫泊桑　　　D.巴尔扎克
9.莫泊桑以普法战争为题材的小说是( )。
   A.《项链》　　　B.《归来》　　C.《羊脂球》　　D.《瞎子》
10.下列属于莫泊桑短篇小说的是( )。
   A.《羊脂球》　　B.《海底两万里》C.《地心游记》　D.《时代的诗》

参考答案

1.C　2.A　3.C　4.B　5.C　6.D　7.A　8.C　9.C　10.A

补充考点

巴尔扎克的作品<u>《人间喜剧》</u>被誉为当时"法国社会的一面镜子",又被称为"法国社会生活的百科全书"。

莫泊桑是19世纪末法国批判现实主义作家,与<u>欧·亨利、契诃夫</u>合称为"世界三大短篇小说巨匠"。

👉 题组三十二

1.拉伯雷的代表作是( )。
   A.《巨人传》　　B.《熙德》　　　C.《三个火枪手》D.《十日谈》
2.福楼拜的成名作是长篇小说( )。
   A.《我的叔叔于勒》B.《项链》　　C.《情感教育》　D.《包法利夫人》
3.答尔丢夫是( )中的人物。
   A.《吝啬鬼》　　B.《伪君子》　　C.《浮士德》　　D.《少年维特之烦恼》
4.小说《茶花女》的作者是( )。
   A.小仲马　　　　B.大仲马　　　　C.莫里哀　　　　D.左拉
5.下列不属于罗曼·罗兰的名人传记的是( )。

A.《贝多芬传》　　B.《米开朗基罗传》　C.《托尔斯泰传》　　D.《巴尔扎克传》

6.( )是存在主义哲学思想的集大成者。

A.萨特　　　　B.普鲁斯特　　　C.波德莱尔　　　D.左拉

7.文艺复兴的起源地是( )。

A.英国　　　　B.德国　　　　　C.意大利　　　　D.法国

8.《神曲》的主要内容取材于( )。

A.《圣经》　　B.意大利现实生活　C.意大利历史　　D.古希腊神话

9.薄伽丘的《十日谈》是一部( )。

A.民间故事集　B.长篇传奇　　　C.短篇小说集　　D.抒情诗篇

10.薄伽丘在其《十日谈》等作品中宣扬的是( )。

A.大自然的奇迹　B.幸福在人间　　C.人权高于一切　D.科学、理性

参考答案

1.A　2.D　3.B　4.C　5.D　6.A　7.C　8.B　9.C　10.B

补充考点

萨特是西方存在主义文学的代表作家,其主要作品有剧作<u>《肮脏的手》《苍蝇》《间隔》《禁闭》</u>,长篇小说<u>《恶心》</u>,哲学著作<u>《存在与虚无》</u>等。1964年,萨特获得诺贝尔文学奖,但他拒绝领奖。

薄伽丘是意大利文艺复兴运动的杰出代表,其作品《十日谈》被誉为"<u>欧洲文学史上第一部现实主义经典巨著</u>"。

题组三十三

1.歌德的成名作是( )。

A.《少年维特之烦恼》　B.《浮士德》　C.《诗与真》　D.《普罗米修斯》

2.席勒是( )的作家。

A.法国　　　　B.英国　　　　　C.俄国　　　　　D.德国

3.诗集《草叶集》是诗人惠特曼的代表作品,惠特曼是下列哪个国家的著名诗人?( )

A.法国　　　　B.美国　　　　　C.英国　　　　　D.俄罗斯

4.美国废奴文学的代表作是( )。

A.《白鲸》　　　　　　　B.《汤姆叔叔的小屋》
C.《汤姆·索菲亚历险记》　D.《三个火枪手》

5.下列不属于海明威作品的是( )。

A.《永别了,武器》　B.《老人与海》　C.《太阳照常升起》　D.《愤怒的葡萄》

6.“一个人并不是生来要给打败的,你尽可能把他消灭掉,可就是打不败他。”这句话出自(　　)。
   A.《一个人的遭遇》 B.《老人与海》　　C.《丧钟为谁而鸣》 D.《永别了,武器》
7.下列作家中获得诺贝尔文学奖的是(　　)。
   A.村上春树　　　B.高尔基　　　　C.海明威　　　　D.普鲁斯特
8.(　　)的小说以幽默诙谐见长,寓悲于喜,形成了"含泪的微笑"的独特风格。
   A.欧·亨利　　　B.马克·吐温　　C.杰克·伦敦　　D.海明威
9.其创作被誉为"美国生活的幽默百科全书"的作家是(　　)。
   A.海明威　　　　B.欧·亨利　　　C.马克·吐温　　D.易卜生
10.下列属于意识流作品的是(　　)。
   A.《喧哗与骚动》 B.《悲惨世界》　C.《基督山伯爵》 D.《唐璜》

参考答案

1.A　2.D　3.B　4.B　5.D　6.B　7.C　8.A　9.B　10.A

补充考点

斯托夫人是美国杰出的女作家,废奴主义文学的代表人物,其主要的作品是《汤姆叔叔的小屋》,这部作品暴露了蓄奴制度的罪恶,把废奴文学推向了高潮。

福克纳是美国著名作家,1949年诺贝尔文学奖的获得者,意识流小说的代表作家,其主要作品有《喧哗与骚动》《我弥留之际》等。

☞ 题组三十四

1."俄国诗歌的太阳"指的是(　　)。
   A.托尔斯基　　　B.莱蒙托夫　　　C.屠格涅夫　　　D.普希金
2.被高尔基誉为"伟大的俄国文学之始祖"的是下列哪位文学家?(　　)
   A.托尔斯泰　　　B.果戈理　　　　C.普希金　　　　D.陀思妥耶夫斯基
3.普希金的代表作、诗体小说是(　　)。
   A.《青铜骑士》　B.《致大海》　　C.《上尉的女儿》 D.《叶甫盖尼·奥涅金》
4.普希金在《上尉的女儿》中描写的起义军领袖是下列哪位历史人物?(　　)
   A.斯巴达克斯　　B.华莱士　　　　C.罗宾汉　　　　D.普加乔夫
5.小说《战争与和平》的作者是(　　)。
   A.列夫·托尔斯泰　B.狄更斯　　　C.司汤达　　　　D.笛福
6.下列作品不属于列夫·托尔斯泰创作的是(　　)。
   A.《复活》　　　B.《日瓦戈医生》 C.《战争与和平》 D.《安娜·卡列尼娜》

7.下列的(　　)是列夫·托尔斯泰小说《安娜·卡列尼娜》中的人物。
   A.渥伦斯基　　B.海斯特　　C.匹克威克　　D.卡西莫多
8.下列小说作品不属于苏联作家高尔基的"自传体三部曲"的是(　　)。
   A.《童年》　　B.《母亲》　　C.《在人间》　　D.《我的大学》
9.列宁称赞高尔基的作品(　　)是"一本非常及时的书"。
   A.《童年》　　B.《敌人》　　C.《母亲》　　D.《夏天》
10.《父与子》的作者是(　　)。
   A.高尔基　　B.普希金　　C.列夫·托尔斯泰　　D.屠格涅夫

参考答案

1.D　2.C　3.D　4.D　5.A　6.B　7.A　8.B　9.C　10.D

补充考点

普希金的主要作品有长篇小说《上尉的女儿》、中篇小说《黑桃皇后》、短篇小说《驿站长》、诗体小说《叶甫盖尼·奥涅金》、童话诗《渔夫和金鱼的故事》、政治抒情诗《自由颂》《致大海》《假如生活欺骗了你》等。

屠格涅夫是19世纪俄国批判现实主义大师,其主要作品有短篇小说和散文集《猎人笔记》、长篇小说《罗亭》《父与子》《贵族之家》《前夜》《麻雀》等。

题组三十五

1.日本文学家(　　)于1968年获得了诺贝尔文学奖。
   A.村上春树　　B.小林多喜二　　C.大江健三郎　　D.川端康成
2.下列不是川端康成代表作的是(　　)。
   A.《千只鹤》　　B.《伊豆的舞女》　　C.《雪国》　　D.《源氏物语》
3.《挪威的森林》、《海边的卡夫卡》等是1949年出生的日本小说家(　　)创作的作品。
   A.川端康成　　B.三岛由纪夫　　C.大江健三郎　　D.村上春树
4.村上春树是日本杰出的作家,下列作品中(　　)不是他的作品。
   A.《且听风吟》　　B.《舞!舞!舞!》　　C.《奇鸟行状录》　　D.《人羊》
5.下列获得诺贝尔奖的亚洲人是(　　)。
   A.泰戈尔　大江健三郎　川端康成　　B.泰戈尔　大江健三郎　高行健
   C.大江健三郎　川端康成　高行健　　D.泰戈尔　高行健　川端康成
6.下列哪部诗集为泰戈尔所作?(　　)
   A.《在天涯》　　B.《繁星》　　C.《飞鸟集》　　D.《翡冷翠的一夜》

7.( )大诗人泰戈尔说:"美呀,在爱中找你自己吧。"

　　A.印度　　　　B.巴西　　　　C.日本　　　　D.越南

8.爱尔兰作家乔伊斯是创作"意识流"小说的大师,其作品( )标志着"一种社会制度的最终解体"。

　　A.《尤利西斯》　B.《青年艺术家的肖像》　C.《都柏林人》　D.《笑忘录》

9."人类一思考,上帝就发笑"是谁的名言?( )

　　A.里尔克　　　B.米兰·昆德拉　　C.纪伯伦　　　　D.博尔赫斯

10.《红菱艳》是根据安徒生童话( )改编而来的。

　　A.《灰姑娘》　　B.《美人鱼》　　C.《丑小鸭》　　　D.《红舞鞋》

参考答案

1.D　2.D　3.D　4.D　5.A　6.C　7.A　8.A　9.B　10.D

补充考点

川端康成的著名文学作品《雪国》被誉为日本"近代文学史上抒情文学的顶峰"。

安徒生的主要童话作品有《皇帝的新装》《夜莺》《丑小鸭》《卖火柴的小女孩》《海的女儿》等;《格林童话》的主要作品有《白雪公主》《青蛙王子》《灰姑娘》《小红帽》《勇敢的小裁缝》等。

题组三十六

1.电影艺术诞生于( )。

　　A.19世纪末　　B.18世纪末　　C.20世纪中期　　D.19世纪中期

2.下列表述不属于"类型电影"特征的是( )。

　　A.公式化的情节　B.定型化的人物　C.图解式的视觉形象　D.风格化的创作

3.关于类型电影的四个选项,不正确的是( )。

　　A.具有公式化情节、定型化人物、图解式影像

　　B.记载真人真事,不允许人物、环境虚构

　　C.典型的有喜剧片、犯罪片、幻想片

　　D.在美国好莱坞流行,在20世纪30年代盛行

4.下列影片中,属于西部片的是( )。

　　A.《美国往事》　B.《与狼共舞》　C.《西北偏北》　D.《乱世佳人》

5.电影的四大片种是指故事片、纪录片、美术片和( )。

　　A.西部片　　　B.喜剧片　　　C.科教片　　　　D.音乐歌舞片

6.以真实生活为创作素材,以真人真事为表现对象,并对其进行艺术的加工与展现

的,以展现真实为本质的电影片种是( )。

　　A.纪录片　　　　B.科教片　　　　C.美术片　　　　D.故事片

7.影视艺术语言主要是画面、声音和( )。

　　A.音乐　　　　　B.字幕　　　　　C.蒙太奇　　　　D.旁白

8.( )是以交代情节展示事件为主旨,按照叙述的顺序来组合镜头、场面和段落。

　　A.对比蒙太奇　　B.表现蒙太奇　　C.叙事蒙太奇　　D.理性蒙太奇

9.( )是两条以上的情节线索的交错叙述,把不同地点而同时发生的事件交错地表现出来。

　　A.平行式蒙太奇　B.对照式蒙太奇　C.交叉式蒙太奇　D.复现式蒙太奇

10.在电影中,一对恋人谈恋爱的镜头后紧接水面上一对白鹅,这种镜头的组接方式属于( )。

　　A.心理蒙太奇　　B.隐喻蒙太奇　　C.对比蒙太奇　　D.平行蒙太奇

参考答案

1.A　2.D　3.B　4.B　5.C　6.A　7.C　8.C　9.C　10.B

补充考点

　　类型电影是指由于题材或技巧的不同而形成的影片风格、种类或形式,实质上是一种艺术产品标准化的规范,主要的类型影片有喜剧片、西部片、犯罪片、幻想片。

题组三十七

1.下列内容属于影视作品画面系统的是( )。

　　A.音乐　　　　　B.音响　　　　　C.主题　　　　　D.景别

2.景别的大小取决于( )。

　　A.演员的位置　　B.运动的方向　　C.运动的快慢　　D.物体的多少

3.远景镜头主要用于( )。

　　A.展示环境　　　B.连贯剪辑　　　C.抽象镜头　　　D.段落镜头

4.( )是影视中表现广阔空间和场景的景别。

　　A.全景　　　　　B.中景　　　　　C.近景　　　　　D.远景

5.在各种景别中,通常用作定位镜头的景别是( )。

　　A.全景　　　　　B.中景　　　　　C.近景　　　　　D.中近景

6.中景景别拍摄范围是( )。

　　A.是指拍摄人物膝盖及以上的部分　　B.是指对人物全身的拍摄

　　C.是指拍摄人物胸部及以上的部分　　D.是指对人物肩部以上的拍摄

7.表现人物的腰部或胸部以上形象的镜头是（　　）。
　　A.远景　　　　　B.特写　　　　　C.近景　　　　　D.全景
8.近景系列的景别有下列哪些表达效果？（　　）
　　A.抒情的、写意的　　　　　　　　B.大景深、背景实像
　　C.环境为主、人物为辅　　　　　　D.表现人物神态
9.拍摄人像的面部、人体的一个局部、一件物品或物品的一个细部的镜头，通称为（　　）。
　　A.特写　　　　　B.近景　　　　　C.远景　　　　　D.中景
10.下列表述不属于特写镜头功能特征的是（　　）。
　　A.展现环境　　　B.具有放大效果　C.表现细节　　　D.起强调作用

参考答案

1.D　2.A　3.A　4.D　5.A　6.A　7.C　8.D　9.A　10.A

补充考点

景别是根据被摄主体在画面中呈现的范围作出的划分，是一种衡量画面的内容多少和范围大小的单位，通常分为<u>远景</u>、<u>全景</u>、<u>中景</u>、<u>近景</u>、<u>特写</u>。

题组三十八

1.视听语言中，声画关系主要有声画统一、声画并列和（　　）。
　　A.声画同步　　　B.声画分离　　　C.声画合一　　　D.声画对立
2.从声画关系的角度看，当声音与画面在情绪、气氛、内容等方面相悖时，这种情形是（　　）。
　　A.声画平行　　　B.声画对立　　　C.声画分离　　　D.声画合一
3.影视作品中的画外音不包括（　　）。
　　A.独白　　　　　B.对白　　　　　C.旁白　　　　　D.解说词
4.（　　）是指艺术片中人物独自表述或倾吐自己内心活动的人声语言，也就是人物在屏幕画面中对内心活动的自我表述形态。
　　A.旁白　　　　　B.独白　　　　　C.解说　　　　　D.同期声
5.电影视听语言中，听觉语言的语言分类有三项，除了对白和独白，还有一项是（　　）。
　　A.配音　　　　　B.旁白　　　　　C.解说　　　　　D.字幕
6.下列声音中不属于音响效果的是（　　）。
　　A.人说话的声音　B.鱼鸟的声音　　C.爆炸声音　　　D.飞机的声音
7.下列哪个选项不属于影视作品的声音系统？（　　）

A.影调   B.音乐   C.人声   D.旁白

8.能制造剪影效果、勾勒出被摄体轮廓的光线是（ ）。

A.顺光   B.脚光   C.逆光   D.顶光

9.通常在拍摄人物时四周留白，并采用（ ）的方式，可表现人物的孤单。

A.平拍   B.反拍   C.仰拍   D.俯拍

10.摄制组的行政领导和最高负责人是（ ）。

A.导演   B.制片   C.监制   D.剧务

参考答案

1.D   2.B   3.B   4.B   5.B   6.A   7.A   8.C   9.D   10.B

补充考点

音响也称为"音响效果"，是指在影视艺术作品中，除了人的语言和音乐之外，所有能够表达思想、传递信息、渲染气氛、交代环境的声音形态的总称，从声源的产生来看，主要有自然声音和社会环境中的声音两类。

题组三十九

1.摄影机始终跟随拍摄主体的运动而进行拍摄的镜头是（ ）。

A.推镜头   B.摇镜头   C.移镜头   D.跟镜头

2.（ ）是指摄像机位置不动，向左右环顾，拍摄全景，或者跟着拍摄对象的移动进行摇拍。

A.跟镜头   B.推镜头   C.摇镜头   D.长镜头

3.电影中的推镜头是指（ ）。

A.摄影机沿着光轴方向后移拍摄   B.摄影机沿着水平方向运动拍摄

C.摄影机在空间中上下运动拍摄   D.摄影机向被摄体逐渐靠近

4.把摄像机安放在移动的运载工具上，在水平方向，按一定轨迹进行的运动拍摄是（ ）。

A.空镜头   B.移镜头   C.摇镜头   D.长镜头

5.如果摄影机以慢于每秒24格的速度拍摄，再以正常每秒24格的速度放映，这种拍摄方式称为（ ）。

A.慢镜头   B.客观镜头   C.快镜头   D.长镜头

6.运动传达真实时空，一切行为完整记录的是（ ）。

A.快镜头   B.慢镜头   C.长镜头   D.空镜头

7.（ ）是指影视剧拍摄中的主观镜头。

A.角色视角   B.摄影师视角   C.导演视角   D.观众视角

8.(　　)又称短焦距镜头,是视场角大于60度的镜头。
　　A.广角镜头　　　B.长焦镜头　　　C.变焦距镜头　　　D.光学镜头
9.(　　)一般指视场角小于40°,焦距大于25mm的镜头。
　　A.标准镜头　　　B.长焦距镜头　　C.短焦距镜头　　　D.变焦距镜头
10.在看电视时,一幅画面突然停止,静止不动,叫(　　)。
　　A.定格　　　　　B.跳接　　　　　C.叠印　　　　　　D.闪回

参考答案

1.D　2.C　3.D　4.B　5.C　6.C　7.A　8.A　9.B　10.A

补充考点

定格是一种电影剪辑技巧,在影视作品中通常用定格的方法来突出或渲染某种场面、某个神态或某个细节等。

闪回是指在某一场景的画面中突然插入另一场景的镜头或片段,构成一种新的电影叙事手法,闪回的内容一般为前面出现过的镜头,作为某个人物的思念或回忆,使观众能够更清晰地感受到人物的思维和情绪。

题组四十

1.中国最早放映电影的地方是(　　)。
　　A.上海　　　　　B.北京　　　　　C.天津　　　　　　D.中国香港
2.我国第一部电影《定军山》属于(　　)题材。
　　A.爱情　　　　　B.历史　　　　　C.现实　　　　　　D.戏剧
3.下列哪部电影反映了《定军山》的拍摄过程?(　　)
　　A.《庐山恋》　　B.《电影往事》　C.《开天辟地》　　D.《西洋镜》
4.下列导演中,不属于第一代导演的是(　　)。
　　A.张石川　　　　B.郑正秋　　　　C.杨小仲　　　　　D.郑洞天
5.中国早期的电影由于受到封建思想的影响,影片中的女主角需要由男人饰演,下列哪部电影中的女主角是由男人饰演的?(　　)
　　A.《阎瑞生》　　B.《难夫难妻》　C.《庄子试妻》　　D.《定军山》
6.我国第一部完整的有声片是(　　)。
　　A.《桃李劫》　　B.《歌女红牡丹》C.《洪流》　　　　D.《马路天使》
7.中国电影史上第一位女演员是(　　)。
　　A.林楚楚　　　　B.严珊珊　　　　C.王彩云　　　　　D.殷明珠

8.我国第一部彩色戏曲片是(　　)。
　A.《生死恨》　　B.《歌女红牡丹》　C.《廉锦枫》　　D.《庄子试妻》
9.中国第一部武侠电影片是(　　)。
　A.《难夫难妻》　B.《歌女红牡丹》　C.《火烧红莲寺》　D.《黑籍冤魂》
10.中国第一部动画片是(　　)。
　A.《小蝌蚪找妈妈》　B.《铁扇公主》　C.《猪八戒吃西瓜》　D.《大闹画室》

参考答案

1.A　2.D　3.D　4.D　5.B　6.B　7.B　8.A　9.C　10.D

补充考点

中国第一部动画片是《大闹画室》，中国第一部有声动画片是《骆驼献舞》，中国第一部长动画片是《铁扇公主》，中国第一部彩色宽银幕长动画片是《哪吒闹海》。

题组四十一

1.我国历史上第一部在国际上获奖的影片是(　　)。
　A.《定军山》　　B.《歌女红牡丹》　C.《渔光曲》　　D.《难夫难妻》
2.被称为"新中国第一禁片"的电影《武训传》的导演是(　　)。
　A.孙瑜　　　　B.赵丹　　　　C.石挥　　　　D.谢晋
3.被誉为"灵魂的写实主义"的默片巨作《神女》的导演是(　　)
　A.孙瑜　　　　B.蔡楚生　　　C.吴永刚　　　D.卜万苍
4.《小城之春》是哪个国家的电影？(　　)
　A.德国　　　　B.中国　　　　C.英国　　　　D.法国
5.下列作品中,反映抗战之后一个破落家庭的故事,后来由田壮壮导演、拍摄成同名作品的电影是(　　)。
　A.《马路天使》　B.《万家灯火》　C.《乌鸦与麻雀》　D.《小城之春》
6.1962年获第一届百花奖最佳导演奖、最佳故事片奖、最佳女演员的影片是(　　)。
　A.《红色娘子军》　B.《红色赤卫队》　C.《刘三姐》　　D.《战上海》
7.中国电影《女篮5号》和《女足9号》的导演是(　　)。
　A.郑洞天　　　B.水华　　　　C.谢晋　　　　D.袁牧之
8.《白毛女》属于(　　)的电影。
　A.20世纪50年代　B.20世纪60年代　C.20世纪70年代　D.20世纪80年代
9.电影《白毛女》的导演是(　　)。
　A.陈凯歌　　　B.田壮壮　　　C.谢晋　　　　D.水华

10.导演王滨、由东北电影制片厂摄制的电影是(　　)。
　　A.《定军山》　　B.《渔光曲》　　C.《桥》　　D.《难夫难妻》

参考答案

1.C　2.A　3.C　4.B　5.D　6.A　7.C　8.A　9.D　10.C

补充考点

孙瑜的电影作品注重文学性和镜头画面的意境,被誉为"诗人导演",其主要作品有《大路》《武训传》《野草闲花》《小玩意》等。

水华是中国第三代电影导演,其主要作品有《白毛女》《林家铺子》《烈火中永生》《鸡毛信》《伤逝》等,1949年导演的《白毛女》是其成名作,1957年导演的《林家铺子》是其巅峰之作。

题组四十二

1.电影(　　)号称是"散文电影"的代表。
　　A.《一个和八个》　　B.《一个也不能少》　　C.《城南旧事》　　D.《老兵新传》

2.下列导演中,不是中国第五代导演的是(　　)。
　　A.黄蜀芹　　B.张艺谋　　C.吴子牛　　D.陈凯歌

3.以下哪一位导演是我国第五代导演?(　　)
　　A.郑洞天　　B.张石川　　C.谢晋　　D.田壮壮

4.电影《喋血黑谷》的导演是(　　)。
　　A.田壮壮　　B.吴子牛　　C.张艺谋　　D.陈凯歌

5.下列作品不是冯小刚导演的是(　　)。
　　A.《甲方乙方》　　B.《大腕》　　C.《不见不散》　　D.《边走边唱》

6.《唐山大地震》是根据(　　)的小说《余震》改编的。
　　A.艾米　　B.张翎　　C.王朔　　D.莫言

7.姜文导演的电影《让子弹飞》的故事改编自下列哪位作家的作品?(　　)
　　A.王朔　　B.马识途　　C.丁玲　　D.艾芜

8.《让子弹飞》里的电影配乐是由(　　)作曲。
　　A.小室哲哉　　B.喜多郎　　C.大岛满　　D.久石让

9.下列影片哪一部不是姜文导演的作品?(　　)
　　A.《十七岁的单车》　　B.《阳光灿烂的日子》
　　C.《太阳照样升起》　　D.《让子弹飞》

10.电影《一步之遥》的导演是（　　）。
　　A.陈凯歌　　　　B.姜文　　　　　C.王家卫　　　　D.李安

参考答案

1.C　2.A　3.D　4.B　5.D　6.B　7.B　8.D　9.A　10.B

补充考点

第五代导演是指20世纪80年代从北京电影学院毕业的一批导演,他们力图在每一部影片中寻找新的角度,强烈渴望通过影片探索民族文化的历史和民族心理的结构,主要代表人物有陈凯歌、张艺谋、吴子牛、田壮壮、张军钊、黄建新等。

题组四十三

1.（　　）执导的《霸王别姬》借助舞台与现实的人生纠葛剖析历史进程。
　　A.张艺谋　　　　B.冯小刚　　　　C.陈凯歌　　　　D.田壮壮
2.著名演员张国荣在《霸王别姬》中所扮演的角色是（　　）。
　　A.段小楼　　　　B.袁世卿　　　　C.小豆子　　　　D.程蝶衣
3.电影《霸王别姬》主要反映的是哪类戏曲演员的生活？（　　）
　　A.京剧　　　　　B.越剧　　　　　C.川剧　　　　　D.黄梅戏
4.我国电影第一次获得戛纳电影节金棕榈奖的是（　　）。
　　A.《大红灯笼高高挂》　B.《霸王别姬》　C.《活着》　D.《秋菊打官司》
5.以下电影中导演是陈凯歌的是（　　）。
　　A.《猎场扎撒》　B.《孩子王》　　C.《黑炮事件》　D.《红高粱》
6.下列影片中,属于陈凯歌导演的是（　　）。
　　A.《红高粱》　　B.《小时代》　　C.《让子弹飞》　D.《黄土地》
7.下列电影由陈凯歌执导的是（　　）。
　　A.《千里走单骑》　B.《秋菊打官司》　C.《十面埋伏》　D.《梅兰芳》
8.陈凯歌的（　　）作为第五代奠基作品,如今已成为中国"文革"后现代电影崛起的一座重要里程碑。
　　A.《老井》　　　B.《霸王别姬》　　C.《无极》　　　D.《黄土地》
9.中国电影《梅兰芳》中孟小冬的扮演者是（　　）。
　　A.章子怡　　　　B.高圆圆　　　　C.吴越　　　　　D.宋佳
10.陈凯歌导演的电影《搜索》中饰演陈若兮的是（　　）。
　　A.姚晨　　　　　B.高圆圆　　　　C.马伊琍　　　　D.孙俪

参考答案

1.C 2.D 3.A 4.B 5.B 6.D 7.D 8.D 9.A 10.A

补充考点

影片《霸王别姬》改编自李碧华的同名小说,由张国荣、巩俐、张丰毅领衔主演,该影片是唯一一部同时获得戛纳国际电影节金棕榈大奖、美国金球奖最佳外语片的华语电影。

影片《搜索》改编自唯一一部网络作品入选"鲁迅文学奖"的小说《请你原谅我》,由高圆圆、姚晨、赵又廷、王珞丹、王学圻、张译等主演。

题组四十四

1.下列不属于张艺谋导演的电影作品是(　　)。
　A.《菊豆》　　　B.《非诚勿扰》　　C.《大红灯笼高高挂》　D.《山楂树之恋》

2.以下哪部作品是张艺谋导演的?(　　)
　A.《太平轮》　　B.《亲爱的》　　　C.《一步之遥》　　D.《归来》

3.《三枪拍案惊奇》翻拍自国外(　　)导演的作品。
　A.希区柯克　　B.斯皮尔伯格　　C.科恩兄弟　　D.迈克尔·贝

4.2014年曾主演张艺谋电影《千里走单骑》的日本著名演员去世了,他曾主演《追捕》等多部优秀的日本电影,他是(　　)。
　A.黑泽明　　B.宇津井健　　C.三浦友和　　D.高仓健

5.《秋菊打官司》中哪个演员获得了最佳女演员奖?(　　)
　A.巩俐　　B.阮玲玉　　C.斯琴高娃　　D.魏敏芝

6.赵本山曾经在张艺谋导演的电影作品中饰演过男主人公的角色,这部影片是(　　)。
　A.《活着》　　B.《幸福时光》　　C.《有话好好说》　　D.《菊豆》

7.魏敏芝是下列哪部电影作品中的人物?(　　)
　A.《有话好好说》　B.《菊豆》　　C.《一个都不能少》　　D.《活着》

8.在张艺谋的下述电影中,(　　)属于写实主义创作。
　A.《英雄》　　B.《十面埋伏》　　C.《菊豆》　　D.《秋菊打官司》

9.在电影(　　)里,中国的民间艺术皮影戏承担了视觉符号这一功能。
　A.《菊豆》　　B.《一个陌生女人的来信》　　C.《活着》　　D.《小山回家》

10.她是一位著名影星,人称"谋女郎",代表作是《卧虎藏龙》,因出演《我的父亲母亲》而出道。这位影星是(　　)。
　A.周冬雨　　B.章子怡　　C.巩俐　　D.董洁

参考答案

1.B   2.D   3.C   4.D   5.A   6.B   7.C   8.D   9.C   10.B

补充考点

《红高粱》改编自莫言的同名小说,《大红灯笼高高挂》改编自苏童的《妻妾成群》,《秋菊打官司》改编自陈源斌的《万家诉讼》,《活着》改编自余华的同名小说,《金陵十三钗》改编自严歌苓的同名小说,《归来》改编自严歌苓的《陆犯焉识》,《满城尽带黄金甲》改编自曹禺的《雷雨》,《英雄》的叙事模式借鉴了黑泽明的《罗生门》。

题组四十五

1. 被称为"中国第一摄影师"的是(　　)。
   A.顾长卫   B.杜可风   C.侯勇   D.赵小丁

2. 《孔雀》的导演是(　　)。
   A.贾樟柯   B.陈嘉上   C.陈可辛   D.顾长卫

3. 第六代导演的作品不包含(　　)。
   A.《斗牛》 B.《推拿》 C.《双旗镇刀客》 D.《寻枪》

4. 下列哪个导演是第六代导演?(　　)
   A.冯小刚   B.王小帅   C.陈凯歌   D.姜文

5. 下列哪一部作品是贾樟柯的代表作品?(　　)
   A.《黄金时代》 B.《无人区》 C.《天注定》 D.《花样年华》

6. 贾樟柯导演的作品《天注定》在(　　)上获得作家剧本奖。
   A.戛纳国际电影节   B.柏林国际电影节
   C.东京国际电影节   D.威尼斯国际电影节

7. 在陆川导演的电影《王的盛宴》中,扮演项羽的是(　　)。
   A.冯绍峰   B.沙溢   C.陆毅   D.刘烨

8. 电影《无人区》是2013年年底上映的影片,该片的导演还执导过下列哪部作品?(　　)
   A.《奋斗》 B.《向左向右走》 C.《疯狂的赛车》 D.《可可西里》

9. 宁浩导演的电影《疯狂的石头》主要的外景摄制地在(　　)。
   A.北京   B.重庆   C.厦门   D.中国香港

10. 潘肖是下列哪部影视作品中的人物?(　　)
    A.《亲爱的》 B.《中国合伙人》 C.《后会无期》 D.《无人区》

参考答案

1.A　2.D　3.C　4.B　5.C　6.A　7.A　8.C　9.B　10.D

补充考点

第六代导演又称为"新生代导演",主要是20世纪90年代开始执导电影的一批导演,其主要代表人物有张元、贾樟柯、王小帅、管虎、娄烨、张扬、李欣等。

题组四十六

1.2012年上映的电影《白鹿原》反映的地理环境是我国的(　　)。
　A.东北地区　　B.华北地区　　C.西北地区　　D.江南地区

2.2012年,电影(　　)创造了当时华语影片上映的最高票房纪录。
　A.《人在囧途之泰囧》　B.《十二生肖》　C.《一九四二》　D.《黄金大劫案》

3.电影《后会无期》的导演是(　　)。
　A.陈凯歌　　B.姜文　　C.王家卫　　D.韩寒

4.电影《后会无期》中出现的"东极岛"位于我国的哪个省?(　　)
　A.福建　　B.浙江　　C.广东　　D.辽宁

5.电影《小时代》的导演是(　　)。
　A.韩寒　　B.张艺谋　　C.郭敬明　　D.冯小刚

6.在2014年底第64届柏林国际电影节中获得最佳影片金熊奖及最佳男演员银熊奖的影片是(　　)。
　A.《推拿》　　B.《归来》　　C.《天注定》　　D.《白日焰火》

7.李安导演的经典作品是(　　)。
　A.《推手》　　B.《悲情城市》　　C.《新龙门客栈》　　D.《马路天使》

8.下列哪部电影是导演李安的作品?(　　)
　A.《卧虎藏龙》　　B.《功夫》　　C.《东邪西毒》　　D.《喋血双雄》

9.下列电影属于中国台湾导演侯孝贤的作品的是(　　)。
　A.《爱情万岁》　　B.《悲情城市》
　C.《暗恋桃花源》　　D.《牯岭街少年杀人事件》

10.侯孝贤执导的电影(　　)获得了第46届威尼斯电影节金狮奖。
　A.《恋恋风尘》　　B.《尼罗河女儿》　　C.《悲情城市》　　D.《海上花》

参考答案

1.C　2.A　3.D　4.B　5.C　6.D　7.A　8.A　9.B　10.C

补充考点

影片《白日焰火》是由刁亦男执导和编剧,廖凡、桂纶镁、王学兵领衔主演的一部悬疑爱情影片,影片讲述的是一起碎尸案件引发出桂纶镁、廖凡、王学兵三人的爱情救赎故事。《白日焰火》是第五部获得金熊奖的华语电影,也是华人演员第一次获得柏林影帝。

题组四十七

1.在电影《七剑》中,饰演楚昭南的演员是(　　)。
　A.甄子丹　　　　B.黎明　　　　C.孙红雷　　　　D.陆毅

2.2014年上映的《智取威虎山》改编自下列哪位作家的小说作品?(　　)
　A.李青　　　　B.李存葆　　　　C.刘猛　　　　D.曲波

3.以下(　　)不是王家卫导演的影片。
　A.《花样年华》　　B.《2046》　　C.《一代宗师》　　D.《桃姐》

4.下列电影由王家卫执导的是(　　)。
　A.《东邪西毒》　　B.《风月》　　C.《武侠》　　D.《英雄》

5.电影《一代宗师》的导演是(　　)。
　A.徐克　　　　B.王家卫　　　　C.李安　　　　D.侯孝贤

6.下列电影以著名武术家叶问的故事为背景的是(　　)。
　A.《我的1919》　　B.《一代宗师》　　C.《武侠》　　D.《岁月神偷》

7.《一代宗师》中,赵本山出演的角色为(　　)。
　A.丁连山　　　　B.三江水　　　　C.灯叔　　　　D.寿哥

8.电影《如果·爱》的导演是(　　)。
　A.王家卫　　　　B.尔冬升　　　　C.陈可辛　　　　D.刘镇伟

9.电影《中国合伙人》的导演是(　　)。
　A.杜琪峰　　　　B.贾樟柯　　　　C.陈可辛　　　　D.姜文

10.贾樟柯导演的"家乡三部曲"是指(　　)。
　A.《家》《春》《秋》　　　　　　　B.《小武》《站台》《任逍遥》
　C.《三峡好人》《站台》《任逍遥》　　D.《任逍遥》《小武》《三峡好人》

参考答案

1.A　2.D　3.D　4.A　5.B　6.B　7.A　8.C　9.C　10.B

补充考点

陈可辛是中国香港身兼导演、监制于一身的电影人,其主要作品有《甜蜜蜜》《金枝玉叶》《情书》《如果·爱》《投名状》《武侠》《中国合伙人》《亲爱的》等。

👉 题组四十八

1.卢米埃尔兄弟是(　　)国人。
　A.法　　　　　B.美　　　　　C.英　　　　　D.德
2.以下哪部电影是法国卢米埃尔兄弟拍摄的作品？(　　)
　A.《月球旅行记》　B.《一个国家的诞生》　C.《摩登时代》　D.《火车进站》
3.以下被称为"电影之父"的是(　　)。
　A.卢米埃尔兄弟　B.乔治·梅里埃　C.大卫·格里菲斯　D.爱森斯坦
4.世界第一部喜剧片是(　　)。
　A.《火车进站》　B.《水浇园丁》　C.《工厂大门》　D.《婴儿喝汤》
5.银幕戏剧理论的提出者是(　　)。
　A.卢米埃尔兄弟　B.梅里爱　C.格里菲斯　D.爱森斯坦
6.最早开始利用停机拍摄、慢镜头、快镜头等电影特技的导演是(　　)。
　A.格里菲斯　B.梅里爱　C.爱森斯坦　D.卢米埃尔
7."新浪潮"电影兴起于(　　)。
　A.20世纪二三十年代　　　B.20世纪五六十年代
　C.20世纪四五十年代　　　D.20世纪六七十年代
8."新浪潮"导演特吕弗的作品中不包括(　　)。
　A.《射杀钢琴师》　B.《偷吻》　C.《筋疲力尽》　D.《最后一班地铁》
9.以下哪个导演属于法国"左岸派"？(　　)
　A.阿伦·雷乃　B.吕克·贝松　C.乔治·卢卡斯　D.斯皮尔伯格
10.把长镜头理论提升到美学高度的电影理论家是(　　)。
　A.普多夫金　B.沃尔特　C.贝拉·巴拉兹　D.巴赞

参考答案

1.A　2.D　3.A　4.B　5.B　6.B　7.B　8.C　9.A　10.D

补充考点

法国"左岸派"电影又称为"作家电影"，是新浪潮电影的重要流派，因其成员在巴黎塞纳河的左岸居住而得名，其主要代表人物有阿伦·雷乃、亨利·柯比等。

👉 题组四十九

1.哪一个优秀导演使得电影成为一门独立的艺术？(　　)

A.卓别林　　　　B.卢米埃尔兄弟　　C.格里菲斯　　　　D.爱森斯坦

2.《党同伐异》的导演是(　　)。

　　A.格里菲斯　　　B.弗拉哈迪　　　　C.卢米埃尔　　　　D.格里尔逊

3."最后一分钟营救"的发明者是(　　)。

　　A.普多夫金　　　B.格里菲斯　　　　C.爱森斯坦　　　　D.爱因汉姆

4.格里菲斯对电影的最大贡献是(　　)。

　　A.经典剪辑　　　B.连贯剪辑　　　　C.抽象镜头　　　　D.段落镜头

5.美国导演埃德温·鲍特的电影代表作是(　　)。

　　A.《火车大劫案》　B.《工厂大门》　　C.《渔船出港》　　D.《水浇园丁》

6.下列哪部作品不是美国电影导演约翰·福特的作品？(　　)

　　A.《关山飞渡》　　B.《愤怒的葡萄》　C.《搜索者》　　　D.《海上钢琴师》

7.下列作品中不属于卓别林作品的是(　　)。

　　A.《淘金记》　　　B.《一条安达鲁狗》C.《大独裁者》　　D.《摩登时代》

8.默片大师是(　　)。

　　A.卓别林　　　　B.希区柯克　　　　C.西科塞斯　　　　D.格里菲斯

9.在默片已死的时代,卓别林却拍摄了一部令其晋身神话的默片,这部默片是(　　)。

　　A.《摩登时代》　　B.《大独裁者》　　C.《淘金记》　　　D.《城市之光》

10.导演希区柯克最独特的影片类型是(　　)。

　　A.悬念片　　　　B.风光片　　　　　C.西部片　　　　　D.纪录片

参考答案

1.C　　2.A　　3.B　　4.A　　5.A　　6.D　　7.B　　8.A　　9.A　　10.A

补充考点

1903年,《火车大劫案》由美国著名导演埃温特·鲍特执导,是世界上第一部西部(警匪)片。

题组五十

1.世界上第一部有声电影是(　　)。

　　A.《卡利加里博士的小屋》　　　　B.《战舰波将金号》

　　C.《爵士歌王》　　　　　　　　　D.《一个国家的诞生》

2.美国电影导演奥逊·威尔斯拍摄的哪部影片,开创了现代电影的先河？(　　)

　　A.《乱世佳人》　　B.《正午》　　　　C.《公民凯恩》　　D.《一个国家的诞生》

3.下列导演中,(　　)不是"新好莱坞电影"中成长起来的电影大师。

A.弗朗西斯·科波拉　　B.斯皮尔伯格　　C.阿瑟·佩恩　　D.奥逊·威尔斯

4.下列影片中弗朗西斯·科波拉没有参与创作的是(　　)。

A.《辛德勒的名单》　B.《教父》　　C.《巴顿将军》　　D.《现代启示录》

5.以《辛德勒的名单》荣获奥斯卡金像奖的导演是(　　)。

A.詹姆斯·卡梅隆　　B.格里菲斯　　C.希区柯克　　D.斯皮尔伯格

6.(　　)是一部美国大片,导演是弗兰克·达拉邦特,主演是蒂姆·罗宾斯、摩根·弗里曼,主人公的名字是瑞德,主要故事都发生在监狱。

A.《辛德勒的名单》　B.《真实的谎言》　C.《肖申克的救赎》　D.《乱世佳人》

7.《肖申克的救赎》属于什么类型的影片?(　　)

A.新闻片　　　　B.故事片　　　　C.伦理片　　　　D.纪录片

8.美国版《无间道》的导演是(　　)。

A.马丁·斯科塞斯　　　　B.斯坦利·库布里克

C.安东尼奥·明格拉　　　D.道格·里曼

9.3D史诗巨制《阿凡达》的导演还曾执导过被称为票房神话的(　　)。

A.《埃及艳后》　B.《泰坦尼克号》　C.《宾虚》　　D.《侏罗纪公园》

10.从《贫民窟的百万富翁》到《三个白痴》都在国际电影舞台上获得骄人的成绩与口碑,请问这两部电影是由"宝莱坞"之称的(　　)所制造。

A.泰国的曼谷　　B.美国的洛杉矶　　C.英国的伦敦　　D.印度的孟买

参考答案

1.C　2.C　3.D　4.A　5.D　6.C　7.B　8.A　9.B　10.D

补充考点

弗朗西斯·科波拉是新好莱坞电影导演的核心人物,其代表作品有《教父》《现代启示录》等,他还是电影《巴顿将军》的编剧。

题组五十一

1.苏联蒙太奇学派的主要代表人物是(　　)。

A.格里菲斯　　B.卢米埃尔兄弟　　C.梅里爱　　D.爱森斯坦

2.苏联电影学家爱森斯坦创立的蒙太奇类型是(　　)。

A.反射蒙太奇　　B.思想蒙太奇　　C.理性蒙太奇　　D.杂耍蒙太奇

3.1925年,(　　)中充满"杂耍蒙太奇"和"理性蒙太奇"理论,后来成为蒙太奇经典教材。

A.《灰姑娘》　　B.《一个国家的诞生》　　C.《战舰波将金号》　　D.《党同伐异》

4.苏联纪录电影导演(   )于20世纪20年代初提出"电影眼睛"理论并在创作中付诸实践。他把摄影机比作人的眼睛,强调对现实的即兴观察。

　　A.吉加·维尔托夫　B.约翰·格里厄逊　C.安德烈·巴赞　D.谢尔盖·格拉西莫夫

5.维尔托夫摄制的纪录电影《带摄影机的人》主要拍摄的是下列哪一个城市?(   )

　　A.纽约　　　　　B.罗马　　　　　C.莫斯科　　　　D.乌克兰敖德萨

6.以下意大利新现实主义电影运动的时间段是(   )。

　　A.1940～1945年　B.1950～1963年　C.1945～1950年　D.1945～1960年

7.导演德·西卡的经典作品为(   )。

　　A.《偷自行车的人》　B.《四百击》　C.《侏罗纪公园》　D.《广岛之恋》

8.影片《偷自行车的人》是20世纪50年代(   )的影片。

　　A.法国　　　　　B.意大利　　　　C.英国　　　　　D.日本

9.下列哪部影片不是意大利现实主义的代表作品?(   )

　　A.《偷自行车的人》　B.《乡音》　C.《罗马11时》　D.《罗马,不设防的城市》

10.瑞典电影大师伯格曼的哪一部电影作品是关于一个中世纪骑士之宗教焦虑和对上帝存在之困扰的诗化寓言?(   )

　　A.《夏夜的微笑》　B.《野草莓》　C.《处女泉》　D.《第七封印》

参考答案

1.D　2.D　3.C　4.A　5.D　6.C　7.A　8.B　9.B　10.D

补充考点

英格玛·伯格曼是瑞典电影导演,他在影片中运用隐喻、象征、暗示、影射等手法,注重对人物内心世界的探索,其主要作品有<u>《野草莓》《第七封印》《处女泉》《冬日之光》</u>等。

题组五十二

1.日本电影《东京物语》的导演是(   )。

　　A.黑泽明　　　　B.小津安二郎　　C.今村昌平　　　D.大岛渚

2.日本导演小津安二郎作品最突出的风格特征是大量使用(   )。

　　A.细节描写　　　B.慢镜头　　　　C.长镜头　　　　D.主观镜头

3.下列哪部电影不是小津安二郎导演的?(   )

　　A.《东京暮色》　B.《秋刀鱼之味》　C.《姿三四郎》　D.《小早川家之秋》

4.日本导演黑泽明的经典作品为(   )。

　　A.《我的野蛮女友》　B.《青春残酷物语》　C.《罗生门》　D.《广岛之恋》

5.下列(   )不是黑泽明的作品。

A.《八月狂想曲》　B.《楢山节考》　C.《梦》　D.《罗生门》

6.日本电影《乱》是电影大师黑泽明的作品,该作品的剧情与下列哪部文学作品的内容相近?(　　)

　　A.《李尔王》　B.《哈姆雷特》　C.《源氏物语》　D.《三个火枪手》

7.2014年,奥斯卡颁发给日本导演宫崎骏(　　)。

　　A.终身成就奖　B.最佳导演奖　C.最佳编剧奖　D.最佳剪辑奖

8.下列哪部动画片作品不属于日本著名动画大师宫崎骏的作品?(　　)

　　A.《红猪》　B.《幽灵公主》　C.《千与千寻》　D.《快乐的大脚》

9.《情书》《燕尾蝶》的导演是(　　)。

　　A.小津安二郎　B.北野武　C.岩井俊二　D.宫崎骏

10.电影《空房间》《漂流欲室》是(　　)的作品。

　　A.李沧东　B.郭在容　C.姜帝圭　D.金基德

参考答案

1.B　2.C　3.C　4.C　5.B　6.A　7.A　8.D　9.C　10.D

补充考点

小津安二郎是日本著名电影导演,以摄影机的平稳移动、淡化戏剧冲突和注重心理描写的风格著称,被认为是日本电影史上最具有民族审美形态风格的大师,把拍无声片坚持到最后的导演。

题组五十三

1.以下哪项不是中国电影界的奖项?(　　)

　　A.百花奖　B.金鸡奖　C.金鹿奖　D.飞天奖

2.下列影视奖项中,非电影奖项的是(　　)。

　　A.金鸡奖　B.奥斯卡金像奖　C.金鹰奖　D.金棕榈奖

3.中国电影的最高荣誉是(　　)。

　　A.华表奖　B.金鸡奖　C.百花奖　D.金马奖

4.中国台湾电影金马奖创办于(　　)年。

　　A.1962　B.1968　C.1978　D.1982

5.中国香港电影金像奖创办于(　　)年。

　　A.1962　B.1972　C.1982　D.1992

6.北京大学生电影节创办时间是(　　)年。

　　A.1990　B.1991　C.1992　D.1993

7.我国第一个A类国际电影节是(　　)。
   A.北京国际电影节　B.上海国际电影节　C.金鸡百花电影节　D.珠海国际电影节

8.(　　)为中国少年儿童电影大奖,专用来奖励儿童题材的电影创作。
   A.百花奖　　　　B.金鸡奖　　　　C.金鹿奖　　　　D.金牛奖

9.由美国好莱坞外国新闻记者协会创办的奖项是(　　)。
   A.金熊奖　　　　B.金球奖　　　　C.金狮奖　　　　D.金鹰奖

10.(　　)于1939年在该国南部首度举办国际电影节。
   A.法国　　　　　B.中国　　　　　C.印度　　　　　D.德国

参考答案

1.D　2.C　3.A　4.A　5.C　6.D　7.B　8.D　9.B　10.A

补充考点

上海国际电影节创办于<u>1993年</u>,其宗旨是增进各国、各地区电影界人士之间的相互了解和友谊,促进世界电影艺术的繁荣,开始时每两年一届,从第5届(2001年)起改为每年一届,奖项为<u>金爵奖</u>。

题组五十四

1.1925年4月,(　　)在伦敦塞尔弗里森的一个百货店里,展示了他的发明:一台根据尼普科夫原理制造出的机械电视机。
   A.赫兹　　　　　B.贝尔德　　　　C.麦克斯韦　　　D.卢米埃尔兄弟

2.电视艺术最根本的特性是(　　)。
   A.综合性与兼容性　　　　B.示范性与导向性
   C.及时性与普及性　　　　D.生动的视听逼真性

3.电视区别于广播的最大特点是它有(　　)。
   A.音响　　　　　B.音乐　　　　　C.解说　　　　　D.画面

4.彩色电视中的三基色是指(　　)三种颜色。
   A.黑白灰　　　　B.红黄蓝　　　　C.红绿蓝　　　　D.红黄橙

5.1930年,英国BBC电视开始试验广播,播出多幕电视剧(　　),这是世界上最早的多幕剧。
   A.《双城记》　　B.《曼斯菲尔德庄园》　　C.《傲慢与偏见》　　D.《花言巧语的人》

6.世界上第一台彩色电视机诞生于(　　)。
   A.英国　　　　　B.苏联　　　　　C.美国　　　　　D.日本

7.最早播出彩色电视的机构是(　　)。

A.英国广播公司　　　　　B.美国全国广播公司
C.德国广播公司　　　　　D.苏联中央电视台

8.中国人建立的第一座官办广播电台是(　　)广播电台。
　A.上海　　　B.哈尔滨　　　C.北京　　　D.安徽

9.中国共产党创建的第一个广播电台开启于(　　)年。
　A.1926　　　B.1937　　　C.1940　　　D.1942

10.中国共产党领导的第一座广播电台是(　　)。
　A.陕北新华电台　　　　　B.延安新华广播电台
　C.中央人民广播电台　　　D.中国国际广播电台

参考答案

1.B　2.D　3.D　4.C　5.D　6.C　7.B　8.B　9.C　10.B

补充考点

<u>1940年,世界上第一台彩色电视机研制成功</u>,<u>1954年,美国全国广播公司(NBC)正式播出彩色电视节目</u>。

题组五十五

1.电视剧与小说在叙事特点方面最大的不同是(　　)。
　A.视听叙事　　B.虚构叙事　　C.连续叙事　　D.多线性叙事

2.电视节目的制作过程包括前期筹备、前期摄制和(　　)三个阶段。
　A.素材编辑　　B.后期编辑　　C.后期制作　　D.后期构思

3.1958年5月1日,中国内地第一座电视台(　　)开始试播黑白电视节目。
　A.中国电视台　B.人民电视台　C.北京电视台　D.中央电视台

4.我国第一个国际卫星电视频道是(　　)。
　A.中央电视台第一套频道　　B.中央电视台第四套频道
　C.凤凰卫视欧洲台　　　　　D.凤凰卫视美洲台

5.中国第一个主持人出现在(　　)。
　A.20世纪60年代　B.20世纪70年代　C.20世纪80年代　D.20世纪90年代

6.中央人民广播电台于(　　)年播出了有史以来的第一条商业广告。
　A.1978　　　B.1979　　　C.1980　　　D.1981

7.我国第一部室内电视连续剧是(　　)。
　A.《编辑部的故事》　B.《渴望》　C.《一年又一年》　D.《四世同堂》

8.《编辑部的故事》是我国第一部(　　)。

A.室内连续剧　　　B.电视短剧　　　C.电视系列剧　　　D.言情剧

9.(　　)是我国电视剧最高政府奖。

A.金鸡奖　　　B.金鹰奖　　　C.华表奖　　　D.飞天奖

10.下列影视奖项不属于"电视类"的奖项是(　　)。

A.金鹰奖　　　B.飞天奖　　　C.金爵奖　　　D.白玉兰奖

参考答案

1.A　2.C　3.C　4.A　5.C　6.C　7.B　8.C　9.D　10.C

补充考点

电视节目的制作过程：前期筹备主要是构思，前期摄制是采录(拍摄)，后期制作包括编辑、合成。

1949年12月5日，中央人民广播电台正式成立，它与中国国际广播电台、中国中央电视台并称"中央三台"。

题组五十六

1.下列表述不属于电视纪录片特征概述的是(　　)。

A.真实性　　　B.纪实性　　　C.时效性　　　D.形象性

2.下列电视节目作品中，不是纪录片的是(　　)。

A.《故宫》　　　B.《一九四二》　　　C.《话说长江》　　　D.《敦煌》

3.纪录片《舌尖上的中国》的总导演是(　　)。

A.杨亚洲　　　B.谢晋　　　C.陈晓卿　　　D.杨天乙

4.《大国崛起》属于(　　)。

A.电视新闻片　　　B.电视专题片　　　C.电视文艺片　　　D.历史电视片

5.下列表述不属于消息类电视新闻节目的特征概述的是(　　)。

A.快速　　　B.简短　　　C.客观　　　D.深刻

6.下列表述不属于新闻节目特征概述的是(　　)。

A.主观性　　　B.时效性　　　C.形象性　　　D.真实性

7.(　　)栏目的定位口号是"用事实说话"。

A.《焦点访谈》　　　B.《新闻调查》　　　C.《东方时空》　　　D.《新闻30分》

8."探寻事实真相"电视栏目语出自央视哪一档栏目？(　　)

A.《焦点访谈》　　　B.《新闻调查》　　　C.《鲁豫有约》　　　D.《指点迷津》

9.下列电视作品中有一部作品的节目类型和其他三部不同，这部作品是(　　)。

A.《新闻调查》　　　B.《朝闻天下》　　　C.《新闻30分》　　　D.《新闻联播》

10.下列属于电视新闻节目的是(　　　)。
   A.《百家讲坛》　　B.《焦点访谈》　　C.《今日说法》　　D.《艺术人生》

参考答案

1.C　2.B　3.C　4.B　5.D　6.A　7.A　8.B　9.A　10.B

补充考点

电视新闻节目是电视上播出的传播新闻信息,分析、解释和评论新闻事实的各种节目的总称,其主要特点是<u>时效性、形象性和真实性</u>,根据作用不同可分为<u>消息类新闻节目、专题类新闻节目、言论类新闻节目</u>三大类。

题组五十七

1.访谈节目的拍摄往往使用(　　　),因为这个景别很接近人与人之间面对面交谈沟通时的现场感受,因此亲切感较强。
   A.近景　　　B.特写　　　C.全景　　　D.中景
2.下列哪个不是访谈节目?(　　　)
   A.《鲁豫有约》　　B.《艺术人生》　　C.《面对面》　　D.《讲述》
3.从节目类型看,《大风车》属于(　　　)。
   A.对象性节目　　B.教学节目　　C.专题性节目　　D.服务性节目
4.电视节目《星光大道》是(　　　)类型的节目。
   A.曲艺　　　B.文艺竞赛　　C.电视音乐　　D.综艺
5.《爸爸去哪儿》的节目形态是(　　　)。
   A.益智竞技类　　B.真人秀　　C.娱乐游戏类　　D.脱口秀
6.《老友记》是美国NBC电视台连续播出了10年的电视剧,从类型上看,这部剧是(　　　)。
   A.电视连续剧　　B.电视单元剧　　C.电视系列剧　　D.幽默情景喜剧
7.从电视剧的表现形式来看,下列哪部电视连续剧不属于喜剧?(　　　)
   A.《家有儿女》　　B.《东北一家人》　　C.《我爱我家》　　D.《渴望》
8.从电视剧的类型划分来看,下列电视剧作品与《家有儿女》差别最大的是(　　　)。
   A.《爱情公寓》　　B.《武林外传》　　C.《我爱我家》　　D.《大男当婚》
9.导演了电视剧《北京青年》的赵宝刚,还导演过电视剧作品(　　　)。
   A.《神雕侠侣》　　B.《北京人在纽约》　　C.《新结婚时代》　　D.《奋斗》
10.关于公益广告的说法,不正确的是(　　　)。
   A.公益广告是以赢利为目的的

B.代表作有献血公益广告和艾滋病公益广告

C.公益广告又称为公共服务广告

D.针对社会问题而发表,通过宣传以求关注和解决

参考答案

1.A　2.D　3.A　4.B　5.B　6.D　7.D　8.D　9.D　10.A

补充考点

公益广告是指不以赢利为目的而为社会公众切身利益和社会风尚服务的广告,它具有社会的效益性、主题的现实性和表现的号召性三大特点,著名的公益广告有"献血公益广告""节水节电公益广告""环境保护公益广告""遵守交通规则公益广告"等。

题组五十八

1."国画"是（　　）的简称。

　A.中国绘画　　B.中国岩画　　C.中国壁画　　D.中国年画

2.在下列选项中,不是中国传统绘画题材中的"岁寒三友"的是（　　）。

　A.松　　B.竹　　C.梅　　D.兰

3.下面哪种说法不属于对书画艺术"三品"的评论?（　　）

　A.神品　　B.妙品　　C.能品　　D.赝品

4.东晋画家（　　）曾提出"传神写照,正在阿堵中"。

　A.顾恺之　　B.吴道子　　C.顾闳中　　D.吴昌硕

5.古代名画"洛神赋图"的作者是（　　）。

　A.顾恺之　　B.吴道子　　C.王献之　　D.阎立本

6.提出"气韵生动"美术概念的是（　　）。

　A.顾恺之　　B.谢赫　　C.阎立本　　D.顾闳中

7.中国第一幅山水画是（　　）。

　A.《游春图》　　B.《溪山行旅图》　　C.《兰竹图》　　D.《秋山图》

8.我国古代绘画中盛传"吴带当风,曹衣出水",这是指吴道子、曹仲达绘画中表现的（　　）。

　A.线条美　　B.色彩美　　C.形体美　　D.装饰美

9.画家顾闳中的名作（　　）是以五段持续画面来构成一幅长卷,主人公在不同的画面中依次涌现,形成一幅运动的图景。

　A.《清明上河图》　　B.《韩熙载夜宴图》　　C.《洛神赋图》　　D.《匡庐图》

10.《韩熙载夜宴图》的作者顾闳中是哪个朝代的？（　　）
A.南唐　　　　B.宋代　　　　C.清代　　　　D.明代

参考答案

1.A　2.D　3.D　4.A　5.A　6.B　7.A　8.A　9.B　10.A

补充考点

谢赫是南朝齐梁间画家、绘画理论家，他提出了绘画的品评标准"六法论"，即气韵生动、骨法用笔、应物象形、随类赋彩、经营位置、传移模写。

题组五十九

1. 北宋画家（　　）的名作《清明上河图》，是以散点透视法把汴河两岸数十里的繁荣景象组成一个完整的画面，展现了北宋首都汴京的热闹景象。
A.张择端　　　B.顾恺之　　　C.荆浩　　　　D.李清照

2. 中国十大传世名画之一，《清明上河图》所表现的是（　　）城市的人情风貌。
A.西汉长安　　B.唐洛阳　　　C.南宋临安　　D.北宋汴梁

3.《清明上河图》描绘的是下列哪座现代城市古时候的市井生活？（　　）
A.南京　　　　B.杭州　　　　C.开封　　　　D.北京

4.《清明上河图》一般是（　　）的景象。
A.春天　　　　B.夏天　　　　C.秋天　　　　D.冬天

5. 名画《富春山居图》的作者是（　　）人。
A.唐代　　　　B.宋代　　　　C.元代　　　　D.清代

6. 清代著名的书画家（　　）擅长画竹，他的诗歌比较关注民众疾苦，代表作品如《潍县署中画竹呈年伯包大中丞括》。此外，《题竹石画》也是一首广为传诵的诗作。
A.郑燮　　　　B.朱耷　　　　C.金农　　　　D.汪慎

7. 最擅长画马的现代画家是（　　）。
A.齐白石　　　B.徐悲鸿　　　C.李可染　　　D.郑板桥

8. 徐悲鸿的《奔马》是一幅（　　）作品。
A.油画　　　　B.中国画　　　C.版画　　　　D.水彩画

9. 徐悲鸿的国画作品是（　　）。
A.《愚公移山》　B.《富春山居图》　C.《山溪瀑布图》　D.《百寿图》

10. 名画《八骏图》的作者是（　　）。
A.张大千　　　B.徐悲鸿　　　C.齐白石　　　D.黄胄

参考答案

1.A　2.D　3.C　4.A　5.C　6.A　7.B　8.B　9.A　10.B

补充考点

徐悲鸿是中国杰出的画家和美术教育家,中国现代美术事业的奠基人之一,被誉为中国近代"绘画之父",其主要作品有《八骏图》《愚公移山》《九方皋》《田横五百士》等。

题组六十

1.我国近现代画家中,长于虾、白菜、荷花等题材,并被授予"人民艺术家"的是(　　)
　A.吴道子　　　B.齐白石　　　C.黄宾虹　　　D.张大千

2.下列画家中没有留过学的是(　　)。
　A.张大千　　　B.齐白石　　　C.徐悲鸿　　　D.高剑父

3.被誉为"共和国成立的艺术见证"的油画作品《开国大典》是(　　)所作。
　A.董希文　　　B.吴作人　　　C.陈丹青　　　D.陆琦

4.隶书是中国古代哪个朝代最具代表性的书体?(　　)
　A.秦　　　　　B.汉　　　　　C.宋　　　　　D.明

5.书法艺术中"九宫格"的创始人是(　　)。
　A.欧阳询　　　B.王羲之　　　C.米芾　　　　D.蔡京

6."宋四家"是指以下四位书法家,即黄庭坚、米芾、蔡襄和(　　)。
　A.苏轼　　　　B.祝允明　　　C.赵孟頫　　　D.张旭

7.在平面上雕出凸起的艺术形象的雕刻叫作(　　)。
　A.圆雕　　　　B.浑雕　　　　C.浮雕　　　　D.透雕

8.在甘肃省武威出土的青铜器制品(　　)被国家旅游局定为中国旅游标志。
　A.天女散花　　B.马踏飞燕　　C.万马奔腾　　D.雁渡寒潭

9.被称为我国最大的古典艺术宝库的石窟是哪一个?(　　)
　A.甘肃敦煌莫高窟　B.新疆千佛洞　C.四川乐山大佛　D.麦积山石窟

10.中国古代四大美女有"闭月羞花之貌,沉鱼落雁之容"。"闭月、羞花、沉鱼、落雁"是一个个精彩故事组成的历史典故,其中"闭月",是指(　　)拜月的故事。
　A.貂蝉　　　　B.杨贵妃　　　C.王昭君　　　D.西施

参考答案

1.B　2.B　3.A　4.B　5.A　6.A　7.C　8.B　9.A　10.A

补充考点

人们常用"沉鱼、落雁、闭月、羞花"形容四大美女,其中"沉鱼"是指西施,"落雁"是指王昭君,"闭月"是指貂蝉,"羞花"是指杨玉环。

中国四大石窟中,莫高窟位于甘肃敦煌,云冈石窟位于山西大同,龙门石窟位于河南洛阳,麦积山石窟位于甘肃天水。

题组六十一

1.古埃及美术最典型的成就是(　　)。
　A.狮身人面像　　B.金字塔　　C.掷铁饼者　　D.思想者

2.著名画家达·芬奇是哪个国家的人?(　　)
　A.奥地利　　B.意大利　　C.俄国　　D.英国

3.创作《创世纪》的是意大利画家、雕塑家(　　)。
　A.达·芬奇　　B.米开朗基罗　　C.拉斐尔　　D.马萨乔

4.(　　)是欧洲17世纪最伟大的画家,在各类绘画体裁上都有惊人的贡献,最著名的作品是《杜普教授的解剖课》、《夜巡》。
　A.伦勃朗　　B.德拉克洛瓦　　C.高更　　D.列宾

5."一个强有力的巨人弯腰屈膝地坐着,右手托腮,嘴咬着自己的手,他默默凝视着被洪水吞噬的苦难深重的人们。"这是艺术家(　　)的雕塑《思想者》。
　A.罗丹　　B.菲迪亚斯　　C.米开朗基罗　　D.米隆

6.被称为"现代绘画之父"的是(　　)。
　A.塞尚　　B.凡·高　　C.高更　　D.德加

7."印象派"这个词汇源自于下列哪个著名画家?(　　)
　A.塞尚　　B.毕加索　　C.莫奈　　D.达利

8.以下名画为莫奈所作的是(　　)。
　A.《日出·印象》　　B.《拾穗者》　　C.《暴风雨》　　D.《创世纪》

9.莫奈的《睡莲》是哪个流派的代表作?(　　)
　A.印象派　　B.超现实主义　　C.荒诞派　　D.达达主义

10.西班牙画家达利的《永恒的记忆》是(　　)的美术代表。
　A.表现主义　　B.超现实主义　　C.抽象主义　　D.未来主义

参考答案

1.B　2.B　3.B　4.A　5.A　6.A　7.C　8.A　9.A　10.B

补充考点

印象主义是19世纪下半叶兴起于法国的艺术流派,因莫奈的作品《日出·印象》而得名,代表画家有马奈、莫奈等。

超现实主义美术兴起于20世纪上半叶,该流派主张把现实观念与本能、潜意识和梦境相结合,以达到一种绝对的真实和超现实的情景,其主要代表人物是达利。

题组六十二

1. 春秋琴师俞伯牙的代表作是( )。
   A.《高山流水》　　B.《白雪》　　　　C.《广陵散》　　D.《玄墨》

2. 下列不属于我国古代十大名曲的是( )。
   A.《高山流水》　　B.《广陵散》　　　C.《渭州曲》　　D.《十面埋伏》

3. 《汉宫秋月》的二胡版是以下哪位音乐家改编而成的?( )
   A.聂耳　　　　　B.冼星海　　　　　C.刘天华　　　　D.华彦钧

4. 《二泉映月》是华彦钧创作的一首独奏曲,他用的乐器是( )。
   A.二胡　　　　　B.板胡　　　　　　C.琵琶　　　　　D.古筝

5. 下列( )不是冼星海的作品。
   A.《黄河大合唱》　B.《卖报歌》　　　C.《黄河之恋》　　D.《在太行山上》

6. 20世纪40年代解放区出现了"新歌剧"的创造实验,其中( )是现代民族歌剧的奠基之作。
   A.《刘胡兰》　　　B.《赤叶河》　　　C.《白毛女》　　　D.《逼上梁山》

7. 由著名歌唱家郭兰英演唱的脍炙人口的佳作《数九寒天下大雪》出自下列哪部歌剧?( )
   A.《白毛女》　　　B.《赤叶河》　　　C.《刘胡兰》　　　D.《王秀鸾》

8. 何占豪、陈钢作曲完成的《梁山伯与祝英台》是一首( ),结构上采用奏鸣曲式,出色地表现了矛盾冲突。
   A.协奏曲　　　　B.奏鸣曲　　　　　C.室内乐　　　　D.前奏曲

9. 获得奥斯卡音乐奖的第一位中国作曲家是( )。
   A.苏聪　　　　　B.冼星海　　　　　C.赵季平　　　　D.三宝

10. 凭借电影《卧虎藏龙》的作曲获得2001年奥斯卡金像奖"最佳原创配乐奖"的音乐家是( )。
    A.三宝　　　　　B.黄蓉　　　　　　C.高晓松　　　　D.谭盾

参考答案

1.A　2.C　3.C　4.A　5.B　6.C　7.C　8.A　9.A　10.D

补充考点

中国古代十大名曲通常是指《高山流水》《阳春白雪》《十面埋伏》《胡笳十八拍》《广陵散》《夕阳箫鼓》《平沙落雁》《汉宫秋月》《渔樵问答》《梅花三弄》。

题组六十三

1.以下哪首歌曲是王洛宾的代表作？（　　）
　　A.《在希望的田野上》　　　　B.《歌声与微笑》
　　C.《阿依古丽》　　　　　　　D.《半个月亮爬上来》

2."西部歌王"王洛宾于1938年改编了第一首维吾尔族民歌（　　），从此与西部民歌结下了不解之缘。
　　A.《在那遥远的地方》　　　　B.《达坂城的姑娘》
　　C.《半个月亮爬上来》　　　　D.《掀起你的盖头来》

3.流传很广的《在那遥远的地方》的曲作者是（　　）。
　　A.聂耳　　　　B.冼星海　　　　C.丁毅　　　　D.王洛宾

4.下列民歌与所在地域对应不正确的是（　　）。
　　A.陕北—《太阳出来喜洋洋》　　B.内蒙古—《嘎达梅林》
　　C.东北—《翻身五更》　　　　　D.河北—《绣花灯》

5.《小放牛》是下列哪个地区的民歌？（　　）
　　A.河南　　　　B.河北　　　　C.山西　　　　D.陕西

6."花儿"是属于哪一个少数民族的民歌？（　　）
　　A.蒙古族　　　B.高山族　　　C.回族　　　　D.朝鲜族

7.（　　）长调以鲜明的民族文化为主，结合俗、佛、道三家，被称为"草原活化石"。
　　A.蒙古族　　　B.藏族　　　　C.回族　　　　D.满族

8.葫芦丝是哪个地区的民族乐器？（　　）
　　A.广西　　　　B.海南　　　　C.贵州　　　　D.云南

9.象脚鼓是哪个少数民族的乐器？（　　）
　　A.藏族　　　　B.蒙古族　　　C.傣族　　　　D.彝族

10.苗族的传统乐器是（　　）。
　　A.笙　　　　　B.箫　　　　　C.笛子　　　　D.芦笙

参考答案

1.D　　2.B　　3.D　　4.A　　5.B　　6.C　　7.A　　8.D　　9.C　　10.D

补充考点

花儿是一种流行于<u>甘肃、宁夏、青海</u>一带的汉族及当地的少数民族中的民歌形式,其唱词浩繁,文学艺术价值较高,被人们称为"<u>西北之魂</u>"。

题组六十四

1.下列属于西洋打击乐器的有( )。
  A.锣   B.鼓   C.三角铁   D.钹
2.长笛在西洋管弦乐队编制中属于什么乐器?( )
  A.木管   B.铜管   C.弦乐   D.打击
3.按照演唱风格分,下列哪种唱法起源于意大利?( )
  A.美声唱法   B.民族唱法   C.通俗唱法   D.原生态唱法
4.《费加罗的婚礼》是( )的作品。
  A.舒伯特   B.莫扎特   C.李斯特   D.贝多芬
5.最负盛名的《小夜曲》的作者是( )。
  A.柴可夫斯基   B.威尔第   C.舒伯特   D.德彪西
6.舒伯特创作的最高领域是( )。
  A.交响乐   B.艺术歌曲   C.钢琴曲   D.歌剧
7.创作了《夜曲》的德彪西是哪国人?( )
  A.美国   B.德国   C.法国   D.奥地利
8.以下不属于意大利著名歌剧大师普契尼作品的是( )。
  A.《图兰朵》   B.《蝴蝶夫人》   C.《茶花女》   D.《托斯卡》
9.被誉为"钢琴王子"的是( )。
  A.李斯特   B.思美塔那   C.肖邦   D.理查德·克莱德曼
10.著名导演张艺谋在1996年被邀请到意大利去拍摄哪个著名歌剧?( )
  A.《图兰朵》   B.《弄臣》   C.《蝴蝶夫人》   D.《国王与我》

参考答案

1.C 2.A 3.A 4.B 5.C 6.C 7.C 8.C 9.D 10.A

补充考点

德彪西是法国人,印象主义音乐的创始人,其音乐作品钢琴曲<u>《月光》《亚麻色头发的少女》《水中倒影》</u>是最为世人所熟知的。

题组六十五

1. 被称为"俄罗斯音乐之父"的音乐家是谁？（　　）
   A.柴可夫斯基　　B.门德尔松　　C.格林卡　　D.肖斯塔科维奇

2. 著名作曲家（　　）创作有歌剧《黑桃皇后》《叶甫盖尼·奥涅金》等。
   A.穆索尔斯基　　B.柴可夫斯基　　C.斯特拉文斯基　　D.肖斯塔科维奇

3. 柴可洛夫斯基的作品不包括（　　）。
   A.《天鹅湖》　　B.《睡美人》　　C.《胡桃夹子》　　D.《天空之城》

4. （　　）是经典芭蕾舞剧。
   A.《蝴蝶夫人》　　B.《狮子王》　　C.《国王与我》　　D.《天鹅湖》

5. 舞剧《天鹅湖》是（　　）国的作品。
   A.英　　B.法　　C.德　　D.俄

6. 下列不属于柴可夫斯基的三大芭蕾舞剧的是（　　）。
   A.《天鹅湖》　　B.《吉赛尔》　　C.《睡美人》　　D.《胡桃夹子》

7. 《悲怆交响曲》是谁的作品？（　　）
   A.贝多芬　　B.巴赫　　C.柴可夫斯基　　D.肖邦

8. 贝多芬最后一部交响曲是（　　）。
   A.《英雄交响曲》　　B.《命运交响曲》　　C.《田园交响曲》　　D.《合唱交响曲》

9. 《命运交响曲》是（　　）的作品。
   A.海顿　　B.莫扎特　　C.贝多芬　　D.瓦格纳

10. 1804年春,贝多芬完成《（　　）交响曲》,并题写了"贝多芬献给波拿巴"的献词；当得知拿破仑称帝时,他将曲谱写有献词的封面撕下,并在后来出版时将标题改为"为纪念一位伟大的英雄而作"。
    A.田园　　B.英雄　　C.命运　　D.合唱

参考答案

1.C　2.B　3.D　4.D　5.D　6.B　7.C　8.D　9.C　10.B

补充考点

古典主义音乐主要作曲家有巴赫、海顿、莫扎特、贝多芬等。浪漫主义音乐主要作曲家有舒伯特、柴可夫斯基、门德尔松、勃拉姆斯、瓦格纳、柏辽兹、肖邦、李斯特、威尔第等。

题组六十六

1. 舞蹈是通过（　　）来反映生活、表达感情的表演艺术。
   A.人的动作和形态姿势　　B.演艺技术

C.音乐的表达　　　　　　　　D.人们的爱好

2.对中国古典舞表述错误的一项是(　　)。

　A.新中国成立以后正式定名的　　B.是杨玉环创始的

　C.《霓裳羽衣舞》是经典曲目　　D.自古就有的

3.藏族民间舞蹈形式(　　)舞姿矫健雄壮,多模拟禽兽、注重姿态和情绪的表现,是藏族人民勇敢彪悍性格在舞蹈中的体现。

　A.锅庄　　　　B.多朗舞　　　　C.阿细跳月　　　　D.芦笙舞

4.泼水节为(　　)的盛大节日。

　A.藏族　　　　B.彝族　　　　C.苗族　　　　D.傣族

5.火把节是(　　)的节日。

　A.藏族　　　　B.蒙古族　　　　C.朝鲜族　　　　D.彝族

6.芭蕾舞起源于(　　)。

　A.匈牙利　　　　B.奥地利　　　　C.意大利　　　　D.德国

7.乌兰诺娃是一位(　　)舞蹈家。

　A.芭蕾舞　　　　B.现代舞　　　　C.踢踏舞　　　　D.国标舞

8.四幕幻想芭蕾舞剧(　　)作于1876年,由柴可夫斯基作曲。

　A.《胡桃夹子》　　B.《天鹅湖》　　C.《睡美人》　　D.《黑桃皇后》

9."舞中之冠"是指(　　)。

　A.华尔兹　　　　B.恰恰　　　　C.探戈　　　　D.狐步舞

10.有种舞蹈产生于20世纪80年代的美国黑人青少年,是美国黑人"嘻哈文化"(Hip-Hop)的组成部分。它不拘于场地器械,并且具有极强的参与性、表演性和竞赛性。这种舞蹈是(　　)。

　A.芭蕾舞　　　　B.民族舞　　　　C.街舞　　　　D.拉丁舞

参考答案

1.A　2.B　3.A　4.D　5.D　6.C　7.A　8.B　9.C　10.C

补充考点

藏族代表性舞蹈有锅庄、弦子舞、热巴舞、面具舞等。

芭蕾舞是一种欧洲古典舞,它起源于意大利,兴盛于法国,俄国代表了芭蕾舞的最高成就。

芭蕾舞剧《天鹅湖》讲述的是王子齐格弗里德与公主奥杰塔的故事。

题组六十七

1. 戏剧的本质是（　　）。
   A.冲突　　　　B.动作　　　　C.情节　　　　D.结构

2. 从戏剧的分类来看，《哈姆雷特》《窦娥冤》《雷雨》属于（　　）。
   A.喜剧　　　　B.悲剧　　　　C.独幕剧　　　D.歌舞剧

3. 下列不属于表演流派体系范畴的是（　　）。
   A.斯坦尼斯拉夫斯基体系　　　　B.布莱希特体系
   C.左岸派体系　　　　　　　　　D.梅兰芳体系

4. 下列不属于中国戏曲艺术形式的是（　　）。
   A.民间歌舞　　B.说唱　　　　C.滑稽戏　　　D.颂词

5. "百戏之祖"是（　　）。
   A.京剧　　　　B.豫剧　　　　C.昆曲　　　　D.吕剧

6. 在2001年被评为非物质文化遗产，其代表性的曲目有《桃花扇》《牡丹亭》《长生殿》等，这描述的是（　　）。
   A.京剧　　　　B.昆曲　　　　C.越剧　　　　D.黄梅戏

7. 下列不属于地方戏的是（　　）。
   A.豫剧　　　　B.黄梅戏　　　C.越剧　　　　D.信天游

8. 流行于安徽、江西及湖北地区的戏曲剧种是（　　）。
   A.越剧　　　　B.评戏　　　　C.皮影戏　　　D.黄梅戏

9. 豫剧是流行于我国民间的戏曲剧种，该剧种主要流行于下列哪一个地区？（　　）
   A.福建　　　　B.河南　　　　C.安徽　　　　D.广东

10. 《刘海砍樵》是哪个地方戏的名篇？（　　）
    A.花鼓戏　　　B.黄梅戏　　　C.豫剧　　　　D.河北梆子

参考答案

1.A　2.B　3.C　4.D　5.C　6.B　7.D　8.D　9.B　10.A

补充考点

安徽的地方戏是**黄梅戏**，江浙的地方戏是越剧，陕西的地方戏是**秦腔**，四川的地方戏是**川剧**，河南的地方戏是**豫剧**，山西的地方戏是晋剧，山东的地方戏是吕剧。

题组六十八

1. 行头是（　　）的统称。
   A.演员　　　　B.导演　　　　C.戏曲服装　　D.观众

2.京剧的表现形式是(　　)。
   A.反西皮二黄　　B.西皮反二黄　　C.西皮二黄　　D.反西皮反二黄
3.京剧的大花脸属于(　　)。
   A.生　　B.旦　　C.净　　D.末
4.京剧中的行当指角色的分工,那么张飞、包公属于以下哪个行当?(　　)
   A.生　　B.旦　　C.净　　D.末
5.我国京剧"四大名旦"之一的梅兰芳先生的代表作是(　　)。
   A.《霸王别姬》　　B.《荒山泪》　　C.《昭君出塞》　　D.《金玉奴》
6.程砚秋以演唱(　　)著称。
   A.吕剧　　B.豫剧　　C.越剧　　D.京剧
7.下列不属于后四大须生的是(　　)。
   A.谭富英　　B.杨宝森　　C.马连良　　D.余叔岩
8.中国杂技之乡是(　　)。
   A.河北吴桥　　B.湖南长沙　　C.湖北武汉　　D.江苏南京
9.著名评书艺术家刘兰芳的代表作是(　　)。
   A.《三国演义》　　B.《杨家将》　　C.《隋唐演义》　　D.《红岩》
10.二人转是流行于我国哪个地区的民间艺术形式?(　　)
   A.西北　　B.东北　　C.东南　　D.西南

参考答案

1.C　2.C　3.C　4.C　5.A　6.D　7.D　8.A　9.B　10.B

补充考点

"前四大须生"是指余叔岩、高庆奎、马连良、言菊朋,"后四大须生"是指马连良、谭富英、杨宝森、奚啸伯,如今提到四大须生一般是指"后四大须生"。

题组六十九

1.深焦距摄影必须采用(　　)。
   A.广角镜头　　B.长焦镜头　　C.标准镜头　　D.特写镜头
2.标准镜头的焦距为(　　)。
   A.20mm～30mm　　B.30mm～40mm　　C.40mm～50mm　　D.60mm～70mm
3.长焦镜头的特性是(　　)。
   A.焦距短　　B.景深长　　C.视角广　　D.变形小
4.135型照相机是使用35mm电影感光胶片的相机,一般可以拍摄36张,底片尺寸为

(　　)。

　　A.24cm×36cm　　　B.24mm×36mm　　　C.6cm×6cm　　　D.36mm×36mm

5.用来观察选取拍摄对象、拍摄范围和拍摄角度的照相机部件是(　　)。

　　A.取景器　　　　B.光电传感器　　　C.光圈　　　　　D.快门

6.被拍成"阴阳脸"通常所用的光是(　　)。

　　A.逆光　　　　　B.侧面光　　　　　C.侧前光　　　　D.顶光

7.在雾天进行拍摄时,应采用(　　)。

　　A.顺光　　　　　B.侧光　　　　　　C.逆光或侧逆光　D.以上都不是

8.色温是用以表示光颜色倾向的一个术语,色温高指光色偏向(　　)。

　　A.红　　　　　　B.黄　　　　　　　C.绿　　　　　　D.蓝

9.摄影作品《白求恩大夫》的作者是(　　)。

　　A.陈复礼　　　　B.吴印咸　　　　　C.谢海龙　　　　D.郎静山

10.汶川地震时期拍摄的一幅画作《敬礼娃娃》的拍摄者是(　　)。

　　A.杨磊　　　　　B.杨卫华　　　　　C.周一　　　　　D.汪涵

参考答案

1.A　　2.C　　3.D　　4.B　　5.A　　6.B　　7.C　　8.D　　9.B　　10.B

补充考点

取景器是对被摄画面进行取舍和构图的装置,它能够把将要记录在胶片上的影像近似地显示出来,从而指导摄影者瞄准和构图。

色温是一种表示光源色彩成分的标度,用大写字母"K"表示,色温过高,色彩偏蓝紫色,色温过低,色彩偏红黄色,日光条件下的色温值一般是5500K。

☞ 题组七十

1.(　　)认为艺术是情感的表现,艺术活动的实质就在于创造表现人类情感的符号形式。

　　A.科林伍德　　　B.苏珊·朗格　　　C.克罗齐　　　　D.爱德华·泰勒

2.小说起源于(　　)。

　　A.上古神话　　　B.先秦散文　　　　C.楚辞　　　　　D.民间传说

3.(　　)在小说中是最基本的构成要素之一,通过多个侧面和多种手法来塑造人物形象,也是小说中最重要的特征。

　　A.故事情节　　　B.人物　　　　　　C.环境　　　　　D.结构

4.(　　)是指由人物的眼睛直接感受到的艺术形象,他的构成材料都是空间性的。

A.视觉形象　　　　B.听觉形象　　　　C.综合形象　　　　D.文学形象

5.从艺术作品的角度来看,艺术形象可分为视觉形象、听觉形象、(　　)。

A.综合形象　　　　B.立体形象　　　　C.画面形象　　　　D.实用形象

6.影视艺术属于(　　)。

A.时间艺术　　　　B.空间艺术　　　　C.造型艺术　　　　D.综合艺术

7.(　　)是指文艺作品中所描绘的生活图景和表现的思想感情融合一致而形成的一种艺术境界,其特点是景中有情、情中有景、情景交融。

A.意境　　　　　　B.虚构　　　　　　C.共鸣　　　　　　D.移情

8.(　　)在作品中居统帅地位,是作品的灵魂。

A.主题　　　　　　B.题材　　　　　　C.形象　　　　　　D.主体

9."两结合"的创作方法是(　　)同志提出的文艺创作方法。

A.毛泽东　　　　　B.邓小平　　　　　C.江泽民　　　　　D.胡锦涛

10."以科学的理论武装人,以正确的舆论引导人,以高尚的精神塑造人,以优秀的作品鼓舞人"是(　　)同志提出的新时期党的宣传思想工作的指导方针。

A.邓小平　　　　　B.江泽民　　　　　C.胡锦涛　　　　　D.温家宝

参考答案

1.B　　2.A　　3.A　　4.A　　5.A　　6.D　　7.A　　8.A　　9.A　　10.B

补充考点

小说是指通过塑造人物、叙述故事、描写环境来反映生活、表达思想的一种文学体裁,小说必须具备人物、故事情节、环境描写三个要素。

根据艺术形象的存在方式可分为:时间艺术、空间艺术、时空艺术。时间艺术有音乐、文学等;空间艺术有雕塑、绘画、建筑等;时空艺术有舞蹈、戏剧、影视等。

中频考点

| 出题频率:中 | 难度系数:中 | 训练强度:★★★★ |

题组一

1.关于神话的产生,一向比较通行的解释有两种,一种是劳动说,一种是(　　)。

A.宗教说　　　　　B.游戏说　　　　　C.模仿说　　　　　D.宣泄说

2.下列属于创世神话的是(　　)。

A. 后羿射日　　　B. 大禹治水　　　C. 黄帝战蚩尤　　　D. 盘古开天辟地

3. "天道有常,不为尧存,不为桀亡"是百家中哪位思想家的观点?（　　）

　　A. 孟子　　　B. 韩非子　　　C. 荀子　　　D. 老子

4. "仓廪实则知礼节,衣食足则知荣辱"出自（　　）。

　　A.《管子》　　　B.《孟子》　　　C.《论语》　　　D.《大学》

5. "愚公移山"的故事最早出自哪一部古典著作?（　　）

　　A.《史记》　　　B.《列子》　　　C.《庄子》　　　D.《离骚》

6. 下列哪部著作不属于"五经"?（　　）

　　A.《书经》　　　B.《孝经》　　　C.《礼记》　　　D.《易经》

7. 下列不属于二十四史的是（　　）。

　　A.《左传》　　　B.《旧唐书》　　　C.《宋史》　　　D.《明史》

8. "图穷匕见"的历史故事与下列哪个历史人物有关?（　　）

　　A. 孟子　　　B. 墨子　　　C. 吕不韦　　　D. 嬴政

9. "怒发冲冠""刎颈之交"这两个成语出自于（　　）。

　　A.《战国策》　　　B.《过秦论》　　　C.《谏逐客书》　　　D.《廉颇蔺相如列传》

10. 被世人称为"梅妻鹤子"的诗人是（　　）。

　　A. 林逋　　　B. 梅尧臣　　　C. 苏舜钦　　　D. 王安石

参考答案

1. A　　2. D　　3. C　　4. A　　5. B　　6. B　　7. A　　8. D　　9. D　　10. A

补充考点

二十四史分别是《史记》《汉书》《后汉书》《三国志》《晋书》《宋书》《南齐书》《梁书》《陈书》《魏书》《北齐书》《周书》《隋书》《南史》《北史》《旧唐书》《新唐书》《旧五代史》《新五代史》《宋史》《辽史》《金史》《元史》《明史》。

题组二

1.《阳春白雪》原指战国时代（　　）的一种艺术性较高、难度较大的歌曲。

　　A. 赵国　　　B. 齐国　　　C. 秦国　　　D. 楚国

2.《在水一方》的歌词来源于（　　）。

　　A.《诗经》　　　B.《陌上桑》　　　C.《楚辞》　　　D.《孔雀东南飞》

3. 鲁迅曾说过:"秦之文章,（　　）一人而已",即谓其为秦代唯一可以称为作家的人。

　　A. 吕不韦　　　B. 商鞅　　　C. 赵高　　　D. 李斯

4.汉代(　　)针对加强中央集权的需要,提出"春秋大一统"和"罢黜百家,独尊儒术"的主张。

　　A.贾谊　　　　B.晁错　　　　C.董仲舒　　　　D.司马相如

5."罢黜百家,独尊儒术"中的"儒术"是指(　　)。

　　A.吸收了佛教、道教等的儒学　　　　B.正统的孔孟学说

　　C.糅合了道家、阴阳家等学说的儒学　　　　D.儒家学说与权术

6.下列哪一部作品不属于"乐府三绝"?(　　)

　　A.《陌上桑》　　B.《秦妇吟》　　C.《孔雀东南飞》　　D.《长歌行》

7.魏晋多名士,有著名的竹林七贤,《与山巨源绝交书》是竹林七贤中(　　)写给山涛的。

　　A.阮籍　　　　B.嵇康　　　　C.刘伶　　　　D.向秀

8.由嵇康创作,被称为"嵇氏四弄"的是(　　)。

　　A.《长清》　　B.《高山流水》　　C.《广陵散》　　D.《阳关三叠》

9."男儿何不带吴钩,收取关山五十州"出自于(　　)的诗。

　　A.李白　　　　B.杜甫　　　　C.李商隐　　　　D.李贺

10.歌曲《涛声依旧》的歌词引用了下面哪首诗?(　　)

　　A.《春思》　　B.《枫桥夜泊》　　C.《新年作》　　D.《西塞山怀古》

参考答案

1.D　2.A　3.D　4.C　5.C　6.D　7.B　8.A　9.D　10.B

补充考点

嵇康是"竹林七贤"的领袖人物,魏末琴家、音乐理论家,他精通音律,创作了"嵇氏四弄",即《长清》《短清》《长侧》《短侧》,与东汉的"蔡氏五弄",即蔡邕的《游春》《渌水》《幽思》《坐愁》《秋思》,合称"九弄",并成为隋炀帝科举取士的条件之一,他还著有音乐美学著作《声无哀乐论》。

题组三

1.唐代边塞诗人王昌龄的"但使龙城飞将在,不教胡马度阴山"中的"飞将"指的是谁?(　　)

　　A.张飞　　　　B.关羽　　　　C.卫青　　　　D.李广

2.《爱莲说》的作者是(　　)。

　　A.白居易　　　　B.柳宗元　　　　C.周敦颐　　　　D.刘禹锡

3.南宋时期出现了中兴四大诗人,其中陆游声名最著,下列各诗句不是陆游所作的是

(　　)。

  A.塞上长城空自许,镜中衰鬓已先斑　　B.山重水复疑无路,柳暗花明又一村

  C.折腰曾愧五斗米,负郭元无三顷田　　D.京华结交尽奇士,意气相期共生死

4.清风吹动旗帜,甲说风动,乙说幡动,禅宗六祖慧能说,不是风动亦不是幡动,是两位的心动。在世界本原问题上,与慧能的观点有相似之处的思想家是(　　)。

  A.孔子　　　　B.朱熹　　　　C.程颐　　　　D.王阳明

5.下面是中国古典四大名著中的人物和情节,其中搭配不当的是(　　)。

  A.张翼德单骑救主　　　　B.孙悟空三打白骨精

  C.武松痛打蒋门神　　　　D.林黛玉焚稿断痴情

6.鲁迅先生评价《三国演义》有一个观点"刘备长厚而似伪"以下哪个事件可以得出这个结论?(　　)

  A.桃园三结义　　B.白帝城托孤　　C.三顾茅庐　　D.刘备摔阿斗

7.《三国演义》中关云长有"挂印封金"的故事,主要体现了关云长怎样的性格特点?(　　)

  A.勇敢　　　　B.正直　　　　C.义气　　　　D.诚信

8.《三国演义》中"三英战吕布",其中的"三英"是(　　)。

  A.张飞　关羽　马超　　　　B.关羽　刘备　张飞

  C.诸葛亮　刘备　关羽　　　D.马超　张飞　刘备

9.《三国演义》中有关羽"单刀赴会"的故事,历史上也确有"单刀赴会"一事,赴会的是(　　)。

  A.赵云　　　　B.张飞　　　　C.周瑜　　　　D.鲁肃

10.史湘云是下列哪一部作品中的人物?(　　)

  A.《西厢记》　　B.《水浒传》　　C.《红楼梦》　　D.《聊斋志异》

参考答案

1.D　2.C　3.C　4.D　5.A　6.D　7.C　8.B　9.D　10.C

补充考点

《爱莲说》中名句:"予独爱莲之出淤泥而不染,濯清涟而不妖,中通外直,不蔓不枝,香远益清,亭亭净植,可远观而不可亵玩焉。"

题组四

1.下列不属于桐城派的人是(　　)。

  A.归有光　　　B.方苞　　　　C.姚鼐　　　　D.刘大櫆

2."江山代有才人出,各领风骚数百年"出自( )的作品。
　　A.李白　　　　　B.杜甫　　　　　C.赵翼　　　　　D.刘禹锡

3.下列文集主要收录的是清朝时期的文学家袁枚创作作品的是( )。
　　A.《漱玉集》　　B.《昌黎先生集》　C.《小仓山房文集》D.《临川先生文集》

4.中国现代散文诗第一部具有里程碑意义的作品是( )。
　　A.鲁迅的《野草》　　　　　B.陆蠡的《囚绿记》
　　C.何其芳的《画梦录》　　　D.丽尼的《鹰之歌》

5.现代文学史上的"周氏三兄弟",不包括( )。
　　A.周树人　　　　B.周立人　　　　C.周作人　　　　D.周建人

6.《命命鸟》《缀网劳蛛》《春桃》是文学研究会作家( )的作品。
　　A.谢婉莹　　　　B.戴望舒　　　　C.郭沫若　　　　D.许地山

7.五四时期,新文学社团和流派蜂起,其中最有代表性的是文学研究会和创造社,创造社的创作主张是( )。
　　A.为人生　　　　B.为艺术　　　　C.为中国　　　　D.为经济

8.以下哪位不是九叶诗派的诗人?( )
　　A.穆旦　　　　　B.曹辛之　　　　C.冯至　　　　　D.辛笛

9.沈从文小说创造了多种文体形态,下列不属于沈从文小说文体形态的是( )。
　　A.写实故事　　　B.浪漫传奇　　　C.自我抒情小说　D.讽刺小说

10.诗人徐志摩曾就读于以下哪个著名的高等学府?( )
　　A.剑桥大学　　　B.哈佛大学　　　C.斯坦福大学　　D.耶鲁大学

参考答案

1.A　2.C　3.C　4.A　5.B　6.D　7.B　8.C　9.C　10.A

补充考点

桐城派是清代最大的散文流派,创始人是<u>方苞</u>,主要代表人物有刘大櫆、姚鼐等人。

创造社是1921年成立的文学团体,初期主张"<u>为艺术而艺术</u>",后期在倡导革命文学和革命文学理论建设方面,做出了较大贡献,其主要成员有<u>郭沫若、成仿吾、郁达夫、田汉</u>等人。

题组五

1.1906年,一些留学生如欧阳予倩、李叔同等在东京组织了我国第一个话剧团体,先后演出了《茶花女》《黑奴吁天录》等剧。这个团体是( )。
　　A.春柳社　　　　B.创造社　　　　C.新月社　　　　D.南国社

2.夏衍开始摆脱片面强调政治宣传倾向的剧本是(　　)。
   A.《包身工》　　B.《赛金花》　　C.《上海屋檐下》　　D.《自由魂》
3.人们公认的中国话剧的发轫之作是(　　)。
   A.《升官图》　　B.《名优之死》　　C.《黑奴吁天录》　　D.《雷雨》
4.1926年,我国著名的戏剧家(　　)开始了他的电影创作,并创立了南国电影剧社,在早期的电影史上写下了杰出的篇章。
   A.欧阳予倩　　B.曹禺　　C.夏衍　　D.田汉
5.《凤凰涅槃》是我国著名诗人郭沫若的代表作品,对于此处"涅槃"的理解,哪一项比较正确?(　　)
   A.寂灭　　B.死亡　　C.熄灭烦恼　　D.在烈火中新生
6.小说《受戒》是下列哪位作家的作品?(　　)
   A.汪曾祺　　B.萧乾　　C.钱钟书　　D.张天翼
7.著名长篇小说(　　)是马烽和西戎共同创作的。
   A.《吕梁英雄传》　　B.《太阳照在桑干河上》
   C.《莎菲女士的日记》　　D.《活着》
8.张天翼先生的代表作是(　　)。
   A.《差半车麦秸》　　B.《边城》　　C.《山那一边》　　D.《华威先生》
9.《上海的早晨》的作者是(　　)。
   A.周而复　　B.郁达夫　　C.郭沫若　　D.巴金
10."知青小说"是"文革"时经历上山下乡的知识青年创作的诉说、反思当年知青生活的作品,具有悲壮的英雄主义和顽强的理想主义色彩。(　　)的《今夜有暴风雪》《雪城》是代表作品。
    A.梁晓声　　B.莫言　　C.沈从文　　D.余华

参考答案

1.A　2.C　3.C　4.D　5.D　6.A　7.A　8.D　9.A　10.A

补充考点

夏衍创作有电影剧本《狂流》《春蚕》,话剧《秋瑾传》《赛金花》《法西斯细菌》《上海屋檐下》及报告文学《包身工》,改编剧本有《祝福》《林家铺子》《野草》《在烈火中永生》《革命家庭》等。

题组六

1. 白嘉轩是哪位作家笔下的人物？（   ）
   A.陈忠实   B.东西   C.王朔   D.刘震云
2. 王琦瑶是长篇小说（   ）中的人物。
   A.《叔叔的故事》 B.《长恨歌》 C.《蛙》 D.《鲁滨逊漂流记》
3. 胡一刀是小说（   ）中的人物。
   A.《射雕英雄传》 B.《天龙八部》 C.《鹿鼎记》 D.《雪山飞狐》
4. 茹志鹃的短篇小说代表作是（   ）。
   A.《百合花》 B.《早春二月》 C.《白鹿原》 D.《狂人日记》
5. 长篇小说《长恨歌》的作者是（   ）。
   A.池莉 B.王安忆 C.万方 D.铁凝
6. 余华艺术转型最终实现的标志是发表了长篇小说（   ）。
   A.《许三多卖血记》 B.《活着》 C.《在细雨中呼喊》 D.《难逃劫数》
7. （   ）的小说《受活》被称为中国的《百年孤独》。
   A.池莉 B.毕飞宇 C.莫言 D.阎连科
8. （   ）于1992年曾以散文集《文化苦旅》震动文坛，他的文化散文集还有《文明的碎片》《霜冷长河》等。
   A.余秋雨 B.王小波 C.季羡林 D.金克木
9. 《我的四个假想敌》的作者是（   ）。
   A.余光中 B.龙应台 C.台静农 D.梁实秋
10. 近年来风靡戏剧舞台的戏剧作品《暗恋桃花源》的创作者是（   ）。
    A.林怀民 B.赖声川 C.孟京辉 D.龙应台

参考答案

1.A   2.B   3.D   4.A   5.B   6.A   7.D   8.A   9.A   10.B

补充考点

余光中是中国台湾当代著名诗人和评论家，他的作品兼有中国古典文学和外国现代文学的气质，其主要作品有《乡愁》《我的四个假想敌》《白玉苦瓜》《等你，在雨中》《舟子的悲歌》《天狼星》《听听那冷雨》等。

题组七

1. （   ）倡导"理念论"和"灵感说"，认为文艺是不真实的，灵感是文艺创作的源泉。
   A.亚里士多德 B.柏拉图 C.培根 D.马克思

2.被誉为"英国诗歌之父"的乔叟,其代表作品是( )。
　　A.《坎特伯雷故事集》　　B.《阿卡奈人》　　C.《巨人传》　　D.《安提戈涅》

3.弥尔顿的代表作品是( )。
　　A.《失乐园》　　B.《论人生》　　C.《唐璜》　　D.《鲁滨逊漂流记》

4."知识就是力量"这句名言出自( )。
　　A.富兰克林　　B.培根　　C.拉·封丹　　D.伏尔泰

5.莎士比亚悲剧中最富喜剧色彩的一部作品是( )。
　　A.《哈姆雷特》　　B.《雅典的泰门》　　C.《李尔王》　　D.《罗密欧与朱丽叶》

6.《双城记》中的"双城",指的是哪两个城市?( )
　　A.巴黎、伦敦　　B.纽约、伦敦　　C.巴黎、纽约　　D.纽约、伦敦

7.华兹华斯是( )诗人,是"湖畔派"的代表人物。
　　A.美国　　B.德国　　C.法国　　D.英国

8.小说《1984》的作者是( )。
　　A.乔治·奥威尔　　B.亨利　　C.村上春树　　D.海明威

9.( )作家史蒂芬·霍金的科普著作《时间简史》增进了人们对宇宙的认识。
　　A.法国　　B.美国　　C.俄国　　D.英国

10.著名民族诗人裴多菲的名诗是( )。
　　A.《马丁·伊登》　　B.《自由与爱情》　　C.《雾都孤儿》　　D.《永别了,武器》

参考答案

1.B　2.A　3.A　4.B　5.D　6.A　7.D　8.A　9.D　10.B

补充考点

《自由与爱情》:生命诚可贵,爱情价更高。若为自由故,二者皆可抛。

题组八

1.下列哪个作家不是法国人?( )
　　A.雨果　　B.莫泊桑　　C.海涅　　D.拉伯雷

2.《格兰特船长的儿女》《海底两万里》《神秘岛》《八十天环游地球》是法国小说科幻家( )的代表作。
　　A.儒勒·凡尔纳　　B.赫伯特·乔治·威尔斯　　C.赫胥黎　　D.克拉克

3.珂赛特是雨果长篇小说( )中的人物。
　　A.《笑面人》　　B.《巴黎圣母院》　　C.《海上劳工》　　D.《悲惨世界》

4.( )是歌德诗剧《浮士德》中的主要人物。

A.奥菲利亚　　　　B.梅菲斯特　　　　C.奥赛罗　　　　D.堂·吉诃德

5.马克斯·韦伯是(　　)的社会学家,著有《新教伦理与资本主义精神》一书。

　　A.俄国　　　　　B.法国　　　　　　C.英国　　　　　D.德国

6.《西线无战事》的作者是(　　)。

　　A.福克纳　　　　B.海勒　　　　　　C.海明威　　　　D.雷马克

7.格林兄弟是19世纪前期(　　)杰出的童话大师。

　　A.俄国　　　　　B.德国　　　　　　C.丹麦　　　　　D.法国

8.擅长写"阶梯式"诗歌的政治抒情诗人是(　　)。

　　A.普希金　　　　B.马雅可夫斯基　　C.奥斯特洛夫斯基　D.莱蒙托夫

9.下列属于苏联著名作家法捷耶夫作品的是(　　)。

　　A.《青年近卫军》　B.《静静的顿河》　C.《卡拉马佐夫兄弟》D.《铁流》

10.影片《这里的黎明静悄悄》是根据(　　)的同名小说改编的。

　　A.法捷耶夫　　　B.肖洛霍夫　　　　C.奥斯特洛夫斯基　D.鲍·瓦西里耶夫

参考答案

1.C　　2.A　　3.D　　4.B　　5.D　　6.D　　7.B　　8.B　　9.A　　10.D

补充考点

格林兄弟是雅各布·格林和威廉·格林的合称,兄弟二人都是19世纪前期<u>德国</u>杰出的童话大师,他们从民间收集的大量故事中提炼出200多个儿童故事,编成《儿童与家庭童话集》,即《格林童话》,其中的名篇有<u>《白雪公主》《青蛙王子》《灰姑娘》《小红帽》《勇敢的小裁缝》</u>等。

题组九

1.电影中的"杀青"一词是指(　　)。

　　A.电影的前期拍摄完成　　　　B.电影同期剪辑制作完成

　　C.电影的发行完成　　　　　　D.电影收回成本

2.在电影电视剧剧组中,场记归属为哪一组?(　　)

　　A.导演组　　　　B.摄影组　　　　　C.制片组　　　　D.美术组

3.电影何时被传入中国?(　　)

　　A.1896年　　　　B.1897年　　　　　C.1898年　　　　D.1900年

4.1922年1月,由顾肯夫、陆浩创办的中国第一本电影刊物(　　)正式出版。

　　A.《影戏学》　　B.《电影讲义》　　C.《影戏杂志》　　D.《当代电影》

5.中国最早的电影公司是哪一个?(　　)

A.上海新民公司　　B.明星影业公司　　C.华联影业公司　　D.商务局活动影戏部

6.1923年拍摄影片《孤儿救祖记》的是(　　)。

　　A.明星影片公司　　B.长城画片公司　　C.昆仑影业公司　　D.东北电影制片厂

7.由姜文导演的新片《一步之遥》,改编自中国第一部长故事片(　　)。

　　A.《庄子试妻》　　B.《难夫难妻》　　C.《阎瑞生》　　D.《劳工之爱情》

8.抗日战争时期涌现出了许多优秀影片,其中有(　　)。

　　A.《渡江侦察记》　　B.《中华儿女》　　C.《保卫我们的土地》　　D.《渔光曲》

9.电影《五朵金花》是中国电影史上的经典作品,作品反映的故事发生在下列哪个地区?(　　)

　　A.广西　　　　　B.云南　　　　　C.贵州　　　　　D.西藏

10.下列影视作品的故事背景不是发生在抗日战争时期的是(　　)。

　　A.《我的兄弟叫顺溜》　　　　B.《狙击生死线》

　　C.《烈火金刚》　　　　　　　D.《拯救大兵瑞恩》

参考答案

1.A　2.A　3.A　4.C　5.A　6.A　7.C　8.C　9.B　10.B

补充考点

<u>1896年8月11日</u>,上海闸北唐家弄私家花园内的"又一村"在表演的娱乐节目中间穿插放映了由外国人带入的影片,这是电影在中国放映的最早记录,当时中国人把它称为"西洋影戏"或"电光影戏",以后统称为"影戏"。

题组十

1.我国现代类型影片的开山之作是1963年长春电影制片厂摄制、赵心水导演的(　　)。

　　A.《冰山上的来客》　　B.《草原上的英雄》　　C.《农奴》　　D.《牧马人》

2.被称为"新中国电影的摇篮"的电影基地是(　　)。

　　A.长春电影制片厂　　B.上海电影制片厂　　C.北京电影制片厂　　D.西安电影制片厂

3.以下不是八大样板戏的是(　　)。

　　A.《智取威虎山》　　B.《红灯记》　　C.《草原儿女》　　D.《海港》

4.下列影片中不属于样板戏电影的是(　　)。

　　A.《智取威虎山》　　B.《红灯记》　　C.《奇袭白虎团》　　D.《小兵张嘎》

5.下列属于革命样板戏的是(　　)。

　　A.《金光大道》　　B.《红色娘子军》　　C.《闪闪的红星》　　D.《地雷战》

6.20世纪80年代,哪部电影引发了中国武侠电影的一场"狂飙突进运动",使功夫片

热潮快速形成？（　　）

A.《少林寺》　　B.《黄飞鸿》　　C.《一代宗师》　　D.《武林志》

7.电影《杨家将》反映的是我国历史上哪个朝代的故事？（　　）

A.唐朝　　　　B.宋朝　　　　C.明朝　　　　D.清朝

8.在成龙任总导演的电影《辛亥革命》中，饰演袁世凯的是（　　）。

A.孙淳　　　　B.葛优　　　　C.林永健　　　　D.周润发

9.田小娥是电影（　　）中的主要人物。

A.《四大名捕》　　B.《画皮2》　　C.《白鹿原》　　D.《新妈妈再爱我一次》

10.以下没有导演过电影的作家或演员是（　　）。

A.刘慈欣　　　　B.苏有朋　　　　C.郭敬明　　　　D.韩寒

参考答案

1.A　2.A　3.C　4.D　5.B　6.A　7.B　8.A　9.C　10.A

补充考点

新中国四大电影制片厂：<u>长春电影制片厂</u>（摄制影片：《五朵金花》《上甘岭》《英雄儿女》《刘三姐》《白毛女》等），<u>北京电影制片厂</u>（摄制影片：《智取华山》《龙须沟》《骆驼祥子》《边城》等），<u>八一电影制片厂</u>（摄制影片：《柳堡的故事》《林海雪原》《地道战》《四渡赤水》《大决战》等），<u>上海电影制片厂</u>（摄制影片：《南征北战》《城南旧事》《芙蓉镇》等）。

题组十一

1.她是首位在戛纳封后的华人女演员，曾主演《花样年华》，她还因《阮玲玉》获得过柏林电影节的影后。该女演员是（　　）。

A.朱茵　　　　B.张曼玉　　　　C.梁洛施　　　　D.巩俐

2.哪两位华人男演员在戛纳国际电影节上获得过影帝？（　　）

A.夏雨、张一山　　B.姜文、姜武　　C.葛优、梁朝伟　　D.张国荣、张国立

3.《白日焰火》中的（　　）获奖，是华人演员第一次获得柏林影帝。

A.王学兵　　　　B.廖凡　　　　C.余皑磊　　　　D.李克伟

4.下列哪部电影在叙事类型上属于"寻找"母题？（　　）

A.《搜索》　　B.《面对巨人》　　C.《泰囧》　　D.《全民目击》

5.（　　）电影制片厂参与了徐克电影《智取威虎山》的制作。

A.上海　　　　B.长春　　　　C.广西　　　　D.八一

6.《智取威虎山》是中国近现代京剧史上的一部重要作品，它反映的是（　　）历史

时期。

　　A.抗日战争　　　B.解放战争　　　　C.土地战争　　　　D.辛亥革命

7.2014年流行大江南北的歌曲《小苹果》是下列哪一部电影作品的宣传曲？（　　）

　　A.《一生一世》　B.《分手大师》　C.《不再说分手》　D.《老男孩之猛龙过江》

8.2006年马丁·斯科塞斯执导的美国电影《无间行者》翻拍自中国香港导演（　　）的《无间道》。

　　A.陈可辛　　　　B.刘伟强　　　　　C.袁和平　　　　　D.黄真真

9.中国台湾电影《赛德克·巴莱》的导演是（　　）

　　A.侯孝贤　　　　B.魏德圣　　　　　C.李安　　　　　　D.杨德昌

10.电影《四大名捕》是根据（　　）的作品改编的。

　　A.温瑞安　　　　B.梁羽生　　　　　C.古龙　　　　　　D.卧龙生

参考答案

1.B　2.C　3.B　4.C　5.D　6.B　7.D　8.B　9.B　10.A

补充考点

刘伟强是中国香港著名摄影师、导演，其主要作品是"古惑仔"系列、"无间道"系列等。

☞ 题组十二

1.下列哪部作品出自法国导演让·雷诺阿之手？（　　）

　　A.《幻灭》　　　B.《一条安达鲁狗》　C.《雨》　　　　D.《广岛之恋》

2.被称作法国诗意现实主义电影大师的是（　　）。

　　A.奥古斯特·雷诺阿　　　　B.戈达尔

　　C.让·保罗·贝尔蒙多　　　D.让·雷诺阿

3.《电影是什么》的作者是（　　）。

　　A.爱森斯坦　　　B.巴赞　　　　　　C.克拉考尔　　　　D.巴拉兹

4.法国电影新浪潮中，不属于"电影手册"派的导演的是（　　）。

　　A.侯麦　　　　　B.夏布洛尔　　　　C.里维特　　　　　D.斯约史特洛姆

5.法国新浪潮电影运动中的代表人物包括弗朗索瓦·特吕弗、让-吕克·戈达尔、埃里克·侯麦以及（　　）。

　　A.雅克·里维特　B.吕克·贝松　　　C.雅克·贝汉　　　D.梅里爱

6.电影《末代皇帝》的导演贝尔托卢奇是下列哪个国家的电影艺术家？（　　）

　　A.美国　　　　　B.俄罗斯　　　　　C.匈牙利　　　　　D.意大利

7.倡导内在的写实主义，作品关注人的精神状态的病态和异化，曾经到中国拍摄过影片的意大利现实主义电影大师是( )。

A.米开朗基罗·安东尼奥尼　　　　B.贝纳尔多·贝托鲁奇

C.朱塞佩·托纳多雷　　　　　　　D.赛尔乔·莱翁内

8.女奴苏玛洛出现在意大利导演帕索里尼的"生命三部曲"的哪个电影中？( )

A.《一千零一夜》　B.《坎特伯雷故事集》　C.《十日谈》　D.《意大利式狂想曲》

9.伯格曼导演的哪一部电影被誉为"作者电影""先锋电影"？( )

A.《处女泉》　　　B.《野草莓》　　　C.《第七封印》　　D.《呼喊与细雨》

10.西班牙导演阿尔莫多瓦的作品中不包括( )。

A.《破碎的拥抱》　B.《回归》　　　C.《关于我母亲的一切》　D.《卡门》

参考答案

1.A　　2.D　　3.B　　4.D　　5.A　　6.D　　7.A　　8.A　　9.B　　10.D

补充考点

20世纪30年代,一批艺术家结合左拉的自然主义文学,继承通俗文化传统,相继拍摄了一些反映社会形势、描写普通人生活和命运、进行社会批判的影片,同时又富有诗情画意,被称为"诗意现实主义电影"运动,其主要代表人物有让·雷诺阿、让雷纳·克莱尔等。

☞ **题组十三**

1.电影《搜索者》是( )类型的影片。

A.科幻片　　　　B.西部片　　　　C.喜剧片　　　　D.恐怖片

2.《友谊地久天长》是世界经典电影( )的主题曲。

A.《雨中情》　　B.《乱世佳人》　　C.《罗马假日》　　D.《魂断蓝桥》

3.歌曲 I Will Always Love You(《我永远爱你》)是电影( )的主题曲。

A.《保镖》　　　B.《勇敢的心》　　C.《泰坦尼克号》　D.《人鬼情未了》

4."路易,我觉得这是一段美好友谊的开始。"这句台词出自哪一部电影？( )

A.《乱世佳人》　B.《操行零分》　　C.《卡萨布兰卡》　D.《阿拉伯的劳伦斯》

5."新好莱坞"是指20世纪60年代末到70年代末美国好莱坞在旧有的电影体制瓦解之后的变革转型,确立新的电影机制的阶段。以下不属于新好莱坞时期电影作品的是( )。

A.《出租车司机》　B.《邦妮和布莱德》　C.《毕业生》　　D.《辛德勒的名单》

6.( )曾凭借电影《教父》中的出色表演荣获奥斯卡最佳男主角。

A.马龙·白兰度　B.劳伦斯·奥利斯　C.汤姆·汉克斯　D.尼古拉斯·凯奇

7.马丁·斯科西斯导演的美国电影《雨果的冒险》从一个侧面反映了哪一位电影艺

术家的生活？（　　）

A.法斯宾德　　B.弗拉哈迪　　C.卓别林　　D.梅里爱

8.《阿甘正传》以智障人阿甘富有传奇的人生经历为线索，展示了一幅幅美国社会历史文化的画卷，主人公阿甘代表了一种什么样的美国精神？（　　）

A.执着坚持　　B.平等博爱　　C.追求自由　　D.公平正义

9.著名灾难片《大白鲨》是靠（　　）获得空前的成功，从而掀起了现代技术主义的第一个浪潮。

A.喜剧手法　　B.蒙太奇的运用　　C.恐怖　　D.大鲨鱼道具

10.《泰坦尼克号》所获得的奥斯卡奖项不包括（　　）。

A.最佳男主角　　B.最佳导演　　C.最佳歌曲　　D.最佳服装设计

参考答案

1.B　2.D　3.A　4.C　5.D　6.A　7.D　8.A　9.D　10.A

补充考点

《泰坦尼克号》获得第70届奥斯卡最佳影片、最佳导演、最佳摄影、最佳美术指导、最佳服装设计、最佳剪辑、最佳音响、最佳效果（视效及其他）、最佳电影歌曲、最佳音效剪辑、最佳原创音乐奖共11项大奖。

题组十四

1.下列电影中有一部电影反映的历史时间与另外三部相差比较大，它是（　　）。

A.《辛德勒的名单》　　B.《现代启示录》

C.《拯救大兵瑞恩》　　D.《卡萨布兰卡》

2.在下列美国经典电影中，主要描绘越南战争对美国社会影响的电影作品是（　　）。

A.《飞越疯人院》　　B.《毕业生》　　C.《公民凯恩》　　D.《出租汽车司机》

3.它是美国的动画片，导演是约翰·史蒂芬森和马克·奥斯本，动作指导是梦工厂的资深动画师鲁道夫，影片和功夫有关，片中主人公是我国的国宝。这部影片是（　　）。

A.《米老鼠和唐老鸭》　　B.《功夫熊猫》　　C.《汤姆和杰瑞》　　D.《花木兰》

4.系列电影《加勒比海盗》是哪个电影公司的作品？（　　）

A.梦工厂　　B.华纳　　C.迪士尼　　D.好莱坞

5.The One 救世主尼奥出现在哪部影片里？（　　）

A.《黑客帝国》　　B.《速度与激情》　　C.《2012》　　D.《暮光之城》

6.下列属于克里斯托弗·诺兰的代表作是（　　）。

A.《阿凡达》　　B.《变形金刚》　　C.《钢铁侠》　　D.《星际穿越》

7.不属于雅克·贝汉"天地人三部曲"的是( )。
   A.《喜马拉雅》   B.《迁徙的鸟》   C.《微观世界》   D.《海洋》
8.电影《国王的演讲》获得第83届奥斯卡最佳影片奖,影片中的国王原型是( )。
   A.乔治五世   B.乔治六世   C.查理三世   D.查理四世
9.第84届奥斯卡最佳影片奖授予了《艺术家》,这部影片是一部( )。
   A.纪录片   B.功夫片   C.黑白片   D.科教片
10.2013年获得第85届奥斯卡最佳影片奖的是( )。
   A.《为奴十二年》   B.《地心引力》   C.《逃离德黑兰》   D.《林肯》

参考答案

1.B   2.D   3.B   4.C   5.A   6.D   7.D   8.B   9.C   10.C

补充考点

克里斯托弗·诺兰的主要代表作品有《蝙蝠侠:开战时刻》《蝙蝠侠:黑暗骑士》《盗梦空间》《蝙蝠侠:黑暗骑士崛起》《星际穿越》等。

题组十五

1.小津安二郎电影中的"低机位",实际上是一种( )。
   A.俯视镜头   B.仰视镜头   C.平视镜头   D.斜视镜头
2.有"日本电影新天皇"之称的导演是( )。
   A.北野武   B.沟口健二   C.岩井俊二   D.宫崎骏
3.下列哪部作品配乐不是出自久石让之手?( )
   A.《太阳照常升起》   B.《情书》   C.《情癫大圣》   D.《菊次郎的夏天》
4.电影《这里的黎明静悄悄》描写的是什么时期的故事?( )
   A.第一次世界大战   B.第二次世界大战   C."十月革命"   D.冷战时期
5.下面关于苏联电影《这里的黎明静悄悄》的描述不正确的是( )。
   A.导演为斯坦尼斯拉夫·罗斯托茨基   B.改编自同名小说
   C.获得奥斯卡最佳外语片提名奖   D.影片的背景发生在"二战"时期
6.电影《夏伯阳》是哪国的电影作品?( )
   A.苏联   B.中国   C.韩国   D.朝鲜
7.大卫·里恩的名片《日瓦戈医生》是根据谁的名著改编的?( )
   A.帕斯捷尔纳克   B.大卫·柯南伯格   C.爱伦坡   D.柯南·道尔
8.苏联影片《雁南飞》女主角的扮演者是( )。
   A.塔吉亚娜·萨莫依洛娃   B..薇拉·阿莲托娃

C.阿丽萨·弗雷因德利赫 　　　　　D.玛格瑞塔·泰瑞柯娃

9.摄制于20世纪三四十年代的美国电影《卡萨布兰卡》中女主角的扮演者是(　　)。
　A.褒曼　　　　B.梦露　　　　C.嘉宝　　　　D.费雯·丽

10.曾出演《芳芳》《勇敢的心》《卢浮魅影》的著名女演员是(　　)。
　A.妮可·基德曼　B.安吉丽娜·朱莉　C.费雯·丽　D.苏菲·玛索

参考答案

1.B　2.A　3.B　4.B　5.C　6.A　7.A　8.A　9.A　10.D

补充考点

久石让参与配乐的主要电影有《风之谷》《天空之城》《龙猫》《魔女宅急便》《红猪》《幽灵公主》《菊次郎的夏天》《哈尔的移动城堡》《太阳照常升起》《海洋天堂》《让子弹飞》《起风了》等。

题组十六

1.美国电影《勇敢的心》塑造的人物华莱士是哪个国家的民族英雄？(　　)
　A.美国　　　　B.法国　　　　C.俄国　　　　D.苏格兰

2.动画片《千与千寻》中男主人公小白原本是(　　)的河神。
　A.黄金川　　　B.白玉川　　　C.琉璃川　　　D.琥珀川

3.影片《西伯利亚理发师》中女主人公的国籍是(　　)。
　A.俄罗斯　　　B.英国　　　　C.法国　　　　D.美国

4.影片《小鞋子》是一部讲述(　　)儿童生活的影片。
　A.法国　　　　B.沙特阿拉伯　C.伊朗　　　　D.以色列

5.《放牛班的春天》中最终成为大音乐家的是(　　)。
　A.皮埃尔　　　B.派皮诺　　　C.蒙丹　　　　D.马修

6.《2012》中建造的巨型船名叫(　　)。
　A.维多利亚号　B.诺亚方舟　　C.长江一号　　D.伊丽莎白号

7.《贫民窟的百万富翁》中男主人公获得了多少万卢比的最高奖？(　　)
　A.3000万　　　B.1000万　　　C.2000万　　　D.100万

8.基耶斯洛夫斯基的著名影片《薇诺妮卡的双重生活》中,法国的薇诺妮卡通过什么意识到还有另一个薇诺妮卡的存在？(　　)
　A.目睹　　　　B.照片　　　　C.友人提示　　D.DNA鉴定

9.影片《本命年》中泉子想送赵雅秋(　　)作为临别礼物。
　A.金戒指　　　B.手表　　　　C.金项链　　　D.手镯

10.影片《十七岁的单车》中周迅扮演的角色身份是( )。
　　A.有钱人家的女儿　　B.小卖部营业员　　C.保姆　　　　　D.钟点工

参考答案

1.D　　2.D　　3.D　　4.C　　5.A　　6.B　　7.C　　8.B　　9.C　　10.C

补充考点

丹尼·博伊尔是英国著名电影导演、电影制作人,其主要作品有《贫民窟的百万富翁》《迷幻列车》《28天毁灭倒数》《太阳浩劫》等。2012年,丹尼·博伊尔担任伦敦奥运会开幕式总导演。

题组十七

1.被称为"传播学鼻祖"的是( )。
　　A.施拉姆　　　　B.麦克卢汉　　　C.波茨曼　　　　D.库勒

2.电视剧本的结构首先要服从于主题、主体的表现需要。其中的( )是用几块相对独立的内容并列地组织在一起,每块有一条自己的线索,但都从一个基点出发,综合地表现一个总主题。
　　A.逻辑顺序结构　　B.空间层次结构　　C.板块综合结构　　D.交叉综述结构

3.电视传播的基本单位是( )。
　　A.电视节目　　　B.电视专题　　　C.电视画面　　　D.电视栏目

4.电视台买下一部戏,然后在本台播出的形式叫作( )。
　　A.直播　　　　　B.转播　　　　　C.录播　　　　　D.插播

5.广播电视新闻的( ),是指对某一新闻主题,从不同角度、不同侧面所做的多次性报道。
　　A.现场报道　　　B.记录报道　　　C.系列报道　　　D.连续报道

6.中国内地第一个真正意义上的电视谈话节目当数1993年1月开播的( )。
　　A.《东方直播间》　B.《今晚八点》　C.《实话实说》　D.《电视论坛》

7.下列电视作品属于电视纪录片类型的节目是( )。
　　A.《朝闻天下》　B.《探索·发现》　C.《面对面》　　D.《焦点访谈》

8.( )栏目的播出被誉为"开创了中国电视改革的先河"。
　　A.《东方时空》　B.《焦点访谈》　　C.《百家讲坛》　D.《电视论坛》

9.近年来引人瞩目的纪录片《大明宫》主要取材于下列哪个朝代的历史故事?( )
　　A.唐代　　　　　B.宋代　　　　　C.元代　　　　　D.明代

10.电视剧《雍正王朝》的导演是( )。
A.张纪中　　　B.胡玫　　　　C.高希希　　　D.吕大渝

参考答案

1.A　2.C　3.A　4.B　5.C　6.A　7.B　8.A　9.A　10.B

补充考点

胡玫是中国电视优秀女性导演之一,其主要作品有电影《女儿楼》《孔子》,电视剧《雍正王朝》《汉武大帝》《乔家大院》等。

题组十八

1.《敢问路在何方》是下列哪部电视剧中的主题曲?( )
A.《三国演义》　B.《西游记》　　C.《闯关东》　　D.《亮剑》

2.歌曲《好汉歌》是下列哪部电视剧的主题歌?( )
A.《水浒传》　　B.《红楼梦》　　C.《情满珠江》　D.《外来妹》

3.歌曲《枉凝眉》是下列哪部电视剧的主题曲?( )
A.《水浒传》　　B.《红楼梦》　　C.《西游记》　　D.《三国演义》

4.1982年,中国香港亚视的电视连续剧《霍元甲》的播映,在中国内地掀起了( )。
A.黑帮片热　　　B.宫廷片热　　　C.功夫片热　　　D.言情片热

5.由高希希执导的电视剧不包括( )。
A.《历史的天空》　B.《亮剑》　　C.《幸福像花儿一样》　D.《楚汉传奇》

6.电视剧《我的团长我的团》的导演是( )。
A.李雪健　　　　B.康洪雷　　　　C.赵宝刚　　　　D.张新建

7.《武林外传》的编剧是( )。
A.姚晨　　　　　B.闫妮　　　　　C.沙叶新　　　　D.宁财神

8.电视剧《士兵突击》《生死线》的编剧是( )。
A.兰晓龙　　　　B.海岩　　　　　C.宁财神　　　　D.刘恒

9.《宫2》又称为( )。
A.《步步惊心》　B.《宫锁珠帘》　C.《甄嬛传》　　D.《美人心计》

10.近年来热播的电视剧《宫》所反映的历史背景主要和下列哪位清朝皇帝有关?( )
A.顺治　　　　　B.康熙　　　　　C.乾隆　　　　　D.雍正

参考答案

1.B　2.A　3.B　4.C　5.B　6.B　7.D　8.A　9.B　10.D

补充考点

《武林外传》是2005年在国内上映的古装情景喜剧,由尚敬导演、宁财神编剧,剧中主要讲述了以佟湘玉为首的一家小客栈里的人情世故和喜怒哀乐,该剧堪称国内情景喜剧的巅峰之作。

题组十九

1. 下列不属于美术作品的社会功能的是(   )。
   A.认识功能   B.教育功能   C.审美功能   D.政治功能

2. 秦代统一了文字,汉字字体随之进一步演变,流传至今的书迹有泰山、琅琊等地的石刻。它们在书体上属于(   )。
   A.大篆   B.小篆   C.隶书   D.草书

3. 西汉石雕"马踏匈奴"所表现的是西汉名将(   )的风采。
   A.霍去病   B.李广   C.郭子仪   D.赵括

4. "蚕头燕尾"是(   )书的书写方法。
   A.楷   B.篆   C.隶   D.草

5. 魏晋南北朝时期被称为"正书之祖"的是(   )。
   A.王羲之   B.王献之   C.钟繇   D.陆机

6. 王右军是以下哪位人物的别称?(   )
   A.王维   B.王安石   C.王羲之   D.王国维

7. 一提到书法中的草书,人们便会想到"颠张醉素",请问下列属于"颠张"作品的是(   )。
   A.《自叙帖》   B.《自言帖》   C.《中秋帖》   D.《黄州寒食帖》

8. 下列不属于六朝三杰的是(   )。
   A.顾恺之   B.张僧繇   C.曹不兴   D.陆探微

9. 现存最早的景泰蓝是(   )朝的产品。
   A.元   B.明   C.宋   D.清

10. 《粉红女郎》是由(   )的漫画改编的。
    A.黄玉郎   B.朱德庸   C.游素兰   D.马荣成

参考答案

1.D 2.B 3.A 4.C 5.C 6.C 7.B 8.C 9.A 10.B

补充考点

朱德庸是中国台湾著名漫画家,他的漫画作品充满了机智幽默,其主要作品有《双响炮》《涩女郎》《醋溜族》等,其中他的"《涩女郎》系列"被改编成影视剧《粉红女郎》。

题组二十

1. 15世纪以前欧洲绘画主要采用(　　)。
   A. 油彩　　　　B. 蛋彩　　　　C. 水粉　　　　D. 水彩
2. 巴黎圣母院属于(　　)风格建筑。
   A. 拜占庭式　　B. 哥特式　　　C. 巴洛克式　　D. 罗可可式
3. 著名的卢浮宫博物馆在(　　)。
   A. 伦敦　　　　B. 巴黎　　　　C. 纽约　　　　D. 意大利
4. 中国内地流行音乐发展的第二个高潮期是(　　)。
   A. 20世纪30年代至40年代　B. 20世纪80年代　C. 20世纪90年代　D. 21世纪
5. 歌曲《好汉歌》是电视剧《水浒传》的主题曲,该曲的曲作者是(　　)。
   A. 徐沛东　　　B. 赵季平　　　C. 雷振邦　　　D. 谷建芬
6. 86版电视剧《西游记》主题曲的作曲者是(　　)。
   A. 许镜清　　　B. 蒋大为　　　C. 张卫健　　　D. 崔京浩
7. (　　)去世标志着巴洛克时期的终结。
   A. 亨德尔　　　B. 巴赫　　　　C. 吕利　　　　D. 海顿
8. 法国作曲家德彪西的交响诗(　　)被认为是印象主义音乐的开山之作。
   A.《夜曲三首》　B.《牧神午后》　C.《版画集》　　D.《佩利亚斯与梅丽桑德》
9. "起来,饥寒交迫的奴隶,起来,全世界受苦的人!满腔的热血已经沸腾,要为真理而斗争"这首歌是巴黎公社委员欧仁·鲍狄埃填词创作的(　　)中的名句。
   A.《马赛曲》　　B.《义勇军进行曲》　C.《国际歌》　　D.《爱国歌》
10. 第一次世界大战后,一度成为都市流行音乐主流的是(　　)。
    A. 摇滚乐　　　B. 爵士乐　　　C. 蓝调　　　　D. 交响乐

参考答案

1. B　2. B　3. B　4. B　5. B　6. A　7. B　8. B　9. C　10. B

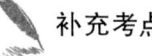 **补充考点**

爵士乐于19世纪末20世纪初源于美国,诞生于南部港口城市新奥尔良,音乐根基来自布鲁斯(Blues)和拉格泰姆(Ragtime)。

题组二十一

1. 汉代著名舞蹈(　　)是西南四川巴中地区板楯蛮夷舞蹈。
   A.巾舞　　　　B.剑器舞　　　　C.秧歌　　　　D.巴渝舞

2. 酥油花灯节属于(　　)的节日。
   A.壮族　　　　B.瑶族　　　　C.藏族　　　　D.苗族

3. "赛乃姆""多朗舞"和"萨玛"是哪一个民族的民间舞？(　　)
   A.藏族　　　　B.维吾尔族　　　　C.朝鲜族　　　　D.白族

4. 被称为中国"第一只白天鹅"的是(　　)。
   A.白淑湘　　　　B.崔美善　　　　C.刀美兰　　　　D.杨丽萍

5. 在芭蕾舞史上,(　　)成为从浪漫主义向现实主义转折的芭蕾舞作品。
   A.《胡桃夹子》　　B.《睡美人》　　C.《仲夏夜之梦》　　D.《吉赛尔》

6. "波尔卡"是哪个国家的舞蹈？(　　)
   A.美国　　　　B.英国　　　　C.西班牙　　　　D.捷克

7. 戏剧是以(　　)为中心的艺术。
   A.剧本　　　　B.导演　　　　C.表演　　　　D.舞台

8. 科诨,又称插科打诨,是戏曲里逗观众笑的一种穿插,其中"科"、"诨"分别指(　　)。
   A.动作、道具　　B.道具、语言　　C.语言、动作　　D.动作、语言

9. (　　)一般要在鼻梁上抹一小块白粉。
   A.小生　　　　B.花旦　　　　C.文丑　　　　D.青衣

10. 京剧舞台上佘太君、窦太真属于(　　)。
    A.花旦　　　　B.正旦　　　　C.刀马旦　　　　D.老旦

参考答案

1.D　2.C　3.B　4.A　5.D　6.D　7.C　8.D　9.C　10.D

补充考点

白淑湘是中国著名芭蕾舞演员、中国舞蹈家协会主席,曾于1958年首演《天鹅湖》舞剧中的奥杰塔,被称为"中国第一只白天鹅"。她还出演过中国芭蕾舞剧《红色娘子军》中的吴琼花,广受好评。

低频考点

| 出题频率:低 | 难度系数:高 | 训练强度:★★ |

题组一

1. 中国古代哲学中,有"阴阳八卦"的理论,这一理论出自(　　)。
   A.《尚书》　　　B.《论语》　　　C.《周易》　　　D.《孟子》
2. 我国古代医学发达,中医学的奠基之作是(　　)。
   A.《伤寒杂病论》　B.《药王典》　　C.《本草纲目》　　D.《黄帝内经》
3. 古书《古泉汇》、《泉志》主要是涉及下列哪种学问的著作?(　　)
   A.水文学　　　B.耕种学　　　C.畜牧学　　　D.钱币学
4. 《论语·述而》"子曰:'自行束修以上,吾未尝无诲焉。'""束修"是指(　　)。
   A.借指薪俸　B.敛容肃静　C.古代入学敬师的礼物　D.束带装饰
5. 《论语·为政》中,孔子所说的"而立"之年指的是(　　)岁。
   A.20　　　　B.30　　　　C.40　　　　D.50
6. 孟子说:"学问之道无他,求其放心而已矣。"这里的"放心"是指(　　)。
   A.心情安定,没有忧虑和牵挂的意思　　B.散乱放逸的心
   C.丢失的善心　　　　　　　　　　　D.放纵自己的心情
7. 《天论》是荀子阐述其宇宙观的重要论文,在这篇文章中,荀子提出了什么杰出命题?(　　)
   A.天人合一　B.天人之分　C.天行有常　D.存天理灭人欲
8. "彼窃钩者诛,窃国者为诸侯"出自(　　)。
   A.《庄子》　　B.《孟子》　　C.《老子》　　D.《论语》
9. "琼瑶"这一笔名源自(　　)。
   A.《楚辞》　　B.宋词　　　C.唐诗　　　D.《诗经》
10. "一问三不知"出自《左传》,说的是哪"三不知"?(　　)
    A.天文 地理 文学　　　B.事情的开始 经过 结果
    C.孔子 孟子 老子　　　D.自己的姓名 籍贯 生辰八字

参考答案

1.C　2.D　3.D　4.C　5.B　6.C　7.C　8.A　9.D　10.B

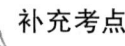 补充考点

《诗经·卫风·木瓜》:投我以木瓜,报之以琼琚。匪报也,永以为好也!投我以木

桃,报之以琼瑶。匪报也,永以为好也! 投我以木李,报之以琼玖。匪报也,永以为好也!

题组二

1.( )的《九辩》被后人称为"悲秋之祖"。
A.屈原　　　　B.贾谊　　　　C.杨雄　　　　D.宋玉

2.玄学是魏晋时代流行的一种哲学思潮,玄学是( )思想复兴的表现。
A.儒家　　　　B.墨家　　　　C.道家　　　　D.法家

3.《孔雀东南飞》中有"槌床便大怒"这句诗,"床"在诗中应解释为( )。
A.卧具　　　　B.坐具　　　　C.床榻　　　　D.床铺

4.唐代诗人李端在《听筝》中写道:"鸣筝金粟柱,素手玉房前。欲得周郎顾,时时误拂弦。""时时误拂弦"所采用的是( )文学手法。
A.曲笔　　　　B.工笔　　　　C.白描　　　　D.反衬

5.郑谷有诗曰:"何事文星与酒星,一时钟在李先生。高吟大醉三千百,留着人间伴月明。"诗中的"李先生"指的是( )。
A.李商隐　　　B.李贺　　　　C.李白　　　　D.李煜

6.杜甫诗云:"晓看红湿处,花重锦官城。"李白诗云:"锦城虽云乐,不如早还家。""锦城"或"锦官城"是因( )而得名。
A.蜀锦　　　　B.锦江　　　　C.成都花团锦簇　　D.鲜花铺满官道

7."爆竹声中一岁除,春风送暖入屠苏",这里的"屠苏"指的是( )。
A.苏州　　　　B.房屋　　　　C.酒　　　　　D.庄稼

8."到处不妨闲卜筑,流年自可数期颐。"此处的"期颐"相当于( )岁。
A.70　　　　　B.80　　　　　C.90　　　　　D.100

9.岳飞的《满江红》"笑谈渴饮匈奴血"中的"匈奴"是指( )。
A.女真统治者　　B.西夏统治者　　C.蒙古统治者　　D.鞑靼统治者

10.南宋后期著名词人( )与辛弃疾双峰并峙,其词风在婉约、豪放之外自立一家,开创了新的词派——格律词派,在词史上具有重要意义。
A.陆游　　　　B.欧阳修　　　　C.杨万里　　　　D.姜夔

参考答案

1.D　2.C　3.B　4.D　5.C　6.A　7.C　8.D　9.A　10.D

补充考点

在古代,床是供人坐卧的器具,与今天只用作睡卧不同,《说文》:"床,安身之坐者",但是李白的"床前明月光"中的"床"则指的是"井上围栏"。

题组三

1. 下列文学作家中,曾经被贬到海南地区的是(　　)。
   A.韦应物　　　B.苏东坡　　　C.柳宗元　　　D.贺知章

2. 我们通常将男女新婚之夜说成"春宵一刻值千金",其实这句诗是劝人们及时学习的,请问这句诗出自谁之手?(　　)
   A.苏轼　　　B.秦观　　　C.陆游　　　D.杨万里

3. 文人对各种植物有自己的偏爱,陶渊明喜爱菊花,北宋文豪苏东坡则说过:宁可食无肉,不可(　　)。
   A.居无松　　　B.居无竹　　　C.居无梅　　　D.居无菊

4. 《资政新篇》的作者是谁?(　　)
   A.李秀成　　　B.洪仁玕　　　C.石达开　　　D.洪秀全

5. 著名散文《可爱的中国》的作者是(　　)。
   A.丁玲　　　B.方志敏　　　C.沈从文　　　D.孔尚任

6. (　　)评价萧红的作品是"一幅多彩的风土画,一串凄婉的歌谣"。
   A.孔繁森　　　B.萧军　　　C.茅盾　　　D.张爱玲

7. 副标题为"纪念鲁迅有感"的作品是(　　)。
   A.《相信未来》　　B.《岁月》　　C.《有的人》　　D.《太阳下的风景》

8. 《咬文嚼字》的作者是(　　)。
   A.林庚　　　B.朱光潜　　　C.闻一多　　　D.冯友兰

9. 长篇小说《李自成》的作者是(　　)。
   A.张恨水　　　B.朱自清　　　C.姚雪垠　　　D.老舍

10. 《山上的小屋》的作者是(　　)。
    A.班固　　　B.马原　　　C.余华　　　D.残雪

参考答案

1.B　2.A　3.B　4.B　5.B　6.C　7.C　8.B　9.C　10.D

补充考点

《有的人》是当代诗人臧克家为纪念鲁迅逝世十三周年而写的一首抒情诗,所以副标题是"纪念鲁迅有感"。诗歌通过两种人的对照,对"俯首甘为孺子牛"的人倾注了无限深情,表达了崇高的敬意,而对高踞人民头上的人,则无情地揭露,表现出满腔的愤懑。

题组四

1. 亚里士多德认为,理想的人格是全面和谐发展的人格,情感、环境和理智一样,都是人性中固有的内容,同样有得到满足的权利,所以艺术应该具有三种功能,一是"教育",二是"净化",三是(　　)。
   A."认识"　　　B."快感"　　　C."娱乐"　　　D."满足"

2. 古巴比伦史诗的代表作是(　　)。
   A.《伊尼德》　　B.《奥德赛》　　C.《吉尔伽美什》　　D.《伊利亚特》

3. 卢梭是法国启蒙运动时期的思想家,他宣称"人生而是自由的,可是现在他却处处带着镣铐",他的主要代表作是(　　)。
   A.《哲学通信》　　B.《天真汉》　　C.《论法的精神》　　D.《社会契约论》

4. 哲学名著《纯粹理性批判》的作者是(　　)。
   A.尼采　　　B.哥德巴赫　　　C.康德　　　D.黑格尔

5. 散文集《瓦尔登湖》的作者是(　　)。
   A.梭罗　　　B.拜伦　　　C.卢梭　　　D.蒙田

6. 海斯特·白兰是小说(　　)的主人公。
   A.《复活》　　B.《名利场》　　C.《红字》　　D.《白鲸》

7. "人类一思考,上帝就发笑"是一句犹太格言,以下哪部作品引用了这句话?(　　)
   A.《百年孤独》　　B.《寒冬夜行人》　　C.《生命中不能承受之轻》　　D.《城堡》

8. 《豹——在巴黎植物园》是(　　)创作的诗歌。
   A.拜伦　　　B.里尔克　　　C.济慈　　　D.雪莱

9. 下列哪位拒绝领取诺贝尔文学奖?(　　)
   A.帕斯捷尔纳克　　B.川端康成　　C.高行健　　D.库切

10. 20世纪的(　　),拉丁美洲出现了"文学爆炸"。
    A.五六十年代　　B.六七十年代　　C.四五十年代　　D.七八十年代

参考答案

1.B　2.C　3.D　4.C　5.A　6.C　7.C　8.B　9.A　10.B

补充考点

<u>米兰·昆德拉</u>是捷克小说家,他的作品擅长运用反讽手法、幽默的语调描绘人类境况,其主要作品有<u>《生命中不能承受之轻》</u>《玩笑》《无知》《笑忘录》等。

题组五

1. 美国电影《珍珠港》和下列哪部中国电影所反映的历史时间最接近?(　　)

A.《地道战》 B.《开天辟地》 C.《闪闪的红星》 D.《开国大典》

2.反映中国人民解放战争时期的历史故事的影片是(　　)。

A.《南昌起义》 B.《上甘岭》 C.《南征北战》 D.《金沙水拍》

3.《让我们荡起双桨》是1995年拍摄的少儿电影(　　)的主题曲。

A.《天才发明家》 B.《祖国的花朵》 C.《宝莲灯》 D.《爸爸就是爸爸》

4.曹冲的文章《神奇的极光》,适合拍成(　　)。

A.美术片 B.故事片 C.科教片 D.艺术片

5.(　　)是我国第一次引进公映的好莱坞大片。

A.《亡命天涯》 B.《真实的谎言》 C.《辛德勒的名单》 D.《泰坦尼克号》

6.中国台湾电影《风柜来的人》的编剧是(　　)。

A.朱天文 B.侯孝贤 C.杨德昌 D.蔡明亮

7.蒙特利尔奖每年都在哪个国家颁发?(　　)

A.德国 B.美国 C.法国 D.加拿大

8.下列哪一种影片类型是由影评人赋予的?(　　)

A.黑色电影 B.科幻电影 C.音乐歌舞片 D.西部片

9.电影《一次离别》反映了下列哪个国家的生活?(　　)

A.伊朗 B.巴林 C.日本 D.泰国

10.《追风筝的人》讲的是哪个地区的故事?(　　)

A.巴西 B.印度 C.阿富汗 D.悉尼

参考答案

1.A　2.C　3.B　4.C　5.A　6.A　7.D　8.A　9.A　10.C

补充考点

蒙特利尔国际电影节创办于1977年,每年8月下旬,于加拿大魁北克蒙特利尔举办,为国际A类电影节。

题组六

1."黑玛丽"摄影棚是由谁建立的?(　　)

A.卢米埃尔兄弟 B.爱迪生 C.梅里爱 D.玛丽·壁克馥

2.在电影史上,谢·乌鲁谢夫斯基是一位著名的(　　)。

A.表演艺术家 B.摄影师 C.编剧 D.电影教育家

3.1949年上演的(　　)使阿瑟·米勒蜚声全球,该部戏剧被称为放置在美国社会基础下的一颗炸弹。

A.《考验》　　　B.《桥头眺望》　　C.《推销员之死》　D.《全是我儿子》

4."大胆经营时间顺序及多线叙事,如果按照正常说故事的方法就毫无突破性可言。"这句话指的是昆汀·塔伦蒂诺的哪一部电影?(　　)

A.《杀死比尔》　B.《低俗小说》　C.《无耻混蛋》　D.《恐怖星球》

5.获得第85届奥斯卡最佳纪录长片奖的是(　　)。

A.《控诉》　　　B.《寻找小糖人》　C.《逃离德黑兰》　D.《宵禁》

6.《火影忍者》中忍者最常用的武器是下列哪种?(　　)

A.飞镖　　　　B.手里剑　　　C.忍刀　　　　D.水蜘蛛

7.影片《戴珍珠耳环的少女》中的画家是(　　)。

A.杨·维梅尔　B.德拉克洛瓦　C.鲁本斯　　　D.卡拉瓦乔

8.米老鼠是哪一家制片公司的动画形象?(　　)

A.米高梅　　　B.迪士尼　　　C.环球　　　　D.雷电华

9.007系列电影中首任詹姆斯·邦德的扮演者是(　　)。

A.丹尼尔·克雷格　B.提摩西·达顿　C.皮尔斯·布鲁斯南　D.肖恩·康纳利

10.下列哪一个电影人不属于东欧?(　　)

A.库斯图里卡　B.哈·克尔瓦瓦茨　C.塔可夫斯基　D.塞尔兹尼克

参考答案

1.B　　2.B　　3.C　　4.B　　5.B　　6.B　　7.A　　8.B　　9.D　　10.C

补充考点

安德烈·塔可夫斯基是<u>苏联</u>著名电影导演,其主要作品有《镜子》《伊万的童年》《压路机与小提琴》等,其中<u>《伊万的童年》</u>于1962年获得威尼斯影展金狮奖。

题组七

1.(　　)是第一个发射国内通讯卫星的国家。

A.美国　　　　B.中国　　　　C.苏联　　　　D.英国

2.抗灾害性强,遭遇地震等突发情况时仍能传播信息的媒体是(　　)。

A.手机　　　　B.广播　　　　C.电视　　　　D.互联网

3.电磁波的传播速度是每秒多少公里?(　　)

A.50万　　　　B.20万　　　　C.30万　　　　D.10万

4.首次使用"Television"这个词是在什么场合?(　　)

A.巴黎世界博览会　　　　　　B.伦敦世界博览会
C.纽约世界博览会　　　　　　D.维也纳世界博览会

5.CNN 指的是( )。
　　A.美国有线电视新闻网　　　　　B.哥伦比亚广播公司
　　C.全美广播公司　　　　　　　　D.美国广播公司
6.CATV 代表的是( )。
　　A.无线电视　　B.有线电视　　C.高清电视　　D.数字电视
7.美国杂志性新闻节目的代表是 CBS 创办的( )。
　　A.《60 分钟》　B.《幸存者》　C.《生化大爆炸》　D.《四十八小时秘密》
8.下列广播电视机构中属于韩国的是( )。
　　A.NHK　　　　B.BBC　　　　C.CNN　　　　D.KBS
9.动画界中的"哈姆雷特"指的是( )。
　　A.狮子辛巴　　B.机器猫叮当　　C.加菲猫　　D.喜羊羊
10.在杨洁执导的电视剧《西游记》中饰演"孙悟空"的演员是( )。
　　A.马德华　　　B.王奎荣　　　C.王志文　　　D.章金莱

参考答案

1.A　2.B　3.C　4.A　5.A　6.B　7.A　8.D　9.A　10.D

补充考点

　　六小龄童,本名章金莱,1982 年在 25 集神话电视连续剧《西游记》中主演孙悟空一角,红遍大江南北。

题组八

1.中国南方的新石器时期( )遗址出土了大量的玉器,其中有数量惊人的玉琮。
　　A.仰韶文化　　B.红山文化　　C.良渚文化　　D.河姆渡文化
2.宣纸的得名来自( )。
　　A.用途　　　　B.材质　　　　C.产地　　　　D.人名
3.民间工艺是指人们为了适应生活需要和审美需要就地取材并以手工生产为主的一种工艺美术品,如( )。
　　A.象牙雕刻　　B.景泰蓝　　　C.竹编　　　　D.瓷器
4.墨绣是起源于唐朝的刺绣工艺,墨绣所选用的材料是( )。
　　A.头发　　　　B.木炭　　　　C.狼毫　　　　D.马尾
5.中国最早的寺院是( )。
　　A.洛阳白马寺　B.宝鸡法门寺　C.杭州灵隐寺　D.苏州寒山寺
6.四大书院中位于江西省的是( )。

A.白鹿洞书院　　B.嵩阳书院　　C.应天书院　　D.岳麓书院

7.我国古代四大书院之一的"岳麓书院"位于(　　)。

　A.杭州　　　　B.成都　　　　C.北京　　　　D.长沙

8.王羲之对一种动物十分偏爱,并从它的形态姿势上领悟到书法执笔运笔的道理,这是什么动物?(　　)

　A.鹤　　　　　B.鹅　　　　　C.鸡　　　　　D.鱼

9.下列不是"江南四大才子"的是(　　)。

　A.唐伯虎　　　B.祝枝山　　　C.文征明　　　D.黄宾虹

10.普利策奖是(　　)方面的大奖。

　A.文学　　　　B.电影　　　　C.新闻　　　　D.美术

参考答案

1.D　2.C　3.C　4.A　5.A　6.A　7.D　8.B　9.D　10.C

补充考点

中国四大书院分别是<u>湖南长沙岳麓书院、江西庐山白鹿洞书院、河南登封嵩阳书院、河南商丘应天书院</u>。

题组九

1.号称"世界奇迹"的"空中花园"是哪个古老国度的文明体现?(　　)

　A.古埃及　　　B.古罗马　　　C.古巴比伦　　D.古希腊

2.被称为"凝固的音乐"的艺术是指(　　)。

　A.绘画　　　　B.雕塑　　　　C.建筑　　　　D.摄影

3.西藏布达拉宫反映了我国建筑工艺的高超,在取材上属于(　　)。

　A.石木结构　　B.砖石结构　　C.泥土结构　　D.全木结构

4.外国现存最早的雕塑艺术是(　　)。

　A.维伦多夫的维纳斯　B.米洛斯的维纳斯　C.拉奥孔　　D.大卫

5.比萨斜塔位于欧洲的哪个国家?(　　)

　A.希腊　　　　B.意大利　　　C.西班牙　　　D.英国

6.澳大利亚悉尼歌剧院是(　　)建筑。

　A.象征主义　　B.存在主义　　C.表现主义　　D.浪漫主义

7."和平鸽"的形象是由谁所创造的?(　　)

　A.周恩来　　　B.毕加索　　　C.塞尚　　　　D.徐志摩

8.矗立在法国巴黎的著名建筑"埃菲尔铁塔"是以哪个人的名字命名的?(　　)

A.当时的法国总统 B.当时的巴黎市长 C.铁塔的设计者 D.古代的一个英雄

9.被称为"德国表现派舞蹈创始人"的是( )。

A.洛伊·富勒　　B.玛丽·魏格曼　　C.露丝·圣丹尼丝　　D.乌兰诺娃

10.对堪宁汉及其"机遇编舞法"有着重要启发的中国经典哲学著作是( )。

A.《老子》　　B.《易经》　　C.《庄子》　　D.《孔子》

参考答案

1.C　2.C　3.A　4.A　5.B　6.C　7.B　8.C　9.C　10.C

补充考点

世界七大建筑奇迹分别是埃及吉萨(胡夫)大金字塔、印度泰姬陵、中国万里长城、意大利古罗马大斗兽场、希腊雅典卫城帕特农神庙、法国巴黎<u>埃菲尔铁塔</u>、柬埔寨<u>吴哥窟</u>。

题组十

1.我国第一部用文字谱记写的琴曲是( )。

A.《碣石调·幽兰》　B.《广陵散》　　C.《高山流水》　　D.《梅花三弄》

2.下列乐曲中哪一首相传是黄帝时期赞颂图腾的乐舞？( )

A.《咸池》　　B.《云门大卷》　　C.《高山流水》　　D.《广陵散》

3.《道拉基》是一首流传甚广的( )民歌。

A.蒙古族　　B.满族　　C.回族　　D.朝鲜族

4.《太阳出来喜洋洋》是我国哪个地区的民歌？( )

A.河北　　B.四川　　C.山东　　D.河南

5.以《江南 style》闻名的鸟叔毕业于美国伯克利音乐学院，下列哪位也毕业于该校？( )

A.王力宏　　B.熊汝霖　　C.朱明瑛　　D.张杰

6.周杰伦一首歌中提到的《夜曲》是( )所作。

A.李斯特　　B.王洛宾　　C.冼星海　　D.肖邦

7.通常人们认为的现代钢琴有300多年的历史，它是哪个国家的制琴大师制作的？( )

A.美国　　B.德国　　C.法国　　D.意大利

8.下列哪一个奖项不属于中国戏剧奖下设的子奖项？( )

A.文华奖　　B.梅花表演奖　　C.曹禺剧本奖　　D.校园戏剧奖

9."南麒北马关东唐"分别是指( )。

A.周信芳、马连良、唐韵笙　　B.梅兰芳、马连良、唐韵笙

C.程砚秋、马连良、唐韵笙　　　　D.尚小云、马连良、唐韵笙

10."少小离家老大回,乡音无改鬓毛衰",该诗句反映了文化对人的影响的特点是( )。

A.潜移默化　　　B.深远持久　　　C.精神愉悦　　　D.健康向上

参考答案

1.A　2.B　3.D　4.B　5.A　6.D　7.D　8.A　9.A　10.B

补充考点

中国戏剧奖下设梅花表演奖、曹禺剧本奖、优秀剧目奖、小戏小品奖、理论评论奖和校园戏剧奖六个子奖项,每两年评选一次。

题组十一

1.流行于秦汉时期的"角抵",类似于下列哪一项运动?( )

A.马术　　　B.射箭　　　C.摔跤　　　D.斗牛

2.东汉时期发明的水排作用是( )。

A.提高冶铁质量　B.引流　　　C.排污　　　D.灌溉农田

3.在唐诗和唐三彩中,骆驼和胡人逐渐成为流行的文化符号,下列原因与这一现象无关的是( )。

A.民族融合的加强　　　　B.古代商帮的推动

C.丝绸之路的畅通　　　　D.文化政策的开放

4.( ),后世戏台的雏形,出现在宋代都市的"瓦子"里,是专门表演说唱与杂剧的场所。

A.勾栏　　　B.鬼门道　　　C.庙台　　　D.草台

5.宋代的"学象生"是指现代哪一种曲艺形式?( )

A.口技　　　B.双簧　　　C.相声　　　D.哑剧

6.山东三大秧歌通常是指鼓子秧歌、胶州秧歌和( )。

A.海阳秧歌　　　B.花鼓灯　　　C.花灯　　　D.吕剧

7.浪漫主义文学的特点不包括( )。

A.强烈的主观性　　　　B.对田园生活的向往与回归

C.模仿古代的贵族情调　　　　D.丰富的形象,华美的语言

8.从汉赋、唐诗、宋词、明清小说等文学形式的变化看,中国古代文学的发展趋势是逐渐( )的。

A.贵族化　　　B.平民化　　　C.神秘化　　　D.宗教化

9.(　　)提出现实主义文学强调"真实地再现典型环境中的典型人物"。
　　A.马克思　　　　B.列宁　　　　C.恩格斯　　　　D.伏尔泰
10.以美学代宗教的是(　　)。
　　A.王国维　　　　B.蔡元培　　　　C.胡适　　　　D.鲁迅

参考答案

1.C　2.A　3.B　4.A　5.A　6.A　7.C　8.B　9.C　10.B

补充考点

秧歌又称为"扭秧歌",是一种集歌、舞、戏为一体的综合艺术,秧歌可分为鼓子秧歌、陕北秧歌、地秧歌、东北秧歌、高跷秧歌等不同类别。

题组十二

1."琴棋书画"中的"棋"是指(　　)。
　　A.象棋　　　　B.跳棋　　　　C.围棋　　　　D.军棋
2.中国象棋棋盘上的"米"字形方框叫作(　　)。
　　A.九宫　　　　B.天元　　　　C.本垒　　　　D.本营
3.围棋棋盘共有几个交叉点?(　　)
　　A.360　　　　B.361　　　　C.350　　　　D.351
4.爵是一种典礼时用的酒器,爵有几只脚?(　　)
　　A.三只脚　　　　B.两只脚　　　　C.四只脚　　　　D.五只脚
5.西周五礼中天子款待来朝会的四方诸侯和诸侯派遣使臣向周王问安的礼是(　　)。
　　A.吉礼　　　　B.军礼　　　　C.嘉礼　　　　D.宾礼
6.拱手礼起源于(　　)。
　　A.战国时期　　　　B.唐宋时期　　　　C.西周时期　　　　D.明清时期
7.在我国风俗中,常常避讳73和84这两个岁数,因为这是两位历史人物去世的年龄,他们是(　　)。
　　A.孔子和孟子　　B.老子和庄子　　C.汉高祖和汉武帝　　D.周武王和周文
8.科举制在中国影响深远,乡试录取者称为"举人",会试录取者称为"贡生",那么殿试录取者称为(　　)。
　　A.大元　　　　B.解元　　　　C.进士　　　　D.榜眼
9.在古代常用"阴阳"来表示方位,"沁阳"应该属于沁水之(　　)。
　　A.东　　　　B.西　　　　C.南　　　　D.北

10."无事不登三宝殿"中的"三宝"是指(　　)。
   A.佛宝 法宝 僧宝   B.金 银 玉   C.书 剑 琴   D.笔 墨 纸

参考答案

1.C　2.A　3.B　4.A　5.D　6.C　7.A　8.C　9.D　10.A

补充考点

阴阳表示阳光的向背,向日为阳,背日为阴,<u>山南水北是阳,山北水南是阴</u>。

题组十三

1.我国古代"拜年"传统指的是(　　)。
   A.向长辈叩岁   B.平辈道贺   C.亲戚走动   D.馈赠礼品
2.中国传统节日重阳节是在(　　),登高远望,饮酒赋诗,是古时的主要活动。
   A.农历三月初三   B.农历五月初五   C.农历七月初七   D.农历九月初九
3.下列传统节日中(　　)源于二十四节气。
   A.元宵节   B.中秋节   C.端午节   D.清明节
4.下列哪项不是端午节的习俗?(　　)
   A.挂香包   B.赛龙舟   C.拴五色丝线   D.扫墓
5.我国传统表示次序的"天干"共有几个字?(　　)
   A.8   B.10   C.12   D.14
6.五月俗称什么月?(　　)
   A.杏月   B.榴月   C.荷月   D.桃月
7."桂月"指的是(　　)。
   A.五月   B.八月   C.九月   D.十月
8.以下不是"人参"的雅称的是(　　)。
   A.赤箭   B.地精   C.黄精   D.神草
9.名剧《白娘娘盗仙草》中所盗取的仙草是什么?(　　)
   A.灵芝   B.冬虫夏草   C.人参   D.雪莲
10.下列不属于中医别称的是(　　)。
   A.杏林   B.悬壶   C.黄芪   D.岐黄

参考答案

1.A　2.D　3.D　4.D　5.C　6.B　7.B　8.A　9.A　10.C

补充考点

二十四节气是指二十四时节和气候,是中国古代订立的一种用来指导农事的补充历法,是中国古代汉族劳动人民长期经验的积累和智慧的结晶,形成于春秋战国时期。

👉 题组十四

1. 古代常说的"终身大事"是指什么?（　　）
   A.男婚女嫁　　　B.他乡遇故知　　　C.生孩子　　　D.找到工作
2. 古时候的"金鸡消息"指的是下列哪方面的事件?（　　）
   A.大赦囚犯　　　B.帝王登基　　　C.喜得贵子　　　D.考试发榜
3. 古语中"赔了夫人又折兵"是说的下列哪一人物?（　　）
   A.刘备　　　B.曹操　　　C.周瑜　　　D.诸葛亮
4. 古代只会进行"纸上谈兵"的主角人物是谁?（　　）
   A.赵括　　　B.赵盾　　　C.赵奢　　　D.赵朔
5. "解衣推食"的历史典故和下列哪位历史人物有关?（　　）
   A.孟子　　　B.刘邦　　　C.诸葛亮　　　D.曹植
6. "白马素车"的故事与哪位历史人物有关?（　　）
   A.白居易　　　B.欧阳修　　　C.伍子胥　　　D.苏轼
7. 下列哪个成语典故与项羽有关?（　　）
   A.隔岸观火　　　B.暗度陈仓　　　C.背水一战　　　D.破釜沉舟
8. "金屋藏娇"是哪个皇帝的故事?（　　）
   A.汉文帝刘恒　　　B.汉武帝刘彻　　　C.汉惠帝刘盈　　　D.汉高祖刘邦
9. 成语"趋之若鹜"中的"鹜"是指哪一种动物?（　　）
   A.乌鸦　　　B.老鹰　　　C.鸭子　　　D.马
10. 成语"千钧一发"中"钧"的量是多少?（　　）
    A.15公斤　　　B.50公斤　　　C.5公斤　　　D.10公斤

参考答案

1.A　　2.A　　3.C　　4.A　　5.B　　6.C　　7.D　　8.B　　9.C　　10.A

 补充考点

与项羽有关的成语典故有取而代之、先发制人、破釜沉舟、以一当十、沐猴而冠、四面楚歌。

题组十五

1. "高屋建瓴"中的"瓴"是指什么？（　　）
   A.瓦片　　　　B.屋檐　　　　C.门楣　　　　D.盛水的瓶子

2. "南柯一梦"中的"南柯"是指（　　）。
   A.南国　　　　B.南郡　　　　C.南枝　　　　D.南方

3. "黄粱一梦"中的"黄粱"是指（　　）。
   A.高粱　　　　B.玉米　　　　C.大米　　　　D.小米

4. 与"金蝉脱壳"意思相近的成语是（　　）。
   A.瓮中捉鳖　　B.瞒天过海　　C.脱胎换骨　　D.焕然一新

5. 下列哪一个成语可以看出情义最为深重？（　　）
   A.莫逆之交　　B.金兰之交　　C.刎颈之交　　D.点头之交

6. 下列地支与其生肖配对正确的是（　　）。
   A.子—兔　　　B.辰—马　　　C.寅—虎　　　D.申—鸡

7. 在十二生肖排序中，排在马前面的生肖是（　　）。
   A.羊　　　　　B.蛇　　　　　C.龙　　　　　D.鸡

8. 王先生的QQ签名档最近改成了"庆祝弄璋之喜"，王先生近来的喜事是（　　）。
   A.新婚　　　　B.搬家　　　　C.妻子生了个男孩　　D.考试通过

9. 民间故事《梁祝》突出反映了我国现行《婚姻法》当中的哪项基本制度？（　　）
   A.男女平等　　B.一夫一妻制　　C.婚姻自由　　D.计划生育

10. 下列不属于南京古代称呼的是（　　）。
    A.京口　　　　B.金陵　　　　C.建康　　　　D.白下

参考答案

1.D　2.C　3.D　4.B　5.C　6.C　7.B　8.C　9.C　10.A

补充考点

十二生肖，又叫十二属相，是中国与十二地支相配以人的出生年份的十二种动物，即子(鼠)、丑(牛)、寅(虎)、卯(兔)、辰(龙)、巳(蛇)、午(马)、未(羊)、申(猴)、酉(鸡)、戌(狗)、亥(猪)。

题组十六

1. 鼎是中国古代的一种青铜器，据传是（　　）用天下九牧所贡之金铸成九鼎，象征九州。
   A.尧　　　　　B.舜　　　　　C.禹　　　　　D.商汤

2.比干是(　　)时代人。
　　A.夏朝　　　　B.商朝　　　　C.西周　　　　D.东周
3.公元前1064年,周武王伐纣,(　　)朝灭亡,建立周朝。
　　A.汉　　　　　B.夏　　　　　C.商　　　　　D.秦
4.道家思想在我国影响深远,请问历史上的哪一时期最接近道家所主张的无为而治?(　　)
　　A.文景之治　　B.光武中兴　　C.贞观之治　　D.开元盛世
5.经过汉代自上而下的变革,(　　)逐渐成为中国传统文化的主流思想。
　　A.道学思想　　B.墨家思想　　C.法家思想　　D.儒学思想
6.西汉最鼎盛时期的皇帝是谁?(　　)
　　A.汉文帝　　　B.汉景帝　　　C.汉武帝　　　D.汉哀帝
7.古代时期道教兴起与其服务的政治政权是下列哪一时期?(　　)
　　A.战国西汉　　B.西汉东汉　　C.东汉东晋　　D.东汉南朝
8.华佗去世后,曹操还想寻找一位名医为自己治病,他可以找下列的哪一位?(　　)
　　A.扁鹊　　　　B.孙思邈　　　C.李时珍　　　D.张仲景
9.下列四个朝代中,时间最靠前的是(　　)。
　　A.北魏　　　　B.南唐　　　　C.西晋　　　　D.北宋
10.古人所说的"六朝"指的是(　　)。
　　A.东汉 东吴 宋 齐 梁 陈　　　B.东吴 宋 齐 梁 陈 隋
　　C.西晋 东晋 宋 齐 梁 陈　　　D.东吴 东晋 宋 齐 梁 陈

参考答案

1.C　2.B　3.C　4.A　5.D　6.C　7.D　8.D　9.C　10.D

补充考点

九州是中国古代典籍中所记载的夏、商、周时代的地域区划,后成为中国的代称,九州分别是冀州、徐州、兖州、青州、扬州、荆州、梁州、雍州、豫州。

题组十七

1.公元5世纪,(　　)算出圆周率在3.1415926和3.1415927之间,1000年后德国数学家才得到同样的结果。
　　A.徐光启　　　B.刘徽　　　　C.祖冲之　　　D.朱世杰
2.我国历史上第一个女皇帝是(　　)。
　　A.吕雉　　　　B.北魏冯太后　C.武则天　　　D.慈禧太后

3.诗句"忆昔开元全盛日,小邑犹藏万家室"反映的社会现象发生在( )。
   A.汉文帝时期   B.隋文帝时期   C.唐玄宗时期   D.唐太宗时期

4.将元朝火器传入欧洲的是( )。
   A.犹太人   B.阿拉伯人   C.意大利人   D.西班牙人

5.北京五坛是指天坛、地坛、日坛、月坛和神农坛,它们主要兴建于以下哪个时期?( )
   A.明朝   B.宋朝   C.元朝   D.唐朝

6.我国古代中央机构不断变革,曾出现三公九卿、三省六部、内阁、军机处等制度,这些变革反映的趋势是( )不断强化。
   A.专制皇权   B.中央集权   C.检查权力   D.对农民的控制

7.明太祖废丞相、撤行中书省的目的是( )。
   A.健全地方职能   B.厉行思想控制   C.监视官吏百姓   D.强化君主专制

8.据史料记载,明神宗派出大批税监到各地横征暴敛,几乎是"无物不税,无处不税,无人不税",造成"商贾断绝,城邑罢市";清朝"关税有过路之税,镇集有落脚之税",正税之外,还有各种名目的苛捐杂税,上述情况在当时最主要的消极影响是( )。
   A.影响了中外贸易的发展   B.制约了农产品商品化
   C.阻碍了资本主义萌芽的产生   D.助长了土地兼并现象

9.( )是中国历史上最大的航海家,他受明皇帝的派遣,先后七次率领庞大船队远航印度洋,最远处到达红海和非洲东海岸,到达过五十多个国家和地区。
   A.戚继光   B.郑成功   C.郑和   D.利玛窦

10.清朝长期实行( )政策,使中国与世界隔绝,逐渐落后于世界潮流。
   A.皇权至上   B.重农抑商   C.海禁   D.闭关锁国

参考答案

1.C   2.C   3.C   4.B   5.A   6.A   7.D   8.C   9.C   10.D

补充考点

唐太宗时期政治比较清明,经济得到恢复和发展,出现了<u>贞观之治</u>的局面;武则天时期社会继续向前发展,为唐朝的全盛奠定了基础;唐玄宗个人励精图治,推行改革,史称<u>开元盛世</u>。

题组十八

1.1842年,清政府被迫与英国签订中国近代史上第一个不平等条约( )。
   A.《广州条约》   B.《天津条约》   C.《南京条约》   D.《望厦条约》

2.第二次鸦片战争期间,洗劫并火烧圆明园的两个国家是( )。
　　A.英国和德国　　B.英国和法国　　C.法国和日本　　D.日本和德国
3.第二次鸦片战争之后的"洋务运动"以"中学为体,西学为用"为指导思想,"西学为用"是指学习西方的( )。
　　A.政治制度　　B.科学技术　　C.教育制度　　D.宗教思想
4.在比较洋务运动和明治维新时,有人认为:"中国变了,但变的是皮毛,不变的是体制,跟着,日本也变了,但先变的是体制,然后是皮毛。"这里的"皮毛"是指( )。
　　A.西方科学技术　　B.西方生活习俗　　C.西方经济制度　　D.西方教育制度
5.1900年,八国联军占领天津,攻陷北京,次年签订( ),中国完全沦为半殖民地半封建社会。
　　A.《辛丑条约》　　B.《北京条约》　　C.《天津条约》　　D.《马关条约》
6.太平天国运动兴起的主要原因是( )。
　　A.阶级矛盾的激化　　　　　　B.外国侵略的加深
　　C.自然灾害的严重　　　　　　D.西方宗教思想的影响
7.语汇出现频率的高低可以反映国家政治经济主题的变化,下列哪些语汇可能在1912年元旦出现在中国各报刊上?( )
　　A.北京、义和团、八国联军、赔款、"新政"　　B.临时政府、孙中山、共和、三权分立
　　C.新文化、北洋军阀、实业救国　　　　　　D.革命、中国共产党、长征、改造、抗日
8.新民主主义革命与旧民主主义革命相比,最本质的差别在于( )。
　　A.领导阶级不同　　B.指导思想不同　　C.革命对象不同　　D.革命前途不同
9.京师大学堂改名北京大学的第一任校长是( )。
　　A.蔡元培　　B.严复　　C.章士钊　　D.胡适
10.下列事件中促进了马克思主义在中国传播的是( )。
　　A.五四运动　　B.辛亥革命　　C.第一次世界大战　　D.戊戌变法

参考答案

1.C　2.B　3.B　4.A　5.A　6.A　7.B　8.A　9.B　10.A

补充考点

严复是清末极具影响的资产阶级启蒙思想家、翻译家和教育家,是中国近代史上向西方国家寻找真理的"先进的中国人"之一,他翻译了《天演论》并创办了《国闻报》,系统地介绍西方民主和科学。

题组十九

1.孙中山认为,西方国家贫富不均,劳资矛盾尖锐,"社会革命其将不远",中国应该

防患于未然,因此他提出( )。

A.民主主义　　B.民族主义　　C.民生主义　　D.民权主义

2.( )年7月7日,日本发动卢沟桥事变,中国军队奋起抵抗,抗日战争爆发。

A.1930　　B.1931　　C.1937　　D.1938

3.毛泽东的七律"钟山风雨起苍黄,百万雄师过大江。虎踞龙盘今胜昔,天翻地覆慨而慷。宜将剩勇追穷寇,不可沽名学霸王。天若有情天亦老,人间正道是沧桑"描述的是( )事件。

A.中国除台湾等少数地区以外领土基本全部解放

B.中国人民民主革命取得最终胜利

C.统治中国22年的国民党独裁政权宣告结束

D.西方列强侵略瓜分中国的历史一去不复返

4.毛泽东思想确立为中国共产党的指导思想是在( )。

A.国民革命运动时期　　B.土地革命战争时期

C.抗日战争时期　　D.解放战争时期

5."台湾问题"产生的最主要原因是( )。

A.中国内战的遗留问题造成的　　B.外国势力侵略中国造成的

C.联合国托管造成的　　D.雅尔塔体系划定造成的

6.( )是世界上成功利用水稻杂交优势的第一人,为世界农业科技作出了重大贡献。

A.童第周　　B.竺可桢　　C.钱学森　　D.袁隆平

7.( )年10月25日,联合国大会通过决议,恢复中华人民共和国在联合国的一切合法权利。

A.1970　　B.1971　　C.1972　　D.1973

8.高考制度在我国曾中断了( )年。

A.十年　　B.八年　　C.六年　　D.四年

9."一九七九年,那是一个春天,有一位老人,在中国的南海边画了一个圈。"《春天的故事》这句歌词反映的事件是( )。

A.十一届三中全会召开　　B.在广东、福建沿海搞经济特区

C.划定海南为经济特区　　D.开放上海浦东地区

10.中国太空行走第一人是( )。

A.杨利伟　　B.翟志刚　　C.景海鹏　　D.刘洋

参考答案

1.C　2.C　3.C　4.C　5.A　6.D　7.B　8.A　9.B　10.B

补充考点

孙中山所倡导的民主革命纲领,由民族主义、民权主义、民生主义构成,简称"三民主义",是中国国民党信奉的基本纲领。

题组二十

1. "西方医学之父"是( )。
   A.巴斯德   B.希波克拉底   C.梅契尼科夫   D.弗莱明

2. "她虽然没有形成一个统一的国家……但她……在文学、史学、科学、哲学艺术诸方面独领风骚,而且还孕育了西方近代文明的一切胚胎。"文中的"她"指的是( )。
   A.古中国   B.古希腊   C.古罗马   D.古埃及

3. 黑格尔说:"中国人除了皇帝一人外都不知道自己是自由的,古希腊人有一部分人知道自己是自由的"。在古希腊知道自己自由的这"一部分人"是指( )。
   A.妇女   B.外邦人   C.公民   D.奴隶

4. 苏格拉底认为雅典"用豆子抓阄的办法来选举国家的领导人是将社会的命运委之于缺乏真知灼见的人们手中……"。上述材料反映了苏格拉底( )。
   A.看到雅典民主制度的弊端   B.主张实行代议制
   C.对民主制度失去信心   D.主张恢复君主制

5. 在遥远的古代,雅典和中国都创造了高度发达的文明。关于这两种文明在伯里克利和秦始皇时期治国方略上的不同,下列叙述不正确的是( )。
   A.民主法制与君主专制   B.贵族制与分封制
   C.公民大会与三公九卿   D.政事共商与皇权至上

6. 法国学者费奈隆对雅典民主制度进行评价时说:"民众支配雅典,演说支配民众。"对此观点理解正确的是( )。
   ① 全体雅典居民对国家大事都享有决策权
   ② 民主制的需求促进了雅典雄辩术的发展
   ③ 公民在演说诱导下做出的判断未必正确
   ④ 雅典的民主政治促进了智者学派的兴起
   A.①②③④   B.①②③   C.①②④   D.②③④

7. 欧洲近代史上文艺复兴、宗教改革和启蒙运动的相同点是( )。
   A.崇尚理性和科学的融合   B.批判罗马天主教的愚昧统治
   C.坚持国家权力高于教会   D.设计了未来理想的社会制度

8. 7世纪,( )成为"海上马车夫",建立了世界性的商业帝国。
   A.荷兰   B.葡萄牙   C.西班牙   D.英国

9.1688年英国"光荣革命"主要解决了(　　)。
　A.国家政权的归属　　　　　　B.人民自由的权利
　C.贵族地主的特权　　　　　　D.责任内阁的建立

10.英国君主立宪制的特点是(　　)权力至上,君主统而不治。
　A.贵族　　　　B.议会　　　　C.内阁　　　　D.政党

参考答案

1.B　2.B　3.C　4.A　5.B　6.D　7.B　8.A　9.C　10.B

补充考点

希波克拉底是古希腊伯里克利时代的医师,被西方尊为"医学之父",西方医学奠基人,他提出了"体液学说",主要著作是《希波克拉底誓言》。

题组二十一

1.欧洲启蒙思想家(　　)提出立法、司法、行政三权分立的学说,对美国1787年宪法的制定产生了深刻的影响。
　A.卢梭　　　　B.伏尔泰　　　　C.孟德斯鸠　　　　D.洛克

2.德国哲学家卡尔·雅斯贝尔斯提出的"轴心时代"相当于我国的(　　)。
　A.春秋战国时代　　B.唐代　　　　C.三国时代　　　　D.汉代

3.林肯提出了《解放黑奴宣言》,他是美国的第(　　)任总统。
　A.15　　　　B.16　　　　C.17　　　　D.18

4.马克思批判并吸收了黑格尔的辩证法思想和(　　)的唯物主义思想的合理成分,建立了辩证唯物主义和历史唯物主义。
　A.康德　　　　B.欧文　　　　C.费尔巴哈　　　　D.胡塞尔

5.伟大的无产阶级思想导师马克思是哪个国家的人?(　　)
　A.奥地利　　　　B.德国　　　　C.俄国　　　　D.英国

6.1917年,(　　)领导了十月革命,建立了世界上第一个社会主义国家,改变了俄国历史。
　A.马克思　　　　B.恩格斯　　　　C.列宁　　　　D.斯大林

7.罗斯福在国耻日(　　)那天发表了演说。
　A.1975年4月19日　　　　B.1986年4月14日
　C.1929年10月24日　　　　D.1941年12月7日

8.1989年,受苏联改革和国内经济困难的影响,东欧各国的执政党纷纷丧失政权,社会制度发生根本性的变革,(　　)成为第一个发生剧变的东欧国家。

A.民主德国　　　B.捷克　　　C.波兰　　　D.罗马尼亚

9.20世纪90年代以来,在欧美发达国家,国民经济发展最快的部门是(　　)。

A.农业经济　　　B.工业经济　　　C.信息经济　　　D.服务业经济

10.APEC的成员国大多是哪里的?(　　)

A.非洲　　　B.亚洲　　　C.欧洲　　　D.美国

参考答案

1.C　2.A　3.B　4.C　5.B　6.C　7.D　8.C　9.C　10.B

补充考点

APEC即亚太经济合作组织,是亚太地区最具影响的经济合作官方论坛,截至2014年9月,共有21个成员:<u>澳大利亚、加拿大、中国、中国香港、印度尼西亚、日本、韩国、马来西亚、墨西哥、新西兰、秘鲁、菲律宾、俄罗斯、新加坡、中国台北、泰国、美国、越南</u>等。此外,APEC还有3个观察员,分别是东盟秘书处、太平洋经济合作理事会和太平洋岛国论坛。

题组二十二

1.被称为"现代市场交易活动的基本精神"的是(　　)。

A.自愿　　　B.平等　　　C.公平　　　D.诚实信用

2.假设很多厂家生产同样一种衬衣,一件衬衣的社会必要劳动时间是2小时,某企业率先提高劳动生产率(比同行高出一倍)。该企业率先提高劳动生产率,所创造价值总量(　　)。

A.减少　　　B.增大　　　C.不变　　　D.无法判断

3.马克思说:"赋税是喂养政府的娘奶。"税收在国民经济中发挥着多种作用,其基本作用是(　　)。

A.调节社会经济　　　　　　B.实现对经济的监督

C.组织财政收入　　　　　　D.取之于民,用之于民

4.由感性认识上升到理性认识的关键是(　　)。

A.透过现象抓住事物的本质和规律　　　　　B.充分发挥人的主观能动性

C.运用科学的思维方法对感性材料进行加工制作　　　D.占有大量可靠的感性材料

5.沿边地区产业的发展应侧重于(　　)。

A.高新技术型　　　B.贸易导向型　　　C.矿产开发型　　　D.军工合作型

6."学习如春起之苗,不见其增,日有所长;辍学似磨刀之石,不见其损,年有所亏。"这主要告诉我们要(　　)。

A.坚持适度的原则 B.不失时机地促成飞跃
C.重视量的积累 D.充分重视内因

7.下列选项中,(　　)是货币的基本功能。
A.贮藏手段　　B.支付手段　　C.流通手段　　D.信用手段

8.我国新民主主义向社会主义过渡的标志是(　　)。
A.第七届二中全会　　B.国民政府溃败
C.《共同纲领》的制定　　D.新中国的成立

9."三个代表"重要思想的内涵不包括(　　)。
A.始终代表先进生产力的发展要求　　B.始终代表社会主义的发展方向
C.始终代表先进文化的前进方向　　D.始终代表中国最广大人民的根本利益

10.原铁道部部长(　　)因贪污受贿,被依法处理。
A.刘志军　　B.李森茂　　C.韩杼滨　　D.傅志寰

参考答案

1.D　2.C　3.C　4.C　5.B　6.C　7.C　8.D　9.B　10.A

补充考点

2000年2月,江泽民同志在广东考察工作时提出"三个代表"的重要思想,2002年11月,江泽民在十六大报告中提出,始终做到"三个代表",是中国共产党的立党之本、执政之基、力量之源。

题组二十三

1.中国四大古都之一,有"六朝古都"之称的城市是(　　)。
A.洛阳　　B.西安　　C.北京　　D.南京

2.中国最大的内陆湖是(　　)。
A.鄱阳湖　　B.青海湖　　C.洪湖　　D.洞庭湖

3.我国最大的沙漠是(　　)沙漠。
A.古尔班通古特　　B.巴丹吉林　　C.塔克拉玛干　　D.撒哈拉

4.天下第一关山海关位于(　　)。
A.山西　　B.河南　　C.山东　　D.河北

5."西出阳关无故人"的"阳关"位于我国(　　)。
A.新疆　　B.甘肃　　C.宁夏　　D.陕西

6."天苍苍,野茫茫,风吹草低见牛羊"描绘的是(　　)。
A.青海　　B.内蒙古　　C.西藏　　D.新疆

7.峨眉山在我国哪个省？（　　）

　　A.河北　　　　B.山西　　　　C.四川　　　　D.江苏

8.黄果树大瀑布位于（　　）。

　　A.青海　　　　B.贵州　　　　C.四川　　　　D.甘肃

9.举办国际摄影大展的平遥位于哪个省？（　　）

　　A.云南　　　　B.山西　　　　C.陕西　　　　D.江苏

10.著名的九寨沟风景区位于下列哪个地区？（　　）

　　A.河南　　　　B.辽宁　　　　C.四川　　　　D.陕西

参考答案

1.D　2.B　3.C　4.D　5.B　6.B　7.C　8.B　9.B　10.C

补充考点

中国五大湖泊分别是江苏省的太湖、江西省的鄱阳湖、江苏省的洪泽湖、湖南省的洞庭湖、安徽省的巢湖。

题组二十四

1.四川的简称是（　　）。

　　A.沪　　　　B.渝　　　　C.巴　　　　D.蜀

2.塔中油田、小浪底水利枢纽、三峡大坝所在的省级行政区依次是（　　）。

　　A.新疆、河南、湖北　　　　B.新疆、山西、湖北

　　C.青海、河南、重庆　　　　D.甘肃、陕西、四川

3.长江中上游防护林所起的生态作用是（　　）。

　　A.繁衍物种、维护生物多样性　　B.涵养水源、保持水土

　　C.调节气候、稳定大气成分　　　D.净化空气、吸烟除尘

4.太阳系九大行星公转运动的共同特点不包括（　　）。

　　A.共面性　　　B.同向性　　　C.近圆性　　　D.同心性

5.撒哈拉沙漠位于（　　）。

　　A.非洲南部　　B.非洲东部　　C.非洲北部　　D.非洲西部

6.有关尼罗河、阿姆河、印度河的下列说法，正确的是（　　）。

　　A.都是外流河　　　　　　　　B.都流经热带沙漠地区

　　C.都是沿岸地区的重要灌溉水源　　D.都是古代文明的摇篮

7.马尔代夫群岛位于（　　）。

　　A.印度洋　　　B.太平洋　　　C.大西洋　　　D.北冰洋

8.流经国家最多的河流是(　　)。
   A.伏尔加河　　　　B.多瑙河　　　　C.莱茵河　　　　D.亚马逊河
9."大本钟"(Big Ben)位于欧洲哪个国家？(　　)
   A.希腊　　　　　　B.英国　　　　　　C.西班牙　　　　D.意大利
10.百老汇位于(　　)。
   A.法国　　　　　　B.美国　　　　　　C.英国　　　　　　D.意大利

参考答案

1.D　2.A　3.B　4.C　5.C　6.C　7.A　8.B　9.B　10.B

补充考点

按照离太阳的距离从近到远，太阳系的行星依次是<u>水星、金星、地球、火星、木星、土星、天王星、海王星</u>。

题组二十五

1."海市蜃楼"现象在不同时间内出现的影像不同，有时候是影像成正像，有时候是影像成倒像，请问成倒像的是什么时段？(　　)
   A.下午时段　　　　B.上午时段　　　　C.中午时段　　　　D.傍晚时段
2.一天中，(　　)时候的阳光最为强烈。
   A.清晨　　　　　　B.正午　　　　　　C.下午　　　　　　D.傍晚
3.手电筒发出来的光是(　　)线。
   A.弯　　　　　　　B.射　　　　　　　C.曲　　　　　　　D.折
4.光在真空中传播的速度大概为(　　)万千米/秒。
   A.10　　　　　　　B.20　　　　　　　C.30　　　　　　　D.40
5.老花镜是下列哪种镜片？(　　)
   A.凸透镜　　　　　B.凹透镜　　　　　C.平面镜　　　　　D.凸面镜
6.我国是茶叶的故乡，绿茶是最古老的品种，是我国品种最多、产量最大的第一大茶种。下列哪一项不是我国著名的绿茶？(　　)
   A.西湖龙井　　　　B.太湖碧螺春　　　C.庐山云雾　　　　D.铁观音
7.普洱茶属于(　　)。
   A.红茶　　　　　　B.绿茶　　　　　　C.花茶　　　　　　D.黑茶
8.下列哪一种食物最有可能出现在宋朝的餐桌上？(　　)
   A.烤红薯　　　　　B.白菜烧豆腐　　　C.炝炒土豆丝　　　D.西红柿炒鸡蛋

9.( )可以形成"独树成林"这种奇特的景观。
　　A.松树　　　　B.榕树　　　　C.竹子　　　　D.柳树
10."打蛇打七寸"是指( )。
　　A.胆　　　　　B.心脏　　　　C.头　　　　　D.颈部

参考答案

1.A　　2.B　　3.B　　4.C　　5.A　　6.D　　7.D　　8.B　　9.B　　10.B

补充考点

中国名茶: 西湖龙井、洞庭碧螺春、信阳毛尖、黄山毛峰、安溪铁观音、六安瓜片、大红袍等。

题组二十六

1."计算机之父"是( )。
　　A.冯布·劳恩　　B.奥本海默　　C.冯·诺依曼　　D.马可尼
2.世界上第一台电子计算机诞生在( )。
　　A.美国　　　　B.日本　　　　C.苏联　　　　D.英国
3.电脑设备中,哪个属于"输出设备"?( )
　　A.鼠标　　　　B.硬盘　　　　C.键盘　　　　D.显示器
4.下列不是掌上游戏机的是( )。
　　A.WII　　　　B.PSP　　　　C.PSV　　　　D.3DPSD
5.下列软件属于剪辑软件的是( )。
　　A.PS　　　　　B.会声会影　　C.光影魔术手　D.美图秀秀
6.kitty猫,又称hello Kitty,其创始人来自哪个国家?( )。
　　A.美国　　　　B.日本　　　　C.韩国　　　　D.中国台湾
7.老师对学生的期待不同,学生受到的影响也不一样,把这种现象称为( )。
　　A.南风效应　　B.马太效应　　C.蝴蝶效应　　D.皮格马利翁效应
8."丢失一个钉子,坏了一只蹄铁;坏了一只蹄铁,折了一匹战马;折了一匹战马,伤了一位骑士;伤了一位骑士,输了一场战斗;输了一场战斗,亡了一个国家。"这首民谣是典型的( )。
　　A.南风效应　　B.马太效应　　C.蝴蝶效应　　D.皮格马利翁效应
9.水上芭蕾又称( )。
　　A.自由泳　　　B.花样游泳　　C.蝶泳　　　　D.冲浪
10.奥运会火炬接力仪式起源于下列哪届奥运会?( )

A.1936年柏林奥运会　　　B.1952年赫尔辛基奥运会
C.1960年罗马奥运会　　　D.1984年洛杉矶奥运会

参考答案

1.C　　2.A　　3.D　　4.D　　5.B　　6.B　　7.D　　8.C　　9.B　　10.A

补充考点

动漫形象Kitty以一只系上红色蝴蝶结的小白猫为大众喜爱,kitty的创始人是<u>清水优子</u>。

皮格马利翁效应指的是<u>人们会不自觉地接受自己喜欢、钦佩、信任和崇拜的人的影响和暗示</u>。

蝴蝶效应指的是<u>初始条件十分微小的变化经过不断放大,对其未来状态会造成极其巨大的影响</u>。

经典题型二　填空题

题型解析

一、题型特征

填空题往往考查某一个知识点,例如某部作品的名称、作者,某个事件发生的时间、地点,某首诗词的名称、名句等。

二、出现频率★★★★★

三、应试技巧

应对填空题,要从两点入手,一是复习面要"广",二是答题点要"准"。复习面宽广,才能更多地掌握知识点;答题点精准,才能提高作答的正确率,获得更高的得分。

具体而言,在作答填空题时,要注意以下几点:

(1)回答问题要完整,不使用简写或缩写。

(2)回答人名要准确,应使用约定俗成的称呼。

(3)回答作品要典型,应列举其最重要的作品。

题型练习

高频考点

| 出题频率:高 | 难度系数:低 | 训练强度:★★★★★ |

☞ 题组一

1.《诗经》从表现手法上可分为＿＿＿＿、＿＿＿＿、＿＿＿＿三种。

2.《诗经》分为＿＿＿＿、＿＿＿＿、＿＿＿＿三部分。

3.《诗经》"六艺"通常指的是风、＿＿＿＿、颂、赋、＿＿＿＿、＿＿＿＿。

4.＿＿＿＿是我国第一部诗歌总集。

5._____开创了我国现实主义诗歌的源头。

6.在《诗经》的三部分中主要收录民歌的是_____。

7.我国诗歌源头以"风骚"并称,所谓"风"是指_____中的民歌,所谓"骚"是指楚辞代表作《离骚》。

8.《诗经》收入自_____至_____大约500年间的诗歌_____篇。

9.《关雎》开头的"关关雎鸠,在河之洲"是《诗经》表现手法当中_____的巧妙运用。

10.《诗经》中的名句有:蒹葭苍苍,_____。_____,在水一方。

参考答案

1.赋 比 兴 2.风 雅 颂 3.雅 比 兴 4.《诗经》 5.《诗经》 6.风 7.《诗经·国风》 8.西周初年 春秋中叶 305 9.比兴 10.白露为霜 所谓伊人

补充考点

《诗经》中的"风"收录的是各地的民间歌谣,"雅"是指朝廷正乐,"颂"是指宗庙祭祀的乐调。

《诗经》中的名句有:"关关雎鸠,在河之洲,窈窕淑女,君子好逑";"蒹葭苍苍,白露为霜,所谓伊人,在水一方"。

题组二

1.孔子名_____,字_____,_____是记录孔子言行的著作。

2.提出"仁"的学说,主张"爱人"、"为政以德"的春秋晚期思想家是_____。

3.孔子是_____学派的创始人。

4.孔子的思想核心是_____和_____。

5.作为春秋时期杰出的教育家,孔子主张"敏而好学,_____"的学习态度,强调"_____,不悱不发"的启发式教育。

6.子曰:"小子何莫学夫诗?诗可以_____,可以观,可以_____,可以_____。"

7."学而不思则罔,思而不学则殆"出自_____。

8."岁寒,然后知松柏之后凋也"出自_____。

9.《论语》中贯穿全文的思想是_____。

10.中国文化是以_____为主,而与道家、佛家为一体的独立的、完整的文化体系。

参考答案

1.丘 仲尼 《论语》 2.孔子 3.儒家 4.仁 礼 5.不耻下问 不愤不启 6.兴 群 怨

7.《论语》　8.《论语》　9.仁　10.儒家

补充考点

《论语》是以语录体和对话文体为主,开创了我国语录体散文的先河。

👉 题组三

1.战国时期的儒家代表人物是＿＿＿＿。
2.儒家两大代表人物是＿＿＿和＿＿＿,分别被尊称为"至圣"和＿＿＿。
3.战国诸子中＿＿＿的主要思想是"仁政"、"民贵君轻"。
4.孟子是儒家学派继承者,＿＿＿是孟子学生记录孟子言行的书。
5."五十步笑百步"的典故出自＿＿＿,作者是＿＿＿,他提出"民为贵,社稷次之,＿＿＿"的主张。
6."生于忧患,＿＿＿"出自《孟子》。
7.孟子曰:"富贵不能淫,＿＿＿,＿＿＿,此之谓大丈夫。"
8.荀子《劝学》通过"积土成山,＿＿＿；＿＿＿,蛟龙生焉"的比喻,阐述了学习过程中＿＿＿的重要性。
9."麒麟一跃,不能十步,＿＿＿,＿＿＿"出自＿＿＿。
10."吾尝终日而思矣,＿＿＿；吾尝跂而望矣,＿＿＿"出自《荀子·劝学》。

参考答案

1.孟子　2.孔子　孟子　亚圣　3.孟子　4.《孟子》　5.《孟子·梁惠王上》　孟子　君为轻　6.死于安乐　7.贫贱不能移　威武不能屈　8.风雨兴焉　积水成渊　积累　9.驽马十驾　功在不舍　《劝学》　10.不如须臾之所学也　不如登高之博见也

补充考点

孟子是邹国(今山东邹城)人,在哲学上提出了"性善论",被尊奉为"亚圣"。
荀子是战国后期的思想家、教育家,先秦儒家最后一位大师,提出了"性恶论"。

👉 题组四

1.老子主张"无为而治",认为"祸福相依",他是＿＿＿学派的代表。
2.《道德经》的作者是＿＿＿。
3."福兮祸之所伏,祸兮福之所倚"是出自＿＿＿学派的语句。

4.先秦诸子散文中最富浪漫色彩的一部著作是_____。

5._____的文论崇尚自然,反对人为,提倡"虚静"、"物化"和"得意忘言"。

6.庄子名_____,是_____学派的代表人物。

7.《庄子》又名_____。

8.《庄子》是_____时期思想家庄周和他的门人以及后学所著,有名篇《逍遥游》等。

9."庖丁解牛"出自_____,其中"庖丁"的意思是_____。

10."游刃有余"一词出自《庄子》中的_____,文章反映了庄子顺应自然的哲学思想。

参考答案

1.道家 2.老子 3.道家 4.《庄子》 5.庄子 6.周 道家 7.《南华真经》 8.战国 9.《庄子》姓丁的厨师 10.《养生主》

补充考点

老子姓李,名耳,我国春秋时代道家学派的创始人,其著作《道德经》中名句有:"道可道非常道,名可名非常名"。

《庄子》中的名篇有《秋水》《逍遥游》等,著名成语有"游刃有余""呆若木鸡""庖丁解牛""螳臂当车""东施效颦"等。

《庄子·逍遥游》中名句有:"北冥有鱼,其名为鲲。鲲之大,不知其几千里也。化而为鸟,其名为鹏。"

题组五

1.精卫填海的故事出自于神话古籍_____。

2.作为中国文学的源头之一,上古神话表现了远古人民对自然和社会现象的认识,如大禹治水、_____、_____等。

3._____强调"法治"、提出君主专制中央集权的理论,被秦始皇所采用,是_____学派代表人物。其著作是_____。

4._____、《谷梁传》、《公羊传》统称为"春秋三传"。

5.《烛之武退秦师》选自_____,它是我国第一部叙事详尽的编年体历史著作,相传是一位叫_____的史官所作。

6."四书"指的是_____、_____、_____、_____。

7."五经"指的是_____、_____、_____、_____、_____。

8."四书五经"是_____家的经典著作。

9.先秦历史散文代表作有《战国策》、_____、_____。

10.《郑伯克段于鄢》出自_____。

参考答案

1.《山海经》 2.女娲补天 嫦娥奔月 3.韩非子 法家《韩非子》 4.《左传》 5.《左传》左丘明 6.《论语》《孟子》《大学》《中庸》 7.《诗经》《尚书》《礼记》《周易》《春秋》 8.儒 9.《尚书》《春秋》 10.《春秋》

补充考点

《山海经》是我国古代地理名著,也是我国目前保存神话资料最多的著作。

孔子在《春秋》中首创了一种叫作"春秋笔法"的文章写法。

☞ 题组六

1.屈原是战国时期_____国人。

2.屈原是我国古代浪漫主义诗歌的奠基人,除了《离骚》他还著有《九歌》、_____、《九章》。

3._____是我国古代最早的爱国主义诗人,开创了我国诗歌的浪漫主义风格。

4.屈原生于战国末期,是我国_____这一文体的开创者和奠基人。

5.伟大的浪漫主义诗人屈原的代表作是_____,"路漫漫其修远兮,_____"是其中的名句。

6.屈原在《离骚》中写道:"长太息以掩涕兮,_____"。

7.我国第一部长篇政治抒情诗是_____。

8.《天问》的作者是_____。

9."何处招魂,香草还生三户地;当年呵壁,湘流应识九歌心"歌颂的是_____。

10."袅袅兮秋风,洞庭波兮木叶下"出自_____。

参考答案

1.楚 2.《招魂》 3.屈原 4.楚辞 5.《离骚》 吾将上下而求索 6.哀民生之多艰 7.《离骚》 8.屈原 9.屈原 10.《九歌·湘夫人》

补充考点

屈原名平,其著作《离骚》开创了中国诗词以"香草美人"寄情言志的比兴手法。

屈原投于汨罗江而死,其"投江自尽"的地点发生在今天的湖南省。

题组七

1. 《楚辞》是西汉_____修订的。
2. 我国现实主义诗歌创作的源头是《诗经》,浪漫主义诗歌创作的源头是_____。
3. _____是继《诗经》后古代民歌的又一次大汇集。
4. 《孔雀东南飞》是_____的代表作。
5. "乐府双璧"是指作品_____和作品_____。
6. _____是汉乐府叙事诗,描写了一对青年男女的爱情悲剧。
7. 《孔雀东南飞》原名为_____,最早见于南朝徐陵编著的_____。
8. 我国保存下来的最早的长篇叙事诗是_____。
9. 北朝民歌_____代表着古代诗歌的成熟。
10. 南北朝时,代表北方民歌最高艺术成就的作品是_____、_____。

参考答案

1.刘向　2.楚辞　3.乐府诗　4.乐府诗　5.《孔雀东南飞》《木兰诗》　6.《孔雀东南飞》　7.《古诗为焦仲卿妻作》《玉台新咏》　8.《孔雀东南飞》　9.《木兰诗》　10.《敕勒川》《木兰诗》

补充考点

"乐府"主要包含两种意思。一是指音乐机关,二是指"乐府诗"。著名的乐府诗有《陌上桑》《孔雀东南飞》《十五从军征》等。

题组八

1. 被鲁迅称为"史家之绝唱,无韵之离骚"的史书是_____,它是我国第一部纪传体通史。
2. 西汉时期的史学家_____写的第一部纪传体通史是_____。
3. 《史记》由本纪、_____、书、_____和列传五个部分组成。
4. "班马"指的是_____和_____,他们的代表作品分别是_____和_____。
5. "刎颈之交"出自哪部作品?_____。
6. 《霸王别姬》、《鸿门宴》选自《史记》中的_____。
7. 成语"负荆请罪"出自_____。
8. 中国古代具有很高史学和文学价值的三部史书是《史记》、_____和《后汉书》。
9. 班固《汉书·东方朔传》:水至清则无鱼,_____。
10. 史书《后汉书》的作者是_____。

参考答案

1.《史记》 2.司马迁 《史记》 3.表 世家 4.班固 司马迁 《汉书》《史记》 5.《史记》 6.《项羽本纪》 7.《史记·廉颇蔺相如列传》 8.《汉书》 9.人至察则无徒 10.范晔

补充考点

《史记》全书共130篇，记载了上至黄帝下至汉武帝太初年间的历史。

"前四史"指的是司马迁的《史记》、班固的《汉书》、范晔的《后汉书》和陈寿的《三国志》。

题组九

1.《子虚赋》、《上林赋》的作者是_____。
2."汉赋四大家"分别是_____、_____、_____、_____。
3."竹林七贤"是指_____、_____、山涛、向秀、刘伶、王戎、阮咸。
4."蓬莱文章建安骨,中间小谢又清发"两句中的"小谢"是指_____。
5.诸葛亮字孔明,三国时期政治家、军事家。"臣本布衣,_____"是其千古传颂的名篇_____中的句子。
6."静以修身,_____"出自_____的《诫子书》。
7.魏晋南北朝时期小说的代表作品有干宝的_____、刘义庆的《世说新语》等。
8.《搜神记》完成于_____。
9.我国现存最早的一部笔记体小说集是_____。
10.刘勰的_____是我国第一部有严密体系的文学理论著作。

参考答案

1.司马相如 2.司马相如 杨雄 班固 张衡 3.嵇康 阮籍 4.谢朓 5.躬耕于南阳 《出师表》 6.俭以养德 诸葛亮 7.《搜神记》 8.东晋 9.《世说新语》 10.《文心雕龙》

补充考点

司马相如是西汉著名辞赋家,后人称之为"赋圣",成语"子虚乌有"出自他的《子虚赋》。

"大小谢"又称"二谢",是对南朝宋诗人谢灵运、齐诗人谢朓的并称。"大谢"谢灵运是山水诗的开创者。

题组十

1."三曹"指的是_____、_____、_____。
2."烈士暮年,壮心不已"出自曹操的_____。
3."对酒当歌,人生几何"出自曹操的_____。
4.曹操《龟虽寿》中有名句:"老骥伏枥,_____。"
5.曹操《短歌行》中有名句:"_____,_____,但为君故,沉吟至今。"
6.诗句"何以解忧,唯有杜康"的作者是_____。
7.由曹丕创作的我国诗歌史上最早的一首完整的七言诗是_____。
8."煮豆燃豆萁,_____,本是同根生,_____"是曹植的《七步诗》。
9.《白马篇》的作者是_____。
10.中国古代名医华佗为_____所杀。

参考答案

1.曹操 曹丕 曹植 2.《龟虽寿》 3.《短歌行》 4.志在千里 5.青青子衿 悠悠我心 6.曹操 7.《燕歌行》 8.豆在釜中泣 相煎何太急 9.曹植 10.曹操

补充考点

曹操字孟德,小名阿瞒,三国时期杰出的政治家、军事家和文学家,"建安文学"的开创者。

曹植字子建,建安时期杰出的诗人,其主要作品有《白马篇》《赠白马王彪》《七步诗》等。

题组十一

1.陶渊明自号_____先生,是中国文学史上第一位_____诗人。
2.陶渊明,名_____,字_____,世称靖节先生。
3._____是古代最杰出的文学家之一,其代表作品有《归园田居》、《饮酒》。
4."采菊东篱下,悠然见南山"出自_____的作品。
5."问君何能尔,心远地自偏"是著名诗人_____《饮酒》中的诗句。
6."不为五斗米折腰"的古代人物是_____。
7.《五柳先生传》的作者是_____(朝代)的陶渊明。
8.陶渊明表现理想世界的作品是_____。
9."林尽水源,便得一山,山有小口,仿佛若有光。便舍船,从口入。初极狭,才通人。复行数十步,豁然开朗。土地平旷,屋舍俨然,有良田美池桑竹之属。阡陌交通,鸡犬相闻。其中往来种作,男女衣着,悉如外人。黄发垂髫,并怡然自乐。"出自于_____。

10.陶渊明的"_____,桃李罗堂前"描写了淳朴、幽美的田园风光。

参考答案

1.五柳 山水田园派　2.潜 元亮　3.陶渊明　4.陶渊明　5.陶渊明　6.陶渊明　7.东晋　8.《桃花源记》　9.《桃花源记》　10.榆柳荫后檐

补充考点

陶渊明的《归园田居》共有五首,其中《归园田居》(其一)是重要考查点,其中的名句有:羁鸟恋旧林,池鱼思故渊。暧暧远人村,依依墟里烟。久在樊笼里,复得返自然。

陶渊明的《饮酒》共有二十首,其中《饮酒》(其五)是重要考查点,该诗如下:结庐在人境,而无车马喧。问君何能尔?心远地自偏。采菊东篱下,悠然见南山。山气日夕佳,飞鸟相与还。此中有真意,欲辨已忘言。

题组十二

1.五代著名诗人_____有《虞美人·春花秋月何时了》等文学作品。

2."问君能有几多愁,恰似一江春水向东流"的作者是_____。

3."流水落花春去也,_____",出自李煜写的词句。

4.王勃与唐代诗人杨炯、卢照邻和_____并称"初唐四杰"。

5.《在狱咏蝉》是"初唐四杰"中_____的代表作之一。

6.古典《渔舟唱晚》的标题取自唐代诗人_____的《滕王阁序》一诗,此句为:"渔舟唱晚,响穷彭蠡之滨。"

7.王勃《滕王阁序》中的"_____,宁移白首之心?_____,不坠青云之志",抒发了作者虽"无路请缨"却不放弃理想的情怀。

8."人生代代无穷已,江月年年只相似。"出自诗人张若虚的_____。

9."春江潮水连海平,海上明月共潮生"是_____的诗。

10.《春江花月夜》这首古乐曲有一曲同名的古诗,这首诗是_____朝的诗人所作。

参考答案

1.李煜　2.李煜　3.天上人间　4.骆宾王　5.骆宾王　6.王勃　7.老当益壮 穷且益坚　8.《春江花月夜》　9.张若虚　10.唐

补充考点

王勃《送杜少府之任蜀州》:城阙辅三秦,风烟望五津。与君离别意,同是宦游人。海内存知己,天涯若比邻。无为在歧路,儿女共沾巾。

张若虚的《春江花月夜》是一篇脍炙人口的名作,有"孤篇压全唐"之誉。

👉 题组十三

1.苏轼评价一位唐代著名诗人、画家"味摩诘之诗,诗中有画;观摩诘之画,画中有诗。"这位诗人、画家是_____。

2.山水诗派的代表诗人是"王孟",其中"王"是指王维,"孟"是指_____。

3."劝君更尽一杯酒,西出阳关无故人"的作者是_____。

4.唐代边塞诗派的主要代表人物有_____、_____、王昌龄。

5."七绝圣手"指的是_____。

6.岑参的《逢入京使》:故园东望路漫漫,_____,_____,_____。

7."寸草春晖"出自唐代诗人_____的诗句,其含义是比喻父母恩情难以报答。

8."无丝竹之乱耳,_____"出自刘禹锡的_____一文,表达了作者安贫乐道的生活情趣。

9."海上生明月,天涯共此时"是唐代诗人张九龄_____中的名句。

10.被称为"花间鼻祖"的是_____。

✒ 参考答案

1.王维 2.孟浩然 3.王维 4.高适 岑参 5.王昌龄 6.双袖龙钟泪不干 马上相逢无纸笔 凭君传语报平安 7.孟郊 8.无案牍之劳形 《陋室铭》 9.《望月怀远》 10.温庭筠

✒ 补充考点

孟浩然《过故人庄》:故人具鸡黍,邀我至田家。绿树村边合,青山郭外斜。开轩面场圃,把酒话桑麻。待到重阳日,还来就菊花。

孟郊《游子吟》:"慈母手中线,游子身上衣。临行密密缝,意恐迟迟归。谁言寸草心,报得三春晖。"

刘禹锡是唐代著名文学家,因其创作数量极多,后世称之为"诗豪"。

👉 题组十四

1._____是继屈原之后我国最伟大的浪漫主义诗人。

2.李白是唐代最著名的诗人之一,他的诗热情浪漫,想象力丰富,人称"_____"。

3."乘风破浪会有时,直挂云帆济沧海"选自_____的_____。

4."天生我材必有用,千金散尽还复来"出自李白的_____。

5.李白诗歌中有很多写"月"的诗句,如"举杯邀明月,_____","_____,影入平羌江水流"。

6."桃花潭水深千尺,不及汪伦送我情",诗中"我"指的是_____。

7.唐朝诗人_____在诗中写道:"凤凰台上凤凰游,凤去台空江自流。"

8."天门中断楚江开,_____"出自李白写的《望天门山》。

9.李白在《将进酒》中写道:"主人何为言少钱,径须沽取对君酌。五花马,千金裘,_____,_____。"

10.李白诗作_____中的名句是"安能摧眉折腰事权贵,使我不得开心颜。"

参考答案

1.李白 2.诗仙 3.李白《行路难》 4.《将进酒》 5.对影成三人 峨眉山月半轮秋 6.李白 7.李白 8.碧水东流至此回 9.呼儿将出换美酒 与尔同销万古愁 10.《梦游天姥吟留别》

补充考点

李白—青莲居士;杜甫—少陵野老;白居易—香山居士;欧阳修—六一居士;李清照—易安居士。

题组十五

1."诗仙"、"诗圣"、"诗佛"、"诗魔"分别是指唐朝诗人_____、_____、_____、_____。

2.唐代诗人_____的诗歌创作丰富,是时代风云和诗人生活的真实记录,被称为"诗史"。

3.杜甫的"三吏"是指_____、_____、_____。

4.杜甫的"三别"是指_____、_____、_____。

5.杜甫《望岳》中的最后两句是_____,_____。

6.诗句"会当凌绝顶,一览众山小"描写的是_____山,该山所在的省份是_____省。

7.诗句"出师未捷身先死,长使英雄泪满襟"的作者是_____。

8."无边落木萧萧下,不尽长江滚滚来"出自杜甫的_____。

9."为人性僻耽佳句,语不惊人死不休"是_____的名句。

10.《贫交行》的作者是我国唐朝的_____。

参考答案

1.李白 杜甫 王维 白居易 2.杜甫 3.《石壕吏》《新安吏》《潼关吏》 4.《新婚别》

《无家别》《垂老别》 5.会当凌绝顶 一览众山小 6.泰 山东 7.杜甫 8.《登高》 9.杜甫 10.杜甫

补充考点

杜甫字子美,自号少陵野老,其诗风格沉郁顿挫。

"诗仙"—李白;"诗圣"—杜甫;"诗佛"—王维;"诗魔"—白居易;"诗鬼"—李贺;"诗豪"—刘禹锡。

题组十六

1.在文学史上,有"元白"之称的是_____和白居易。

2.白居易、元稹领导的_____运动,主张诗歌要反映现实社会生活和民生疾苦,形式上要学习新乐府民歌的语言,做到通俗易懂、生动活泼。

3.白居易强调文学创作的社会现实作用,主张"文章合为时而著,_____"。

4._____在《琵琶行》一诗中,写琵琶女出场的诗句是"_____,犹抱琵琶半遮面"。

5.白居易的两首长诗分别是《长恨歌》和_____。

6."同是天涯沦落人,_____"是《琵琶行》中的诗句。

7."在天愿作比翼鸟,在地愿为连理枝"选自_____的_____。

8.白居易以唐玄宗和杨贵妃的爱情为题材的长篇叙事诗是_____。

9.文学作品《卖炭翁》的作者是_____。

10."离离原上草,一岁一枯荣"的作者是_____。

参考答案

1.元稹 2.新乐府 3.歌诗合为事而作 4.白居易 千呼万唤始出来 5.《琵琶行》 6.相逢何必曾相识 7.白居易《长恨歌》 8.《长恨歌》 9.白居易 10.白居易

补充考点

白居易字乐天,晚号香山居士。唐代新乐府运动的主要倡导者,主张"文章合为时而著,诗歌合为事而作"。其诗语言通俗、形象鲜明,如《秦中吟》《卖炭翁》《琵琶行》《长恨歌》均为佳作。

元稹所作传奇《莺莺传》是后来《西厢记》的故事来源。

题组十七

1.唐代古文运动的领导者是_____、_____。

2.文学作品集《昌黎先生集》收录的是唐代文学家_____创作的作品。

3."文起八代之衰"指的是唐代的_____。

4."世有伯乐,然后有千里马。千里马常有,而伯乐不常有。"这些名句出自名篇《马说》,这篇文章的作者是_____。

5.韩愈在《调张籍》中有"李杜文章在,_____"的名句。

6.韩愈在《进学解》中提到"业精于勤,_____;行成于思,_____"。

7.柳宗元写有著名的_____,其中最著名的是《小石潭记》等。

8."小李杜"指的是_____和杜牧。

9."春蚕到死丝方尽,蜡炬成灰泪始干"出自_____的《无题》。

10."身无彩凤双飞翼,_____"是李商隐的传世名句。

参考答案

1.韩愈 柳宗元 2.韩愈 3.韩愈 4.韩愈 5.光焰万丈长 6.荒于嬉 毁于随 7.《永州八记》 8.李商隐 9.李商隐 10.心有灵犀一点通

补充考点

柳宗元世称"柳河东",其主要作品有《三戒》《永州八记》等。

李商隐字义山,号玉溪生,又号樊南生,晚唐杰出诗人。其爱情诗名篇佳句较多,"身无彩凤双飞翼,心有灵犀一点通""春蚕到死丝方尽,蜡炬成灰泪始干""何当共剪西窗烛,却话巴山夜雨时"。

题组十八

1.宋代豪放派的代表人物有_____、_____。

2."三苏"指的是父亲_____、儿子_____、_____。

3."人有悲欢离合,月有阴晴圆缺,此事古难全"出自_____的作品。

4."但愿人长久,_____"是苏轼在_____节思念_____而作。

5."哀吾生之须臾,羡长江之无穷"出自宋代词人苏轼的_____。

6.诗句"日啖荔枝三百颗,不辞长作岭南人"(《惠州一绝》)的作者是_____。

7.继苏轼之后,进一步开拓了词的境界,独创"稼轩体"确立了豪放派的词人是_____。

8.字"幼安"、号"稼轩"的宋代文学家是_____。

9.诗句"醉里挑灯看剑,梦回吹角连营"的作者是_____。

10."青山遮不住,毕竟东流去"是宋代著名词人_____《菩萨蛮》中的诗句。

参考答案

1.苏轼 辛弃疾　2.苏洵 苏轼 苏辙　3.苏轼　4.千里共婵娟 中秋 苏辙　5.《前赤壁赋》　6.苏轼　7.辛弃疾　8.辛弃疾　9.辛弃疾　10.辛弃疾

 补充考点

苏轼字子瞻,号东坡居士,北宋杰出的文学家、书画家,开创了豪放词派。

☞ 题组十九

1."＿＿＿＿,为伊消得人憔悴"的作者是＿＿＿＿,属于＿＿＿＿词派。

2."凡有井水饮处,皆能歌柳词"中"柳"是指＿＿＿＿。

3.柳郎中词,只合十七八女郎,执红牙板,唱"＿＿＿＿"。学士词,须关西大汉,执铁板,唱"＿＿＿＿"。

4.南宋女词人＿＿＿＿被称为中国历史上最优秀的女词人之一。

5.文学史上的"二安"指的是辛弃疾和＿＿＿＿。

6.宋代女词人＿＿＿＿是婉约风格词的代表人物,作品有《声声慢·寻寻觅觅》等。

7.文学作品《漱玉集》收录的是＿＿＿＿创作的文学作品。

8.宋代著名的女词人李清照的《夏日绝句》中的名句是"生当作人杰,＿＿＿＿。"

9.李清照也被称为"李三瘦",皆因她的三句诗:"知否?知否?应是绿肥红瘦";"新来瘦,非干病酒,不是悲秋";"＿＿＿＿,＿＿＿＿,人比黄花瘦"。

10.李清照的词以"靖康之难"分为前后两期,前期多写闺中闲愁,如"＿＿＿＿,才下眉头,却上心头",后期则将国破家亡和个人身世一并融入词中,如"＿＿＿＿,欲语泪先流"。

 参考答案

1.衣带渐宽终不悔 柳永 婉约　2.柳永　3.杨柳岸,晓风残月 大江东去　4.李清照　5.李清照　6.李清照　7.李清照　8.死亦为鬼雄　9.莫道不消魂 帘卷西风　10.此情无计可消除 物是人非事事休

补充考点

柳永是婉约派最具代表性的人物之一,其《雨霖铃》中的名句有:"多情自古伤离别,更那堪,冷落清秋节"。

李清照号易安居士,济南章丘人,南宋著名女词人、婉约派的代表人物。

题组二十

1. 欧阳修是_____朝著名的文学家。
2. 《王临川集》的作者是_____。
3. 唐代的_____和_____,宋代的_____、_____、_____、_____、_____、_____被称为历史上的唐宋八大家。
4. "唐宋八大家"中江西籍作家有王安石、_____和欧阳修。
5. "先天下之忧而忧,后天下之乐而乐"该句出自北宋文学家_____的名篇_____。
6. "史学双璧"是指《史记》、_____。
7. _____是北宋司马光主持编撰的一部_____通史。
8. _____是中国最大的一部编年体通史。
9. 南宋中期出现了"中兴四大诗人",分别是尤袤、_____、_____和_____,_____的诗被称为"诚斋体"。
10. "苏门四学士"指的是黄庭坚、秦观、_____、_____。

参考答案

1.宋 2.王安石 3.韩愈 柳宗元 苏轼 苏洵 苏辙 欧阳修 王安石 曾巩 4.曾巩 5.范仲淹《岳阳楼记》 6.《资治通鉴》 7.《资治通鉴》编年体 8.《资治通鉴》 9.杨万里 范成大 陆游 杨万里 10.晁补之 张耒

补充考点

欧阳修号醉翁,又号六一居士,北宋著名的文学家、史学家,谥文忠。

司马光,北宋史学家、文学家。其主编的《资治通鉴》一书,是我国古代最大的一部编年体史书,被称为"帝王的镜子"。

题组二十一

1. _____是南宋时期著名的爱国诗人,是中国文学史上创作最丰富的诗人之一,代表作有《书愤》、《十一月四日风雨大作》等。
2. "亘古男儿一放翁"——梁启超这样高度评价的是南宋初年伟大的爱国诗人_____。
3. 陆游是一位著名的爱国诗人,他的《十一月四日风雨大作》中的名句是"夜阑卧听风吹雨,_____。"
4. "零落成泥碾作尘,_____"出自《卜算子·咏梅》,作者是_____。
5. "三十功名尘与土,八千里路云和月"出自岳飞的_____。

6."人生自古谁无死,留取丹心照汗青"是南朝_____的_____(作品)。

7.元曲指元代盛行的两种文学体裁:_____和杂剧,它们都是唱词,都用北方曲调演唱,但前者属于_____,而后者属于戏剧。

8.元杂剧最常见的剧本体制是四折一_____。

9."元曲四大家"是指关汉卿、白朴、_____和_____。

10.元曲四大家的代表作分别是_____、_____、_____、_____。

参考答案

1.陆游　2.陆游　3.铁马冰河入梦来　4.只有香如故　陆游　5.《满江红》　6.文天祥　《过零丁洋》　7.散曲　诗歌　8.楔子　9.马致远　郑光祖　10.《窦娥冤》《汉宫秋》《梧桐雨》《倩女离魂》

补充考点

陆游号放翁,南宋伟大的爱国主义诗人。其诗歌始终贯穿着炽热的爱国主义精神,《书愤》《示儿》等为其名篇。

题组二十二

1."元曲四大家"之首_____的杂剧《窦娥冤》是我国古代悲剧的代表作。

2.《窦娥冤》第三折中窦娥被押赴刑场,她怒斥天地鬼神,与婆婆诀别诉说冤情,临刑前发下三桩誓愿是_____、_____、_____。

3.王国维在《宋元戏曲史》中高度评价关汉卿的_____和纪君祥的_____,认为即使将这两部作品"列之于世界大悲剧中亦无愧色"。

4.被称为"秋思之祖"的是_____,他的作品《天净沙·秋思》中"夕阳西下,_____"抒发了作者的羁旅之思。

5.马致远的《天净沙·秋思》的体裁是_____。

6.马致远创作的杂剧_____是以昭君出塞为题材的。

7.白朴是_____(朝代)著名戏剧家,他的作品_____第一次把唐明皇与杨贵妃的故事搬上舞台。

8.郑光祖的代表作品是_____。

9.元杂剧四大悲剧是指关汉卿的_____、马致远的_____、白朴的_____、纪君祥的_____。

10.元杂剧四大爱情剧是指关汉卿的_____、王实甫的_____、白朴的_____、郑光祖的_____。

参考答案

1.关汉卿 2.血溅白练 六月飞雪 亢旱三年 3.《窦娥冤》《赵氏孤儿》 4.马致远 断肠人在天涯 5.散曲 6.《汉宫秋》 7.元朝《梧桐雨》 8.《倩女离魂》 9.《窦娥冤》《汉宫秋》《梧桐雨》《赵氏孤儿》 10.《拜月亭》《西厢记》《墙头马上》《倩女离魂》

 补充考点

关汉卿曾自喻"我是个蒸不烂、煮不熟、捶不扁、炒不爆、响珰珰一粒铜豌豆"。

题组二十三

1.第一部介绍到欧洲的戏剧作品是_____,其作者是纪君祥。
2.纪君祥的历史剧_____比较集中地反映了中国悲剧文化精神。
3.《赵氏孤儿》中的忠臣是_____。
4.王实甫的_____讲述了_____和张生敢于冲破封建礼教的束缚,对爱情坚贞不渝。
5."长亭送别"出自王实甫的作品_____。
6.在元代_____被誉为"新杂剧,旧传奇,天下夺魁"。
7._____是中国戏曲最早的表现形式,它形成于南北宋之交的浙江温州(古称永嘉)一带的民间。
8.最早的南戏剧本是_____。
9."南戏之祖"是_____,其主要作品是《琵琶记》。
10."四大南戏"是指《荆钗记》《白兔记》《拜月亭》_____。

 参考答案

1.《赵氏孤儿》 2.《赵氏孤儿》 3.程婴 4.《西厢记》崔莺莺 5.《西厢记》 6.《西厢记》 7.南戏 8.《张协状元》 9.高明 10.《杀狗记》

补充考点

纪君祥的戏剧作品《赵氏孤儿》在18世纪传入欧洲,被法国著名文学家伏尔泰翻译成《中国孤儿》上演,轰动巴黎。

题组二十四

1.《牡丹亭》的作者是_____,作品讲述了_____和_____之间生死离合的爱情故事。

2.被誉为"中国的莎士比亚"的是_____,其代表作品有_____、_____、_____。

3.善于通过写梦来反映现实的汤显祖的代表作是_____,该作品与他的另三部作品合称"临川四梦"。

4.《游园》《惊梦》出自折子戏_____。

5.我国著名戏剧家汤显祖的"临川四梦"是_____、《紫钗记》、_____、_____。

6.我国第一部系统全面的戏曲理论著作是李渔的_____。

7.中国戏曲史上第一位专门从事喜剧创作的作家是_____。

8._____（朝代）戏剧家李渔所著的戏曲作品,流传下来的有《笠翁十种曲》等。

9.《风筝误》的作者是_____,《病梅馆记》的作者是_____。

10.龚自珍在《己亥杂诗》中写道:"落红不是无情物,_____。"

参考答案

1.汤显祖 柳梦梅 杜丽娘 2.汤显祖 《牡丹亭》《南柯记》《邯郸记》 3.《牡丹亭》 4.《牡丹亭》 5.《牡丹亭》《南柯记》《邯郸记》 6.《闲情偶寄》 7.李渔 8.明末清初 9.李渔 龚自珍 10.化作春泥更护花

补充考点

汤显祖的主要作品"临川四梦",又称为"玉茗堂四梦",分别是《牡丹亭》《紫钗记》《南柯记》《邯郸记》。其中,《牡丹亭》又名<u>《还魂记》</u>。

题组二十五

1.明代四大奇书分别是_____、_____、_____、_____。

2.我国的"四大名著"通常指的是_____、_____、《水浒传》和_____。

3.我国第一部章回体小说是_____。

4.著名的"温酒斩华雄"、"威震长坂桥"、"单骑救幼主"、"七擒孟获"等流传极广的篇章出自元末明初小说家_____的_____。

5."身在曹营心在汉"出自文学作品_____。

6.在《三国演义》中,被称为"扶不起的阿斗"的是_____。

7.《三国演义》中"煮酒论英雄"的情节是关于哪两个主要人物?_____、_____。

8.《三国演义》中"千里走单骑""单刀赴会"的英雄人物是指_____。

9.古典长篇小说《三国演义》中,蜀国的"五虎上将"指的是_____。

10.电视剧《三国演义》的片头曲出自哪首词？_____。

参考答案

1.《三国演义》《水浒传》《西游记》《金瓶梅》 2.《三国演义》《西游记》《红楼梦》 3.《三国演义》 4.罗贯中《三国演义》 5.《三国演义》 6.刘禅 7.刘备 曹操 8.关羽 9.关羽、张飞、马超、黄忠、赵云 10.《临江仙·滚滚长江东逝水》

补充考点

《三国演义》的语言文白相间，形成了一种"文不甚深，言不甚俗"的语体风格。

《临江仙·滚滚长江东逝水》是由明代文学家杨慎所作，老版电视剧《三国演义》将其作为主题歌歌词。

题组二十六

1._____是四大名著之一的《水浒传》的作者，这部小说描写了农民起义。

2."武松打虎"的典故出自_____。

3.《水浒传》中"小旋风"是指_____，"豹子头"是指_____。

4.《水浒传》中"玉麒麟"是指_____，"青面兽"是指_____。

5.写出梁山一百单八将其中的五位：_____、_____、_____、_____、_____。

6."三打祝家庄""三打白骨精"等情节分别出自文学作品_____、_____。

7._____是著名长篇章回神魔小说，是古典文学中最辉煌的神话作品，标志着浪漫主义文学的新高峰。

8.《西游记》的作者是_____。

9.《西游记》中"大闹蟠桃会"的是_____。

10.《西游记》中的火焰山位于_____。

参考答案

1.施耐庵 2.《水浒传》 3.柴进 林冲 4.卢俊义 杨志 5.宋江 林冲 花荣 武松 李逵 6.《水浒传》《西游记》 7.《西游记》 8.吴承恩 9.孙悟空 10.吐鲁番

补充考点

《水浒传》是我国第一部用白话文写成的章回体小说，作品鲜明地表现了"官逼民反"的主题。

《水浒传》主要人物绰号:及时雨(呼保义)—宋江;智多星—吴用;托塔天王—晁盖;神行太保—戴宗;豹子头—林冲;花和尚—鲁智深;玉麒麟—卢俊义;青面兽—杨志;母夜叉—孙二娘;九纹龙—史进;鼓上蚤—时迁;小旋风—柴进;黑旋风—李逵;浪子—燕青;行者—武松。

《西游记》是我国第一部长篇神怪小说,作品中的经典故事有大闹天宫、三打白骨精、真假美猴王、智斗红孩儿、女儿国招亲等。

题组二十七

1.蒲松龄的《聊斋志异》和曹雪芹的_____,堪称中国古典小说创作上的"双璧"。

2.现在所见的《红楼梦》,后四十回一般认为是_____所写,历来毁誉不一。

3.《红楼梦》又名_____,全书共_____回。

4.林黛玉、薛宝钗是作品_____中所塑造的人物形象。

5.《红楼梦》中被描写成"白玉为堂金作马"的是_____。

6."一个是阆苑仙葩,一个是美玉无瑕,若说没奇缘,今生偏又遇着他,若说有奇缘,如何心事终虚化。"这首曲子出自哪部小说?_____

7."面若中秋之月,色如春晓之花,鬓若刀裁,眉如墨画,面如桃瓣,目若秋波。虽怒时而若笑,即瞋视而有情。"这段描写的是_____。

8.《红楼梦》中有"都道是金玉良缘,俺只念木石前盟。空对着,山中高士晶莹雪;终不忘,世外仙姝寂寞林。叹人间,美中不足今方信:纵然是齐眉举案,到底意难平"一词,词中"齐眉举案"这一典故指的人物是_____和_____。

9.《红楼梦》和_____被认为是文学作品中"雅"和"俗"的两个代表。

10.我国第一部文人独立创作的以描写家庭生活为题材的长篇小说是_____。

参考答案

1.《红楼梦》 2.高鹗 3.《石头记》 120 4.《红楼梦》 5.贾家 6.《红楼梦》 7.贾宝玉 8.梁鸿 孟光 9.《金瓶梅》 10.《金瓶梅》

补充考点

《红楼梦》中的主要人物有贾宝玉、林黛玉、薛宝钗、史湘云、王熙凤、贾元春、贾迎春、贾探春、贾惜春、妙玉、香菱、袭人、晴雯、贾母、刘姥姥、贾政、贾琏、贾珍、贾雨村等。

《金瓶梅》是中国文学史上第一部由文人独立创作的长篇世情小说,作者署名兰陵笑笑生。

题组二十八

1. 并称"南洪北孔"的清代两位著名的戏曲作家是_____、_____。"南洪"的代表作是_____,"北孔"的代表作是_____。
2. 《长生殿》取材于白居易的_____,描写的是_____和_____的爱情故事。
3. 洪昇的代表作品是_____,与《桃花扇》并称为_____。
4. 侯方域和李香君是_____中的人物。
5. _____是一部"借离合之情,写兴亡之感"的历史剧,作者是_____。
6. _____是清代一部文言文短篇小说集,大都为妖狐鬼怪故事,作者是_____。
7. 清代最著名的文言短篇小说家是_____,其著名作品_____收录小说近500篇,郭沫若先生赞誉其"写鬼写妖高人一等,刺贪刺虐入骨三分"。
8. 成语"靡靡之音"出自清朝蒲松龄的作品_____。
9. 《儒林外史》的作者是_____。
10. "来到集上,见_____正在一个庙门口站着,散着头发,满脸污泥,鞋都跑掉了一只,兀自拍着掌,口里叫道:'中了!中了!'胡屠户凶神似的走到跟前,说道:'该死的畜生!你中了甚么?'一个嘴巴打将去,众人和邻居见这模样,忍不住的笑。"文章描写的文学形象是谁?

参考答案

1.洪昇 孔尚任《长生殿》《桃花扇》 2.《长恨歌》唐玄宗 杨贵妃 3.《长生殿》清代戏曲双璧 4.《桃花扇》 5.《桃花扇》孔尚任 6.《聊斋志异》蒲松龄 7.蒲松龄《聊斋志异》 8.《聊斋志异》 9.吴敬梓 10.范进

补充考点

蒲松龄号柳泉居士,世称聊斋先生,其作品《聊斋志异》是文言短篇小说集,优秀篇章有《画皮》《崂山道士》《婴宁》《促织》等。

《儒林外史》是我国文学史上第一部长篇讽刺小说,其中严监生是经典的吝啬鬼形象。

题组二十九

1. "晚清四大谴责小说"分别是_____、_____、_____、_____。
2. "晚清四大谴责小说"的作者是_____、_____、_____、_____。
3. "三言二拍"中"三言"是指明代冯梦龙的《喻世明言》、_____、_____,"二拍"是指_____的《初刻拍案惊奇》、_____。
4. 《人间词话》的作者是_____。

5.王国维提出的治学三重境界是:"昨夜西风凋碧树,独上高楼,_____","衣带渐宽终不悔,_____","众里寻他千百度,蓦然回首,_____"。

6.1915年9月,_____创刊,标志着新文化运动的开始。

7.新文化运动中"赛先生"主要是指_____。

8._____因提倡文学改良而成为新文化运动的领袖之一。

9.胡适在《新青年》上发表_____一文,这是倡导文学革命的第一篇理论文章,对文学革命在理论上的发展作出了重要贡献。

10.《尝试集》的作者是_____,这是中国现代文学史上第一部白话新诗集。

参考答案

1.《官场现形记》《二十年目睹之怪现状》《老残游记》《孽海花》 2.李宝嘉 吴趼人 刘鹗 曾朴 3.《警世通言》《醒世恒言》凌濛初《二刻拍案惊奇》 4.王国维 5.望尽天涯路 为伊消得人憔悴 那人却在,灯火阑珊处 6.《新青年》 7.自然科学法则和科学精神 8.胡适 9.《文学改良刍议》 10.胡适

补充考点

1915年9月,陈独秀创办的《青年杂志》(后改名为《新青年》)掀起了一场波澜壮阔的新文化运动,该运动倡导民主和科学,代表人物有陈独秀、胡适、李大钊、蔡元培、鲁迅等。

题组三十

1.鲁迅原名_____,字_____。

2.鲁迅的第一篇白话小说是_____。

3.鲁迅唯一的一部中篇小说的名称是_____。

4.鲁迅先生被人民称为"民族魂",他的创作体裁丰富,不仅有小说,还有杂文、散文、散文诗等,其中散文集的代表作是_____。

5.鲁迅的小说《祝福》中的主人公是_____,小说所说的"祝福"指的是_____。

6.鲁迅有两部散文集,一是回忆性散文集_____,收入《藤野先生》等篇;二是散文诗集_____,收入《秋夜》等篇。

7.鲁迅的_____、《彷徨》这两部小说集是我国现代小说开端与成熟的标志。

8.鲁迅的短篇小说集有哪三部?_____、_____、_____。

9.《拿来主义》选自鲁迅先生著名的杂文集_____,《从百草园到三味书屋》选自其散文集_____。

10._____是鲁迅的第一部短篇小说集,他的历史小说都收录在_____,具有强烈的现代意识和斗争精神。

参考答案

1.周树人 豫才 2.《狂人日记》 3.《阿Q正传》 4.《朝花夕拾》 5.祥林嫂 鲁镇的年终大典 6.《朝花夕拾》《野草》 7.《呐喊》 8.《呐喊》《彷徨》《故事新编》 9.《且介亭杂文》《朝花夕拾》 10.《呐喊》《故事新编》

补充考点

鲁迅是浙江绍兴人,其杂文被誉为"匕首"和"投枪"。

题组三十一

1.《纪念刘和珍君》是_____的散文名篇。
2."横眉冷对千夫指,俯首甘为孺子牛"是_____写的_____中的诗句。
3."悲剧将人生的有价值的东西毁灭给人看,喜剧将那无价值的撕破给人看"是_____说的。
4."深蓝的天空中挂着一轮金黄的圆月,下面是海边的沙地,都种着一望无际的碧绿的西瓜。其间有一个十一二岁的少年,项带银圈,手握一柄钢叉,向一匹猹尽力地刺去,那猹却将身一扭,反从他的胯下逃走了。"这段话描述的人物形象是_____。
5."寄意寒星荃不察,我以我血荐轩辕"是_____在《自题小像》中的诗句。
6.臧克家《有的人》是为了纪念_____而作的。
7."有的人活着,他已经死了;有的人死了,他还活着"这首诗运用的修辞手法是_____,作者是_____。
8.被称为中国现代文坛双子星座的是_____和郭沫若。
9.周作人的代表作品是_____。
10.在我国,最早提出"人的文学"理论的学者是_____,他为此发表了《人的文学》、《平民的文学》等著名理论文章。

参考答案

1.鲁迅 2.鲁迅《自嘲》 3.鲁迅 4.闰土 5.鲁迅 6.鲁迅 7.对偶 臧克家 8.鲁迅 9.《知堂文集》 10.周作人

补充考点

周作人的主要作品有《小河》《谈酒》《故乡的野菜》《乌篷船》《吃茶》等。其中《小河》被誉为"新诗中的第一首杰作"。

题组三十二

1.巴金的"爱情三部曲"是指_____、《雨》、《电》。
2.小说《家》《春》《秋》的作者是_____。
3.巴金的"激流三部曲"指的是_____、_____、_____。
4.巴金的长篇小说"激流三部曲"中的_____是我国现代文学史上描写封建家庭历史最成功的作品。
5.《随想录》是_____晚年的重要散文著作,主题是反思"文革",是对中国文化史、思想史的杰出贡献。
6.巴金的_____是一部"力透纸背、情透纸背、热透纸背"的讲真话的大书。
7.觉慧是巴金"激流三部曲"_____(作品)中的人物。
8.鸣凤是著名作家_____的小说_____中的人物。
9.新中国成立前巴金创作的最后一部长篇小说是_____。
10.电影《英雄儿女》是根据巴金创作的小说_____改编而成的。

参考答案

1.《雾》 2.巴金 3.《家》《春》《秋》 4.《家》 5.巴金 6.《随想录》 7.《家》 8.巴金 《家》 9.《寒夜》 10.《团圆》

补充考点

巴金原名李尧棠,其作品《家》中的主要人物觉新是典型的"多余人"形象。

题组三十三

1.老舍原名_____,是中国现代著名小说家、文学家、戏剧家。
2.话剧《茶馆》的作者是著名文学家_____。
3.1951年北京市人民政府授予"人民艺术家"称号的作家是_____,他创作的剧本有_____、《龙须沟》等。
4._____是著名作家_____的代表作之一。故事讲述了一家茶馆老板一心想让父亲的茶馆兴旺起来,为此他八方应酬,然而严酷的现实却使他每每被嘲弄,最终被冷酷无情的社会吞没。
5.由田汉创作的《关汉卿》和老舍创作的_____成为新中国成立之后话剧创作中的两大巅峰之作。
6.老舍的_____反映了旧中国社会近半个世纪的兴衰演变,从而达到了作者"葬送三个时代"的目的。
7."王利发"是老舍先生的某部文学作品中的主要人物,这部文学作品的名称是

_____。

8._____的长篇小说《骆驼祥子》以祥子为中心，记述了下层劳动人民的悲惨遭遇。

9.虎妞是老舍的代表作_____中的人物。

10.长篇小说《四世同堂》是_____的作品，他还有代表作品短篇小说集_____和剧本_____、_____等。

参考答案

1.舒庆春　2.老舍　3.老舍《茶馆》　4.《茶馆》老舍　5.《茶馆》　6.《茶馆》　7.《茶馆》　8.老舍　9.《骆驼祥子》　10.老舍《赶集》《茶馆》《龙须沟》

补充考点

老舍原名舒庆春，字舍予，满族，他是新中国第一位获得"人民艺术家"称号的作家。

题组三十四

1.曹禺的原名叫_____。

2.现代戏剧家_____的代表作有《雷雨》《日出》和《北京人》等。

3.曹禺的_____的问世标志着中国现代话剧的成熟。

4.曹禺的《雷雨》中刻画的性格复杂的资本家形象是_____。

5.1933年，曹禺创作了处女作——四幕剧_____，几十年来成为观众最喜爱的话剧之一。

6._____由剧作家曹禺创作，它所展示的是一幕人生大悲剧，是命运对人残忍的作弄，它是"中国话剧现实主义的基石"。

7.繁漪是话剧_____中的人物形象。

8.陈白露是曹禺著名剧作_____中的女主人公。

9.曹禺在写完_____之后，觉得太像戏剧了，从而转变了风格，写了契诃夫式的作品_____。

10.为了鼓励戏剧创作，我国设立了以一位作家命名的奖项是_____。

参考答案

1.万家宝　2.曹禺　3.《雷雨》　4.周朴园　5.《雷雨》　6.《雷雨》　7.《雷雨》　8.《日出》　9.《雷雨》《北京人》　10.曹禺戏剧文学奖

补充考点

曹禺作品《雷雨》中的主要人物有周朴园、繁漪、侍萍、周萍、四凤、鲁大海等。

题组三十五

1. 茅盾的代表作"农村三部曲"包括_____、_____、_____。
2. 茅盾的"蚀三部曲"分别是_____、_____、《追求》。
3. 《子夜》的作者是_____。
4. 茅盾在《子夜》中塑造的民族资本家形象是_____。
5. 茅盾写养蚕丰收成灾的短篇小说是_____。
6. 茅盾文学奖是根据作家茅盾的遗嘱设立的,主要是用于奖励_____的创作,获第一届茅盾文学奖的小说是古华的_____。《平凡的世界》获第三届茅盾文学奖,作者是_____。
7. 历史剧《屈原》的作者是_____,他的著名诗集是_____。
8. 话剧《虎符》的作者是_____。
9. 1942年,郭沫若的历史剧_____在重庆首演。
10. "远远的街灯明了,好像闪着无数的明星"节选自郭沫若的散文诗_____。

参考答案

1.《春蚕》《秋收》《残冬》 2.《幻灭》《动摇》 3.茅盾 4.吴荪甫 5.《春蚕》 6.长篇小说 《芙蓉镇》 路遥 7.郭沫若 《女神》 8.郭沫若 9.《屈原》 10.《天上的街市》

补充考点

郭沫若,中国现代著名作家、诗人、戏剧家、历史学家。其主要作品有诗集《女神》,历史剧代表作《屈原》《虎符》《棠棣之花》《孔雀胆》《高渐离》《王昭君》《卓文君》《蔡文姬》《武则天》等。

题组三十六

1. 钱钟书的代表作是_____,主要描写了抗战爆发前后从上海到湖南后方的一些知识分子的生活,被人们称为"新儒林外史"。
2. 小说《围城》中男主角的名字是_____。
3. 钱钟书唯一的一部长篇小说是_____。
4. "城里的人想出去,城外的人想进来"出自小说_____。

5.沈从文著名的中篇小说是_____。

6.沈从文的作品《边城》中的主人公是_____。

7.沈从文描写湘西地域的小说是_____。

8.沈从文讽刺知识分子的作品是_____。

9.文学作品《青春之歌》的作者是_____。

10.著名小说《青春之歌》的女主人公是_____。

参考答案

1.《围城》 2.方鸿渐 3.《围城》 4.《围城》 5.《边城》 6.翠翠 7.《边城》 8.《八骏图》 9.杨沫 10.林道静

补充考点

钱钟书是中国现代著名作家、文学研究家、翻译家,其主要作品除了长篇小说《围城》外,还有学术著作《管锥编》等。

题组三十七

1.朱自清的文学创作以散文为主,其中_____写清华校园月下荷塘的美景。

2.《背影》是_____的散文代表作,歌颂了伟大的父爱。

3.朱自清曾经写过散文《桨声灯影里的秦淮河》,还有一位现代作家写过同名散文,他是_____。

4.艾青原名_____,代表作是_____。

5.诗作《我爱这土地》的作者是现代著名诗人_____。

6.著名文学家叶圣陶的原名是_____。

7.1923年叶圣陶出版的_____是我国第一部童话集。

8.著名作家冰心的原名是_____。

9.现代儿童文学作品《寄小读者》的作者是_____。

10.冰心的小说集有_____、_____、_____。

参考答案

1.《荷塘月色》 2.朱自清 3.俞平伯 4.蒋正涵《大堰河——我的保姆》 5.艾青 6.叶绍钧 7.《稻草人》 8.谢婉莹 9.冰心 10.《超人》《去国》《冬儿姑娘》

补充考点

艾青是中国现代著名诗人,他的诗歌有两个中心意象:一是土地,象征忧郁和悲怆;

二是太阳,象征激昂与希望。

文学作品《倪焕之》是叶圣陶创作的第一部长篇小说。

题组三十八

1. 文学名篇《故都的秋》《春风沉醉的晚上》的作者是_____。
2. 被称为"现代小说之父"的中国小说家是_____,代表作有《沉沦》《钓台的春昼》等。
3. 田汉的_____是20世纪20年代中国最优秀的话剧作品。
4. 《上海屋檐下》的作者是_____。
5. 现代著名剧作家_____改编的电影剧本有《祝福》和《林家铺子》等。
6. _____是夏衍杰出的现实主义力作,该作发表于1937年。
7. 报告文学《包身工》的作者是_____。
8. 贺敬之和丁毅执笔创作了我国第一部新歌剧_____。
9. 喜儿、杨白劳是歌剧_____中的人物。
10. 1945年在延安首演的大型歌剧_____标志我国歌剧创作取得了突破性进展。

参考答案

1. 郁达夫　2. 郁达夫　3.《名优之死》　4. 夏衍　5. 夏衍　6.《上海屋檐下》　7. 夏衍　8.《白毛女》　9.《白毛女》　10.《白毛女》

补充考点

田汉的主要作品除了《名优之死》外,还有《关汉卿》《文成公主》等。

《白毛女》生动地表现了"旧社会把人逼成鬼,新社会把鬼变成人"这一深刻主题。

题组三十九

1. 短篇小说《荷花淀》的作者是_____。
2. 孙犁的小说语言清新自然,充满诗情画意,被称为"_____"。
3. 《荷花淀》一文选自他的小说散文集_____,为荷花淀派的代表作之一。
4. 在现代文学史上,"山药蛋派"的代表作家是_____。
5. 《小二黑结婚》的作者是_____。
6. 二诸葛和三仙姑是赵树理小说_____中的人物。
7. 赵树理被誉为写农村的"铁笔""圣手",其成名作是_____。
8. 《李有才板话》《三里湾》的作者是_____。
9. "风雨送春归,风雪迎春到"是_____写的诗句。

10."山舞银蛇,原驰蜡象,_____。"这些诗句出自于毛泽东的《沁园春·雪》。

参考答案

1.孙犁　2.荷花淀派　3.《白洋淀纪事》　4.赵树理　5.赵树理　6.《小二黑结婚》　7.《小二黑结婚》　8.赵树理　9.毛泽东　10.欲与天公试比高

补充考点

孙犁原名孙树勋,《荷花淀》一文是作者在1945年于延安写成。

题组四十

1.新月派的代表人物是_____、_____。
2.闻一多提出的"诗歌三美"主张是指_____、_____、_____。
3.《红烛》《死水》是_____的作品。
4.徐志摩是现代诗人的代表人物,其主要作品是_____。
5."悄悄的我走了,正如我悄悄的来,我挥一挥衣袖,不带走一片云彩"是诗人_____的诗句。
6.徐志摩的《再别康桥》:"寻梦?撑一支长篙,_____;满载一船星辉,_____。"
7.徐志摩的《偶然》:"我是天空里的一片云,_____,你不必讶异,更无须欢喜,_____。"
8.《雨巷》的作者是_____。
9.戴望舒因其成名作被称为"_____"。
10."我希望逢着一个丁香一样地,_____"出自_____的_____。

参考答案

1.徐志摩　闻一多　2.音乐美　绘画美　建筑美　3.闻一多　4.《再别康桥》　5.徐志摩　6.向青草更青处漫溯　在星辉斑斓里放歌　7.偶尔投影在你的波心　在转瞬间消灭了踪影　8.戴望舒　9.雨巷诗人　10.结着愁怨的姑娘　戴望舒　《雨巷》

补充考点

闻一多,前期"新月派"的重要诗人,主张新诗格律化,追求诗歌三美,即音乐美、建筑美、绘画美,主要作品有诗集《红烛》《死水》。

题组四十一

1.《金锁记》的作者是_____。

2.白流苏是张爱玲小说_____中的人物形象。

3."南玲北梅"指的是_____、_____。

4.电视剧《半生缘》改编自_____的小说《十八春》。

5.曹七巧、顾曼桢是著名作家_____创造的小说人物。

6.《金粉世家》的作者是_____。

7.《啼笑因缘》的作者是_____。

8.张恨水的小说_____展现了一个豪门贵族的盛衰史,被誉为"民国版"的《红楼梦》。

9.张恨水是_____派代表作家。

10."你站在桥上看风景,看风景的人在楼上看你"出自_____的_____。

参考答案

1.张爱玲 2.《倾城之恋》 3.张爱玲 梅娘 4.张爱玲 5.张爱玲 6.张恨水 7.张恨水 8.《金粉世家》 9.鸳鸯蝴蝶 10.卞之琳 《断章》

补充考点

2007年根据张爱玲同名小说改编,由李安导演的电影《色·戒》获得威尼斯大奖。

张恨水原名心远,著名章回体小说家,其所属流派鸳鸯蝴蝶派是清末民初出现的一个文学流派。

题组四十二

1.丁玲的作品_____和周立波的作品_____都获得斯大林文学奖。

2.周立波最为人称道的两部作品是_____和《山乡巨变》。

3.《莎菲女士的日记》的作者是_____。

4._____,原名张乃莹,代表作有长篇小说《呼兰河传》、《马伯乐》,短篇小说集《旷野的呼唤》等。

5.文学作品《生死场》的作者是_____。

6.萧红的代表性长篇自传体小说是1941年出版的_____。

7.朦胧诗派的代表人物是_____、北岛、顾城和江河等。

8.当代诗人_____被称为"童话诗人"。

9."黑夜给了我黑色的眼睛,我却用它寻找光明"这首诗的名字是_____。

10."黑夜给了我黑色的眼睛,我却用它寻找光明"这首诗的作者是_____。

参考答案

1.《太阳照在桑干河上》《暴风骤雨》 2.《暴风骤雨》 3.丁玲 4.萧红 5.萧红 6.《呼兰河传》 7.舒婷 8.顾城 9.《一代人》 10.顾城

补充考点

丁玲是中国现当代著名女作家,其长篇小说《太阳照在桑干河上》讲述了<u>解放战争时期</u>的故事,该作品获得了1951年斯大林文学奖。

萧红是中国现代著名女作家,被誉为"<u>30年代的文学洛神</u>"。

☞ 题组四十三

1.第一个获得诺贝尔文学奖的中国籍作家是_____。
2.莫言在瑞典诺贝尔颁奖典礼上发表的演讲主题是_____。
3.诺贝尔文学奖获得者莫言的成名作是_____。
4.莫言的代表作品有_____、_____、_____、_____。
5.电影《红高粱》的小说原著是_____。
6.电影《暖》是根据_____的小说_____改编的。
7.《透明的红萝卜》的作者是_____。
8.《蛙》的作者是_____。
9.小说《白鹿原》的作者是_____。
10.电影《白鹿原》的导演是_____。

参考答案

1.莫言 2.《讲故事的人》 3.《红高粱》 4.《红高粱》《丰乳肥臀》《蛙》《生死疲劳》 5.《红高粱家族》 6.莫言《白狗秋千架》 7.莫言 8.莫言 9.陈忠实 10.王全安

补充考点

莫言原名<u>管谟业</u>,<u>山东高密人</u>,他的作品中充满着"怀乡"以及"怨乡"的复杂情感。<u>2012年</u>莫言获得诺贝尔文学奖,成为中国本土第一位获得诺贝尔文学奖的作家。

☞ 题组四十四

1.寻根文学的代表作品小说《棋王》的作者是_____。
2.20世纪90年代贾平凹创作的长篇小说_____最具影响,也最有争议。

3.电影《大红灯笼高高挂》是根据苏童的小说_____改编的。

4.小说《活着》的作者是_____。

5.张承志的代表作品是_____。

6.《一地鸡毛》的作者是_____。

7.为电影《二次曝光》的主题曲《在我想起来》作词的作者是_____,其代表作品有《三重门》、《零下一度》等。

8.电影《小时代》改编自当代著名青年作家_____的同名小说。

9.电影《金陵十三钗》是张艺谋导演的战争史诗电影,是根据_____的同名小说改编的。

10.张艺谋的电影《归来》是根据_____的小说_____改编的。

参考答案

1.阿城 2.《废都》 3.《妻妾成群》 4.余华 5.《黑骏马》 6.刘震云 7.韩寒 8.郭敬明 9.严歌苓 10.严歌苓《陆犯焉识》

补充考点

阿城的主要作品有"三王":<u>《树王》</u>、<u>《孩子王》</u>(曾被陈凯歌拍成同名电影)和<u>《棋王》</u>(曾被徐克拍成同名电影)。

贾平凹的长篇小说<u>《秦腔》</u>曾荣获第七届茅盾文学奖。

题组四十五

1.古希腊神话中,_____是雷电神,_____是智慧与战争女神。

2.阿波罗与宙斯是_____关系,阿波罗是_____神。

3.希腊神话中_____经常弹奏的乐器是七弦琴。

4._____是希腊神话中第一个女人,她貌美性诈,私自打开宙斯送她的盒子,里面装的疾病、_____一起飞出,人间因此充满灾难。

5.古希腊神话中_____为人类带来了火种。

6.《荷马史诗》是古代_____(国别)的英雄史诗。

7.《荷马史诗》包括_____和_____两个部分。

8.《圣经》包含两部分,即_____和_____。

9._____是一部寓言故事集,记载了古希腊、古罗马时期流传下来的故事,是世界文化史上流传最广的寓言故事集之一。

10.寓言故事《狐狸和葡萄》、《农夫与蛇》等出自_____。

参考答案

1.宙斯 雅典娜　2.父子 太阳　3.阿波罗　4.潘多拉 祸患　5.普罗米修斯　6.希腊　7.《伊利亚特》《奥德赛》　8.《旧约》《新约》　9.《伊索寓言》　10.《伊索寓言》

补充考点

在古希腊神话中,众神之主是宙斯,太阳神是阿波罗,智慧女神是雅典娜,爱神是维纳斯,小爱神是丘比特,文艺科学之神是缪斯,海神是波塞冬。

《伊索寓言》是世界上最早的寓言故事集,相传为公元前6世纪古希腊奴隶伊索所作,经后人的整理汇编流传下来。

题组四十六

1.古希腊三大悲剧作家是_____、_____、_____。
2.古希腊"悲剧之父"是_____,其代表作品是_____。
3.《俄狄浦斯王》的作者是_____。
4.弗洛伊德精神分析学说中的"俄狄浦斯情结",即所谓的"恋母情结",出自索福克勒斯的作品_____。
5.戏剧史上最伟大的作品之一的《安提戈涅》的作者是古希腊悲剧作家_____。
6.索福克勒斯被称为古希腊_____。
7.被誉为"哲学的日历中最高尚的圣者和殉道者"的是_____,被誉为"舞台上的哲学家"的悲剧诗人是_____。
8.《美狄亚》的作者是_____。
9.古希腊早期的喜剧代表作家_____素有"喜剧之父"称号。
10._____是阿里斯托芬的成名作,也是现存最早的古希腊喜剧。

参考答案

1.埃斯库罗斯 索福克勒斯 欧里庇得斯　2.埃斯库罗斯《被缚的普罗米修斯》　3.索福克勒斯　4.《俄狄浦斯王》　5.索福克勒斯　6.戏剧艺术的荷马　7.普罗米修斯 欧里庇得斯　8.欧里庇得斯　9.阿里斯托芬　10.《阿卡奈人》

补充考点

欧里庇得斯的作品虽取材于神话传说,但是却反映了社会现实和思想危机,被誉为"心理戏剧的鼻祖"。

题组四十七

1.巴尔扎克是_____国作家,代表作品是_____。
2.巴尔扎克在作品_____中塑造了经典的吝啬鬼形象。
3.巴尔扎克一生创作了96部长、中、短篇小说和随笔,总名为_____,其中的名作有《欧也妮·葛朗台》、《高老头》、《幻灭》等。
4.被誉为"法国社会生活的百科全书"的作品是_____。
5.巴尔扎克的小说总集_____奠定了他现实主义文学的基础。
6.小说《巴黎圣母院》的作者是法国的_____。
7.《巴黎圣母院》中的敲钟人叫作_____。
8.《笑面人》是法国作家_____的作品。
9.巴尔扎克和雨果是欧洲现实主义文学和_____文学两座并峙的高峰。
10.《悲惨世界》是法国著名文学家_____的代表作。

参考答案

1.法 《人间喜剧》 2.《欧也妮·葛朗台》 3.《人间喜剧》 4.《人间喜剧》 5.《人间喜剧》 6.雨果 7.卡西莫多 8.雨果 9.浪漫主义 10.雨果

补充考点

巴尔扎克是19世纪法国最伟大的批判现实主义作家,《高老头》也是其重要代表作品之一。

雨果是19世纪法国浪漫主义文学运动的领袖,被誉为"法兰西的莎士比亚",《巴黎圣母院》是其第一部长篇小说。

题组四十八

1.法国19世纪末的重要作家_____,以短篇小说的成就最为突出,获得"短篇小说之王"的美誉。
2."短篇小说巨匠"_____的代表作有《羊脂球》、_____等。
3.《项链》一文是以项链为线索展开情节,总结为三部分,分别为_____、丢项链、_____。
4."我看了看他的手,那是一只满是皱纹的水手的手。我又看了看他的脸,那是一张又老又穷的脸,满脸愁容,狼狈不堪。我心里默念道:'这是我的叔叔,父亲的弟弟,我的亲叔叔。'"这里描写的"我的叔叔"的名字是_____。这篇短篇小说的作者是_____。
5._____是_____国19世纪后期杰出的作家,小说《包法利夫人》的作者。

6.福楼拜的名作_____对19世纪法国外省五光十色的生活和形形色色的人物都有细致描写。

7.《情感教育》的作者是_____。

8._____是法国古典主义喜剧的创始人,其喜剧《悭吝人》里的_____是欧洲文学中的吝啬鬼形象之一。

9.世界文学作品中的三大吝啬鬼形象是_____、_____、_____。

10.《伪君子》的作者是_____。

参考答案

1.莫泊桑 2.莫泊桑 《我的叔叔于勒》 3.借项链 赔项链 4.于勒 莫泊桑 5.福楼拜 法 6.《包法利夫人》 7.福楼拜 8.莫里哀 阿巴贡 9.阿巴贡 葛朗台 泼留希金 10.莫里哀

补充考点

福楼拜是法国批判现实主义作家,被誉为"自然主义文学的鼻祖""西方现代小说的奠基者",《包法利夫人》是其成名作。

文学史上也有"四大吝啬鬼形象"一说,分别是夏洛克、葛朗台、阿巴贡、泼留希金,其作者分别是莎士比亚、巴尔扎克、莫里哀、果戈理。

题组四十九

1.《红与黑》的作者是_____。

2.于连是小说_____中的主角。

3.小说《基督山伯爵》《三个火枪手》的作者是_____。

4.话剧、歌剧及电影《茶花女》改编自法国作家_____的同名作品。

5.1950年5月11日,巴黎上演了尤金·尤奈斯库一部离奇古怪的独幕话剧_____,该剧的上演标志着荒诞派戏剧的诞生。

6._____是荒诞派戏剧的代表作,此派亦称为反传统戏剧派。

7.法国小说家普鲁斯特的_____奠定了意识流小说文学流派形成的基石。

8._____的《最后一课》以普法战争为背景。

9.《约翰·克利斯朵夫》是_____的代表作。

10.《肮脏的手》《苍蝇》《间隔》等作品是法国著名戏剧家、评论家、哲学家_____的戏剧代表作。

参考答案

1.司汤达 2.《红与黑》 3.大仲马 4.小仲马 5.《秃头歌女》 6.《等待戈多》 7.《追忆似水年华》 8.都德 9.罗曼·罗兰 10.萨特

补充考点

司汤达是法国批判现实主义作家,被称为"现代小说之父"。

大仲马是法国19世纪浪漫主义作家,小仲马是法国现实主义戏剧的创始人,其二人为父子关系。

罗曼·罗兰的名人传记有《贝多芬传》《米开朗基罗传》《托尔斯泰传》《甘地传》等。

题组五十

1.莎士比亚四大悲剧是_____、_____、_____、_____。

2.莎士比亚是英国文艺复兴时期伟大的诗人和戏剧家,其四大喜剧是《仲夏夜之梦》《第十二夜》《皆大欢喜》和_____。

3.喜剧《威尼斯商人》中_____的形象是世界文学史上著名的吝啬鬼形象之一。

4.冯小刚执导的电影《夜宴》改编自莎士比亚的哪部小说?_____。

5.《王子复仇记》又称_____,是英国作家莎士比亚的作品。

6.莎士比亚的作品中《哈姆雷特》是_____悲剧。

7.《鲁滨逊漂流记》的作者是_____。

8.《鲁滨逊漂流记》中鲁滨逊的仆人叫作_____。

9.恩格斯称丹尼斯·笛福小说中塑造的_____是"一个真正的资产者"。

10._____是英国现实主义小说的开创者之一,被誉为"英国和欧洲的小说之父"。

参考答案

1.《哈姆雷特》《李尔王》《麦克白》《奥赛罗》 2.《威尼斯商人》 3.夏洛克 4.《哈姆雷特》 5.《哈姆雷特》 6.性格 7.笛福 8.星期五 9.鲁滨逊 10.笛福

补充考点

莎士比亚是16世纪英国文艺复兴时期伟大的戏剧家、诗人,被誉为"时代的灵魂",马克思称他为"人类最伟大的戏剧天才",《罗密欧与朱丽叶》是其重要代表作品之一。

题组五十一

1."这是一个最好的时代,也是一个最坏的时代"出自_____的作品_____。

2.《远大前程》的作者是_____。

3.《双城记》和《雾都孤儿》的作者是_____。

4.在英国文学史上,勃朗特三姐妹是一个奇迹。她们既作为璀璨的星座而闪耀,又作为单独的巨星而发光。其中夏洛蒂·勃朗特的作品是_____,艾米莉·勃朗特的作品是_____。

5.英国作家夏洛蒂·勃朗特的_____描述了罗切斯特庄园的风光。

6."冬天来了,春天还会远吗?"出自_____国作家雪莱的作品_____。

7.文学作品《唐璜》的作者是_____,其同名歌剧作品的作者是_____(国籍)人。

8.世界著名的侦探小说《福尔摩斯探案集》的作者是_____,他是_____国人。

9.萧伯纳是爱尔兰的现实主义戏剧大师,1894年首演的_____是他的代表作品。

10.《格列佛游记》的作者是_____。

参考答案

1.狄更斯《双城记》　2.狄更斯　3.狄更斯　4.《简·爱》《呼啸山庄》　5.《简·爱》　6.英《西风颂》　7.拜伦 奥地利　8.柯南·道尔 英　9.《华伦夫人的职业》　10.斯威夫特

补充考点

狄更斯是19世纪英国批判现实主义文学的创始人,自传体小说《大卫·科波菲尔》是其重要代表作品之一。

勃朗特三姐妹指的是夏洛蒂·勃朗特、艾米莉·勃朗特、安妮·勃朗特,夏洛蒂·勃朗特的代表作是《简·爱》,艾米莉·勃朗特的代表作是《呼啸山庄》,安妮·勃朗特的代表作是《艾格妮丝·格雷》。

柯南·道尔是英国著名的侦探小说家,堪称侦探悬疑小说的鼻祖。

题组五十二

1.普希金是俄国_____初期最伟大的作家。

2.《致大海》《上尉的女儿》的作者是_____。

3."假如生活欺骗了你,不要悲伤,不要生气,熬过这悲伤的一天,请相信欢乐的日子即将到来"出自俄国诗人_____的《假如生活欺骗了你》。

4.《变色龙》的作者是_____,书中的主人公是_____。

5.在契科夫《装在套子里的人》这篇小说中,"装在套子里的人"指的是_____。

6."世界三大短篇小说之王"指的是欧·亨利、莫泊桑和_____。

7.《樱桃园》是_____(国别)作家_____的戏剧作品。

8.《三姊妹》是俄国戏剧家_____的作品。

9.五幕喜剧《钦差大臣》的作者是_____,其著名的长篇小说有_____。

10.两篇《狂人日记》的作者分别是我国的_____和俄国的_____。

参考答案

1.19世纪　2.普希金　3.普希金　4.契诃夫 奥楚蔑洛夫　5.别里科夫　6.契诃夫　7.俄国 契诃夫　8.契诃夫　9.果戈理《死魂灵》　10.鲁迅 果戈理

补充考点

普希金是19世纪俄国伟大作家,高尔基称他为"俄国文学之始祖",后人赞誉他为"俄罗斯诗歌的太阳"。

果戈理的作品《死魂灵》刻画了泼留希金这个经典的吝啬鬼形象。

题组五十三

1.高尔基的三部曲是_____、_____、_____。

2."让暴风雨来得更猛烈些吧"出自_____的作品_____。

3.文学作品《母亲》的作者是_____。

4.《复活》《安娜·卡列尼娜》的作者是_____。

5."幸福的家庭都是相似的,不幸的家庭各有各的不幸"出自_____的_____。

6._____是19世纪后期最伟大的作家、批判现实主义大师,被列宁誉为"俄国革命的一面镜子"。

7.列夫·托尔斯泰的"三大学说":即道德的自我完善、_____、全人类普遍的爱。

8.《罪与罚》的作者是_____。

9.俄国著名作家_____的代表作是《苦难的历程》。

10.《钢铁是怎样炼成的》的作者是_____,主人公是_____。

参考答案

1.《童年》《在人间》《我的大学》　2.高尔基《海燕》　3.高尔基　4.列夫·托尔斯泰　5.列夫·托尔斯泰《安娜·卡列尼娜》　6.列夫·托尔斯泰　7.不以暴力抗恶　8.陀思妥耶夫斯基　9.阿·托尔斯泰　10.奥斯特洛夫斯基 保尔·柯察金

补充考点

高尔基的《母亲》是世界上第一部正面歌颂无产阶级革命的作品,列宁评价它为一部

"非常及时的书"。

陀思妥耶夫斯基是19世纪俄国杰出的批判现实主义作家,代表作品有《罪与罚》《被侮辱与被损害的》《白痴》等。

题组五十四

1. 但丁的代表作是_____。
2. 《神曲》分为_____、《炼狱》、《天堂》三部分。
3. 意大利诗人_____被恩格斯称他是"中世纪的最后一位诗人,同时又是新时代的最初一位诗人"。
4. _____是意大利文艺复兴的先驱之一,被称为"人文主义之父"。其代表作品是《歌集》。
5. _____在意大利文艺复兴时期创作了欧洲文学史上第一部经典著作《十日谈》。
6. 西班牙的现实主义作家_____的《堂吉诃德》是欧洲文艺复兴时期最重要的长篇小说之一。
7. 易卜生被称为_____,代表作是_____。
8. 戏剧《玩偶之家》的作者是挪威作家_____。
9. _____被称为"妇女解放运动的宣言书"。
10. _____是英国19世纪最后一位小说大家,又是20世纪大胆探索和开拓的英国"现代诗歌之父",其小说代表作有《德伯家的苔丝》。

参考答案

1.《神曲》 2.《地狱》 3.但丁 4.彼特拉克 5.薄伽丘 6.塞万提斯 7.现代戏剧之父《玩偶之家》 8.易卜生 9.《玩偶之家》 10.哈代

补充考点

塞万提斯享有"现代小说之父"的美誉,其主要作品《堂吉诃德》被评论家称之为"西方文学史上第一部现代小说"。

题组五十五

1. 书信体小说《少年维特之烦恼》和诗剧《浮士德》的作者是德国文学家_____。
2. 歌德的_____与《荷马史诗》、《神曲》、《哈姆雷特》并称为欧洲文学的四大名著。
3. 《阴谋与爱情》是_____的作品。
4. 被恩格斯誉为德国第一部有政治倾向的戏剧是_____。
5. 《铁皮鼓》的作者是_____国的_____。

6.《变形记》的作者是_____。

7.在_____中,小职员变成了甲壳虫,表现了现代社会人的异化主题。

8.《城堡》的作者是_____。

9.法国小说家普鲁斯特的_____奠定了意识流小说文学流派形成的基础。

10.《一个陌生女人的来信》原著作者是_____,被导演_____改拍成电影。

参考答案

1.歌德　2.《浮士德》　3.席勒　4.《阴谋与爱情》　5.德君特·格拉斯　6.卡夫卡　7.《变形记》　8.卡夫卡　9.《追忆似水年华》　10.茨威格　徐静蕾

补充考点

普鲁斯特的作品<u>《追忆似水年华》</u>,被公认为意识流小说的开山之作。

题组五十六

1.《麦琪的礼物》的作者是_____。

2.《最后一片叶子》的作者是_____。

3.被誉为"美国的莫泊桑"的短篇小说大师是_____。

4.浪漫主义诗集《草叶集》的作者是_____。

5._____被誉为美国的"诗歌之父"。

6.海明威,20世纪美国小说家,1954年诺贝尔文学奖获得者。代表作有长篇小说《太阳照样升起》,中篇小说_____。

7.圣地亚哥老渔夫是_____中的人物形象。

8.《永别了,武器》《丧钟为谁而鸣》的作者是美国现代作家_____。

9.海明威获得诺贝尔文学奖的中篇小说是_____。

10.《乱世佳人》改编自_____的代表作《飘》,其女主角饰演者是_____。

参考答案

1.欧·亨利　2.欧·亨利　3.欧·亨利　4.惠特曼　5.惠特曼　6.《老人与海》　7.《老人与海》　8.海明威　9.《老人与海》　10.玛格丽特·米切尔　费雯·丽

补充考点

欧·亨利是美国著名的短篇小说家,世界三大短篇小说巨匠之一,其作品有"<u>美国生活的幽默百科全书</u>"之称。

海明威是美国"迷惘的一代"作家中的代表人物,其主要作品《老人与海》中的名句是:"一个人并不是生来要给打败的,你尽可能把他消灭掉,可就是打不败他"。

题组五十七

1._____创作的短篇小说《竞选州长》嘲笑的是美国"民主选举"和"民主天堂"的荒谬。

2.马克·吐温的四大名著《哈克贝里·费恩历险记》、_____、《败坏了哈德莱堡的人》、_____代表了他创作的四个阶段。

3.《第二十二条军规》是美国著名作家_____的作品。

4.紫式部写的世界上第一部长篇小说是_____。

5.《万延元年的足球队》的作者是_____,《雪国》的作者是_____。

6.日本作家川端康成的作品有_____、_____。

7.日本作家村上春树是近年来诺贝尔文学奖提名热门作家,他的名作_____的书名来自披头士的一首歌。

8.日本长篇小说《我是猫》的作者是_____。

9.《卖火柴的小女孩》是丹麦作家_____的作品。

10.《小美人鱼》是迪士尼公司根据丹麦作家安徒生的童话_____改编的。

参考答案

1.马克·吐温 2.《汤姆·索亚历险记》《苦行记》 3.海勒 4.《源氏物语》 5.大江健三郎 川端康成 6.《千只鹤》《伊豆的舞女》 7.《挪威的森林》 8.夏目漱石 9.安徒生 10.《海的女儿》

补充考点

川端康成曾获得1968年诺贝尔文学奖,是亚洲第二位获此殊荣的作家;大江健三郎曾获得1994年诺贝尔文学奖,是日本第二位获此殊荣的作家。

安徒生是19世纪丹麦作家,以童话创作成就最大,被誉为"现代童话之父"。

题组五十八

1.《一千零一夜》是_____民族的民间故事集。

2.《阿里巴巴与四十大盗》的故事出自于阿拉伯民间故事集_____。

3.《一千零一夜》也译作_____,其中代表作品有_____、_____。

4.古代_____著名的两大史诗是_____和《摩诃婆罗多》。

5.《诗学》的作者是_____。

6.亚洲第一位获得诺贝尔文学奖的作家是印度的_____。
7.泰戈尔是_____世纪印度伟大的_____家,代表作品有《新月集》、《飞鸟集》。
8.泰戈尔创作的歌曲_____被定为印度国歌。
9.《百年孤独》的作者是_____(国家)的_____。
10.加西亚·马尔克斯的代表作_____是拉美魔幻现实主义文学的代表。

参考答案

1.阿拉伯 2.《一千零一夜》 3.《天方夜谭》《阿里巴巴与四十大盗》《阿拉丁神灯》 4.印度《罗摩衍那》 5.亚里士多德 6.泰戈尔 7.19~20 文学 8.《人民的意志》 9.哥伦比亚 加西亚·马尔克斯 10.《百年孤独》

补充考点

1913年泰戈尔成为亚洲第一位获得诺贝尔文学奖的作家。

加西亚·马尔克斯的作品《百年孤独》,是一部魔幻现实主义文学的典范之作,被誉为"再现拉丁美洲历史社会图景的鸿篇巨著"。

题组五十九

1.通常人们把电影艺术称为第_____艺术。
2.1911年意大利诗人和电影先驱者_____提出电影是一门艺术。
3.电影是继_____、_____、_____、戏剧、雕塑和建筑之后的艺术,是多种艺术中唯一有确切诞生日期的艺术。
4.电影在播放过程中,我们能看到连贯的画面,所依据的原理是_____。
5.最初的电影都是无声电影,被称为"_____"。
6.电影最小的单位是_____。
7.化出化入也叫_____。
8.电影的"三微"指的是"微时"(30秒~3000秒)放映、_____、_____。
9.按国际通行标准,电影的拍摄速度为每秒_____格,电视剧(制式为PAL时)的拍摄速度为每秒_____帧。
10.一般摄像机带动胶片拍摄是24格/秒,升格之后比原来的正常速度提高了,放映时仍以每秒24格的频率不变,也就出现了我们常见的_____动作。

参考答案

1.七 2.乔托·卡努杜 3.文学 音乐 绘画 4.视觉暂留原理 5.默片 6.镜头 7.溶入溶出 8.微周期制作 微规模投资 9.24 25 10.慢

补充考点

人眼在观察景物时,光信号传入大脑神经,需经过一段短暂的时间,光的作用结束后,视觉形象并不会立即消失,而是仍然在视网膜上滞留不到1秒钟的时间,这种残留的视觉称为"后像",视觉的这一现象则被称为"<u>视觉暂留原理</u>"。

题组六十

1.电影中没有出现人物的镜头称为_____。

2.20世纪50年代法国电影理论家巴赞提出_____理论,对后世的电影发展产生了重要的影响。

3.通过改变拍摄角度和调整景别,用一个连续的镜头完成一组分切式镜头所担负的镜头组合任务,以保证叙事时间的连续性和空间的统一性,我们把这种镜头称为_____。

4._____是摄像机在三脚架上,主轴不动,仅镜头水平移动。

5.在连续拍摄活动画面时,镜头的位置、角度、景别都不变的叫_____镜头,而改变其中一项或几项的叫_____镜头。

6.综合运动摄像是指摄像机在一个镜头中把推、_____、摇、_____、_____和升降等各种运动摄像方式不同程度地、有机地结合起来拍摄。

7.摄像机沿光轴方向向后移动或采取变焦距镜头,从长焦距变为短焦距的镜头叫作_____。

8.以摄像机代表影片中某一人物的眼睛,直接摄取他当时的目击景物的镜头叫作_____。

9."具有一定寓意的镜头在关键时刻反复出现,以达到刻画人物、深化主题的目的。"这是_____蒙太奇的表现手法。

10.在电影中用来反映人物的幻觉、想象等精神世界的镜头组合方式被称为_____。

参考答案

1.空镜头 2.长镜头 3.长镜头 4.水平摇镜头 5.固定镜头 运动镜头 6.拉 移 跟 7.拉镜头 8.主观镜头 9.重复 10.心理蒙太奇

 补充考点

<u>长镜头</u>是指拍摄过程中从开机到关机,未间断且完整地拍摄下一个完整的段落或表演过程的镜头。长镜头没有绝对标准,延续时间一般在30秒到10分钟,给人以真实、可信、连贯的感觉。

题组六十一

1. 景别一般分为远景、_____、中景、近景和特写。
2. 善于细腻表现人物或被拍摄物体细致特征的景别是_____。
3. 影视两门艺术都是相通的,都是通过_____的手段来满足观众的审美需要。
4. 影视中的声音主要由_____、音乐、音响三大要素组成。
5. _____是以画外音形式出现的第一人称的自述以及第三人称的议论和评论,起议论、介绍和抒情的作用。
6. _____是指剧中人物之间相互交流的对话,它是人声最主要的表现形式,具有传递、交流、沟通等作用。
7. 影视影像的构图要妥善安排_____、_____和环境的关系。
8. 电影中的色光三原色是指红色、绿色、_____。
9. 在暖色调画面中,一般是由_____色、_____色、_____色构成的画面基调。
10. 在冷色调画面中,主要以_____色、_____色为主。

参考答案

1. 全景 2. 特写 3. 声画结合 4. 人声 5. 旁白 6. 对白 7. 主体 陪体 8. 蓝色
9. 红 橙 黄 10. 蓝 青

补充考点

声画关系一般有<u>声画同步</u>和<u>声画错位</u>两种形式,声画错位又包含<u>声画并列</u>和<u>声画对立</u>两种形式。

色调是指在一幅画或一个镜头的画面中色彩的总体倾向,通常分为<u>暖色调和冷色调</u>。

题组六十二

1. _____年,中国第一部电影《定军山》在北京的丰泰照相馆诞生,是由_____主演的。
2. 《定军山》的导演是_____,这部电影是在北京_____拍摄的。
3. 第一代导演的代表人物有_____、_____。
4. 中国民族故事片的最初尝试是由1913年第一部故事短片_____开始的。
5. 第二代导演的代表人物有_____、_____、_____。
6. 电影《渔光曲》的导演是_____。
7. 《一江春水向东流》的导演是_____。

8.费穆 1948 年执导的影片《小城之春》开启了中国诗化电影的先河,后来当代导演_____重拍了这部电影。

9.中国影片《大路》的导演是被称为"电影诗人"的_____。

10.20 世纪 40 年代,将张爱玲的小说《太太万岁》搬上银幕的是导演_____。

参考答案

1.1905 谭鑫培 2.任景丰 丰泰照相馆 3.郑正秋 张石川 4.《难夫难妻》 5.蔡楚生 孙瑜 郑君里 6.蔡楚生 7.蔡楚生、郑君里 8.田壮壮 9.孙瑜 10.桑弧

补充考点

在郑正秋 1933 年执导的影片《姊妹花》中,著名影星胡蝶一人分饰双胞胎姐妹两角。

蔡楚生执导的电影《渔光曲》荣获 1935 年莫斯科国际电影节"荣誉奖",这是中国电影史上第一部在国际上获奖的影片。

费穆执导的电影《生死恨》拍摄于 1947 年,由著名京剧表演艺术家梅兰芳主演,是我国第一部彩色戏曲片。

题组六十三

1."十七年"电影是指_____年到_____年的电影。

2.20 世纪 40 年代,万氏兄弟创作了中国第一部长动画片_____。

3.1949 年王滨导演的_____是新中国成立后摄制的第一部故事片,也是第一次在银幕上塑造中国_____阶级的崇高形象。

4.1956 年木偶片_____获得第八届国际儿童影片节儿童娱乐片一等奖,这是中国美术片首次在国际上获奖。

5.《芙蓉镇》的导演是_____。

6.饰演影片《芙蓉镇》男女主角的演员分别是_____、_____。

7.谢晋的"'文革'反思三部曲"是指_____、_____和_____。

8.电影《红色娘子军》的导演是_____。

9.当代著名作家鲁彦周的著名作品《天云山传奇》被改编成同名电影,这部电影的导演是_____。

10.谢晋导演的电影《女篮 5 号》属于_____题材的电影。

参考答案

1.1949 1966 2.《铁扇公主》 3.《桥》 工人 4.《神笔》 5.谢晋 6.姜文 刘晓庆 7.《天云山传奇》《牧马人》《芙蓉镇》 8.谢晋 9.谢晋 10.体育

补充考点

第三代导演是指新中国成立后走上影坛的导演,多活跃在20世纪五六十年代。这代导演在表现生活的本质上遵循现实主义原则,代表人物有谢晋、谢铁骊、凌子风、水华、崔嵬、李俊等。

题组六十四

1.影片《早春二月》的导演是_____。

2.《林家铺子》的导演是_____,编剧是_____。

3.电影《青春之歌》《小兵张嘎》的导演是_____。

4.1963年,李俊导演的_____是第一部反映新中国成立前西藏人民苦难生活的影片,获菲律宾马尼拉国际电影节金鹰奖。

5.中国第_____代导演提出"中国电影要'丢掉戏剧的拐杖'"。

6.影片_____在1982年马尼拉国际电影节获得最佳影片奖,该片是根据我国台湾女作家林海音同名小说改编的,导演是_____。

7.电影《城南旧事》的主题歌是_____。

8.影片《老井》的导演是_____。

9.谢飞导演的作品_____获得1993年柏林电影节的_____熊奖,2001年,拍摄电视剧_____。

10.电影《黑骏马》《本命年》的导演是_____。

参考答案

1.谢铁骊 2.水华 夏衍 3.崔嵬 4.《农奴》 5.四 6.《城南旧事》 吴贻弓 7.《送别》 8.吴天明 9.《香魂女》 金 《日出》 10.谢飞

补充考点

第四代导演大多毕业于"文革"前的北京电影学院,他们倡导电影的纪实性,追求质朴自然的风格和开放式的结构,代表人物有吴贻弓、吴天明、谢飞、黄建中、黄蜀芹、郑洞天等。

题组六十五

1.试列举出中国电影第五代导演中的三位及他们的代表作:_____、_____、_____。

2.第五代导演的主要代表人物有_____、_____、_____、_____、_____。

3.《一个和八个》的导演是_____,由_____担任摄影,是第五代导演的领军之作。

4.张军钊的_____是第五代电影之先作,与此同时,陈凯歌的_____也是一部重要影片。

5.影片《大阅兵》的导演是_____。

6.《赵氏孤儿》的导演是_____。

7.《霸王别姬》改编自_____的同名小说。

8.获得1993年第46届法国戛纳电影节金棕榈奖的作品是_____。

9.陈凯歌导演的代表作_____获得了奥斯卡最佳外语片提名。

10.张艺谋在《黄土地》中担任_____。

参考答案

1.张艺谋的《红高粱》 陈凯歌的《黄土地》 田壮壮的《盗马贼》 2.陈凯歌 张艺谋 吴子牛 田壮壮 黄建新 3.张军钊 张艺谋 4.《一个和八个》《黄土地》 5.陈凯歌 6.陈凯歌 7.李碧华 8.《霸王别姬》 9.《霸王别姬》 10.摄影

补充考点

陈凯歌的主要作品有《黄土地》《霸王别姬》《大阅兵》《孩子王》《边走边唱》《和你在一起》《百花深处》《无极》《梅兰芳》《赵氏孤儿》《搜索》等。

题组六十六

1.张艺谋导演的处女作是_____,该影片曾获得柏林电影节金熊奖。

2.影片《活着》《大红灯笼高高挂》的导演是_____。

3.张艺谋执导的电影_____曾获得第49届威尼斯电影节金狮奖。

4.张艺谋作品《英雄》的叙事模式借鉴了_____的_____。

5.《满城尽带黄金甲》是_____改编自_____的戏剧作品_____。

6.2014年上映的电影《归来》获得了广泛的关注,这部电影的导演是_____。

7.《红高粱》中扮演"我爷爷"的是_____。

8.杨天青是张艺谋的电影_____中的主角。

9.电影《秋菊打官司》改编自陈源斌的小说_____。

10.张艺谋的电影_____表现了对纯粹爱情的追求。

参考答案

1.《红高粱》 2.张艺谋 3.《秋菊打官司》 4.黑泽明《罗生门》 5.张艺谋 曹禺《雷雨》 6.张艺谋 7.姜文 8.《菊豆》 9.《万家诉讼》 10.《山楂树之恋》

补充考点

张艺谋的主要作品有《红高粱》《代号美洲豹》《菊豆》《大红灯笼高高挂》《秋菊打官司》《活着》《一个都不能少》《我的父亲母亲》《英雄》《幸福时光》《十面埋伏》《满城尽带黄金甲》《三枪拍案惊奇》《山楂树之恋》《金陵十三钗》《归来》等。

☞ **题组六十七**

1.2014年央视春晚的导演是_____,其代表作品有_____、_____等。

2.冯小刚的第一部贺岁片是_____。

3.《非诚勿扰》《不见不散》《一声叹息》是_____的作品,他开创了中国贺岁片的辉煌。

4.电影《一九四二》的导演是_____,该影片改编自著名作家_____的《温故一九四二》。

5.冯小刚的电影《夜宴》是根据莎士比亚名著_____改编的。

6.冯小刚的电影《手机》是根据_____的同名小说改编的。

7.电影《集结号》的导演是_____。

8.著名导演冯小刚拍摄过一部非常著名的电视剧_____。

9.电影《猎场扎撒》的导演是_____。

10.《建国大业》的导演是_____和韩三平。

参考答案

1.冯小刚《天下无贼》《唐山大地震》 2.《甲方乙方》 3.冯小刚 4.冯小刚 刘震云 5.《哈姆雷特》 6.刘震云 7.冯小刚 8.《北京人在纽约》 9.田壮壮 10.黄建新

补充考点

冯小刚是中国著名电影导演,有"贺岁片之父"的美誉,其主要作品有《甲方乙方》《不见不散》《大腕》《手机》《天下无贼》《一声叹息》《夜宴》《集结号》《唐山大地震》《非诚勿扰》《一九四二》《私人订制》等。

题组六十八

1.影片《阳光灿烂的日子》的导演是_____。
2.《阳光灿烂的日子》改编自_____的小说《动物凶猛》。
3.影片_____让夏雨获得威尼斯电影节影帝。
4.根据关键词写出电影名字：马大三、日本鬼子、挂甲台、姜文。_____
5.主演过《寻枪》《让子弹飞》《北京人在纽约》的我国著名男演员是_____。
6.《寻枪》《可可西里》是导演_____的作品。
7.王小帅、路学长、娄烨、张元、章明被称为中国第_____代导演。
8.《十七岁的单车》《青红》《左右》的导演是_____。
9.《落叶归根》的导演是_____。
10.电影《疯狂的石头》《黄金大劫案》《无人区》的导演是_____。

参考答案

1.姜文 2.王朔 3.《阳光灿烂的日子》 4.《鬼子来了》 5.姜文 6.陆川 7.六 8.王小帅 9.张扬 10.宁浩

补充考点

姜文主演的作品有<u>《芙蓉镇》《红高粱》《寻枪》《有话好好说》《末代皇帝》《大太监李莲英》</u>等；其导演的作品有<u>《阳光灿烂的日子》《鬼子来了》《太阳照常升起》《让子弹飞》《一步之遥》</u>等。

姜文导演的电影《让子弹飞》改编自作家<u>马识图</u>的<u>《夜谭十记·盗官记》</u>，电影的配乐是由<u>久石让</u>作曲。

题组六十九

1.担任《红高粱》《霸王别姬》摄影的是_____。
2.《北京杂种》《看上去很美》的导演是_____。
3.贾樟柯的"家乡三部曲"分别是《小武》《站台》_____。
4.2006年贾樟柯凭借_____获得威尼斯电影节金狮奖。
5.电影《任逍遥》的导演是_____。
6.电影《春风沉醉的夜晚》的导演是_____。
7.2014年11月22日，导演_____的《推拿》在第51届中国台湾电影金马奖上获得最佳剧情片、最佳新演员等六项奖项。
8.电影《斗牛》的导演是_____，主演是黄渤、闫妮。
9.《厨子·戏子·痞子》的导演是_____。

10.徐峥自导自演的电影是_____。

参考答案

1.顾长卫　2.张元　3.《任逍遥》　4.《三峡好人》　5.贾樟柯　6.娄烨　7.娄烨　8.管虎　9.管虎　10.《人在囧途之泰囧》

补充考点

顾长卫是中国著名电影摄影师、导演,有"中国第一摄影师"的美称,其主要摄影作品有《孩子王》《红高粱》《霸王别姬》《阳光灿烂的日子》《菊豆》《兰陵王》等,其导演的作品有《孔雀》《立春》《最爱》等。

题组七十

1.李安的"父亲三部曲"是_____、_____、_____。
2.第一部获得奥斯卡最佳外语片奖的华语电影是_____。
3.电影《卧虎藏龙》的导演是_____。
4.2007年,李安执导的_____获得第64届意大利威尼斯国际电影节金狮奖。
5.电影《色·戒》是根据_____的小说改编的,男女主角的扮演者分别是_____和_____。
6.电影《少年派的奇幻漂流》的导演是_____。
7.中国台湾电影《悲情城市》的导演是_____。
8.侯孝贤因电影_____荣获第68届戛纳电影节最佳导演奖。
9.电影《牯岭街少年杀人事件》的导演是_____。
10.成名于20世纪90年代的中国台湾著名导演_____,代表作有《天边一朵云》《爱情万岁》。

参考答案

1.《推手》《喜宴》《饮食男女》　2.《卧虎藏龙》　3.李安　4.《色·戒》　5.张爱玲 梁朝伟 汤唯　6.李安　7.侯孝贤　8.《刺客聂隐娘》　9.杨德昌　10.蔡明亮

补充考点

李安是第一位获得奥斯卡奖的华人导演。

题组七十一

1.电影《黄金时代》的导演是_____,讲述了传奇女作家_____的一生。

2.张爱玲小说《十八春》由中国香港导演许鞍华执导成电影_____。

3.以中国香港导演_____为代表的"暴力美学"深受好莱坞的推崇,现在已成为好莱坞著名的动作片导演。

4.电影《英雄本色》《变脸》的导演是_____。

5.2014年以"拐卖儿童"为题材的电影《亲爱的》的导演是_____。

6.拍摄电影《东邪西毒》《2046》《重庆森林》《花样年华》的导演是_____。

7.台词"如果有多一张船票,你会不会跟我一起走"出自电影_____。

8.电影《龙门飞甲》《七剑》的导演是_____。

9.《智取威虎山》是_____导演的作品,是由"文革"时期_____《智取威虎山》改编的。

10.刁亦男导演的影片_____获得了第64届柏林电影节最佳影片金熊奖。

参考答案

1.许鞍华 萧红 2.《半生缘》 3.吴宇森 4.吴宇森 5.陈可辛 6.王家卫 7.《花样年华》 8.徐克 9.徐克 革命样板戏 10.《白日焰火》

补充考点

吴宇森是中国香港著名电影编剧、导演,被誉为"暴力美学大师"。

徐克是中国香港著名电影导演,他导演并监制了"黄飞鸿"系列、"英雄本色"系列、"笑傲江湖"系列和"倩女幽魂"系列。

题组七十二

1._____在1895年12月28日将拍摄的《火车进站》《工厂的大门》等作品在"大咖啡馆"地下室公开放映,解决了该艺术的基本技术——让图片变活,也标志着_____的诞生。

2.电影第一次放映是在_____国。

3.世界上第一次公开放映电影是1895年,第一部影片是_____。

4.第一部科学幻想片《月球旅行记》的导演是_____。

5.让摄像头不再固定的电影大师是_____。

6.梅里爱在蒙特利尔建立了世界上第一个摄影棚,到_____年被迫退出影坛,但是作为一代宗师,他创造的_____成为迄今为止电影史上两大传统之一。

7.世界电影两大奠基者是_____和梅里爱。

8._____于1915年执导拍摄《一个国家的诞生》,这标志着电影艺术的最终形成。

9."最后一分钟营救"出自电影_____。

10.格里菲斯对电影艺术划时代的贡献集中体现在_____和《党同伐异》这两部巨片中。

参考答案

1.卢米埃尔兄弟 电影 2.法 3.《火车进站》 4.梅里爱 5.梅里爱 6.1913 戏剧式电影 7.格里菲斯 8.格里菲斯 9.《党同伐异》 10.《一个国家的诞生》

补充考点

卢米埃尔兄弟是路易·卢米埃尔和奥古斯特·卢米埃尔的合称,他们是法国电影发明家、电影导演,被誉为"电影之父"。

格里菲斯是美国著名电影导演,有"美国电影之父"的美誉。

☞ **题组七十三**

1._____是世界著名电影大师,他导演的《战舰波将金号》至今堪称经典,他与电影大师普多夫金、库里肖夫奠定了电影_____的系统理论。

2.电影《战舰波将金号》中的场面_____运用蒙太奇手法是电影史上的经典范例。

3._____被人们誉为"有史以来最伟大的默片",是一部颂扬俄国革命中水兵起义的作品。

4.苏联电影《母亲》的导演是_____。

5.电影眼睛派是苏联纪录电影大师_____在20世纪20年代初提出并付诸实践的理论。

6.电影《红》《白》《蓝》的导演是_____。

7.《野草莓》是瑞典电影大师_____的经典剧作。

8."纪录电影之父"是_____。

9.弗拉哈迪的_____被誉为世界上第一部纪录片。

10.早期写实电影的重要代表人物是_____国的弗拉哈迪和英国的格里尔逊。

参考答案

1.爱森斯坦 蒙太奇 2.敖德萨阶梯 3.《战舰波将金号》 4.普多夫金 5.吉加·维尔托夫 6.基耶斯洛夫斯基 7.伯格曼 8.弗拉哈迪 9.《北方的纳努克》 10.美

补充考点

爱森斯坦是苏联电影导演、电影艺术理论家,对蒙太奇理论具有卓越贡献,被认为是"苏联蒙太奇学派"的代表人物。

题组七十四

1. 美国喜剧电影《大独裁者》的导演是_____。
2. 电影《大独裁者》讽刺的是_____（历史人物）。
3. 查理·卓别林的第一部有声片是_____。
4. 卓别林的代表影片有_____、_____、_____。
5. 《凡尔杜先生》《寻子遇仙记》是_____的代表作品。
6. 电影史上被称为"悬疑大师"是_____。
7. 希区柯克的代表作品有《蝴蝶梦》、_____、_____。
8. 希区柯克在电影中善于运用_____手法。
9. 电影《精神病患者》的导演是_____。
10. 希区柯克出生于_____国,是好莱坞著名的电影导演。

参考答案

1.卓别林　2.希特勒　3.《大独裁者》　4.《淘金记》《城市之光》《摩登时代》　5.卓别林　6.希区柯克　7.《后窗》《西北偏北》　8.悬念　9.希区柯克　10.英

补充考点

卓别林出生于英国,是美国电影史上最杰出的喜剧演员、导演,他塑造的头戴圆顶礼帽、手持手杖、足蹬大皮靴、走路像鸭子的流浪汉形象深入人心。

题组七十五

1. 好莱坞的两大制度是_____、明星制度。
2. 美国富有特色的类型电影"_____"是好莱坞特有的一种影片类型。
3. 约翰·福特被誉为"西部片大师",其导演的_____被称为"好莱坞叙事的典范"。
4. 最早获得奥斯卡最佳影片的彩色电影是_____。
5. 电影发展史上的第一次重大变革是电影从无声到有声,代表作品是1927年美国影片_____。
6. 美国电影_____是现代电影的里程碑。
7. 《公民凯恩》是_____自编、自导、自演的成名代表作,是美国和世界电影发展史上的里程碑。
8. 电影《教父》的导演是_____。
9. 《辛德勒名单》《拯救大兵瑞恩》是_____导演的作品。
10. 电影《侏罗纪公园》《战马》的导演是_____。

参考答案

1.制片人制度 2.西部片 3.《关山飞渡》 4.《乱世佳人》 5.《爵士歌王》 6.《公民凯恩》 7.奥逊·威尔斯 8.科波拉 9.斯皮尔伯格 10.斯皮尔伯格

补充考点

西部片又称为"牛仔片",是以美国西部开发为故事背景,反映拓荒者的生活,被认为是最能代表美国人的民族性格和精神倾向的一类影片。

题组七十六

1.电影史上第一部评论杂志《电影手册》是_____创办的。
2.法国电影理论家安德烈·巴赞的主要论著收入论文集_____。
3.法国新浪潮电影运动的精神之父是_____。
4.新浪潮电影运动的发起地是_____。
5.法国电影导演阿仑·雷乃的代表作是_____。
6.电影《广岛之恋》的编剧是_____。
7.《广岛之恋》被称为是法国电影_____的代表作。
8.电影《四百击》的导演是_____。
9.电影《筋疲力尽》的导演是_____。
10._____是新浪潮电影的重要流派,以"作者电影"理论为指导。

参考答案

1.巴赞 2.《电影是什么?》 3.巴赞 4.法国 5.《广岛之恋》 6.玛格丽特·杜拉斯 7.新浪潮 8.特吕弗 9.戈达尔 10.左岸派

补充考点

法国新浪潮电影运动兴起于20世纪50年代末60年代初的法国,其电影美学观念有:一是反对好莱坞的制片人中心制,提出导演中心制;二是确立了电影个人风格的地位;三是革新了电影语言和电影形式。

题组七十七

1.意大利新现实主义作为第二次世界大战之后在意大利兴起的电影运动,主张以冷静的写实手法呈现中下层人民的生活,其开篇之作是_____。

2.电影《罗马,不设防的城市》的导演是_____。

3.电影《偷自行车的人》是20世纪40年代_____运动的代表性作品。

4.电影《偷自行车的人》的导演是_____。

5.荣获第71届奥斯卡最佳外语片奖的意大利电影《美丽人生》的导演是_____。

6."新德国电影运动"的代表人物施隆多夫的代表作品是_____。

7.新德国电影四杰是_____、_____、赫尔措格、文德斯。

8.《一条安达鲁狗》的导演是_____。

9.导演过《樱桃的滋味》等影片的阿巴斯是_____(国籍)的艺术家。

10.电影《青木瓜之味》是越南导演_____的代表作。

参考答案

1.《罗马,不设防的城市》 2.罗西里尼 3.意大利新现实主义电影 4.德·西卡 5.罗伯托·贝尼尼 6.《铁皮鼓》 7.施隆多夫 法斯宾德 8.布努埃尔 9.伊朗 10.陈英雄

补充考点

意大利新现实主义的特点是注重反映本国当代社会生活现实、尽量使用非职业演员、拍摄方法上注重真实感等。

阿巴斯的主要作品有《樱桃的滋味》《橄榄树下的情人》《哪里是我朋友的家》《生活在继续》等。

题组七十八

1.日本电影《罗生门》的导演是_____。

2.日本著名导演黑泽明的代表作品包括_____、_____、《蜘蛛巢城》、《大镖客》和《天国与地狱》等。

3.日本电影《七武士》《影子武士》的导演是_____。

4._____与黑泽明一起被称为黑泽明黄金时代的日本导演。

5.史蒂文·斯皮尔伯格称日本导演_____为"电影界的莎士比亚"。

6.日本动画大师_____的复出之作《千与千寻》获得了2001年柏林电影节金熊奖。

7.《天空之城》《龙猫》等优秀动画片的导演是动画大师_____。

8.日本动画大师宫崎骏2013年的收官之作是_____。

9.电影《四月物语》的导演是_____。

10.电影《雨月物语》的导演是_____。

参考答案

1.黑泽明 2.《罗生门》《姿三四郎》 3.黑泽明 4.三船敏郎 5.黑泽明 6.宫崎骏 7.宫崎骏 8.《起风了》 9.岩井俊二 10.沟口健二

补充考点

宫崎骏是日本著名动画导演,被迪士尼称为"动画界的黑泽明"。2014年,宫崎骏荣获第87届奥斯卡金像奖终身成就奖。

题组七十九

1.《泰坦尼克号》《阿凡达》的导演_____被称为"世界票房之王"。

2.宝莱坞所在的国家是_____。

3.由《大众电影》杂志创办的中国电影奖项是_____,由中国电影家协会创办的中国电影奖项是_____,"政府优秀影片奖"指的是_____,由《大众电影》杂志牵头的中国电视奖是_____。

4.中国电影金鸡奖、中国香港电影_____奖、中国台湾电影_____奖,被称为华语电影最高成就的三大奖。

5.我国电影界的三大奖项分别是金鸡奖、_____、_____。

6.欧洲三大国际电影节为_____、_____、_____。

7.世界上最早的电影节是_____,其最高奖项的名称是_____。

8.柏林国际电影节的最高奖项是_____。

9.法国戛纳电影节的最高奖项是_____。

10.美国洛杉矶近郊的_____被称为电影之都,_____是最具权威、最有影响力的电影奖项之一。

参考答案

1.詹姆斯·卡梅隆 2.印度 3.大众电影百花奖 金鸡奖 华表奖 金鹰奖 4.金像奖 金马奖 5.百花奖 华表奖 6.威尼斯国际电影节 戛纳国际电影节 柏林国际电影节 7.威尼斯国际电影节 金狮奖 8.金熊奖 9.金棕榈奖 10.好莱坞 奥斯卡金像奖

补充考点

奥斯卡奖全称是"电影艺术与科学学院奖",1928年设立,每年一次在美国的好莱坞举行,奖项被概括为"奥斯卡金像奖",现已成为世界上最有影响力的电影奖项之一。

题组八十

1. ＿＿＿＿年11月2日,美国匹斯堡的KDKA广播电台正式开播,它被公认为世界上第一座广播电台。

2. 中国境内最早的广播电台是1923年1月23日美国人奥斯邦在＿＿＿＿开办的。

3. 中国人自办的第一座广播电台是＿＿＿＿。

4. 1922年英国建立＿＿＿＿,开始广播节目。

5. 电视之父＿＿＿＿于1925年4月研制出第一台电视机。

6. 世界上第一家电视台是1936年＿＿＿＿国的＿＿＿＿电视台。

7. 1954年,美国全国广播公司也称＿＿＿＿,正式播送彩色电视节目。

8. 欧美著名的广播电视传媒集团包括英国广播公司、美国的全国广播公司、美国广播公司和＿＿＿＿。

9. 我国的电视事业发端于＿＿＿＿年。

10. ＿＿＿＿电视台是新中国第一家电视台。

参考答案

1.1920　2.上海　3.哈尔滨广播电台　4.英国广播公司(BBC)　5.贝尔德　6.英国广播公司(BBC)　7.NBC　8.哥伦比亚广播公司　9.1958　10.北京

补充考点

1906年12月25日,美国人费登森用无线电广播圣诞歌曲成功,被认为是广播的诞生。

美国三大广播公司的简称分别是:全国广播公司—NBC、哥伦比亚广播公司—CBS、美国广播公司—ABC。

题组八十一

1. 电视播音的三种形式是直播、转播和＿＿＿＿。

2. 电视节目的主要类型有新闻、文艺、社教、＿＿＿＿等类别。

3. 我国于1958拍摄的第一部电视剧为＿＿＿＿。

4. 1991年拍摄的25集电视系列喜剧＿＿＿＿,以其独特的幽默喜剧风格填补了我国长篇电视系列喜剧品种的空白。

5. 20世纪80年代中国万人空巷观看的电视连续剧是＿＿＿＿。

6. 我国第一条广告播出是在＿＿＿＿电视台。

7. 1981年春节播放的第一部电视连续剧是＿＿＿＿。

8. ＿＿＿＿年,中央电视台制作推出了春节联欢晚会。春晚一经推出,令全国人民耳目一新,受到普遍的欢迎和称赞。

9.中国春节联欢晚会在法国_____国际电视节期间被认定为"全球收看人数最多的晚会",荣获吉尼斯世界纪录证书。

10._____被公认为中国电视史上第一个固定栏目的节目主持人。

参考答案

1.录播 2.服务 3.《一口菜饼子》 4.《编辑部的故事》 5.《渴望》 6.上海 7.《敌营十八年》 8.1983 9.戛纳 10.沈力

补充考点

1958年5月1日,北京电视台播出电视节目,标志着我国电视事业的诞生,1978年5月1日,北京电视台改为中央电视台(CCTV),成为国家电视台。

题组八十二

1.中央电视台的第4频道是_____频道,第8频道是_____频道。

2.中央电视台纪录频道位于中央_____台。

3.《探索·发现》是央视第_____频道的大型人文历史与自然地理类的纪录片栏目。

4.中国第一个电影频道_____是1995年11月开播的。

5.以"时事追踪报道,新闻背景分析,社会热点透视,大众话题评说"作为节目定位的电视栏目是_____。

6.中央电视台播出的美食纪录片_____,让观众通过领略中华饮食之美,感知中国文化传统和社会变迁。

7.数字时代键盘书写日益普遍,国人汉字手写能力逐步下降,针对这种状况,中央电视台特别推出了以"书写的文明传递,民族的未雨绸缪"为主旨的_____节目,河南卫视打造的_____节目也旨在为青少年打造展示汉字水平和个性的舞台。

8.综艺节目《开门大吉》是由_____主持的。

9.《中国好声音》节目源自哪个国家?_____。

10.电视剧方面的重要奖项有_____和_____。

参考答案

1.中文国际 电视剧 2.9 3.10 4.中央电视台电影频道(CCTV-6) 5.《焦点访谈》 6.《舌尖上的中国》 7.《中国汉字听写大会》《汉字英雄》 8.尼格买提 9.荷兰 10.飞天奖 金鹰奖

补充考点

中央电视台的主要频道有 CCTV-1 综合频道;CCTV-2 经济频道;CCTV-3 综艺频道;CCTV-4 中文国际频道;CCTV-5 体育频道;CCTV-6 电影频道;CCTV-7 军事·农业频道;CCTV-8 电视剧频道;CCTV-9 纪录频道;CCTV-10 科学教育频道;CCTV-11 戏曲频道;CCTV-12 社会与法频道等。

题组八十三

1. 中国画最基本的技法是用笔和_____。
2. 中国画主要技法有工笔、_____和_____。
3. 工笔技法出自_____画,被分为_____、描、_____、染。
4. 中国绘画的三大题材是人物画、山水画和_____画。
5. 中国人物画按题材可分为道释画、肖像画、_____画三种。
6. 我国传统山水画的透视处理法"三远"是指高远、深远、_____。
7. 我国的三大国粹是_____、_____、_____。
8. 世界三大宗教是佛教、_____、基督教。
9. 中国传统的"四君子"形象是_____、_____、_____、_____。
10. 雕塑分为_____雕和_____雕。

参考答案

1.用墨 2.写意 工兼写 3.中国 勾晕 4.花鸟 5.风俗 6.平远 7.国画 京剧 中医 8.伊斯兰教 9.梅 兰 竹 菊 10.圆 浮

补充考点

世界三大宗教中,佛教建筑包括佛寺、佛塔和石窟,基督教建筑主要是教堂,伊斯兰教代表建筑为清真寺。

题组八十四

1. 青铜器中最著名的大鼎是_____。
2. 中国现存最早的绘画是长沙两处楚墓出土的《人物御龙图》和_____。
3. "千年礼乐归东鲁,万古衣冠拜素王",山东曲阜的孔府、_____、孔林统称"三孔",是中国历代纪念孔子、推崇儒学的表征,被世人尊崇为世界三大圣城之一。
4. 被誉为世界"第八大奇迹"的秦兵马俑出土于陕西省_____。

5.中国画史上最早运用"传神"评价美术现象的是东晋画家_____。

6.东晋的_____一生创作的画很多,代表作有_____。

7.《女史箴图》的作者是_____。

8.《韩熙载夜宴图》是由_____创作的。

9.理论著作《笔法记》的作者是_____。

10._____是一位技艺全面的画家,其主要作品是《写生珍禽图》。

参考答案

1.司母戊鼎　2.《人物龙凤图》　3.孔庙　4.西安市临潼区　5.顾恺之　6.顾恺之 《洛神赋图》　7.顾恺之　8.顾闳中　9.荆浩　10.黄筌

补充考点

顾闳中是五代南唐画家,其作品《韩熙载夜宴图》以长卷形式分为夜宴、观舞、休息、演乐、宾客酬应等五个场面,刻画了失意官僚的矛盾心理和腐朽的生活面貌。

题组八十五

1.唐代画家_____被民间奉为"画圣",民间画工尊称为"祖师"。

2.《天王送子图》是_____的作品之一,他笔下的人物神情生动逼真,衣带飘飘若飞,人们称之为"_____"。

3.吴道子的创作成就表现在_____画上。他在巨大的画幅中以高度的想象力,创造出富有运动感和_____的人物鬼神形象,在中国绘画史上具有深远影响。

4."曹衣出水,吴带当风"中的"曹"指的是_____,"吴"指的是_____。

5.后人把_____与张僧繇并成为"疏体",以别于顾恺之、陆探微的"密体"。

6.描绘唐太宗接见吐蕃松赞干布使者和亲的_____是阎立本的作品。

7.阎立本的代表作品有_____、_____、_____。

8.唐代画家_____的《五牛图》,是中国十大传世名画之一。画中的五头牛从左至右一字排开,各具状貌,姿态互异。

9.唐代画家周昉的代表作品是_____。

10._____是一种盛行于唐代的陶器,以黄、褐、绿为基本釉色。

参考答案

1.吴道子　2.吴道子 吴带当风　3.山水 节奏感　4.曹仲达 吴道子　5.吴道子　6.《步辇图》　7.《步辇图》《历代帝王图》《职贡图》　8.韩滉　9.《簪花仕女图》　10.唐三彩

补充考点

唐代的韩干、曹霸擅长画马,韩滉擅长画牛,张萱、周昉擅长画仕女。

唐三彩是一种低温铅釉陶器,盛行于唐代。

题组八十六

1.《清明上河图》的作者是_____。
2.《清明上河图》是什么类型的画?_____。
3.文同收录在台北故宫博物院的作品是_____。
4.宋代画家范宽的_____是宋代绘画的"第一神品"。
5.南宋画家马远在创作中常用边角式构图,被称为"_____"。
6.《鹊华秋色图》描写的是济南风光,由元代书画家_____所绘。
7.明末著名画家_____提出了"南北宗"论。
8.董其昌将_____定为南宗始祖。
9.清末三大画家是指_____、_____、_____。
10."清初四王"分别是指_____、_____、_____、_____。

参考答案

1.张择端 2.风俗画 3.《墨竹图》 4.《溪山行旅图》 5.马一角 6.赵孟頫 7.董其昌 8.王维 9.任伯年 吴昌硕 赵之谦 10.王时敏 王鉴 王翚 王原祁

 补充考点

张择端的《清明上河图》以全景式构图、严谨精细的笔法展示出北宋都城汴梁市民的生活状况和汴河上店铺林立、市民熙来攘往的热闹场面。

北宋时期的文同擅长画竹,有"墨竹大师"之称。

马远的创作在章法上取舍剪裁,描绘山之一角、水之一涯的局部,人称"马一角";夏圭的作品剪裁大胆,突破全景式构图而画边角之景,人称"夏半边"。

题组八十七

1."扬州八怪"分别是_____、_____、_____、_____、_____、_____、_____。
2."扬州八怪"中擅长画竹子的画家是_____。
3.郑板桥描述的从"眼中之竹"到"_____",再到"_____",形象地阐释了艺术创作的过程。

4.被称为"南北二石"的画家是_____和_____。

5.齐白石的绘画风格主张是_____。

6.提出"万虫传神,百兽写照",代表作有《墨虾》等作品的近代国画大师是_____。

7.齐白石的_____,徐悲鸿的_____,李可染的牛和黄胄的驴,并称为20世纪"中国水墨四绝"。

8._____是以简练的手法直接表露事物的本质、特征的绘画,不受时间、空间等条件限制,习惯用比喻、夸张、象征等手法和形式。

9.漫画家_____因创作的三毛形象声名远扬,被誉为"三毛之父"。

10.漫画《三毛流浪记》的作者是_____。

参考答案

1.金农 郑燮 高翔 汪士慎 李鱓 黄慎 李方膺 罗聘 2.郑燮(郑板桥) 3.胸中之竹 手中之竹 4.齐白石 傅抱石 5.妙在似与不似之间 6.齐白石 7.虾 马 8.漫画 9.张乐平 10.张乐平

补充考点

齐白石长于画虾、白菜、荷花等花鸟题材,并被授予"人民艺术家"称号。

题组八十八

1.文房四宝指的是_____、_____、_____、_____。

2.五种中国书法书体是_____、_____、行、草、楷。

3.王羲之的_____有"天下第一行书"的美誉。

4.中国古代一些文字巨匠被冠以"圣"的美誉。其中,"书圣"是指_____。

5.中国东晋书法家_____与其子_____的书法俱佳,世人合称二人为"二王"。

6.《快雪时晴帖》是_____的书法作品。

7.唐代的"草圣"是指_____。

8."颜筋柳骨"是指_____和_____的书法。

9.唐代的书法家_____开创了"颜体",代表作品为楷书《多宝塔碑》、《麻姑仙坛记》。

10.《九成宫醴泉铭》是_____的代表作。

参考答案

1.笔 墨 纸 砚 2.篆 隶 3.《兰亭集序》 4.王羲之 5.王羲之 王献之 6.王羲之

7.张旭　8.颜真卿 柳公权　9.颜真卿　10.欧阳询

补充考点

在唐代有两位书法大家,均以草书著称于世,一位生性嗜酒,颜真卿曾向其请教草书笔法,此人是张旭,另一位曾将弃笔埋于山下,号称"笔冢",也曾以蕉叶做纸练习书法,此人是怀素,二人有"颠张狂素"之称。

颜真卿的行书《祭侄文稿》被称为"天下第二行书"。

题组八十九

1.书法史上论及宋代书法,素有"苏、黄、米、蔡"四大家之称,其中"黄"是指_____,"米"是指_____。

2.中国古代书法史上著名的"楷书四大家"是唐代的颜真卿、柳公权、欧阳询和元代的_____。

3.元代著名书画家_____强调书画同源,其传世画作_____现存北京故宫博物院。

4.中国古代"四大发明"是指_____、_____、_____、_____。

5.中国四大石窟包括敦煌莫高窟、大同云冈窟、洛阳龙门石窟、天水_____石窟。

6.我国著名的四大年画产地是天津_____、潍坊_____、苏州_____和四川绵竹。

7.中国四大名绣是_____、_____、_____、_____。

8.享有"闭月羞花之貌,沉鱼落雁之容"的中国古代四大美女是貂蝉、_____、王昭君和_____。

9.中国佛教四大名山分别是_____、_____、_____、_____。

10.宋代四大书院分别是岳麓书院、_____、_____、_____。

参考答案

1.黄庭坚 米芾　2.赵孟頫　3.赵孟頫《秋郊饮马图》　4.指南针 造纸术 火药 印刷术　5.麦积山　6.杨柳青 杨家埠 桃花坞　7.苏绣 湘绣 粤绣 蜀绣　8.西施 杨贵妃　9.五台山 普陀山 峨眉山 九华山　10.白鹿洞书院 嵩阳书院 应天书院

补充考点

"宋四家"分别是指苏轼、黄庭坚、米芾、蔡襄。苏轼是"宋四家"之首,黄庭坚除了是宋四家之外,还是江西诗派的开山之祖。

题组九十

1. 《掷铁饼者》的作者是_____。
2. "文艺复兴"中有"前后三杰"的说法,"前三杰"也称"_____",包括_____、_____、_____;"后三杰"也称"_____",包括_____、_____、_____。
3. 绘画作品《最后的晚餐》的作者是_____。
4. 《西斯廷圣母》的作者是_____。
5. 雕塑《大卫》的作者是_____。
6. 米开朗基罗除了是画家、雕塑家,还有_____的身份。
7. 绘画作品《泉》的作者是_____国的_____。
8. "米勒三部曲"分别是_____、_____、_____。
9. 雕塑作品《地狱之门》的作者是_____。
10. 创作《巴尔扎克》的雕塑家是_____。

参考答案

1. 米隆　2. 文坛三杰　但丁　彼特拉克　薄伽丘　美术三杰　达·芬奇　米开朗基罗　拉斐尔　3. 达·芬奇　4. 拉斐尔　5. 米开朗基罗　6. 建筑师　7. 法　安格尔　8.《播种者》《拾穗者》《晚钟》　9. 罗丹　10. 罗丹

补充考点

达达主义及超现实主义的代表人物法国画家杜尚,也有一件大胆挑战传统文明的作品《泉》。

题组九十一

1. 莫奈是_____画派的画家,其代表作品是_____。
2. 画家高更是_____国人。
3. 画作《向日葵》《星月夜》的作者是_____。
4. 马蒂斯属于_____画派,其代表作品是_____。
5. 抽象表现派代表人物是_____。
6. 毕加索于1907年创作的_____是第一幅被认为有立体主义倾向的作品。
7. 表现西班牙内战的著名壁画《格尔尼卡》的作者是_____。
8. 批判现实主义杰作《伏尔加河上的纤夫》的创作者是_____。
9. _____是印度知名度最高的古迹之一,是莫卧儿王朝第五代皇帝沙贾汗所建。
10. _____被称为"印度的珍珠",是世界新七大奇迹之一。

参考答案

1.印象 《日出·印象》 2.法 3.凡·高 4.野兽 《舞蹈》 5.康定斯基 6.《亚威农少女》 7.毕加索 8.列宾 9.泰姬陵 10.泰姬陵

 补充考点

莫奈有"印象派之父"之称,他的创作以视觉经验为主要出发点,画的内容和题材让位于光和大气氛围的展现。

☞ 题组九十二

1.音乐的题材主要有两类,即声乐和_____。
2.乐器可分为弦乐、管乐、_____和_____。
3.演唱风格可分为美声唱法、通俗唱法和_____。
4.世界上最广泛使用的记谱方法是_____。
5.五线谱最早出现在_____(国家)。
6.中国乐曲的"五音"是指_____、_____、_____、_____、_____。
7.中国传统曲目_____取材于_____鼓琴遇知音钟子期的传说,今天人们还常借此指知音、知己。
8.唐代著名的歌舞大曲有唐初歌颂唐太宗武功的《秦王破阵乐》和盛唐时期唐太宗参与编创的_____。
9.唐玄宗时,宫廷中所设置的专门训练乐工的机构被称为_____。
10.《阳关三叠》是我国唐代一首著名艺术歌曲,其歌词原是著名诗人王维的七言绝句_____,后又被改编成琴曲等多种艺术形式。

参考答案

1.器乐 2.打击乐 键盘乐 3.民族唱法 4.五线谱 5.希腊 6.宫 商 角 徵 羽 7.《高山流水》 伯牙 8.《霓裳羽衣曲》 9.梨园 10.《送元二使安西》

 补充考点

李隆基即历史上著名的唐玄宗,是我国古代第一位皇帝音乐家。

☞ 题组九十三

1.近代音乐史上第一本音乐杂志是李叔同1906年创办的_____。

2.李叔同,即_____,是中国向西方学习音乐的第一人。

3.阿炳是民间音乐家,他的原名是_____,最具代表性的作品是_____。

4._____是华彦钧的二胡独奏曲,原名《依心曲》。

5.《寒春风曲》《听松》等著名二胡曲的作者_____为盲人。

6.《黄河大合唱》由_____作词、_____作曲。

7._____被誉为"人民音乐家",他创作了《生产大合唱》《在太行山上》等优秀作品。

8.人民音乐家冼星海创作的三部大型声乐作品有_____、《生产大合唱》、_____。

9.我国国歌《义勇军进行曲》由_____作词,由_____作曲。

10.《义勇军进行曲》出自于我国20世纪30年代的电影_____。

参考答案

1.《音乐小杂志》 2.弘一法师 3.华彦钧 《二泉映月》 4.《二泉映月》 5.华彦钧（阿炳） 6.光未然 冼星海 7.冼星海 8.《黄河大合唱》《九一八大合唱》 9.田汉 聂耳 10.《风云儿女》

补充考点

中国著名音乐家、教育家贺绿汀创作的著名歌曲《天涯歌女》和《四季歌》均为电影《马路天使》中的插曲。

题组九十四

1.歌曲《教我如何不想她》的曲作者是_____。

2."西部歌王"是指_____。

3.《康定情歌》的曲作者是_____。

4.《康定情歌》是_____地区的民歌。

5.小提琴协奏曲《梁祝》的作曲者是_____。

6.中国摇滚乐兴起于20世纪80年代初,代表人物是_____。

7.奏鸣曲分为_____部、展开部和再现部。

8.十二木卡姆是_____民族的歌舞,陕北民歌是_____。

9.《嘎达梅林》描写的是_____族的英雄。

10.《茉莉花》是_____（省）民歌,《回娘家》是_____（省）民歌;花儿主要流行于_____地区,信天游主要流行于_____地区。

参考答案

1.赵元任 2.王洛宾 3.王洛宾 4.四川 5.何占豪、陈刚 6.崔健 7.呈示 8.维吾尔 信天游 9.蒙古 10.江苏 河北 西部 西北

 补充考点

王洛宾是第一个记谱传播"花儿"的现代音乐家,其主要作品有《在那遥远的地方》《掀起你的盖头来》《康定情歌》《达坂城的姑娘》《半个月亮爬上来》等。

题组九十五

1.贝多芬是_____国作曲家。
2.贝多芬的"第三交响曲"又称_____。
3.贝多芬的"第五交响曲"又称_____。
4.贝多芬的"第九交响曲"又称_____。
5.《月光曲》是_____的佳作。
6.古典主义音乐的集大成者是_____,被誉为"乐圣"。
7.奥地利作曲家_____被誉为"音乐神童"。
8.莫扎特讽刺现实的歌剧有_____、_____。
9.《安魂曲》是_____的最后一部作品。
10.法国启蒙主义时期杰出戏剧家博马舍的"费加罗三部曲"中影响最大的一部是_____,该作品被拿破仑称为"法国资产阶级革命的第一声炮响",后来被奥地利音乐家_____改编为同名歌剧。

参考答案

1.德 2.《英雄交响曲》 3.《命运交响曲》 4.《合唱交响曲》 5.贝多芬 6.贝多芬 7.莫扎特 8.《费加罗的婚礼》《唐璜》 9.莫扎特 10.《费加罗的婚礼》莫扎特

 补充考点

歌剧是莫扎特创作的主流,他与格鲁克、瓦格纳和威尔第被誉为欧洲歌剧史上四大巨子。

题组九十六

1."交响乐之父"是_____。

2."钢琴诗人"是_____。

3."钢琴之王"是_____。

4."歌曲之王"是_____。

5."音乐之父"是_____。

6."新捷克音乐之父"是_____。

7."圆舞曲之王"是_____。

8."摇滚乐之王"是_____。

9.圆舞曲又叫_____,是奥地利的一种民族舞曲,由于舞蹈时需两人成对旋转,因而被称为圆舞曲。

10.圆舞曲《蓝色多瑙河》的作者是_____。

参考答案

1.海顿　2.肖邦　3.李斯特　4.舒伯特　5.巴赫　6.斯美塔那　7.小约翰·施特劳斯　8.埃尔维斯·普莱斯利(猫王)　9.华尔兹　10.小约翰·施特劳斯

补充考点

小约翰·施特劳斯的父亲是老约翰·施特劳斯,他被誉为"圆舞曲之父"。

题组九十七

1.舒伯特是_____(国籍)作曲家,浪漫主义艺术歌曲的缔造者,创作了《魔王》《野玫瑰》《鳟鱼》等歌曲。

2.肖邦是哪个国家的钢琴演奏家?_____。

3.《胡桃夹子》是_____创作的著名作品。

4.19世纪中后期俄罗斯民族音乐兴起,_____的芭蕾舞剧《天鹅湖》是名誉世界的杰作。

5.帕瓦罗蒂是_____(国家)的著名歌唱家。

6.三大男高音分别是_____(国家)的_____、_____(国家)的_____、_____(国家)的_____。

7.《茉莉花》的曲调是歌剧_____中重要的音乐素材之一。

8.著名歌剧《卡门》的作曲者是_____。

9.《国际歌》的作词者和作曲者分别是_____、_____。

10.在欧洲,有"音乐之都"之称的是奥地利首都_____。

参考答案

1.奥地利 2.波兰 3.柴可夫斯基 4.柴可夫斯基 5.意大利 6.意大利 帕瓦罗蒂 西班牙 多明戈 西班牙 卡雷拉斯 7.《图兰朵》 8.比才 9.欧仁·鲍狄埃 皮埃尔·狄盖特 10.维也纳

补充考点

帕瓦罗蒂别号"高音 C 之王",其主要作品有《我的太阳》《今夜无人入睡》等。

题组九十八

1.戏剧是一种综合的舞台艺术,借助于文学、音乐、_____、_____等艺术形式。

2.戏剧的结构形式为分幕和_____。

3.话剧根据容量大小可分为_____、独幕剧。

4.古希腊戏剧、_____和_____被称为三种古老的戏剧艺术。

5."三一律"是 17 世纪古典主义的剧本创作规则,要求戏剧创作在_____、_____和_____三者之间保持一致性。

6.世界戏剧三大表演体系是指斯坦尼斯拉夫斯基体系、布莱希特体系和以_____为代表的中国戏曲表演体系。

7.著名的德国现代戏剧家兼诗人_____,他提出并付诸实践的"间离效果"演剧方法别树一帜。

8.中国戏曲具有自身的审美特点,尤其表现在综合性、_____、_____上。

9.戏曲演员的有些动作是从生活中提炼出来的,经过艺术夸张,成为一种规范的套路,这种动作叫"_____动作"。

10.戏曲中幕和场又叫_____。

参考答案

1.舞蹈 美术 2.场 3.多幕剧 4.古印度梵剧 中国戏曲 5.时间 地点 情节 6.梅兰芳 7.布莱希特 8.程式化 虚拟性 9.程式化 10.折

补充考点

世界三大戏剧表演体系又可简称为斯氏体系、布氏体系和梅氏体系。

题组九十九

1.戏曲表演的基本功法是_____、_____、_____、_____。

2.乾隆末期、嘉庆初期四大徽班进京后,与汉调艺人合作,相互影响,逐渐融合昆曲与秦腔的部分剧目、曲调和表演方法,并吸收了一些民间曲调、北京土语,逐渐发展形成了_____。

3.四大徽班是指三庆、_____、_____、和春。

4.在我国戏曲舞台上被称为"国剧"的是_____。

5.在表演方面,京剧大致分为生、旦、净、_____四大行当。

6.京剧中饰演性格活泼开朗的青年女性的是_____。

7.老旦在戏曲中扮演_____。

8.中国传统戏曲中扮演兵卒、夫役等角色的人统称_____,扮演女子的丑角称_____。

9.京剧中用于摆宴、迎亲等场合的曲牌称作_____。

10.演员少、设备简陋的戏班子叫作_____。

参考答案

1.唱 念 做 打 2.京剧 3.四喜 春台 4.京剧 5.丑 6.花旦 7.老年妇女 8.龙套 彩旦 9.万年欢 10.草台班

补充考点

戏曲表演除了"四功"之外,还有"五法",指的是手(手势)、眼(眼神)、身(身段)、法(技法)、步(台步)。

题组一百

1.京剧四大名旦是指梅兰芳、_____、_____和荀慧生;《霸王别姬》是梅兰芳表演的梅派经典名剧之一,著名导演_____将李碧华原著小说《霸王别姬》改编成同名电影,1993年获戛纳电影节_____奖。

2.梅兰芳最擅长的剧种是_____,其代表作是_____。

3.京剧名角人称"江南活武松"的是_____。

4.明代四大声腔是海盐腔、弋阳腔、_____、_____。

5.《游园》《惊梦》出自_____,《夜奔》出自《水浒记》,《盗草》出自《白蛇传》。

6._____是黄梅戏女演员,工小旦、花旦、闺门旦,兼演老旦,代表剧目有《天仙配》《女驸马》《牛郎织女》《打金枝》。

7."为救李郎离家园,谁料皇榜中状元。中状元着红袍,帽插宫花好啊好新鲜。我也曾赴过琼林宴,我也曾打马御街前,人人夸我潘安貌,原来纱帽罩婵娟……"这段唱词来自著名的黄梅戏_____。

8.变脸是哪个地方剧种的绝活？_____。

9._____是流行于我国西北各省地方戏曲的剧种,由陕西、甘肃一带的民歌发展而成。

10.常香玉是_____剧演员。

参考答案

1.程砚秋 尚小云 陈凯歌 金棕榈 2.京剧 《贵妃醉酒》 3.盖叫天 4.余姚腔 昆山腔 5.《牡丹亭》 6.严凤英 7.《女驸马》 8.川剧 9.秦腔 10.豫

补充考点

盖叫天人称"<u>江南活武松</u>",杨小楼有"<u>武生宗师</u>"之誉,王瑶卿被尊奉为"<u>通天教主</u>"。

题组一百零一

1.西施是_____时代著名的宫廷舞人,擅长表演响屐舞。

2.《霓裳羽衣舞》是我国_____代著名舞蹈作品。

3.花鼓灯主要是_____省份的民间舞蹈。

4.果卓,即"锅庄",是围圈歌舞的意思,是_____地区广泛流传的民间舞蹈。

5._____是北方流行的一种舞蹈形式,民间盛行,是多人进行的一种广场舞。

6.孔雀舞是_____族的舞蹈。

7.著名当代舞蹈艺术家_____表演的《雀之灵》,其惟妙惟肖的表演深受人们喜爱,并获得中华民族20世纪舞蹈经典作品金奖。

8.中国现代舞的奠基人_____创办了中国第一所舞蹈院校——北京舞蹈学院。

9.在中国舞蹈历史上有"男吴女戴"之说,其中"吴"是指_____。

10.我国当代舞蹈界的最高奖是_____。

参考答案

1.春秋 2.唐 3.安徽 4.藏族 5.秧歌 6.傣 7.杨丽萍 8.戴爱莲 9.吴晓邦 10.荷花奖

补充考点

戴爱莲被誉为"<u>中国舞蹈之母</u>",她是第一个将民族舞蹈搬上舞台,也是第一个将芭蕾舞介绍到中国的人。

题组一百零二

1. 舞蹈创作的结构三要素是时间、_____、样式。
2. 舞蹈根据不同的风格特点可分为_____、_____、_____、民间舞和_____。_____系法语 Ballet 的音译，现已成为广泛流行于世界各地的一种舞蹈。
3. 国际标准舞，简称_____，也叫"体育舞蹈"，兼有体育和舞蹈的双重特点。
4. 桑巴舞最早起源于_____，它是_____（国家）的"国舞"。
5. 被誉为"现代舞之母"的美国女舞蹈家邓肯，她的自传体回忆录_____曾享誉全球。
6. 杂技是杂耍、_____、驯兽表演的总称。
7. 相声的基本手段是_____，演出形式有单口、对口、_____。
8. 相声艺术的奠基人是清代的_____。
9. 我国著名相声大师_____，其著名作品有《关公战秦琼》_____等。
10. 著名评书艺术家_____的代表作有《隋唐演义》《杨家将》《瓦岗寨》等。

参考答案

1. 空间 2. 古典舞 现代舞 当代舞 芭蕾舞 芭蕾舞 3. 国标 4. 非洲 巴西 5.《生命之舞：邓肯自传》 6. 魔术 7. 说学逗唱 群口 8. 朱绍文 9. 侯宝林 《武松打虎》 10. 田连元

补充考点

探戈起源于非洲，流行于阿根廷，被誉为"舞中之冠"；伦巴是古巴民间舞，被誉为"拉丁舞之魂"；华尔兹起源于奥地利，被誉为"舞中之后"。

题组一百零三

1. 我国战国时期的_____，在_____一书中记载了_____成像原理，这是历史上研究成像规律的第一人。
2. 摄影术诞生于_____年，其发明人是_____。
3. 镜头可分为广角镜头、标准镜头、_____。
4. 以焦距区分的相机镜头主要分为_____、_____。
5. 摄影镜头可分为标准镜头、_____、_____、_____、_____、_____。
6. 用鱼眼镜头拍摄，摄影画面具有的特点是_____、_____。
7. 广角镜头是指_____毫米以下的镜头。
8. 数码相机图片的存储格式有_____、_____。
9. 数字影像由成千上万个微小的彩色点组成，这些小点称为_____。

10.数字摄影不使用_____记录影像,而是使用_____记录影像。

参考答案

1.墨子 《墨经》 小孔　2.1839 达盖尔　3.长焦镜头　4.定焦镜头 变焦镜头　5.广角镜头 超广角镜头 鱼眼镜头 中等焦距镜头 长焦距镜头　6.夸张变形 景深特别大　7.35　8.RAW JPG　9.像素　10.胶片 存贮卡

补充考点

在小孔成像原理中所形成的是<u>倒像</u>。

题组一百零四

1.光圈大小对景深有着直接而重要的影响,所用的光圈越大,景深越_____;光圈越小,景深越_____。

2.镜头光圈的作用有_____、_____和_____。

3.快门的作用,一是_____,二是_____。

4.摄影中的消色指的是_____。

5.色彩的三要素:明度、_____、饱和度。

6.摄影的三原色是_____、_____、_____,它们的补色是_____、_____、_____。

7.摄影作品的影调从明暗关系上可以分为_____、_____和_____。

8.虽然摄影时光线千变万化,但从光源的性质上看,只有_____和_____两种。

9.在光质方面,小和远的点光源往往会产生明显的_____光效果,大和近的面光则较易产生_____光效果。

10._____会产生反差较弱的光线,故阴影较淡。

参考答案

1.小 大　2.调节进光照度 调节控制景深 影响成像质量　3.控制进光量 控制进光时间　4.白、灰、黑等只有亮度差别,没有冷暖色别特征的颜色　5.色相　6.红 绿 蓝 青 黄 品红　7.高调 低调 中间调　8.自然光 人工光　9.硬 软　10.散射光

补充考点

影响光源强度变化的因素主要有<u>天气、时间、季节、地域</u>等。

题组一百零五

1. 较大景深是指_____、_____、_____。
2. 使用长焦距镜头拍摄,照片呈现全画面范围_____,影像纵深清晰范围_____。
3. 快门速度与曝光量成_____比,光孔大小与曝光量成_____比。
4. 影响曝光量的三个因素是_____、_____、_____。
5. 吴印咸的代表摄影作品是_____。
6. 《论摄影》的作者是_____。
7. "决定性瞬间"的提出者是_____。
8. "如果你拍得不够好,是因为你还不够近"这句话是_____说的。
9. 摄影作品《月升》的作者是_____。
10. 纯粹派摄影创导者为美国摄影家_____。

参考答案

1. 小光圈 短焦距 远距离 2. 小 小 3. 正 反 4. 光圈 快门 感光度 5. 《白求恩大夫》 6. 苏珊·桑塔格 7. 卡蒂尔·布列松 8. 罗伯特·卡帕 9. 安塞尔·亚当斯 10. 斯蒂格里兹

补充考点

以取景器分类,相机类型可分为<u>单反相机、双反相机、旁轴式相机</u>,热靴是135照相机用来连接和固定外置闪光灯的部件。

题组一百零六

1. 艺术的七大门类分别是_____、_____、_____、_____、_____、_____、_____。
2. 综合艺术包括戏剧艺术、戏曲艺术、_____艺术和_____艺术。
3. 在所有艺术中,_____和_____最为人们所熟知其诞生日。
4. 典型在叙事性作品中,又称为_____或典型性格。
5. 故事的三要素包括_____、_____、_____。
6. 文艺作品中描绘人物性格、事件发展、社会环境和自然景物的最小的组成单位被称为_____。
7. 我国最古老的文学体裁是_____。
8. 灵感的特征包括_____性、_____性和_____性。
9. 毛泽东在中共中央政治局扩大会议上提出的"双百方针"是_____、_____。
10. "三贴近原则"是指贴近实际、贴近生活和_____。

参考答案

1.文学 音乐 舞蹈 建筑 美术 戏剧 电影　2.电影 电视　3.电影 电视　4.典型人物　5.时间 地点 人物　6.细节　7.诗歌　8.突发 超常 易逝　9.百花齐放 百家争鸣　10.贴近群众

补充考点

毛泽东除了提出"双百"方针之外,还提出了"两结合"的创作方法,即"革命的现实主义和革命的浪漫主义相结合"。

题组一百零七

1.君子坦荡荡,_____。

2.学而不思则罔,_____。

3.老吾老以及人之老,_____。

4.祸兮福之所倚,_____。

5.吾十有五而志于学,_____,四十而不惑,_____,六十而耳顺,七十而从心所欲,_____。

6.吾尝终日而思矣,不如须臾之所学也;_____,_____。

7._____,风雨兴焉。

8.它山之石,_____。

9.质胜文则野,文胜质则史,文质彬彬,_____。

10.君子生非异也,_____。

参考答案

1.小人长戚戚　2.思而不学则殆　3.幼吾幼以及人之幼　4.福兮祸之所伏　5.三十而立 五十而知天命 不逾矩　6.吾尝跂而望矣 不如登高之博见也　7.积土成山　8.可以攻玉　9.然后君子　10.善假于物也

补充考点

《孟子》:天时不如地利,地利不如人和。富贵不能淫,贫贱不能移,威武不能屈,此之谓大丈夫。

《论语》:三军可夺帅也,匹夫不可夺志也。名不正则言不顺,言不顺则事不成。己所不欲,勿施于人。

题组一百零八

1. 昔我往矣,杨柳依依,_____,雨雪霏霏。
2. 路漫漫其修远兮,_____。
3. _____,哀民生之多艰。
4. _____,悠然见南山。
5. 结庐在人境,而无车马喧。_____,_____。
6. 不戚戚于贫贱,_____。
7. 人生到处知何似?_____。
8. 绿树村边合,_____。
9. 静以修身,_____。
10. 受任于败军之际,_____。

参考答案

1.今我来思 2.吾将上下而求索 3.长太息以掩涕兮 4.采菊东篱下 5.问君何能尔 心远地自偏 6.不汲汲于富贵 7.应似飞鸿踏雪泥 8.青山郭外斜 9.俭以养德 10.奉命于危难之间

补充考点

东晋陶渊明的相关作品是诗词考查的重点。

题组一百零九

1. 落霞与孤鹜齐飞,_____。渔舟唱晚,_____;雁阵惊寒,_____。
2. 时运不济,命途多舛。冯唐易老,_____。
3. 海内存知己,_____。
4. _____,除却巫山不是云。
5. _____,报得三春晖。
6. 遥知兄弟登高处,_____。
7. 大漠孤烟直,_____。
8. 白日放歌须纵酒,_____。
9. _____,病树前头万木春。
10. _____,千金散尽还复来。

参考答案

1.秋水共长天一色 响穷彭蠡之滨 声断衡阳之浦 2.李广难封 3.天涯若比邻 4.曾

经沧海难为水　5.谁言寸草心　6.遍插茱萸少一人　7.长河落日圆　8.青春作伴好还乡　9.沉舟侧畔千帆过　10.天生我材必有用

补充考点

王维《山居秋暝》：空山新雨后，天气晚来秋。明月松间照，清泉石上流。竹喧归浣女，莲动下渔舟。随意春芳歇，王孙自可留。

题组一百一十

1.且放白鹿青崖间，_____。_____，使我不得开心颜！

2.仰天大笑出门去，_____。

3.君不见高堂明镜悲白发，_____。

4.长安回望绣成堆，_____，一骑红尘妃子笑，_____。

5.吴楚东南坼，_____。

6.抽刀断水水更流，_____。

7.朱门酒肉臭，_____。

8.烽火连三月，_____。

9._____，不尽长江滚滚来。

10.商女不知亡国恨，_____。

参考答案

1.须行即骑访名山　安能摧眉折腰事权贵　2.我辈岂是蓬蒿人　3.朝如青丝暮成雪　4.山顶千门次第开　无人知是荔枝来　5.乾坤日夜浮　6.举杯消愁愁更愁　7.路有冻死骨　8.家书抵万金　9.无边落木萧萧下　10.隔江犹唱后庭花

补充考点

杜甫：会当凌绝顶，一览众山小。安得广厦千万间，大庇天下寒士俱欢颜。尔曹身与名俱灭，不废江河万古流。文章千古事，得失寸心知。万里悲秋常作客，百年多病独登台。

题组一百一十一

1.沧海月明珠有泪，蓝田日暖玉生烟。_____，_____。

2.锦瑟无端五十弦，_____。

3.身无彩凤双飞翼，_____。

4.鸟宿池边树,_____。

5._____,夜泊秦淮近酒家。

6._____,此时无声胜有声。

7.予独爱莲之_____,_____。

8.江畔何人初见月?江月何年初照人?_____,_____。

9.孤帆远影碧空尽,_____。

10.莫愁前路无知己,_____。

参考答案

1.此情可待成追忆 只是当时已惘然 2.一弦一柱思华年 3.心有灵犀一点通 4.僧敲月下门 5.烟笼寒水月笼沙 6.别有幽愁暗恨生 7.出淤泥而不染 濯清涟而不妖 8.人生代代无穷已 江月年年只相似 9.唯见长江天际流 10.天下谁人不识君

补充考点

李商隐:夕阳无限好,只是近黄昏。君问归期未有期,巴山夜雨涨秋池。何当共剪西窗烛,却话巴山夜雨时。

题组一百一十二

1.千呼万唤始出来,_____。

2.但愿人长久,_____。

3.乱石穿空,_____,_____。江山如画,一时多少豪杰。

4.如怨如慕,如泣如诉,_____,_____。

5.竹杖芒鞋轻胜马,谁怕?_____。

6.想当年,金戈铁马,_____。

7.壮志饥餐胡虏肉,_____。

8._____,_____,_____,别是一番滋味在心头。

9.莫道不消魂,帘卷西风,_____。

10.寻寻觅觅,冷冷清清,_____。

参考答案

1.犹抱琵琶半遮面 2.千里共婵娟 3.惊涛拍岸 卷起千堆雪 4.余音袅袅 不绝如缕 5.一蓑烟雨任平生 6.气吞万里如虎 7.笑谈渴饮匈奴血 8.剪不断 理还乱 是离愁 9.人比黄花瘦 10.凄凄惨惨戚戚

补充考点

苏轼:十年生死两茫茫,不思量,自难忘。日啖荔枝三百颗,不辞长作岭南人。

题组一百一十三

1.多情自古伤离别,更那堪冷落清秋节,_____? 杨柳岸,晓风残月,_____。
2._____,又岂在朝朝暮暮。
3._____,明月何时照我还。
4.今夜偏知春气暖,_____。
5.夜阑卧听风吹雨,_____。
6.醉翁之意不在酒,_____。
7.胡马依北风,_____。
8.明月出天山,_____。
9.水光潋滟晴方好,山色空蒙雨亦奇。_____,_____。
10.无意苦争春,一任群芳妒。_____,_____。

参考答案

1.今宵酒醒何处 此去经年,应是良辰好景虚设 2.两情若是久长时 3.春风又绿江南岸 4.虫声新透绿窗纱 5.铁马冰河入梦来 6.在乎山水之间也 7.越鸟巢南枝 8.苍茫云海间 9.欲把西湖比西子 淡妆浓抹总相宜 10.零落成泥碾作尘 只有香如故

 补充考点

柳永:衣带渐宽终不悔,为伊消得人憔悴。
秦观:斜阳外,寒鸦万点,流水绕孤村。自在飞花轻似梦,无边丝雨细如愁。

题组一百一十四

1.昨夜西风凋碧树,_____。
2.柴门闻犬吠,_____。
3._____,花落知多少。
4._____,二月春风似剪刀。
5._____,不破楼兰终不还。
6.乱花渐欲迷人眼,_____。
7._____,经冬复历春。_____,不敢问来人。

8.泪眼问花花不语,_____。

9.红豆生南国,_____。

10.读书破万卷,_____。

 参考答案

1.独上高楼,望尽天涯路 2.风雪夜归人 3.夜来风雨声 4.不知细叶谁裁出 5.黄沙百战穿金甲 6.浅草才能没马蹄 7.岭外音书断 近乡情更怯 8.乱红飞过秋千去 9.春来发几枝 10.下笔如有神

 补充考点

王昌龄:青海长云暗雪山,孤城遥望玉门关。黄沙百战穿金甲,不破楼兰终不还。

题组一百一十五

1.晴川历历汉阳树,_____。

2._____,何人不起故园情。

3.何处是归程,_____。

4.忽如一夜春风来,_____。

5.高山流水琴三弄,_____。

6.恰同学少年,_____。

7.碧云天,黄花地,西风紧,北雁南飞。_____?_____。

8.原来姹紫嫣红开遍,似这般都付与断井残垣。_____,赏心乐事谁家院。

9.我是天空里的一片云,_____,你不必惊异,更无须欢喜,_____。

10.卑鄙是卑鄙者的通行证,_____。

 参考答案

1.芳草萋萋鹦鹉洲 2.此夜曲中闻折柳 3.长亭更短亭 4.千树万树梨花开 5.明月清风酒一樽 6.风华正茂 7.晓来谁染霜林醉 总是离人泪 8.良辰美景奈何天 9.偶尔投影在你的波心 在转瞬间消灭了踪影 10.高尚是高尚者的墓志铭

 补充考点

毛泽东:雄关漫道真如铁,而今迈步从头越。不管风吹雨打,胜似闲庭信步。世上无难事,只要肯登攀。

中频考点

| 出题频率：中 | 难度系数：中 | 训练强度：★★★★ |

👉 题组一

1. "三皇五帝"的"三皇"指的是伏羲、_____、黄帝。
2. "三过家门而不入"，用"疏"的办法治理洪水的是_____。
3. 禹死后，禹的儿子_____争夺政权，建立夏朝，从此，"_____制"代替了"禅让制"，"家天下"代替了"公天下"。
4. "六艺"中的"御"指的是_____。
5. 儒家六经：_____、_____、_____、《易经》、《乐经》、《春秋》。
6. 先秦散文包括诸子散文和_____散文。
7. 春秋战国提出"兼爱""尚贤""节用"的是_____。
8. "卧薪尝胆"说的是_____。
9. "破釜沉舟"是指哪个历史人物？_____
10. 司马迁在《廉颇蔺相如列传》中主要写了"_____"、"渑池会"和"_____"三个故事。

参考答案

1.神农 2.大禹 3.启 世袭制 4.驾驭马车的技术 5.《诗经》《尚书》《礼记》
6.历史 7.墨子 8.勾践 9.项羽 10.完璧归赵 负荆请罪

补充考点

三教九流中的"三教"指的是儒教、道教和佛教，"九流"指的是儒家、道家、阴阳家、法家、名家、墨家、纵横家、杂家、农家。

👉 题组二

1. _____是秦相吕不韦与他的门客编撰的杂家著作，又名《吕览》。
2. 汉朝出现的一种新的文学形式，被称为诗化的散文，指的是_____。
3. "昭君出塞"是汉代哪个皇帝在位时期发生的事件？_____。
4. 陆机的_____是我国最早系统地探讨文学创作问题的专论。
5. 《古诗十九首》为东汉末年文人五言诗，最早见于南朝萧统的_____。
6. 我国第一部字典是东汉许慎的_____，关于汉字的构造，古人有"六法"之说，即

_____、指事、_____、形声、转注、假借。

7. "臣本布衣,躬耕于南阳,苟全性命于乱世,不求闻达于诸侯。先帝不以臣卑鄙,猥自枉屈,三顾臣于草庐之中,咨臣以当世之事,由是感激,遂许先帝以驱驰。"这句话中,"臣"指的是_____,"先帝"指的是_____。

8. "勿以恶小而为之,勿以善小而不为,惟贤惟德,能服于人"是_____的名句。

9. 王教授已退休多年,仍在勤奋著书,可以用曹操的诗句"_____"表达。

10. "_____,形影相吊"出自李密的_____,后来用以形容人的孤单无依。

参考答案

1.《吕氏春秋》 2.汉赋 3.汉元帝 4.《文赋》 5.《文选》 6.《说文解字》象形 会意 7.诸葛亮 刘备 8.刘备 9.老骥伏枥,志在千里;烈士暮年,壮心不已 10.茕茕子立 《陈情表》

补充考点

成语故事"刻舟求剑"出自吕不韦的《吕氏春秋》。
《说文解字》是我国第一部按部首编排的字典。

题组三

1. 左思创作了_____,豪贵之家争着传抄,使洛阳纸价上涨,遂有了"洛阳纸贵"这个典故。

2. 唐代诗人_____《九月九日忆山东兄弟》一诗中有"独在异乡为异客,_____"的著名诗句,这首诗表现了诗人在_____节对亲朋好友的思念之情。

3. 古曲《渔舟唱晚》的标题取自唐代诗人王勃的_____,此句为"渔舟唱晚,响穷彭蠡之滨"。

4. "沉舟侧畔千帆过,病树前头万木春"出自刘禹锡的作品_____。

5. 唐代著名的"苦吟诗人"是_____,"推敲"的典故即由其诗句"僧敲月下门"而来。

6. 成语"机不可失"出自张九龄之笔,它的下句是_____。

7. 唐代诗人李商隐的诗深情绵邈,其流传至今的名句"沧海月明珠有泪,_____"出自他题名为_____的诗歌。

8. 王湾《次北固山下》一诗中,表现新旧交换这一自然规律的诗句是_____。

9. 唐代陆羽写的_____是我国最早的一部茶叶专著。

10. "远芳侵古道,_____",这首诗是_____代诗人_____所写,其人字_____,这首诗的全称是_____。

参考答案

1.《三都赋》 2.王维 每逢佳节倍思亲 重阳 3.《滕王阁序》 4.《酬乐天扬州初逢席上见赠》 5.贾岛 6.时不再来 7.蓝田日暖玉生烟《锦瑟》 8.海日生残夜，江春入旧年 9.《茶经》 10.晴翠接荒城 唐 白居易 乐天《赋得古原草送别》

补充考点

陆羽一生嗜茶，精于茶道，被誉为"茶仙"，他的《茶经》是世界上第一部茶叶专著。

👉 **题组四**

1.沈括(1031~1095)，字存中，科学家、政治家，他的_____是我国第一部用笔记体写成的综合性学术专著。
2."低头弄莲子，莲子清如水"一句中同时运用了_____、_____等修辞手法。
3."红杏枝头春意闹"运用了什么修辞手法？_____。
4.宋代说书艺人称故事的底本为_____，是曲艺又是白话文。其中的_____专讲长篇历史故事，是后来的《三国演义》《水浒传》的雏形。
5."山外青山楼外楼，西湖歌舞几时休"出自_____，作者是_____。
6.后四史包括_____、_____、_____、_____。
7.古代戏曲最盛行的朝代是_____。
8.李慧娘出自作品_____，赵五娘出自作品_____，李三娘出自作品_____。
9.著名戏曲家_____的代表作是《四声猿》，_____是我国最早最全面的研究南戏的专著。
10."风声雨声读书声声声入耳，家事国事天下事事事关心"的作者是_____。

参考答案

1.《梦溪笔谈》 2.双关 比喻 3.拟人 4.话本 平话 5.《题临安邸》林升 6.《宋史》《元史》《明史》《清史稿》 7.元朝 8.《红梅阁》《琵琶记》《白兔记》 9.徐渭《南词叙录》 10.顾宪成

补充考点

沈括的作品《梦溪笔谈》，被西方学者称为"中国古代的百科全书"。

👉 **题组五**

1.《四库全书》包括_____、_____、_____、_____。

2.《水浒传》里的"马军五虎将"有_____、_____、_____、_____、_____。

3.《水浒传》中"沂岭杀四虎"的是_____。

4.中国古代收字最多的字典是_____,共收49174个字。

5.清代中叶出现的影响最大、延续时间最长的散文流派——桐城派,代表人物是刘大櫆、姚鼐和_____。

6.《阅微草堂笔记》的作者是_____,该书是继《聊斋志异》后又一部影响很大的文言短篇小说集。

7.中国古典十大悲剧是_____、_____、_____、《琵琶记》《精忠旗》《娇红记》《清忠谱》《长生殿》《桃花扇》《雷峰塔》。

8._____的《海国图志》是我国第一部较完整的世界地理书。

9._____在青年时期和其师康有为一起,倡导变法维新,并称"康梁",是百日维新领袖之一。

10.《少年中国说》的作者是_____。

参考答案

1.经 史 子 集 2.大刀关胜 豹子头林冲 霹雳火秦明 双鞭呼延灼 双枪将董平 3.李逵 4.《康熙字典》 5.方苞 6.纪昀(纪晓岚) 7.《窦娥冤》《汉宫秋》《赵氏孤儿》 8.魏源 9.梁启超 10.梁启超

补充考点

魏源倡导学习西方的先进科学技术,总结出"师夷长技以制夷"的新思想。

梁启超号饮冰室主人,他先后发起了"诗界革命""文界革命""小说界革命"和戏剧改良运动,对于促进近代文化的转型有着显赫的功绩。

题组六

1._____是我国现代史上第一个新文学团体,于_____年1月在北京成立。

2.1923年新月社的代表刊物是_____。

3.1907年欧阳予倩等人在日本东京成立了戏剧团体_____。

4.洪深、_____、_____并称为"中国话剧的三大奠基人"。

5.田汉编剧的作品有_____、_____、_____。

6.20世纪30年代著名剧作家曹禺创作了《雷雨》《日出》和_____被称为"生命三部曲"。

7.曹禺1939年创作的抗战剧_____揭露了国民党官僚机构的腐败现实,而曹禺1941年发表的_____则主要描写了旧中国一个典型的封建士大夫家庭如何逐步走向衰落和崩溃的结局。

8._____被称为"独幕剧圣手"。他的代表作有《一只马蜂》《压迫》等。

9.《我是一条小河》的作者是_____,他曾被鲁迅称为"中国最杰出的抒情诗人"。

10.郁达夫在《故都的秋》一文中喜爱、眷恋故都之秋,是因北国的秋"特别地来得清,来得静,来得_____"。

参考答案

1.文学研究会 1921 2.《晨报副刊》 3.春柳社 4.欧阳予倩 田汉 5.《丽人行》《关汉卿》《名优之死》 6.《原野》 7.《蜕变》《北京人》 8.丁西林 9.冯至 10.悲凉

补充考点

文学研究会是我国现代文学史上第一个文学团体,宣扬"为人生而艺术",也被称为"人生派",周作人是其发起人之一。

👉 题组七

1.新感觉派的代表人物有_____、_____、_____。

2.毛泽东的词《沁园春·雪》中"只识弯弓射大雕"所指的人是_____。

3.中国20世纪五六十年代文学创作中所谓的"三红一创"是指_____、_____、_____、_____。

4.我国20世纪50年代文坛上的三大散文家是_____、_____和_____。

5.陈奂生是当代作家高晓声中篇小说_____中的主人公。

6.小说《爸爸爸》的作者是_____。

7.《我的遥远的清平湾》的作者是_____。

8.《合欢树》的作者是_____,其代表作还有_____《我与地坛》《命若琴弦》《务虚笔记》。

9.《盲井》的原著是_____的_____。

10.《1988:我想和这个世界谈谈》是_____所著的一部被评论家称为"公路小说"的长篇小说。

参考答案

1.施蛰存 刘呐鸥 穆时英 2.成吉思汗 3.《红岩》《红日》《红旗谱》《创业史》 4.杨朔 秦牧 刘白羽 5.《陈奂生上城》 6.韩少功 7.史铁生 8.史铁生《病隙碎笔》 9.刘庆邦《神木》 10.韩寒

补充考点

杨朔的作品基调是歌颂新时代、新生活和普通劳动者,其代表作有《荔枝蜜》《樱花雨》《香山红叶》《茶花赋》《铁骑兵》等。

题组八

1. 古希腊神话和中国传说中创造人类的分别是_____和_____。
2. 喜剧优秀作品《女店主》的作者是意大利启蒙时期著名作家_____。
3. 《资本论》的作者是_____。
4. 狄更斯的长篇小说_____借法国大革命给_____国统治者敲响警钟。
5. 斯坦尼斯拉夫斯基是苏联著名戏剧家,他最著名的表演著作是_____。
6. 《生活与美学》的作者是_____。
7. 《失乐园》的作者是_____。
8. 莱辛的美学论著是_____,理论名著是_____。
9. 艾略特作为象征文学的代表人物,其代表作是_____。
10. 梅特林克的_____是他最具代表性的不朽名篇。

 参考答案

1. 宙斯 女娲 2. 哥尔多尼 3. 马克思 4. 《双城记》英 5. 《演员自我修养》 6. 车尔尼雪夫斯基 7. 渡边淳一 8. 《拉奥孔》《汉堡剧评》 9. 《荒原》 10. 《青鸟》

补充考点

狄更斯的作品除了《双城记》和《雾都孤儿》外,还有其成名作《匹克威克外传》。

题组九

1. 电影是将艺术与_____结合而成的一门综合性艺术,以_____为基础,与_____和色彩构成电影基本语言,在银幕上创造直观性的艺术形象与意境。
2. 拍电影时常用"杀青"来表示拍摄完成,"杀青"原指_____过程中的一道工序。
3. 电影脚本由_____和文字说明两部分组成。
4. 宽银幕电影一般都采用_____声。
5. 中国早期电影的三大公司是指明星、联华和_____。
6. 张爱玲编剧的两部影片是_____和_____。
7. 新中国电影的三大基地分别在北京、上海和_____,此外还有在成都的峨眉电影制片厂、在长沙的潇湘电影制片厂。

8._____是国内最大的一家集发行、拍摄、制作于一体的电影制片厂。

9.革命样板戏《智取威虎山》改编自小说_____。

10.新中国第一个在国际上获奖的演员是_____,主演影片是_____。

参考答案

1.科学 画面 声音 2.竹简制作 3.画面内容 4.立体 5.天一 6.《不了情》《太太万岁》 7.长春 8.长春电影制片厂 9.《林海雪原》 10.石联星 《赵一曼》

补充考点

中国第二代电影导演桑弧在1946年与张爱玲合作执导了《太太万岁》《不了情》等影片。

题组十

1.《弹起我心爱的土琵琶》是_____中的电影插曲。

2.《谁不说俺家乡好》是电影_____的插曲。

3.潘冬子是中国著名儿童电影_____中的主要人物。

4.影片《林则徐》的主演赵丹出演的最后一部电影是_____。

5.张元导演的_____是第一部独立电影,_____是中国第一部摇滚影片,_____是中国第一部同性恋电影。

6.许鞍华2003年执导的_____,由赵薇、谢霆锋主演,根据海岩同名小说改编。

7.拍摄《赌神》的导演是_____。

8.中国香港导演_____执导了电影《阮玲玉》。

9.《大话西游》中孙悟空的扮演者是_____。

10.第51届金马奖最佳影片是_____。

参考答案

1.《铁道游击队》 2.《红日》 3.《闪闪的红星》 4.《烈火中永生》 5.《妈妈》《北京杂种》《东宫西宫》 6.《玉观音》 7.王晶 8.关锦鹏 9.周星驰 10.《推拿》

补充考点

许鞍华是中国香港著名女导演,其主要作品有《疯劫》《姨妈的后现代生活》《女人四十》《倾城之恋》《半生缘》《桃姐》等。

题组十一

1. 《贝壳与僧侣》是导演_____的作品,属于_____(流派)电影。
2. 电影《末代皇帝》的男主角是_____。
3. 《天堂电影院》的导演是_____。
4. 荣获71届奥斯卡最佳外语片奖的意大利电影《美丽人生》的导演是_____。
5. 电影《黑天鹅》的导演是_____。
6. 电影《罗拉快跑》的导演是_____。
7. 《狼图腾》是法国导演_____的作品。
8. 《罗马假日》的女主角是_____。
9. 美国电影《魂断蓝桥》由女演员_____主演。
10. 电影_____讲述了年轻的见习修女玛利亚到退役的海军上校特拉普家中做家庭教师,以童心对童心,让孩子们充分在大自然的美景中陶冶性情,上校也被她所感染。这时,德国吞并了奥地利,上校拒绝为纳粹服役,并且在一次民歌大赛中带领全家越过阿尔卑斯山,逃脱纳粹的魔掌。

参考答案

1. 杜拉克 超现实主义 2. 尊龙 3. 朱塞佩·托纳多雷 4. 罗伯托·贝尼尼 5. 达伦·阿伦诺夫斯基 6. 汤姆·提克威 7. 让·雅克·阿诺 8. 奥黛丽·赫本 9. 费雯·丽 10.《音乐之声》

补充考点

《末代皇帝》是由贝纳尔多·贝托鲁奇执导,该片获得1988年第60届奥斯卡金像奖最佳影片、最佳导演、最佳改编剧本、最佳摄影、最佳美工、最佳服装设计、最佳剪辑、最佳音响效果、最佳原始音乐九项大奖。

题组十二

1. "妙龄女郎携公司钱款出逃"是希区柯克的经典恐怖片_____中的情节。
2. 希区柯克经典影片《西北偏北》中,男主人公罗杰的扮演者是著名影星_____。
3. "美国三部曲"的最后一部是_____。
4. 《阿甘正传》的主演是_____。
5. 《肖申克的救赎》改编自小说_____。
6. 美国好莱坞根据我国南北朝民歌改编的电影是_____。
7. 2013年上映的电影_____讲述了一个在地球空间站工作的两名男宇航员和一个女宇航员出舱进行器械维修时,遭遇太空碎片袭击导致飞船爆炸事故的故事。该片在

2014年获得奥斯卡金像奖,属于_____电影。

8.克里斯托弗·诺兰执导的科幻电影_____在世界多地热映,该片主要讲述了一队探险家通过"_____"穿越到太阳系之外的宇宙空间。

9.电影《星际穿越》的科学指导是_____。

10.电影《吸血鬼日记》中女主角饰演者的名字叫_____。

参考答案

1.《惊魂记》 2.加里·格兰特 3.《美国往事》 4.汤姆·汉克斯 5.《不同的季节》 6.《花木兰》 7.《地心引力》 科幻 8.《星际穿越》 黑洞 9.基普·S.索恩 10.妮娜·杜波夫

补充考点

"美国三部曲"是指意大利导演瑟吉欧·莱昂以美国近百年历史为背景拍摄的三部著名电影:《西部往事》、《革命往事》和《美国往事》。

题组十三

1.新闻结构一般分为_____、_____、主体、背景、结语。

2.电视节目最基本的、最直观的特征是_____化。

3.电视新闻中对新闻事实做详尽的有深度的报道称作_____。

4.电视_____,是指在电视拍摄中把被拍摄对象及各种造型元素加以有机的组织和安排,以塑造视觉形象,构成画面样式的一种创造活动。

5.世界上主要使用的电视广播制式有 PAL、NTSC、SECAM 三种,中国大部分地区使用_____制式。

6._____是在现场直播时,负责从多台摄像机送来的不同画面中,选择最恰当的镜头播出,并做组接处理。

7.无线电广播主要运用_____、_____和超短波三个频段。

8.1960年_____电视台播出了集小品、相声、歌曲、戏曲为一体的综合性春节文艺晚会。

9._____是20世纪80年代中央电视台最受欢迎的电视纪录片。

10.1993年5月1日开播的《东方时空》是中国电视上杂志型栏目的重大改革和尝试,"讲述老百姓自己的故事"的短纪录片是_____。

参考答案

1.标题 导语 2.固定 3.专题报道 4.构图 5.PAL 6.导播 7.中波 中短波 8.北京 9.《话说长江》 10.《点燃理想的日子》

补充考点

世界上的电视制式有三种，NTSC 是美国制式，SECAM 是法国制式，PAL 是德国制式，目前中国采用德国制式。

题组十四

1. 电视剧《雍正王朝》的导演是_____，编剧是_____。
2. 电视剧《士兵突击》中，王宝强饰演的角色叫作_____。
3. 李云龙是电视剧_____中的人物形象。
4. 电视剧《二炮手》中，贼九的扮演者是著名演员_____。
5. 孙红雷在电视剧《潜伏》中饰演了一名优秀的中共地下工作者，叫作_____。
6. 陈宝国饰演的白景琦是电视荧屏上的经典形象，该电视剧是_____。
7. 电视剧《红高粱》改编自中国首位诺贝尔文学奖得主莫言的《红高粱家族》，由_____执导。
8. 《来自星星的你》中都敏俊的饰演者是_____。
9. 经典热播电视剧《还珠格格》系列是根据_____的小说改编的。
10. 电视剧《后宫·甄嬛传》改编自_____的同名小说。

参考答案

1. 胡玫 二月河 2. 许三多 3.《亮剑》 4. 孙红雷 5. 余则成 6.《大宅门》 7. 郑晓龙 8. 金秀贤 9. 琼瑶 10. 流潋紫

补充考点

郑晓龙是中国著名导演，其主要作品有《北京人在纽约》《金婚》《后宫·甄嬛传》《红高粱》等。

题组十五

1. 1993 年 2 月，上海电视台创办_____栏目，这是中国第一个完全依靠自己的力量独立运作的纯纪录片栏目。
2. _____是中央电视台一档著名的科教讲座式栏目，该栏目以文化题材为主，以通俗易懂的形式将历史文化传播于广大民众之中。
3. 电视栏目《百家讲坛》中揭秘《红楼梦》的学者是_____。
4. 中国电视文艺的最高奖是_____，该奖以思想性、艺术性、观赏性"三性统一"作为评判标准。

5.小篆是在_____统一的基础上产生的。
6.魏晋时期书法家陆机的_____是章草向今草过渡时期的作品,被称为"墨皇"。
7.《马踏匈奴》是我国_____时期的雕塑作品。
8.宋代著名的瓷窑有汝窑、官窑、_____、钧窑、_____。
9.我国元代最具代表性的壁画是位于山西芮城的_____壁画。
10.油画《父亲》的作者是_____。

参考答案

1.《纪录片编辑室》 2.《百家讲坛》 3.刘心武 4.星光奖 5.大篆籀文 6.《平复帖》 7.西汉 8.哥窑 定窑 9.永乐宫 10.罗中立

补充考点

马踏匈奴石雕是汉朝骠骑将军霍去病墓石刻,是留存至今的一组非常具有代表性的大型石雕作品,是为了纪念霍去病而创作。

题组十六

1.西方绘画按照内容分为三大类,即_____、_____、_____。
2.名画《最后的晚餐》的作者是_____,画中共有_____个人物,其中的叛徒是_____。
3.巴洛克建筑起源于_____,这一时期的建筑,在审美趣味方面,标新立异、追求新奇;在建筑观念方面,追求自由、开放,打破建筑、绘画和雕刻的界限。
4.巴黎圣母院是_____式建筑。
5.达维特的代表作是_____。
6.苏州四大园林有_____、_____、_____、_____。
7."五岳"指的是_____、_____、_____、_____和_____。
8.《声无哀乐论》的作者是_____,他谱写的十大名曲之一是_____。
9.马头琴因琴杆上雕有马头而得名,它是_____族的拉弦音乐。
10."爬山调"是哪个地方的小调?_____。

参考答案

1.宗教画 风景画 肖像画 2.达·芬奇 13 犹大 3.意大利 4.哥特 5.《马拉之死》 6.沧浪亭 狮子林 拙政园 留园 7.东岳泰山 西岳华山 中岳嵩山 北岳恒山 南岳衡山 8.嵇康《广陵散》 9.蒙古 10.内蒙古

补充考点

达维特是法国大革命时期的杰出画家、新古典主义的代表人物,其主要作品有《马拉之死》《荷拉斯兄弟的宣誓》等。

题组十七

1.20世纪80年代的电视剧《红楼梦》的导演是王扶林,作曲是著名作曲家_____。

2.京剧形态的形成是由安徽的"徽调"融合了_____(省份)的"_____",并逐步在清代中期发展壮大。

3.皮黄腔系是以_____和二黄为主要腔调的声腔系统,属于板式变化体,唱词多为七字句或十字句的上下句。

4.乾隆年间,昆曲称"雅部"、"正声",昆曲以外的各种地方戏曲称为_____。

5.麒派创始人是_____,马派创始人是_____,余派创始人是_____,谭派创始人是_____。

6."五大声腔"分别指的是海盐腔、余姚腔、弋阳腔、昆山腔、_____。

7.职业演员偶尔扮演与自身本来的行当不同的戏,叫作"_____",现在一般指男扮女或女扮男表演的情形。

8.从总体上讲,舞蹈可以分为生活舞蹈和_____两大类别。

9.海派清口的创始人是_____。

10.诗歌是_____、_____并富有感情色彩的一种语言艺术形式,也是世界上最古老、最基本的文学形式。

参考答案

1.王立平　2.湖北　汉调　3.西皮　4.花部　5.周信芳　马连良　余叔岩　谭鑫培　6.潮泉腔　7.反串　8.艺术舞蹈　9.周立波　10.有节奏　有韵律

补充考点

目前主要有两版电视剧《红楼梦》,第一版拍摄于1987年,总导演是王扶林,第二版拍摄于2010年,总导演是李少红。

题组十八

1.艺术摄影之父是_____。

2.照相机在机位选择上,一般可以选择_____拍摄、_____拍摄、_____拍摄。

3.过强的背景光易使镜头产生_____,同时影响影像的清晰度。

4.广告摄影是以_____为主要目的。

5.广告摄影的核心是_____。

6.灰板测光法是以反射率_____的灰板测出光线的强弱,并以此作为曝光依据。

7._____是一种常见的布光方法,就是用主光、辅助光、轮廓光来布光。

8.长焦距产生_____畸变,短焦距产生_____畸变。

9.拍摄点由拍摄_____、_____、_____三者确定。

10.专业相机的测光模式分为_____、_____、_____、_____。

参考答案

1.雷兰德 2.平行机位 高机位 低机位 3.眩光 4.促销 5.创意 6.18% 7.三点式布光 8.枕形 桶形 9.距离 拍摄方位 拍摄角度 10.中央平均测光 局部测光 点测光 评价测光

补充考点

广告摄影是以商品为主要拍摄对象的一种摄影,通过反映商品的形状、结构、性能、色彩和用途等特点,从而引起顾客的购买欲望。

题组十九

1.彼采萧兮,一日不见,_____!(《诗经·王风·采葛》)

2.青青子衿,_____。(《诗经·郑风·子衿》)

3.天行健,君子以自强不息,地势坤,_____。(《周易》)

4.子曰:"见贤思齐焉,_____。"(《论语·里仁》)

5._____,_____。仁以为己任,不亦重乎?死而后已,不亦远乎?(《论语·泰伯》)

6.泉涸,鱼相与处于陆,相呴以湿,相濡以沫,_____。(《庄子·大宗师》)

7._____,其名为鲲。(《庄子·逍遥游》)

8.蓬生麻中,不扶自直;_____,_____。(《荀子·劝学》)

9.大行不顾细谨,_____。(《史记·项羽本纪》)

10.秦人不暇自哀,_____。(《阿房宫赋》)

参考答案

1.如三秋兮 2.悠悠我心 3.君子以厚德载物 4.见不贤而内自省也 5.士不可以不弘毅 任重而道远 6.不如相忘于江湖 7.北冥有鱼 8.白沙在涅 与之俱黑 9.大礼不辞小让 10.而后人哀之

补充考点

建议考生重点复习《诗经》、《论语》中的相关诗句。

题组二十

1. 北方有佳人，遗世而独立。_____，_____。
2. 天街小雨润如酥，_____。最是一年春好处，_____。
3. 江山代有才人出，_____。
4. 襟三江而带五湖，_____。
5. 溯游从之，_____。
6. 画栋朝飞南浦云，_____。
7. 白狼河北音书断，_____。
8. 千里黄云白日曛，_____。
9. 百日登山望烽火，_____。
10. 山雨初含霁，_____。

参考答案

1. 一顾倾人城 再顾倾人国 2. 草色遥看近却无 绝胜烟柳满皇都 3. 各领风骚数百年 4. 控蛮荆而引瓯越 5. 宛在水中央 6. 珠帘暮卷西山雨 7. 丹凤城南秋夜长 8. 北风吹雁雪纷纷 9. 黄昏饮马傍交河 10. 江云欲变霞

补充考点

这类题型比较难于准备，建议考生以中学语文为主，多阅读课外诗句。

题组二十一

1. 由"戏班师兄、宝剑、青楼女子、社会动荡、自刎"关键词联想到的电影是_____。
2. 由"马小军、'文革'、王朔、忆青春"关键词联想到的电影是_____。
3. 由"李慕白、玉娇龙、竹林大战、武侠"关键词联想到的电影是_____。
4. 由"傻儿子、患癌父亲、游乐场、女邻居"关键词联想到的电影是_____。
5. 由"周萍、四凤、话剧、大家族"关键词联想到的话剧是_____。
6. 由"越狱、银行家、墨西哥、欺压、财务管理"关键词联想到的电影是_____。
7. 由"汤姆·汉克斯、水门事件、傻人有傻福"关键词联想到的电影是_____。
8. 由"科学家、玉米地、亲情、虫洞、拯救人类"关键词联想到的电影是_____。

9.由"真人秀、远离摄影棚、亲情、游戏、父亲"关键词联想到的节目是_____。

10.由"湖南卫视、综艺脱口秀、兄弟主持团、中华礼仪"关键词联想到的节目是_____。

参考答案

1.《霸王别姬》 2.《阳光灿烂的日子》 3.《卧虎藏龙》 4.《海洋天堂》 5.《雷雨》 6.《肖申克的救赎》 7.《阿甘正传》 8.《星际穿越》 9.《爸爸去哪儿》 10.《天天向上》

补充考点

这类题型在考试中出现比较少，主要考查考生的观片量和知识面。

题组二十二

1.胶柱(　)瑟_____。　　海(　)河清_____。

2.硕大无(　)_____。　　以儆效(　)_____。

3.(　)指气使_____。　　得鱼忘(　)_____。

4.(　)而不发_____。　　(　)圆凿方_____。

5.破(　)沉舟_____。　　一(　)十寒_____。

6.插(　)打诨_____。　　安之若(　)_____。

7.(　)之不恭_____。　　负(　)顽抗_____。

8.首当其(　)_____。　　补(　)拾遗_____。

9.一(　)而就_____。　　不(　)思索_____。

10.(　)肌分理_____。　　繁(　)缛节_____。

参考答案

1.鼓；鼓：弹奏　晏；晏：平静　2.朋；朋：比　尤；尤：过失　3.颐；颐：动下巴示意，指挥别人　筌；筌：捕鱼用的竹器　4.启；启：陈述　枘；枘：榫头　5.釜；釜：锅　曝；曝：晒　6.科；科：指古典戏曲中的表情和动作　素；素：平常　7.却；却：推却　隅；隅：山势弯曲险阻的地方　8.冲；冲：要冲，交通要道　阙；阙：通"缺"，缺失　9.蹴；蹴：踏　假；假：假借，依靠　10.擘；擘：分开　文；文：规定、仪式

补充考点

这类题型是<u>中央戏剧学院</u>的主要出题特色，目前其他学校暂无涉及，建议有志于考取中央戏剧学院的考生重点练习。

低频考点

| 出题频率：低 | 难度系数：高 | 训练强度：★★ |

👉 题组一

1. 旧书塾使用的三种教本简称为"三百千"，分别是指《三字经》《百家姓》_____。
2. 《千字文》的作者是_____。
3. "自强不息，止于至善"语出_____。
4. "_____哭_____"是汉族四大民间爱情传说之一，讲述了一个女子万里寻夫不遇的凄楚故事。
5. "图穷匕见"这一典故出自西汉末年_____根据战国时期史料编订的史书《战国策》，讲述的是_____的故事。
6. 提出"君权神授"、"天人合一"、"天人感应"思想的是汉代的_____。
7. 中国最完整、最早的农书是_____。
8. 《别赋》是南朝文学家_____创作的一篇抒情小赋。
9. 苏轼之后真正达到"无意不可入，无事不可言"境界的著名词人是_____，此时期与其双峰并峙的另一位词坛领袖是_____。
10. _____的诗集被称为《剑南诗稿》。

参考答案

1. 《千字文》 2. 周兴嗣 3. 《礼记·大学》 4. 孟姜女 长城 5. 刘向 荆轲刺秦王 6. 董仲舒 7. 《齐民要术》 8. 江淹 9. 辛弃疾 姜夔 10. 陆游

补充考点

姜夔是宋代著名词人、音乐家，他的词调歌曲以清雅著称，注重音律，追求艺术形式美，在内容上陶醉于自然景物或抒发个人离愁别恨。其主要作品是《扬州慢》。

👉 题组二

1. 《申屠献鼎》的作者是_____。
2. 《南州六月荔枝丹》是一篇_____文，作者是_____。
3. "豆蔻年华"指的是女性多少岁？_____
4. "月上柳梢头，人约黄昏后"所指的传统节日是_____。
5. "更上一层楼"是指_____楼。

6.《人生的境界》是著名_____家_____的随笔。
7.在《人生的境界》中,作者描述了四种境界,分别是_____、功利境界、道德境界和_____。
8.中国现代文学史上最早公开发表的话剧剧本是_____。
9.20世纪30年代中国现代派诗歌中风格独异的"汉园三诗人"分别是_____、_____、_____。
10.《我们仨》《走到人生边上》的作者是_____。

参考答案

1.宋濂　2.说明文　贾祖璋　3.十三四岁　4.元宵节　5.鹳雀　6.哲学家　冯友兰　7.自然境界　天地境界　8.《终身大事》　9.卞之琳　何其芳　李广田　10.杨绛

补充考点

中国十大文化名楼:湖南岳阳岳阳楼、湖北武汉黄鹤楼、江西南昌滕王阁、山西永济鹳雀楼、云南昆明大观楼、陕西西安钟鼓楼、山东烟台蓬莱阁、江苏南京阅江楼、湖南长沙天心阁、浙江宁波天一阁。

题组三

1.新中国成立后在"戏改"运动中出现了三部经典作品,分别是田汉编剧的京剧_____,徐进编剧的越剧_____以及浙江昆苏剧团创作的昆曲《十五贯》。
2.革命样板戏的三突出原则是_____、_____、_____。
3.被冯雪峰誉为"真正可以称为英雄史诗"的文学作品是_____。
4.发表在1978年第1期《人民文学》上的_____是新时期报告文学崛起的标志性作品。
5.《十八岁出门远行》的作者是_____。
6.席慕蓉的第一本诗集是_____,亲情和爱情是其作品永恒的主题。
7."理想是石,敲出星星之火;理想是火,点燃熄灭的灯;理想是灯,照亮夜行的路;理想是路,引你走向黎明。"《理想》这首诗的作者是_____。
8._____的文章被称为"文化大散文"。
9.《读书人是幸福人》选自_____,作者是北京大学中文系教授_____。
10.《飞向太空的航程》的作者是贾永、_____、_____。

参考答案

1.《白蛇传》《梁山伯与祝英台》　2.在所有人物中突出正面人物　在正面人物中突出

英雄人物 在英雄人物中突出主要英雄人物 3.《保卫延安》 4.《哥德巴赫猜想》 5.余华 6.《七里香》 7.流沙河 8.余秋雨 9.《永远的校园》谢冕 10.曹智 白瑞雪

补充考点

"文革"八部样板戏：京剧《智取威虎山》《海港》《红灯记》《沙家浜》《奇袭白虎团》，芭蕾舞剧《红色娘子军》《白毛女》，交响音乐《沙家浜》。

题组四

1.被尊奉为中华民族的"人文初祖"的是_____。

2.我国历史上第一个有出土文字证实的王朝是_____。

3.青铜冶炼为手工业中最重要的部门,其工艺技术处于当时世界前列的是_____。

4."皇帝"作为国家元首的正式称号始于_____朝。

5.中国的四个别称为_____、_____、_____、_____。

6.古人认为宇宙源于哪五个组成部分？_____、_____、_____、_____、_____。

7."三纲五常"中的"三纲"指的是_____、_____、_____,"五常"指的是_____。

8.孝悌,"孝"是指对父母要孝顺服从,"悌"是指对_____要敬重顺从。

9.俗话说连中"三元","三元"是指_____、_____、_____。

10.科举考试中前三名的称呼分别是_____、榜眼、探花。

参考答案

1.黄帝 2.商朝 3.商周时期 4.秦 5.中华 神州 九州 华夏 6.金 木 水 火 土 7.君为臣纲 父为子纲 夫为妻纲 仁义礼智信 8.兄长 9.解元 会元 状元 10.状元

补充考点

甲骨文是殷商时代刻写在龟甲兽骨上的文字,内容是商王室进行占卜时刻写的"卜辞"。甲骨文是中国发现的古代汉字中时代最早、体制较为完整的文字。

题组五

1.十二生肖包括鼠、牛、虎、兔、龙、蛇、马、羊、_____、鸡、犬、猪。

2.古代战争中指挥军队撤退时要敲击_____。

3.古代男子手中常握的"三尺"是指_____。

4.我国传统的表示次序的"天干"共有_____个字。

5.中国采用农历纪年的方法,农历通常也称"_____",这一说法是根据月亮圆缺变化的周期,即朔望月制定的。

6.农历三月在古代叫_____月。

7.中国现在的"寺庙"一词在古文里是两个词,两词意思也不相同,"寺"是指_____,"庙"是指_____。

8.八大古都是指_____、_____、_____、_____、_____、_____、_____、_____。

9.战国七雄是指_____、_____、_____、_____、_____、_____、_____。

10.铭是一种刻在器物上用来警戒自己、称颂功德的文字,后来成为一种文体。用于自警的铭文叫_____;刻在石碑上,叙述死者生平,加以颂德追思的铭文叫_____。

参考答案

1.猴 2.锣 3.剑 4.10 5.阴历 6.桃 7.皇帝下的最高一级办事机构 中国古代祭祀天地鬼神的地方 8.西安 南京 北京 洛阳 开封 杭州 安阳 郑州 9.齐国 楚国 燕国 韩国 赵国 魏国 秦国 10.座右铭 墓志铭

补充考点

古代战争习惯号令是鼓进金止,也就是说击鼓是进攻的号令,鸣锣,敲打金属器皿是撤退的号令。

古代某些农历月份的别称:二月:杏月;三月:桃月;五月:榴月;六月:荷月;八月:桂月;九月:菊月。

题组六

1.马可波罗是从_____出发,到达中国的_____朝。

2.清朝于_____年建立,1911年10月10日武昌起义导致清政权瓦解,史家以此视为清朝作为政权灭亡。1912年2月12日,末代皇帝_____下诏退位,清朝正式灭国。

3.在中国清代的年号中,乾隆之后用的年号是_____。

4.詹天佑是_____省的人,他设计了我国第一条铁路_____铁路,_____年建造。

5.辛亥革命发生在_____年。

6.中国共产党诞生于_____年。

7.中国历史上第一部资产阶级民主宪法是1912年的_____。

8.革命先行者_____说:革命尚未成功,同志仍需努力。

9.1932年以后,几个欧洲国家的移民突然涌入上海,他们来自不同的社会阶层,从事不同的职业,使用不同的语言,却又有共同的宗教信仰,他们在上海建立社区、发行报纸,战争结束后,他们离开上海,移往欧美各地。请问他们的共同宗教信仰是什么?_____。

10.第二次世界大战的转折点是_____。

参考答案

1.威尼斯 元 2.1636 溥仪 3.嘉庆 4.江西 京张 1905 5.1911 6.1921 7.《中华民国临时约法》 8.孙中山 9.犹太教 10.斯大林格勒战役

补充考点

清朝十二位皇帝:努尔哈赤、皇太极、顺治帝、康熙帝、雍正帝、乾隆帝、嘉庆帝、道光帝、咸丰帝、同治帝、光绪帝、宣统帝。

题组七

1.中国第一次完全的反侵略胜利是_____。

2.南京大屠杀纪念日是_____。

3.中国国旗的设计者是_____。

4.毛泽东同志给雷锋的题词是_____。

5.20世纪50~70年代的社会风尚主流是_____。

6.世界文明四大摇篮所在地有古埃及_____河畔、伊拉克_____流域、古印度_____之滨和中国的_____流域。

7.希腊酒神是_____。

8."达摩克利斯之剑"是源于_____(国家)的传说典故,国王_____请大臣达摩克利斯赴宴,在他头上用一根马鬃悬挂了一把利剑,后来代指_____。

9."我爱我师,我更爱真理"是_____说的。

10.君士坦丁大帝是_____帝国人物。

参考答案

1.抗日战争的胜利 2.12月13日 3.曾联松 4.向雷锋同志学习 5.勤俭节约、无私奉献 6.尼罗 两河 恒河 黄河 7.狄俄尼索斯 8.古希腊 狄奥尼修斯 "临绝地而不衰" 9.亚里士多德 10.罗马

补充考点

达摩克利斯之剑,中文或称"悬顶之剑",源自古希腊传说,用来表示时刻存在的危险。

题组八

1. 欧洲的"中世纪"指的是哪个时间段?_____。
2. 欧洲文化史上继古希腊、古罗马之后的第二个高峰期是_____。
3. 18 世纪出版的、被认为是当今世界上最出名、最有权威的百科全书是_____。
4. "生存还是死亡,这是一个问题"出自于_____的_____。
5. 英国著名浪漫主义诗人_____在他的《蝈蝈与蛐蛐》一诗中把夏天蝈蝈的"乐音"和冬天蛐蛐的"歌儿"称为"_____",并称之"从来不会死亡"。
6. 《人性的枷锁》的作者是_____。
7. 《火鸟》是来自_____国的民间故事。
8. 马丁·路德是德国宗教改革运动的领袖,创造了现代德国散文,其代表作有_____。
9. 《父亲的手提箱》的作者是_____作家_____。
10. 《科学是美丽的》作者是旅美_____家_____的作品。

参考答案

1. 约公元 476 年~公元 1453 年 2. 文艺复兴时期 3. 《不列颠百科全书》 4. 莎士比亚 《哈姆雷特》 5. 济慈 大地的诗歌 6. 毛姆 7. 俄 8. 《上主是我坚固保障》 9. 土耳其 帕慕克 10. 物理学 沈致远

 补充考点

济慈是著名的英国诗人,也是欧洲浪漫主义运动的杰出代表,与雪莱、拜伦齐名。其代表作品有《夜莺颂》《忧郁颂》等。

题组九

1. 诗歌《在地铁车站》的作者是美国意象派运动主要发起人_____。
2. 世界名著《瓦尔登湖》的作者是美国作家_____。
3. 象征主义戏剧流派的形成以比利时戏剧作家_____的创作为标志。
4. 象征主义"三驾马车"是指法国象征派诗歌代表人物_____、_____和_____

三人。

5.《一碗清汤荞麦面》是_____（国籍）作家_____的一篇短篇小说。

6.小说"哈利·波特"系列的作者是_____。

7.2014年诺贝尔文学奖的获得者是_____国的_____。

8.通常情况下,电影是24帧/秒,PAL制式是_____帧/秒。

9.天一电影公司成立于_____年。

10.1957年获国家文化部优秀影片一等奖的是_____。

参考答案

1.庞德　2.梭罗　3.梅特林克　4.魏尔伦 马拉美 兰波　5.日本 栗良平　6.罗琳　7.法 莫迪亚诺　8.25　9.1925　10.《渡江侦察记》

补充考点

目前,亚洲共有四位诺贝尔文学奖获得者,分别是<u>1913年印度的泰戈尔</u>、<u>1968年日本的川端康成</u>、<u>1994年日本的大江健三郎</u>、<u>2012年中国的莫言</u>。

题组十

1.1999年,我国第一家广播电视集团_____揭牌。

2.2001年,我国最大的传媒集团_____正式启动。

3.《归心似箭》中齐玉贞的扮演者是_____。

4.电影《万万没想到》的导演是_____。

5.《老男孩》中筷子兄弟的偶像是_____。

6.爱迪生早期拍摄的电影,成为后来以好莱坞为代表的_____的传统。

7.印象派电影是_____国电影派别之一,受印象派绘画的影响,追求美观、新奇的视觉形象。

8.《摄影影像的本体论》的作者是_____。

9.导演迈克尔·哈扎纳维希乌斯的作品_____获得第84届奥斯卡最佳影片奖。

10.电影《穆赫兰道》的导演是_____。

参考答案

1.无锡广播电视集团　2.中国广播影视集团　3.斯琴高娃　4.叫兽易小星　5.杰克逊　6.技术主义　7.法　8.巴赞　9.《艺术家》　10.大卫·林奇

补充考点

法国较有影响的电影流派有法国诗意现实主义电影、法国新浪潮电影、法国"左岸派"电影等。

题组十一

1. 电影_____被美国媒体誉为"反智电影"的代表作。
2. 电影《阿甘正传》中主人公阿甘将人生比作一盒_____。
3. 名著系列电影《魔戒》《霍比特人》改编自著名美国小说家_____的同名小说。
4. Facebook(脸谱)的创始人是_____。知名导演大卫·芬奇根据其经历拍摄了电影_____,该影片在第83届奥斯卡金像奖评选中获得了三项大奖。
5. 中央人民广播电台开播的第一个少数民族语言节目是_____语广播。
6. 1980年7月,中央电视台创办了第一个具有深度报道性质的电视新闻评论栏目_____。
7. 被评论界誉为中国纪录片发展的"里程碑"的是_____。
8. 电视剧《武媚娘传奇》的导演是_____。
9. 提出"地球村"这一概念的是加拿大著名传播学者_____。
10. 根据_____的差异,将受众分为读者、听众、观众和_____。

参考答案

1.《阿甘正传》 2.巧克力 3.托尔金 4.马克·扎克伯格 《社交网络》 5.藏 6.《观察与思考》 7.《望长城》 8.高翊浚 9.马歇尔·麦克卢汉 10.接触媒介方式 网民

补充考点

《阿甘正传》是由罗伯特·泽米吉斯执导的电影,由汤姆·汉克斯、罗宾·怀特等人主演,于1994年在美国上映,该影片于1995年获得奥斯卡最佳影片奖、最佳男主角奖、最佳导演奖等6项大奖。

题组十二

1. 美术的特征包括物质性、可读性、_____和独创性。
2. 吴昌硕创立了我国历史上最著名的书法篆刻机构_____。
3. _____曾称赞张大千道:五百年来一大千。

4. 第一个将西方油画引入我国的是_____。

5. "瓷都"是指_____。

6. 敦煌壁画《九色鹿本生图》是_____时期的作品。

7. 中国国家大剧院是由_____国的设计师设计。

8. 葡萄牙和_____是西欧最早探寻新航路的国家。

9. 卢浮宫的三件镇馆之宝：_____《爱神维纳斯》《胜利女神》。

10. _____与唐纳太罗一起被称为"20世纪最富有影响力的两位艺术大师"。

参考答案

1.文化性 2.西泠印社 3.徐悲鸿 4.罗明坚 5.景德镇 6.北魏 7.法 8.西班牙 9.《蒙娜丽莎》 10.吉贝尔蒂

补充考点

张大千是20世纪著名的国画大师，他与齐白石一南一北，被人们称为"<u>南张北齐</u>"。

题组十三

1. 按声源来分，音乐可分为_____和_____两大类。

2. 按照性质音乐可分为_____、_____、_____、_____。

3. 被称为"法国号"的乐器是_____。

4. 我国音乐的可考历史可以上溯到_____时代，其实物依据是在河南舞阳县贾湖发掘出土的18只_____。

5. _____是中国最早的吹奏乐器。

6. "我爱你塞北的雪……"是歌颂_____精神的歌曲中的歌词，歌名是_____。

7. 《在希望的田野上》是_____唱法的声乐作品。

8. 世界上最早制定国歌的国家是_____。

9. 小泽征尔是_____著名指挥家。

10. 1988年奥运会主题曲是_____，被认为是奥运会史上流传最广的一首主题曲。

参考答案

1.声乐 器乐 2.纯音乐 标题音乐 轻音乐 复调音乐 3.圆号 4.新石器 骨笛 5.骨笛 6.无私奉献《我爱你塞北的雪》 7.民族 8.荷兰 9.日本 10.《手拉手》

补充考点

2008年北京奥运会开幕式的主题曲是<u>《我和你》</u>，是由中国歌手<u>刘欢</u>和英国歌手<u>莎</u>

拉·布莱曼共同演绎,这首歌的词曲是由北京奥运会开幕式音乐总监<u>陈其钢</u>所创作。

👉 题组十四

1.戏剧是一种综合的舞台艺术,它把_____、_____、_____、_____、_____、_____等多种艺术综合成为一种独立的艺术形式。

2.吕天成在戏曲史上的突出成就是著有重要的戏曲理论批评专著_____一书,王骥德的_____则是中国戏曲史上第一部全面系统的创造性理论著作。

3.歌舞伎是_____(国家)一种古典市民艺术,融歌、舞、乐和戏剧于一体的综合性艺术形式。

4.浪漫主义芭蕾的开山之作是_____,古典芭蕾的顶峰之作是_____。

5.宋代的汴梁、临安等都市里,出现了专门的娱乐场所称为"瓦舍""瓦子""瓦峰","瓦子"里有专门的表演场所,叫作_____。

6.想象分为_____性想象和_____性想象,艺术创作主要需要_____性想象。

7.新中国成立以来,在我国文艺理论界占据主导地位的理论是_____的理论。

8.艺术的三大作用是_____生活、说明生活,为生活下判断。

9.艺术传播的四大要素是艺术信息、_____、_____、_____。

10.互易律失效会带来三种画面效果,分别是_____、_____、_____。

🖋 参考答案

1.文学 表演 绘画 雕塑 音乐 舞蹈 2.《曲品》《曲律》 3.日本 4.《仙女》《天鹅湖》 5.勾栏 6.再造 创造 创造 7.艺术起源于劳动 8.再现 9.传播主体 受传者 传播媒介 10.曝光不足 反差变异 影像失真

🖋 补充考点

艺术的起源是一个复杂的问题,目前流行的有以下几种学说:<u>模仿说、表现说、游戏说、巫术说、劳动实践说</u>等。

👉 题组十五

1.我国名茶大红袍产自_____。

2.著名旅游景点华山在我国的_____省。

3.被誉为"东方佛都"的法门寺位于我国哪个省哪个市?_____。

4.我国的四大直辖市是_____、_____、_____、_____。

5.世界上最长的山脉和最高的高原分别是_____、_____。

6.世界上最长的运河是_____。

7.我国的四大高原是青藏高原、内蒙古高原、黄土高原和_____。

8.北京简称"京",江苏简称_____,山东简称_____,安徽简称_____,湖南简称_____,广东简称_____,河南简称_____,海南简称_____。

9.烟台市在我国_____省,宁波市在我国_____省,淮北市在我国_____省,漳州市在我国_____省,基隆市在我国_____省,景德镇在我国_____省,安阳市在我国_____省,三亚市在我国_____省,高雄市在我国_____省,长春市在我国_____省,大连市在我国_____省,哈尔滨市在我国_____省。

10.世界上唯一的七星级酒店"帆船酒店"是在_____。

参考答案

1.福建武夷山 2.陕西 3.陕西省宝鸡市 4.北京 天津 上海 重庆 5.安第斯山脉 青藏高原 6.京杭大运河 7.云贵高原 8.苏 鲁 皖 湘 粤 豫 琼 9.山东 浙江 安徽 福建 海南 台湾 江西 河南 海南 台湾 吉林 辽宁 黑龙江 10.迪拜

补充考点

越南首都:河内,泰国首都:曼谷,日本首都:东京,印度首都:新德里,伊拉克首都:巴格达,波兰首都:华沙,德国首都:柏林,美国首都:华盛顿,澳大利亚首都:堪培拉,意大利首都:罗马。

题组十六

1.埃博拉的发源地是_____。

2.报告文学《哥德巴赫猜想》的主人公是我国数学家_____。

3.锤子手机创始人是_____。

4."长征三号乙"运载火箭将_____探测器送上太空。

5.中国第一位进入太空的宇航员是_____。

6.中国自己研发的全球定位导航系统叫_____。

7.货币的基本职能是价值尺度和_____。

8._____是专门协调国际贸易关系的国际经济组织,是联合国专门机构之一。

9.中华人民共和国最高权力机关是_____。

10.中国国旗的一颗大星星代表中国共产党,四颗小星星分别代表工人、农民、_____、_____。

参考答案

1.西非 2.陈景润 3.罗永浩 4.嫦娥三号 5.杨利伟 6.中国北斗卫星导航系统

7.流通手段　8.世界贸易组织　9.全国人民代表大会　10.民族资产阶级 城市小资产阶级

补充考点

2012年6月16日神舟九号顺利升空,刘洋成为第一位飞天的中国女航天员。

题组十七

1.黄金分割是由_____创立的。

2.爱因斯坦是_____大学毕业。

3.周恩来曾说过,"犹太民族出现过两位伟大的人物",这两位伟大的人物是指马克思和_____。

4."光年"是什么单位？_____。

5.爱迪生是_____国科学家。

6.蒸汽机是_____国人瓦特发明的。

7.奥运会的发源地是_____。

8.奥林五环的五个环代表的大洲是_____、_____、_____、_____、_____。

9.参加第一届古代奥运会的国家有_____个。

10.我国在奥运会上第一位拿到金牌的运动员是_____。

参考答案

1.毕达哥拉斯　2.苏黎世工业　3.爱因斯坦　4.长度　5.美　6.英　7.古希腊　8.欧洲 亚洲 非洲 大洋洲 美洲　9.3　10.许海峰

补充考点

爱因斯坦是犹太裔物理学家,他于1921年获得诺贝尔物理奖,为核能开发奠定了理论基础,被公认为是继伽利略、牛顿以来最伟大的物理学家。

题组十八

1.CG是_____的英文缩写。

2.供工商企业使用的互联网通用顶级域名是".com",供教育机构使用的顶级域名是_____,中国国家的顶级域名是_____。

3.SOS是什么国际的通讯信号？_____。

4.HD.TV是指高清电视,那么CATV是指_____电视。

5.UFO 的中文意思是_____。

6.HTTP 是指_____协议,FTP 是指_____协议。

7.二氧化硫的性质是_____。

8.植物向光生长的激素是_____。

9.在化学元素表中卤素包括哪些?_____、_____、_____、_____

10.PM2.5 是指_____。

参考答案

1.Computer Graphics(计算机图形学)　2..edu .cn　3.国际摩尔斯电码救难信号　4.广电有线　5.不明飞行物(飞碟)　6.超文本传输 文件传输　7.酸性　8.生长素　9.氟 氯 溴 碘　10.细微颗粒

补充考点

这组题目难度较高,但是在考试中所占比率非常小,所以考生只要了解即可,不建议刻意去准备。

经典题型三　名词解释题

题型解析

一、题型特征

名词解释题型就是要求考生对一个名词进行直接的说明,特点是要点全面、言简意赅。总体来说,该题型从考查内容上看,可分为以下几类:

(1)考查流派、思潮。例如"意大利新现实主义电影""婉约派""新月社""立体主义"等。

(2)考查各类奖项。例如"茅盾文学奖""金鸡奖""百花奖""金像奖""华表奖"等。

(3)考查某事物的定义。例如"芭蕾舞""公益广告""主观镜头""京剧""蒙太奇""交响曲"等。

(4)考查名人。例如"梅兰芳""老舍""白居易""贝多芬""王羲之""泰戈尔""宫崎骏"等。

(5)考查名作。例如《清明上河图》《蒙娜丽莎》《诗经》《荷马史诗》《离骚》《史记》等。

(6)考查某种说法。例如"曹衣出水,吴带当风""皇家富贵,徐熙野逸""马一角""夏半边"等。

(7)考查某事物包含的内容。例如"色彩三要素""莎士比亚四大悲剧""临川四梦""双百方针""三言二拍""四书五经"等。

二、出现频率★★★

三、应试技巧

一般而言,虽然不同的名词解释题考查的内容和重点各不相同,但是都有一套常规的答题模式:"发生时间+发生地点+主要内容+历史意义(作用、影响等)+代表作家+代表作品"。考生在答题时只要根据具体考查情况,选择其中几项进行回答即可。考生在准备名词解释题型时,主要就是记忆这些要点。

题型练习

高频考点

| 出题频率：高 | 难度系数：低 | 训练强度：★★★★★ |

题组一

1. 诸子百家
2. 四书五经
3. 汉乐府
4. 建安文学
5. 新乐府运动

 参考答案

1.诸子百家：诸子百家是对春秋战国时期各种学术派别的总称，诸子百家流传最为广泛的是儒家、道家、阴阳家、法家、名家、墨家、杂家、农家、小说家、纵横家。其中，儒家的代表人物是孔子、孟子、荀子，道家的代表人物是老子、庄子，法家的代表人物是韩非子，墨家的代表人物是墨子。

2.四书五经：四书五经是"四书"和"五经"的合称，是中国儒家经典的书籍。"四书"指的是《论语》《孟子》《大学》《中庸》，"五经"指的是《诗经》《尚书》《礼记》《周易》《春秋》。

3.汉乐府：原为汉武帝刘彻设立的专管音乐的官署，因兼及创作和收集民间诗歌、乐曲，于是称这类诗歌为"乐府诗"，或简称"乐府"。汉乐府诗以其匠心独运的立题命意、高超熟练的叙事技巧、灵活多样的体制，成为中国古代诗歌新的范本。其中的名篇有《陌上桑》《孔雀东南飞》《十五从军征》等。

4.建安文学：建安文学是指汉末建安至魏初的文学。这一时期的文学作品以诗歌的成就最高，不少诗歌继承了汉乐府民歌的优良传统，反映了社会动荡的现实和人民遭受离乱的痛苦，表达了渴望国家统一的要求，形成了慷慨悲凉的"建安风骨"这一独特风格。其主要作家有曹操、曹丕、曹植和建安七子等。

5.新乐府运动：中唐时期，朝政日益腐败，一部分文人认为古题乐府已不能适应时代要求，不能起到反映民生疾苦、匡救时弊的作用，于是在继承乐府诗的现实主义创作传统的基础上，提倡"即事名篇"，主张"文章合为时而著，歌诗合为事而作"，强调以自创的新的乐府题目咏写时事，兴起新乐府运动。主要代表人物是白居易、元稹等。

题组二

1. 盛唐边塞诗派
2. 豪放派
3. 元杂剧
4. 鸳鸯蝴蝶派
5. 荷花淀派

参考答案

1. **盛唐边塞诗派**：盛唐诗歌的主要流派之一。文学史家根据作品反映的题材，把盛唐诗坛上善于表现边塞生活的诗人称作"边塞诗派"。其代表人物有高适、岑参、王昌龄等，成就最大的是高适和岑参。

2. **豪放派**：豪放派是宋词的一个流派，与婉约派并为宋词两大词派。豪放派词作境界宏大、气势恢弘、不拘格律、汪洋恣意、崇尚直率。主要代表人物是苏轼、辛弃疾等。

3. **元杂剧**：又称北杂剧、北曲，是在民间戏曲、宋金院本、诸宫调等基础上，融合舞蹈、说唱、伎艺、科诨等表演要素而形成的一种戏曲形式。代表作家作品有关汉卿《窦娥冤》、王实甫《西厢记》、马致远《汉宫秋》、白朴《梧桐雨》等。

4. **鸳鸯蝴蝶派**：鸳鸯蝴蝶派是由清末民初言情小说发展而来，20世纪初叶在上海"十里洋场"形成的一个文学流派。他们最初热衷的题材是言情小说，写才子和佳人"相悦相恋，分拆不开，柳荫花下，像一对蝴蝶，一双鸳鸯"，因此得名。主要作家有包天笑、徐枕亚、周瘦鹃、李涵秋、张恨水等，少数作品虽在一定程度上暴露了社会的黑暗，但多数作品内容庸俗、思想空虚。

5. **荷花淀派**：又称"白洋淀派"，因孙犁20世纪40年代发表短篇小说《荷花淀》而得名，代表作家作品有孙犁《风云初记》《铁木前传》、刘绍棠《运河的桨声》、从维熙《鸡鸭委员》等。该派在风格上追求诗的意境和散文的韵味，强调文学的现实主义品格而又在其中渗透着浪漫主义气息，在当代文学史上产生了广泛影响。

题组三

1. 《诗经》
2. 楚辞
3. 《离骚》
4. 《劝学》
5. 乐府双璧

参考答案

1.《诗经》:《诗经》是中国文学史上最早的一部诗歌总集,又称为《诗》或"诗三百",它收集了自西周初年至春秋中叶的305篇诗歌。内容上分为风、雅、颂三部分,"风"是地方民歌,"雅"主要是朝廷乐歌,"颂"主要是宗庙乐歌。表现手法主要是赋、比、兴。《诗经》是我国古典文学现实主义传统的源头。

2.楚辞:又称"楚词",是战国后期以屈原为代表的楚国文人在楚国民歌的基础上创造的一种新的诗体。作品运用楚地(今两湖一带)的文学样式、方言声韵,叙写楚地的山川人物、历史风情,具有浓厚的地方特色。西汉末年,刘向把屈原、宋玉的作品及汉代淮南小山、东方朔、王褒等人"承袭屈原"的作品编辑成集,书名题作《楚辞》。它是继《诗经》以后,对我国文学影响深远的一部诗歌总集,也是我国第一部浪漫主义诗歌总集。

3.《离骚》:战国时期楚国诗人屈原所作,是中国古代诗歌史上一首带有自传体性质的长篇抒情诗。表现了诗人坚持"美政"理想,抨击黑暗现实,不与邪恶势力同流合污的斗争精神和至死不渝的爱国热情。开创了中国诗词以"香草美人"寄情言志的比兴手法。

4.《劝学》:战国末期著名思想家、文学家、政治家荀子的代表作,是《荀子》一书的首篇,系统地论述了学习的目的、意义、态度和方法,对后世影响很深远。

5.乐府双璧:《木兰诗》和《孔雀东南飞》的合称,汉乐府中最著名的两大代表作。《木兰诗》又名《木兰辞》,是北朝民歌;《孔雀东南飞》又名《古诗为焦仲卿妻作》,是汉乐府民歌杰作之一,也是现存最早的一首长篇叙事诗。

题组四

1.《搜神记》
2.唐传奇
3.《西厢记》
4.《赵氏孤儿》
5.《牡丹亭》

 参考答案

1.《搜神记》:《搜神记》是一部记录古代民间传说中神奇怪异故事的小说集,搜集了古代的神异故事共四百多篇,开创了我国古代神话小说的先河,作者是东晋史学家干宝。其中大部分故事在一定程度上反映了古代人民的思想感情,集我国古代神话传说之大成。

2.唐传奇:唐传奇是指唐代的文言短篇小说,作者大多以记、传名篇,以史家笔法,传奇闻异事。唐传奇内容广泛,多以历史、爱情、侠义、神怪故事等为题材。其主要作品有李朝威的《柳毅传》、元稹的《莺莺传》、白行简的《李娃传》、蒋防的《霍小玉传》、陈鸿的

《长恨歌传》等。

3.《西厢记》:《西厢记》全名《崔莺莺待月西厢记》,是元代戏曲作家王实甫所作的戏剧名著。它叙述了书生张君瑞和相国小姐崔莺莺邂逅相遇、一见钟情,经红娘的帮助,为争取婚姻自主,敢于冲破封建礼教的禁锢而私下结合的爱情故事,表达了对封建婚姻制度的不满和反抗,以及对美好爱情理想的憧憬和追求。

4.《赵氏孤儿》:元代戏曲作家纪君祥所作,叙述春秋时期晋国贵族赵氏被奸臣屠岸贾陷害而惨遭灭门,幸存下来的赵氏孤儿赵武长大后为家族复仇的故事。是一部具有浓郁悲剧色彩的历史剧,与《窦娥冤》《长生殿》《桃花扇》并称中国古典四大悲剧。

5.《牡丹亭》:全称《牡丹亭还魂记》,明代汤显祖著,我国古代戏曲史上最伟大的作品之一,代表了明代戏曲创作的最高峰。这部作品通过杜丽娘与书生柳梦梅之间生死离合的爱情故事,揭露了封建礼教的罪恶,歌颂了青年男女生死不渝的爱情。

题组五

1.《西游记》

2.《红楼梦》

3.《桃花扇》

4.《儒林外史》

5.三言二拍

参考答案

1.《西游记》:《西游记》是我国第一部长篇神怪小说,明代吴承恩著。该书描写了孙悟空、猪八戒、沙僧保护唐僧西天取经,历经九九八十一难的传奇故事。小说熔幻想情节和生活真实于一炉,规模宏大、故事曲折、文笔诙谐、妙趣横生,是中国古代第一部浪漫主义长篇神魔小说、中国古典四大名著之一。

2.《红楼梦》:《红楼梦》又名《石头记》,是我国一部伟大的古典长篇章回体小说,全书共一百二十回,前八十回为清代曹雪芹所作,后四十回多认为由高鹗续成。小说以贾宝玉、林黛玉的爱情悲剧为主线,描写了以贾家为代表的"贾、史、王、薛"四大家族的衰落过程,批判并揭示了封建社会制度濒于崩溃和必然灭亡的历史趋势。

3.《桃花扇》:《桃花扇》是清初剧作家孔尚任创作的一部伟大的现实主义历史剧。作品通过侯方域与李香君悲欢离合的爱情故事,反映了明末动荡的社会现实及统治阶级内部的派系斗争,从而揭示了南明覆灭的根本原因。整部剧是"借离合之情,写兴亡之感",饱含了强烈的爱国主义情感。

4.《儒林外史》:由清代吴敬梓著,是我国文学史上第一部长篇讽刺小说。小说揭示了八股制对士人心灵的摧残,并由此扩展到对当时的官僚制度、人伦关系乃至整个社会风尚的批判。书中的主要人物有周进、范进、严贡生、杜少卿、沈琼枝等。其中,严监生是经典的吝啬鬼形象。

5.三言二拍:三言二拍是指明代五本著名传奇短篇小说集及拟话本集的合称。"三言"是指明代冯梦龙纂辑的《喻世明言》《警世通言》《醒世恒言》,"二拍"是指明代凌蒙初编著的《初刻拍案惊奇》和《二刻拍案惊奇》。"三言二拍"代表了明代白话短篇小说的最高成就。

题组六

1.《呐喊》
2.《四世同堂》
3.《雷雨》
4.农村三部曲
5.《平凡的世界》

参考答案

1.《呐喊》:鲁迅著名的小说集,作品真实地描绘了从辛亥革命到五四运动时期的社会生活,揭示了种种深层次的社会矛盾,对中国的旧有制度及陈腐的传统观念进行了深刻的剖析和比较彻底的否定,表现出对民族生存浓重的忧患意识和对社会变革的强烈愿望。《呐喊》中收录了《狂人日记》《孔乙己》《药》《阿Q正传》等著名小说。

2.《四世同堂》:《四世同堂》是中国著名作家老舍所创作的长篇小说。作品以北平小羊圈胡同为背景,以祁家四世同堂的生活为主线,辅以北平小羊圈胡同各色人等的荣辱浮沉、生死存亡,真实地记述了北平沦陷后的畸形世态,形象地描摹了日寇铁蹄下广大平民的悲惨遭遇、心灵震撼和反抗斗争。

3.《雷雨》:我国戏剧大师曹禺的处女作和成名作,以其深刻的思想内容和卓越的艺术技巧,成为中国近代文学史上划时代的经典和里程碑,也是现代话剧成熟的标志。《雷雨》描写了一个封建资产阶级大家庭的矛盾,深刻地反映了酝酿着一场大变动的中国社会的现实。

4.农村三部曲:农村三部曲是茅盾的三部文学作品,包括《春蚕》《秋收》《残冬》。由于它们都是描写农村生活,三个短篇人物贯穿、故事相连,因此称"农村三部曲"。从《春蚕》写蚕丝业萧条所引起的农村破产,《秋收》写农民在饥饿中的抢粮风潮,到《残冬》写农民在一年生计完全绝望以后,终于自发起来进行武装斗争,反映出那个年代旧中国农村变化和农民觉醒的全过程,给我们留下了一幅清楚、生动的历史图画。

5.《平凡的世界》:《平凡的世界》是路遥创作的一部全景式地表现中国当代城乡社会生活的长篇小说,全书共三部。作品通过复杂的矛盾纠葛,以孙少安和孙少平两兄弟为中心,刻画了当时社会各阶层众多普通人的形象,深刻地展示了普通人在大时代历史进程中所走过的艰难曲折的道路,被誉为"茅盾文学奖"皇冠上的明珠。

题组七

1.《伊索寓言》
2.《美狄亚》
3.莎士比亚四大悲剧
4.莎士比亚四大喜剧
5.《人间喜剧》

参考答案

1.《伊索寓言》:《伊索寓言》是世界上最早的寓言故事集,相传为公元前6世纪古希腊奴隶伊索所作,经后人的整理汇编得以流传下来。《伊索寓言》共收集350余篇小寓言,多以动物生活为主要内容。比较著名的寓言故事有《农夫与蛇》《龟兔赛跑》《狼和小羊》《狐狸和葡萄》《乌鸦和狐狸》等。

2.《美狄亚》:古希腊悲剧家欧里庇得斯的代表作,是古希腊悲剧代表作品之一。剧作着重刻画的是美狄亚的复仇心理,对妇女的卑微地位和不幸遭遇表示了深切的同情。其剧作语言接近口语,尤擅长描写人物心理,充满浪漫情调和闹剧气氛,对后代剧作家有很大的影响。

3.莎士比亚四大悲剧:莎士比亚四大悲剧包括《哈姆雷特》《奥赛罗》《李尔王》《麦克白》,故事均取自欧洲的历史传说。莎士比亚四大悲剧对中世纪的传统观念提出了质疑,同时将人们的注意力集中到超道德的崇高的精神追求方面,因此它对文艺复兴时期社会的发展起到了重要的推动作用。

4.莎士比亚四大喜剧:莎士比亚四大喜剧包括《威尼斯商人》《仲夏夜之梦》《皆大欢喜》《第十二夜》。主要描写青年男女为追求爱情自由,与封建意识、封建顽固势力和各种自私欺骗行为所进行的斗争。

5.《人间喜剧》:19世纪法国最伟大的批判现实主义作家巴尔扎克将一生创作的96部长、中、短篇小说和随笔收录为《人间喜剧》,作品广泛、深刻地再现了19世纪上半叶法国社会生活的方方面面,被称为法国社会的"百科全书"。其中,代表作是《欧也妮·葛朗台》《高老头》《贝姨》等。

题组八

1.三曹
2.初唐四杰

3.小李杜

4.花间派

5.唐宋八大家

参考答案

1.三曹:指汉魏时期曹操及其子曹丕、曹植。父子三人均以诗文著称。曹操是建安时期杰出的文学家和建安文学新局面的开创者,代表作有《龟虽寿》等。曹丕的代表作有《燕歌行》《与吴质书》等,曹植是第一个大力创作五言诗的作家,代表作有《洛神赋》等。因他们的政治地位和文学成就对当时文坛影响很大,是建安文学的代表,所以后人合称之为"三曹"。

2.初唐四杰:唐初文学家王勃、杨炯、卢照邻、骆宾王的合称。在理论上,他们对齐梁诗风表示不满。在内容上,他们突破了"绮错婉媚"的氛围,把诗歌从狭窄的宫廷移向了广阔的市井,从小小的台阁推向了无边的江山塞漠。在形式上,他们对五言律诗的定型、七言古诗的发展和成熟贡献巨大。

3.小李杜:唐朝的李商隐和杜牧合称"小李杜"。二人皆晚唐杰出诗人,又生于李白、杜甫之后,故称"小李杜"。他们对诗、赋、文都颇为擅长,以诗影响最大。李商隐的诗作大都以男女爱情相思为题材,无题诗是其别具一格的创造,主要作品有《锦瑟》《无题》《夜雨寄北》等。杜牧博学多才,诗、赋、散文皆工,以诗的成就最高,主要作品有《江南春》《泊秦淮》《阿房宫赋》等。

4.花间派:得名于词集《花间集》。五代时期,赵崇祚把晚唐五代词风相近的温庭筠、韦庄等18位词人共500首词,编纂成我国最早的一部文人词总集《花间集》。因为这些文人都奉温庭筠为祖进行创作,词风大体相近,"花间派"由此而得名。

5.唐宋八大家:唐宋时期八大散文家的合称,包括唐代的韩愈、柳宗元,宋代的苏轼、苏洵、苏辙、欧阳修、王安石、曾巩。因明代茅坤选辑他们的作品编成《唐宋八大家文钞》而得名。唐宋文坛以他们的文学成就影响度最高、作品流传最广。

题组九

1.元曲四大家

2.李渔

3.鲁迅

4.老舍

5.茅盾

参考答案

1.元曲四大家:元曲四大家是指关汉卿、白朴、马致远、郑光祖四位元代杂剧作家。他们四人代表了元代不同时期不同流派杂剧创作的成就,因此被称为"元曲四大家"。其主要代表作品有关汉卿的《窦娥冤》、白朴的《梧桐雨》、马致远的《汉宫秋》、郑光祖的《倩女离魂》。

2.李渔:字笠鸿,号笠翁,清代著名的戏曲作家和戏曲理论家。在长期戏曲艺术的实践中,积累了丰富的剧本创作和表演、导演方面的经验。所著《闲情偶寄》除饮食、营造、园艺等内容外,其词曲部、演习部为戏曲艺术经验的总结,是我国第一部完整的戏曲理论著作。创作剧作《奈何天》《比目鱼》《风筝误》等10种,合称《笠翁十种曲》,《风筝误》是其代表作。

3.鲁迅:浙江绍兴人,原名周树人,伟大的文学家、思想家和革命家,中国现代文学的奠基人。1918年,他在《新青年》上发表了现代文学史上第一篇白话小说《狂人日记》。其主要作品有短篇小说集《呐喊》《彷徨》和《故事新编》,散文诗集《野草》,回忆性散文集《朝花夕拾》,杂文集《坟》《华盖集》《三闲集》《二心集》《南腔北调集》等。

4.老舍:原名舒庆春,字舍予,现代著名作家、剧作家。老舍的作品大多取材于北京市民的生活,用生动活泼的北京口语写成,使作品具有浓厚的地方色彩和强烈的生活气息,形成一种通俗而又诙谐幽默的独特风格,成为"京味小说"的开创者。代表作有长篇小说《骆驼祥子》《四世同堂》《老张的哲学》《赵子曰》《二马》《猫城记》等,中篇小说《我这一辈子》,短篇小说《月牙儿》《断魂枪》等,话剧作品《茶馆》《龙须沟》《女店员》等。

5.茅盾:原名沈德鸿,字雁冰,中国现代著名作家、文学评论家,提倡"为人生"的文学主张。其主要作品长篇小说《子夜》被誉为中国第一部成功的现实主义作品。其他作品还有"农村三部曲"(《春蚕》《秋收》《残冬》)、《蚀》三部曲(《幻灭》《动摇》《追求》)、短篇小说《林家铺子》等。

题组十

1.莫言

2.金庸

3.古希腊三大悲剧家

4.莎士比亚

5.列夫·托尔斯泰

参考答案

1.莫言:原名管谟业,山东高密人,是第一个获得诺贝尔文学奖的中国籍作家。获奖理由是:"通过幻觉现实主义将民间故事、历史与当代社会融合在一起。"代表作品有短篇小说《爆炸》《枯河》《拇指铐》,中篇小说《透明的红萝卜》《红高粱》《高粱酒》,长篇小说《丰乳肥臀》《生死疲劳》等。

2.**金庸**:原名查良镛,当代著名武侠小说家。1955年他的第一部新武侠小说《书剑恩仇录》问世,引起文坛轰动,此后接连创作了《射雕英雄传》、《神雕侠侣》、《倚天屠龙记》、《天龙八部》、《笑傲江湖》、《碧血剑》、《鹿鼎记》等多部武侠小说。

3.**古希腊三大悲剧家**:埃斯库罗斯、索福克勒斯和欧里庇得斯被称为"古希腊三大悲剧作家"。其中埃斯库罗斯被誉为"悲剧之父",其主要作品有《被缚的普罗米修斯》《俄瑞斯忒亚》等;索福克勒斯被誉为"戏剧艺术的荷马",其主要作品有《俄狄浦斯王》《安提戈涅》等;欧里庇得斯享有"舞台上的哲学家"的美誉,其主要作品有《美狄亚》《特洛伊妇女》等。

4.**莎士比亚**:16世纪英国文艺复兴时期伟大的戏剧家、诗人,被誉为"时代的灵魂",马克思称他为"人类最伟大的戏剧天才"。其主要作品有"四大悲剧"、"四大喜剧"、《无事生非》、《罗密欧与朱丽叶》等。其"四大悲剧"是《哈姆雷特》《奥赛罗》《李尔王》《麦克白》。"四大喜剧"是《威尼斯商人》《仲夏夜之梦》《皆大欢喜》《第十二夜》。

5.**列夫·托尔斯泰**:列夫·托尔斯泰是19世纪中期俄国批判现实主义作家、文学家、思想家,被列宁誉为"俄国革命的一面镜子"。其主要作品有《复活》《战争与和平》《安娜·卡列妮娜》,展现了俄国剧烈的社会变动。

题组十一

1.契诃夫
2.莫里哀
3.惠特曼
4.泰戈尔
5.卡夫卡

参考答案

1.**契诃夫**:19世纪末期俄国批判现实主义作家、短篇小说艺术大师、戏剧家。代表作有短篇小说《变色龙》《胖子和瘦子》《凡卡》《套中人》《小公务员之死》等。契诃夫后期转向戏剧创作,主要作品有《伊凡诺夫》《海鸥》《万尼亚舅舅》《三姊妹》《樱桃园》等。

2.**莫里哀**:17世纪法国古典主义喜剧作家,他熟练运用古典主义艺术法则,写出了大量具有人文主义思想的剧作,具有民主倾向。其作品多表现当代题材,立足社会现实,主要有《伪君子》《悭吝人》《可笑的女才子》《恨世者》《贵人迷》《女博士》等。

3.**惠特曼**:美国19世纪最杰出的浪漫主义诗人,其诗热情奔放,打破了因袭的诗歌格律,确立了自由体诗歌的地位,对美国和欧洲诗歌的发展以及美国现实主义文学的形成都有很大的影响,代表作品是诗集《草叶集》。

4.**泰戈尔**:印度19~20世纪杰出的诗人、文学家和戏剧家。代表作有诗集《飞鸟集》《吉檀迦利》《新月集》《园丁集》,长篇小说《戈拉》《沉船》等,诗作《人民的意志》被定为印度国歌。他的作品反映了印度人民在帝国主义和封建种姓制度压迫下要求改变自己命运的强烈愿望,描写了他们不屈不挠的反抗斗争,充满了鲜明的爱国主义和民主主义精神,同时又富有民族风格和民族特色。1913年,泰戈尔成为亚洲第一位获诺贝尔文学奖的作家。

5.卡夫卡:20世纪奥地利著名的表现主义作家,西方现代主义文学奠基者之一。他生活在奥匈帝国行将崩溃的时代,深受尼采、柏格森哲学的影响,其作品大都用变形荒诞的形象和象征直觉的手法,表现被充满敌意的社会环境所包围的孤立、绝望的个人。文笔明净而想象奇诡,常采用寓言体。代表作品有长篇小说《审判》《城堡》等,中篇小说《变形记》,短篇小说《在流放地》《乡村医生》。

题组十二

1.第七艺术
2.景别
3.全景
4.远景
5.特写

参考答案

1.第七艺术:即电影艺术。1911年,意大利诗人和电影先驱者乔托·卡努杜发表了名为《第七艺术宣言》的著名论著,第一次宣称电影是一种艺术,是一种综合建筑、音乐、绘画、雕塑、诗和舞蹈这六种艺术的"第七艺术"。作为第七艺术的电影,是把静的艺术和动的艺术、时间艺术和空间艺术、造型艺术和节奏艺术包括在内的一种综合艺术。

2.景别:景别是指由于摄影机与被摄体的距离不同,而造成被摄体在摄影机寻像器中所呈现出的范围大小的区别。景别一般可分为特写、近景、中景、全景、远景五种。

3.全景:全景是表现成年人的全身或场景全貌的画面,能使观众看清人物的形体动作以及人物和环境的关系,从而确立其空间位置和其他影像元素的总体基调。

4.远景:远景是提供开阔的视野,表现广阔空间、场面的画面。远景以渲染气势为主,主要特点是视野开阔、气势宏大,镜头时长一般较长。

5.特写:拍摄人像的面部、人体的某一局部、一件物品的某一细部的镜头。特写镜头往往能将人物细致的表情传达给观众,常被用来细腻地刻画人物性格、情绪变化。

题组十三

1.蒙太奇
2.叙事蒙太奇

3.平行蒙太奇

4.交叉蒙太奇

5."最后一分钟营救"

参考答案

1.蒙太奇:蒙太奇来自于法语(montage),原是建筑学用语,意为"构成""装配"。借用到电影艺术中有组接、构成之意,是影视创作的主要叙述手段和表现手段之一。一般包括画面剪辑和画面合成两方面,电影将一系列在不同地点、从不同距离和角度、以不同方法拍摄的镜头排列组合起来,叙述情节、刻画人物。但当不同的镜头组接在一起时,往往又会产生各个镜头单独存在时所不具有的含义。以结构功能为标准,可分为叙事蒙太奇、表现蒙太奇两个基本类别。

2.叙事蒙太奇:叙事蒙太奇旨在交代情节、展示事件。它按照情节发展的时间流程、逻辑顺序、因果关系来组合镜头、场面和段落,以表现动作的连贯、推动情节的发展、引导观众了解剧情。具有脉络清楚、逻辑连贯、明白易懂的优点。根据叙述方式,叙事蒙太奇一般分为连续蒙太奇、平行蒙太奇、交叉蒙太奇、重复蒙太奇等。

3.平行蒙太奇:指将两条或两条以上的情节线索(不同时空、同时同地或同时异地)并列表现、分别叙述而统一在一个完整的情节结构之中,或将几个表面毫无联系的情节(或事件)互相穿插交错表现而统一在共同主题中的蒙太奇方法。

4.交叉蒙太奇:又称"交替蒙太奇",指将并列表现的相互紧密联系的两条或数条情节线索同时而又迅速频繁地交替叙述,其中一条线索的发展往往决定另一条或数条线索的发展,最后几条线索汇合在一起的蒙太奇手法。

5."最后一分钟营救":即平行蒙太奇。在1916年的《党同伐异》中,美国导演格里菲斯将发生在不同地点的平行动作交替切入,摆脱实际时间的束缚,打破传统戏剧叙述原则,创造真正符合电影艺术规律的叙事时空,加强节奏与悬念的电影表现模式,这种手法被格里菲斯称为"最后一分钟营救"。

题组十四

1.视觉暂留原理

2.镜头

3.空镜头

4.长镜头

5.主观镜头

参考答案

1.视觉暂留原理:人眼在观察景物时,光信号传入大脑神经,需经过一段短暂的时间,光的作用结束后,视觉形象并不立即消失,这种残留的视觉称"后像",视觉的这一现象则被称为"视觉暂留"。

2.镜头:又称"电影画面",是指摄影机不间断地拍摄下来的一个片段。镜头是影片结构的基本单位,是电影造型语言的基本视觉元素。一个电影镜头可以表现出一种或者多种景别的变化。一个镜头无论有多长,只要不间断,不经剪接,就是一个电影画面、一个镜头。

3.空镜头:又称"景物镜头",是指画面中没有人物而只有景或物的镜头。空镜头与常规镜头可以互补而不能代替,是导演阐明思想内容、叙述故事情节、抒发感情的重要手段。空镜头在影片中能够产生借物寓情、见景生情、渲染意境、烘托气氛、引起联想等艺术效果。

4.长镜头:长镜头是摄影过程中从开机到关机,未间断且完整地拍摄下一个完整的段落或表演过程的镜头。长镜头保持着被摄对象时间与空间的连续和完整,给人以真实、可信、连贯的感觉。长镜头没有绝对标准,延续时间一般在30秒到10分钟之间。长镜头理论是由法国著名电影理论家安德烈·巴赞提出的。

5.主观镜头:主观镜头指的是摄影机的视点代表剧中某一人物的视点进行拍摄的镜头,在银幕上可使观众以该剧中人物的角度"目击"或"直面"剧中人物及场面的活动与发展,从而产生与剧中人物相似的主观感受。

题组十五

1.运动镜头
2.移镜头
3.仰拍
4.类型片
5.西部片

参考答案

1.运动镜头:是指通过移动摄像机机位,或者改变镜头光轴,或者改变镜头焦距所拍摄的镜头。运动镜头包括由推、拉、摇、移、跟、升降摄像所形成的推镜头、拉镜头、摇镜头、移镜头、跟镜头、升降镜头等。

2.移镜头:又称"移动镜头"。是指摄像机安放在移动的运载工具上,在水平方向,按一定轨迹进行的运动拍摄。移镜头拍摄的画面中不断变化的背景使镜头表现出一种流动感,使观众产生一种置身于其中的感觉,增强了镜头的艺术感染力。

3.仰拍:又称"仰摄",是指摄影机镜头位置低于被摄部分高度的拍摄方式,常用于表现崇高、庄严的气势。

4.类型片:类型片是指由于题材或技巧的不同而形成的影片风格、种类或形式,其具有以下基本特征:一是公式化的情节;二是定型化的人物;三是图解式的视觉影像。类型电影在美国好莱坞最为典型,曾在20世纪三四十年代盛行一时。主要的类型影片有喜剧片、西部片、犯罪片、幻想片。

5.西部片:又称"牛仔片",是美国好莱坞特有的一种影片类型,以19世纪下半叶美国西部开发为故事背景,反映拓荒者的生活,被认为最能代表美国人的民族性格和精神倾向。一般都具有相同的电影元素,具有符号特征,如蛮荒的原野、正义的牛仔形象、激烈的持枪格斗场面等。

题组十六

1. 声音
2. 人声
3. 旁白
4. 画外音
5. 独白

参考答案

1.声音:画面和声音是构成电影艺术的两大视听语言。影视中的声音是指在银(屏)幕上出现的所有用来表情达意的声音形态,主要包括人声、音乐、音响三类。

2.人声:是指银(屏)幕上的人在表达思想和交流感情时所发出的一切声音,主要形态有对白、独白和旁白。

3.旁白:旁白是一种独特的画外音。是指第一人称的自述、第三人称的议论和评说的声音从画面外传入,以构成另一个叙事空间。

4.画外音:画外音是指不是画面中的人或物体直接发出的、声源来自画面外的声音,可以是人声也可以是音乐、音响效果。其特点是声画打破镜头的限制,拓展视听艺术。

5.独白:独白是表达和抒发人物内心感受的有效手段。通常分为两种形式:一是剧中人物以自我为交流对象,即通常所说的"自言自语";二是有其他交流对象的大段述说。

题组十七

1. 声画同步
2. 声画分离
3. 声画并行
4. 声画对立
5. 微电影

参考答案

1.声画同步:声画同步是指影片中的对白和声响与画面动作相一致。即影片的声带与画面严格配合,使声音(包括配音)和画面形象保持同步进行的自然关系,画面中的视像和它所发出的声音同时呈现并同时消失,两者吻合一致。

2.声画分离:又称"声画对位"。指影视作品中出现的声音,不是画面中的人或物所发出的,而是以画外音的方式出现的。声画对位使声音与画面在同一时间内做不同侧面的表现,两者形成"对位"的关系,从而更深刻地表达影视作品的主题。声画对位一般包含声画并行和声画对立两种形式。

3.声画并行:声音和画面在两条线上并行发展,二者之间若即若离,表面上呈游离状态,实质上貌合神离。通过对立双方的反衬作用,表现更为深刻的思想意义,收到更加感人的艺术效果。

4.声画对立:声音和画面在情绪、气氛、节奏、内容等方面是完全相反的,形成悲与喜、快与慢、沉重与轻松等对立效果,产生强烈的戏剧冲突,具有暗示、讽刺、隐喻的表现效果。

5.微电影:微电影是指专门运用在各种新媒体平台上播放的、适合在移动状态和短时休闲状态下观看的、具有完整策划和系统制作体系支持的、具有完整故事情节的微时放映、微周期制作和微规模投资的视频短片,内容融合幽默搞怪、时尚潮流、公益教育、商业定制等主题,可以单独成篇,也可系列成剧。

题组十八

1.第三代导演
2.第五代导演
3.第六代导演
5.意大利新现实主义电影
6.法国新浪潮电影

参考答案

1.第三代导演:新中国成立后走上影坛的导演艺术家,主要有成荫、谢铁骊、水华、崔嵬、凌子风、谢晋、王炎、郭维、李俊、于彦夫、鲁韧、王苹、林农等。第三代导演在遵循现实主义原则的基础上表现生活的本质,深入展现矛盾冲突,在民族风格、地方特色、艺术意蕴等方面,都进行了十分有益的探索。

2.第五代导演:是指20世纪80年代从北京电影学院毕业的年轻导演,他们力图在每一部影片中寻找新的角度,强烈渴望通过影片探索民族文化的历史和民族心理的结构。

在选材、叙事、刻画人物、镜头运用、画面处理等方面,都力求标新立异,其作品的主观性、象征性、寓意性特别强烈。主要代表人物有陈凯歌、张艺谋、吴子牛、田壮壮、张军钊、黄建新等。

3.第六代导演:又称为"新生代导演",主要是20世纪90年代开始执导电影的一批导演。他们关注的大多是当下中国,镜头锁定一些社会边缘人物,表现生活的原生态,暴露人性的黑暗和文化的危机。他们对一切传统抱有怀疑和审视的态度,在创作上表现出"叛逆和反思"。其主要代表人物有张元、贾樟柯、王小帅、管虎、娄烨、张扬、李欣等。

5.意大利新现实主义电影:是指"二战"后,在意大利兴起的一次具有社会进步意义和艺术创新特征的电影运动。其特点是注重反映本国当代社会生活现实、尽量使用非职业演员、拍摄方法上注重真实感等。"日常性"是新现实主义电影在结构、情节上的基本原则,拒绝为主人公的命运寻找出路,反对明星效应和扮演角色等。主要代表人物作品有罗西里尼《罗马,不设防的城市》、德·西卡《偷自行车的人》、桑蒂斯《罗马11时》等。

6.法国新浪潮电影:法国新浪潮电影是指法国20世纪50年代末60年代初的新电影制作及创作倾向,其中不少新导演都是《电影笔记》杂志的影评人,他们大都崇尚个人独创性,表现出对电影历史传统的高度自觉,体现"作者论"的风格主张,不论是在主题上还是技法上都与传统电影大相径庭。代表作如阿仑·雷乃的《广岛之恋》和特吕弗的《四百击》、戈达尔的《筋疲力尽》等。

题组十九

1.金鸡奖
2.金马奖
3.柏林电影节
4.戛纳国际电影节
5.奥斯卡金像奖

参考答案

1.金鸡奖:1981年创办,是由中国电影家协会主办的专业性电影评选活动,又被称为"专家奖"。主要宗旨是奖励优秀影片和表彰成绩卓著的电影工作者,具有权威性和专业性。奖杯为一只金鸡的雕像。

2.金马奖:金马奖是中国台湾地区的电影奖项,创办于1962年。其目的主要是为了促进中国台湾地区电影制作事业和表扬对中华电影文化有杰出贡献的电影人。与中国香港电影金像奖和中国大陆电影金鸡奖并称为华语电影最高成就的三大奖。

3.柏林电影节:1951年6月创办,原名为"西柏林国际电影节",每年举办一届,最高奖项是"金熊奖"。电影节由常设机构——电影节组委会负责具体事务,现已成为世界上规模最大、影响最广的电影节之一。

4.戛纳国际电影节:创办于1939年,每年在法国南部,与威尼斯国际电影节、柏林国际电影节并称为欧洲三大国际电影节,最高奖是"金棕榈奖"。

5.奥斯卡金像奖:1928年设立,全称是"电影艺术与科学学院奖",奖项经常被概括地称为"奥斯卡金像奖"。每年举行一届,由美国电影艺术与科学学院颁发,现已成为世界上最有影响力的电影奖项之一。

题组二十

1.谢晋
2.张艺谋
3.李安
4.王家卫
5.爱森斯坦

参考答案

1.谢晋:中国第三代导演代表之一。他执导的长短影片有20多部,代表作品有《女篮5号》《红色娘子军》《舞台姐妹》《天云山传奇》《高山下的花环》《芙蓉镇》《老人与狗》等。

2.张艺谋:电影导演、摄影师。他的影片注重色彩、光线、构图、运动的造型运用,充满了浓厚的历史感、生命意识和民俗特色。进入21世纪,他的电影转向商业性和艺术性的结合。其主要作品有《红高粱》《菊豆》《大红灯笼高高挂》《秋菊打官司》《活着》《一个都不能少》《我的父亲母亲》《英雄》《满城尽带黄金甲》《山楂树之恋》《金陵十三钗》《归来》等。

3.李安:中国台湾导演,多次获得金像奖、金球奖、金狮奖、金熊奖、英国学院奖等国际顶级电影奖项,是亚洲迄今唯一获得奥斯卡最佳导演奖的华人导演。代表作品主要有"父亲三部曲"(《推手》《喜宴》《饮食男女》)《卧虎藏龙》《色·戒》《少年派的奇幻漂流》等。

4.王家卫:中国香港电影编剧、导演。他的作品具有风格化的影像、后现代意味的表达方式和对现代都市人精神状态的把握,构建了"王家卫式"电影美学。其主要作品有《旺角卡门》《阿飞正传》《东邪西毒》《春光乍泄》《重庆森林》《花样年华》《2046》《蓝莓之夜》《一代宗师》等。

5.爱森斯坦:苏联电影导演、电影艺术理论家、教育家,苏联蒙太奇学派的代表人物。他于1922年发表"杂耍蒙太奇"理论,对电影艺术的发展产生了深远影响。1925年执导的影片《战舰波将金号》被认为是电影史上的经典之作。

题组二十一

1. 查理·卓别林
2. 希区柯克
3. 宫崎骏
4. 《定军山》
5. 《公民凯恩》

参考答案

1. 查理·卓别林：英国电影喜剧演员、导演。他是无声电影时期最富创造力和影响力的喜剧大师，奠定了现代喜剧电影的基础。他塑造的头戴圆顶礼帽、手持手杖、足蹬大皮靴、走路像鸭子的流浪汉形象深入人心。其主要作品有《淘金记》《城市之光》《摩登时代》《大独裁者》《寻子遇仙记》《凡尔杜先生》《舞台生涯》等。

2. 希区柯克：美国著名电影导演，尤其擅长拍摄惊悚悬疑片，有"悬念大师"之称。他的电影创作在美学方面受到了德国表现主义和苏联蒙太奇理论的影响，注重精简影片的结构。其主要作品有《蝴蝶梦》《后窗》《西北偏北》《精神病患者》《迷魂记》《狂凶记》等。

3. 宫崎骏：日本著名动画导演，被称为"动画界的黑泽明"。他执导的电影经常反映女性主义思想，将梦想、环保、人生、生存这些主题融入其中。其主要作品有《千与千寻》《风之谷》《天空之城》《龙猫》等。

4. 《定军山》：中国第一部电影，是1905年由北京丰泰照相馆拍摄而成的戏曲片，由任景丰导演、刘仲伦摄影、京剧老生谭鑫培主演，采用的方法是记录式以及简单的镜头表达。它标志着中国电影的正式诞生。

5. 《公民凯恩》：由奥森·威尔斯于1940年拍摄的一部传记体影片，讲述了报业大王凯恩的一生。影片以一位报业大亨凯恩之死揭开了序幕，并通过他的人生经历和事业的兴衰史，见证了一桩资本主义神话下的复杂真相。这是美国第一部杰出的现代主义电影作品。

题组二十二

1. 春节联欢晚会
2. 公益广告
3. 电视系列剧
4. 电视连续剧
5. 脱口秀

参考答案

1.春节联欢晚会：中国中央电视台春节联欢晚会，简称"央视春晚"，是中央电视台每年农历除夕晚上为庆祝新年而举办的综艺性文艺晚会。以小品、相声、歌舞为三大支柱，1983年推出第一届春节联欢晚会，由黄一鹤导演。

2.公益广告：又称"公共服务广告"。是指不以营利为目的而为社会公众切身利益和社会风尚服务的广告，它具有社会的效益性、主题的现实性和表现的号召性三大特点。

3.电视系列剧：电视系列剧是指连续播出，但故事情节并不具有必然联系的剧情类电视节目形态。电视系列剧有的是每集单独展开一个故事，有的则是若干集展开一个故事。在电视系列剧中，不同故事之间并没有前后连贯的关系，把这些故事联系在一起的是固定的主要角色、人物关系、视觉风格和叙事模式。

4.电视连续剧：简称连续剧，是在每天的固定时间分集播出的电视剧形式。电视连续剧的情节、人物角色和表演之间都具有连续性，通常情况下，前一集的结尾常常采用设置悬念的方法吸引观众。一般，八集以下的称为"中篇电视连续剧"，八集以上的称为"长篇电视连续剧"。

5.脱口秀：又叫漫谈节目，是一种观众聚集在一起讨论主持人提出的话题的广播或电视节目类型。通常脱口秀都有一列嘉宾席，由学者或是对那档节目的特定问题有特殊经验的嘉宾组成。

☞ 题组二十三

1.秦始皇兵马俑
2.中国四大石窟
3.敦煌石窟
4.文房四宝
5.扬州八怪

 参考答案

1.秦始皇兵马俑：被誉为"世界第八大奇迹"，位于陕西省西安市临潼区。兵马俑是古代墓葬雕塑的一个类别。古代实行人殉，奴隶是奴隶主生前的附属品，奴隶主死后奴隶要作为殉葬品为奴隶主陪葬。兵马俑即制成兵马（战车、战马、士兵）形状的殉葬品。1974年春，被当地农民发现。1987年，被联合国教科文组织批准列入《世界遗产名录》。

2.中国四大石窟：以中国佛教文化为特色的巨型石窟艺术景观，包括敦煌莫高窟、大同云冈石窟、洛阳龙门石窟、天水麦积山石窟四大石窟。

3.敦煌石窟：坐落在河西走廊西端的敦煌，以精美的壁画和塑像闻名于世。它始建于十六国的前秦时期,历经十六国、北朝、隋、唐、五代、西夏、元等历代的兴建,形成巨大的规模,是世界上现存规模最大、内容最丰富的佛教艺术圣地。

4.文房四宝:分别是笔、墨、纸、砚。笔:名产为浙江湖州的湖笔。墨:名产为安徽徽州的徽墨。纸:名产有安徽宣城的宣纸。砚:名产有四大名砚,即广东肇庆的端砚,安徽歙县的歙砚、甘肃临洮的洮砚、山西绛州的澄泥砚。

5.扬州八怪:清代中期活动于扬州地区的一批风格相近的书画家的总称,或称扬州画派。在中国画史上说法不一,一般指金农、郑燮、黄慎、李鱓、李方膺、汪士慎、罗聘、高翔等人。

题组二十四

1.《韩熙载夜宴图》
2.《清明上河图》
3.《蒙娜丽莎》
4.《日出·印象》
5.毕加索

参考答案

1.《韩熙载夜宴图》:五代南唐著名画家顾闳中所作,它以连环长卷的方式描摹了南唐巨宦韩熙载开宴行乐的场景。韩熙载为避免南唐后主李煜的猜疑,以声色为韬晦之所,每每夜宴宏开,与宾客纵情嬉游。这幅长卷线条准确流畅,设色工丽雅致,且富于层次感,神韵独出。该画真实地描绘了在政治上郁郁不得志的韩熙载纵情声色的夜宴生活,成功地刻画了韩熙载的复杂心境,是古代人物画的杰作。

2.《清明上河图》:北宋画家张择端唯一存世的作品,是中国十大传世名画之一,现藏于北京故宫博物院。作品以长卷形式,采用散点透视构图法,生动地记录了北宋都城汴京的日常社会生活与习俗风情,具有很高的历史价值和艺术价值。

3.《蒙娜丽莎》:文艺复兴时期画家达·芬奇所绘的肖像画,是一幅享有盛誉的肖像画杰作。它代表了达·芬奇的最高艺术成就,成功地塑造了资本主义上升时期一位城市有产阶级的妇女形象。

4.《日出·印象》:法国画家莫奈的代表作品,它作为一幅海景写生画,整个画面笼罩在稀薄的灰色调中,笔触画得非常随意、零乱,展示了一种雾气交融的景象。该画是印象主义绘画的开山之作,它强调自然界的光和色,把光与色的变化作为绘画的主流。

5.毕加索:20世纪西班牙画家、西方现代派的主要代表、立体主义画派的创始人。他一生留下了数量惊人的作品,风格丰富多变,充满非凡的创造性。代表作品有《亚威农少女》《格尔尼卡》《和平鸽》。

题组二十五

1. 印象画派
2. 立体主义
3. 顾恺之
4. 王羲之
5. 齐白石

参考答案

1. 印象画派：19世纪下半叶兴起于法国的艺术流派，因莫奈的作品《日出·印象》而得名。该美术流派追求对事物的感觉和印象，注重在绘画中对外光的研究和表现，提倡户外写生，并根据画家自己眼睛的观察和直接感受，表现微妙的色彩变化。代表画家有马奈、莫奈、雷诺阿等。

2. 立体主义：立体主义是20世纪初出现于法国的现代画派。立体主义否定传统绘画中的定点透视，主张以动点透视多方向去观察和表现物体，将一个对象分解成多个视角的几何切面，然后再加以主观的并置、重叠、组合，从而彻底摒弃了物体的自然形象。代表画家有毕加索、布拉克等。

3. 顾恺之：东晋画家。擅长肖像、历史人物、道释、禽兽、山水等题材。画人物主张传神，重视点睛，善于利用环境描绘来表现人物的志趣风度。今存有《魏晋胜流画赞》《论画》《画云台山记》三篇画论，提出了"传神论""以形守神""迁想妙得"等观点，主张绘画要表现人物的精神状态和性格特征，重视对对象的体验、观察，通过"迁想妙得"把握对象的内在本质，在形似的基础上以形写神。现有《女史箴图》《洛神赋图》《列女仁智图》等作品的摹本传世。

4. 王羲之：东晋书法家。其书法兼善隶、草、楷、行各体，摆脱了汉魏笔风，自成一家，影响深远。风格平和自然，笔势委婉含蓄，遒美健秀。变章草为今草，创造了韵媚婉转的书体新风。变革楷书和行书，成为一代风范，后代奉之为"书圣"。《兰亭序》是其代表作，被誉为"天下第一行书"。

5. 齐白石：我国20世纪著名画家和书法篆刻家。擅画花鸟虫鱼，精于画虾，笔墨纵横雄健，造型简练质朴，色彩鲜明热烈。将工笔草虫与粗笔写意两种方法结合起来，创造出惊艳的"工虫花卉"。传世画作有《虾趣》《牧牛图》《蛙声十里出山泉》等。1953年，他被授予"人民艺术家"称号。

题组二十六

1. 古曲《高山流水》
2. 学堂乐歌

3.华彦钧(阿炳)

4.莫扎特

5.柴可夫斯基

参考答案

1.古曲《高山流水》:汉族古琴曲,中国十大古曲之一。传说先秦的琴师伯牙一次在荒山野地弹琴,樵夫钟子期竟能领会这是描绘"巍巍乎志在高山"和"洋洋乎志在流水"。钟子期死后,伯牙痛失知音,摔琴绝弦,终身不操,故有《高山流水》之曲。

2.学堂乐歌:指20世纪初期,随着新式学堂的建立而兴起的歌唱文化,一般指学堂开设的音乐课或为学堂编创的歌曲。它是一种选曲填词的歌曲,起初多是归国的留学生用日本和欧美的曲调填词,后采用民间小曲或新创曲调。学堂乐歌的倡导、推广者以沈心工、李叔同等启蒙音乐教育家为代表。

3.华彦钧(阿炳):民间音乐家。因患眼疾而双目失明,人称"瞎子阿炳"。他刻苦钻研道教音乐,并广泛吸取民间音乐的曲调,一生共创作和演出了270多首民间乐曲。著名作品有二胡曲《二泉映月》《听松》《寒风春曲》,琵琶曲《大浪淘沙》《昭君出塞》《龙船》等。

4.莫扎特:奥地利著名作曲家,欧洲维也纳古典乐派的代表人物之一,被誉为"音乐神童"。歌剧是莫扎特创作的主要领域,他与格鲁克、瓦格纳和威尔第被誉为欧洲歌剧史上四大巨子。其主要作品有《费加罗的婚礼》《安魂曲》《唐璜》《魔笛》等。《安魂曲》是其最后一部作品。

5.柴可夫斯基:伟大的俄罗斯浪漫乐派作曲家,也是俄罗斯民族乐派的代表人物。其音乐充满了浓郁的俄罗斯风格,具有学院派特征,反映了19世纪下半叶俄罗斯知识分子的精神世界。他是一位多产的作曲家,作有《天鹅湖》《睡美人》《胡桃夹子》3部芭蕾舞剧,《黑桃皇后》《叶甫盖尼·奥涅金》等11部歌剧,《第四交响曲》《悲怆交响曲》等6部交响曲,以及大量其他乐曲。

题组二十七

1.三一律

2.荒诞派

3.梅兰芳表演体系

4.戏曲行当

5.梨园

参考答案

1.三一律:是古典主义戏剧的艺术法则,要求戏剧创作在时间、地点和情节三者之间保持一致性,即要求一出戏所叙述的故事发生在一天(一昼夜)之内,地点在一个场景,情节服从于一个主题。这种规则有利于剧作情节简练集中,但作为清规戒律,却束缚了戏剧的发展。18世纪以后,三一律逐步被打破。

2.荒诞派:是西方20世纪后现代主义文学重要的流派之一,主要是指戏剧创作。它采用荒诞的手法,表现了世界与人类生存的荒诞性。荒诞派戏剧于20世纪50年代初诞生于法国巴黎,70年代初走向衰落。

3.梅兰芳表演体系:梅兰芳在唱、念、做、舞、化妆、服饰等方面进行创新,使中国戏曲在歌、舞、剧三结合方面形成了梅派艺术的独创风格。他把旦角各行的唱腔和表演艺术全面有机地结合起来,创造了花旦这一新的行当,极大地丰富了旦角唱腔的优美旋律,形成一个具有独特风采的艺术流派,世称梅兰芳表演体系。

4.戏曲行当:指戏曲中角色的分工,根据角色的性别、年龄、身份、性格而划分的人物类型。如京剧主要分生、旦、净、丑四大行当。

5.梨园:是唐代训练乐工的机构,后世遂将戏曲界称为梨园界或梨园行,戏曲演员称为梨园弟子。

题组二十八

1.意境
2.细节
3.音乐电视
4.电视栏目
5.北京电视台

参考答案

1.意境:指文艺作品通过形象描写所表现出来的艺术情调和境界。它是艺术形象或情境中呈现出的情景交融、虚实相生,能够蕴涵和昭示深刻的人生哲理、宇宙意识的至高境界,是主体情感与客观物象的有机统一。

2.细节:文艺作品中描绘人物性格、事件发展、自然景物、社会环境等最小的组成单位。细节描写要求真实、生动,并服从主题思想的表达。

3.音乐电视:即MTV,是指运用电视技术手段,以音乐语言为抒情表意的方式,以画面语言为辅助表现形态,给观众审美感的电视艺术形式。它于20世纪80年代初始于美国开播的无线电音乐频道,20世纪90年代初传入中国。

4.电视栏目:是按照一定的宗旨和目的,把一些或一组题材内容、性质、功能目的或形态相近的小节目纳入一个定期、定时长的某时段中播出,并将这一定期、定时长播出的某时段冠以名称,这一冠名播出时段的节目称之为电视栏目。

5.北京电视台:北京电视台是中央电视台的前身,1958年5月1日试播,9月2日正式播出,于1978年5月1日更名为中央电视台。这是新中国成立后的第一家电视台,标志着我国电视事业的诞生。现在的北京电视台成立于1979年5月16日,英文缩写为BTV。

题组二十九

1. 中国山水画
2. 文人画
3. 漫画
4. 文艺复兴
5. 雕塑艺术

 参考答案

1.中国山水画:是指以山川自然景观为主要描写对象的中国画。形成于魏晋南北朝时期,但尚未从人物画中完全分离。隋唐时始独立,五代、北宋时趋于成熟,成为中国画的重要画科。传统上按画法风格分为青绿山水、金碧山水、水墨山水、浅绛山水等。

2.文人画:是中国传统画的一个重要流派,泛指古代文人、士大夫的绘画作品。作品主要描绘山水、花鸟、梅兰竹菊一类,用笔气韵不凡,带有文人的趣味。早在魏晋南北朝时期,文人画的某些创作思想和艺术实践就出现了。文人画作为正式的名称,是由明末画家董其昌提出的。

3.漫画:漫画是绘画种类之一,又称为讽刺画。是指用简单而夸张的手法来描绘生活或时事的图画。一般运用变形、比拟、象征、暗示、影射的方法,构成幽默诙谐的画面,以取得讽刺或歌颂的效果,具有强烈的讽刺性或幽默感。

4.文艺复兴:起源于意大利,是一场发生在14世纪中期至16世纪末的文化运动,倡导理性与科学精神,重视人性,肯定人的价值。提倡人权,反对神权,由于他们反对封建神学是借助于古代希腊、罗马的古典文化,因而把这场新兴的文化运动叫作"文艺复兴"。其实它不是古典文化的复兴,而是资产阶级文化的兴起,是思想文化领域里一次伟大的变革。代表人物有但丁、薄伽丘、达·芬奇、米开朗基罗和拉斐尔等。

5.雕塑艺术:造型艺术的一种。是一门直接利用物质材料,运用雕刻或塑造的方法,在立体的空间中创造出的具有实体形象艺术品的艺术,其种类可分为圆雕和浮雕。

题组三十

1. 《天鹅湖》
2. 信天游

3. 肖邦

4. 圆舞曲

5. 程砚秋

参考答案

1.《天鹅湖》:取材于德国中世纪的民间童话,原为柴可夫斯基于1875~1876年为莫斯科帝国歌剧院所作的芭蕾舞剧,于1877年3月4日在莫斯科大剧院首演。《天鹅湖》是世界上最著名的芭蕾舞剧之一,也是所有古典芭蕾舞团的保留剧目。

2.信天游:流传在我国西北广大地区的一种民歌形式。曲调悠扬高亢,粗犷奔放,韵律和谐。唱词一般为两句体,上句起兴作比,下句点题,基本上是即兴之作。其内容主要以反映爱情、婚姻、反抗压迫、争取自由为主。代表作品有《兰花花》。

3.肖邦:波兰作曲家、钢琴家,被誉为"钢琴诗人"。他专注于钢琴音乐的创作,通过钢琴来表达自己内心的诗意,把钢琴的表现力发挥到了精彩绝伦的境界,拓展了钢琴的表现领域。代表作品有《c小调革命练习曲》《d小调波兰舞曲》等。

4. 圆舞曲:又称"华尔兹",是奥地利的一种民间舞蹈,18世纪后半叶被用于社交舞会,19世纪开始流行于西欧各国。由于舞蹈时需由两人成对旋转,因而被称为圆舞曲。

5. 程砚秋:著名京剧旦角,表演艺术家,四大名旦之一,程派艺术的创始人。他严守音韵规律,随着戏剧情节和人物情绪的发展变化,唱腔起伏跌宕、节奏多变。他的表演讲究舞台表现形式的完整与美感,同时注重贴近生活的真实。他尤其善于塑造遭遇悲惨、具有外柔内刚性格的中下层女性人物。代表剧目有《窦娥冤》《荒山泪》等。

中频考点

| 出题频率:中 | 难度系数:中 | 训练强度:★★★★ |

☞ 题组一

1.综合艺术

2.造型艺术

3.空间艺术

4.纪实主义

5.古典主义

参考答案

1.综合艺术:综合艺术是戏剧、戏曲、电影、电视等一类艺术的总称。综合艺术吸取了文学、绘画、音乐、舞蹈等各门艺术的长处,形成了自己独特的审美表现形式。它将时间艺术与空间艺术、视觉艺术与听觉艺术、再现艺术与表现艺术、造型艺术与表演艺术的特点融合在一起,具有更加强烈的艺术感染力。

2.造型艺术:艺术形态之一。是指以一定的物质材料和手段创造的可视静态空间形象的艺术,以此来反映社会生活与表现艺术家的思想情感。18世纪德国哲学家莱辛在《拉奥孔》中首次使用这一名词。

3.空间艺术:以空间为存在方式的艺术。其种类有建筑、雕塑、绘画、工艺、书法、篆刻等,又通称美术。造型是空间艺术的必要手段和必备因素,造型艺术必然存在于一定空间中,因而空间艺术的本质是对造型艺术存在方式的把握。

4.纪实主义:摄影艺术的一个流派。纪实主义是指艺术家对现实的"再现",纪实的价值绝不在于原封不动地"复制"现实,而体现为创作者对现实的"再现",一种包含认知价值与审美价值的再现。

5.古典主义:古典主义是17世纪流行在西欧特别是法国的一种文学思潮,因它在文艺理论和创作实践上以古希腊、罗马文学为典范和样板而被称为"古典主义"。古典主义在创作理论上强调模仿古代,主张用民族规范语言,按照规定的创作原则(如戏剧的三一律)进行创作,追求艺术完美。代表人物有拉辛、莫里哀和布瓦洛等。

 题组二

1.公安派
2.新文化运动
3.《新青年》
4.朦胧诗派
5.史铁生

参考答案

1.公安派:公安派是明代后期的文学流派。以袁宏道及其兄宗道、弟中道为首,因三人是公安(在今湖北)人而得名。公安派反对前七子和后七子的拟古风气,主张文学要"独抒性灵,不拘格套",发前人之所未发。其创作以散文成就最高,风格清新活泼、自然率真,在当时很有影响。

2.新文化运动:1915年9月,陈独秀主编的《青年杂志》(后改名为《新青年》)掀起了一场波澜壮阔的新文化运动。该运动以民主和科学为旗帜,以个性主义和人道主义为思想武器,向中国传统封建文化发起了空前规模的挑战。其代表人物有陈独秀、胡适、李大钊、蔡元培、鲁迅等人。

3.《新青年》:1915年9月15日陈独秀在上海创办,初名为《青年杂志》。该杂志宣传倡导科学、民主和新文学。1917年初胡适的《文学改良刍议》和陈独秀的《文学革命论》的发表,标志着"五四"文学革命正式开始。1918年5月发表了鲁迅的《狂人日记》,标志着中国现代文学的开端。1920年9月,它成为上海共产主义小组的机关刊物,1926年终刊。

4.朦胧诗派:朦胧诗派兴起于20世纪70年代末80年代初,因章明发表《令人气闷的"朦胧"》一文而得名。他们反叛现实主义传统,肯定人的自我价值和尊严;在艺术上大量运用象征、隐喻、通感等现代诗歌的艺术创作手法,意蕴朦胧。主要代表人物有顾城、舒婷、北岛、江河、杨炼等。

5.史铁生:电影编剧,著名小说家、文学家。他把写作当作对个人精神历程的叙述和探索,具有浓重的哲理意味。他的作品中贯穿着一种温情,同时也有着对宿命的感伤和抗争。其主要作品有《我与地坛》《我的遥远的清平湾》等。

题组三

1.电影
2.电影艺术
3.电影制片人
4.制片人制度
5.明星制

参考答案

1.电影:电影是一门根据视觉暂留原理,运用照相(以及录音)手段把外界事物的影像(以及声音)摄录在胶片上,通过放映(同时还原声音)在银幕上造成活动影像(以及同步声音)以表现一定内容的技术。

2.电影艺术:是以电影技术为手段,以画面和音响为媒介,在银幕上运动的时间和空间里创造形象,再现和反映生活的一门艺术。

3.电影制片人:一般指影视剧生产制作人。全权负责剧本统筹、前期筹备、摄制组组建、摄制成本核算、财务审核,执行拍摄生产、后期制作,协助投资方国内外发行和国内外申报参奖等工作。

4.制片人制度:制片人制度是一种以制作人为中心的制度。制片人在节目的生产制作、包装、推介、优化等流程中具有实际操作经营权和对相关人员的指挥领导权。制片人制度的代表作是《乱世佳人》。

5.明星制:明星制是20世纪初在好莱坞逐渐形成的一种以强调演员(明星)为主、电影本身或其他要素为辅的商业手段。1910年,劳伦斯成为第一个偶像明星,接着迎来了明星制的兴盛期,出现了一系列的明星,如嘉宝、梦露等。明星制一方面借助明星的个人吸引力促进了电影的流行,另一方面却对电影明星的角色定位造成了制约。

题组四

1. 纪录片
2. 恐怖片
3. 喜剧片
4. 故事片
5. 贺岁片

参考答案

1.纪录片:纪录片是以真人真事为表现对象,不能虚构情节和环境的影片类型。纪录片不受新闻性的限制,既可以记录当前的现实,也可以重现过去的历史。根据记录对象和表现手法不同,可以分为历史纪录片、传记纪录片、新闻纪录片和系列纪录片等。

2.恐怖片:恐怖片是以恐怖情节和恐怖气氛贯串全片的影片。多以神鬼妖异与现实生活中的人发生纠葛的离奇怪诞情节结构故事,以刺激观众的恐怖感。

3.喜剧片:喜剧片是以笑激发观众爱憎的影片。常用不同含义的笑声,鞭笞社会上丑恶落后的现象,歌颂现实生活中美好进步的事物,能使观众在轻松愉快的笑声中接受启示和教育。多以巧妙的结构、夸张的手法、轻松风趣的情节和幽默诙谐的语言,着重刻画喜剧性人物的独特性格。

4.故事片:是电影的主要作品种类之一。运用影像和声音为手段进行叙事的电影作品,具有一定的情节,由职业或非职业演员表演。故事片可按照题材、风格、样式等因素的不同进行分类。

5.贺岁片:贺岁片是指在元旦、春节期间上映的电影。寻求欢乐和放松,是观众在逢年过节尤其是春节期间普遍的心理需求。贺岁片的风格通常是轻松、幽默的,具有强烈的观赏性和娱乐性。因此其题材多与百姓节日期间喜庆、祝福的生活习俗相关,形式多是娱乐性、消遣性较强的喜剧片和动作片。

题组五

1. 电影眼睛派
2. 左翼电影
3. 样板戏
4. 无声电影
5. 数字电影

参考答案

1.电影眼睛派:电影眼睛派是以维尔托夫为首的苏联纪录电影工作者小组,成立于1919年。他们把电影摄像机比作人的眼睛,主张电影工作者手持摄像机"出其不意地捕捉生活",反对人为的扮演,甚至反对表演的影片(故事片)。电影眼睛派的代表作品主要有维尔托夫的《带摄影机的人》等。

2.左翼电影:左翼电影是20世纪30年代中国左翼电影工作者,在中国共产党领导下所发动的电影艺术创作潮流,也是当时中国影坛影响最大的电影艺术流派。主要作品有夏衍编剧、程步高导演的《狂流》,郑正秋的《姊妹花》,孙瑜的《小玩意》和《大路》,田汉编剧、卜万苍导演的《三个摩登女性》和《母性之光》,沈西苓的《女性的呐喊》等。

3.样板戏:是指"文革"时期被树立为"革命样板戏"的以戏剧为主的20多个舞台艺术作品的俗称。其代表性的作品有京剧《智取威虎山》《红灯记》《沙家浜》和芭蕾舞剧《红色娘子军》《白毛女》等五个剧目。

4.无声电影:又称默片,就是没有任何配音、配乐或与画面协调的声音的电影。无声电影时期,诞生了一大批电影艺术大师,如梅里爱、格里菲斯、卓别林、爱森斯坦等,他们在电影创作实践中积累和完善了一套成熟的影像蒙太奇艺术。

5.数字电影:数字电影诞生于20世纪80年代,是指以数字技术和设备摄制、制作存储,并通过卫星、光纤、磁盘、光盘等物理媒体传送,将数字信号还原成符合电影技术标准的影像与声音,在银幕上放映的影视作品。

题组六

1.分镜头剧本
2.表现蒙太奇
3.心理蒙太奇
4.声音蒙太奇
5.技巧性蒙太奇

参考答案

1.分镜头剧本:又称"导演剧本",是将文学内容转换成镜头语言的一种剧本。导演对文学剧本进行分析、研究,将影片中塑造的银幕形象,通过分镜头的方式诉诸文字,体现导演的思想和构思,是导演案头工作的集中表现。分镜头剧本的内容包括镜头号、景别、拍摄方法、画面内容、台词、音乐、音响效果、镜头长度等项目。

2.表现蒙太奇:以镜头对列为基础,旨在加强艺术表现力和情绪感染力的一种蒙太奇手法。通过相连或相叠镜头在形式或内容上的相互对照、冲击,以产生一种单独镜头本身不具有或表现更为丰富的含义,从而表达某种情绪、心理、情感或思想。表现蒙太奇的类型一般有对比蒙太奇、隐喻蒙太奇、心理蒙太奇、抒情蒙太奇等。

3.心理蒙太奇:是展示人物心理的重要手段。它通过镜头的组接或声画的有机结合,生动地展示人物的精神世界,例如梦境、回忆、幻觉等。其特点是声画形象的片段性、叙述的不连续性和节奏的跳跃性。

4.声音蒙太奇:指对声音的创作、选择和组接,声音蒙太奇以声音的最小可分段落为时空单位,主要通过语言、音乐、音响三条线的起伏错落来表现,三条线连贯、交替、补充,共同形成节奏。

5.技巧性蒙太奇:主要包括交叉蒙太奇和平行蒙太奇。交叉蒙太奇是把同一时间在不同空间发生的两种动作交叉剪接,构成紧张的气氛和强烈的节奏感,造成惊险的戏剧效果。例如,格里菲斯的"最后一分钟"营救。而平行蒙太奇是指两条或两条以上的情节线索平列表现,分头叙述而统一在一个完整的情节结构之中,即平时所说的"花开两朵,各表一枝"的手法。

题组七

1.场面调度
2.构图
3.色调
4.景深镜头
5.景深长镜头

参考答案

1.场面调度:场面调度来自法文,原指在戏剧舞台上处理演员表演活动位置的一种技巧。电影艺术中的场面调度与舞台上的有所不同,是指演员调度和摄影机调度的统一处理。场面调度是在银幕上创造电影形象的一种特殊表现手段。

2.构图:造型艺术术语。指作品中艺术形象的结构配置方法,是造型艺术表达作品思想内容并获得艺术感染力的重要手段。

3.色调:是指在一定的色相和明度的光源色的照射下,物体表面笼罩在一种统一的色彩倾向和色彩氛围之中,这种统一的氛围就是色调。

4.景深镜头:当镜头聚焦于被摄景物中的某一点,这一点在胶片上能清晰地成像,而在这一点前后一定范围内的景物也能被较为清晰地记录。景深就是指这种能被较为清晰地记录的景物纵深距离。

5.景深长镜头:景深长镜头是用拍摄大景深的技术手段拍摄,使处在纵深处不同位置上的景物(从前景到后景)都能看清。一个景深长镜头实际上相当于一组远景、全景、中景、近景、特写镜头组合起来所表现的内容。

题组八

1. 电影《城南旧事》
2. 《红高粱》
3. 《英雄》
4. 路学长
5. 宝莱坞

参考答案

1. 电影《城南旧事》：改编自林海音1960年出版的同名中篇小说，由吴贻弓执导，沈洁、郑振瑶、张闽、张丰毅等主演。影片通过小女孩英子的眼光，展示了20世纪20年代老北京的社会风貌。影片在结构上具有独创性，以"淡淡的哀愁，浓浓的相思"为基调，采用串珠式的结构方式，串联起英子与疯女秀贞、英子与小偷、英子与乳母宋妈三段并无因果关系的故事。这样的结构使影片具有多棱镜的功能，从不同的角度映照出当时社会的具体历史风貌，形成了一种以心理情绪为内容主体、以画面与声音造型为表现形式的散文体影片。

2. 《红高粱》：《红高粱》是中国当代作家莫言的成名作，发表于1986年。作品描写了抗日战争期间，"我"的祖先在高密轰轰烈烈、英勇悲壮的人生故事。张艺谋据此改编的电影《红高粱》以浓烈的色彩、豪放的风格，颂扬了中华民族激扬昂奋的民族精神。电影熔叙事与抒情、写实与写意于一炉，充分发挥了电影语言的独特魅力。

3. 《英雄》：由张艺谋导演，影片主要讲述了战国末期，三大侠客长空、残剑、飞雪刺杀秦王的故事。它被认为是中国电影"大片时代"的里程碑，对中国电影产业的发展起到重要的推动作用。

4. 路学长：路学长是中国第六代导演，其作品以冷峻和深刻的人文关怀见长，聚焦边缘弱势群体的生存困境，揭开精神之伤和人性之痛的同时，又试图开出医治之方。代表作品有《长大成人》《卡拉是条狗》等。

5. 宝莱坞：位于印度孟买的电影工业基地的别名。印度人将"好莱坞"（Hollywood）的首字母"H"换成本国电影之都孟买（Bombay）的首字母"B"，因而把"好莱坞"变成"宝莱坞"（Bollywood）。宝莱坞的电影通常是音乐片，几乎所有影片中都有唱歌跳舞的场面。

题组九

1. 电视剧
2. 电视系列剧

3.电视单本剧

4.电视纪录片

5.电视谈话节目

 参考答案

1.电视剧:是指运用蒙太奇思维和视听语言创作,兼容电影、戏剧、文学、音乐、舞蹈、绘画、造型艺术等诸因素,专为在电视机荧屏或互联网上播映的戏剧作品。电视剧以叙述故事见长,拍摄多采用中、近景和特写。

2.电视系列剧:是一种多集电视剧样式。构成电视系列剧的各集之间在主题或人物上有一定的内在联系,但是比电视连续剧更灵活,不要求有统一连续的情节,也不一定按顺序连续播放,各部分可以相对独立存在。通常是主要人物贯穿全剧,而故事情节自成单元,不相联系。

3.电视单本剧:是电视剧最重要也是最常见的形式之一,它没有曲折的故事情节和复杂的人物关系,而是在较短的篇幅内,通过较为完整的故事情节重点讲述一两件事。电视单本剧一般为一至二集,最长为上、中、下三集。

4.电视纪录片:指纪录型的电视专题报道类节目,运用电子采录设备,对政治、经济、文化等新闻题材,进行比较系统完整的纪实报道。它运用新闻镜头,客观真实地记录社会生活,客观地反映生活中的真人、真事、真情、真景,着重展现生活原生形态的完整过程,排斥虚构和扮演。

5.电视谈话节目:是以电视为传播媒介,通过话语形式,营造屏幕内外面对面人际传播的"场"氛围,以语言符号和非语言符号来传递信息,整合大众传播与人际传播的电视节目类型。

题组十

1.新闻节目

2.《新闻联播》

3.《我爱我家》

4.电视剧《我的兄弟叫顺溜》

5.《超级女声》

 参考答案

1.新闻节目:电视上播出的传播新闻信息,分析、解释和评论新闻事实的各种节目的总称。主要是简明报道的形式,分为电视网的全国新闻和地方台的本地新闻。根据作用不同分为消息类新闻节目、专题类新闻节目、言论类新闻节目三大类。

2.《新闻联播》：是中央电视台每日晚间播出的一档新闻节目，节目宗旨是"宣传党和政府的声音，传播天下大事"。节目播出时长一般为30分钟，内容涵盖政治、经济、科技、社会、军事、外交、文化、体育等方面，是中国收视率最高、影响力最大的电视新闻栏目。

3.《我爱我家》：是由英达执导、梁左编剧的中国内地第一部情景喜剧，全剧通过20世纪90年代北京一个六口之家以及他们的邻里、亲朋各色人等构成的社会横断面，展示了一幅改革大潮中大千世界绚丽斑斓的生活画卷。

4.电视剧《我的兄弟叫顺溜》：改编自军旅作家朱苏进的同名战争题材作品，以抗日战争为背景，从一个独特的视角切入，讲述了抗日战争过程中一个普通战士"顺溜"，凭借着自己过人的射击技巧，为部队赢得了多次宝贵的胜利，同时他自己也在炮火的洗礼下成长的故事。

5.《超级女声》：是湖南卫视在2004~2006年、2016年举办的针对女性的大众歌手选秀赛。此项赛事接受任何喜欢唱歌的女性个人或组合的报名。其颠覆传统的一些规则，使之受到了许多观众的喜爱，是颇受欢迎的娱乐节目。

☞ 题组十一

1.水墨画

2.写意画

3.楷书

4.草书

5.白描

参考答案

1.水墨画：中国画的一种，纯用水墨所作的画。据画史记载始于唐，成熟于宋，兴盛于元，明、清以后进一步发展。讲究笔法层次，充分发挥水墨特殊的晕染作用，以求取得"水晕墨章"而"如兼五彩"的独特艺术效果，在中国绘画史上占有重要地位。

2.写意画：中国画传统画法之一。相对于"工笔画"而言，写意画是用豪放、简练、洒落的笔墨描绘物象的形神，抒发作者的感情的一种绘画。

3.楷书：又称正楷、楷体、正书或真书，是汉字书法中常见的一种字体。由隶书演变而来，更趋简化，横平竖直。始于汉末，通行至今，楷书四大家是唐代的欧阳询、颜真卿、柳公权和元朝的赵孟頫。

4.草书：是汉字的一种字体，特点是结构简省、笔画连绵。形成于汉代，是为了书写简便在隶书基础上演变而来的。有章草、今草、狂草之分。

5.白描：中国画技法名，指单用墨色线条勾描形象而不施彩色的画法。白描也是文学表现手法之一，用朴素简练的文字描摹形象，不重辞藻修饰与渲染烘托。

题组十二

1. 威尼斯画派
2. 巴洛克风格
3. 哥特式建筑
4. 波普艺术
5. 列宾

参考答案

1. 威尼斯画派：是对15~16世纪威尼斯美术家和美术风格的总称。该画派更多地摆脱了封建宗教的束缚，美术题材从宗教转向了世俗，着重表现欢乐的现世风情，赞美世俗生活，讴歌人体美，描绘自然风光，具有明显的世俗享乐情调或田园牧歌情调。同时，该画派在发展色彩表现力和油画技巧方面做出重要贡献。其代表画家有贝里尼、提香等。

2. 巴洛克风格：诞生于17世纪的意大利，后风靡欧洲。其特点是追求激情和运动感的表现，强调华丽的装饰性。巴洛克艺术在建筑和雕塑方面的大师是意大利的贝尼尼，在绘画方面的大师是德国的鲁本斯。

3. 哥特式建筑：是11世纪下半叶起源于法国，13~15世纪流行于欧洲的一种建筑风格。整体风格为尖塔高耸、尖形拱门、大窗户、花窗玻璃，以卓越的建筑技艺表现了神秘、哀婉、崇高的强烈情感。最负盛名的哥特式建筑有俄罗斯圣母大教堂、意大利米兰大教堂、德国科隆大教堂、英国威斯敏斯特大教堂、法国巴黎圣母院以及凯旋门等。

4. 波普艺术：20世纪六七十年代盛行于英美的艺术运动。波普是"Pop"的音译，意为流行、通俗。波普艺术用生活中所接触的材料和媒介来制造大众所能理解的形象，以使艺术和工业机械文明相结合，并利用大众传播媒介加以普及。代表人物有安迪·沃霍尔等。

5. 列宾：19世纪后期俄罗斯巡回展览画派的重要代表人物。坚持批判现实主义的创作方法，反映社会现实和人民疾苦。其主要作品是《伏尔加河上的纤夫》，描绘的是一群拉着货船在伏尔加河的沙滩上艰难行进的劳动人民。

题组十三

1. 音乐旋律
2. 打击乐器
3. 江南丝竹
4. 歌剧
5. 《蓝色多瑙河》

参考答案

1.音乐旋律:音乐旋律又称曲调,是音乐的基本要素之一。是由一系列不同音高(也可以是相同的)的乐音以特定的高低关系和节奏关系联系起来的一种音的序列。

2.打击乐器:又称"敲击乐器",通过敲打乐器本体而发出声音。其中有些是有固定音高的打击乐器,如云锣、编钟等;还有一些无固定音高的打击乐器,如拍板、梆子、板鼓、腰鼓、铃鼓等。

3.江南丝竹:中国传统器乐丝竹乐的一种,流行于江苏南部和浙江一带。因乐队主要由二胡、扬琴、琵琶、三弦、秦琴、笛、箫等丝竹类乐器组成,故得名。江南丝竹旋律抒情优美、风格清新活泼、细致秀雅,曲调优美流畅、柔和婉转。

4.歌剧:歌剧是一种综合音乐、诗歌、舞蹈、文学、戏剧,并以歌唱为主的艺术形式。起源于17世纪意大利的佛罗伦萨。音乐部分由独唱(咏叹调和宣叙调)、重唱、合唱和管弦乐(序曲、前奏曲、幕间的间奏曲)组成。被公认的第一部歌剧是意大利作曲家威尔第创作的《奥菲欧》。

5.《蓝色多瑙河》:是奥地利作曲家小约翰·施特劳斯最负盛名的圆舞曲作品。被誉为"奥地利第二国歌"。每年的维也纳新年音乐会也将该曲被作为保留曲目演出。

题组十四

1.交响诗
2.交响曲
3.小夜曲
4.爵士乐
5.流行音乐

 参考答案

1.交响诗:标题音乐的主要体裁之一,脱胎于19世纪的音乐会序曲。其形式不拘一格,常根据奏鸣曲式的原则自由发挥,是按照文学、绘画、历史故事和民间传说等构思成的大型管弦乐曲。交响诗通常采用单乐章的曲式,强调诗意和哲理的表现,创始人是匈牙利作曲家李斯特。

2.交响曲:又称交响乐,18世纪下半叶确立起来的一种大型管弦乐体裁,通常为四个乐章的套曲结构。第一乐章一般是快板乐章,奏鸣曲式,是整个交响乐的核心;第二乐章一般是慢板,具有抒情风格;第三乐章是典雅的小步舞曲;第四乐章是快板或急板的终曲。

3.小夜曲:音乐体裁的一种,起源于欧洲中世纪的骑士文学,流传于西班牙、意大利等欧洲国家。初为年轻人在黄昏或晚间演唱或演奏的情歌,其结构短小,情调缠绵,伴奏多用吉他或小提琴等。18世纪下半叶发展成为流行于欧洲宫廷的重奏套曲,一般为四个乐章的奏鸣曲结构形式,多用弦乐演奏。

4.爵士乐:是19世纪末20世纪初在美国产生的一种音乐。爵士乐包含了非洲西部的节奏、欧洲的和声、美国的福音歌的唱法,主要由短号、小号、长号、萨克斯管、吉他、低音提琴等乐器组合进行即兴演奏,记谱只提供大致的轮廓,然后进行极富动感的变奏,有很强的创作发挥空间。

5.流行音乐:流行歌曲是指结构短小、内容通俗、形式活泼、情感真挚,并被广大群众所喜爱,广泛传唱或欣赏的器乐曲和歌曲。流行歌曲植根于大众生活的丰厚土壤之中,生活气息浓郁、抒情、风趣、音域不宽、唱法通俗、曲调顺口、易于传唱;歌词多用生活语言,浅显易懂,易为听者接受和传唱。

题组十五

1.戏剧冲突
2.潜台词
3.即兴台词
4.独幕剧
5.海派清口

参考答案

1.戏剧冲突:是表现人与人之间矛盾关系和人的内心矛盾的特殊艺术形式。戏剧冲突是构成戏剧情境的基础,是展现人物性格、反映生活本质、揭示作品主题的重要手段,其中矛盾是戏剧冲突的依据。它来源于拉丁语 conflitus。

2.潜台词:戏剧的台词中没有直接说出但观众通过思考都能领悟得出来的言语。比喻不明说的言外之意。

3.即兴台词:即兴台词是未写在剧本中,由演员随兴表达的台词。

4.独幕剧:独幕剧是指全剧情节在一幕内完成的戏剧。篇幅较短,情节单纯,结构紧凑,要求戏剧冲突迅速展开,形成高潮,戛然而止,一般不分场并且不换布景。中国早期话剧有很多独幕剧,如田汉的《名优之死》、丁西林的《压迫》、洪深的《五奎桥》等。

5.海派清口:由上海滑稽演员周立波所创立,是从上海本地的单口滑稽、北京单口相声等曲艺表演形式中汲取精华发展而成。清口就是一个人在台上表演,以说社会热点、焦点为主,加上演员自己的演绎。

题组十六

1.折子戏

2. 花雅之争

3. 京剧

4. 龙套

5. 戏剧三大贤

参考答案

1. 折子戏：折子戏是针对本戏而言的，它是本戏里的一折或是一出。折子戏虽然是整本戏的一个部分，但它大多是戏曲中的精彩片断，是全剧的中心或灵魂，有很强的独立性，情节浓缩，人物个性鲜明，如《牡丹亭》中的《惊梦》、《玉堂春》中的《苏三起解》、《白蛇传》中的《断桥》等。

2. 花雅之争：是指清代中叶以来戏曲花部和雅部之间的竞争。花、雅之分，沿袭了历来封建统治者分乐舞为雅、俗两部的旧例，具有崇雅抑俗的倾向。所谓雅，就是正的意思，即奉昆曲为雅乐正声；所谓花，就是杂的意思，言其声腔花杂不纯，多为野调俗曲。经过"花雅之争"，雅部昆曲最终衰落下来。

3. 京剧：又称京戏，我国全国性的主要剧种之一。清中叶以来，以西皮、二黄为主要腔调的徽调、汉调相继进入北京，徽汉合流演变为北京皮黄戏，即京剧。其主要腔调是西皮、二黄，乐队的主奏乐器是京胡。

4. 龙套：龙套是京剧角色行当，扮演剧中士兵、夫役等随从人员及群众，由于所穿各色的龙套衣而得名。龙套以整体形态出现，一般以四人为一堂。

5. 戏剧三大贤：是20世纪二三十年代京剧界的一种习称。"三大贤"有两种说法：一是指当时老生行中的三位代表人物余叔岩、马连良、高庆奎；另一种说法更为普遍，是指旦行的梅兰芳、生行的余叔岩、武行的杨小楼。

题组十七

1. 浪漫主义

2. 现实主义

3. 好莱坞

4. 战争片

5. 迪士尼

参考答案

1. 浪漫主义：文艺的基本创作方法之一，与现实主义同为文学艺术上的两大主要思潮。19世纪初产生于法国，在与新古典主义的对抗中发展起来。作为创作方法，浪漫主义在反映客观现实的基础上侧重从主观内心世界出发，抒发对理想世界的热烈追求，常用热情奔放的语言、瑰丽的想象和夸张的手法来塑造形象。

2.现实主义:是19世纪30年代首先在法国、英国等地出现的文学思潮,以后波及俄国、北欧和美国等地。现实主义真实客观地再现社会现实,由于现实主义文学具有强烈的社会批判性,高尔基称之为"批判现实主义"。现实主义代表人物及其作品有巴尔扎克的《人间喜剧》、司汤达的《红与黑》、托尔斯泰的《复活》等。

3.好莱坞:好莱坞位于美国加利福尼亚州洛杉矶市市区西北郊,是世界闻名的电影城。由于美国许多著名电影公司设立于此,故经常被与美国电影和影星联系起来。"好莱坞"一词往往直接用来指美国的电影工业。

4.战争片:也称"军事片",是以战争史上重大军事行动为题材的影片。较常见的战争片有两种类型:一种以塑造人物形象为主,如冯小刚的《集结号》着重塑造了谷子地这一人物形象。另一种以反映战争事件为主,通过人物和故事情节的描写,形象地阐释某一重大军事行动、军事思想、军事原则和战略战术,如影片《南征北战》。

5.迪士尼:取名自其创始人华特·迪士尼,是总部设在美国伯班克的大型跨国公司,主要业务包括娱乐节目制作、主题公园、玩具、图书、电子游戏和传媒网络等。

题组十八

1."三远法"
2.小调
3.奏鸣曲
4.间离效应
5.反串

参考答案

1."三远法":"三远法"是中国山水画的特殊透视法,由北宋画家郭熙在其山水画论著《林泉高致》中提出。是指在一幅画中,可以从几种不同的透视角度,表现景物的"高远"、"深远"、"平远"。三远法就是以仰视、俯视、平视等不同的视点来描绘画中的景物,打破了一般绘画以一个视点即焦点透视观察景物的局限。

2.小调:中国民歌体裁类别的一种。又称"小曲"、"俚曲"、"时调"等,是人们在劳动之余、日常生活当中以及婚丧节庆用以抒发情怀、娱乐消遣的民歌。小调表现感情细腻曲折,形式较规整,表现手法丰富多样。按照内容的不同,可以将小调分为抒情歌、诙谐歌、儿歌和风俗歌四类。

3.奏鸣曲:一种乐器音乐的写作方式,是指具有不同数目乐章的器乐曲,其乐章之间在调性、速度、情绪上形成对比。一般指钢琴独奏,或钢琴与其他一件乐器合奏的器乐演出形式,常为三或四乐章的大型套曲结构,第一乐章大多为奏鸣曲式。奏鸣曲一般分为三个部分：呈示部、展示部和再现部。

4.间离效应：又称"陌生化效应"，是德国戏剧家布莱希特创立的戏剧理论。"间离效应"需要演员与角色之间保持一定距离，要时刻注意自己是在扮演角色。它能够调动观众的主观能动性，促使其进行冷静的理性思考，从而达到推倒舞台上的"第四堵墙"、彻底破坏舞台上的生活幻觉的目的，突出戏剧的假定性。

5.反串：反串是中国传统戏曲的一种演出方式，主要是指演出与自身本工的行当不同的戏的情形。现在通常所说的反串是指男扮女或女扮男的扮装表演，即扮演与自己性别不一致的角色，在戏曲和影视剧中都经常出现。

题组十九

1.焦距
2.景深
3.长焦镜头
4.中心快门
5.CCD

参考答案

1.焦距：焦距是光学系统中衡量光的聚集或发散的度量方式，指平行光入射时从透镜光心到焦点的距离。

2.景深：指处在不同距离上的被摄对象在感光胶片上能获得清晰影像的空间范围。决定景深的三种因素：镜头焦距、镜头光圈和拍摄距离。光圈越大，景深越短，光圈越小、景深越长；镜头的焦距越长、景深越短，镜头的焦距越短、景深越长；距离拍摄体越近、景深越短；距离拍摄体越远、景深越长。

3.长焦镜头：长焦距镜头是指比标准镜头的焦距长的摄影镜头。它的景深范围比标准镜头小，可以更有效地虚化背景，突出对焦主体。被摄主体与照相机一般相距比较远，在人像的透视方面出现的变形较小，拍出的人像更生动，因此人们常把长焦镜头称为人像镜头。

4.中心快门：中心快门是由多个叶片组成，开启时从中心向四周打开镜头的有效光孔，又从四周向中心关闭有效光孔的快门。

5.CCD：中文全称是电荷耦合元件，是英文 Charge Coupled Device 的缩写，可以称为 CCD 图像传感器，又称图像控制器。CCD 是一种半导体器件，上面有很多一样的感光元件，每个感光元件叫一个像素，能够把光学影像转化为数字信号。

题组二十

1.三点布光

2.感光度

3.EV 值

4.多次曝光

5.曝光

参考答案

1.三点布光:指电影、电视拍摄场景时,运用主光、辅光、逆光三种基本光进行照明布置,将三维物体的立体感、质感和纵深感的基本造型呈现在二维屏幕上,这种基本布光的方法称三点布光。

2.感光度:指感光体对光线感受的能力。在传统摄影时代,感光体就是底片,而在数字摄影时代,采用 CCD 或 CMOS 作为感光元件。感光度越高,拍摄时所需要的光线就越少;感光度越低,拍摄时需要的光线就越多。

3.EV 值:是反映曝光多少的一个量。当感光度为 ISO 100、光圈系数为 F1、曝光时间为 1 秒时,曝光量是 0。曝光量减少一档为 EV-1,增加一档为 EV+1。在逆光情况下,自动曝光很难满足拍摄需要时,通过手动调节+EV 或-EV,进行曝光补偿操作。

4.多次曝光:是特技摄影方法之一,基本原理是用遮片相互遮挡,使多次曝光的影像不重叠。也可以不用遮片,使多次曝光的影像重叠。通过两次以上曝光,完成一个电影画面的拍摄。通过多次曝光,可以把不同时空的拍摄对象有机地合成在一个画面里。

5.曝光:曝光是把感光材料或感光元件暴露在光线下产生影像的过程。

低频考点

出题频率:低	难度系数:高	训练强度:★★

题组一

1.文化遗产

2.非物质文化遗产

3.文化产业

4.文化创意产业

5.微博

参考答案

1.文化遗产:人类历史遗留下来的精神财富的总称,包括物质文化遗产和非物质文化遗产。物质文化遗产是具有历史、艺术和科学价值的文物,非物质文化遗产是指各种以非物质形态存在的与群众生活密切相关、世代相承的传统文化表现形式。

2.非物质文化遗产:指各族人民世代相传并视为其文化遗产组成部分的各种传统文化表现形式,以及与传统文化表现形式相关的实物和场所。

3.文化产业:文化产业这一术语产生于20世纪初。最初出现在霍克海默和阿多诺合著的《启蒙辩证法》一书,文化产业以生产和提供精神产品为主要活动,以满足人们的文化需要为目标。广义上是指文化意义本身的创作与销售,狭义上包括文学艺术创作、音乐创作、摄影、舞蹈、工业设计与建筑设计。

4.文化创意产业:文化创意产业是一种在经济全球化背景下产生的以创造力为核心的新兴产业,强调一种主体文化或文化因素依靠个人(团队)通过技术、创意和产业化的方式开发与营销知识产权的行业。

5.微博:微博即微型博客(MicroBlog)的简称,是一个基于用户关系信息分享、传播以及获取的平台。用户可以通过WEB、WAP等各种客户端组建个人社区,以140字左右的文字更新信息,并实现即时分享。

题组二

1.艺术
2.艺术技巧
3.艺术语言
4.圆形人物
5.艺术形象

参考答案

1.艺术:艺术是指人们为了满足自身的审美需求,以一定的物质形式和情感为中介,表现社会生活或艺术家思想情感的审美形态。其主要特点是通过塑造形象具体地反映社会生活,表现作者的思想感情。因表现手段和方式不同,通常分为表演艺术(音乐、舞蹈)、造型艺术(绘画、雕塑)、语言艺术(文学)和综合艺术(戏剧、电影)。

2.艺术技巧:艺术技巧指的是作家、艺术家提炼生活素材、设计作品框架、安排情节线索、运用语言、色彩、音响等艺术手段塑造形象、反映生活、表现主题的一整套技能。它是作家、艺术家不断地观察生活、分析研究生活,在长期创作实践中积累,并批判地借鉴前人艺术经验的结果。

3.艺术语言:艺术语言又称艺术语汇。指的是各种艺术体裁用以塑造艺术形象、传达审美情感时所使用的材料和工具,是艺术作品形式的基本构成要素。

4.圆形人物:圆形人物是指文学作品中具有复杂性格特征的人物。圆形人物的塑造打破了好的全好、坏的全坏的简单分类方法,按照生活的本来面目去刻画人物形象,更真实、更深入地揭示人性的复杂、丰富,具有更高的审美价值。

5.艺术形象:是艺术反映现实生活的特殊手段。即根据现实生活中各种现象加以艺术概括所创造出来的具有一定思想内容和艺术感染力的具体生动的形象,包括人物、事件、自然景物等。

 题组三

1.伏笔
2.文明戏
3.压轴戏
4.全国优秀儿童文学奖
5.新感觉派

参考答案

1.伏笔:伏笔是写作中常用的一种表现手法。它可以理解为前段文章为后段文章埋伏线索,也可以理解为上文对下文的暗示。它的好处是交代含蓄,使文章结构严密、紧凑,读者读到下文内容时,不至于产生突兀之感。

2.文明戏:文明戏是中国早期话剧,20 世纪初曾在上海一带流行。演出时无正式剧本,可即兴发挥。文明戏的剧目多以清末民初民间流传的时事故事为题材,剧情大多是抑恶扬善,以大团圆结局。

3.压轴戏:压轴戏是指整个故事中最精彩、最具转折性的部分。过去的剧本被写成一副长卷,卷的底部有一卷轴,因长卷的最后一戏靠近木轴,所以称为大轴。大轴前面的戏,也就是倒数第二个节目称为压轴,中间的戏称为中轴,前面的戏称为早轴。

4.全国优秀儿童文学奖:是中国唯一的纯文学性的儿童文学奖项。它是为鼓励优秀儿童文学创作,推动我国儿童文学的发展、繁荣,为儿童提供更多更好的精神食粮而设立的。由中国作家协会主办,每三年评选一次,分小说、幼儿文学、诗歌、散文、纪实文学五类。

5.新感觉派:新感觉派小说是20世纪我国第一个被引进的现代主义小说流派,主要作家有施蛰存、刘呐鸥、穆时英等。它的主要特点是在快速的节奏中表现现代半殖民地大都市畸形、病态的生活和人物;主观感觉印象的刻意追求和小说形式技巧的花样翻新;运用弗洛伊德精神分析学说,描写人物的潜意识、微妙心理和变态心理。

 题组四

1.网络文学
2.文学批评

3.骑士文学

4.话本

5.《元曲选》

参考答案

1.网络文学:网络文学是指新近产生的,以互联网为展示平台和传播媒介的,借助超文本链接和多媒体演绎等手段来表现的文学作品、类文学文本及含有一部分文学成分的网络艺术品。其中,以网络原创作品为主。网络文学随着互联网的普及而产生,具有更新快速、传播广、阅读群体庞大、不受传统限制等特点。

2.文学批评:广义的文学批评属于文学理论研究的范畴,其涵盖内容宽泛,从作品评介到理论研究都包含其中。狭义的文学批评是以文学鉴赏为基础,以文学理论为指导,对作家作品(包括文学创作、文学接受等)和文学现象(包括文学运动、文学思潮和文学流派等)进行分析、研究、认识和评价的科学阐释活动,是文学鉴赏的深化和提高。

3.骑士文学:骑士文学是西欧封建骑士制度的产物,以描写骑士爱情和冒险故事为基本内容。繁盛于12~13世纪的法国,主要形式有三种:骑士抒情诗、英雄史诗、骑士传奇。其中,骑士抒情诗以《破晓歌》为代表,英雄史诗以《罗兰之歌》为代表,骑士传奇则出于文学的浪漫想象而由文人或宫廷诗人创作,数量众多、系统繁复,可以说是骑士文学的主要形式。

4.话本:宋元间"说话"艺人的底本,是随着民间"说话"艺术发展起来的一种文学形式。"说话"通常分为小说、说经、讲史、合生四种,其中以小说、讲史两家为最重要,影响也最大。

5.《元曲选》:由明代戏曲家臧懋循编选,收录了94种元人的戏剧作品和6种明初的戏剧作品,合计100种,故又称《元人百种曲》。在众多明人的元曲选本中,《元曲选》最为流行、最为读者接受。它收录了元剧主要作家和作品,并经过编者的整理校订,科白俱全,最便阅读。

☞ 题组五

1.古希腊戏剧

2.湖畔派诗人

3.意象派诗歌

4.加缪

5.《荒原》

参考答案

1.古希腊戏剧:是指繁荣于公元前6世纪末至公元前4世纪初的古希腊的戏剧。古希腊戏剧起源于酒神祭祀,包括悲剧、喜剧、萨图罗斯剧("羊人剧")和拟剧("摹拟剧")等,其中成就最高的是悲剧和喜剧。古希腊的剧场和剧作对西方戏剧和文化的发展产生了持续而深远的影响。

2.湖畔派诗人:是指19世纪英国浪漫主义运动中较早产生的一个流派。主要代表有华兹华斯、柯勒律治和骚塞。由于他们三人曾一同隐居于英国西北部的昆布兰湖区,以诗赞美湖光山色,所以有"湖畔派诗人"之称。

3.意象派诗歌:是20世纪初出现的现代诗歌流派,其宗旨是要求诗人以鲜明、准确、含蓄和高度凝练的意象,生动形象地展现事物,并将诗人瞬间的思想感情融化在诗中。代表人物是埃兹拉·庞德。

4.加缪:法国小说家、哲学家、戏剧家、评论家,存在主义文学领军人物,"荒诞哲学"的代表。其作品用白描手法,客观地表现人物的言行,文笔简洁、明快、朴实,保持传统的优雅笔调和纯正风格。代表作有小说《局外人》《鼠疫》,哲理随笔《西西弗斯神话》《反抗者》等。1957年,获得诺贝尔文学奖。

5.《荒原》:英国20世纪影响最大的诗人、文学评论家、戏剧家艾略特的代表作,被誉为"现代诗歌的里程碑"。《荒原》是象征主义文学中最有代表性的作品,表达了西方一代人精神上的幻灭,被认为是西方现代文学中具有划时代意义的作品。

☞ 题组六

1.电影学
2.电影文学
3.音响
4.影视音乐
5.声画关系

参考答案

1.电影学:电影学是将电影作为社会文化现象、艺术现象以及大众传播媒介加以研究的科学。其范畴包括电影发展过程、电影审美特性、电影创作规律、电影作品分类及其社会作用与美学效应等。

2.电影文学:是区别于诗歌、小说、戏剧文学的一种新兴文学类型。主要指电影剧本,还包括影片中的解说词、歌词等。电影文学兼有电影与文学的双重特性,可以是剧作家根据生活直接创作,也可以是改编自其他文艺作品。电影文学的最大特点是将文学的叙事因素与电影的造型因素有机地融合在一起。

3.音响:指在影视艺术作品中,除了人声和音乐之外,所有能够传递信息、表达思想、交代环境的一切声音形态的总称。从声源性质来看,主要有自然环境中的声音和社会环境中的声音两类。

4.**影视音乐**：专为影视作品创作、编配的音乐，包括器乐和声乐两部分。影视音乐是影视作品的重要组成部分，是一种新的音乐艺术体裁，是影视作品重要的表意、抒情的造型元素。

5.**声画关系**：声音与画面在影片中的结合关系。声音是听觉艺术，画面是视觉艺术，两者只有协调、巧妙地配合才能产生立体、完整的感官效果。一般分为声画同步和声画对位两种形式。

题组七

1.闪回
2.学院式剪辑
3.淡出淡入
4.跳接
5.场记

参考答案

1.**闪回**：在某一场景中突然插入另一场景镜头或片段的一种电影叙事手法。闪回内容一般为闪回前面镜头中某个人物的思念或回忆，使受众更清晰地感受人物的思想和情绪。

2.**学院式剪辑**：学院式剪辑是指一种依循电影剧情发展过程的剪辑方式，其目的在于重建一个事件的全部过程，保持电影剧情发展的流畅性。因为这种剪接方式不会引起观众对剪辑本身的注意，有时也被称为"无痕迹剪接"，是好莱坞电影最常用的剪接方式之一。

3.**淡出淡入**：电影中时间和空间转换的方法之一。一个画面从完全黑暗到逐渐显露及至完全清晰，叫淡入。相反，一个画面从完全清晰到逐渐暗淡及至完全隐没，叫淡出。表示剧情发展到一个阶段的开始和结束，类似舞台演出的启幕和闭幕。

4.**跳接**：又称"切"，指无技巧剪接，把不同时空的镜头直接剪接，是常用的剪辑方法之一。

5.**场记**：场记是指影片拍摄阶段的一项工作内容，也指担任这一工作的专职人员。主要任务是将现场拍摄的每个镜头的详细情况如镜头号码、拍摄方法、镜头长度、演员的动作和对白、音响效果、布景、道具、服装、化妆等各方面的细节和数据详细、精确地记入场记单。

题组八

1.电影的时间和空间

2.电影空间

3.意识流电影

4.新德国电影

5.法国诗意现实主义电影

参考答案

1.电影的时间和空间：电影是以银幕上的画面和音响为媒介，在运动的时间里创造形象的一门艺术。观赏一部影片的过程，如同感受真实的生活一样，始终是在时间和空间两个维度上同时进行的。电影是在时间的推移中展示空间，在空间瞬即流逝的变换中呈示时间，因此，被称为时间艺术和空间艺术的综合体，简称时空艺术。

2.电影空间：电影空间指由银幕体现的基本空间世界，主要包括两种基本方式：一是再现空间，即逼真复制某个真实场景或写意场景，强调摄影机的记录功能。二是创造空间，即是通过蒙太奇手段将零散拍摄的一系列个别场景组合成一个统一的完整场面，强调蒙太奇的创造功能。

3.意识流电影：指受意识流小说影响，要求在银幕上着重表现人的非理性的、潜意识的、直觉活动的电影。时间空间跳跃多变，打破了传统戏剧化结构的电影模式，扩大了影片的容量，深化了主题。

4.新德国电影：20世纪60年代初在联邦德国出现的一次旨在振兴德国电影的运动，源于1962年的奥伯豪森第八届西德短片电影节。当时青年电影导演、编剧和演员联名发表了一篇《奥伯豪森宣言》，宣称"要与传统电影决裂，要运用新的电影语言"，并"从陈规陋习、商业伙伴和某些利益集团的羁绊中解脱出来"，以创立德国新电影。70年代中期，新德国电影进入创作高潮，出现了四位著名导演：赫尔措格、施隆多夫、法斯宾德、文德斯。

5.法国诗意现实主义电影：20世纪30年代在法国出现的一种电影创作倾向。影片以诗意的对话、引人入胜的视觉影像、透彻的社会分析，反映社会形势、普通人的生活和命运。代表作品有雷内·克莱尔的《巴黎屋檐下》、让·雷诺阿的《大幻灭》等。

题组九

1.电视电影

2.3D动画

3.4D电影

4.IMAX

5.米高梅电影公司

参考答案

1.电视电影:起源于20世纪60年代的美国,是指只在电视上播放的电影,通常由电视台制作或电影公司制作后再销售给电视台。电视电影成本低廉,传播渠道便捷,受众面广泛。

2.3D动画:又称三维动画,是近年来随着计算机软硬件技术的发展而产生的一项新兴技术。三维动画软件在计算机中首先建立一个虚拟的世界,设计师在这个虚拟的三维世界中按照要表现的对象的形状尺寸建立模型以及场景,拓宽了实景拍摄的影视效果范围。

3.4D电影:又称四维电影,是指三维的立体电影和周围环境模拟组成四维空间,将震动、吹风、喷水、烟雾、气泡、气味、布景、人物表演等特技效果引入3D电影中,形成一种独特的表演形式。

4.IMAX:即巨幕电影,是一种能够放映比传统底片更大和更高分辨率的电影放映系统。标准的IMAX银幕为22米宽、16米高,也可以通过更大的银幕播放。

5.米高梅电影公司:成立于1924年,是好莱坞八大电影公司之一。它拍摄了电影史上最出色的影片之一——《乱世佳人》,创造出了历久不衰的银幕经典——007,塑造了不朽的卡通形象——猫和老鼠,发起成立了美国电影艺术与科学学院,推出了奥斯卡奖。

题组十

1.同期录音
2.音画错位
3.现场抓拍
4.卫星电视
5.数字电视

 参考答案

1.同期录音:又称现场录音,是指在摄影时,同时用录音机把现场的全部声音记录下来的录音方法。同期录音记录的是现场的真实声音,它比后期的配音要自然、逼真。

2.音画错位:是指在电视节目录制、编辑到最终分发信号播出时,音频、视频以不同的文件、方式和路径被传送和处理,导致了音频、视频同步错误。

3.现场抓拍:现场抓拍是新闻拍摄的手段之一,即在新闻现场观察新闻主体的规律和特点,用纪实的方法,选择适当的角度,酌情抢拍具有形象表现力、具有精神内涵的典型瞬间。现场抓拍有利于克服新闻照片的公式化,拍摄的照片价值高,抓拍的瞬间形象自然、贴切。

4.卫星电视:是由设置在赤道上空的地球同步卫星,先接收地面电视台通过卫星地面站发射的电视信号,然后再把它转发到地球上指定的区域,由地面上的设备接收供电视机收看的一种电视广播方式。

5.数字电视:是指从演播室到发射、传输、接收的所有环节都使用数字电视信号,或对该系统所有的信号传播都通过由0、1数字串所构成的数字流来传播的电视类型。它提高了信号传输的质量,电视图像清晰、音响效果良好。

题组十一

1.收视率
2.绿色收视率
3.广播剧
4.肥皂剧
5.情景喜剧

参考答案

1.收视率:收视率是指某一时段内收看某电视频道(或某电视节目)的人数(或家户数)占电视观众总人数(或家户数)的百分比。作为重要的量化指标,它是深入分析电视收视市场的科学基础,是节目制作、编排及调整的重要参考,是节目评估的主要指标,是制订与评估媒介计划、提高广告投放效益的有力工具。

2.绿色收视率:绿色收视率是指不盲目跟风,不片面追求收视率,在重视收视率和收视份额的前提下,坚守品位,抵制低俗,坚持节目的思想性,从而确保主流媒体对观众的影响力和对舆论的引导力。

3.广播剧:广播剧是以语言、音乐和音响为手段,由机械录制而成的戏剧形式。广播剧以人物对话和解说为基础,并充分运用音乐伴奏、音响效果来加强气氛。

4.肥皂剧:外来词汇,又称泡沫剧。通常指一部连续很长时间的、虚构的电视剧节目,每周安排为多集连续播出,因此又称系列电视连续剧,因最初播放期间经常夹杂肥皂广告而得名。

5.情景喜剧:又称处境喜剧,是一种喜剧演出形式,最开始出现在广播中,现已普遍出现在电视屏幕上。情景喜剧一般有固定的主演阵容、一条或多条故事线,围绕着一个或多个固定场景如家庭、校园等进行。

题组十二

1.调频广播
2.电视娱乐节目

3.民生新闻

4.口播新闻

5.电视新闻现场直播

 参考答案

1.调频广播:是一种以无线发射的方式来传输广播节目的设备。具有无须立杆架线、覆盖范围广、无限扩容、安装维护方便、投资少、音质优美清晰的特点。

2.电视娱乐节目:以电视为传播媒介,利用综合性的表达手段,将多种娱乐性的元素组合在某一种形式中,在某一时段强化电视的娱乐功能,使观众身心放松、精神愉悦的电视节目类型。

3.民生新闻:是以"民生、民情、民意"为主要关注点,以城市百姓"身边事、麻烦事、稀奇事、关心事"为主要报道题材,通过记者现场调查、跟踪报道、嵌入式体验等灵活多样的方法采编制作,注重新闻的实用价值、娱乐价值、情感价值的电视新闻。

4.口播新闻:口播新闻是先经过编辑加工处理通讯员来稿、记者采写的新闻稿和选编的报纸、通讯社的新闻稿,再由播音员口头播出的一种新闻形式,有时也由记者或主持人在话筒前直接播报。

5.电视新闻现场直播:是指在现场把新闻事实的图像、声音及记者的报道、采访等转换为广播或电视信号直接发射的即时播出方式。

题组十三

1.素描

2.行为艺术

3.《鹊华秋色图》

4.浮世绘

5.点彩派

 参考答案

1.素描:是一种主要以单色线条和块面来表现物象的绘画形式。素描通常作为锻炼绘画基本功的手段,以训练观察和表现客观物象的形体、结构、明暗、质感、量感和空间感的能力。

2.行为艺术:是指在特定的时间、地点,由个人或群体行为构成的一门艺术,是20世纪五六十年代兴起于欧洲的现代艺术形态之一。它包含四项基本元素:时间、地点、行为艺术者的身体、与观众的交流。

3.《鹊华秋色图》:由元代画家赵孟頫所作,现存于台北故宫博物院。两座山分置于画面的一左一右，构图左右平衡，鹊山浑圆，华山高耸，树木茂盛，一派秋色美景，大气古远，被誉为元代文人画的代表作。

4.浮世绘：日本的风俗画、版画。它是日本德川幕府时代兴起的一种具有独特民族特色的艺术作品，主要描绘人们的日常生活、风景。

5.点彩派：19世纪80年代后期，一群受到印象主义强烈影响的画家掀起了一场技法革新。他们不用轮廓线条划分形象，而用点状的小笔触，通过合乎科学的光色规律的并置，让无数小色点在观者视觉中混合，从而构成色点组成的形象，被一些艺术评论家称作"点彩派"。

题组十四

1.音乐
2.声乐
3.复调音乐
4.五声调式音阶
5.八音

参考答案

1.音乐：是一种听觉表演艺术，它通过人声演唱和乐器演奏，用有组织的乐音来表达人们的思想感情，反映现实生活，使人得到艺术享受。音乐分为声乐和器乐两大类。

2.声乐：以人声演唱为主的音乐形式。按演唱形式可分为齐唱、合唱、重唱、独唱、对唱、轮唱等，按演唱风格可分为美声唱法、民族唱法、通俗唱法、原生态唱法。

3.复调音乐：是多声部音乐的一种，旧称对位。它是以两个、三个或四个在艺术上有同等意义的各自独立的曲调，前后叠置起来，同时协调地进行为基础。在横的关系上，各声部的节奏、力度、强音、高潮、终止、起讫以及旋律线的起伏等，不尽相同而且各自有其独立性；在纵的关系上，各声部又彼此形成良好的和声关系。

4.五声调式音阶：五声调式广泛存在于中国古代和民间音乐中，并且在这个基础上形成了中国民族调式的种种变化和完整的音乐理论体系，因此，它常被称为"中国调式"或"民族调式"。五声调式是以纯五度的音程关系来排列的，是由宫、商、角、徵、羽五个音所构成的调式。

5.八音：我国周代按制造材料的性质创设的乐器分类方法，是我国音乐史上最早的乐器科学分类法。"八音"为金、石、土、革、丝、木、匏、竹。

题组十五

1.戏剧文学

2.布景

3.表现主义戏剧

4.舞蹈

5.古典舞

 参考答案

1.戏剧文学:即戏剧剧本,是剧作家创作的供戏剧舞台演出用的脚本,通常包括舞台提示和人物台词两个部分,结构形式是分幕和场。它是戏剧艺术的一个重要组成部分,直接决定着戏剧的思想性和艺术性。

2.布景:是戏剧演出视觉形象中构成景物环境的实体部分。布景艺术创造的艺术形象,由设计者根据剧情的要求进行构思和设计,用舞台技术的方法造型和塑形,使其体现在演出中,与灯光、化妆、服装等共同综合塑造演出外部形象,帮助演员表演,揭示剧本内涵。

3.表现主义戏剧:是西方现代戏剧流派之一,19世纪末出现于德国、瑞典。表现主义戏剧是一部分左翼资产阶级知识分子对资本主义现实深感不满,并想在精神上将此种情绪表达出来而产生的一种新的戏剧流派。主要剧作家及代表作品有瑞典斯特林堡的《鬼魂奏鸣曲》、美国奥尼尔的《毛猿》《琼斯皇帝》等。

4.舞蹈:舞蹈是八大艺术之一。它是以经过提炼、组织和艺术加工了的人体动作作为主要手段,着重表现语言文字或其他艺术手段所难以表现的人们的内在深层的精神世界,创造出可被人感知的生动的舞蹈形象,并反映社会现实。其基本要素是动作姿态、节奏和表情。

5.古典舞:各民族中流传至今的、具有典范意义和古典风格特点的舞蹈。它是在各民族传统舞蹈的基础上,不断提炼、加工、创造后逐渐形成的,具有自成体系的美学原则、鲜明独特的风格和特色、完整的表现手法和严谨的训练方法。

题组十六

1.黄金分割

2.潜影

3.大气透视

4.宽容度

5.曝光补偿

 参考答案

1.黄金分割:是指将整体一分为二,较大部分与整体部分的比值等于较小部分与较大部分的比值,其比值约为0.618。这个比例被公认为是最能引起美感的比例,因此被称为黄金分割。

2.潜影:又称潜像。在胶片曝光后,乳剂层中的卤化银起光化作用,产生了肉眼看不见的影像,在摄影学上称为潜影。潜影只有在经过随后的显影、定影等加工过程之后,才能变成可见的影像。

3.大气透视:又称空气透视,表现在画面上形成明暗不同的阶调透视、鲜淡不同的色彩透视,是表现画面空间深度感的重要手段。产生空气透视的原因主要是由于空气中存在着烟雾、尘埃、水汽等介质,这些介质对光线有扩散作用。距离越远,介质越厚,扩散光线作用越显著,空气透视现象越显著。

4.宽容度:是指胶片所能正确容纳的景物亮度反差的范围。能将亮度反差很大的景物正确记录下来的胶片称为宽容度大的胶片,反之则称为宽容度小的胶片。宽容度小的胶片,常会使景物的明暗部分在影像上得不到正确反映,损害影像的真实性。

5.曝光补偿:是一种曝光控制方式,一般常见在±2-3EV左右,如果环境光源偏暗,即可增加曝光值(如调整为+1EV、+2EV)以突显画面的清晰度。

 题组十七

1.镀膜
2.节奏感
3.写实主义摄影
4.F64团体
5.明暗对比

参考答案

1.镀膜:镀膜是在物体表面镀上非常薄的透明薄膜。作用是减少光的反射,增加透光率,抵抗紫外线,减少耀光等。同时,镀膜可以延迟镜片老化、变色的时间。

2.节奏感:原为音乐术语,是指音乐的高低起伏、抑扬顿挫的旋律。在摄影画面中,节奏感体现在影调、色调、线条等造型元素的对比和变化给人带来的高昂激情或舒缓优雅等视觉心理感受。

3.写实主义摄影:摄影家严格遵守摄影创作要再现社会生活现实和自然景观的现实原则,在拍摄时不干预被摄者、不破坏自然景观,抓拍被摄者的自然、真实、感人的形象。

4.F64团体:是在摄影大师爱德华·韦斯顿的倡导下在美国西海岸于1932年成立的一个摄影团体。他们主张用很小的光圈和大相机,使作品获得较长的景深和极好的清晰度。

5.明暗对比:是摄影中最普通也是最重要的一种对比手法。最常用的是把照片主体放在较亮的光线中,避开干扰主题的周围亮点,或者后期制作时把不重要的部分压暗,从而增强画面的立体感,使画面效果起伏有致。

题组十八

1. 光比
2. 镜头涵盖力
3. DX 编码
4. 色彩反转片
5. 感光度

参考答案

1. 光比:是摄影重要的参数之一,指被摄体上亮部与暗部受光强弱的差别,对照片的反差控制有着重要意义。

2. 镜头涵盖力:被摄物在镜头影像圈内能获取高质量影像的那部分区域称作镜头的涵盖力。

3. DX 编码:DX 编码胶卷是柯达公司于 20 世纪 70 年代创立的一套能被相机自动识别胶卷感光度的系统。

4. 色彩反转片:是在拍摄后经反转冲洗可直接获得正像的一种感光胶片。

5. 感光度:是胶片对光线的化学反应速度,也是制造胶片行业中感光速度的标准。

题组十九

1. 密度
2. 彗形像差
3. 偏振镜
4. 超焦点距离
5. 造型光

参考答案

1. 密度:是指感光材料经过曝光、显影、定影之后,在底片的单位面积上的银粒沉积量,用以表示变黑的程度。

2. 彗形像差:像差的一种。平行光线斜向射到镜头上,焦点不成点状,而形成彗星形,这种像差称为彗形像差。

3. 偏振镜:又称偏光镜,简称 PL 镜,是一种滤色镜。能有选择地让某个方向振动的光线通过,在摄影中常用来消除或减弱非金属表面的强反光,从而消除或减轻光斑。

4.超焦点距离:又称超焦距、超焦距离。超焦点距离是当物镜调焦在无穷远时,可在焦面上构成清晰影像的最近物距。

5.造型光:造型光分为主光、辅助光、环境光、轮廓光、眼神光、修饰光等。主光又称塑型光,是刻画人物和表现环境的主要光线。辅助光又称副光,是用以补充主光照明的光线。环境光又称背景光,是指专用以照明背景和环境的光线。轮廓光是使被摄对象产生明亮边缘的光线。眼神光是使主体人物眼球上产生光斑的光线。修饰光是指用以修饰被摄对象某一细部的光线。

题组二十

1.解像力
2.灰雾度
3.光度
4.像差
5.色温

参考答案

1.解像力:又称鉴别率、分辨率、分析力等,是指胶片对被摄物细部的表现力。能清晰地表现被摄物细节的称为解像力高;反之,称为解像力低。它的值通常以1毫米范围内尚能分辨出宽度相同的黑白线对的数来表示,单位表示法为线/毫米或线对/毫米。

2.灰雾度:是指未经感光的材料,在冲洗后所出现的均匀浅灰密度层。

3.光度:是光的最基本因素,它是光源发光强度和光线在物体表面所呈现亮度的总称。

4.像差:实际光学系统中,由非近轴光线追迹所得的结果和近轴光线追迹所得的结果不一致,这些与高斯光学(一级近似理论或近轴光线)的理想状况的偏差,叫作像差。

5.色温:色温是表示光源光色的尺度,单位为K(开尔文)。光源色温与色彩还原关系密切,由于光源色温不同,摄像机需要适当的校色温滤光片来衡量色温,以获得真实的影像色彩。

经典题型四 简答题

题型解析

一、题型特征

相比名词解释题,简答题的作答范围更为广泛。除了必须要作答的"精华"和"要点"之外,可以有更多自由发挥的空间。简答题在考查内容上的分类,可参考名词解释题型的分类。

二、出现频率 ★★★★

三、应试技巧

与名词解释题型的答题模式一样,简答题型的答题模式为:"发生时间+发生地点+主要内容+历史意义(作用、影响等)+代表作家+代表作品"。

简单题型在作答时不仅要做到"有骨",即要点的罗列,也要做到"有肉",即辅助要点的知识补充。例如"名词解释:景别",考生只要回答出"主要内容"即可,即景别的定义、包含类别。如果是"简答题:简述一下什么是景别",考生则要回答出"主要内容"+"作用影响",即景别的定义、包含类别、不同景别的作用。

题型练习

高频考点

出题频率:高　　难度系数:低　　训练强度:★★★★★

题组一

1.《诗经》有何艺术成就?

2.《诗经·氓》中"桑之未落,其叶沃若。于嗟鸠兮,无食桑葚;于嗟女兮,无与士耽。

士之耽兮,犹可说也。女之耽兮,不可说也。桑之落矣,其黄而陨。自我徂尔,三岁食贫。淇水汤汤,渐车帷裳。女也不爽,士贰其行。士也罔极,二三其德"运用了什么样的修辞手法?所要表达的寓意是什么?

3.《短歌行》里"忧"字反复出现,写出两句带"忧"字的诗句,作者"忧"的是什么?

 参考答案

1.《诗经》有何艺术成就?

答:(1)现实主义的创作精神。《诗经》以真实的生活感受和朴素自然的艺术手段,生动地再现了那一时代广阔的现实生活画面。

(2)赋、比、兴的表现手法。赋是铺陈直叙,是《诗经》最常用的表现手法。比就是比喻,也是《诗经》常用的表现手法。兴是托物起兴,是用于诗歌开头引起下文的一种手法。

(3)抒情艺术。《诗经》大部分是抒情诗,即使是少量的叙事诗也有较为浓厚的抒情色彩。其主要的抒情手法有:借景抒情、直抒胸臆、叙事言情。

(4)生动形象的语言、和谐的韵律。《诗经》的语言丰富多彩、生动形象,韵律和谐,具有很强的艺术表现力。

2.《诗经·氓》中"桑之未落,其叶沃若。于嗟鸠兮,无食桑葚;于嗟女兮,无与士耽。士之耽兮,犹可说也。女之耽兮,不可说也。桑之落矣,其黄而陨。自我徂尔,三岁食贫。淇水汤汤,渐车帷裳。女也不爽,士贰其行。士也罔极,二三其德"运用了什么样的修辞手法?所要表达的寓意是什么?

答:运用了起兴的手法,桑叶鲜嫩,告诫斑鸠不要贪吃桑葚。这与后面六句劝说"于嗟女兮,无与士耽"形成对照,诗意是相连的。"桑之落矣,其黄而陨",桑叶由嫩绿变为枯黄,这与士"信誓旦旦"变为"士贰其行"相对应,含有隐喻。用自然现象来对应女主人公恋爱生活的变化,由起兴的诗句引出表达感情生活的诗句,激发读者联想,增强意蕴,产生形象鲜明、诗意盎然的艺术效果。

3.《短歌行》里"忧"字反复出现,写出两句带"忧"字的诗句,作者"忧"的是什么?

答:对酒当歌,人生几何!譬如朝露,去日苦多。慨当以慷,忧思难忘。何以解忧?唯有杜康。

《短歌行》全诗分为四节,每八句为一节。第一节"忧从中来,不可断绝"中的"忧":面对美酒应该高歌,人生短促日月如梭。好比朝露转瞬即逝,失去的时日实在太多。席上歌声激昂慷慨,忧愁长久难以散去。靠什么来排解愁绪呢?唯有饮酒方可解脱。这八句写出了曹操对人生短暂的忧叹,恐怕来不及建立功业。

第三节"忧从中来,不可断色"中的"忧":作者生逢乱世,亲眼目睹因战乱导致百姓颠沛流离的生活,深感痛心。同时,又因渴望建功立业不得,发出求贤不得的苦闷与忧思。

题组二

1.简述《孔雀东南飞》的艺术特征。

2.《孔雀东南飞》本是悲剧性结尾,但是作者最后暗示焦仲卿、刘兰芝夫妇双双化成了鸳鸯。请从其他文学作品中找出一个类似的例子,谈谈你对这种结尾的看法。

3.陶渊明在《五柳先生传》中说"五柳先生"是"好读书,不求甚解",你是如何理解这一句话的?请写出你所熟悉的陶渊明的两句诗。

参考答案

1.简述《孔雀东南飞》的艺术特征。

答:《孔雀东南飞》是汉乐府叙事诗发展的高峰,也是我国文学史上现实主义诗歌发展的重要标志。

(1)它是古乐府中最长的一首叙事诗,通过对焦仲卿、刘兰芝夫妇的婚姻悲剧的描写,有力地揭露了封建礼教、封建家长的罪恶,同时热烈歌颂了两人为了忠于爱情,宁死不屈地反抗封建恶势力的斗争精神,具有深刻的社会意义和思想意义。

(2)运用比兴手法和浪漫主义手法,塑造个性鲜明的人物形象,来表现反对封建礼教的主题思想。

(3)语言朴素通畅,人物语言具有个性化,叙事中兼有浓厚的抒情,描写上铺张排比,是五言叙事诗的代表作品。

(4)诗篇通过两条线索的交替发展,将矛盾不断推向前进,使人物性格不断丰富,主题不断深化。同时,全诗繁简得宜,穿插巧妙,结构紧密。

2.《孔雀东南飞》本是悲剧性结尾,但是作者最后暗示焦仲卿、刘兰芝夫妇双双化成了鸳鸯。请从其他文学作品中找出一个类似的例子,谈谈你对这种结尾的看法。

答:类似的例子中国有牛郎织女、梁山伯与祝英台,外国有罗密欧与朱丽叶等。

《孔雀东南飞》是古典民间叙事诗的杰作。它以现实主义创作方法,对封建家长制、封建传统道德进行了激烈的批判,表现了在婚姻爱情上被压迫被摧残的青年男女强烈的反抗精神和不屈斗志。死是他们反抗精神的极限,但诗人不愿他们就这样死去,于是诗人结尾以浪漫主义的笔法,让刘兰英、焦仲卿双双化为鸳鸯。这个浪漫主义结尾表现了诗人和广大人民群众的美好愿望。

3.陶渊明在《五柳先生传》中说"五柳先生"是"好读书,不求甚解",你是如何理解这一句话的?请写出你所熟悉的陶渊明的两句诗。

答:(1)原文:"好读书,不求甚解;每有会意,便欣然忘食。"意为喜欢读书,但不在字句的解释上过分下功夫。

一是表示虚心,目的在于劝诫学习者不要骄傲自负,以为什么书一读就懂,实际上不一定真正体会书中的真意,还是老老实实承认自己只是不求甚解为好。二是说明读书的方法,不要固执一点,咬文嚼字,而要前后贯通、了解大意。

(2)《饮酒·其五》:结庐在人境,而无车马喧。问君何能尔,心远地自偏。采菊东篱下,悠然见南山。山气日夕佳,飞鸟相与还。此中有真意,欲辨已忘言。

《归园田居·其三》:种豆南山下,草盛豆苗稀。晨兴理荒秽,带月荷锄归。道狭草木长,夕露沾我衣。衣沾不足惜,但使愿无违。

 题组三

1.简析杜甫《月夜》:"今夜鄜州月,闺中只独看。遥怜小儿女,未解忆长安。香雾云鬟湿,清辉玉臂寒。何时倚虚幌,双照泪痕干。"

2.杜甫诗歌的表现手法是什么?

3.你从杜甫的《登高》"万里悲秋常作客,百年多病独登台"中体会到几层意思?谈谈你的理解。

参考答案

1.简析杜甫《月夜》:"今夜鄜州月,闺中只独看。遥怜小儿女,未解忆长安。香雾云鬟湿,清辉玉臂寒。何时倚虚幌,双照泪痕干。"

答:创作背景:安史之乱时,杜甫将家眷寄居鄜州,只身前往灵武投奔肃宗,途中被叛军所俘,押回长安。这首诗即是诗人困居长安时所作,表达了对离乱中的妻子家人的深切挂念。诗的构思采用从对方设想的方式,后世诗人常学此法。

诗人从侧面描写妻子对自己的处境如何焦心,月下泪流不止的情态,表达了诗人对妻儿的思念,也表现了诗人独具匠心的构思。"怜"字饱含深情,"未解忆长安"更加烘托出妻子的"独看"。颈联中诗人设想妻子月下久立、热泪盈眶的情景,进一步描写妻子对自己的担忧思念之情。末联以表现希望的诗句作总结,"双照"兼含回忆与希望。全诗词旨婉切,章法紧密。

2.杜甫诗歌的表现手法是什么?

答:(1)善于选择富有典型意义的事件和人物进行高度的艺术概括,通过个别反映一般。

(2)善于将主观意识和思想感情融入客观的具体描写中。

(3)善于运用富有个性化的语言——对话、独白,表现人物的性格和情感。

(4)善于捕捉富有代表性的,足以显示事物本质、人物精神的细节加以描写。

(5)以议论入诗。议论不多,并与叙事、抒情部分融合无间。

3.你从杜甫的《登高》"万里悲秋常作客,百年多病独登台"中体会到几层意思?谈谈你的理解。

答:十四字之间含有八意,对偶精确。"八意",即八可悲:他乡作客,一可悲;常作客,二可悲;万里作客,三可悲;又当萧瑟的秋天,四可悲;年已暮齿,一事无成,五可悲;亲朋亡散,六可悲;孤零零独自登台,七可悲;身患疾病,八可悲。

我万里漂泊,常年客居他乡,对此秋景,更觉伤悲;有生之年,疾病缠身,今日独自登临高台。这是对诗人一生颠沛流离生活的高度概括,有顿挫之神。诗人从空间(万里)、时间(百年)两方面着笔,把久客最易悲秋、多病独自登台的感情,融入一联雄浑高阔的对句之中,情景交融,使人感受到他那深沉的情感。

题组四

1. 白居易的《琵琶行》中琵琶女的琴声和身世为什么能与诗人产生共鸣?谈谈你对"同是天涯沦落人,相逢何必曾相识"的理解。
2. 默写李煜的《虞美人》("春花秋月何时了")。谈谈它抒发的情感,并简析创作手法。
3. 简述宋代豪放派词的艺术特色。

 参考答案

1. 白居易的《琵琶行》中琵琶女的琴声和身世为什么能与诗人产生共鸣?谈谈你对"同是天涯沦落人,相逢何必曾相识"的理解。

答:《琵琶行》作于诗人贬官到江州的第二年,作品叙述了琵琶女的高超演技和她的凄凉身世,抒发了作者个人政治上受打击、遭贬斥的抑郁愤懑之情。在这里,诗人把一个琵琶女视为自己的风尘知己,与她同病相怜,写人写己,哭人哭己,宦海的浮沉、生命的悲哀融合为一体,使作品具有不同寻常的感染力。正是因为琵琶女生活的不幸,引发出诗人对自身失意的感慨,两人相似的遭遇使诗人与其产生了共鸣。

诗人感情的波涛为琵琶女的命运所激动,发出了"同是天涯沦落人,相逢何必曾相识"的感叹,抒发了同病相怜、同声相应的情怀。

2. 默写李煜的《虞美人》("春花秋月何时了")。谈谈它抒发的情感,并简析创作手法。

答:原作:春花秋月何时了,往事知多少。小楼昨夜又东风,故国不堪回首月明中。雕栏玉砌应犹在,只是朱颜改。问君能有几多愁?恰似一江春水向东流。

词中流露了李煜不加掩饰的故国之思,全词以问起,以答结;由问天、问人而自问,通过凄楚中激越的音调和曲折回旋、流走自如的艺术结构,使作者的愁思贯穿始终。全词抒写亡国之痛,意境深远,感情真挚,结构精妙,语言清新。

以奇问开笔,劈空而下,却又在情理之中。善于运用白描的手法,巧妙运用意象抒写生活感受。善用贴切的比喻,将抽象的感情形象化。

3.简述宋代豪放派词的艺术特色。

答:(1)题材内容。词作题材广阔,不仅描写花间月下,而且把军情国事等重大题材入词,使词能像诗文一样地反映生活,所谓"无言不可入,无事不可入"。

(2)表达方式。词作直抒胸臆,开门见山地切入主题,具有深邃的思想、高雅的情趣、引人深思的哲理。

(3)写作手法。喜用诗文的手法、句法和字法,语词宏博,用事较多,不拘守音律,内容比较充实。

题组五

1.苏轼《前赤壁赋》中借"江上清风、山间明月"表达了什么感情?体现了什么哲理?

2.李清照《醉花阴》("薄雾浓云愁永昼")中"莫道不销魂,帘卷西风,人比黄花瘦"历来为人所称赏,试分析其艺术特点。

3.李清照的"寻寻觅觅,冷冷清清,凄凄惨惨戚戚"这七组叠词分别表达了几个不同层次的感情?

参考答案

1.苏轼《前赤壁赋》中借"江上清风、山间明月"表达了什么感情?体现了什么哲理?

答:文章先由清风明月之美写玩赏之乐,再以主客问答写历史人物的兴亡和现实苦闷,阐明变与不变的道理,以寻求解脱,最后归于豁达乐观。

作者由眼前的"江上清风、山间明月"想到世间万物、英雄豪杰也不过是过眼云烟,随着岁月的流逝而灰飞烟灭,从而抒发了人生短促无常的悲观情怀。接着作者丢开个人愁怀,又以江水明月作比,说明世间万物和人生既有变的一面,又有不变的一面。从变的角度看,天地万物连一眨眼的工夫都不能保持不变;从不变的角度看,万物和人类都永久存在,不必羡慕长江的无穷和明月的永不增减,不必谈人生的短促,而应保持豁达乐观的态度,阐发了变化与永恒的辩证哲理。

2.李清照《醉花阴》("薄雾浓云愁永昼")中"莫道不销魂,帘卷西风,人比黄花瘦"历来为人所称赏,试分析其艺术特点。

答:"莫道不销魂,帘卷西风,人比黄花瘦"三句直抒胸臆,写出了主人公憔悴的面容和愁苦的神情,营造了凄清寂寥的深秋怀人的境界。这三句工稳精当,是作者艺术匠心之所在:"销魂"比喻相思愁绝之情。"帘卷西风"即"西风卷帘",暗含凄冷之意。匆匆离开东篱,回到闺房,瑟瑟西风把帘子掀起,使人感到一阵寒意,联想到把酒相对的菊花,顿感人生不如菊花之意。上下对比,大有物是人非、今昔异趣之感。在这里,词人巧妙地将思妇与菊花相比,展现出萧瑟的秋风摇撼着羸弱的瘦菊与思妇布满愁云的憔悴面容,情景交融,创设出一种凄苦绝伦的境界。词人贯穿全词的愁绪也因"瘦"字而得到了最集中、最形象的体现。

3.李清照的"寻寻觅觅,冷冷清清,凄凄惨惨戚戚"这七组叠词分别表达了几个不同层次的感情?

答:三句用一连串叠字写主人公一整天的愁苦心情,从"寻寻觅觅"开始,可见她从一起床便百无聊赖、若有所失,希望找到点什么来寄托自己的空虚寂寞。下文"冷冷清清",是"寻寻觅觅"的结果,不但一无所获,反而一种孤寂清冷的气氛袭来,使自己感到凄惨忧戚。于是紧接着再写一句"凄凄惨惨戚戚"。仅此三句,定下一种愁惨而凄厉的基调,写出了主人公内心的凄凉。

👉 题组六

1.结句"凭谁问:廉颇老矣,尚能饭否?"揭示了辛弃疾《永遇乐》("千古江山")一词的主旨,试结合全词内容,谈谈你对这句词的理解。

2.《西厢记》讲了一个什么故事?

3.请简要分析《牡丹亭》的浪漫主义精神。

 参考答案

1.结句"凭谁问:廉颇老矣,尚能饭否?"揭示了辛弃疾《永遇乐》("千古江山")一词的主旨,试结合全词内容,谈谈你对这句词的理解。

答:"凭谁问,廉颇老矣,尚能饭否"一句运用典故:《史记·廉颇蔺相如列传》记载,廉颇被免职后,跑到魏国,赵王想再用他,派人去看他的身体情况。廉颇虽老,赵王尚有启用之意,而自己此时却连遭贬斥,天子不闻不问,空怀老当益壮的爱国豪情,其幽怨、悲愤之情溢于言表。在这里作者反问所有人,当年赵王问廉颇老将军还能吃饭吗,其一为廉颇老将军鸣不平,其二为自己不受重用鸣不平,隐含意思是尽管我老了,但跟廉颇老将军一样愿为国出力,还可以老当益壮。

2.《西厢记》讲了一个什么故事?

答:《西厢记》是元代戏曲家王实甫所作,写了张生与崔莺莺这一对有情人冲破困阻终成眷属的故事。

张生与崔莺莺在普救寺一见钟情,此时恰有守桥叛将孙飞虎带兵围住寺院,要抢莺莺为妻,崔夫人四处求救无援,因而许愿:"谁有退兵计策,就把莺莺嫁给谁。"张生挺身而出,写信给白马将军杜确。杜确救兵赶到,孙飞虎兵败被擒。不料崔夫人言而无信,不肯把女儿嫁给张生,只许二人以兄妹相称。张生因此致病。红娘为张生出谋,让他月下弹琴,莺莺听后十分感动,便叫红娘前去安慰。张生叫红娘给莺莺带去一信,莺莺回信约张生相会。此事被崔夫人觉察,她怒气冲天,虽答应将莺莺许配给张生,但又逼迫张生立即上京考试。张生与莺莺惜别,上京应试,中了头名状元。然而崔夫人侄儿郑恒造谣说,张生已做了卫尚书女婿,逼崔夫人把莺莺嫁给他。就在这时,张生回到普救寺,在白马将军的帮助下,揭穿了郑恒的阴谋,与莺莺喜结连理,有情人终成眷属。

3.请简要分析《牡丹亭》的浪漫主义精神。

答:(1)杜丽娘不屈不挠所追求的理想,就是冲破礼教束缚、获得自由爱情。为了这个理想,可以超越生死之界、能够战胜一切,闪耀着浪漫主义的理想光辉。

(2)《牡丹亭》的情节离奇、跌宕。现实与梦境、阴间与阳世交替出现,判官、鬼魂、花神来往飘忽。剧本通过"梦而死""死而生"的幻想情节,表现出理想与现实的矛盾,以奔放的笔触夸张地描写了杜丽娘对真情的追求。

题组七

1.《三国演义》塑造了一系列性格鲜明的艺术形象,其中最为突出的是毛宗岗所说的"三绝"。请回答:《三国演义》中的"三绝"指的是哪三个典型人物?请任选其中的一个人物形象进行分析。

2.请分析小说《西游记》中孙悟空这一艺术形象。

3.《儒林外史》是吴敬梓创作的长篇讽刺小说,小说成功地塑造了科举制度下封建文人的群像(《范进中举》节选自小说第三回),请简要分析:

(1)胡屠户在范进中举前后态度的变化说明了什么?

(2)范进中举后发了疯,为什么?

参考答案

1.《三国演义》塑造了一系列性格鲜明的艺术形象,其中最为突出的是毛宗岗所说的"三绝"。请回答:《三国演义》中的"三绝"指的是哪三个典型人物?请任选其中的一个人物形象进行分析。

答:三绝:智绝诸葛亮、义绝关羽、奸绝曹操

关羽是《三国演义》着重塑造的一个人物形象,作品主要从"忠义"和"勇武"两方面来塑造他的形象。

(1)忠义。他忠于桃园结义的盟誓,与刘备、张飞情同手足、生死与共。屯土山陷入绝境,他向曹操提出"三约"。得知刘备消息后,立即挂印封金、过关斩将而去。"义"主要体现在华容道义释曹操,为了报答曹操的礼遇之恩和放行之情,不惜违背军令状。

(2)勇武。关羽温酒斩华雄、过五关斩六将、单刀赴会、水淹七军,都表现出他超群绝类的胆略和威武不屈的气概。

2.请分析小说《西游记》中孙悟空这一艺术形象。

答:孙悟空是动物性、人性、神性奇妙结合的艺术典型。

(1)孙悟空是一个生命力、战斗力极其旺盛的神话英雄,他强烈要求摆脱人间王位拘

束、努力超越自然规律局限的美好理想,为形成全书主题思想奠定了有力的基础。

(2)孙悟空的艺术形象不仅生动地体现了古代人民摆脱压迫的强烈愿望,而且反映了人民为战胜邪恶、争得自由而敢于蔑视一切传统和权威的反抗精神。

(3)孙悟空的语言、动作幽默诙谐,富有戏剧性。这是他蔑视一切权威、不怕任何困难的强烈的乐观主义精神的表现。

3.《儒林外史》是吴敬梓创作的长篇讽刺小说,小说成功地塑造了科举制度下封建文人的群像(《范进中举》节选自小说第三回),请简要分析:

(1)胡屠户在范进中举前后态度的变化说明了什么?

(2)范进中举后发了疯,为什么?

答:(1)胡屠户在范进中举前后态度的变化说明了他是一个欺贫爱富、趋炎附势、嗜钱如命,庸俗自私的人。

(2)范进中举后喜极而疯,说明他受封建科举制度毒害之深。从中举之后看,范进已经成为封建社会的新贵,得到了自己想要的功名富贵,马上表现出虚伪、圆滑世故的一面,如对胡屠户态度的变化、与张静斋称兄道弟等,表明他已经被科举制度所腐蚀、所同化,与之同流合污。

题组八

1.《红楼梦》中王熙凤的出场与众不同:"只听后院中有人笑声,说:'我来迟了,不曾迎接远客!'"这样的出场描写有什么艺术效果?试分析王熙凤的人物性格。

2.简述中国古代十大古典悲剧作品及作者。

3.简述"三言"和"二拍"。

参考答案

1.《红楼梦》中王熙凤的出场与众不同:"只听后院中有人笑声,说:'我来迟了,不曾迎接远客!'"这样的出场描写有什么艺术效果?试分析王熙凤的人物性格。

答:"未见其人,先闻其声。"王熙凤的出场妙在一个"笑"字,当贾府中的最高权威者贾母正和林黛玉叙谈的时候,只有王熙凤一个人敢如此大笑。这里点出了王熙凤在贾府中的特殊地位。王熙凤的出场描写在于借人物的语言、动作,深刻揭示人物的内在,把活生生的王熙凤置于读者面前,笔法生动。

王熙凤是《红楼梦》中着笔最多、刻画得最为生动的一个人物形象,是封建时代大家庭中精明强干、泼辣狠毒的人物形象的代表。

(1)伶牙俐齿、能言善辩。王熙凤善于揣摩对方心理,知道在什么时候、什么场合、对什么人说什么样话,知道如何能讨长辈们的欢心、平辈姐妹们的高兴、奴仆下人们的畏服。

(2)做事干练、才敢超群。王熙凤具有独到的权术机变,她凭着自己的才智与心机,始终掌握着管理贾府的大权。她敢作敢为,讲求效率,善于抓住重点。

(3)阴险毒辣、工于心计。处于贾府这个人际关系复杂的大家族中,处处需要防备别人的算计,为了维护自己的地位,王熙凤可谓机关算尽。"毒设相思局",害死贾瑞;"用借剑杀人",逼死尤二姐;"弄权铁槛寺",逼死两条人命。

2.简述中国古代十大古典悲剧作品及作者。

答:关汉卿《窦娥冤》、马致远《汉宫秋》、洪昇《长生殿》、孔尚任《桃花扇》、纪君祥《赵氏孤儿》、高则诚《琵琶记》、冯梦龙《精忠旗》、孟称舜《娇红记》、李玉《清忠谱》、方成培《雷峰塔》。

3.简述"三言"和"二拍"。

答:三言二拍是指明代著名传奇短篇小说集、拟话本集的合称。"三言"即《喻世明言》《警世通言》《醒世恒言》的合称,作者是冯梦龙。"三言"包括了旧本的汇辑和新著的创作,是我国白话短篇小说在说唱艺术的基础上,经过文人的整理加工到文人进行独立创作的开始,标志着古代白话短篇小说整理和创作高潮的到来。

"二拍"是中国拟话本小说集《初刻拍案惊奇》《二刻拍案惊奇》的合称,作者是凌濛初。作品多是取材于一些新鲜有趣的轶事,敷衍成文,以迎合市民的需要,同时也寓有劝惩之意。

题组九

1.写出鲁迅的四部(四篇)作品,并对其中一部(篇)进行分析。
2.简述文学研究会的主张。
3.鲁迅的《祝福》中老女人们听祥林嫂遭遇的一段话,表现了老女人们的什么心理?小说为什么要以《祝福》为题?

参考答案

1.写出鲁迅的四部(四篇)作品,并对其中一部(篇)进行分析。

答:《阿Q正传》《朝花夕拾》《呐喊》《彷徨》等。

《阿Q正传》的主题思想:批判精神胜利法。《阿Q正传》是鲁迅对旧中国病态国民性的一次集中展示。精神胜利法贯穿阿Q的一生,即使要被杀头,他还在用精神胜利法使自己忘记杀头的苦楚。精神胜利法的主要功能是维系奴隶的心理平衡,用自欺的方式使自己麻木。鲁迅用近乎漫画的夸张的手法,将精神胜利的荒谬性揭露得淋漓尽致。

鲁迅通过阿Q性格的塑造,突出地解决了三个重大问题:(1)批判了阿Q的精神胜利法,(2)指出了阿Q参加革命的可能性和必然性,(3)深刻地评价了辛亥革命。鲁迅不仅从经济剥削、政治压迫方面对封建制度加以揭露,而且着重揭露了封建制度用其整个反动思想体系,给劳动人民套上的精神枷锁。

2.简述文学研究会的主张。

答:文学研究会于1921年1月在北京成立,是新文学运动中成立最早、影响和贡献最大的文学社团之一,由周作人、郑振铎、沈雁冰、叶绍钧、许地山等12人发起。

文学研究会将经过革新的《小说月报》作为代用会刊,其宗旨是"研究介绍世界文学,整理中国旧文学,创造新文学"。"反对把文学作为消遣品,也反对把文学作为个人发泄牢骚的工具,主张文学为人生。"从"为人生"出发,他们主张"文学应该反映社会的现象,表现并且讨论一些有关人生一般的问题",反对唯美派脱离人生的"以文学为纯艺术"的观点。

3.鲁迅的《祝福》中老女人们听祥林嫂遭遇的一段话,表现了老女人们的什么心理?小说为什么要以《祝福》为题?

答:封建思想弥漫社会的每一个角落,平民百姓深受其害,他们非但不可怜同情与自己命运相似的弱者,甚至还要为他们的痛苦而窃喜,因为这满足了他们变态的优越感。

题目是"祝福",内容是祥林嫂的悲惨遭遇,富人的"福"和穷人的"苦"两相对照,深化了小说的主题。在当时的时间背景下,又是过年时节,这样就赋予了"祝福"两层含义:(1)过年时的祝福;(2)对新社会新愿望的祝福。

题组十

1.《阿Q正传》收入鲁迅哪部作品集?如何评价阿Q这一人物形象?
2.老舍小说的艺术特色是什么?
3.话剧《茶馆》在艺术结构上有什么特点?

参考答案

1.《阿Q正传》收入鲁迅哪部作品集?如何评价阿Q这一人物形象?

答:《阿Q正传》收入鲁迅小说集《呐喊》。

阿Q是旧民主主义革命时期一个落后愚昧的农民典型。精神胜利法是他最主要的性格特征,这也是阿Q落后愚昧的重要原因。阿Q不满别人的压迫,想反抗又无法反抗,便用精神上的胜利掩盖实质上的失败。当辛亥革命的消息传来时,低下的社会地位使他本能地倾向革命。他对革命的理解是错误而可笑的,行动是迟缓而软弱的,最后在假洋鬼子的棒喝下革命美梦彻底破灭。阿Q的精神胜利法是整个国民劣根性的集大成。

2.老舍小说的艺术特色是什么?

答:(1)构筑"市民世界"。老舍用小说构筑了一个广大的市民世界,包括老派市民、新派市民、城市贫民等。他始终用文化来分割人的世界,关注特定文化背景下人的命运。他常常通过戏剧性的夸张,揭示老派市民的精神病态,从而实践他对北京文化乃至传统文化中消极落后方面的批判。

(2)京味。首先体现在老舍对北京市民生活的选取。他写北京大小杂院、四合院、胡同中的市民凡俗生活,写各种职业生活和寻常世相,为读者提供了丰富多彩的北京风俗画。其次体现在老舍对北京文化心理的描写。他用"官样"概括北京的文化特征,包括讲究体面、排场、气势、精致的生活艺术,讲究礼仪、懒散温厚的生活态度。

(3)语言幽默。一方面来自狄更斯等英国文学家的影响,另一方面与老舍的性格、气质关系密切。他的幽默既是对现实不满的一种发泄,又是对自身不满的一种自我嘲解,是生命的润滑剂。

3.话剧《茶馆》在艺术结构上有什么特点?

答:(1)地点高度集中,时间高度分散。《茶馆》的三幕戏都发生在同一地点,但时间跨越了半个世纪。三幕戏发生在同一地点,抵消了时间分散所引起的不利效果,从而为剧本展现广阔的生活场景奠定了坚实的基础。

(2)矛盾冲突高潮迭起,没有集中的矛盾冲突。作者把一个个戏剧场面巧妙地、秩序井然地组织起来,形成一个个的矛盾冲突。这些冲突或者在人物之间展开,如庞太监与秦仲义的矛盾;或者单方面表现,例如卫福喜等人在第三幕中的叙述。这些冲突一环扣一环,构成了一连串的戏剧性场面。

(3)人物众多,结构严谨。作者把众多身份不同的人们集合在一个茶馆里,用他们的生活变迁反映社会的变迁。作者以深刻的洞察力,捕捉了具有典型意义的人物,用洗练、准确的对话表现人物。

题组十一

1.分析曹禺作品《雷雨》的结构特色。

2.分析《雷雨》中繁漪的人物形象。

3.《雷雨》中鲁侍萍看到周萍及仆人殴打鲁大海时说的一句话:"你是萍……凭——凭什么打我儿子?"问题:鲁侍萍、鲁大海、周萍三人是什么关系? 这句话表达了鲁侍萍什么样的感情?

参考答案

1.分析曹禺作品《雷雨》的结构特色。

答:(1)锁闭式结构。在锁闭式结构中,剧情常常在危机中开始,过去的事件通过回顾的方式在展开的剧情中逐步展现出来。这种结构不仅节约了大量的时间、空间,避免了剧情进展的拖沓缓慢,而且为后来高潮的形成打下了良好的基础、形成了有力的悬念、彰显出强烈的吸引力,从而使戏剧产生了强大的张力。

(2)多线条交叉。《雷雨》中主要的冲突线索有周朴园与鲁侍萍的冲突:这一冲突以鲁侍萍的悲剧命运为主;周朴园与蘩漪的冲突:表现为专制与反专制、控制与反控制;蘩漪与周萍的冲突:情人与情人的冲突(始乱终弃);周朴园与鲁大海的冲突:阶级对立与亲情关系交织在一起。其他冲突有蘩漪与四凤的矛盾冲突:是情敌、身份、地位之间的矛盾纠葛(四凤是矛盾的次要方面);四凤与鲁贵的矛盾:厌恶憎恨与顺从依附;鲁大海与周萍的矛盾:阶级敌视、反对周萍对妹妹的勾引;鲁侍萍与四凤的矛盾:为女儿重蹈自己三十年前的覆辙而痛心,为兄妹之间的私情而纠结痛苦,同时阻止他们二人关系的发展。

(3)多种手段推动剧情。不断加入新的戏剧因素,或新的人物出现,或新的事件加入,造成"山重水复疑无路,柳暗花明又一村"的艺术效果。作者善于虚构偶然事件来构成高度集中的富有艺术性的戏剧情节,巧妙地解决了戏剧艺术中现实生活的无限性和戏剧结构的有限性之间的矛盾。

2.分析《雷雨》中蘩漪的人物形象。

答:蘩漪是受新思想影响的资产阶级女性,是"五四"以来追求妇女解放,争取独立、自由的新女性代表。蘩漪具有强烈的反抗精神,主要表现在她对周朴园的反抗,带有个性解放思想、与封建专制斗争的性质,具有积极的社会意义。但她并非是"反封建"的女性,传统封建文化深深地影响着她的思想和行为,她的意识深层潜伏着某些软弱、妥协的因素。

蘩漪在旧制度、旧家庭里是被凌辱、被摧残、被遗弃的受害者,她的悲剧命运是值得同情的。但在她的思想性格中,糅合着积极的和变态的因素,她是封建资产阶级家庭和黑暗社会造成的悲剧人物,因而具有较深刻的典型意义。她的不幸命运暴露了封建资产阶级家庭和当时社会的黑暗和罪恶,她的叛逆和挣扎则是对封建专制统治的有力冲击。

3.《雷雨》中鲁侍萍看到周萍及仆人殴打鲁大海时说的一句话:"你是萍……凭——凭什么打我儿子?"问题:鲁侍萍、鲁大海、周萍三人是什么关系?这句话表达了鲁侍萍什么样的感情?

答:鲁侍萍与周萍是母子,周萍与鲁大海是同母异父的兄弟。

作者巧妙地运用了谐音的手法,表现了母子相见却不能相认的痛苦和鲁侍萍对大儿子周萍极度失望的复杂心情。

☞ 题组十二

1.徐志摩的《再别康桥》充分体现了"新月诗派"的"三美"主张,"三美"指的是什么?诗歌第一节和最后一节在节奏上完全相同,在语意上同中有异,这样写有怎样的表达效果?

2.简介《家》的思想内容。

3.请尝试分析《围城》的艺术特色。

参考答案

1.徐志摩的《再别康桥》充分体现了"新月诗派"的"三美"主张,"三美"指的是什么?诗歌第一节和最后一节在节奏上完全相同,在语意上同中有异,这样写有怎样的表达效果?

答:"三美"是指音乐美、绘画美、建筑美。音乐美强调"有音尺、有平仄,有韵脚";"绘画美"强调辞藻的选择要秾丽、鲜明,有色彩感,每一句诗都可以形成一个独立存在的画面;"建筑美"强调"有节的匀称,有句的均齐"。其主要目的是在诗的内容和诗的格式上都拥有美。

突出了诗人对于康桥的喜爱、留恋、不舍、赞美之情,另外在手法上构成了回环呼应的结构形式,首尾呼应。

2.简介《家》的思想内容。

答:《家》是巴金"激流三部曲"的第一部,也是其主要代表作,是现代文学史上具有广泛影响的小说。它以20世纪20年代初期四川成都生活为背景,真实描写了正在崩溃中的地主阶级封建大家庭的悲欢离合。

思想内容:(1)控诉了封建大家庭的罪恶,揭露了封建礼教制度吃人的本质。

(2)历史地再现了五四新一代的觉醒与反抗,歌颂了反封建青年的叛逆精神。

(3)预示了封建大家庭必然崩溃的命运,宣布了一个不合理制度的死亡。

3.请尝试分析《围城》的艺术特色。

答:(1)象征手法的运用。书名就象征整个社会是无数个大大小小的"围城",人生是进出"围城"之间的挣扎。

(2)幽默机智的讽刺语言。《围城》的语言独具特色,无处不闪烁着幽默、智慧的火花。无论是叙述还是评论,都在真实的基础上不作空泛的指责,在讽刺可笑的人和事中让人悟出深刻的道理。

(3)微妙细腻的人物心理刻画。作者抓住了时代变革时期知识分子内心的劣根性,从语言、行为、动作、表情等多个方面捕捉他们的心理。

(4)比喻手法的巧妙使用。作者使用了大量的比喻,使人物形象栩栩如生地跃然纸上。

题组十三

1.分析戴望舒的《雨巷》,回答下面问题:

(1)"雨巷"和"丁香"两个意象的含义是什么?

(2)根据《雨巷》的情境,试描述一下你心目中"丁香一样的姑娘"的形象。

2.《再别康桥》的作者是谁?他属于哪个诗派?简析此诗的艺术特色。

3.毛泽东在《沁园春·长沙》一词中使用了寒秋、层林尽染的万山、争流的百舸、翱翔长空的飞鹰等意象,这些意象表现了作者怎样的情感?整首词表现了作者怎样的思想情怀?

 参考答案

1.分析戴望舒的《雨巷》,回答下面问题:

(1)"雨巷"和"丁香"两个意象的含义是什么?

(2)根据《雨巷》的情境,试描述一下你心目中"丁香一样的姑娘"的形象。

答:(1)诗中那狭窄的雨巷,在雨巷中徘徊,象征诗人充满了迷惘的情绪和朦胧的希望。诗人在《雨巷》中塑造了一个丁香一样的结着愁怨的姑娘,这是受古代诗词中一些作品的启发,用丁香来象征人们的愁绪。

(2)诗人将这种美赋予姑娘,"丁香一样的姑娘",姑娘即丁香,丁香即姑娘。丁香象征诗人心中的理想,这种理想高洁、美丽,却如丁香一样,稍纵即逝、不可把握,给人留下的是永久的怀恋和无限的怅惘。

2.《再别康桥》的作者是谁?他属于哪个诗派?简析此诗的艺术特色。

答:徐志摩,新月诗派。

《再别康桥》是现代诗歌中的精品,其齐整的节奏、优美的旋律、独具匠心的押韵使其在音乐性上达到了极高的成就。同时,语言优美华丽、内涵丰富,使这首诗极富表现力。诗中拥有大量的想象、精美的比喻、动人的意象,构成了诗歌的象征意义。诗人将具体景物与想象糅合在一起,形成鲜明生动的艺术形象,巧妙地把气氛、感情、景象融会为意境,景中有情、情中有景,体现了徐志摩的诗美主张。

3.毛泽东在《沁园春·长沙》一词中使用了寒秋、层林尽染的万山、争流的百舸、翱翔长空的飞鹰等意象,这些意象表现了作者怎样的情感?整首词表现了作者怎样的思想情怀?

答:作者通过描写万山、百舸、飞鹰等意象,勾勒出一幅生机勃勃、境界宏大的秋景图,有力地突出了在寒秋严霜下的万物蓬勃旺盛的生命力,让人感受到作者对大自然的无限热爱和由衷赞美。

整首词中,作者表现出勇于投身激流的非凡气概、改造旧中国和誓挽狂澜的志向、气魄和精神。

题组十四

1.列举世界四大名著中的吝啬鬼形象。

2.堂吉诃德的人物形象有什么特点?

3.简要分析《浮士德》中浮士德的人物形象。

参考答案

1. 列举世界四大名著中的吝啬鬼形象。

答:果戈理小说《死魂灵》中的泼留希金,巴尔扎克小说《欧也妮·葛朗台》中的葛朗台,莫里哀喜剧《悭吝人》中的阿巴贡,莎士比亚喜剧《威尼斯商人》中的夏洛克。

2. 堂吉诃德的人物形象有什么特点?

答:(1)堂吉诃德是一个脱离现实、耽于幻想、行动盲目的人。他因读骑士小说入迷而想入非非,丧失了基本的理性。他把骑士小说的描写当成现实生活,无视已经发生了变化的时代。

(2)堂吉诃德是一个纯粹的理想主义者。他痛恨专制残暴,同情被压迫的劳苦大众,向往自由,把保护人的正当权利与尊严、清除人世间的不平作为自己的人生理想。

(3)堂吉诃德是一个永不妥协的斗士。他敢于为主持正义、清除罪恶而忘我斗争,不管碰到什么样的敌人,他都毫不怯懦、永不退缩。他把磨坊的风车当作巨人,毫不犹豫地挺枪拍马冲过去。

3. 简要分析《浮士德》中浮士德的人物形象。

答:(1)浮士德是矛盾的化身。浮士德既是善良的又是邪恶的,是歌德对18世纪启蒙主义"新人"人格的理想式超越。在与玛嘉雷特的感情中,他同情玛嘉雷特的遭遇,忏悔自己给对方造成的痛苦,冒险要去监狱将恋人拯救出来,这显示了浮士德的正直善良。然而,他又为了满足自己的欲望而不择手段:在"政治的悲剧"中,他为了帮助皇帝解决经济危机,不惜发行假币;在"事业悲剧"部分,他带领众人移山填海,下令将死守海岛不愿迁居的老夫妇一同沉到海底,这又显示了他的邪恶。

(2)浮士德精神是永不满足的探索精神。浮士德面临着心灵与现实的矛盾,但他认为心灵的救赎应以现实的实践为起点,体现出了勇于实践、永不满足的探索精神。在人生探索的旅程中,他遭遇各个阶段的艰辛,基本都是以希望开始以悲剧结束。但他从未屈服,都是充满希望地投身到下一个经历中,这是浮士德精神中最可贵的特征。

☞ **题组十五**

1. 简述莫泊桑的《项链》。

2. 高尔基《海燕》一文塑造了海燕、海鸥、海鸭、企鹅等形象。海燕与其他形象形成了一种怎样的关系?作者赞美海燕表现了怎样的情感?

3. 简要分析海明威小说《老人与海》中"老人"的艺术形象。

参考答案

1. 简述莫泊桑的《项链》。

答：《项链》是法国作家莫泊桑创作于1884年的短篇小说。主要讲述小公务员的妻子玛蒂尔德为参加一次晚会，向朋友借了一串钻石项链。不料，项链在回家途中不慎丢失。她只得借钱买了新项链，还给朋友。为了偿还债务，她和丈夫节衣缩食，整整劳苦了十年。最后，得知所借的项链是一串假钻石项链。

本文以项链本身为线索，通过借项链、丢项链、还项链的线索自然地带领读者走进女主人公玛蒂尔德的生活及其内心世界，深刻反映了19世纪法国小人物无法决定自身命运的悲剧现实。

2. 高尔基《海燕》一文塑造了海燕、海鸥、海鸭、企鹅等形象。海燕与其他形象形成了一种怎样的关系？作者赞美海燕表现了怎样的情感？

答：对比关系。海燕的形象与海鸥、海鸭、企鹅的呻吟、飞蹿、恐惧形成鲜明的对比，衬托海燕的勇敢、乐观。

作者以昂扬的浪漫主义激情、气势磅礴的艺术笔触，通过对大自然暴风雨即将来临时的客观景象的生动描绘，深刻反映了俄国1905年大革命前夜的形势，暗示了革命暴风雨的即将到来、沙皇专制统治的必然崩溃、革命事业的必然胜利。作品对不畏强暴、敢于斗争、敢于胜利的"海燕"——无产阶级战士给予了最真挚、最热忱的赞颂。

3. 简要分析海明威小说《老人与海》中"老人"的艺术形象。

答：具有一般硬汉所共有的勇敢、倔强、不屈不挠的精神特质。桑提亚哥在接连84天没有捕到一条鱼的困境中，毫不气馁，再度出海。在远海上为制服大马林鱼，周旋了三天三夜；归途中又与蚕食自己劳动果实的凶猛鲨鱼展开殊死搏斗，鱼叉丢了用刀，刀子折了用船桨，桨把断了再用舵。

超时空的主体情境，赋予了桑提亚哥豪迈的人格力量。桑提亚哥始终孤零零地漂泊于浩瀚无际的大海上，先后与大马林鱼和鲨鱼展开搏斗。在这种超越具体的时空中，老人与大海、大鱼的关系便具有了某种象征性意义：他与大鱼的较量成了一曲人类与自然、人类与命运相抗争的颂歌。

小说结尾的点睛之笔，给桑提亚哥的硬汉性格注入了独有的乐观因素。与其他硬汉形象相比，桑提亚哥并没有带着悲壮走向必然的失败，而是在遭受了众多磨难之后，仍满怀信心地梦见了力量的化身——一头雄狮。

题组十六

1. 简述客观镜头的含义与艺术功能。
2. 简述蒙太奇的作用。

3.简述摄影灯光的各种类型。

 参考答案

1．简述客观镜头的含义与艺术功能。

答：客观镜头又称中立镜头，是最为常见的一种拍摄角度。它不是以"剧中人"的眼睛来表现景物，而是直接模拟摄影师或观众的眼睛，从旁观者的角度，客观地描述人物活动和情节发展的镜头。

艺术功能：它是客观描述人物活动和情节发展的叙事镜头。这类镜头拍摄的画面，大都代表观众的眼睛，是从一个旁观者的角度所看到的情景和事物，具有较强的纪实意义。

2．简述蒙太奇的作用。

答：(1)叙事。电影的画面是分别拍摄的，运用蒙太奇手法把众多的镜头组接起来，可以表现完整的思想内容、叙述故事，构成一部为广大观众所理解的影片。

(2)表意。蒙太奇使电影产生诗情画意，丰富了电影语言，深化了影片的思想内容，加强了影片情绪的感染力。

(3)创造特殊的银幕时间和空间。早期的电影只是机械地记录现实或原封不动地重现舞台艺术，当时的银幕时空就等于现实时空。但当电影胶片可以分切又重新组合的蒙太奇技巧产生后，电影便打破了现实时空的束缚，创造了独特的银幕时空。

(4)创造蒙太奇节奏。电影中一个镜头的美学价值，除本身所具有的内容以外，还可以根据它在影片中的位置，即排列顺序、镜头长短来扩大或减少。也就是说，在镜头的连接中，会产生影片所需要的节奏——蒙太奇节奏。

3．简述摄影灯光的各种类型。

答：根据光线的角度，可以分为顺光、侧光、逆光、顶光。

顺光：又称正面光，光线投射方向和摄影机拍摄方向相一致的照明。

侧光：光线投射方向与拍摄方向成水平角90°左右的照明。

逆光：又称背面光，来自被摄体后方的照明。由于它从背面照明，只能照亮被摄体的轮廓，所以也称为轮廓光。

顶光：来自被摄体上方的照明。

根据光线的强度，可以分为直射光和散射光。

直射光：又称硬光，在被摄体上产生清晰投影的光线，如日光灯和聚光灯照明。

散射光：又称软光，在被摄体上产生不明显投影的光线，如阴天和经柔化的灯光的照明。

题组十七

1．简述电影声音的组成。

2.简述声画关系的基本形式。

3.简述影视作品中画外音的类型及含义。

参考答案

1.简述电影声音的组成。

答:电影声音是指在银幕上出现的所有用来表情达意的声音形态,包括人声、音乐、音响三类。一是人声,指银幕上的人物在表达思想和交流感情时所发出的各种声音。其主要表现形态有对白、独白和旁白。对白指剧情中人物之间的对话,是人声最主要的表现形式。独白指剧中人物在画面中对内心活动的自我表述,通常分为两种形式:一是以自我为交流对象的独白,即通常所说的"自言自语";二是有其他交流对象的大段述说。旁白是指以画外音形式出现的第一人称的自述、第三人称的议论和评说。二是音乐,是指专为电影创作、编配的音乐,包括器乐和声乐两部分。音乐是电影的重要组成部分,是一种新的音乐艺术体裁,是电影重要的表意、抒情的造型元素。三是音响,是指除了人声和音乐之外,所有能够传递信息、表达思想、交代环境的一切声音形态的总称。从声源性质来看,主要有自然环境中的声音和社会环境中的声音两类。

2.简述声画关系的基本形式。

答:(1)声画同步。又称声画合一,是指声音与画面中的发声体同时呈现又同时消失,并且声音情绪与画面情绪基本一致,音乐节奏与画面节奏完全吻合。

(2)声画对位。又称声画分离,是指影视作品中出现的声音,不是由画面中的人或物所发出的,而是以画外音的形式出现。声画对位使声音与画面在同一时间内做不同侧面的表现,两者形成对位的关系,从而更深刻地表达影片的主题。声画对位一般包含声画并行和声画对立两种形式。

声画并行是指声音不是具体地解释画面内容,也不是与画面处于对立状态,而是以自身独特的表现方式从整体上揭示影视作品的思想内容和人物的情绪状态,为受众提供更广阔的联想空间,从而扩大影视作品在单位时间内的容量。声画对立是指画面与声音之间在情绪、气氛、节奏、内容等方面互相对立,使声音具有寓意,从而深化影视作品的主题。

3.简述影视作品中画外音的类型及含义。

答:凡影片中发出的声音,其声源不在画面内的,即不是由画面中人或物直接发出声音的,都称为画外音。画外音的主要形式有旁白、独白、解说以及音响的画外运用。

(1)旁白。指以画外音形式出现的第一人称的自述、第三人称的议论和评说。说话者不出现在画面中,直接以语言来交代剧情、发表议论。

(2)独白。指剧中人物在画面中对内心活动的自我表述,通常分为两种形式:一是以自我为交流对象的独白,即通常所说的"自言自语";二是有其他交流对象的大段述说。

(3)解说。指介绍、阐释画面内容、阐述创作者思想观点的表达方式,常用于纪录片。

(4)音响。指除了人声和音乐之外,所有能够传递信息、表达思想、交代环境的一切声音形态的总称。从声源性质来看,主要有自然环境中的声音和社会环境中的声音两类。

题组十八

1.简述色彩在影视作品中的艺术表现作用。
2.简述景别的分类及其含义。
3.简述运动镜头的分类及其含义。

 参考答案

1.简述色彩在影视作品中的艺术表现作用。

答:(1)营造意境与氛围。如吴贻弓的《城南旧事》,与婉丽的抒情风格相协调,电影画面则蒙上了一层淡淡的晨雾般迷蒙的色调,传达出海外游子怀恋童年故土的那种"沉沉的相思,淡淡的哀愁"。

(2)揭示情感与心理。如影片《艺妓回忆录》以昏黄和灰蓝色调为主要色彩基调,以红色为点缀。

(3)表现思想与主题。张艺谋的《红高粱》贯穿到底的那抹红色:大红、鲜红、血红、火红,红色的意象充满影像,让人感受到生命的激情与活力四射。

(4)产生象征与暗示。冯小刚的《夜宴》中,红色不仅象征着高贵,也象征着阴谋、欲望;白色不仅象征着纯洁,也象征着冤屈。

2.简述景别的分类及其含义。

答:按照摄影机与被摄主体间的远近距离,可将景别分为五种:远景、全景、中景、近景、特写。

远景是指摄影机远离被摄物,表现拍摄场景全貌的电影画面。这种画面可使观众在银幕上看到广阔深远的景象,以展示人物活动的空间背景或环境气氛。还宜于表现规模浩大的人物活动,如炮火连天的战场、人如潮涌的游行示威、千军万马的对阵厮杀等。

全景是人体的全部和周围背景。用于表现人物之间、人与环境之间的关系。

中景是指表现一个成年人膝盖以上的部分或场景局部的画面。中景可以更好地表现人物的身份、动作以及动作的目的,表现人物之间的相互关系。

近景是成年人胸部以上或物体局部的电影画面。近景着重表现人物的面部表情,传达人物的内心世界。

特写是画面的下边框在成人肩部以上的头像或其他被摄对象的局部。特写能细微地表现人物的面部表情,表现复杂的人物关系、描绘人物的内心活动。

3.简述运动镜头的分类及其含义。

答:通过移动摄像机机位,或者改变镜头光轴,或者改变镜头焦距所进行的拍摄镜头。运动镜头主要包括由推、拉、摇、移、跟、升降摄像形成的推镜头、拉镜头、摇镜头、移镜头、跟镜头、升降镜头等。

推镜头是指摄像机向被摄主体的方向推进,或者改变镜头焦距(从短焦距逐渐调至长焦距部位),使画面框架由远而近向被摄主体不断接近的镜头。

拉镜头是指摄像机逐渐远离被摄主体,或者改变镜头焦距(从长焦距逐渐调至短焦距部位),使画面框架由近至远与被摄主体拉开距离的镜头。

摇镜头是指摄像机机位不动,借助于三脚架上的活动底盘或拍摄者自身,使摄影机的机身做上下、左右、旋转等各种运动的镜头。

移镜头又称移动镜头,是指摄像机安放在移动车或其他运载工具上,在水平方向按一定的运动轨迹进行运动拍摄的镜头。

跟镜头是摄像机始终跟随运动的被摄主体一起运动而进行拍摄的镜头。

升降镜头是指摄像机借助升降装置等在空间里上下移动拍摄的镜头,一般用来表现高大物体的各个局部、展示事件或场面的规模和氛围等。

 题组十九

1.简述运动镜头的作用。
2.简述长镜头的含义和艺术表现功能。
3.简述空镜头的作用。

参考答案

1.简述运动镜头的作用。

答:(1)叙事。运功镜头可以交代空间的变化,记录人物视点和运动主体的运动。镜头的运动形式造成了画面景别、方向、视角和主体内容的变化,在镜头运动中保持了时间和空间的连贯,适合拍摄复杂的空间、记录人物或视线的运动过程。

(2)塑造三维空间。运动镜头可以塑造空间的立体感与纵深感。升降镜头可以让人感受到空间的高度、体积、气势,纵深方向运动的推拉镜头可以让人感受到空间的深度。

(3)抒情。运动镜头的路线、速度、节奏,可以表达特定的情绪。

2.简述长镜头的含义和艺术表现功能。

答:长镜头是指用比较长的时间,对一个场景、一场戏进行连续拍摄,形成一个比较完整的镜头段落。

长镜头理论是由法国著名电影理论家安德烈·巴赞提出的。长镜头不打断时间的自然过程,保持了时间进程的不间断性,与实际时间、过程一致,排除了蒙太奇通过镜头压缩或延长实际时间的可能性。长镜头表现的空间是实际存在的真实空间,在镜头的运动中实现空间的自然转换,排除了蒙太奇镜头剪接组成新空间的可能性。

3.简述空镜头的作用。

答:空镜头又称景物镜头,是指影片中作自然景物或场面描写而不出现人物(主要指与剧情有关的人物)的镜头。

空镜头有写景与写物之分,前者通称风景镜头,往往用全景或远景表现;后者又称细节描写,一般采用近景或特写。空镜头的运用,已不只是单纯描写景物,而成为影片创作者将抒情手法与叙事手法相结合、加强影片艺术表现力的重要手段。(1)交代故事的环境背景和时间空间。(2)作为时空转换的手段,推进故事发展。(3)增加诗情画意,表达深远的意境。

☞ 题组二十

1.简述推镜头的特征和作用。
2.简述仰拍镜头的含义和艺术功能。
3.简述俯拍镜头的含义和艺术功能。

参考答案

1.简述推镜头的特征和作用。

答:特征:符合一个运动中的人物对环境中景物关注的视点,符合一个人物在固定位置下对某一物体的视觉关注,符合导演、摄影师想要强调的某个注意中心,表现中心的视点特征。

作用:推镜头可以连续展现人物动作的变化过程,逐渐从形体动作推向脸部表情或动作细节,有助于揭示人物的内心活动。将近景推远,摄取更大的场景,景别由大变小,表现一种主观镜头,主要是强调人物的内心世界。

2.简述仰拍镜头的含义和艺术功能。

答:仰拍是指摄影机镜头视轴偏向水平线上方、低于拍摄主体视平线的拍摄方式。

艺术功能:(1)主体的高度感和成像面积被夸大,后景或者陪体被简化。(2)拍摄人物运动时,画面动感强烈,动作幅度明显,突出动作主体,衬托人物的运动速度。(3)拍摄人物时,可以产生特殊的造型效果,使被摄人物显得高大而使人物变形,对观众心理形成压力。主体形象被强调,形成高大、强壮的形象,或者具有力量感、雄伟感。

3.简述俯拍镜头的含义和艺术功能。

答:俯拍是指摄影机镜头视轴偏向水平线下方的拍摄方式。

艺术功能:(1)体现环境的宽广和规模,强调环境、空间及人物在其中的位置,有一种宏观表述的意义。(2)拍摄人物时,可以造成困窘、绝望、孤立、无援等气氛,角度越大,气氛越浓厚。

题组二十一

1. 什么是纪录片？它的特性表现在哪几个方面？
2. "左翼电影"的主要特点有哪些？
3. 简述法国新浪潮电影。

参考答案

1. 什么是纪录片？它的特性表现在哪几个方面？

答：纪录片是以真实生活为创作素材，以真人真事为表现对象，并对其进行艺术的加工与展现，以展现真实为本质，并用真实引发人们思考的电影或电视艺术形式。根据记录对象和表现手法不同，可以分为历史纪录片、传记纪录片、新闻纪录片和系列纪录片等。

特性：(1) 真实性。源于客观真实，又高于客观真实。

(2) 人文性。纪录片关注的大都是人，是人的本质力量和生存状态、人的生存方式和文化积淀、人的性格和命运、人和自然的关系、人对宇宙、世界的思考。

(3) 时间性。纪录片需要较长的时间积累和动态过程，注重感受与体验的共时性，时间是纪录片的第一要素。

(4) 结构性。纪录片要求具有独立的、严谨的结构和个性化的风格样式。

2. "左翼电影"的主要特点有哪些？

答：(1) 题材宽广。"左翼电影"以强烈的社会使命感展现民族危机，反映处于底层的工人、农民、妇女的命运，用电影艺术形式真实地再现了 20 世纪 30 年代的社会生活。

(2) 现实性、批判性强。"左翼电影"以大量生动的社会事件、生活细节，真实地反映广大人民的现实处境；同时又以积极的人生观和世界观为电影增添昂扬向上的精神，鼓舞人民为改变阶级命运和民族命运而斗争。

(3) 塑造了多样化的艺术形象。《桃李劫》中抱着热情和幻想从学校踏进社会的陶建平、黎丽琳的悲剧，《十字街头》中在困顿的逆境面前仍然对生活充满信念的老赵和小杨，他们的理想和苦闷、追求和幻灭，对那个年代的中国青年知识分子是具有典型性的。《马路天使》《迷途的羔羊》从被社会遗弃的底层发掘苦难者的性格中的美，充满了富有民族特色的生活情趣和人情美。

(4) 在艺术风格上，采用了中国老百姓喜闻乐见的形式，把电影的蒙太奇手段与我国传统手法相结合。

3. 简述法国新浪潮电影。

答：法国新浪潮电影运动的本质是以现代主义精神来彻底改造电影艺术，它的出现将西欧的现代主义电影运动推向了高潮。当时安德烈·巴赞主编的《电影手册》聚集了一批青年编辑人员，如夏布洛尔、特吕弗、戈达尔等 50 余人。他们深受萨特存在主义哲学思潮的影响,提出"主观的现实主义"的口号,反对过去影片中的"僵化状态",强调拍摄具有导演"个人风格"的影片,又被称为"电影手册派"或"作者电影"。他们大都崇尚个人独创性,表现出对电影历史传统的高度自觉,不论在主题上或表现手法上都与传统电影大相径庭。

新浪潮电影采用低成本制作,启用非职业演员,不用摄影棚而用实景拍摄,不追求场面刺激和戏剧化冲突。大量使用能够表达人物主观感受和精神状态的长镜头、移动摄影、画外音、内心独白、自然音响,甚至使用违反常规的晃动镜头。采用以人物为对象的、使用轻便摄像机完成的跟拍、抢拍,以及长焦、变焦、定格、延续、同期录音等纪实手法,将主观写实与客观真实相结合,带有强烈的个人传记色彩。

题组二十二

1. 简述第四代导演的艺术特征。
2. 简单介绍一下你所了解的第五代导演。
3. 中国第六代导演的创作背景与艺术特色是什么?并列举三部以上作品进行简析。

  参考答案

1. 简述第四代导演的艺术特征。

答:第四代导演的主体是20世纪60年代北京电影学院的毕业生。主要代表人物有吴贻弓、吴天明、张暖忻、黄建中、滕文骥、郑洞天、谢飞等。他们以开放的视野,吸取新的艺术经验,不懈探索艺术的特性,力图用新观念来改造和发展中国电影。他们提出中国电影要"丢掉戏剧的拐杖",打破戏剧式结构,提倡纪实性,追求质朴自然的风格和开放式结构,注重主题与人物的意义性和从生活中、从凡人小事中去挖掘社会与人生的哲理。

第四代导演具有理想主义气质和浪漫主义精神,他们的影片在取材上偏向于乡村题材,致力于诗化理想和"纯美"追求,表现出某种感伤和忧郁的风格。在都市文明与乡村文明、现代性追求与道德化理想之间,表现出困惑、迷茫或错位的特点。

2. 简单介绍一下你所了解的第五代导演。

答:第五代导演是指20世纪80年代从北京电影学院毕业的年轻导演,他们的作品特点是主观性、象征性、寓意性十分强烈,代表人物有张艺谋、陈凯歌、田壮壮等。这批导演在少年时代卷入了中国社会大动荡的漩涡中,在改革开放的年代,他们接受专业训练,带着创新的激情走上影坛。他们对新的思想、新的艺术手法特别敏锐,力图在每一部影片中寻找新的角度。他们强烈渴望通过影片探索民族文化的历史和民族心理的结构,因此在选材、叙事、塑造人物、镜头语言、画面处理等方面,都力求标新立异。

3.中国第六代导演的创作背景与艺术特色是什么？并列举三部以上作品进行简析。

答：第六代导演一般是指20世纪80年代中后期进入北京电影学院导演系，90年代后开始执导电影的一批导演，代表人物有张元、王小帅、张扬、贾樟柯、陆川等。在题材选取上，他们关注当代都市的普通人、边缘人；在叙事策略上，他们常常在剧中人物身上融入自己的经历，或多或少带有自传色彩；在影像风格上，他们强调真实的光线、色彩和声音，大量运用长镜头，形成纪实风格。

以贾樟柯故乡三部曲《小武》《站台》《任逍遥》为例，贾樟柯用波澜不惊的叙事方式和故事情节，充满人文关怀的态度，讲述了一个个小城镇中发生的人物和故事，展现了改革开放以来，中国小城镇的面貌和小城镇人物的生存状态。

题组二十三

1.《泰囧》成功的原因有哪些？
2.什么是苏联蒙太奇学派？
3.意大利新现实主义有哪些特点？

参考答案

1.《泰囧》成功的原因有哪些？

答：(1)精彩的故事。《泰囧》塑造了三个性格迥异的人物，人物之间存在着复杂的关系，他们自身也存在着各种矛盾和冲突。影片通过夸张的艺术手法和贴合生活的表现方式反映了人物的关系、矛盾和冲突。影片的最后，人性战胜了邪恶，这种充满了温情、友情、励志的结局，满足了人们的心理需求。

(2)准确的受众定位。《泰囧》简单易懂的故事和通俗的笑料，决定了它的受众是年轻人。影片满足了年轻人放松娱乐、时尚从众、对异域风情的猎奇心理，从而吸引年轻人观影。

(3)多种的传播渠道。《泰囧》通过徐峥、黄渤等明星的影响力，在微博等媒体平台上以制造话题等方式展开互动，吸引受众主动参与电影信息的传播，在短时间内积聚了大量受众。

2.什么是苏联蒙太奇学派？

答：20世纪20年代，以苏联的爱森斯坦、普多夫金、库里肖夫为代表，他们力求探索新的电影表现手段来表现新时代的革命电影艺术，而他们的探索主要集中在对蒙太奇的实验与研究上，创立了电影蒙太奇的系统理论，并将理论的探索用于艺术实践，创作了《战舰波将金号》《母亲》《土地》等蒙太奇艺术的典范之作，形成了著名的蒙太奇学派。

库里肖夫和爱森斯坦强调两个不同镜头的对立或撞击会产生新的内容、新的思想含义，他们代表性的理论分别是"库里肖夫效应"和"杂耍蒙太奇"。其他人诸如普多夫金发展了叙事蒙太奇,维尔托夫创建了"电影眼睛派"。20年代末30年代初,由于爱森斯坦等人极端的蒙太奇探索受到批判,苏联蒙太奇学派开始转向社会主义现实主义创作。

3.意大利新现实主义有哪些特点?

答:(1)纪录性。密切关注现实,并在电影作品中忠实于真实事件与人物的再现,使文学故事性消失在如同新闻报道的实际生活的叙事状态之中。

(2)实景拍摄。新现实主义电影工作者的口号是:将摄影机搬到大街上去,在实际空间中进行拍摄,使得传统的场面调度的观念随之消失。

(3)长镜头的运用。长镜头的运用作为表现空间真实的手段,起到了突出影片形式与风格的独特作用。既体现了创作者忠实于自然的客观性,又使影片获得了现实真实的透明性,最终消失了自我的主观性。

(4)非职业演员的运用。避免了职业演员的角色类型固定化,混用职业演员与非职业演员,使演员之间相互影响。

(5)朴实无华的结构形式。选择最为简单、鲜明、直观的结构形式。

(6)地方方言的运用。这是新现实主义追求纪录和写实主义的一部分,既保持地方方言的特点,又尽可能地使人们听得懂。

 题组二十四

1.什么是美国大片?它的特点是什么?
2.列举你所知道的国内电影奖项。
3.中国电视界的两大主要奖项及其特点是什么?

参考答案

1.什么是美国大片?它的特点是什么?

答:美国大片是指以好莱坞为主的巨资制作、明星云集的美国商业电影。美国大片混合了多种商业元素,如知名导演、当红明星、高超特效、大投资、大规模、全国或全球同步上映等元素。

特点:(1)美国电影充分认识到电影的娱乐性本质,并采取各种方式和技术手段充分发挥电影的娱乐性。

(2)美国电影以各种视觉造型和高科技手段形成影片的奇观性。

(3)美国电影作为大众文化,其影片内涵往往具有超越性。

(4)在影片的叙事选择和人物塑造上,美国电影除了描绘和反映本国的现实之外,也描绘世界不同国家和地区的生活现实,以吸引世界上其他国家和地区的观众。

2.列举你所知道的国内电影奖项。

答:(1)金鸡奖。1981年创办,是由中国电影家协会主办的专业性电影评选活动。

它以奖励优秀影片和表彰成绩卓著的电影工作者为宗旨,对促进中国电影产业的发展具有重要意义。

(2)百花奖。1962年创办,由中国发行量最大的电影刊物《大众电影》杂志编辑部主办,是中国群众性的电影奖。

(3)华表奖。1994年创办,政府电影奖项,因奖杯采用北京天安门城楼前的华表造型而得名。

3.中国电视界的两大主要奖项及其特点是什么?

答:中国电视界的两大主要奖项分别是飞天奖和金鹰奖。

中国电视剧飞天奖创办于1980年,于1981年开始评奖,每年举办一届,原名"全国优秀电视剧奖"。由国家新闻出版广电总局主办,是电视类的"政府奖"。从2005年,改为两年一届,与中国电视金鹰奖隔年举办。

中国电视金鹰奖是经中宣部批准,由中国文学艺术界联合会和中国电视艺术家协会主办的全国性电视艺术综合奖,其前身为"《大众电视》金鹰奖",是国家级的以观众投票为主评选产生的电视艺术大奖。评选活动于1983年开始。

题组二十五

1.简述奥斯卡金像奖。
2.简述电影技术发展过程中的三次革命。
3.谈一下你喜欢的一部美国电视剧。

参考答案

1.简述奥斯卡金像奖。

答:奥斯卡金像奖的全称是美国电影艺术与科学学院奖,是美国一项表彰电影业成就的年度奖项,旨在鼓励优秀电影的创作与发展。1927年,由美国电影艺术与科学学院在美国加利福尼亚州洛杉矶市创办。每年12月提出候选名单,次年1~2月评奖,3月公布获奖名单并颁奖。

奥斯卡金像奖的宗旨是提高美国电影文化、教育、科技水平,促进美国电影取得更大成就。凡是参加评奖的美国影片必须是当年在洛杉矶市商业电影院至少放映1周的新片,外国参赛的影片不受限制。每年12月由美国电影艺术与科学学院所属的制片、导演、演员、编制、技术等五个部门各自选出候选名额。之后,该院全体成员从候选名额中以投票方式选出各个奖项的一名获奖者。现有奖项20多个,其中主要奖项有最佳影片、最佳男主角、最佳女主角、最佳男配角、最佳女配角、最佳导演、最佳编剧、最佳摄影、最佳美工等。

2.简述电影技术发展过程中的三次革命。

答:第一次技术革命:20世纪20年代末期。随着电子工业和录音设备技术的发展,1927年第一部有声电影《爵士歌王》诞生。从此,电影从无声时期进入了有声时期,成为视觉艺术和听觉艺术紧密结合的产物。

第二次技术革命:20世纪30年代中期。由于具有特殊感光性能的彩色胶片生产工艺开始出现,1935年美国拍摄了第一部彩色影片《浮华世界》。从此,电影从黑白时期进入彩色时期,形象逼真、彩色绚丽的电影风靡整个世界。

第三次技术革命:20世纪80年代。以数字电影的出现为代表。数字电影是把电影制作工艺、制作方式、发行及传播全面数字化。与传统电影相比,数字电影最大的特点是不再以胶片为载体,以拷贝为发行方式,而换之以数字文件形式发行或通过网络、卫星直接传送到影院、家庭等终端用户。数字电影画面图像清晰稳定,视听效果尽善尽美,是未来电影的主流。

3.谈一下你喜欢的一部美国电视剧。

答:《老友记》,原名 Friends,又译作《六人行》,是美国 NBC 电视台从1994年开播、连续播出了10年的一部幽默情景喜剧。由华纳兄弟公司出品。整部电视剧由三男三女担纲演出,不时邀请明星、设计师等各界名流客串参与。

全剧共236集,每集大约20分钟左右。故事主要描述了住在纽约的六个好朋友从相识到后来一起经历了10年的生活中发生的一系列故事,将朋友间的生活、友谊、麻烦、欢笑、矛盾、爱情、工作等表现得淋漓尽致。六个年轻人浓缩了美国青年人的特点,再现了美国当代社会中年轻人的价值观和生活行为。正是这六个美国普通青年人鲜明的个性、真实的性格、诙谐的语言,尤其是他们所表现出来的特有的"美式幽默",使《老友记》在欧美国家获得了巨大的成功,多次刷新了美国晚间档节目的收视纪录。

题组二十六

1.简述中国电视剧的分类。
2.你认为我国现在的少儿节目有哪些不足之处?
3.直播和录播的特点是什么? 分别举例说明。

参考答案

1.简述中国电视剧的分类。

答:(1)电视单本剧。电视剧最重要也是最常见的形式之一,它没有曲折的故事情节和复杂的人物关系,而是在较短的篇幅内,通过较为完整的故事情节重点讲述一两件事。电视单本剧一般为一至二集,最长为上中下三集。

(2)电视连续剧。是分集播出的多集电视剧,8集以下的称为中篇电视连续剧,8集以上的称为长篇电视连续剧。电视连续剧是最能发挥电视艺术特长、最具电视特性的艺术形式。

（3）电视系列剧。由众多可以相对独立的电视剧构成一种多集电视剧样式。构成电视系列剧的各集之间在主题和人物上有一定的内在联系，但是和电视连续剧相比有较大的灵活性，不要求有统一的连续的情节，不必按一定的顺序连续播放，各部分可以单独存在。

（4）电视小品。是电视屏幕上最短小的电视剧样式，一般通过对社会生活的片段表现，阐释耐人寻味的生活哲理。它形式短小、人物性格鲜明、言简意赅、耐人回味。

2.你认为我国现在的少儿节目有哪些不足之处？

答：（1）节目内容成人化。节目制作人用成人的思维制作少儿节目，不符合少儿的认知水平，含有浓厚的说教意味，将成人的思想灌输给少儿。

（2）节目定位不明确。大部分少儿节目对年龄没有明确的定位，宽泛地定位于0-18岁的少儿及家长。使节目资源没有很好地得到利用，也不能满足不同年龄段少儿的观看需求。

（3）节目形式单一化。大都是游戏、唱歌、主持、选拔秀等形式，缺少特色化和差异化，导致少儿节目"多台一面"，削弱了传播效果。

总之，少儿节目要以少儿为本，平等地和少儿交流，与少儿进行心灵沟通，用少儿的眼睛观察世界，用少儿的语言描绘生活。

3.直播和录播的特点是什么？分别举例说明。

答：电视直播是指对播出与报道对象的信号通过电视进行同步传输的一种报道方式，最大特点就是将现场的声画同步播出，时效性、现场感强。它不仅使观众在第一时间耳闻目睹现场情况，还带给观众极强的现场感和参与感。电视直播多用于体育比赛、文艺演出等，对主持人等的要求更高。

电视录播是通过蒙太奇手法的剪辑，缩短事件的时间长度，经过细心编辑的作品，作品的时空完整性和原汁原味有所欠缺，通常是精选出最精彩的片段展现给观众。例如，浙江卫视《中国好声音》就是经过后期制作，从大量素材中精心剪辑出各位选手演唱、导师点评的精彩部分，通过录播的方式呈献给观众。

题组二十七

1.什么是真人秀节目？请举例说明。

2.真人秀节目的特点是什么？

3.真人秀电视栏目的基本类型有哪些？

参考答案

1.什么是真人秀节目？请举例说明。

答：真人秀节目是指由普通人而非扮演者，在规定情境中按照制定的游戏规则展现完整的表演过程，展现自我个性，并被记录或者制作播出的节目。

2001年，电视真人秀节目进入中国，一度引发收视高潮。2005年，湖南卫视真人秀节目《超级女声》在收视、广告等方面创造了"神话"。近年来，真人秀节目发展迅速，已经成为电视屏幕上热播的一种主流电视节目样式。

2.真人秀节目的特点是什么？

答：(1)真实性。真人秀是用纪实手法拍摄的、带有纪录片色彩的电视节目，它让选手在人为设置的情境中自然地生活，真实地展现自我，节目注重记录事件过程、展示人物内心情感的变化。

(2)冲突性。真人秀节目不断地制造各种冲突和悬念，从而吸引观众。这种冲突性体现在情境的设置和节目规则的设置上，注重展现人与人之间的冲突。

(3)互动性。真人秀节目最大限度地调动观众的参与热情，普遍设计了观众的参与环节。

(4)拟态性。真人秀节目的情境、规则、时间和空间的安排都是人为设定的，参与者要完全按照节目的要求，在规定的情境中按照规则来行动。因此，真人秀节目展现的生活并不等同于真实的生活，而是一种模拟的生活状态。

3.真人秀电视栏目的基本类型有哪些？

答：(1)野外生存真人秀。将参与者设置在一个特殊的艰苦环境中，借助有限的、苛刻的条件去完成各种难以完成的使命，在不断的淘汰之后，最后决出胜利者。在节目中，将野外生存竞技、奇观化环境作为核心元素；在环境的选择方面，多为远离日常环境的荒岛、森林等原始地域或封闭的内部空间，与日常工作和生活保持距离，强化节目与现实生活的错位；在规则的设计上，很少有核心事件贯穿整个节目，主要依靠游戏和淘汰来维系。

(2)室内真人秀。是将人物放置在一种封闭的环境中，记录他们的生活状态和人物关系的变化，让观众能够看到参与者的日常生活特别是隐私内容，并在逐渐淘汰的过程中，最后选择人们最喜爱的胜利者。这类节目以满足观众的窥视欲和好奇心为切入点，把焦点停留在人身上，关注人的外表、言行、能力、思想，关注人与人交往中的矛盾。

(3)表演选秀类真人秀。让具有一定表演能力的参与者，按照预先设置的竞赛规则进行才艺表演，而专家和观众则对这些参与者进行淘汰和选拔，最后的优胜者将获得成为"明星"的机会。因其符合媒介发展的平民化和互动性趋势，受到观众的欢迎。

(4)职场真人秀。参与者被指定完成规定的需要一定专业技能的任务，由评判者根据参与者的完成情况做出淘汰和选拔决定。由于有与日常工作和生活密切相关的核心事件,因此节目的重心在于展示参与者在核心事件中的个性、行为和感受。

(5)教育真人秀。所展示的一些问题都是广大青少年在成长过程中的共性问题,具有极强的示范效应。旨在促成家长和老师的理性思考,唤起社会各界对青少年成长的关注。

 题组二十八

1.音乐电视的主要特点。
2.谈谈你对湖南卫视的亲子类节目《爸爸去哪儿》的看法。
3.请简要说明《艺术人生》的节目特点。

参考答案

1.音乐电视的主要特点。

答:音乐电视是以运用电视技术为手段,以音乐语言为抒情表意方式,以画面语言为烘托的辅助表现形态,给观众审美感的电视艺术种类。

主要特点:(1)以歌曲为表现主体,以演唱者为表现形式,通过镜头语言将歌词的内涵与意义、音乐的主题与完整的旋律、所要赋予的主观情感抒发体现出来。(2)音乐与画面相互交融,形成统一的音画关系,以电视手法构成情景交融、声情并茂的电视画面,呈现出独特的艺术品位。

2.谈谈你对湖南卫视的亲子类节目《爸爸去哪儿》的看法。

答:《爸爸去哪儿》是湖南卫视从韩国MBC电视台引进的亲子户外真人秀节目。

(1)填补了亲子类栏目的空白。在千篇一律的选秀类、相亲类节目占据电视荧屏时,观众早已经视觉疲劳,一档风格清新、情感细腻的亲子类栏目正好填补了节目类型的空白。

(2)室内综艺升级为野外综艺。全面升级到外景节目,在自然的环境下,观众真切感受到"老爸"和"萌娃"的生活窘态,让真人秀节目更加真实。

(3)成熟栏目版权的引进。从受众人群的角度来看,中韩文化差异相对较小,韩国观众喜欢的节目复制到中国,不会产生"水土不服",并且明星爸爸和可爱宝宝的组合卖点十足,有足够的受众基础。

3.请简要说明《艺术人生》的节目特点。

答:(1)明星嘉宾的选择。在访谈类节目中,嘉宾的选择十分重要。《艺术人生》所邀请的嘉宾都是文艺界的知名人士,这是吸引观众眼球的首要因素。

(2)独特的主持风格。主持人是谈话类节目的灵魂和核心,控制着节目的整体节奏,谈话节目的风格与成败取决于主持人的水平与魅力。《艺术人生》的成功离不开主持人朱军扎实的主持功底和儒雅、温和、机智而不失幽默的主持风格。

(3)独特的表现形式。《艺术人生》的每一期节目都能根据不同嘉宾的个性特点、不同的话题,用不同的方式来组织谈话内容,使故事的叙述总是处于上升和前进状态,最后在高潮中结束。《艺术人生》也擅长用特别的道具来引领谈话内容,用意外的"礼物"来制造悬念,营造谈话氛围。

(4)新颖的栏目形式。如设置现场乐队,根据谈话的节奏和进展进行音乐伴奏,以渲染现场气氛;为了强化舞台背景,栏目组常常以被访者的生平剧照、童年影像等作为舞台背景装饰,增强了节目的可视性。

题组二十九

1. 举出新时期现实主义戏剧的代表人物及代表作。
2. 什么是悲剧性?
3. 什么是公益广告?它的特征是什么?

参考答案

1. 举出新时期现实主义戏剧的代表人物及代表作。

答:新时期现实主义戏剧敢于直面现实,反映弊病,表达人民的心声,真正显示了现实主义文学的光彩。最突出的代表者是崔德志、沙叶新等。以沙叶新的戏剧为例,其创作有以下几个特点:一是表现时代生活中的重要课题,敢于针砭时弊,例如《假如我是真的》。二是忠于历史的真实和性格的真实,力避"神化"而求"人化",例如《陈毅市长》。三是以幽默、诙谐的方式表现严肃、深刻的主题,挖掘事物内在的矛盾,揭示其中的荒诞性,例如《寻找男子汉》。新时期现实主义戏剧的代表作有:崔德志的《报春花》《红玫瑰》,沙叶新的《陈毅市长》《假如我是真的》《大幕已经拉开》《寻找男子汉》。

2. 什么是悲剧性?

答:从影视戏剧理论的角度而言,悲剧性是一个美学名词,是指悲剧艺术的一种特性。鲁迅认为,悲剧性是"将人生的有价值的东西毁灭给人看";恩格斯则指出,"历史的必然要求与这个要求实际上不可能实现"之间发生的冲突,就是悲剧性的。有时,悲剧性也产生于自身的过失或缺陷。其特殊效果就是亚里士多德所说的,能激起人们的"怜悯和恐惧之情",从而使情感得到净化。

3. 什么是公益广告?它的特征是什么?

答:公益广告是以为公众谋利益和提高福利待遇为目的而设计的广告。

特征:(1)公益性。这是公益广告最本质的特征,它不是为了让企业获取经济上的利润,而是纯粹意义上为公众服务的广告,不含有任何商业利益,唯一的目的就是为大众谋福利,为社会的发展作贡献。

(2)非营利性。无论是哪个团体、组织或部门发布的公益广告,其目的都是非营利的。公益广告不是为了某个企业或组织而做的企业形象广告,也不是为宣传介绍某种商品或服务而做的产品广告,因而其目的不是为了盈利。

(3)社会性。公益广告所关注的不是一个人或少部分人的问题,而是人们普遍关心的社会性问题。这一特征体现在公益广告所宣传的主题中,诸如环境保护、尊师重教、优生优育等主题,无一不具有社会性的普遍意义。

(4)通俗性。公益广告的受众为广大公众,受众的文化程度、理解能力不一,因此公益广告的传播内容要具有普遍意义,形式要通俗、简洁,语言要平易近人、通俗易懂。

题组三十

1.兵马俑的艺术特点体现在哪些方面?
2.《清明上河图》的作者是谁?有哪些特点?
3.《韩熙载夜宴图》的作者是谁?主要内容是什么?有哪些特点?

参考答案

1.兵马俑的艺术特点体现在哪些方面?

答:(1)兵马俑的塑造基本上以现实生活为基础。人物的发式就有许多种,手势也各不相同,面部的表情更是各有差异。总体而言,所有的秦俑面容中都流露出秦人独有的威严与从容,具有鲜明的个性和强烈的时代特征。

(2)兵马俑雕塑采用绘塑结合的方式。在手法上注重传神,构图巧妙,技法灵活,既有真实性也富有装饰性。从已整理出土的一千多个陶俑、陶马来看,几乎无一雷同。

(3)面部的彩绘尤为精彩。陶俑的脸部、手脚颜色均为粉红色,表现出肌肉的质感。同时陶俑的彩绘还注重色调的对比,不同色彩的服饰形成了鲜明的对比,增强了艺术感染力。陶马也同样有鲜艳而和谐的彩绘,使静态中的陶马形象更为生动。

2.《清明上河图》的作者是谁?有哪些特点?

答:《清明上河图》,北宋画家张择端所画,中国十大传世名画之一。为北宋风俗画,现藏于北京故宫博物院。《清明上河图》描绘了北宋时期都城东京(今河南开封)的状况,主要是汴京以及汴河两岸的自然风光和繁荣景象。全图大致分为汴京郊外春光、汴河场景、城内街市三部分。

艺术特色:用笔兼工带写,设色淡雅,即所谓"别成家数"。构图采用鸟瞰式全景法,真实而又集中概括地描绘了当时汴京东南城角这一典型的区域。作者用传统的手卷形式,采取"散点透视法"组织画面。

3.《韩熙载夜宴图》的作者是谁?主要内容是什么?有哪些特点?

答:作者是五代南唐时期画家顾闳中。

它以连环长卷的形式描摹了五代南唐中书侍郎韩熙载开宴行乐的场景。全图分"听乐""观舞""休息""清吹""宴散"五段。各段独立成章,又能连成整体。第一段写韩熙载和宾客们宴饮,听教坊副使李家明的妹妹弹琵琶。第二段写王屋山舞《六么》,韩熙载亲自击鼓。第三段写客人散后,主人和诸女伎休息盥洗。第四段写韩熙载便衣乘凉,听诸女伎奏管乐。第五段写一部分亲近客人和诸女伎调笑。

艺术特色:(1)构图形式。采用我国传统连续故事的表现手法,采用散点透视的原理,将不同空间、时间所看到的人和事在同一画面中表现出来,从而产生一种连贯的视觉效果。

(2)线条的运用。勾画仕女衣服时,采用了柔和的线条,表现了衣服柔软飘逸的质感。勾画人物的头发和眉毛时,用笔虚起虚收,起笔时轻轻按下,行笔时飘逸流畅,收笔时轻轻提起。用笔纤细而有力,生动地以形传神,具有强烈的艺术感染力。

题组三十一

1.列举书法五种书体,并说出其中一种的特点。
2.请论述中国传统艺术为什么将"梅兰竹菊"作为"四君子"。
3.达·芬奇、米开朗基罗和拉斐尔的主要艺术特色和艺术成就是什么?

参考答案

1.列举书法五种书体,并说出其中一种的特点。

答:中国书法的五种书体是楷书体(包含魏碑、正楷),行书体(包含行楷、行草),草书体(包含章草、小草、大草、标准草书),隶书体(包含古隶、今隶),篆书体(包含大篆、小篆)。

草书有草篆、草隶、狂草等,其结构省简、笔画连绵,书写流畅迅速,不易识别,有"书已尽而意不止,笔虽停而势不穷"之妙。在五种书体中,草书是最具抽象艺术特质的。历代擅长草书者,如东晋王献之、唐代怀素、近代于右任等,均能乱中有绪、独树一格。

2.请论述中国传统艺术为什么将"梅兰竹菊"作为"四君子"。

答:梅兰竹菊指是梅花、兰花、竹、菊花,被人称为"四君子",代表的品质分别是傲、幽、坚、淡。梅、兰、竹、菊是中国人感物喻志的象征,也是咏物诗和文人画中最常见的题材。梅兰竹菊占尽春夏秋冬,中国文人以其为"四君子",正表现了文人对时间秩序和生命意义的感悟。梅高洁傲岸,兰幽雅空灵,竹虚心直节,菊冷艳清贞。中国人在一花一草、一石一木中负载了自己的一片真情,从而使花木草石脱离或拓展了原有的意义,而成为人格的象征和隐喻。

3.达·芬奇、米开朗基罗和拉斐尔的主要艺术特色和艺术成就是什么?

答:(1)达·芬奇。意大利文艺复兴时期的画家、自然科学家、工程师。他将科学知识和艺术想象有机地结合起来,发明了"渐隐法",成功地表现出人物微妙的内心活动,作品含蓄,充满哲理思考。他的艺术作品不仅能像镜子似的反映事物,并以思考指导创作,从自然界中观察和选择美的部分加以表现。壁画《最后的晚餐》、祭坛画《岩间圣母》和肖像画《蒙娜丽莎》是他一生的三大杰作。

(2)米开朗基罗。意大利文艺复兴时期的画家、雕塑家。其作品以力量和气势见长,充满英雄主义、被压抑的力量和悲壮的激情,充分发挥了人体的表现力。代表作品有雕像《大卫》《晨》《暮》等,西斯廷教堂天顶画《创世纪》等。

(3)拉斐尔。意大利文艺复兴时期的画家。他的作品优雅、秀美,笔下的人物具有温和、高贵的气质,尤其以描绘圣母形象著称。他所确立的美的样式成为后来学院派古典主义的标准之一。代表作品有《西斯廷圣母》《雅典学院》等。

题组三十二

1.列举合唱艺术的种类。
2.简述合唱的特点。
3.简述民歌的特点。

参考答案

1.列举合唱艺术的种类。

答:(1)童声合唱。由尚未变声的少年儿童组织的合唱。

(2)女声合唱。由变声后的女生组织的合唱。

(3)男声合唱。由变声后的男生组织的合唱。

(4)混声合唱。由女声与男声混合组织的合唱。前三种合唱均为同类人声组成,故又称为同声合唱。同声合唱都有高音和低音两个基本声部。根据具体合唱歌曲的演唱需要,每个基本声部还可以分为第一、第二两个声部。

2.简述合唱的特点。

答:(1)音域宽广。合唱的音域是所有参与者音域的总合,从男低声部的最低音到女高声部的最高音可达到三个半至四个八度。

(2)音色丰富。在合唱中可包含男女高、中、低声部中所有的戏剧、抒情种类,还有每个人的不同音色,以及各种音色的不同组合。

(3)力度变化大。从最弱的 ppp 到最强的 fff,都是合唱所能够胜任的力度变化范围。

(4)音响层次多。由于合唱是多声部音乐,不同的和弦、和弦转位、声部组合、力度级别、音色变化等,都会产生不同的音响效果和层次。

(5)表现力强。合唱可以表现各种作品,不论主调音乐还是复调音乐、不论任何历史时期、不论任何情绪、不论任何风格的作品,都可以通过合唱来进行完美的表现。

3.简述民歌的特点。

答:(1)与人民的社会生活有着最直接、最紧密的联系。民歌的作者是人民群众,民歌是他们在长期的劳动、生活实践中,为了表现自己的生活、抒发自己的感情、表达自己的意志、愿望而创作的。

(2)民歌是经过广泛的群众性的即兴编作、口头传唱而逐渐形成和发展起来的。是无数人智慧的结晶,其创作过程和演唱过程、流传过程是合而为一的。

(3)音乐形式具有简明朴实、平易近人、生动灵活的特点。民歌的音乐形式短小精悍,大多以乐段为基本结构单位,单乐段反复而构成分节歌的结构形式。民歌的音调大多具有浓郁的乡土气息和地方色彩,形式灵活、生动,没有固定的格律,善于变化,对各种不同的内容、唱词、演唱场合与条件都有很强的适应能力。

题组三十三

1.简述艺术分类的方法。
2.简要介绍流行音乐的特点。
3.简述戏曲表演的程式化。

参考答案

1.简述艺术分类的方法。

答:以作品的社会功能为依据,可以将艺术分为审美艺术和实用艺术。审美艺术指审美功能第一、实用功能第二,因而主要是供审美欣赏的艺术,如音乐、美术、文学、舞蹈、戏剧等。实用艺术指实用功能第一、审美功能第二,因而同时可供实用和欣赏的艺术,如建筑、园林、实用工艺美术等。

在审美艺术之内,以审美主体对作品的感知方式(对应于艺术作品所使用的不同媒介)为依据,可以将艺术分为视觉艺术(美术等)、听觉艺术(音乐等)、文学艺术(想象艺术)和视听综合艺术(戏剧、影视剧等)。

在审美艺术之内,以艺术作品在时空中的存在方式为依据,可以将艺术分为时间艺术(音乐、文学等,又可称为动态艺术)、空间艺术(绘画、雕塑等,又可称为静态艺术)和时空综合艺术(戏剧、影视剧等)。

2.简要介绍流行音乐的特点。

答:(1)通俗性。流行音乐的歌词浅显易懂,没有理解的障碍,这是流行音乐得以流行的必要条件。从专业演唱的角度看,流行音乐音域较窄,适合没有经过专门声乐训练的普通听众演唱,这又促成了流行音乐的流行。

(2)娱乐性。流行音乐大多取材于日常生活,多数以爱情为表现主题,也有亲情、友情、思乡等内容。以社会一般平民或亚文化群为接受、消费的主体,因此强调自身的娱乐性和消遣性。

（3）商业性。流行音乐一旦进入消费市场，以商品的面貌出现时，就具备了商品的价值和使用价值。

（4）流行性。作为一种以满足消费为主要目的的娱乐音乐，流行音乐必然要为大众所普遍接受。

3.简述戏曲表演的程式化

答：程式化是中国戏曲为表现生活所采取的一种艺术处理的手段，它源于客观生活，对客观生活中的动作、音响等进行分析、选择，抽取其中独特的部分，进行装饰、美化与加工，使之具有一定的规范化、统一性，既是生活真实的再现，又比自然状态中的生活更准确、更鲜明。

（1）动作的程式化。不同角色的戏曲演员在舞台上的动作、招式都有相对固定的程式。选取生活中的关键动作进行艺术装饰，使之与舞台上的人物形象、性格相贴近，并具有形式美的特点。

（2）脸谱的程式化。脸谱是在戏曲演员面部勾画一定的彩色图案，以显示剧中人物的性格和特征。脸谱艺术非常讲究章法，将点、线、色、形有规律地组成装饰性的图案造型，由此也就产生了戏曲脸谱的各种各样的样式与规则。

题组三十四

1.简述戏剧的基本特征。
2.简述表现主义戏剧的特征。
3.简述摄影艺术的主要特征。

参考答案

1.简述戏剧的基本特征。

答：（1）空间和时间要高度集中。戏剧不像小说、散文那样可以不受时间和空间的限制，它要求时间、人物、情节、场景高度集中在舞台范围内。小小的舞台上，几个人的表演就可以代表千军万马，走几圈就可以表现跨越了千山万水，变换一个场景和人物，就可以说明到了一个全新的地方或相隔多少年之后。相隔千万里，跨越若干年，都可通过幕、场的变换集中在舞台上展现。

（2）矛盾冲突要尖锐集中。各种文学作品都要表现社会的矛盾冲突，而戏剧则要求在有限的空间和时间里反映的矛盾冲突更加尖锐集中。戏剧这种文学形式是为了集中反映现实生活中的矛盾冲突而产生的，所以说，没有矛盾冲突就没有戏剧。剧本受篇幅和演出时间的限制，所以要求剧情反映的现实生活必须凝缩在适合舞台演出的矛盾冲突中。

(3)语言要表现人物性格。戏剧的主要语言是台词。台词就是剧中人物所说的话,包括对话、独白、旁白。对话是两个或更多的人物之间用语言的直接交谈,独白是剧中人物独自抒发个人情感和愿望时说的话,旁白是剧中某个角色背着台上其他剧中人物对观众说的话。戏剧主要是通过台词推动情节发展、表现人物性格,因此,台词语言要求通俗自然、简练明确,适合舞台表演,能充分地表现人物的性格、身份和思想感情。

2.简述表现主义戏剧的特征。

答:表现主义戏剧是西方现代戏剧流派之一,19世纪末出现于德国、瑞典,随后波及欧洲其他国家和美国,极盛于20世纪初至20年代前后。一部分左翼资产阶级知识分子对资本主义现实深感不满,受到柏格森直觉主义和弗洛伊德精神分析心理学的影响,表现主义戏剧从而产生。

(1)在创作理念上,表现主义戏剧不满于对外在事物的描绘,要求突破事物的表象揭示其内在的本质,突破对人物言行的摹写而表现其"深藏在内部的灵魂",不注重人物的个性而表现其原始性的"永恒的品质"。

(2)在表现形式上,为了表现人物的潜意识,借用象征主义戏剧的各种象征手法,大量运用内心独白、幻象和梦境的具象化等主观表现方式。

(3)在舞台表演上,表现主义戏剧长于用灯光变幻,造成各种光怪陆离的梦幻效果,用各种歪曲变形、抽象的舞台美术手段,造成强烈震撼观众心灵的舞台效果。

3.简述摄影艺术的主要特征。

答:(1)特定的时空。摄影必须在一定时间和空间范围内直接面对被摄对象进行现场拍摄,如实反映现实生活中实际存在的人物、事件和环境,特别注重纪实性。

(2)营造的真实。摄影艺术运用科学技术手段能够逼真、精确地再现被摄对象。

(3)光影的结合。光线和影调是摄影艺术独特的造型手段。

中频考点

| 出题频率:中 | 难度系数:中 | 训练强度:★★★★ |

👉 题组一

1. 简述关于艺术起源的五大学说。
2. 简述典型是个性与共性的统一。
3. "十三经"指哪些文化经典?

参考答案

1. 简述关于艺术起源的五大学说。

答:(1)模仿说。模仿说认为,模仿是人的本能,艺术起源于对自然和社会的模仿。模仿说肯定了自然和社会是艺术起源的客观基础,隐含着对人由动物发展而来的心理机能的认识,具有朴素的唯物主义性质。关于模仿说的论述以古希腊最为著名,尤其以亚里士多德的理论最为系统。

(2)表现说。表现说侧重从主体意识层面寻找艺术产生的心理动因,认为艺术起源于人的情感表现的需要,当人的情感通过声音、语言、形体等物质载体表现出来时,就产生了音乐、文学、舞蹈等艺术形式。

(3)游戏说。游戏说认为,只有在由游戏冲动引发的活动中,人才能摆脱现实的种种约束和强迫,获得真正的自由和审美的愉悦。这也是艺术起源的真正动力。代表人物是德国文学家席勒和英国社会学家斯宾塞,因此游戏说又称"席勒-斯宾塞理论"。

(4)巫术说。巫术说认为,原始艺术起源于原始人巫术意识的外在表现,巫术目的是一切创作活动的最终追求。代表人物是英国人类学家泰勒和弗雷泽,因此巫术说又称"泰勒-弗雷泽理论"。

(5)劳动说。劳动说认为,艺术的起源最终应归结为人类的实践活动。艺术的产生和发展来自人类的社会实践活动,艺术是人类文化发展历史进程中的必然产物,艺术的起源应当是原始社会中一个相当漫长的历史过程。

2. 简述典型是个性与共性的统一。

答:典型指既具有鲜明的共性又具有鲜明个性且富于独创性的艺术形象。典型是个性与共性的统一。一方面,典型人物的性格独特、富于个性,在此前的作品中尚未见过。优秀的典型人物在性格上应该是前人没有如此写过的,比如贾宝玉、阿Q、哈姆雷特、堂·吉诃德,前人几乎无同类艺术人物的描绘;或者是有人写过但没有如此写过的,比如同是吝啬鬼,西方著名的艺术形象有葛朗台、阿巴贡、夏洛克、泼留希金,中国有严监生、贾仁等,各有其抠门绝技,同中有异,异中有同。

另一方面,典型人物的性格具有广泛、深刻的历史代表性,在陌生的艺术个性中透露出为人所熟知的生活共性。典型人物往往在量上具有普遍的现实代表性,可以在客观生活中找到大量的例证;在质上具有深刻的历史概括性,其性格特征代表了特定历史发展时期的某种规律或趋势,具有理想生活中的代表性。

3. "十三经"指哪些文化经典?

答:儒家的十三部经书,即《周易》《尚书》《诗经》《周礼》《仪礼》《礼记》《春秋左传》《春秋公羊传》《春秋谷梁传》《论语》《孝经》《尔雅》《孟子》。

☞ **题组二**

1. 现实主义文学的基本特征是什么？
2. 浪漫主义文学的基本特征是什么？
3. 简析西方现代主义。

 参考答案

1. 现实主义文学的基本特征是什么？

答：(1)细节真实。要有真实的细节描写，用历史的、具体的人生图画来反映社会生活。现实主义作品是以形象的现实性和具体性来感染人的，因此能使读者如入其境、如见其人。

(2)形象典型。通过典型的方法，对现实的生活素材进行选择、提炼、概括，从而深刻地揭示生活的某些本质特征。

(3)方式客观。作者要通过对现实生活的客观、具体的描写，从作品的场面和情节中自然地体现出作者的思想倾向和爱憎感情，而不要让作者自己或借人物之口特别地说出来。

2. 浪漫主义文学的基本特征是什么？

答：(1)大胆奇特的想象与夸张。浪漫主义强调想象的创造能力，并把它作为一个基本出发点。如果说忠实地再现生活场景是现实主义的标志的话，那么，根据想象夸张地再造生活就是浪漫主义的一个重要标志。

(2)抒情主义精神。浪漫主义的人生理想源于艺术家的心灵，所以，与现实主义作家尊重生活逻辑、侧重表现对生活的认识和感受不同，浪漫主义侧重于表现主观心灵，具有强烈的抒情色彩。

(3)理想主义精神。与现实主义关注现实、尊重现实、忠实于现实不同，浪漫主义艺术家一般都以一种超越现实的精神表达自己对理想生活的追求，用理想来否定和代替现实。"世外桃源"、"乌托邦"等都是人类理想的艺术折射。

3. 简析西方现代主义。

答：自19世纪末叶法国出现象征主义诗歌以来，在西方先后流行过各种艺术流派，如兴起于"一战"前后的表现主义、未来主义、超现实主义、意识流小说，"二战"后的存在主义文学、荒诞派戏剧、新小说派、垮掉的一代、黑色幽默。这些流派艺术主张形形色色，思想倾向十分复杂，但在反对古典传统特别是反对现实主义方面又表现出一定程度的共性，故统称为现代主义。

它以挑战传统的理性观念和现实主义文学、在文学作品中弘扬个性和自我为己任，艺术上致力于探索新奇别致的形式技巧和表现手法。它不注重表面的客观真实(现实主义)和狂放不羁的个人情感表现(浪漫主义)，而重在表现意识以下的深层情感，以冷峻严肃的笔调表现心灵深处的客观真实。与前现代主义的创作方法(包括现实主义与浪漫主义)相比,现代主义创作方法可被视为现代化精神在艺术创作领域中的鲜明体现。

题组三

1.简介《古诗十九首》。

2."兴,百姓苦;亡,百姓苦"是张养浩散曲作品中的名句,请写出句子的出处,并简要分析其中的含义。

3."刮骨疗毒"是关于哪个人物的故事?再写出一个他的故事,并且简要描述。

参考答案

1.简介《古诗十九首》。

答:《古诗十九首》,组诗名,东汉末文人五言诗的代表作,是乐府古诗文人化的显著标志。为南朝萧统从传为无名氏所作《古诗》中选录十九首编入《昭明文选》而成。《古诗十九首》大致反映了汉末下层士人的生活和思想感情,一类是描写游子思妇的相思离别之情,一类写追求功名富贵的强烈愿望与仕途失意的苦闷哀愁,其情感一以贯之。《古诗十九首》深刻地再现了文人在汉末社会思想大转变时期,追求的幻灭与沉沦、心灵的觉醒与痛苦。艺术上语言朴素自然,描写生动真切,具有浑然天成的艺术风格。

2."兴,百姓苦;亡,百姓苦"是张养浩散曲作品中的名句,请写出句子的出处,并简要分析其中的含义。

答:出自元代张养浩的《山坡羊·潼关怀古》。写作者的感慨:历史上无论哪个朝代,它们兴盛也罢、败亡也罢,老百姓总是遭殃受苦。"兴"必大兴土木,搜刮民脂民膏,百姓不堪其苦。王朝灭亡之际则战乱频仍,民不聊生。"兴,百姓苦,亡,百姓苦"一句,发人所未发,深刻而警策。兴则大兴土木,亡则兵祸连年,不论"兴""亡"受苦的都是百姓。

"兴,百姓苦;亡,百姓苦"是全曲之眼,是对全曲主题的开拓和深化。这首曲子的可贵之处在于它有深切的人文关怀,有对百姓疾苦深切的同情与关怀。

3."刮骨疗毒"是关于哪个人物的故事?再写出一个他的故事,并且简要描述。

答:"刮骨疗毒"是关于《三国演义》中关羽的故事。关羽的故事还有"温酒斩华雄"。曹操招兵买马,会合袁绍、公孙瓒、孙坚等十七路兵马,攻打董卓。刘备、关羽和张飞追随公孙瓒一同前往。董卓大将华雄打败了十八路兵马的先锋孙坚,又在阵前杀了两员大将。十八路诸侯都很惊慌,束手无策。此时,关羽主动请战。袁绍认为关羽不过是个马弓手,就不同意。关羽以自己的性命为担保,再次请战。曹操十分欣赏,倒酒为其壮行。关羽接过酒杯,放在桌上,提着大刀上马而去。关羽武艺高强,没一会儿,就斩了华雄。他回到军营,曹操拿起酒杯,杯中的酒还没有凉。

题组四

1. "醉打蒋门神"说的是《水浒传》中一位传奇英雄的故事。这位英雄是谁？请再写出有关这个英雄的一个故事，并作简要描述。

2. 龚自珍《己亥杂诗》("浩荡离愁白日斜")中"落红不是无情物，化作春泥更护花"两句诗的含义是什么？这首诗寄寓了作者怎样的情怀？

3. 闻一多的《死水》中，"绝望的死水"象征着什么？表达了诗人怎样的情感？

 参考答案

1. "醉打蒋门神"说的是《水浒传》中一位传奇英雄的故事。这位英雄是谁？请再写出有关这个英雄的一个故事，并作简要描述。

答："醉打蒋门神"说的是《水浒传》中的英雄武松的故事。与之有关的故事还有"武松打虎"：武松打虎主要讲述梁山好汉武松回家探望兄长，途经景阳冈，至酒家沽饮十八碗，醉后欲行赶路。酒家告以冈上有虎伤人，劝其勿行。武松不信，在冈上果遇一只老虎。武松奋起平生之力以双拳将老虎打死，为当地老百姓除去一大害。

2. 龚自珍《己亥杂诗》("浩荡离愁白日斜")中"落红不是无情物，化作春泥更护花"两句诗的含义是什么？这首诗寄寓了作者怎样的情怀？

答："落红不是无情物，化作春泥更护花"这两句诗人笔锋一转，由抒发离别之情转入抒发报国之志。这两句反用陆游的词"零落成泥碾作尘，只有香如故"，落红指脱离花枝的花，即使化作春泥，也甘愿培育美丽的春花成长。表现诗人虽然脱离官场，依然关心着国家的命运，不忘报国之志。诗人以落花有情自比，表达自己虽前途不畅也不忘报国的情怀。

3. 闻一多的《死水》中，"绝望的死水"象征着什么？表达了诗人怎样的情感？

答：诗中的"一沟绝望的死水"是半封建半殖民地旧中国的象征。本诗通过对"死水"这一具有象征意义的意象的多角度、多层面的描写，揭露和讽刺了腐败不堪的旧社会，表达了诗人对丑恶现实的绝望、愤慨和深沉的爱国主义感情。诗人抓住死水之"死"，先写死寂、次写色彩，再写泡沫，突出了死水的污臭、腐败，把绝望的感情表现得淋漓尽致。

题组五

1. "微风吹过，送来缕缕清香，好像远处高楼传出的渺茫的歌声"这句话运用了什么样的修辞手法？表达了什么样的艺术效果？

2. 简述《水浒传》现实主义与浪漫主义的创作手法。

3. 简述散文《我与地坛》的艺术特色。

 **参考答案**

1."微风吹过,送来缕缕清香,好像远处高楼传出的渺茫的歌声"这句话运用了什么样的修辞手法？表达了什么样的艺术效果？

答:用的是通感的修辞手法。清香本应从人的嗅觉的角度来写,但此处作者用渺茫的歌声来加以形容,准确地传达出香味的清淡、缥缈、若有若无。用这句话衬托出荷香之微,由嗅觉向听觉转移。"缕缕清香"和"渺茫的歌声"有相似之处:时断时续、若有若无、清淡缥缈、沁人心脾等。把"清香"比喻成远处的"歌声",烘托出几分幽雅和宁静。

2.简述《水浒传》现实主义与浪漫主义的创作手法。

答:《水浒传》以现实主义为创作原则,又带有某些浪漫主义的成分。

(1)从反映的社会生活来看,小说真实地再现了农民起义的社会根源,写出了起义本身不可克服的弱点及失败的结局,对当时的社会生活做了广泛而逼真的描写,体现出严格的现实主义创作原则。但在描写具体斗争时,又写出了压迫者的惨败和义军的辉煌胜利,按照人民的理想、愿望来解决矛盾,这又是浪漫主义精神的体现。

(2)从塑造的人物来看,一方面紧扣人物的出身、经历、地位、生活环境,真实地描写了各个阶层的人物不同的反抗道路;另一方面又夸张、渲染了英雄们的神力、勇武、豪放乐观等浪漫主义气质,使其成为理想的人民英雄的化身。

3.简述散文《我与地坛》的艺术特色。

答:(1)艺术手法。这是一篇融议论、记叙、描写为一体的抒情散文,感情真挚感人,通篇洋溢着对母亲的深切的爱。通过在抒情中夹杂议论和描写细节,突出了主题;通过描写自然景物,渲染了气氛。在内容上,文章打破了抒情、议论与叙事、写景的间隔,以思辨为主导,而又始终饱含情感,内涵深厚。此外,还较多地采用了对比的手法,如地坛的荒芜却充满生机与"我"的残废自伤对比等。通过对比,折射出作者对生命的自省和哲理性的思考,表现母亲对作者深深的关爱和作者对母亲的无限怀念。

(2)语言方面。无论是叙事写人、绘景状物、描摹心态还是抒发感悟,作者语言的表现力都很强,在平缓沉静中往往透出睿智与机敏。语言既新鲜、奇崛又富有哲理,给人启迪,令人回味无穷。同时,作者在其中创新地使用了拟人、移用和转换词序等手法,写出了许多鲜活的句子。

题组六

1.简述艺术的精神功能。

2.培根在《谈读书》一文中说"读史使人明智,读诗使人明秀",你是怎样理解这两句话的？

3.契诃夫短篇小说《装在套子里的人》塑造了一个典型的人物形象别里科夫,他为什么要把自己装在套子里？你是怎样看待这些"套子"的？

 参考答案

1.简述艺术的精神功能。

答：(1)审美娱乐功能。这是艺术的本质功能。艺术作品通过对现实的集中与超越，尽可能象征性地满足人们未被满足的心理需求，具有娱乐功能。

(2)审美认识功能。艺术作品可以超越时间和空间的限制，为接受者提供特定的自然与社会信息，具有益智功能。

(3)审美教育功能。艺术作品可以使接受者加深对真、善、美的认识，坚定对真、善、美的追求，并将之付诸人生的实践活动。

2.培根在《谈读书》一文中说"读史使人明智，读诗使人明秀"，你是怎样理解这两句话的？

答："读史使人明智"，就是要从历史中吸取经验教训，把理解历史当作把握人生的一把钥匙。读史就是让人类思考自己过去的活动，从而更好地认识自己，并自觉把握人生的现在和将来。人类在经历重大历史事件之后，总要考察其发生的原因和结果，从中吸取经验和教训，思考避免重犯历史错误的途径和方法。"读诗使人明秀"，如苏轼所言"腹有诗书气自华"。有了长久的诗书的熏陶，自然会使人的气质谈吐不凡，言行举止也不一般。

3.契诃夫短篇小说《装在套子里的人》塑造了一个典型的人物形象别里科夫，他为什么要把自己装在套子里？你是怎样看待这些"套子"的？

答：别里科夫把自己装在套子里，是因为他害怕出乱子，害怕改变既有的一切。

别里科夫是他生活的那个时代的产物。这里的套子实际上是一种象征，象征别里科夫维护旧制度、旧秩序，害怕和反对一切新事物的保守和腐朽，象征着沙皇政府的专制统治。他辖制着大家，并不是依靠暴力等手段，而是给众人精神上的压抑，让大家透不过气。可以说是专制制度毒化了他的思想、心灵，使他惧怕一切变革、顽固僵化。他是沙皇专制制度的维护者，更是受害者。

题组七

1.什么是影视文学？
2.如何理解纪录片的虚构？
3.影视作品中画面构图的基本原则是什么？

参考答案

1.什么是影视文学?

答:影视文学是电影文学和电视文学的合称。它是一种运用形象思维和通过塑造生动可感的艺术形象来反映社会生活、表达思想感情,唤起人们审美感知、审美教育和审美娱乐的艺术形式。

2.如何理解纪录片的虚构?

答:纪录片的虚构就是在纪录片的创作中,创作主体在核心事实的基础上,借助具有声画形象的影像进行搬演、再现与建构,来超越历史事件、显示空间、文化差异、意识形态、认知表达、心理情绪等存在的限制,所进行的一种主观的创造性重构。

不应将纪录片的虚构等同于虚假,不应将虚构与纪实对来起来。在纪录片也要讲故事的今天,虚构应该与纪实一起成为纪录片呈现真实的一种手段。

3.影视作品中画面构图的基本原则是什么?

答:(1)画面要简洁。要进行选择、提炼、抽象、概括,避开妨碍主体的多余形象,才能提取出精彩的画面。

(2)主体要突出。要处理好主体、陪体、环境的关系,做到主次分明、互相照应、轮廓清晰、条理井然。

(3)立意要明确。构图是为主题思想、创作意图创造结构形式的过程,每个镜头要表现的思想内容和艺术内涵要明确、集中。

(4)要有表现力和造型美感。要根据拍摄内容的要求和现实条件的可能性,通过画面的空间配置、光线的运用、拍摄角度的选择等,创造丰富多彩、优美生动的构图形式。

题组八

1.什么是电影文学剧本?
2.什么是电影语言?
3.世界三大表演体系是什么?

 参考答案

1.什么是电影文学剧本?

答:电影文学剧本是一种运用电影思维创造银幕形象的文学样式,是电影剧作者根据自己对生活的感受、认识和理解进行艺术构思,并按照电影的表现手法(包括场景、环境、人物形象、行为、动作、说白、音响及其他细节)通过文字描述以表达自己对未来影片设想的作品。电影文学剧本主要为拍摄影片而写作,因此它必然受到电影特性的制约,必须符合电影艺术的基本规律和要求。它所创造的形象虽然以文字为媒介,但必须能够通过影片的摄制,以电影的各种艺术技术手段在银幕上表现出来。

2.什么是电影语言?

答:电影艺术在传达和交流信息中所使用的各种特殊媒介、方式和手段的统称,即电影用以认识和反映客观世界、传递思想感情的特殊艺术语言。电影语言以现代科学技术提供的一定的物质条件为基础,它的演进与电影技术的进步有密切联系。与一般语言不同,电影语言是一种直接诉诸观众的视听感官,以直观的、具体的、鲜明的形象传达含义的艺术语言,具有强烈的艺术感染力。银幕画面是电影语言的基本元素,参与画面形象创造的表演、场景、照明、色彩、化装、服装等都在构成特殊的电影语言方面起了重要作用。由摄影机的运动和不同镜头的组接所产生的蒙太奇,不仅形成了银幕形象的构成法则,也完善了电影语言独特的语法修辞规律。

3.世界三大表演体系是什么?

答:(1)斯坦尼斯拉夫斯基体系。要求演员真正存在于舞台上,不是在表演,而是在生活。演员应当永远是舞台上活生生的人,要遵循生活的逻辑,在规定情景中真诚地去感觉、去想、去动作。

(2)布莱希特体系。核心主张是"陌生化效果"和"间离方法"。要求演员和观众在感情上与角色保持距离,突出戏剧的假定性;使演员扮演角色时具有双重形象,既是角色又是自己本身,把自己放在角色的对面;观众观看演出时,不能被演员带到规定情境中,而是要保持理智的思考和批判。

(3)以梅兰芳为代表的中国戏曲表演体系。一是写意的表现方法。突破时间、空间的限制,以动作虚拟、布景虚拟,创造一个与实际生活相去甚远、富有意境美的舞台艺术世界。二是程式化的表现方法。程式化是中国戏曲为表现生活所采取的一种艺术处理的手段,它源于客观生活,对客观生活中的动作、音响等进行分析、选择,抽取其中独特的部分,进行装饰、美化与加工,使之具有一定的规范化、统一性,既是生活真实的再现,又比自然状态中的生活更准确、更鲜明。

题组九

1.简述电视谈话节目的特征。

2.简要回答谈话类节目类型。

3.近年来,许多电视情感类访谈节目为提高收视率雇请人来讲述虚构的情感故事,对此你的看法是什么?你认为电视台这样做的原因是什么?

参考答案

1.简述电视谈话节目的特征。

答:(1)直接的人际互动。谈话是人们相互交流时最常用的方式,它能调动人的整体感知,让人们在其中获得超越于语言之上的亲密感觉,是最为人性化的交流方式之一。

(2)完整的场式传播。电视谈话节目能保留谈话的完整性和动态性,进行场的传播。电视谈话节目以直播或直播形态的录播,完整地保留了现场的人际互动情景。

(3)个性的自然流露。电视谈话节目中的信息是个人发布的,观点不论偏颇与否,都是"我"的声音,这就让信息有了鲜活的生命力。

2.简要回答谈话类节目类型。

答:(1)聊天式谈话。主持人根据话题需要,邀请不同身份、职业的嘉宾到演播现场交流。

(2)访谈式谈话。这类节目类似于人物专访,是主持人与嘉宾之间的交流。

(3)论辩式谈话。这类节目谈话各方的观点有重大分歧,在现场展开言语交锋,主持人以客观公允的态度引导他们充分陈述。

(4)综合式谈话。从形式上看,上述三种谈话节目以清谈为主,较少运用其他的电视表现手段。综合式谈话节目则充分利用外景录像、三维动画、片花隔段等丰富的电视手段,并吸取文艺、游戏、竞技等其他节目的成分,使谈话节目立体化,增强可视性。

3.近年来,许多电视情感类访谈节目为提高收视率雇请人来讲述虚构的情感故事,对此你的看法是什么?你认为电视台这样做的原因是什么?

答:电视情感类访谈节目是一种反映观众真实情感的电视栏目形式,要避免低俗化。靠编造虚假的情感故事来满足观众的猎奇心理来提高收视率,这种做法是不可取的。一旦虚假的内容被观众发现,只会引起观众的反感,最终将造成观众的流失、收视率的下降。

电视情感类访谈节目之所以这样做,一方面是为了制造节目话题性引起关注度,另一方面是为了盲目追求收视率。这种方法十分不可取,既背离了还原真实情感的节目诉求,降低了节目的品质,同时也会形成一种不良的风气。

题组十

1.简述电视广告的特征。
2.简述电视广告的构成要素。
3.请你用尽可能简单的语言对电视新闻进行界定。

参考答案

1.简述电视广告的特征。

答:(1)创意的独特性。创意是指创作电视广告时萌生的灵感,它能使电视广告脱颖而出,吸引受众关注广告。在电视广告竞争中,独特的创意是决定胜负的首要元素。

(2)定位的精准性。电视广告要有精准的定位,要表明产品最突出的特点、用途和益处,强化产品与众不同的关键点,进而赢得消费群。

(3)信息的真实性。为建立产品的声誉和塑造企业的形象,电视广告要保证信息的真实性。

2.简述电视广告的构成要素。

答:电视广告的构成要素包括图像、声音和时间三要素。

(1)图像就是呈现在电视屏幕上的现实生活中具体的、动态的影像。电视广告中的图像逼真生动,给观众的感受就像面对客观现实一样。

(2)电视中的声音是对现实生活中各种各样的声音的记录。它总是与画面紧密地配合在一起,给观众的感觉更加真实,传达广告信息更加有效。

(3)电视广告以时间来结构和传达信息:一是广告信息出现的时间顺序不同,其表达的含义也就不同;二是信息出现的时间长短给人的印象深浅也不相同;三是一则电视广告的时间长度越长,其信息含量也往往越多。时间是决定观众能否认知广告内容的关键所在。准确把握画面与声音在广告中出现的时间长短,对于电视广告的传达效果具有至关重要的意义。

3.请你用尽可能简单的语言对电视新闻进行界定。

答:所谓电视新闻,就是运用现代电子技术,通过电视屏幕,形象地向观众传递新闻信息的一种手段,既传播声音又传播图像。具体地讲,它是通过电视摄像、记者采访、镜头设计、拍摄、剪辑、写解说词、配音这几个程序来完成,从而系统地、形象地报道事物发展的过程。

☞ 题组十一

1.谈谈你对发展文化产业意义的认识。
2.简述电视散文的分类。
3.在艺术创作中什么是"熟悉的陌生人"?

参考答案

1.谈谈你对发展文化产业意义的认识。

答:(1)有利于提高中华民族文化的创新能力。发展文化产业,有利于进一步提高中华民族文化的创新能力,弘扬中华优秀文化,提升文化影响力。

(2)有利于建设社会主义精神文明与物质文明。大力发展积极向上、健康主流的文化产品,有利于引导人们树立正确合理的消费观和价值观,有利于建设社会主义精神文明与物质文明。

(3)有利于保护优秀传统文化。倡导文化产业的振兴,有利于保护优秀传统文化。

(4)有利于抵御外来文化的侵蚀。发展文化产业是积极防御外来文化对我国传统文化侵蚀、同化,保卫国家文化安全的重要途径。

2.简述电视散文的分类。

答:(1)写景抒情性电视散文。抓住忠实于原著意境核心的景物,利用角度、光线、色彩、构图等多种手段,通过景物在特定环境中的相互关系的描写,使写景和抒情巧妙地结合在一起。

(2)哲理性电视散文。充分利用电视画面的象征隐喻功能,形成强大的视觉张力,突破画面,达到借物抒情、突出主题的作用。这类电视散文旨在揭示复杂的人生感悟和深层心理,具有深邃而浓郁的象征意蕴。

(3)写人叙事性电视散文。重在刻画人物的个性和内心世界的丰富,通过感人的故事展示一种时间感和人物的命运感。人物的动作、细致的情节是这类电视散文画面的主要内容。

3.在艺术创作中什么是"熟悉的陌生人"?

答:这是别林斯基关于艺术形象的典型性和独创性、共性和个性所提出的著名论断。"熟悉"指明了典型形象的现实基础,"陌生"指出了典型形象的独创性。

"熟悉的陌生人"从典型人物的社会效应方面,深刻地揭示了典型人物共性与个性的关系。一方面,由于典型人物身上总能反映出社会生活中某类人或某种事物的本质和普遍性,是人们所常见的,所以会产生似曾相识的"熟悉"感。另一方面,由于典型人物具有与众不同的独特个性,这种个性是不可重复的,是作者独特的审美创造,在现实生活中也很少见,所以,人们又会有"陌生"感。

☞ 题组十二

1.何谓文人画?文人画有什么特色?
2.写出对应古代代表空间方位的四个神兽名字。
3.山东地方戏有哪些?(至少列举五种)

参考答案

1.何谓文人画?文人画有什么特色?

答:文人画是中国传统画的一个重要的流派,泛指古代文人、士大夫的绘画作品。作品主要描绘山水、花鸟、梅兰竹菊一类,用笔气韵不凡,带有文人的趣味。早在魏晋南北朝时期,文人画的某些创作思想和艺术实践就出现了。文人画作为正式的名称,是由明末画家董其昌提出的。

特色:(1)题材。文人画家以比兴入画,放情山水,寄意花鸟,大大开拓了传统的审美视野,促进了中国山水、花鸟的高度发展。

(2)绘画风格。强调作者主观情感的抒发,一是提倡"诗中有画,画中有诗",诗的意境和画的意境应该同一,都是心境的外化;二是推崇"神似",以"神似"取代"形似",以抒情寄兴取代描摹物象,崇尚"象外之美"。

(3)艺术创作形式。文人画将中国传统文化中的诗、书、画、印融为一体,使中国绘画达到了新的艺术高度,这种艺术形式是文人画家艺术修养的综合体现。

2.写出对应古代代表空间方位的四个神兽名字。

答:东,青龙;西,白虎;南,朱雀;北,玄武。

3.山东地方戏有哪些?(至少列举五种)

答:(1)山东梆子:是山东地方戏曲中较古老的剧种之一,至今已有三百余年的历史,又名"高调梆子",简称"高调"或"高梆"。该剧种唱腔激昂高亢,形式复杂多变,表演形式粗犷夸张。

(2)吕剧:由山东琴书演变而来,又名"化装扬琴"、"琴戏"。其唱腔以板腔体为主,兼唱曲牌。曲调简单朴实、优美动听、灵活顺口、易学易唱。

(3)柳子戏:以元、明、清以来流传于中原一代的民间俗曲小令为基础,并吸引高腔、乱弹、昆腔等声腔的部分剧目及唱腔,逐渐发展演变而来。因曲牌中有一种柳子调,故得名柳子戏。

(4)莱芜梆子:又名"莱芜讴",音乐唱腔高亢激昂、豪迈奔放、风格独特。

(5)两夹弦:伴奏乐器主要是四胡,这种四胡上的四根弦每两根分别夹一束弓上的马尾,进行拉奏,故称之为两夹弦。

题组十三

1.中国画和西洋画的区别是什么?
2."白描"是指哪个艺术领域的技法?
3.简述浪漫主义与现实主义美术的特征。

参考答案

1.中国画和西洋画的区别是什么?

答:(1)中国画重写意,西洋画重写实。

(2)中国画主要以线条塑造形象,西洋画主要以明暗调子塑造形象。

(3)中国画是散点透视,西洋画是焦点透视。

(4)中国画的色彩重固有色和装饰性,西洋画的色彩重条件色和真实性。

(5)中国画不重视背景,讲究画面上的空灵,大量留白,西洋画重视背景,不留空白。

(6)中国画强调同源,融绘画、诗文、书法、篆刻为一体,而西洋画是根据物象结构来讲究笔触。

2."白描"是指哪个艺术领域的技法?

答:白描原是中国画的一种技法,指描绘人物和花卉时用墨线勾勒物象,不着颜色,称为单线平涂法。有单勾和复勾两种。单勾指用同一墨色的线勾描整幅画。用浓淡不同墨色勾成的,如用淡墨勾花、浓墨勾叶叫浓淡单勾。它要求线描准确流畅、生动、笔意连贯。复勾是指先以浓墨全部勾好,再以浓墨对局部或全部进行勾勒,以加强所描物象的精神和质感。

3.简述浪漫主义与现实主义美术的特征。

答:浪漫主义美术产生于18世纪末,盛行于19世纪前期,在法国、英国、德国均有成就。浪漫主义美术突破了古典主义美术的束缚,主张创作自由和艺术独创性,重视表现画家的个性、情感和想象,多用象征、寓意和夸张、对比的手法,追求色彩、色调的表现力和流畅奔放的笔触。

现实主义美术真实地反映自己的时代、不加粉饰地描绘生活,多直接选取下层人物的生活作为题材,表现了一定的社会批判色彩。具有朴素写实、严峻深沉、多使用明暗对比等特点,追求真实生动和内在情感的表现。

题组十四

1.你认为艺术家应该具备的素质修养有哪些?
2.列举现代派美术中的几个重要流派,并任选一种简析其艺术特征。
3.巴洛克艺术具有哪些特点?

参考答案

1.你认为艺术家应该具备的素质修养有哪些?

答:(1)宽广深厚的生活基础。创作者要有对生活直接的理解与把握,才能反映现实生活、表现理想生活。

(2)宽广深厚的审美经验。包括日常生活中自然美与社会美领域的审美经验,也包括艺术美领域的审美经验。

(3)独特的艺术感受能力。创作者要保持一种无功利的艺术感觉能力,并将其外化为一种情感直觉形式。

(4)丰富的艺术想象能力。创作者要有在原有表象基础上加工改造成新形象的能力。

(5)良好的艺术表现能力。创作者要了解艺术的基本特征,熟练运用相关的艺术创造工具。

2.列举现代派美术中的几个重要流派,并任选一种简析其艺术特征。

答:从整个欧洲美术历程来看,现代派美术思潮是从印象派前后这个时期开始的,包括野兽派、立体派、未来派、形而上画派、达达派、超现实主义派、抽象主义、波普艺术等。

1905年,以马蒂斯为首的一群年轻艺术家在巴黎展出自己的油画作品,因这类作品表现的物体形体与色彩显得变形、夸张,并显示出一种与传统美术相左的表现力,被称为野兽派。野兽派画家抛弃西方传统艺术中体积、明暗等造型手法,用纯色和自由的轮廓造型,保持画面的平面感,创造强烈的画面效果,显示出追求情感表达的表现主义倾向。

3.巴洛克艺术具有哪些特点?

答:(1)豪华:它既有宗教的特色又有享乐主义的色彩。

(2)激情:它打破理性的宁静和谐,具有浓郁的浪漫主义色彩,强调艺术家丰富的想象力。

(3)运动:运动与变化可以说是巴洛克艺术的灵魂。

(4)综合性:巴洛克艺术强调艺术形式的综合手段。

(5)宗教色彩:宗教题材在巴洛克艺术中占有主导的地位。

题组十五

1.简述音乐的社会功能。

2.什么是交响乐?它的独特性是如何体现出来的?

3.简介信天游。

参考答案

1.简述音乐的社会功能。

答:音乐艺术的社会功能是指音乐艺术在社会生活中所发挥的功效作用,主要表现在音乐对人的社会生活产生的影响。

(1)审美功能。人们在欣赏音乐时感到心灵的愉悦,进而陶冶性情,净化灵魂,提高审美情趣,树立乐观向上的人生观和世界观。

(2)认知功能。人们通过欣赏音乐来认识社会、自然、历史和现实世界,能够开阔视野,加深对社会生活的认识和理解,提升文化修养。

(3)教育功能。音乐通过所反映的内容与所运用的表达形式,对人们的情感世界、思想情操、道德观念施加和产生影响。

2.什么是交响乐?它的独特性是如何体现出来的?

答:交响乐是包含多个乐章的大型管弦乐曲,一般是为管弦乐团创作。交响音乐不是一种特定的体裁名称,而是一类器乐体裁的总称。

特征:(1)由大型的管弦乐队演奏。(2)有较严谨的结构和丰富的表现手段。(3)表现手法顿挫分明,能将听众带入音乐意境和想象空间。(4)音乐内涵深刻,具有戏剧性、史诗性、悲剧性、英雄性,音乐格调庄重,具有叙事性、描写性、抒情性、风俗性等。

3.简介信天游。

答:信天游是流传在我国西北广大地区的一种民歌形式。信天游的唱词一般为两句体,上句起兴作比,下句点题,基本上是即兴之作。这些口语化的唱词语出惊人、形象生动,具有极强的艺术感染力。其内容主要以反抗压迫,争取爱情、婚姻自由为主。信天游的节奏大都十分自由,旋律奔放、扣人心弦、回肠荡气。

题组十六

1. 雾景使用怎样的拍摄手法?
2. 拍摄水中的倒影时应该注意的问题有哪些?请简要回答。
3. 简述摄影画面"留白"的含义及其作用。

参考答案

1. 雾景使用怎样的拍摄手法?

答:(1)雾景的光亮度很高,应正确控制曝光量,以免感光过度。

(2)雾景反差小,拍摄时选用慢速与中速胶片。

(3)构图时选择有远景、中景、近景的景物,以表现景物的纵深感。

(4)浓雾时一般不宜于拍摄,因为能见度太低,除较近前景外,中景和远景都看不到。

2. 拍摄水中的倒影时应该注意的问题有哪些?请简要回答。

答:(1)水面要平静。拍摄镜面般的湖水,水面越平静,反光面越突出,因此应在水面波浪小的时间拍摄。如果水面无法平静,可以利用慢门和三脚架让水面变得平静。

(2)低角度拍摄。画面上倒影的多少与拍摄视点选择的高低有密切的关系。拍摄视点高,倒影出现得少;拍摄视点低,倒影出现得多。同样,低角度拍摄,使倒影显得大而全。

(3)曝光要准确。倒影多产生于水面上,水面的反光常会给摄影者视觉上的错觉,以为拍摄现场亮度很高。拍摄时一般可以参照逆光条件下拍照的曝光值,也就是比正常曝光开大 1~2 档光圈或放慢 1~2 档快门速度。

3. 简述摄影画面"留白"的含义及其作用。

答:画面中除了实体对象以外的、起衬托实体作用的其他部分就是留白。留白不一定是纯白或纯黑,只要是画面中色调相近、影调单一、从属于衬托画面实体形象的部分,都可称为留白,如天空、水面、地面、草地、墙壁等背景景物。

作用:(1)营造意境。在一幅画面中,实体对象面积大,画面趋于写实;留白面积大,画面则长于抒情写意。

(2)突出主体。主体对象周围留白较大,则易于突出主体;主体对象周围留白较小,则不利于突出主体。

(3)使画面语言精练。因为留白的存在,画面中实体部分减少,画面显得简洁、一目了然。

低频考点

| 出题频率:低 | 难度系数:高 | 训练强度:★★ |

题组一

1. 简述原生态文化的价值。
2. 简述典型环境与典型人物的关系。
3. 简析具象艺术的特点。

 参考答案

1. 简述原生态文化的价值。

答:原生态文化是指根植于某个地域并且反映当地历史人文特征、没有经过商业开发的文化形态,是自然界最初的、最原始的状态,其特征是天然美、自然美、原始美,典型的代表如音乐、舞蹈等。

价值:(1)历史文化价值。原生态文化是原始文化在历史长河中的积淀,它的稳定传承性决定其基本保留了古老文化的原貌,这为我们了解祖先文化、认识人类历史提供了现成的、活生生的材料。

(2)文化多样性理论。原生态文化为我们提供了风格迥异、多姿多彩、独具特色的文化形式,对文化的共同发展、共同繁荣起到不可替代的作用。

(3)精神实用价值。原生态文化具有巨大的精神功利性,即精神上的实用价值。它能带来精神上的愉悦,增强民族凝聚力和民族认同感。

2. 简述典型环境与典型人物的关系。

答:典型人物必须生活在典型环境中,环境对人物性格的形成和发展具有决定性作用。人总是在一定的社会环境中生活,环境是人物性格形成的社会原因和根本条件。

典型人物的行动和性格发展对典型环境的形成和发展产生巨大的影响。典型环境是指以人为核心的人与人之间构成的社会环境,因此典型人物往往成为典型环境的主要组成部分。

3. 简析具象艺术的特点。

答:具象艺术指艺术形象与自然对象基本相似或极为相似的艺术。具象艺术广泛地存在于人类美术活动中,从欧洲原始的岩洞壁画艺术,到文艺复兴时代的宗教壁画;从印度的佛教艺术,到中国的画像砖石,都可以看到这类艺术作品,至今它仍是美术创作中重要的艺术风格。

特点:(1)视觉真实性或客观性。具象艺术是以客观世界为表现对象,并且把对象表现得就像我们所看到的一样真实。

(2)艺术形象的典型性。具象艺术通过创造典型的艺术形象,表达艺术家的个人情感和观念。

(3)情节性或叙事性。具象艺术往往蕴涵着一个或多个故事情节,它可以用文字语言直接来讲述或描述。

 题组二

1.艺术真实的内涵是什么?艺术真实与生活真实的关系是什么?
2.艺术传播的方式主要有哪些?
3.简述艺术消费的二重性。

参考答案

1.艺术真实的内涵是什么?艺术真实与生活真实的关系是什么?

答:(1)内涵:艺术真实是指在生活真实的基础上,按照艺术家的美学理想对生活真实进行艺术概括和艺术的创造性加工而形成的正确反映了生活的风貌和本质的形象与情景。它源于生活真实,又高于生活真实。艺术真实是艺术作品应具备的重要品格,是艺术功能得以有效发挥的重要条件。它是艺术作品善和美的前提条件,也是艺术作品艺术生命力的保障。

(2)关系:艺术真实直接来源于社会生活。艺术家以生活真实为基础,按照生活发展的必然逻辑和自己的美学理想,对生活进行提炼加工和集中概括,以反映生活的本质真实。艺术真实是对生活真实的净化、深化和美化,它比生活真实更集中,也更能深刻地反映社会生活的本质。

艺术真实是艺术家主观思想和客观生活真实辩证统一的结晶。它源于生活真实,又高于生活真实。它可以以生活中的真人真事为基础,也可以以生活中可能有的人和事为基础进行艺术创造,达到艺术真实。艺术真实并不要求照搬生活现象,并不排斥艺术想象和艺术虚构。它的真谛在于艺术形象与社会生活内在规律和内在逻辑的艺术结合。在艺术创作中,不管运用何种艺术方法和手段,从生活真实到艺术真实,是其共同的原则和要求。能否从生活真实达到艺术真实,取决于艺术家是否具有进步的思想、丰富的生活阅历和娴熟的艺术技巧。

2.艺术传播的方式主要有哪些?

答:艺术传播指借助于一定的物质媒介和传播方式,将艺术信息或作品传递给接受者的过程。艺术传播的方式有口头传播、文字传播和媒介传播。

初始阶段的艺术传播主要是由作者本人进行的,即创作者与传播者合一。随着社会大分工的开始,职业的艺术传播者比如说书人出现了,这些人本身可能进行创作,也可能只是把他人的创作成果收集起来向别人讲述,以此作为谋生的手段。这样,艺术创作与艺术传播便出现了分离。再后来,纸张、印刷术相继发明,书面传播逐渐成为艺术传播的重要方式之一。随着专业的出版、印刷、发行行业的出现,专业的艺术传播活动开始发展。20世纪20年代,广播和电视先后诞生,随着广播电视的快速发展,艺术传播开始由印刷类大众传播时代进入电子类大众传播时代。进入21世纪,艺术传播的方式呈现为影像传播、书籍传播、口头传播互相补充的多元并存局面,网络传播开始在社会上产生重大影响。

3.简述艺术消费的二重性。

答:艺术作品具有二重性:其一,它是一种精神产品,满足受众的精神需要;其二,它是一种物质产品,具有经济价值。相应的,艺术消费也同样具有物质消费与精神消费的二重性。

从理想的角度看,艺术作品的精神价值和市场价值应该是一致的,即精神价值与精神价值成正比。但在实际的消费市场上,两者之间经常发生不一致的矛盾。但是,从发展的、长远的角度看,优秀艺术作品的精神价值和市场价值基本上是一致的。一个艺术作品一时一地会出现两种价值不一致的现象,但优秀的艺术作品往往能够超越时空限制,广泛地受到各个时代、各个地域的人们的喜爱,其精神价值和市场价值是一致的。

 题组三

1. 简述广播电视传播的社会功能。
2. 什么是搜索引擎,主要分为哪两类?
3. 简要介绍视频的三种格式。

参考答案

1.简述广播电视传播的社会功能。

答:(1)传播新闻。广播电视传播迅速,是新闻传播的最佳媒介,也是新闻传播的现代化工具之一。在广播电视中,其新闻功能不只体现在新闻报道,在其他专题性、对象性、综合性等栏目或节目之中,也同样包含着许多新闻信息。

(2)宣传。它可以采用直接宣传和间接宣传(通过新闻、文化、艺术、知识等节目)的方式,来实现其政治工具、阶级喉舌的宣传功能。

(3)舆论监督。舆论是社会上相当数量的人对一个问题表示的个人意见、态度和信念的集合,广播电视通过其传播内容,可起到舆论监督的作用。

(4)传授知识。广播电视传播具有广泛性,尤其是电视形声俱全,并能克服时空限制,因而在传授知识方面具有优势。

2.什么是搜索引擎,主要分为哪两类?

答:搜索引擎是指根据一定的策略、运用特定的计算机程序从互联网上搜集信息,在对信息进行组织和处理后,为用户提供检索服务,将用户检索相关的信息展示给用户的系统。

搜索引擎主要分为全文索引、目录索引等。全文索引是计算机索引程序通过扫描文章中的每一个词,对每一个词建立一个索引,指明该词在文章中出现的次数和位置,当用户查询时,检索程序就根据事先建立的索引进行查找,并将查找的结果反馈给用户的检索方式。这个过程类似于通过字典中的检索字表查字的过程。

目录索引主要通过搜集和整理因特网的资源,根据搜索到网页的内容,将其网址分配到相关分类主题目录的不同层次的类目之下,形成像图书馆目录一样的分类树形结构索引。目录索引无须输入任何文字,只要根据网站提供的主题分类目录,层层点击进入,便可查到所需的网络信息资源。

3.简要介绍视频的三种格式。

(1)MPEG格式。是 Motion Picture Experts Group(运动图像专家组)的缩写。这类格式包括 MPEG-1、MPEG-2 和 MPEG-4 在内的多种视频格式。

(2)AVI格式。是 Audio Video Interleaved(音频视频交错)的缩写。由微软公司发布,调用方便、图像质量好,压缩标准可任意选择,是应用最广泛、也是应用时间最长的格式之一。

(3)RM格式。这类文件可以实现即时播放,即先从服务器上下载一部分视频文件,形成视频流缓冲区后实时播放,同时继续下载,为接下来的播放做好准备。

题组四

1.简述4G服务的特点。
2.电视节目可以分为哪几种类型?
3.简述微信的传播特点。

参考答案

1.简述4G服务的特点。

答:(1)速率高。4G网络在速度上占绝对的优势,大范围高速移动用户(250km/h)的数据速率为2Mb/s,中速移动用户(60km/h)的数据速率为20Mb/s,低速移动用户(室内或步行者)的数据速率为100Mb/s。

(2)兼容性良好。4G网络实现全球标准化服务,能兼容2G、3G,能使所有移动通信的用户享受4G服务。

(3)灵活性较强。4G网络采用智能技术,能自动适应资源分配,能根据用户通信中变化的业务需求而进行相应的处理。

(4)多类型用户并存。4G网络能根据动态的网络和变化的信道条件进行自适应处理,使用户设备能够共存与互通,从而满足系统多类型用户的需求。

2.电视节目可以分为哪几种类型?

答:(1)电视新闻资讯节目。以现代电子技术为传播手段,以声音、画面为传播符号,对公众关注的最新事实信息进行报道的电视节目类型。

(2)电视谈话节目。以面对面人际传播的方式,通过电视媒介再现或还原日常谈话状态的一种节目形态,通常由主持人、嘉宾(有时还有现场观众)在演播现场围绕话题或个案展开即兴、双向、平等的交流,本质上属于大众传播活动。

(3)电视文艺节目。以文学、艺术和文艺演出作为创作原始素材和基本构成元素,在保留原有艺术形式的基础上,运用电视视听语言进行二度创作,具有较高艺术欣赏性和审美价值的电视节目类型。

(4)电视娱乐节目。以电视为传播媒介,利用综合性的表达手段,将多种娱乐性的元素组合在某一种形式中,在某一时段强化电视的娱乐功能,单纯地使观众身心放松、精神愉悦的电视节目类型。

(5)电视纪录片。指纪录型的电视专题报道类节目,是运用电子采录设备和手段,对政治、经济、文化等新闻题材,进行比较系统完整的纪实报道。它运用新闻镜头,客观真实地记录社会生活中的真人、真事、真情、真景,着重展现生活原生形态的完整过程,排斥虚构和扮演。

3.简述微信的传播特点。

答:(1)传播内容的私密性。微信的本质是即时通信,即时通信的特征是一对一私密通讯。微信朋友圈以手机通讯录和QQ好友为基础,确保了社交通信的私密性。

(2)传播方式的多元化。微信既包括传统的双向确认关系,还包括单向的信息传递。微信综合运用文字、图片、语音等形式,使传播双方可以充分地表达自我,从而达到人际传播的效果。

(3)以人际传播为主,与熟人建立强关系连接。微信好友从QQ好友和通讯录发展而来,微信群组由好友邀请建立,是典型的熟人模式。同时,微信也通过公众号、朋友圈等分享信息。

题组五

1.在《庄子·秋水》中,庄子说:"儵鱼出游从容,是鱼之乐也。"庄子认为"出游从容"的鱼很快乐,这表现了他怎样的心境?

2.你如何看待魏晋文化现象?

3.简述散文的艺术魅力。

参考答案

1.在《庄子·秋水》中,庄子说:"儵鱼出游从容,是鱼之乐也。"庄子认为"出游从容"的鱼很快乐,这表现了他怎样的心境?

答:这就是忘我的境界,"我"已经和"物"融为一体,物我合一,所以庄子能感受到鱼的快乐,其实这是他愉悦心境的投射与外化。总结起来,就是观察者能通过客观条件了解观察对象,同时将主观的情意发挥到外物上而产生移情同感的作用。

2.你如何看待魏晋文化现象?

答:公元220年到公元420年,是通常所说的魏晋南北朝时期,是中国多民族融合形成的关键时期。

(1)魏晋文化促进民族融合。西晋时匈奴、羯、鲜卑、氐、羌五胡内迁,十六国林立,互相攻战,各民族之间杂处而居,互相学习、互相影响,多民族文化格局快速形成。

(2)魏晋文化促进阶级分野。魏晋时期的九品中正制、士族庶族制度的形成与发展,从本质上讲,是封建阶级内部的一种最全面的分野。

(3)魏晋文化促进思想的发展。思想领域异常活跃,道教官方化,佞佛与反佛斗争激烈,玄学一度盛行,儒道释三教开始出现合流的迹象。尤其是佛教经历了传入中国后迅速发展的时期,在南北方的政治、经济领域中扮演了重要角色,文学艺术的各个门类也无不打上佛教影响的烙印。

3.简述散文的艺术魅力。

答:(1)形散而神不散。"形散"主要是指散文取材广泛自由,不受时间和空间的限制;表现手法不拘一格;可以叙述事件,可以描写人物形象,可以托物抒情,也可以发表议论。"神不散"主要是指散文所要表达的主题必须明确而集中。

(2)散文的意境深邃,注重表现作者的生活感受,抒情性强,情感真挚,能够引发读者的想象,从而产生共鸣。

(3)语言凝练优美,富于文采。散文素有"美文"之称,它除了要有深刻的见解、优美的意境外,还要有清新隽永、质朴无华的文采。

☞ 题组六

1.文学体裁上"三分法"、"四分法"主要是指什么?
2.简述文艺复兴时期人文主义文学的发展历程。
3.简述狂飙突进运动。

 参考答案

1.文学体裁上"三分法"、"四分法"主要是指什么?

答:"三分法"是指根据文学作品建构审美意象的不同方式,把文学体裁分为三大类,即叙事类、抒情类、戏剧类。叙事文学包括神话、史诗、小说、叙事诗、报告文学、传记文学等,它们的共同特点是叙述故事、塑造人物形象。抒情文学包括抒情诗和抒情散文,以抒发作者的感情为主要特色。戏剧文学是供舞台演出的脚本,它通过角色的对话和动作反映社会生活、塑造艺术形象。

"四分法"是指根据文学作品在意象建构、体裁结构、语言运用、表现方法等方面的不同,可分为诗歌、散文、小说、戏剧文学。其中诗歌类包括抒情诗和叙事诗。散文类除了抒情散文、叙事散文外,范围很广,游记、小品、杂记、杂文、报告文学等,都归于此类。而小说则成为独立的一类,得到了充分的重视。这是我国文学理论界较多采用的分类法。

2.简述文艺复兴时期人文主义文学的发展历程。

答:第一个时期(14世纪初至15世纪中叶)是人文主义文学产生与发展的早期,文学作品以反映人的感官欲望来反抗封建教会势力,主要成就在意大利和英国。代表作家作品是意大利作家薄伽丘的《十日谈》、英国作家乔叟的《坎特伯雷故事集》,这两部都是框架式结构作品,主题都体现了对封建教会的辛辣批判,肯定了人的感官欲望。

第二个时期(15世纪下半叶至16世纪上半叶)是人文主义文学发展的中期,文学作品主要反映人的天赋理性与知识探索欲望,主要成就在法国。代表作家作品是法国作家拉伯雷的《巨人传》,这部作品刻画了三代巨人家族,他们都精力充沛、热爱知识、天性自由、充满开拓精神。

第三个时期(16世纪下半叶到17世纪初)是人文主义文学发展的晚期,文学作品主要反映人对于自身内在复杂性的反省,主要成就在西班牙与英国。代表作家作品是西班牙作家塞万提斯的《堂吉诃德》与英国作家莎士比亚的四大悲剧,前者展现了人格中的理性特质以及这种理性精神本身的复杂性,后者则用文学展示了人性的复杂,达到了文艺复兴文学的最高成就。

3.简述狂飙突进运动。

答:狂飙突进运动是18世纪70年代德国文学界的运动,提倡自然、感情和个人主义,主张民族统一和创作具有民族风格的文学。其名称来源于音乐家克林格的歌剧《狂飙突进》,代表人物是歌德和席勒。狂飙突进运动具有以下特点:(1)主张发挥人的主观能动性,实现个性解放。(2)崇尚天才,认为天才体现了个性得到充分发展的、完美的人的形象。(3)政治上反对封建专制主义,艺术上反对模仿法国宫廷风格,提倡德国民族风格。(4)强调情感,认为情感可以使人发挥更大的主观能动性。

题组七

1.什么是有声源音乐和无声源音乐?
2.影视作品的节奏是如何形成的?
3.简述影视拍摄中的"轴线"概念。

参考答案

1.什么是有声源音乐和无声源音乐?

答:影视作品中的音乐,一部分是参与故事情节的有声源音乐,或在画面中可以找到发声体,或与故事的叙述内容相吻合,如人物在歌唱、演奏乐器等;另一部分是非参与故事情节的无声源音乐,主要起渲染情绪、突出主题、刻画人物的作用,它是对画面的补充、解释或评价,可以深化画面的主题内容,加强影视作品的艺术感。

一般来说,影视作品中的有声源音乐和无声源音乐是可以相互转化、交替使用的,比如同一首钢琴曲在影片中多次出现,第一次可以是主人公自己演奏,是有声源音乐,第二次可以出现在其他人回忆主人公时,是无声源音乐。

2.影视作品的节奏是如何形成的?

答:影视作品节奏的处理依据来源于生活,创作者必须按照影片内容与形式的需要作出主观选择,并对剧情叙述、人物心理和情绪有准确的把握。

每一部作品的剪辑都是由外部节奏和内部节奏组成的。外部节奏是由画面上一切主体的运动、镜头的转换速度产生的,也就是所谓的剪辑率(剪辑率=镜头个数/时间)。内部节奏是由情节发展的内在矛盾冲突、人物的内心情绪起伏而产生的。

3.简述影视拍摄中的"轴线"概念。

答:轴线又称关系线,指在拍摄中为保证空间统一感而形成的假想线,它直接影响镜头的调度。轴线问题是影视拍摄、剪辑中经常碰到的问题,为了保持同一段落场景中人物的视线、行动方向和人物之间方位关系的一致性,在拍摄时就要求有一定的章法。例如摄像机要在假想轴线的一侧,即180°以内设置机位。

题组八

1.什么是纪念性建筑,列举五例。
2.什么是实用美术?
3.简述建筑、环境与人的关系。

 参考答案

1.什么是纪念性建筑,列举五例。

答:纪念性建筑是为纪念有功绩的、显赫的人,重大事件以及在有历史或自然特征的地方营造的建筑或建筑艺术品,多具有思想性、永久性和艺术性。例如中国曲阜孔庙、古埃及金字塔、南京中山陵、人民英雄纪念碑、华盛顿纪念碑等。

2.什么是实用美术?

答:实用美术是用于衣、食、住、行、用等生活领域,经过设计和艺术加工并结合生产的美术。实用美术的特点主要有:(1)日用性,即以生活中使用方便、清洁、安全、舒适的功能为主,同时与器物或环境的特定功用密切结合。(2)生产性,即必须结合生产,符合现有的生产方式,省工省料,提高工效。(3)廉价性,即价廉物美,力求经济实惠。(4)大众性,即适应广大消费者的要求。(5)艺术性,实用美术的设计往往比较简练,艺术形象(包括色彩)依附于器物,并且充分发挥材料的质地美和工艺技法美。

3.简述建筑、环境与人的关系。

答:(1)建筑是人创造的,而建筑的发展又不断地反作用于人本身,对人和周围的环境进行着改造。

(2)建筑与环境有着密切的关系,包括自然环境、民族环境、历史环境等。一方面地形、气候等地理环境以及经济、文化等社会环境因素对建筑起着重要作用,另一方面建筑的发展也导致了环境的改变。

(3)在人类发展的漫长进程中,环境对人类不断提出要求,建筑也在对环境的改造与适应中影响着人类的种种行为,而人类行为又始终不断地改变着周围环境。人、建筑、环境是三位一体的大系统,它们之间紧密联系、相互影响、相互作用。

题组九

1.什么是皮影戏？皮影戏是怎么播放的？现存的皮影戏在哪个地区最为兴盛？
2.简述新古典主义美术的特征。
3.简述自然主义的特征。

参考答案

1.什么是皮影戏？皮影戏是怎么播放的？现存的皮影戏在哪个地区最为兴盛？

答:皮影戏是中国民间古老的传统艺术,旧称"影子戏"或"灯影戏",曾是十分受欢迎的民间娱乐活动之一。

皮影戏运用当地流行的曲调讲述故事,再配以打击乐器和弦乐表演,艺人们则在白色幕布后面用手操纵戏曲人物进行演艺。

由于皮影戏在中国流传地域广阔,在长期的演化过程中,形成了不同的流派,常见有四川皮影、湖北皮影、湖南皮影、北京皮影、唐山皮影、山东皮影、山西皮影、青海皮影、宁夏皮影、陕西皮影等。

2.简述新古典主义美术的特征。

答:新古典主义美术兴起于18世纪后半期,流行于19世纪前半期,在法国表现得尤为典型。它与法国资产阶级大革命相结合,成为具有时代革命意义的美术流派,它遵循古典法则,选择严肃主题,追求塑造的完美,坚持严格的素描和明朗的轮廓,极力减弱绘画的色彩要素。它以古代的理想美为典范,同时又富于时代精神和思想热情。

3.简述自然主义的特征。

答:自然主义是与现实主义密切相关的一种创作方法。人们一般把那些排斥浪漫主义的想象、夸张,又轻视现实主义的典型概括而追求绝对的客观性、崇尚单纯地描摹自然,对生活现象作表面描绘和记录的方法称之为自然主义。

特征:(1)强调琐碎的细节描写。与强调典型化的现实主义相比,琐碎的细节描写是自然主义的重要特征之一。

(2)强调以生理学、遗传学等自然科学的方法关注人和描写人。自然主义认为包括社会现象在内的一切现象,都服从于一些不变的自然规律,因而主张作者以实证主义和科学方法认知现实,不但要有科学家的态度,而且要使用科学家的实验方法。

(3)反对典型化,主张不带任何政治和道德倾向。自然主义主张排除作者的主观态度,保持绝对的中立和客观,不带任何政治和道德倾向。

题组十

1.简述古典主义戏剧的创作特征。
2.戏剧文学(剧本)的特点有哪些?谈谈你的理解。
3.固定画面主要有哪些拍摄要求?

参考答案

1.简述古典主义戏剧的创作特征。

答:古典主义戏剧在欧洲17世纪盛行的古典主义文艺思潮影响下形成,17世纪在法国发展得最为完备,在欧洲戏剧界曾占支配地位。

创作特征:(1)拥护王权。古典主义戏剧家和理论家在政治上拥护王权,他们的作品和理论具有鲜明的政治倾向性,宣扬个人利益服从封建国家的整体利益,主张国家统一。

(2)崇尚理性,蔑视情欲。理智和感情的矛盾是构成戏剧冲突的基本内容,而最终都以理智的胜利为结局。这里的所谓理智多指对中央王权的拥护,对公民义务的履行,对个人情欲的克制。

(3)把古希腊、罗马戏剧奉为典范。他们作品中的故事情节和人物,大多来自古代戏剧、史诗、神话和历史。古代英雄人物尤其成为他们的描绘对象。但是他们关心的不是历史真实,而是借古人来表达自己的社会理想。

(4)强调规范化。戏剧创作必须遵守地点、时间和情节一致的"三一律",人物塑造需要符合固定的类型,戏剧体裁有高低尊卑之分,戏剧语言讲究准确、高雅、合乎逻辑,演员要按规定的程式来表现角色的感情,舞台场面追求对称、浮华和宁静。

2.戏剧文学(剧本)的特点有哪些?谈谈你的理解。

答:(1)冲突性。没有冲突就没有戏剧。戏剧冲突是社会生活中的矛盾的反映,主要表现在剧中人与人之间的矛盾冲突、人物性格自身的内在冲突。戏剧冲突是剧作家对生活中的矛盾进行选择、提炼、集中概括和艺术加工的结果,是足以展示人物性格、人物关系,反映社会生活本质、高度典型化的矛盾冲突。

(2)集中性。戏剧必须把发生在广阔空间和漫长时间里的事情,浓缩在几十平方米的舞台和两三个小时的演出中。这就要求戏剧的内容高度集中,剧本的篇幅不能过长,人物不能过多,故事不宜过于复杂,场景也不能有过多的变化。

(3)动作性。戏剧的内容主要靠人物的行动和对话来表现,戏剧就必须为人物设计出一系列鲜明深刻的戏剧动作从而推进剧情的发展、反映戏剧的矛盾冲突,塑造人物形象。

3.固定画面主要有哪些拍摄要求?

答:(1)注意捕捉动感因素,增强画面内部活力。在拍摄固定画面时,应注意捕捉活跃因素,调动动态因素,做到静中有动、动静相宜。

(2)注意纵向空间和纵深方向上的调度和表现。选择拍摄方向、拍摄角度和拍摄距离时,有目的、有意识地提炼纵深方向上的线条、形状、色彩等造型元素,并注意利用光线、影调的节奏、间隔和变化形成带有纵深感的光效和"光空间"。

(3)注意镜头内在的连贯性。在拍摄时就充分考虑后期编辑的组接问题,应该拉开不同镜头的景别关系,比如全景固定画面组接近景固定画面、中景固定画面组接特写固定画面等。

(4)注意艺术性、可视性。应从视觉形象的塑造、光色影调的表现、主体陪体的提炼等多个层面,进行固定画面的拍摄。

经典题型五　论述题

题型解析

一、题型特征

论述题属于比较"大"的一类题目。这里的"大"指的是,"占用思考时间多,回答问题时间长,题目答案内容多,题目占据分值大"。

所谓论述题,也就是论证阐述题,需要考生针对问题进行逻辑清晰、有理有据的论证阐述过程。回答论述题,就相当于写一篇一百字以上的小型议论文。

总体来说,论述题型可分为三大类:

(1)"专业理论题"。例如:"论述文学与电影的关系。"

(2)"专业常识题"。例如:"谈一谈京剧的艺术价值在哪里?"

(3)"文化热点题"。例如:"你对莫言获得诺贝尔文学奖有什么看法?"

二、出现频率　★★★☆

三、应试技巧

如上所说,论述题型本质上是要求考生写一篇小型议论文,所以就需要具备写作这类文体的几大要素,即论点、论据、论证。

具体答题步骤如下:

第一步:提出论点。论点必须观点鲜明,不能模棱两可。

第二步:阐述原因。一般情况下,原因至少要有2个,大多数为3~4个。

第三步:举例论证。考生可根据自身能力选择是否举例。

第四步:最后总结或提出建议。

需要注意的是,论述题是主观性很强的一类题型,很多题目往往没有标准答案。只要考生表明自己的观点,并且言之有物、言之有理地将其阐述出来,阅卷考官就会酌情给分。同时,考生要注意卷面书写的整洁。

题型练习

高频考点

| 出题频率:高 | 难度系数:低 | 训练强度:★★★★★ |

题组一

1. 谈谈《诗经》中赋、比、兴艺术手法的表现。
2. 分析《西厢记》的主题和艺术特色。

参考答案

1. 谈谈《诗经》中赋、比、兴艺术手法的表现。

答:赋,"敷陈其事而直言之",可以造成铺采摛文的气势,创造情景交融的意境,成为增强艺术效果的重要手段。

比,比喻,"以彼物比此物也",可以增强诗歌的感情色彩和抒情性,形象地表现出事物的本质特征,表达作者不便直接表达的思想感情,可以使作品描绘的事物更鲜明、具体。例如《卫风·硕人》用了六个比喻,淋漓尽致地描写了庄姜的美丽,造成了强烈的艺术效果。

兴,"先言他物以引起所咏之词也",可以使诗歌更曲折、生动,可以展开丰富的联想,将抽象的概念和复杂的心理活动,以具体可感的形象表达出来,有助于形象思维,增强诗歌的艺术性。

2. 分析《西厢记》的主题和艺术特色。

答:主题:作品通过对崔莺莺、张生二人悲欢交织的爱情故事的描写,歌颂了青年男女为反抗封建礼教束缚、争取自主婚姻而进行的斗争,揭露了封建礼教的冷酷、虚伪及其对年青一代的摧残迫害,否定了封建婚姻制度的合理性,表达了"愿天下有情的都成了眷属"的进步理想。

艺术特色:(1)突破了元杂剧的体制,表现了大胆的革新精神。元杂剧的通例是四折一楔子演一个完整的故事,而《西厢记》写了五本二十折。

(2)塑造了鲜明的人物形象。作品善于在错综复杂的矛盾冲突中、波澜起伏的情节中,充分展示人物的性格。

(3)结构严谨、情节曲折、冲突激烈。崔莺莺、张生从佛殿相遇、彼此钟情到私订终身、被迫分离一直到最终团圆,五本二十折一气呵成、不枝不蔓、简洁洗练。

(4)语言华丽而富有文采。作品善于选择和熔化古代诗词里优美的词句,提炼民间生动活泼的口语,熔铸成自然华丽而又具有浓厚生活气息的曲词。

题组二

1. 试论《西厢记》中崔莺莺的人物形象。
2. 有人认为朱自清的散文具有"诗意美、绘画美、情感美",请联系其具体作品加以论述。

参考答案

1. 试论《西厢记》中崔莺莺的人物形象。

答:崔莺莺是我国古典戏剧文学中追求婚姻自由、叛逆封建礼教的贵族少女的典型。

(1)青春意识的觉醒。与张生相遇时,她就迸发了爱情的火花。后来写下简帖,亲赴张生书斋,与他私下结合。

(2)对门第观念、功名富贵的蔑视。在追求自由爱情的过程中,她始终没有考虑张生的门第是否与自己相配,而是爱慕张生的痴情与才华。

(3)存在情与礼的矛盾。这种矛盾是她追求爱情过程中复杂的内心世界的典型反映,符合一个贵族少女的性格特征,符合历史真实与艺术真实。

2. 有人认为朱自清的散文具有"诗意美、绘画美、情感美",请联系其具体作品加以论述。

答:朱自清的散文主要是叙事性和抒情性的小品文。朱自清对优雅和谐、含蓄节制的美的追求,一方面是中国传统文化精神的延续,另一方面也隐含着对中国现实社会的逃逸和否定。

(1)诗意美。朱自清的散文语言既写得朴素自然,又蕴含诗意美感;不仅形象地描绘出风物人情,而且富有诗味。

(2)绘画美。在借景抒情的作品中,朱自清善于用重彩工笔描绘各种风景画、风俗画。他重视以形传神,尤重形似,主张"以形为本",追求一种绘画美。例如《绿》《春》《荷塘月色》,经过作者感情的融注,作品描写的景色都带上了个人色彩,使感情的抒发更加真切、细致。

(3)情感美。朱自清常用写实主义的方法,抒写自己的真切感受。例如《给亡妇》《儿女》《背影》等,都善于通过娓娓动人的叙事将自己所经历的事情"情意化",质朴地抒发自己的真情实感。

题组三

1.简述孔尚任《桃花扇》的艺术成就。
2.简述《罗密欧与朱丽叶》。

参考答案

1.简述孔尚任《桃花扇》的艺术成就。

答:(1)历史真实与艺术真实的结合。作品真实地写出了南明弘光王朝兴亡的历史,又对历史素材进行了加工和提炼,使之更集中、更突出。

(2)结构宏伟严谨、针线细密。作品紧紧抓住侯方域、李香君的爱情主线,把南明兴亡历史这一庞大的内容有机地贯穿起来。

(3)结局富于独创性。作品以侯方域、李香君双双入道为结局,表达了兴亡之感、故国之思,突破了古代戏曲大团圆的结局模式。

(4)语言雅正。作品的语言以雅正为主,宾白和曲词的配合恰到好处,人物语言符合人物的身份、地位和个性特征。

2.简述《罗密欧与朱丽叶》。

答:戏剧讲述了两位青年男女相恋,却因家族仇恨而遭不幸,最后两个家族和好的故事。

悲剧的冲突是罗密欧与朱丽叶的恋情与两个家族间的仇恨和对立,它表现了自由的爱情与封建势力之间的尖锐的矛盾冲突。故事是英国16世纪末伊丽莎白女王鼎盛时期社会现实的艺术再现。一方面以亲王为代表,象征了王权统一的力量,它受到广大市民的拥护,另一方面是贵族蒙太古家族和凯普莱特家族世代的积仇结怨,它代表着从中世纪延续下来的相互争夺的封建集团的势力。但时代在前进,这两大世仇的新一代人竟在一次舞会上一见钟情,彼此相爱,于是家族的怨仇与个人爱情之间便形成了尖锐、巨大的戏剧冲突。罗密欧与朱丽叶都无视家族的仇怨,他们认为妨碍他们结合的只是枉具虚名的姓氏。真正的爱情使他们变得勇敢而无畏,他们背着父母到劳伦斯神父的寺院里秘密成婚,最后为了反抗封建家族势力和封建的包办婚姻不惜以死殉情,谱写了一曲最为悲壮动人的爱情颂歌。戏剧的结尾,蒙太古和凯普莱特两个家族终于因为这对情人的死而抛开旧仇,言归于好,并且用纯金为罗密欧与朱丽叶铸像。这意味着两个年轻人为之献身的理想胜利了,他们将成为未来人们的典范。

题组四

1.结合具体作品,简述远景、全景、特写在电影中的作用。
2.举例谈谈表现蒙太奇主要有哪些种类,各有何艺术特色。

参考答案

1.结合具体作品,简述远景、全景、特写在电影中的作用。

答:(1)远景。远景以表现空间环境为主,表现宏大的场景、景观、气势,展现观众难以看到的新视点,从而拓展影像的表现力。例如影片《这个杀手不太冷》的开篇,使用的是一组航拍的远景镜头,使观众俯瞰整个城市的外观,逐步地缩小视野,切入到城市中故事发生的现场。

(2)全景。全景以展现环境全貌、人物全体为主,表现相对于局部的整体景观和场面。它与表现局部的景别组合使用,可以表现人物全局、空间整体。例如影片《17岁的单车》,前三个镜头是表现人物局部的中景镜头,第四个镜头是展现人群全体的全景镜头。如果没有第四个全景镜头,就无法认知人群在空间中的位置关系。

(3)特写。特写用以细腻表现人物或被摄物体的细部特征。例如影片《迷魂记》,在描写男主人公进行跟踪时,使用了一系列主观视点的特写镜头,增强了影片的悬疑效果。

2.举例谈谈表现蒙太奇主要有哪些种类,各有何艺术特色。

答:(1)对比蒙太奇。通过镜头(或场面、段落)之间的内容或形式上的强烈对比,产生相互强调、相互冲突的作用,以表达创作者的某种寓意或强化所表现的内容、情绪和思想。

(2)隐喻蒙太奇。通过镜头或场面的对列或交替表现进行类比,含蓄而形象地表达创作者的某种寓意或事件的某种情绪色彩。

(3)心理蒙太奇。通过镜头组接或声画结合,具体而形象地展示人物的心理活动、精神状态的蒙太奇方法。常用来表现人物的回忆、梦境、幻觉想象、闪念乃至潜意识的活动,是人物心理的外化和物化表现。

(4)抒情蒙太奇。通过镜头各种元素的组合或镜头之间的组合,在保证叙事和描写的连贯性的同时,表现超越剧情之上的思想和情感,使影视作品充满浓郁的诗情画意。

题组五

1.结合具体作品,简述李安电影作品的特点。
2.论述陈凯歌的创作历程及其代表作品。

参考答案

1.结合具体作品,简述李安电影作品的特点。

答:(1)人物塑造:以父亲角色为主。在"父亲三部曲"《推手》《喜宴》《饮食男女》中,父亲的角色往往是集所有的中国符号于一身:不仅精通太极拳、长于书法、熟悉中国诗词,还能领悟体现于饮食之中的中国文化精义。父亲作为传统精神的象征,走过的是一条从消极退守,到无可奈何的牺牲,再到毅然决定改变命运的道路。

(2)叙事方式:线性结构。李安的电影故事情节曲折动人,情节和场面具有强烈的戏剧性因素,讲究剧情的起承转合,重视冲突和突转等戏剧技巧的运用。以《喜宴》为例,围绕着伟同的结婚,情节环环相扣,最终有一个看似完美完整的故事结局。

(3)叙述视点:全知视角。李安的电影没有客观存在的叙述者的主观介入或者主观干预,呈现于观众面前的是散发着生活原本魅力的真实影像。例如"父亲三部曲"通过镜头语言缓缓叙述发生在生活中的平常事,使得银幕上的描绘和展示都成为一种自然的呈现。

2.论述陈凯歌的创作历程及其代表作品。

答:(1)开山之作《黄土地》。《黄土地》的经典就在于它的开创性,影片的影像冲击力颠覆了此前中国电影传统的叙事结构和表现方式。天高地阔、气势磅礴的黄土地,浊浪滚滚的黄河,鼓乐齐鸣的腰鼓队伍,烈日炎炎下的求雨场面,众多中国象征和风俗民风的描写,加上人物命运的压抑悲怆,使影片集叙事、象征、隐喻于一体,通过土地、民俗与人物命运反思了中国文化和民族特性。

(2)经典之作《风月》。《风月》借助一个封建家庭里的故事对历史进行了沉重的反思,从庞杂却不紊乱的情节里可以看出陈凯歌对宏观性大题材的驾驭能力。影片不仅是一个女性从一而终的故事,更是一个即将逝去时代的最后一曲混乱的挽歌。影片不仅批判了传统男权社会的弊端,也表现了女性在黑暗压抑的旧社会里的自我觉醒。

(3)绝世之作《霸王别姬》。这是陈凯歌艺术才华最鼎盛时期的巅峰之作。影片的艺术性和现实性俱佳,从中我们看到了一个艺术家的社会责任感和人文关怀。

(4)褒贬之作《荆轲刺秦王》。陈凯歌在这部片子里面显现出了深厚的国学功底,也是第一个把目光投向千年之前的导演。从这一点看,他引领时代的潮流,开创了一种历史电影的风格。此片从人物刻画到故事情节均属上乘,而且颠覆了以往的人物塑造方法。

纵观陈凯歌的电影,无论是具有寓意象征的《黄土地》《边走边唱》,具有较强反思精神的《大阅兵》《孩子王》,还是影像华丽的《霸王别姬》《无极》,其影片都有着他对人生、历史和社会的思考。用电影表达自己对文化的反思,一直是陈凯歌电影的主题。他一贯的艺术目标就是在史诗格局中注入文化反思,达到超验的理性和哲学的意味。他的创作活动也有一条连贯的主线,就是通过电影阐述中国文化历史的变迁和沉浮。他总是试图把自己对个体与群体、传统与现代、生命与理想的反思以压倒一切的方式体现出来,体现了知识分子深沉的社会责任感与忧患意识。但是他这种居高临下的精英之气与肆无忌惮的话语知觉,难免与普通观众拉开距离。

题组六

1.论述贾樟柯电影的艺术风格。

2.请论述电影《疯狂的石头》的黑色幽默性体现在哪些方面。

参考答案

1.论述贾樟柯电影的艺术风格。

答:(1)纪实性。贾樟柯运用独特的视听语言,表达了自己对于生活的思考和情感;长镜头和景深镜头的大量运用表达了客观冷静的叙事态度,也使空间更真实完整;广播电视媒介传达的各种声音符号营造出强烈的时空感;实景拍摄里原生态的自然色彩再现生活真实;大量非职业演员的本色出演、方言的运用,使得电影更贴近生活真实。

(2)人文关怀。贾樟柯用波澜不惊的叙事方式和故事情节,充满人文关怀的态度,讲述了一个个小城镇中发生的人物和故事,展现了改革开放以来,中国小城镇的面貌和小城镇人物的生存状态。他把眼光投向了生活在社会底层的小人物身上,关注他们的生存体验和生命历程。

(3)现实主义。贾樟柯在影片中保持的高度客观性,不注入道德批判的同时,更不会去安排一个充满希望的救赎。他总是以大量现实素材来构架影片,而现实素材并非随意截取,而是经过深刻的观察,故乡三部曲《小武》《站台》《任逍遥》就是典型的生活经验的表述。

2.请论述电影《疯狂的石头》的黑色幽默性体现在哪些方面。

答:(1)语言的强烈讽刺性。例如影片中三个土贼中的老大被称为"道哥",字面上的意思是讲道义的大哥,可事实上,这个道哥却一点都不讲道义。再比如奸商在卖给大盗麦克绳子时,一边坏笑,一边说:"真正地保质保量。"趁着大盗一不留神,就把绳子给剪短了。这样的情节在反讽的同时,又具有很强的黑色幽默性。

(2)多线索的叙事结构。影片采用的是一种多线索的叙事结构。影片开头倒序与顺序的结合、言简意赅的镜头语言、紧凑的节奏感,很快将观众带入电影的情境中,引起观众的兴奋感和愉悦感。影片中,每条线索之间看似毫无关联却总能结合在一起,本身就具有一种黑色幽默性。

(3)反英雄式的人物。影片中塑造的各类人物形象大都是来自社会底层的小人物,迷茫、焦虑的厂长,困惑、窘迫的保卫科长,一心想着发财的保安,还有被翡翠迷了心窍的三个"土贼"。影片中的人物都无一例外地成为被嘲讽的对象,也是黑色幽默的载体。

题组七

1.从张艺谋的《英雄》,到冯小刚的《唐山大地震》与姜文的《让子弹飞》,中国大片越来越受到世界关注,结合实例谈谈中国大片。

2.微电影传播与发展的优势和劣势有哪些?

参考答案

1.从张艺谋的《英雄》,到冯小刚的《唐山大地震》与姜文的《让子弹飞》,中国大片越来越受到世界关注,结合实例谈谈中国大片。

答:国产大片是指由中国完成拍摄的集大导演、大腕、大制作、大投入、大场面、大阵容、大回报等于一身的电影作品。如果从2002张艺谋拍摄的影片《英雄》算起,国产大片的生产已有十几年了。

国产大片迎合了由美国大片在国内上映所激起的观众对大片的期待,培育了市场和观众,开启了国产电影的新局面。目前,中国电影市场的票房主要靠这些国产大片来支撑。虽然现在每年的国产电影产量有两三百部,但每年票房收入的相当比例却是由几部大片创造的。因此,国产大片有其存在的合理性。

但是,国产大片也引发了社会各界的广泛质疑。一是大片不是资金之大。现在投资似乎成为衡量一个导演价值的标准,一个导演如果没有上亿投资来拍一部影片,就好像不够大牌导演的资格,无形之中形成一种攀比之势。二是大片应是思想之大。一些大片要么局限于对所谓的宏大思想或哲理的阐释,要么把本没有多大思想含量的主题故事做得很大,反而衬托出创作者思想的空洞和对思想驾驭的乏力。

总之,国产大片虽然是文化产业资本运作的结果,但也需要建立平衡机制,使电影人更多地关注影片本身。中国不应一味模仿好莱坞,而应立足本国的文化特点,创作中国大片。

2.微电影传播与发展的优势和劣势有哪些?

答:优势:(1)片长短。微电影片长短,创意精炼,故事情节紧凑,主题集中,适合移动状态或碎片式休闲时观赏。

(2)制作周期短。微电影制作周期短,能够迅速反映大众娱乐休闲的风向标,适应快节奏生活和时尚文化元素的变化流转。微电影能够及时对时代主题和社会事件做出呼应,影像时效性强,观点集中直观。

(3)内容精炼。微电影因为时长和资金限制往往情节紧凑,表达精炼,主题具体明确,片段式故事呈现较多,解读更直观,符合当代社会情感诉求直接和个性化的传播要求。

劣势:因为微电影的商业回报较低,融资渠道少,加上传播门槛低,会有一些同质化严重、粗制滥造、格调不高的作品充斥其中,给微电影的发展带来负面影响。

题组八

1.谈谈对电影艺术民族化的看法。
2.谈谈你对影视改编的原则的认识。

参考答案

1.谈谈对电影艺术民族化的看法。

答:影视艺术民族化主要是从同一民族的影视作品中所概括出来的那些共同特征,这也是区别于其他民族影视作品的鲜明标志,是各民族影视艺术家在长期艺术实践中表现本民族生活内容与形式而形成的相对稳定的艺术特征。

影视艺术民族化要充分反映民族的人格价值意识、体现民族的道德观念、展现民族的审美经验。所谓民族的人格价值,即是代表着集体的、民族的国民品格特质在社会实践中的价值显现。所谓民族的道德观念,是指一个民族受社会经济结构制约的人与人、个人与社会之间相互关系的标准、原则和规范的总和。所谓的民族审美经验,则是指集体审美活动和审美心理的总和。具体讲,影视艺术民族化是在批判继承和借鉴古今中外的艺术传统,在观察生活和积累素材的基础上,创造具有民族特色的影视艺术的过程。

当代中国影视艺术民族化创作的实践表明,要使中国影视艺术在世界上独树一帜,形成有影响力的民族影视流派,创作出具有国际水平的优秀影视作品,就必须使影视作品既具有浓郁的本民族特色和本民族风格,又要具备现代意识和创新的电影语言。应该在传统表现的基础上善于融合新技术、新元素,用现代影视语言去表现民族特质,使之具有国际化色彩,符合时代的审美需求。影视艺术要生存、要发展,就要具备开放性的影视观念,将民族风格视为一个动态的发展过程,不断地吸收异域文化和先进的表现方式,融合民族美学传统和现代影视语言,创造具有时代感的民族风格。

2.谈谈你对影视改编的原则的认识。

答:(1)整体性原则。忠实原著,尤其是对古典名著的改编。要遵循原著的主旨、精神、价值,这是改编的灵魂所在。改编只有在深入理解和把握原著的思想内涵、精神价值的基础上,才能真正做到忠实原著。例如,对《水浒传》的影视剧改编,要尊重原著所宣扬的替天行道、除暴安良的精神内核;对《红楼梦》的影视剧改编,也不应偏离原著中对封建贵族家庭批判的精神内核。

(2)相似性原则。遵循原著中的时代背景、事件背景、情节背景、人物性格、人物关系等,与原著保持一致,否则会造成对于原著的歪曲。

(3)影视化原则。改编时不仅必须尽量避免、删除、转化原著中那些不能通过视听手段加以有效表达的内容,还需把原著的内容转化为视听形象。也就是说,通过改编原著所拍摄出来的影片要能看,要有一定的画面感。例如小说《三国演义》中"火烧连环战船"的情节,可以通过视听语言运用和特效画面的制作,从视听上刺激观众的感官。

☞ 题组九

1.谈谈你对浙江卫视音乐类节目《中国好声音》的看法。

2.自从《爸爸去哪儿》热播以后,出现了中国综艺节目恋上韩国制造的现象,一时之间又有众多韩国制造的节目在中国热播,例如《奔跑吧兄弟》《花儿与少年》等。你怎样看待"中国综艺节目恋上韩国制造"这一现象?你认为中国综艺节目的制作短板是什么?

 参考答案

1.谈谈你对浙江卫视音乐类节目《中国好声音》的看法。

答:《中国好声音》是浙江卫视2012年推出的一档大型励志专业音乐评论节目,模式起源于荷兰电视制作公司的《荷兰好声音》。

(1)个人主体性的强化。《中国好声音》是一档励志专业音乐评论节目,"励志"体现学员的主体性,"专业音乐评论"体现明星导师的主体性,导师与学员的互选体现一种双向互动。

(2)悬念的设置。在国内首创"盲选"形式,四位明星导师采用转椅的方式,背对学员,"只闻其声,不见其人"。在导师和学员的互动选择上,也突出了悬念的设置。导师与学员的互选、悬念的设置,极大地激发了受众的主动参与。

(3)共通的情感空间。节目抓住了中国人重感情、重责任的情感因素。学员在舞台上为自己的梦想而战,电视观众成为梦想见证者,实现了最基本的情感沟通。《中国好声音》为人们提供了一个追求梦想、实现梦想的平台,这在当今时代具有社会整合价值。

2.自从《爸爸去哪儿》热播以后,出现了中国综艺节目恋上韩国制造的现象,一时之间又有众多韩国制造的节目在中国热播,例如《奔跑吧兄弟》《花儿与少年》等。你怎样看待"中国综艺节目恋上韩国制造"这一现象?你认为中国综艺节目的制作短板是什么?

答:现象分析:(1)文化背景相似。中国和韩国有着相似的文化背景,在韩国被普遍接受的综艺节目,在国内也易于取得较好的收视效果。(2)韩国综艺节目版权价格不高。中国大型户外节目投资都在数千万元以上,几十万元的版权价格只占较小的成本比例。(3)韩国综艺节目制作技术成熟。例如专业的导演、摄像、后期制作等,国内可以直接采用。

制作短板:(1)缺乏创意。因为看到从韩国引入综艺节目的成功例子,各大电视台都纷纷效仿,反而放弃了自己创造,导致原创节目越来越少,引入节目充斥屏幕。(2)形式内容单一。综艺节目主要是相亲类、歌唱类和情感类,缺少特色化和差异化,导致节目内容和形式雷同,削弱了传播效果。

题组十

1.编导戏剧与创作小说有哪些不同?
2.你对中国电视剧的现状有什么样的看法?

参考答案

1.编导戏剧与创作小说有哪些不同？

答：(1)表现空间不同。戏剧作为一种综合性艺术，同时诉诸观众的视觉和听觉，要通过角色的个性化语言推动情节、展示冲突，通过演出感染观众。小说是语言的艺术，通过完整的情节和典型环境的描写塑造人物，主要诉诸读者的视觉，进而激发读者的联想和想象。与小说相比，戏剧的矛盾冲突更集中、更尖锐。戏剧可直接借助舞台美术、雕塑等塑造环境，而小说描写环境只能依靠语言文字。编导戏剧要考虑舞台调度等诸多问题。因此，在表现空间上，两者有很大的不同。

(2)对接受者的要求不同。在大多数小说作品中，读者好比是被人带领而行，作者就是我们的向导。就戏剧的接受者而言，观众必须"独自旅行"。在小说里，读者甚至期望小说家在作品中表现自己。但是戏剧编导则必须避免任何主观色彩，尽量隐藏自己。

(3)接受的条件不同。无论剧场或者舞台怎样狭小，都要求观众与舞台保持一定的空间距离，并且在表演时间内不止一次地用降幕把观众与舞台隔离开来。而小说的接受则不同，一个人可以自己阅读或者对着少数人朗读。小说诉诸读者的视觉，戏剧则同时诉诸观众的视觉和听觉。

(4)产生艺术效果的要求不同。从某种角度看，小说是个人的作品，而戏剧则是编剧、导演、演员乃至观众共同合作的成果。剧本中的对话和小说中的对话大不相同，因为演员的手势、面部表情、声调扬抑等，都在很大程度上可以代替小说中的描写、叙述。因此，小说家和戏剧家虽然都用故事、性格描写和对话等共同要素来写作，但是他们不同的创作条件却影响了故事的叙述、性格的描写和对话。这些差异源于戏剧更快的节奏、更大的压缩性、更强的生动性和合作性。

2.你对中国电视剧的现状有什么样的看法？

答：发展现状：中国电视剧消费量巨大，发展空间广阔，制作力量规模庞大，有着覆盖面积庞大的放映网络支持。同样，也存在市场混乱、缺乏规范，制作队伍素质良莠不齐，名品精品少，发行网络、制作设施设备存在浪费等一些问题。

原因分析：电视剧市场缺乏有效的政策法规、监督管理机制，缺乏行之有效的准入机制和人才等级评定制度，缺乏产业化的制作发行意识和专业知识、精品意识，投资方、制作团队短视行为普遍，重复投资等历史遗留问题严重。

解决措施：(1)规范电视剧市场管理，建立行之有效的管理机制；建立健全完善的人才选用机制，提高电视剧的制作质量，多出精品名品；完善宣传和发行渠道，使其能获取较好的回报，从而带动区域发展；充分利用资源，杜绝重复性投资，消除投资方、制作团队的短视行为，节省资源；参与竞争，在竞争中求发展。

(2)加大改革力度，理顺产业发展机制。要切实完成从事业到产业的转变，遵循电视剧产业规律，认真研究市场需求，大力进行市场营销，努力扩大市场份额、规范市场秩序，学习借鉴民营机构在宣传发行上的成功经验,使优秀国产电视剧赢得市场、占领市场。

(3)树立精品意识,大胆创新。要突破固有的创作模式,提升作品的质量,增强作品的吸引力和感召力,把作品的思想性、艺术性、观赏性结合起来。

(4)完善电视剧评奖体系,建立激励机制。改进评奖方式,要把群众满意不满意、群众喜欢不喜欢作为检验作品的标准,使人民群众更多地参与电视剧评奖。

题组十一

1.进入21世纪,随着其他艺术形式的发展,戏曲却在走下坡路,各大剧院的发展也是步履艰难。谈谈你对我国传统戏曲的发展的看法。

2.你认为一个节目主持人应具备哪些素养?

参考答案

1.进入21世纪,随着其他艺术形式的发展,戏曲却在走下坡路,各大剧院的发展也是步履艰难。谈谈你对我国传统戏曲的发展的看法。

答:进入21世纪,我国传统戏曲艺术日渐没落。原因:(1)文化消费模式的转变。随着社会经济的快速发展,人们的生活节奏日益加快,人们的文化消费由此转向"短、平、快"的消费模式,电影、电视剧等艺术形式由于能够更快地展现故事情节,受到人们的欢迎。而传统戏曲艺术节奏较为缓慢、信息量较小、表现形式较为单一。因此,人们更多地倾向于到电影院、话剧院等场所进行文化消费,使得各大戏曲剧院的发展步履维艰。

(2)管理体制的相对滞后。在我国传统戏曲院团实施改制之前,传统戏曲文化市场具有明显的计划经济特征,市场经济体制发展较为缓慢。政府在传统戏曲文化艺术的发展方面,重视社会效益和价值导向,从而在一定程度上忽略了经济效益。集中程度较高的文化发展模式束缚了文化产业的发展,也束缚了我国传统戏曲文化市场的发展。

(3)投资渠道的狭窄。我国传统戏曲文化市场的投资主要来自于政府,只有极少部分来自于民间投资。因为投资主体受限,我国传统戏曲文化市场的投资规模较小,直接限制了产出规模。另外,由于投资渠道、投资规模以及产出规模的连锁反应,我国戏曲文化市场的竞争力不够,缺乏应有的吸引力,市场份额较低。

发展路径:(1)创新管理方法。建立统一高效的管理机制,使之既符合社会主义市场经济的发展,遵循市场发展的内在规律,又能体现社会主义精神文明发展的要求,遵循文化发展的内在规律。

(2)以市场为导向,细分戏曲受众,满足不同需求。实施以市场调配为主、政府扶持的保护性发展策略,推动我国传统戏曲文化走向市场,发挥市场资源配置的作用,实现戏曲文化市场与现代企业发展接轨,通过市场扩大投资来源、引导产品生产方向,从而满足受众需求。目前,我国的一些地区已经形成了"三级市场"的发展格局。戏曲院团可以根据自己的实际情况,在进行市场调研的基础上选择适合自身发展的市场,有针对性地开展创作演出及运营。

2.你认为一个节目主持人应具备哪些素养?

答:(1)较高的政治素养。媒体作为党的喉舌,必须保证正确的政治方向。因此,主持人必须提高政治素养,加强理论学习,具有较高的政治理论水平。主持人应学习党的方针政策,在广播电视节目中弘扬主旋律、倡导新风尚,真正做到以正确的舆论引导人。

(2)丰富的专业知识和深厚的文化修养。主持人语言表达能力的高低、控场能力的强弱等专业素养,对节目的成功与否起着重要的作用。长期接受文学艺术的熏陶感染,会在潜移默化中陶冶主持人的情操、美化主持人的心灵,从而使主持人形成高雅的审美情趣和独特的人格魅力。

(3)良好的心理素质。节目主持具有较大的灵活性、随机性和挑战性,主持人经常会面对各种突发事件,因此,主持人的心理素质直接关系着节目的效果。这就要求主持人在节目的前期策划阶段做好充分的案头准备,在面对突发事件的时候,要机敏灵活地予以应变。

(4)独特的主持风格。很多成功的主持人,在播音主持创作中能体现出对节目内容、对生活的独特感受,表现出自己的精神风貌和艺术素养,显示自己的个性。白岩松的理性沉稳、崔永元的幽默睿智、董卿的亲切热忱,都是在长期的节目主持实践中形成的独特风格。

☞ 题组十二

1.论述中国绘画的特点。

2.齐白石说:"作画妙在似与不似之间,太似为媚俗,不似为欺世",谈谈你的看法。

参考答案

1.论述中国绘画的特点。

答:(1)以形写神。形指外在的形象,神指内在的精神。中国画超越了对具体物象的描摹、再现,强调对事物精神性的把握和作者主观情感的流露。写意既是中国画的一种表现风格,又是中国画总的艺术观念,它体现了中国画家的特殊审美取向。

(2)以线造型。中国画是点、线和水墨的协奏,中国画的表现手法就是以线条为主的笔墨。画家把线条的长短、粗细、曲直、刚柔、轻重、疾徐、浓淡、枯润加以巧妙的组合,形成各种不同的节奏和旋律,赋予线条以生动的气韵。

(3)虚实相生。中国画既要有实处,也要有虚处,虚与实相辅相成、相互依赖。画面中的留白,是中国画表达审美意境的重要组成部分,给人一种画有尽而意无穷之感。

(4)散点透视。画家的观察点不是固定在一个地方,也不受视域的限制,而是根据需要,移动立足点进行观察,不同立足点观察的内容,都可以组织进画面。所以,中国画可以表现"咫尺千里"的辽阔境界。

2.齐白石说:"作画妙在似与不似之间,太似为媚俗,不似为欺世",谈谈你的看法。

答:似与不似,这是中国艺术尤其是绘画作品的一条美学原则。所谓"似",是指神韵。所谓"不似",是指形。因为有了形的"不似",所以才有神韵的"似"。"不似"是手段,"似"是目的。

"作画妙在似与不似之间,太似为媚俗,不似为欺世",这句话准确地阐述了绘画与客观对象的关系,既不能画得太像,也不能画得太不像,要在像与不像之间寻找一个巧妙的平衡点。其意是说绘画作品不能不逼真,画什么东西不像什么东西,这是对观赏者的欺骗;但又不能完全拘泥于物象外在的形象,而应该抓住物象特有的内在本质,发挥艺术想象,或突出或夸张,融入作者的思考,体现出不同于其他物象的独有特点。齐白石的艺术作品既似,又不似,很好地体现了这一艺术理论。

在齐白石看来,"太似则媚俗",绘画不是制作标本,如果一味刻板地临摹物象,艺术家就成为自然的奴隶,放弃了对自然与生活的概括提炼,是对艺术创作的不负责任。"太不似则欺世",艺术是对客观自然的一种反映,太不似则是对客观自然的一种歪曲,同样是一种不负责任的行为。它失去了艺术"真"的根本,无法引发观赏者的共鸣。齐白石的成功之处就是找到了似与不似之间的巧妙平衡,为中国画的创造与发展作出了巨大的贡献。

齐白石基于对自然和生活的细微观察、对普通劳动者的热爱,把传统的文人画从象牙塔带入了民间。他善于从平凡的生活与自然中,提炼出深刻的美学理念与情趣。例如,一群普通的虾,经过齐白石的笔墨处理,变得晶莹透亮、生机盎然。这就是他对于"作画妙在似与不似之间"的成功运用。

题组十三

1.试论电影音响的功能。
2.试论电影旁白的分类与功能。

参考答案

1.试论电影音响的功能。

答:(1)叙事功能。音响可以传达环境信息,有丰富的视觉感。音响能够作为叙事的动力,打破原有画面内的平衡状态,使故事向前推进。电影中突然出现的电话铃声、打碎东西的声音,使新的矛盾或事件出现,从而推动故事情节的发展。

(2)情绪表达功能。音响可以创造声音环境,形成真实的幻象,烘托情绪气氛。例如影片《毕业生》,家人强迫班穿着潜水服,作为特殊的礼物。影片用夸张的手法处理了班的潜水鞋踏在地面上的声音,人物渐进,脚步声渐重,表现出声音的距离感和班内心的烦躁郁闷。

(3)转场功能。音响是十分重要的转场手段,它不仅可以使上下镜头间建立联系,还可以使画面的转换实现自然过渡,降低视觉上的跳跃感。

2.试论电影旁白的分类与功能。

答:旁白是指以画外音形式出现的人物语言。分类:(1)剧中人物的主观叙述。一般以第一人称呈现,以叙述自身或与自身相关的人物的故事作为主要内容,交代故事发生的时间、地点、人物、背景。(2)完全独立的局外人的客观叙述,属于议论、评价式的旁白。

功能:(1)叙事。创作者运用旁白,使整部影片的叙事紧凑。例如影片《红高粱》通过"我"这个人物的旁白,讲述"我爷爷""我奶奶"的故事。十四处"我"的旁白出现在每一段重要的情节点前,交代叙事的进程。

(2)转换时间和空间。旁白在影片中扮演了一个"在场的叙事者"的角色,可以出现在影片的任何地方,能够从任何角度叙述故事。因此,旁白大大加强了电影中时间与空间的衔接,使它们之间可以大幅度地跳跃,使影片的叙述与表现有了极大的自由度。例如影片《阳光灿烂的日子》,多次借助成年马小军的旁白实现时空转换。

题组十四

1.(1)你认为在很长一段时间是否存在汉字书写退化问题?是否会扩大?原因何在?

(2)人们对汉字书写关注的意义何在?为什么?

2.结合《新红楼梦》《新三国》等电视剧的翻拍及热播现象,谈谈中国经典剧翻拍的利与弊。

参考答案

1.(1)你认为在很长一段时间是否存在汉字书写退化问题?是否会扩大?原因何在?

(2)人们对汉字书写关注的意义何在?为什么?

答:(1)存在汉字书写退化问题,并日渐扩大。汉字退化的原因:第一,过度依赖电子产品。如今,电脑和手机成为人们生活中不可或缺的阅读和书写工具,电子阅读日益取代纸质阅读,敲击键盘日益取代笔头书写,其结果就是提笔忘字,汉字的书写离我们越来越远。第二,日益忽视汉字书写。人们认为汉字书写是基本技能,无需投入太多时间和精力,这种认知偏差导致很多人都没有练就过硬的汉字书写基本功。

(2)汉字不仅是交流工具,更是承载中华文化最直接的载体。作为当今世界上唯一留存下来、使用者众多、充满哲理内涵的象形表意文字,汉字见证了五千年辉煌灿烂的中华文明,积累凝聚了丰富深厚的华夏文化,是中华民族源远流长、富有生命力的文化载体。我们必须激活汉字的历史意义与文化价值,重新焕发汉字所承载的传统文化的想象力,进而让汉字在当代艺术语境中获得新的生命力。

2.结合《新红楼梦》《新三国》等电视剧的翻拍及热播现象,谈谈中国经典剧翻拍的利与弊。

答:利处:由于时代久远,经典电视剧在影像效果、叙事手法、拍摄技巧和场景方面,都显得粗糙和陈旧,不符合当下人们尤其是年轻人的审美水平和思维方式。不论在技术或内容上,经典电视剧都具备重新创作的可能性,具有较大的重塑空间。翻拍剧有效地利用了经典文化资源,以适应新的文化需求,解决了我国原创精品剧本的不足,是创作发展到一定程度的自然现象。

弊处:(1)压制原创作品。经典剧翻拍成风,是影视界创意枯竭和匮乏的表现,造成的是创意的缺失、现实生活观照的缺失、题材宏观把握的失控,不利于营造提倡原创的创作氛围。

(2)粗制滥造。翻拍剧常常在尊重原作和创造新意之间矛盾徘徊,为拍出新意、迎合当下观众的欣赏趣味,任意加入新内容、赋予原作现代色彩,将原作改得面目全非。

(3)浪费资源。同质化、单一化、山寨化的翻拍剧,投入了大量资金,造成人力、物力的浪费。

题组十五

1.请对明星代言广告这一现象进行分析。
2.谈谈你对春晚的看法和认识。

参考答案

1.请对明星代言广告这一现象进行分析。

答:明星代言产品或品牌,可以通过其独特的个人魅力和影响力促使目标群体产生模仿、从众的行为,进而影响目标群体对产品和品牌的选择。成功的明星代言能与代言的品牌相得益彰,使目标消费群体对产品产生亲切感和信赖感。但是,一些品牌代言人与品牌的个性特征完全相悖,甚至有少数明星涉嫌代言虚假产品,给消费者留下了不良的印象。产品与代言明星是联系在一起的,一旦产品出了问题,除了追究企业责任,其代言明星也会受到公众的指责。

从企业来说,(1)要认真进行市场调研,选择与本企业产品或品牌定位相符的明星。(2)尽量不要选择代言产品或品牌过多的明星,尤其要避免选择曾代言与本企业产品同类或相近的产品的明星。也不要随意更换不同个性的代言明星,以免给消费者留下定位混乱的印象。(3)要认真考察明星的品行和操守,避免选择那些是非不断、绯闻缠身、品行不端的明星。在合约里也要对明星的行为有所约束,签订法律条款,当明星出现问题时,企业能将损失降到最低限度。

从明星来说,(1)选择的产品或品牌形象一定要与自身形象相符,避免选择那些无助于提升甚至有损于自身形象的代言产品。(2)不能见利忘义,不能代言假冒伪劣产品。(3)代言产品不能过多过滥,尽量选择市场品牌知名度高、信誉良好的企业。

2.谈谈你对春晚的看法和认识。

答:春节是我国传统的盛大节日,每年除夕晚上都会举办综艺性文艺晚会。春节联欢晚会简称"春晚",由中央电视台春节联欢晚会(简称"央视春晚")、地方台春节联欢晚会、网络春节联欢晚会与各地各部门举办的春节联欢晚会等组成。其中,最受关注的是央视春晚。对于央视春晚,年年既有好评,同时也有批评声。随着群众生活水平的提高,央视春晚尽管仍备受关注,但是已经不是大年三十晚上唯一的"文化大餐"。央视春晚也在不断锐意进取、力推新人,以满足观众日益增长的文化需求。

(1)春晚具有仪式功能。仪式是在历史中沉淀下来的文化符号,是能够对千千万万人起作用的"每逢此时必做此事"。拥有30多年历史的春晚已成为过年的仪式,成为影响当代年俗生活的精神力量。从某种意义上讲,春晚节目的好坏倒在其次,观看的形式比观看的内容更为重要。形式即观看行为本身,将观看者纳入到对新年的仪式化体验之中,从而获得一种参与感。

(2)春晚具有凝聚功能。与世界上其他民族相比,中华民族有着突出的凝聚力、亲和力,更注重家人间的亲情。春晚通过电视媒体和晚会手段,将传统过年时的个人聚会与家庭团圆,扩展和演绎为包括社会、国家和民族的大联欢与大团圆。

总之,从春晚30多年的发展历程看,它经历了20世纪80年代发展期的火爆,走过了90年代成长期的壮大,也迎来了21世纪成熟期的稳定。但无论如何变化,春晚这个诞生在改革开放初期的电视综合文艺形式,已经成为家喻户晓、闻名海内外的春节期间的"文化大餐",成为所有中华儿女追求和谐、进步、吉祥的民俗盛典。

题组十六

1.以韩寒导演的《后会无期》为例,谈谈"中国式"公路片的特点。
2.结合具体影片,谈谈你对王家卫电影的看法。

参考答案

1.以韩寒导演的《后会无期》为例,谈谈"中国式"公路片的特点。

答:公路片通常指电影的叙事发展是以一段旅程为背景,电影的主人公在占电影绝对篇幅的公路旅行情节中,完成生命体验、思想变化、性格塑造,产生一系列的戏剧冲突。

《后会无期》是一部由韩寒担任编剧、导演的一部喜剧爱情冒险公路电影。讲述了三个在东极岛长大的年轻人决定重新选择自己的人生道路,在他们横跨大陆的自驾旅途中的传奇经历与际遇,让他们有了各自不同的命运归宿。

中国公路片的特点:(1)人物设置。国产公路片多采用双主人公的策略,伙伴是影片中最重要的人物关系,通常设置为两位男性伙伴,在影片一开始就强调两人的差异性,突出人物性格、社会身份、行为方式的反差,造成人物之间的矛盾和冲突,从而制造紧张的戏剧张力。《后会无期》中,马浩汉在外面的世界闯荡过,社会经验丰富;江河以教书为生,性格内向。

(2)情节设置。国产公路片采用单向线性叙事的结构,由危机的制造、升级和解决来结构影片。

(3)视觉设置。国产公路片中,汽车是重要的视觉符号。在《后悔无期》中,汽车是马浩汉、江河探索世界的工具。

(4)价值观。对主流价值观的强调,主人公最终得到心灵救赎,获得成长,从而找到自我、回归家庭。

(5)类型融合。国产公路片没有采用单一的类型样式,而是对多种类型进行融合。《后会无期》融合了爱情片的元素,穿插了江河与苏米的爱情故事。

2.结合具体影片,谈谈你对王家卫电影的看法。

答:迄今为止,王家卫的十几部作品已经凭借着极端风格化的视觉影像、富有后现代意味的表述方式、对都市人群精神气质的敏锐把握,成功地建构了一种独特的"王家卫式"的电影美学。

(1)作品的主题。人与人之间对倾诉和沟通的渴望,以及更为强烈的对个体之间无法交流的无奈。

(2)独特的时间观。王家卫电影里的场景往往都在线性时间的过去和未来中呈现出一种悬置状态,尽管他不断地用细节去强调时间概念,像《阿飞正传》里那个著名的开场、《重庆森林》里对日期的反复诉说、《东邪西毒》里经常会在事件开头指出节气,但他讲述的这些故事并没有特别的时间背景,它们可能每天都会发生在这个城市的角落里,它们只是从城市生活中抽离出来的标本。王家卫的电影既消解了传统叙事的线性时间观念,又凸显了当代都市生活的偶然和无序,从而形成了一种存在主义式的精神意蕴。

(3)偶然性、片断式的叙事结构。王家卫的电影充满了细节、片断、絮语化的主观独白,类似于后现代美学对宏大叙事的摒弃和对细碎印象的偏好。

(4)对流行符号的拼贴借用。在王家卫的电影里,有大量流行文化的符号,诸如流行音乐、商标、卡通玩具等,包括他非常喜欢使用的人物,如警察、杀手、阿飞等,都是一种都市边缘的亚文化符号。经过王家卫的拼贴,这种由都市提供的消费符号变得就像一面镜子,反映出现代社会由具体实像蜕变成符号,这也使得他的电影极端敏锐而发人深省。

题组十七

1. 分析《史记》塑造人物形象的具体方法。
2. 请对比分析《牡丹亭》与《西厢记》爱情的异同。

参考答案

1. 分析《史记》塑造人物形象的具体方法。

答:(1)对历史材料的选择、剪裁和集中。在充分把握历史材料的基础上,先求得对所写人物的思想和性格有一个总体性的认识。在此基础上,抓住人物一生中具有典型意义的事件和行动,剪裁取舍、穿插安排,突出其主要特点。例如《项羽本纪》对项羽起兵反秦之前的生平只略加点染,侧重写其起兵反秦直至兵败自刎的八年。这八年之中,又以巨鹿之战、鸿门之宴、垓下之围作为重点。

(2)具体细致地描写人物之间的关系、矛盾和冲突,以突出人物的特点。例如《魏公子列传》,作者抓住信陵君救赵存魏这一主要事件,描写了他不顾等级观念,与夷门监者、屠者结交,突出他仁而下士、勇于改过、守信重义、急人之难的性格。

(3)在人物描写中插入紧张的富有戏剧性的场面描写,揭示人物的性格特征。例如《项羽本纪》中的鸿门宴,在紧张的场面描写中,项羽的胸无大志、智浅虑短,刘邦的善于权变、巧于周旋,范增的急躁易怒、不善谋权等,都得到了充分的刻画。

2. 请对比分析《牡丹亭》与《西厢记》爱情的异同。

答:不同之处:(1)创作手法。《西厢记》是一部现实主义剧作,作者王实甫采用写实主义的笔法,加以艺术的创造,描写了崔莺莺和张生的爱情故事。《牡丹亭》是一部浪漫主义剧作,作者汤显祖把故事放在虚构的梦境中发展,以人鬼幻化的浪漫过程,表现杜丽娘与柳梦梅的爱情故事。

(2)主题思想。《西厢记》改变了《莺莺传》的主题思想和崔莺莺的悲剧结局,把男女主人公塑造成在爱情上坚贞不渝,敢于冲破封建礼教的束缚,并经过不懈的努力,终于得到美满结果的一对青年。这一改动使剧本的反封建倾向更为鲜明,突出了"愿普天下有情的都成了眷属"的主题思想。而《牡丹亭》侧重于反对"存天理,灭人欲"的思想,大胆地肯定了男女之欲,赞扬了个性解放。从爱情故事表现出的思想主题上来讲,《牡丹亭》比《西厢记》更胜一筹。

相同之处:(1)描写了中国古代的爱情故事。《西厢记》主要讲述了相国之女崔莺莺与落魄书生张生的爱情故事,《牡丹亭》描写了太守之女杜丽娘与书生柳梦梅的爱情故事,都体现了青年男女对自由爱情的追求。

(2)大团圆式的结局。《西厢记》中张生是在中了状元之后,才与崔莺莺"终成眷属";《牡丹亭》中的柳梦梅,也是在赶考成功后,才在皇帝的恩准下回乡与杜丽娘完婚。

题组十八

1. 论述魔幻现实主义的概念、代表作家及其主要作品。
2. 谈谈你对"艺术作品是再现与表现的统一"这一观点的认识。

参考答案

1. 论述魔幻现实主义的概念、代表作家及其主要作品。

答：魔幻现实主义是20世纪五六十年代在拉丁美洲具有深远影响的文学思潮和创作流派之一。该流派的作家深受拉美原始社会的自然环境、印第安古典文化的神秘传说、欧洲现代主义文学流派的文学观念和创作手法的影响，他们借助于变形象征、隐喻夸张等艺术手法，曲折地反映社会现实。

代表作家和作品：(1)危地马拉作家阿斯图里亚斯的小说《玉米人》。《玉米人》主要描写危地马拉土著印第安人的生活和斗争，并以此为主线，真实地反映了20世纪50年代以前危地马拉社会广阔的生活领域。

(2)墨西哥作家鲁尔福的小说《佩德罗·帕拉莫》。《佩德罗·帕拉莫》描写了庄园主佩德罗·帕拉莫狡诈、残忍的一生，被认为是"拉丁美洲文学的巅峰小说之一"，被译成多国文字，在世界各地广为流传。

(3)哥伦比亚作家马尔克斯的小说《百年孤独》。《百年孤独》通过布恩地亚家族七代人充满神秘色彩的坎坷经历，反映了哥伦比亚乃至拉丁美洲的历史演变和社会现实。《百年孤独》被誉为"再现拉丁美洲历史社会图景的鸿篇巨制"，马尔克斯凭借这部小说荣获1982年诺贝尔文学奖。

(4)秘鲁作家阿格达斯的《深沉的河流》。《深沉的河流》是一部自传体小说，描写了在印第安人中长大的混血儿埃内斯托的生活，表现了印第安人正直、善良、勤劳的美德。

(5)古巴作家卡彭铁尔的《这个世界的王国》。《这个世界的王国》由四部分组成，以人物内心独白的形成铺展开来，内容具有鲜明的历史真实性。

2. 谈谈你对"艺术作品是再现与表现的统一"这一观点的认识。

答：再现是指在艺术创造中将客观世界及人物真实地呈现于作品之中。表现是指在艺术创造中重在表达主体的思想情感，以及对客观世界的思考和评判。再现艺术是以再现社会生活，再现生活中的人、事、景、物为主；表现艺术则以表现主观思想感情、表现理想愿望为主。

艺术创作是客观现实与主观情思的统一，因此，在艺术作品中，对客观现实与主观情思的表现是紧密联系的。在侧重再现的艺术作品中，不可能没有表现的因素；在侧重表现的艺术作品中，也不会没有再现的因素，其间只是比重的差别，各有侧重。再现艺术是以再现社会生活为主，同样需要艺术家主观因素的参与，需要融入主体的思想情感。表现艺术以表现主体的思想感情为主,其思想感情是在客观现实的基础上生成,因此也要注重对客观现实的描写。

题组十九

1.2013年12月初,中国出现入冬以来最大范围的雾霾天气,中央气象台首席预报员何立富表示,此次雾霾天气影响了华北和整个华东地区,其中江苏西部、浙江北部、安徽东部等地的部分地区有雾霾。环保部的数据显示,全国20个省份、104个城市空气质量达到重污染的程度,覆盖了我国将近一半的国土,据悉,工业排放和汽车尾气是造成雾霾天气的主要原因,对于此次现象谈谈你的看法。

2.近几年,电影界对于电影的商业属性和艺术属性争论颇多,你倾向于哪种观点?

参考答案

1.2013年12月初,中国出现入冬以来最大范围的雾霾天气,中央气象台首席预报员何立富表示,此次雾霾天气影响了华北和整个华东地区,其中江苏西部、浙江北部、安徽东部等地的部分地区有雾霾。环保部的数据显示,全国20个省份、104个城市空气质量达到重污染的程度,覆盖了我国将近一半的国土,据悉,工业排放和汽车尾气是造成雾霾天气的主要原因,对于此次现象谈谈你的看法。

答:雾是空气中的水汽凝结现象,是自然的天气现象,和人为污染没有必然联系。霾是排放到空气中的尘粒、烟粒或盐粒等气溶胶的集合体,是大气污染所导致。雾霾天气的出现是气象问题,更是环境问题。雾霾天气在西方工业化的进程中曾是一种常见的现象,发达国家通过立法和行政手段,采取各种措施防治大气污染,陆续消除雾霾危害,他们的经验值得我们认真研究和借鉴。

目前,我国高度重视治理雾霾天气和防治大气污染的工作,采取了一系列措施积极应对。一是加强对雾霾天气的监测预警工作。我国已将PM2.5纳入空气质量标准,将其列为预警的重要指标。二是出台大气污染防治规划。目前,我国已出台《重点区域大气污染防治"十二五"规划》和《大气污染防治行动计划》,与单个部门发布的规范性文件相比更具权威性、适用普遍性和连贯政策性。

要从根本上消除重污染天气,改善空气质量,需要在制度上实现保障,从源头上进行防治。一是加强环保立法、完善法律制度,从而能够在法律层面严格控制工业、机动车、燃煤等污染源的排放,明确和细化政府、企业在大气污染防治中应承担的法律责任。二是加大综合治理力度、减少污染物排放,要对能源结构进行科学调整,优化产业结构和布局,加大落后产能的淘汰力度,增加清洁能源供应。三是加强科普宣传工作、提高民众减排意识,积极开展多种形式的宣传教育,普及大气污染防治的科学知识,倡导文明、节约、绿色的消费方式和生活习惯。四是加强对雾霾的监测预报预警能力和危害性研究,提高科学有效的防控能力。

2.近几年,电影界对于电影的商业属性和艺术属性争论颇多,你倾向于哪种观点?

答:作为艺术品,电影应当具有自己独特的精神个性,保持应有的艺术品位和寓教于乐的社会功能,艺术性是电影最基本的、最重要的要素。无论社会的商业化、市场化如何发展,电影始终不能抛弃其艺术性的本质。电影只有首先是艺术,其次才可能参与社会大生产,获得经济利益。

作为文化商品,电影也要兼顾经济利益,追求商业利润。市场化是当下社会生产现状的要求,没有市场的艺术往往面临着生存的困境,更无从谈发展。只有积极参与市场竞争、获取经济利益,电影产业才有可能获得充足的资金继续发展,这是市场化的必然,也是经济规律的基本要求。

总之,要想实现一部作品的成功,就要做到电影的艺术性和商业性的统一,在二者之间找到平衡。在当前的社会化大生产和市场化背景下,电影的艺术性与商业性的结合更加重要。在这方面,美国的好莱坞电影是商业电影的典范,但好莱坞电影也并不缺乏艺术性。电影业应当在艺术性与商业性之间找到平衡,才能更好地发展。

中频考点

出题频率:中　　　难度系数:中　　　训练强度:★★★★

👉 **题组一**

1.论述艺术风格的特点。
2.简述艺术批评的方法。

 参考答案

1.论述艺术风格的特点。

答:艺术风格可分为艺术家风格和艺术作品风格两种。由于艺术家世界观、生活经历、性格气质、文化教养、艺术才能、审美情趣的不同,因而他们有着各不相同的艺术特色和创作个性,形成各不相同的艺术风格。艺术作品风格是作品内容与形式的和谐统一中所展现出的总的思想倾向和艺术特色,集中体现在主题的提炼、题材的选择、形象的塑造、体裁的驾驭、艺术语言和艺术手法的运用等方面。

(1)个性化。任何一个艺术门类,我们都可以从中发现多种多样的艺术风格,任何一个出色的艺术家,我们都可以发现他个性独特的艺术风格。艺术家作为艺术生产的创作主体,性格、气质、禀赋、才能、心理等各方面的特点,都会自然地投射和熔铸到所创作的艺术作品,通过创造性劳动使主体对象化到精神产品中。

(2)民族特征和时代特色。中外艺术史上,每个民族的艺术总是具有某些共同的特征,形成艺术的民族风格。它是由本民族的地理环境、社会状况、文化传统、风俗习惯等多种因素决定的,体现出本民族的审美理想和审美需要,但归根结底还是根源于本民族的经济基础和社会生活。每个时代的艺术也常常具有某些相似之处,形成艺术的时代特色。

2.简述艺术批评的方法。

答:(1)印象式批评。以传达批评者对艺术作品的直觉感受和主观印象为主,与以逻辑推理为主的追求艺术判断的理性、严谨、科学的艺术批评方法区别明显。印象式批评在中外都有悠久的历史,在古代中国则具有主导性地位,其具体方式有诗话、词话、书论、画论、乐论等。

(2)考据式批评。一种通过多种旁证材料进行论证阐释的方法,注重客观性、科学性。主要内容有考证版本的流变、词义的解释、语音的发展、作者的生平、校勘字句的异同等。

(3)社会-历史批评。是一种主要从社会历史发展的角度分析、评价艺术现象的批评方法,侧重研究艺术作品与社会生活的关系,主要尺度是艺术的真实性、倾向性和社会作用。中国的"兴观群怨"说、"知人论世"说、"文以载道"说都是社会-历史批评的表现形式。

(4)本体批评。针对艺术本体的批评,又称语言批评、唯美批评等。称它本体批评,是因为它把作品看成是独立自足、不需借助任何外力而存在的本体;称它形式批评,是因为它注重作品的形式;称它语言批评,是因为艺术的形式主要体现为艺术的语言;称它唯美批评,是因为它专注于作品自身的美学结构。

题组二

1.列举两本中外著名现实主义小说,并回答现实主义文艺作品有何特点?

2.王国维在《人间词话》中评价宋祁的《玉楼春》说,"著一'闹'字而境界全出。"尽管"绿杨烟外晓寒轻",宋祁却感到"春意闹"。怎么理解王国维的这个评价,请谈谈你的看法。

参考答案

1.列举两本中外著名现实主义小说,并回答现实主义文艺作品有何特点?

答:《白鹿原》是我国当代作家陈忠实的代表作,以陕西关中平原上素有"仁义村"之称的白鹿村为背景,展现了白姓和鹿姓两大家族祖孙三代的恩怨纷争,表现了从清朝末年到20世纪七八十年代半个多世纪的历史变化。《包法利夫人》是法国19世纪现实主义文学大师福楼拜的代表作,讲述了一个受过贵族化教育的农家女爱玛的故事。

特点:(1)现实主义文学普遍关心社会文明发展进程中人的生存处境问题,表现出作家们对人的命运与前途的深切关怀。现实主义作家在对社会历史现象作出广阔再现的基础上,还深刻地展示人与人、人与社会的矛盾关系,表现出深度意义上的人道主义精神。

(2)在艺术特征上强调客观真实地反映生活。由于现实主义作家把文学作为研究社会的手段,而且要描写社会的风俗史,因而他们就格外重视艺术描写的客观真实性,认为作家应该"按照生活本来的样子去反映生活",使作品的文本内容与现实生活内容具有同构性。

2.王国维在《人间词话》中评价宋祁的《玉楼春》说,"著一'闹'字而境界全出。"尽管"绿杨烟外晓寒轻",宋祁却感到"春意闹"。怎么理解王国维的这个评价,请谈谈你的看法。

答:宋祁的《玉楼春》歌咏春天,洋溢着珍惜青春和热爱生活的情感。上阕写的是初春时节绚丽的景色,向人们展示了一幅生机勃勃、色彩鲜艳、鲜活涌动的画面。下阕写的是诗人现实的内心感受,抒写了人生如梦、时光稍纵即逝、及时享乐的情感。

"绿杨烟外晓寒轻,红杏枝头春意闹"两句,诗人把视线由近及远地从湖面导引到远处的"绿杨烟外"和"红杏枝头"。一个"闹"字不仅形容红杏的众多和纷繁,而且把春光点染得生机勃勃、春意盎然。"闹"字写出了杏花争妍斗艳之神,也表现出作者的欣喜之情。"闹"字不仅有色,而且有声。把无声的姿态说成有声的波动,仿佛在视觉里获得听觉的感受。不但使人觉得那杏花红得热烈,还使人联想到花上蜂蝶飞舞、春鸟和鸣,从而感受到春天带来的活泼生机。

 题组三

1.谈谈你对故事片和纪录片的认识。
2.中国主旋律电影的创作存在什么问题?如何解决?

参考答案

1.谈谈你对故事片和纪录片的认识。

答:故事片是以影像和声音为手段进行叙事的电影作品。凡是由演员扮演角色,具有一定故事情节,表达一定主题思想的影片都可称为故事片。故事片取材范围广泛,如历史、神话、科学幻想等,但以现实生活为主。

纪录片是以真实生活为创作素材,以真人真事为表现对象,并对其进行艺术的加工与展现,以展现真实为本质,并用真实引发人们思考的电影或电视艺术形式。

(1)从创作意图来看。纪录片主要是用客观的眼光去看待事件的发生,而不能人为地去干扰,也不能去制造故事的发展,虽然它也要表达创作者的思想,但是这种表达就更具有客观性。故事片主要是创作者主观意图的体现,在故事片里渗透着很强的主观性,它在一个故事的叙述中融进了很多的主观思想。

(2)从表现特点来看。纪录片主要是以真实、纪实为基础,它力求把发生在我们身边的真人真事,用真实的手段记录下来,以此来表达一个思想或主题。而故事片主要是以虚构的、艺术化的表现为基础,它把发生的事情通过艺术地再加工、再创造,然后来达到吸引观众的目的。故事片也有纪实性,但它是渗透了艺术再现形态的纪实,不是真正意义上的纪实。

(3)从故事形态来看。纪录片追求事件的真实性,它的故事表现是可以断续的。纪录片的创作者不可能预见事件的发展,所以要按照故事的自然发展进行记录。故事片的故事必须是完整的,要有开端、发展、高潮和结果。

2.中国主旋律电影的创作存在什么问题?如何解决?

答:主旋律电影是指能充分体现主流意识形态的革命历史重大题材影片和与普通观众生活相贴近的现实主义题材、弘扬主流价值观、讴歌人性的影片。

存在问题:(1)主旋律电影缺乏吸引力。早期的主旋律影片创作模式化,情节与现实生活存在距离,尤其在塑造英雄形象时,由于把他们的形象神圣化、概念化,进而造成与受众的认同疏离,长期积累形成了主旋律影片叙事宏大、人物空洞、剧情老套的问题,少有创新,难有突破。

(2)主旋律电影缺乏市场竞争力。一些主旋律影片因为重点突出意识形态的表现而忽略了艺术创作的根本和市场的检验,导致作品没有可看性,缺乏市场竞争力。

解决措施:作为艺术创作,主旋律电影应该遵循艺术创作的一般规律,以艺术为最高标准,以市场为最终导向,突出主旋律电影应有的核心价值与导向作用。

(1)从内容题材上,要关注当下社会、现实生活。主旋律影片对现实生活的反映应该更加客观公正,对社会问题的揭露应该更加深刻尖锐,其所担负的弘扬时代精神的责任也更加重大。

(2)从表现手法上,要借鉴商业类型电影的表现元素。可以借鉴商业类型电影的叙事方式、视听结构、场面造型、细节设计等方面的经验,增强其艺术性。

题组四

1.举例说明德国表现主义电影流派及其创作特征。
2.简要介绍电视的三种制式。

参考答案

1.举例说明德国表现主义电影流派及其创作特征。

答:表现主义电影是20世纪一二十年代在德国出现的把文学、戏剧和绘画的表现主义原则运用于电影创作的电影流派。表现主义电影用荒诞离奇的手法,反映了第一次世界大战给德国人民带来的极度恐慌和惶惑的心情,银幕上呈现的是高度夸张、变形、主观化的世界。《浮士德》《魅影》《卡里加里博士的小屋》等均属于德国表现主义电影。

创作特征:(1)艺术观念方面。以主观唯心主义为哲学基础,把艺术看作"自我表现"的工具,用艺术来抒发个人情感或表现自己的观点。重视表现形式和手法,着力挖掘电影特性和电影手法,以取得强烈的艺术效果。

(2)艺术表现方面。不求形似,重视写意,强调艺术的假定性,甚至有意歪曲客观事物的形象。表演一般比较夸张,展示迅速的变化、舞蹈般的动作、变形或扭曲的表情。

(3)题材方面。多表现恐怖、灾难、犯罪题材,具有浓重的悲观主义色彩,挖掘人物内心深处的孤独、残暴、恐怖和狂乱的精神状态。

2.简要介绍电视的三种制式。

答:(1)PAL 制式。由德国人 Walter Bruch 在 1967 年提出,每秒 25 帧,电视扫描线为 625 线,奇场在前,偶场在后,标准的数字化 PAL 电视标准分辨率为 720×576 像素,24 比特的色彩位深,画面的宽高比为 4∶3,应用于中国、欧洲等国家和地区。

(2)NTSC 制式。每秒 29.97 帧(简化为 30 帧),电视扫描线为 525 线,偶场在前,奇场在后,标准的数字化 NTSC 电视标准分辨率为 720×480 像素,24 比特的色彩位深,画面的宽高比为 4∶3 或 16∶9,应用于美国、日本等国家和地区。

(3)SECAM 制式。为每秒 25 帧,每帧 625 行。隔行扫描,标准的数字化 SECAM 电视标准分辨为 720×576 像素,画面的宽高比为 4∶3,应用于俄罗斯。

题组五

1.分析我国电视娱乐节目的现状。
2.谈谈手机对传统传媒报纸、电视带来的挑战和机遇。

参考答案

1.分析我国电视娱乐节目的现状。

答:现状:(1)重视节目的娱乐功能。由于市场化、商品化与城市化潮流的冲击,人们旧有的生活方式和精神观念在逐渐改变,轻松、简单、快乐、宣泄、减压成为社会上具有普遍意义的精神需求。电视娱乐节目迎合了人们普遍的心理需求与精神需求,充当了心理调节器。

(2)重视受众的参与。作为一种通过一定的中介形式和大众参与,在相互交流中形成一种娱乐氛围的节目形态,娱乐节目十分重视受众的互动。

(3)融合多种元素。20 世纪 90 年代初期的"明星+表演"模式的综艺节目形式、"观众+游戏+巨奖"的竞猜节目形式、真人秀节目形式都借鉴了西方娱乐节目,融合了多种节目元素。

存在问题:(1)内容浮浅,格调庸俗。唯收视率、唯广告效益的逻辑,使得一些娱乐节目降低品位,一味地迎合刺激大众的负面需求,在节目中模仿戏谑甚至恶意诋毁,已使娱乐节目的负效应不断放大,背离了大众传播媒体应承担的社会责任和媒体从业人员的职业操守。

(2)抄袭现象严重,缺少创新。我国的媒体起步都比较晚,改革开放以前我国的媒体基本上还处于一个传播者的地位,改革开放以后我国的媒体事业才逐渐发展,电视娱乐节目也是改革开放后才逐渐有了雏形。目前,我国电视娱乐节目多模仿西方发达国家的娱乐节目,少有创新。

2.谈谈手机对传统传媒报纸、电视带来的挑战和机遇。

答:挑战:(1)时效性。由于传播的特点,手机能在最短的时间内将发生的事情传播出去,尤其对于一些突发事件,以短信为基本传播手段的手机更有时效性。

(2)双向传播。手机实现了从人际传播到大众传播再到人际传播的回归,弥补了报纸、电视单向传播的缺陷,满足了人们表达观点、抒发情感的需要。

(3)参与性。短信传播使传受双方呈现出交互性,在新的传播模式中形成动态的权力分解与集中。传统报纸、电视的"把关人"权力被分解成无数的个人传播主体,这是一种多元而矛盾、分散的主体。

机遇:传统媒体应在保持自身优势的同时,迎接挑战、共同发展,适应受众要求和媒体的发展趋势。传统媒体在理论与实践层面都经历了较长的历史发展,积累下了经过时间的积淀与检验的独特优势。这些传统优势正是传统媒体在全媒体时代应对竞争、发展自身的法宝,同时也是新媒体在深化发展中所需要借鉴的。

题组六

1.网络已成为传播视频的重要渠道,电视传媒应如何应对?
2.谈一谈新媒体视域下传统文化的保护与传承。

参考答案

1.网络已成为传播视频的重要渠道,电视传媒应如何应对?

答:(1)重新定位。电视台不能只是一个制作、播出机构,要转型为以内容生产、集成和服务为主要业务的机构。电视台经营的核心是内容和渠道,要把握好内容的生产,同时重视渠道的开拓。

(2)生产内容。电视台是视频内容最大的生产者,要集中力量做大做强自己的内容优势,才能形成自己的核心竞争力。

(3)拓展平台。电视台长期以来积累了最优质的内容资源,要在多平台上、多渠道中去使用和创造价值。要走全媒体之路,使自己的内容全方位覆盖,保证内容多介质、全方位传播。可以依靠电视台的网络电视台、移动电视等,也可以和具有一定影响力的网站合作。

2.谈一谈新媒体视域下传统文化的保护与传承。

答:在当前新媒体盛行的情况下,如何利用这个广阔的平台来助力传统文化的传承,是我们应该考虑的问题。新媒体应该以何种方式来呈现传统文化?央视曾引起轰动的"百家讲坛"栏目,是新媒体与传统文化融合的一个良好示范。

(1)新媒体拓宽了传统文化的传播渠道。新媒体打破了传统媒体的时空局限,使传统文化的传播渠道更为广泛。新媒体开辟了新的传播路径和范式,极大地提升了传播效果。从木兰从军题材的网络化衍生,到《百家讲坛》吸引数亿观众,从《花样年华》带动中国传统经典服饰文化的风靡,到大观园旅游文化在网络的流行从而达到对《红楼梦》的传承与衍生,都表明了新媒体在传播传统文化方面的功用。

(2)新媒体优化了传统文化的传播方式。新媒体为传统文化传播带来了更多的可能性,实现了传播方式的优化。近年来,人们已经开始探索采用游戏、音乐等形式传播传统文化。有的游戏注重将传统文化资源移植入游戏场景画面和人物形象、道具装饰等方面,有的游戏甚至直接套用中国古典文化中的盘古开天地、愚公移山、精卫填海等神话故事资源。

题组七

1.联系中国实际,谈谈非物质文化遗产保护的方法及意义。
2.结合博物馆的功能,谈谈它在非物质文化遗产保护方面的作用。

参考答案

1.联系中国实际,谈谈非物质文化遗产保护的方法及意义。

答:方法:(1)将普查摸底作为非物质文化遗产保护的基础性工作来抓,充分利用现代化手段对非物质文化遗产进行系统、全面的记录,建立档案和数据库。

(2)通过制定评审标准并经过科学认定,逐步建立国家级和省、市、县级非物质文化遗产代表作名录体系及四级保护制度。

(3)建立科学有效的非物质文化遗产传承机制,使非物质文化遗产焕发生机。对列入各级名录的非物质文化遗产代表作,采取命名、授予称号、表彰奖励、资助扶持等方式,鼓励代表作传承人(团体)进行传习活动。同时,通过社会教育和学校教育,使非物质文化遗产代表作的传承后继有人。

(4)加强组织领导,狠抓落实。地方各级政府要将保护工作列入重要的工作议程,纳入国民经济和社会发展的整体规划,纳入文化发展纲要,及时研究制定保护规划,加强法律法规建设,注重非物质文化遗产的知识产权保护。

意义:(1)有利于保护我国传统文化和民族文化的多样性。传统文化是一个国家和民族创造的集体记忆与精神寄托,非物质文化遗产关系到一个国家和民族传统文化的传承。特别是那些历史上没有自己的语言文字的少数民族,他们的历史在民间传说中记载、在群众口头上流传。

(2)有利于促进我国的文化创新和发展先进文化。各个群体和团体随着其所处环境、与自然界的相互关系和历史条件的变化,不断使代代相传的非物质文化遗产得到创新。所以说非物质文化遗产所代表的不仅仅是一种历史文化传承,更是随着人类未来发展进行的一种创新和演变,强调的是以人为核心的技艺、经验、精神的传承与发展。

(3)有利于促进我国的和谐文化建设。非物质文化遗产中蕴涵着大量的和谐思想及其行为规范,可以直接应用于和谐社会的建设,帮助我们解决可持续发展等问题。非物质文化遗产本身就是一个稳定的文化系统,我们可以汲取其在思想观念、价值体系、行为规范、文化产品、社会风尚、制度体制等方面的有益内容,使我国和谐文化建设更具民族性和大众性。

2.结合博物馆的功能,谈谈它在非物质文化遗产保护方面的作用。

答:非物质文化遗产是具有重要价值的文化信息资源,也是历史的真实见证。博物馆是征集、典藏、陈列和研究代表自然和人类文化遗产的实物的场所,并对那些有科学性、历史性或者艺术价值的物品进行分类。博物馆是非营利的永久性机构,对公众开放,为社会发展提供服务,以学习、教育、娱乐为目的。所以,利用博物馆保护非物质文化遗产是非常有必要的。

博物馆参与并推动非物质文化遗产保护,从一些国家所取得的经验上看是一条十分有效的保护途径。博物馆作为人类文化收藏所,在非物质文化遗产保护中发挥了积极作用。

题组八

1.你认为大学与高中的不同是什么?作为大学生应该如何转变思想?

2.重庆大学学生杨帆用自己的信用卡分期付款买了一部苹果手机,首付667元,然后每月付款419元。每月当钱凑不够,他就到工地搬砖。结果手上磨出了泡,身体也越来越累。他心想,早知道这样,何必当初呢?请对这一现象进行分析。

参考答案

1.你认为大学与高中的不同是什么?作为大学生应该如何转变思想?

答:区别:(1)教学内容由少而浅变为多而深。高中一般学习十门左右的课程,多为基础知识。大学阶段每个学期学习内容不同,而且内容多。

(2)学习方法由监督学习变为自主学习。高中老师全程监督学生学习,学生可支配的自由时间少。大学提倡自主学习,自己制订学习计划,有计划、有目的地学习。

(3)授课形式由多讲解到少讲解、多思考、多讨论。高中以老师讲解为主要授课形式。大学授课介绍思路多,讲解内容少;抽象理论多,直观内容少;课堂讨论多,课外答疑少。

2.重庆大学学生杨帆用自己的信用卡分期付款买了一部苹果手机,首付667元,然后每月付款419元。每月当钱凑不够,他就到工地搬砖。结果手上磨出了泡,身体也越来越累。他心想,早知道这样,何必当初呢?请对这一现象进行分析。

答:杨帆过分追求时尚,使他的虚荣心过度滋长。杨帆在没有足够经济能力的情况下选择了这样的做法实属不妥,给自己带来了严重的后果。

如今分期付款消费方式正逐渐流行起来,成为一种备受商家青睐的消费方式。分期付款消费是一种新的促销方式,涉及商业贷款,所存在的风险也相对较大,极易使自己造成损失。我们应该针对个人的情况而定,理性地选择适合自己的消费方式。大学生应该有计划地消费,合理地安排自己的生活,用有限的金钱去做更有意义的事情。

低频考点

| 出题频率:低 | 难度系数:高 | 训练强度:★★ |

 题组一

1. 论述艺术与生活的关系。
2. 浅析文学作品的内容和形式之间的关系。

参考答案

1. 论述艺术与生活的关系。

答:艺术是生活的客观反映,生活是艺术的创作源泉。艺术来源于生活而高于生活,生活又得益于艺术反馈而进步、文明。

(1)艺术来源于生活。艺术是社会生活的反映,人类的艺术史证明,艺术绝不能与生活脱节,否则艺术会失去生命力,优秀的艺术作品常常被誉为生活的镜子,它能够真实而深刻地反映社会生活,帮助人们了解和认识社会生活。

(2)艺术高于生活。艺术是生活的浓缩与提炼,艺术的表现方法绝不是生搬硬套生活或者重复生活,而是有取舍地提取生活中的精华。艺术家从生活中提取有价值、有意义的内容,运用于艺术创作中。

2. 浅析文学作品的内容和形式之间的关系。

答:文学作品的内容是指通过文学作品中的艺术形象所展现的社会生活,以及这种艺术形象所隐含的思想意蕴;文学作品的形式则是文学作品内容的载体,它是指作品的内部组织构造和外部表现形态。

(1)文学内容与形式的有机统一。文学作品的形式是文学作品的内容的载体,文学作品的内容需要靠文学作品的形式来加以组织、表现和物化。由此可见,内容与形式构成了文学作品不可分割的、有机统一的因素。

(2)文学内容的主导决定地位。内容处于主导的决定地位,内容决定形式,形式为内容服务。形式随着内容的发展而发展,随着内容的改变而改变,这是文学作品中内容与形式的一般关系。

(3)文学形式的反作用。文学形式虽由文学内容决定,但是文学形式对文学内容也有反作用,文学形式的选择直接影响着文学内容的表达效果。合适的文学形式有利于充分全面地表现文学内容、体现作者的思想感情、增强作品的艺术感染力。反之,粗糙的、不合适的文学形式必然会妨碍文学内容的表达,不利于呈现作者最真实的思想情感。

(4)文学内容与形式的完美结合。任何一部成功的文学作品都是内容与形式的完美结合,两者缺一不可。所以,既要探索充实丰满的内容,也要找到最适合表达内容的外在表现形式,从而使文学作品的价值得到最大的体现和发挥。

题组二

1.分析《窦娥冤》中窦娥的人物形象。
2.谈谈群众文化艺术与社会发展的关系。

 参考答案

1.分析《窦娥冤》中窦娥的人物形象。

答:(1)善良。对于自己凄苦的身世,年轻守寡的窦娥以为这是命中注定的,为了来世的幸福,她要侍养婆婆,为丈夫服孝,听婆婆使唤。在公堂上受审时,她被打得昏死多次,也不肯屈招;听说要对婆婆动刑,她不忍心婆婆受苦,更担心婆婆屈打成招,自己担下罪名。

(2)刚强。窦娥与婆婆围绕招赘事件产生了一系列矛盾冲突,她对婆婆进行了责备、嘲讽、顶撞。张驴儿的父亲被药死后,张驴儿进行要挟,她毫不畏惧,情愿和张驴儿对簿公堂。在公堂上受审时,她被打得血肉模糊,昏死多次,也不肯屈招,仍辩白自己的冤屈。

(3)反抗精神。对于张驴儿的调戏、诬陷、逼婚,窦娥从未屈从、就范,而是针锋相对地斗争。面对凶恶残暴的官府酷刑,她也没有丝毫的屈服。刑场上她发下的三桩誓愿,是她对官府完全绝望后转而向天地乞求希望、光明和正义的合乎逻辑的表达方式,同样是对官府的斗争、反抗和控诉。

2.谈谈群众文化艺术与社会发展的关系。

答:群众文化艺术是在长期的历史实践中逐渐形成并发展起来的,是广大群众对美好生活的一种向往和追求,同时也是群众进行集体活动的重要载体。

(1)为社会发展提供精神支持。发展群众文化艺术事业,创作更多的群众文化艺术精品,有利于树立共同的理想信念,弘扬和谐精神,促进社会各领域的和谐,促使中国特色社会主义理念获得普遍认同。

(2)为社会发展提供智力支持。群众文化艺术在普及知识方面有着重要作用,有利于人们认识自然、社会,是一种新型的知识经验载体。群众文化艺术活动作为终身教育体系的组成部分,有效弥补了人们离开学校之后知识学习的滞后,有助于提升公民的整体素质,为社会发展提供智力支持。

(3)为社会发展营造良好氛围。群众文化艺术具有精神调剂作用,即调控参与者的意识、思维活动和心理方面产生的效能,如娱乐效能、宣泄效能、审美效能等。群众文化艺术活动可以使人们在娱乐中得到积极的休息,调和各种矛盾,消除隔阂、增进了解,营造融洽和谐的社会环境。

(4)促进社会经济快速发展。经济发展是文化繁荣的基础,社会进步是文化兴盛的条件,经济社会的快速发展必然要求也必然伴随文化的兴盛和繁荣。

题组三

1. 简要论述影视叙事作品中人物性格塑造的基本方法。
2. 试述电影剧作中人物和情节的关系。

参考答案

1. 简要论述影视叙事作品中人物性格塑造的基本方法。

答:(1)人物造型。影视剧主要依靠视觉形象作用于观众,所以影视剧中的人物必须具有视觉造型的特点。人物造型不仅要符合影片叙事的需要,还要有鲜明的特征。例如美国默片时期的经典人物卓别林,在电影中的视觉形象极其鲜明。

(2)动作。影视剧必须具有鲜明的动作性和画面感,人物的思想情感和个性特征主要通过行动表现出来。例如影片《孔雀》中,姐姐在人流拥挤的大街上,骑自行车让降落伞飞起来的一段,以动作为主,几乎没有对白。

(3)语言。语言是人物表达感情的主要方式,个性化的语言不仅可以展现人物性格,还可以反映人物的生存状态、心理状态等。人物语言不仅要符合人物的身份,还要符合社会环境、家庭环境等。

2. 试述电影剧作中人物和情节的关系。

答:(1)情节的发展是由人物的行动推进的。情节就是描写人物对于事件所采取的行动,在事件中由于人物的性格、思想、感情等的相同或不同,于是在行动中间,有些人互相联系起来,有些人之间发生矛盾冲突,从而使得情节不断发展。由此可以看出,情节的发展是由人物的行动推进的,人物的行动又是根据他的性格而产生的。所以,情节的发展服从于人物性格的发展,它不可能脱离了人物性格凭空而来。

(2)人物的形象往往通过具体的情节来刻画。要研究一个人物究竟有着什么样的性格、思想和感情,就要研究他对事对人究竟抱着什么样的态度、采取什么样的行动。描写人物对事对人的态度和行动,这正是情节的任务。

因此,对人物形象的刻画和情节发展的描写,两者之间相辅相成。情节如果不根据人物性格而凭空去发展,它就一定不会是合情合理的;而情节的发展不合情理,也不会塑造出典型的人物形象。

题组四

1. 电影演员需要什么样的素质?
2. 你认为新闻记者应具备哪些要素?

参考答案

1. 电影演员需要什么样的素质?

答:(1)观察力。艺术来源于生活,演员必须观察生活尤其是观察生活中的人,应当具备捕捉人物形象外在特性和感受人物心理特征的能力。

(2)想象力。演员是在剧作家创造的文学形象的基础上进行再创造,要把剧本中的文学形象再创造成为人物形象,演员必须运用自己的想象,把剧作者提供的情境、事件、人物等都变得具体和丰富起来,从而使剧本中简单的舞台提示、人物的动作和语言得到充实和深化。

(3)感受力。在表演艺术创作中,演员所接受的并不是像生活中那样的真正的刺激,而是一种艺术的虚构,演员应该感受布景灯光所营造出来的氛围、表演对手的语言行动的刺激,从而引发出相应的情绪体验。

(4)表现力。演员的表现力是运用形之于外的可见动作体现外部神态和心理活动的传情达意的能力,包括形体动作的表现力、语言动作的表现力和面部表情的表现力。

(5)注意力。演员应把自己的注意力积极、稳定地集中在行动的对象上,并且随着行动的发展而持续不断地发展下去。这种注意力的最基本的要求就是,演员在创作中做到真听、真看、真感觉。

2. 你认为新闻记者应具备哪些要素?

答:(1)较高的政治素质。媒体作为党的喉舌,必须保证正确的政治方向。新闻记者要通过不断的政治学习,加强自身的政治思想、道德品质修养,始终保持清醒的政治头脑、把握正确的政治方向。

(2)高尚的职业道德。新闻工作者职业道德是新闻工作者在长期的新闻实践活动中形成的调整人们相互关系的新闻规范和准则,是社会道德对新闻记者这一职业所提出的特殊要求。

(3)深厚的专业素养。第一,掌握采访艺术,善于观察。通过观察获得第一手材料,以确保新闻的准确性,抓住反映新闻事实本质的细节,增强新闻的可读性,加深对新闻事实的理解,增强新闻的深刻性。第二,高度的新闻敏感。从纷繁的社会现象中,见微知著,敏锐地识别什么是新闻。第三,驾驭文字的能力。新闻记者要有深厚的文字表达能力、扎实的语法修辞功底,熟练地掌握消息、特写、通讯、评论、调查报告等各种新闻体裁的写作技巧。

(4)广博的文化素养。因为新闻记者接触面很广,新闻报道涉及各行各业各个领域,这就要求新闻记者有广博的知识,才能有效地认识事物和反映事物。

图书在版编目(CIP)数据

文艺常识真题分类题库/传媒艺考教学研究院主编. —北京:中国传媒大学出版社,2016.10(2019.1重印)

(影视艺术类专业考前专项突破教材)

ISBN 978-7-5657-1738-3

Ⅰ.①文… Ⅱ.①传… Ⅲ.①文艺学－高等学校－入学考试－习题集 Ⅳ.①I0－44

中国版本图书馆 CIP 数据核字(2016)第 144491 号

文艺常识真题分类题库
WENYI CHANGSHI ZHENTI FENLEI TIKU

主　　编	传媒艺考教学研究院
策划编辑	赵　欣
责任编辑	李艳华　赵　欣
责任印制	阳金洲
封扉设计	风得信设计·阿东

出版发行	中国传媒大学出版社
社　　址	北京市朝阳区定福庄东街1号　邮编:100024
电　　话	86—10—65450528　65450532　传真:65779405
网　　址	http://www.cucp.com.cn
经　　销	全国新华书店
印　　刷	北京中科印刷有限公司
开　　本	787mm×1092mm　1/16
印　　张	24
字　　数	525千字
版　　次	2016年10月第1版
版　　次	2019年1月第2次印刷
书　　号	ISBN 978-7-5657-1738-3/I·1738　　定　价　56.00元

版权所有　　翻印必究　　印装错误　　负责调换

◎本书系统精练地讲解了影评写作的基本知识,收录50余篇优秀影评范文,为近年来影视艺术类专业常考影片,具有典型性和代表性。

◎本书收录了全国各院校历年即兴评述考试真题,进行了系统科学的分类,提供了详细完整的答题思路,便于考生掌握即兴评述的应试方法和实战技巧。

◎本书以全国各院校历年文艺常识考试真题为基础,突出常考知识点,包括文学、电影、广播电视、美术、音乐、舞蹈、戏剧戏曲、曲艺杂技等。附有真题示例,有利于考生了解考题中知识点的考查方向和考查形式。

◎本书共收录30套影视艺术类专业高考文艺常识全真模拟试题,由历年来全国各院校考试真题中精选而来,涵盖常考知识点和试题类型,每套题后附有参考答案。